DER GROSSE SAMMELBAND

RAUMSCHIFF ENTERPRISE

Der unwirkliche McCoy

Strafplanet Tantalus

Spock läuft Amok

GOLDMANN VERLAG

Im Goldmann Verlag sind folgende
Originalabenteuer von Raumschiff Enterprise
auch als Einzelbände erhältlich:

Band 1: **Der unwirkliche McCoy** (23730) • Band 2: **Strafplanet Tantalus** (23731) • Band 3: **Spock läuft Amok** (23732) • Band 4: **Das Silikonmonster** (23733) • Band 5: **Der Asylplanet** (23734) • Band 6: **Die Lichter von Zhetar** (23735) • Band 7: **Das Paradies-Syndrom** (23737) • Band 8: **Der Doppelgänger** (23738) • Band 9: **Rückkehr zum Morgen** (23739) • Band 10: **Ein kleiner Privatkrieg** (23740) • Band 11: **Der Tag der Taube** (23741) • Band 12: **Spock muß sterben!** (23742) • Band 13: **Jenseits der Sterne** (23600) • Band 14: **Klingonen-Gambit** (23601) • Band 15: **Galaxis in Gefahr** (23602) • Band 16: **Die falschen Engel** (23603) • Band 17: **Spock, Messias!** (23619) • Band 18: **Wie Phoenix aus der Asche** (23620) • Band 19: **Der Teufelsplanet** (23627) • Band 20: **Gefangene des Wahnsinns** (23616) • Band 21: **Welt ohne Ende** (23613) • Band 22: **Das Phoenix-Verfahren** (23614) • Band 23: **Planet der blauen Blumen** (23615) • Band 24: **Grenze zur Unendlichkeit** (23617) • Band 25: **Die Expertin** (23618) • Band 26: **Zwischen den Welten** (23621) • Band 27: **Welt ohne Sterne** (23650) • Band 28: **Perrys Planet** (23651)

Alle bedruckten Materialien dieses Taschenbuches sind chlorfrei
und umweltschonend. Das Papier enthält Recycling-Anteile.

Der Goldmann Verlag
ist ein Unternehmen der Verlagsgruppe Bertelsmann

© Vermerk und Übersetzerangabe in den einzelnen Bänden
Umschlagentwurf: Design Team München
Umschlagillustration: Luserke / Maiocco, Friolzheim
Druck: Elsnerdruck, Berlin
Verlagsnummer: 23659
SN / Herstellung: Peter Papenbrok/sc
Made in Germany
ISBN 3-442-23659-2

5 7 9 10 8 6 4

James Blish

Der unwirkliche McCoy

STAR TREK® 1

Aus dem Amerikanischen
von James Kumbulis
Überarbeitet von Hermann Urbanek

© der Originalausgabe 1967 by Desilu Productions,
Inc., and Bantam Books, Inc.
Published by arrangement with Bantam Books, Inc., New York
under exclusive license from Paramount Pictures Corporation,
the trademark owner.
Adapted by: James Blish based on the television series
created by Gene Roddenberry
® designates a trademark of Paramount Pictures Corporation
registered in the United States Patent and Trademark Office.
© der deutschsprachigen Ausgabe 1985
by Wilhelm Goldmann Verlag, München
Eine frühere Ausgabe erschien unter dem Titel »Enterprise 1«
1972 im Williams Verlag, GmbH, Alsdorf

Inhalt

Charlie[1]
(CHARLIE'S LAW/CHARLIE X)
von Gene Roddenberry und D. C. Fontana (Episode 2)   7

Tantalus
(DAGGER OF THE MIND)
von S. Bar David (Episode 9) 30

Der unwirkliche McCoy
(THE UNREAL MCCOY/THE MAN TRAP)
von George Clayton Johnson (Episode 1) 46

Das Gleichgewicht des Schreckens
(BALANCE OF TERROR)
von Paul Schneider (Episode 13) 61

Wettlauf mit der Zeit
(THE NAKED TIME)
von John D. F. Black (Episode 4) 84

Miri
(MIRI)
von Adrian Spies (Episode 8) 100

Das Gewissen des Königs
(THE CONSCIENCE OF THE KING)
von Barry Trivers (Episode 12) 129

---

[1] TV-Titel: Der Fall Charlie

Charlie

Obwohl Kirk, Captain James Kirk, Kommandant des Raumschiffs *Enterprise* – Besatzung vierhundert Offiziere und Mannschaften plus eine kleine Anzahl ständig wechselnder Passagiere – schon gut zwanzig reichlich aufregende Dienstjahre im Weltraum auf dem Buckel hatte, so war er doch felsenfest davon überzeugt, daß ihm noch nie ein Passagier so viel zu schaffen gemacht hatte wie Charlie, ein siebzehn Jahre alter Junge.

Das Patrouillenraumschiff *Antares* hatte Charles Evans auf dem Planeten Thasus aufgelesen. Er war beim Absturz des Forschungsschiffs seiner Eltern als einziger mit dem Leben davongekommen und hatte in der Folgezeit vierzehn Jahre lang ein regelrechtes Robinson-Dasein geführt. Da die *Antares* nur etwa ein Zehntel so groß war wie die *Enterprise* und keine Passagiere an Bord nahm, wurde er so schnell wie möglich auf Kirks Schiff gebracht. Außer seinen völlig abgerissenen Kleidern und ein paar Habseligkeiten in einem Seesack hatte er nichts bei sich.

Die Offiziere der *Antares,* die ihn an Bord der *Enterprise* brachten, konnten sich gar nicht genug tun, Charlies Intelligenz, seinen Lerneifer und seine intuitive technische Begabung zu loben – »Er könnte die *Antares* ganz allein steuern, wenn er es müßte« –, ganz abgesehen von seinem sanften Gemüt. Etwas kam Kirk dabei merkwürdig vor, vor allem, daß jeder beim Aufzählen von Charlies Ruhmestaten den anderen zu überbieten versuchte und daß sie allesamt, als sie damit fertig waren, Kirks Schiff in einer Eile verließen, die eigentlich nicht ganz üblich war unter Raumfahrern. Nicht einmal eine Flasche Brandy versuchten sie zu schnorren.

Natürlich konnte jeder sehen, wie Charlie seine neue Umgebung sofort mit äußerstem Interesse musterte. Ich meine, er war zwar trotzdem etwas zurückhaltend, um nicht zu sagen furchtsam, aber das war ja nicht weiter verwunderlich, wenn man bedenkt, wie lange er ohne jede menschliche Gesellschaft hatte leben müssen. Kirk gab Bootsmann Rand den Auftrag, ihn zu seiner Kabine zu bringen. Dabei fiel es Charlie ein, eine Frage zu stellen, die sie alle verblüffte. Er fragte Kirk ganz unschuldig: »Ist das ein Mädchen?«

Leonard McCoy, der Arzt der *Enterprise,* untersuchte Charlie auf Herz und Nieren und fand nicht das geringste an ihm auszusetzen: keine Spur von Unterernährung, keine Anzeichen außergewöhnlicher Strapazen, nichts, anscheinend ein ganz normal aufgewachsener Junge. Und das war doch bemerkenswert für jemanden, der sich von einem Alter von drei Jahren an in einer fremden Welt behaupten mußte. Andererseits lag es ja auf der Hand, anzunehmen, daß Charlie vierzehn Jahre später entweder tot war oder in bester Verfassung. Wahrscheinlich war er schon in den ersten paar Jahren auf dem fremden Planeten mit seiner neuen Umwelt zurechtgekommen.

Charlie selbst war mit Auskünften über diesen Abschnitt seines Lebens ziemlich geizig – eigentlich stellte nur er die Fragen. Er schien allen Ernstes nur wissen zu wollen, wie er sich hier an Bord richtig verhielt, wie er sich den anderen gegenüber benehmen sollte, und vor allem, wie er es anstellen mußte, um von allen gemocht zu werden.

Manche Fragen, die McCoy vorsichtig stellte, schienen ihm sichtlich unangenehm zu sein.

Nein, außer ihm hatte niemand den Absturz überlebt. Woher er so gut Englisch konnte? Nun, die Computer und Datenspeicher waren wie durch ein Wunder intakt geblieben, und mit ihnen hatte er sich immer wieder unterhalten. Die Thasianer hatten ihm nicht geholfen – es gab sie nämlich gar nicht. Zuerst hatte er die Vorräte auf dem Schiff gegessen und dann... dann hatte er etwas anderes gefunden.

Und dann wollte Charlie den Bordcodex kennenlernen. Er sagte, auf der *Antares* hätte er nicht immer das richtige gesagt oder getan, und dann wurden die Leute böse und er auch. Und denselben Fehler wollte er nicht noch einmal machen.

»Das kann ich gut verstehen, Charlie«, sagte McCoy.

»Aber du darfst nicht gleich alles überstürzen. Halt mal zuerst die Augen offen, und wenn du dir nicht sicher bist, dann lächle und sag gar nichts. Das klappt meistens ganz gut.«

McCoy grinste, und Charlie tat dasselbe. Als ihn McCoy gehen ließ, gab er ihm einen kräftigen Klaps auf den Rücken. Anscheinend hatte das noch niemand mit Charlie gemacht – so überrascht war er.

Auf der Kommandobrücke unterhielt sich McCoy mit Kirk und Mr. Spock, dem zweiten Kommandanten, über das »Problem« Charlie. Auch Bootsmann Rand war oben und stellte gerade den neuen Dienstplan auf. Sie wollte sich höflich zurückziehen, aber Kirk bat sie zu bleiben. Schließlich hatte sie genausoviel mit Charlie zu tun gehabt wie alle anderen auch. Und Kirk gefiel sie einfach, und es machte ihm Spaß zu wissen, daß sie keine Ahnung davon hatte.

McCoy sagte eben: »Es gibt eine Fülle von Beispielen auf unserer Erde, daß kleine Kinder es fertiggebracht haben, allein in der Wildnis zu überleben.«

»Einige von Ihren Märchen kenne ich«, sagte Spock. Er stammte übrigens von einem nichtsolaren Planeten, der verwirrenderweise den Namen Vulkan trug. »Es mußten allerdings nur zufällig immer ein paar Wölfe in der Nähe gewesen sein, daß die Kleinen überleben konnten.«

»Aus welchem Grund hätte er lügen sollen, wenn es tatsächlich Thasianer gegeben hätte?«

»Immerhin ist es wahrscheinlich, daß es einmal welche gegeben hat, vielleicht vor ein paar tausend Jahren«, sagte Spock. »Bei den ersten Erkundungen auf dem Planeten stieß man auf Relikte, die alles andere als primitiv waren. Und seit wenigstens drei Millionen Jahren haben sich die Lebensbedingungen auf dem Planeten kaum geändert. Also könnte man durchaus annehmen ...«

»Charlie sagt, es gibt keine«, sagte Kirk.

»Allein sein Überleben wäre Gegenbeweis genug. Ich habe unsere Datenspeicher über Thasus abgefragt. Viel ist es zwar nicht, was dort steht, aber eins ist sicher – es gibt keine eßbare Pflanze auf Thasus. Irgendeine Hilfe muß er gehabt haben.«

»Ich finde, ein bißchen mehr Glauben könnten wir seinen Angaben schon schenken«, meinte McCoy.

»Gut«, sagte Kirk, »gehen wir vorläufig von Ihrer Annahme aus, Mr. Spock. Sie arbeiten eine Art von Trainingsprogramm für unseren jungen Freund aus. Stellen Sie etwas zusammen, womit er sich beschäftigen kann. Sagen Sie ihm, wohin er gehen kann, usw. Hauptsache, wir können ihn so lange beschäftigen, bis wir zur Kolonie Fünf kommen. Dort werden sich erfahrene Pädagogen seiner annehmen. Bis dahin wird er an Bord nicht viel anstellen können... Bootsmann Rand, was halten Sie übrigens von unserem Sorgenkind?«

»Hmm – nun ja, glauben Sie bitte nicht, daß ich in irgendeiner Weise voreingenommen bin, ich wollte es eigentlich gar nicht sagen, aber... gestern, ich ging gerade einen Korridor entlang, da folgte er mir und schenkte mir ein Fläschchen Parfüm. Noch dazu meine Lieblingsmarke. Ich weiß nicht, woher er die kannte. Außerdem weiß ich ganz genau, daß sie nirgendwo auf dem ganzen Schiff zu haben ist.«

»Hmm... Merkwürdig.«

»Das sagte ich ihm auch und fragte ihn, wo, um Himmels willen, er denn das her hätte, aber alles, was ich zur Antwort erhielt, war ein... ziemlich kräftiger Klaps auf die Schulter. Und seitdem versuche ich möglichst dort zu sein, wo er nicht ist.«

Der Lachanfall, den die anderen daraufhin erlitten, dauerte glücklicherweise nicht sehr lange. Er war auch mehr auf Ungläubigkeit als auf Überraschung zurückzuführen.

»Sonst noch was?« fragte Kirk.

»Nichts besonderes, aber wußten Sie, daß er Kartentricks kann?«

»Wo hätte er denn das lernen sollen?« fragte Spock.

»Ich weiß es nicht, aber er ist ganz große Klasse. Ich war gerade im Aufenthaltsraum und legte eine Patience, als er hereinkam. Leutnant Uhura saß am Harmonium und spielte ›Charlie is my darling‹ und sang dazu. Er meinte wohl zuerst, sie machte sich über ihn lustig, aber als er merkte, daß sie es nicht persönlich meinte, kam er zu mir herüber und sah mir zu. Er schien es gar nicht glauben zu wollen, daß mir die Patience nicht aufging. Also machte er es für mich – ohne auch nur die Karten zu berühren, das schwöre ich. Als er meine Überraschung sah, nahm er die Karten in die Hand und zeigte mir noch eine Reihe anderer Tricks, und verdammt gute. Einer der Männer auf der *Antares* hätte sie ihm gezeigt, sagte er. Ich habe noch nie jemanden gesehen, der die Karten so gut von einer Hand in die andere springen lassen konnte. Und meine Bewunderung schien er sichtlich zu genießen. Aber ich wollte ihn nicht noch mehr ermuntern, nicht nach diesem fürchterlichen Hieb auf die Schulter.«

»Ich fürchte fast, diesen Trick hat er von mir«, lachte McCoy.

»Ziemlich sicher sogar«, sagte Kirk, »aber ich glaube, ich werde besser selbst mal mit ihm reden.«

»Hm, so eine Vaterschaft steht dir ganz gut zu Gesicht, Jim«, sagte McCoy und grinste.

»Sprich dich nur aus, Pille. Ich will ihm nur die Zügel nicht allzu locker lassen.«

Charlie sprang vom Stuhl auf, als Kirk noch gar nicht ganz zur Tür herein war; Finger, Ellenbogen, Knie, alles schien vor lauter »Haltung« am falschen Platz zu sein. Und kaum, daß Kirk ihm zugenickt hatte, platzte Charlie schon los: »Ich habe überhaupt nichts gemacht!«

»Aber Charlie, beruhige dich doch! Ich wollte ja nur fragen, wie du zurechtkommst.«

»Gut. Ich... ich nehme an, ich soll Sie fragen, warum ich nicht... ich weiß nicht, wie ich mich ausdrücken soll.«

»Nur ruhig, Charlie, sag's, wie es dir einfällt, ganz einfach. Das ist meistens das beste.«

»Also, im Korridor..., da sprach ich mit..., als Janice... als Bootsmann Rand...« Völlig unerwartet spannte sich plötzlich sein Gesicht, er machte einen Schritt vorwärts und hieb Kirk auf die Schulter, daß er sich hinsetzte. »Das hab' ich gemacht, und es hat ihr nicht gefallen. Sie meinte, Sie würden es mir erklären.«

»Also«, sagte Kirk und versuchte mühsam ein Lächeln zu verbergen, »es gibt da so ein paar Sachen, die kann man mit einer Dame schon machen. Und es gibt ein paar andere, die kann man mit einer Dame eben nicht machen. Äh, die Sache ist die, es gibt wohl keinen vernünftigen Grund, einer Dame auf die Schulter zu hauen. Von Mann zu Mann, das ist was anderes. Aber von Mann zu Frau, verstehst du?«

»Ich weiß nicht, ich glaube schon.«

»Auch wenn du es nicht glaubst, mußt du dich vorläufig mit dieser Erklärung zufriedengeben. Übrigens, Charlie, ich lasse für dich gerade eine Art Stundenplan aufstellen. Lauter Dinge, die du tun wirst und die dir helfen werden, alles das zu verstehen, was du nicht lernen konntest, als du allein auf Thasus warst.«

»Oh, das ist nett von Ihnen, daß Sie das für mich tun wollen.« Seine Freude darüber war wirklich aufrichtig.
»Sie mögen mich also?«
Die so offen und nüchtern gestellte Frage verschlug Kirk einen Moment lang die Sprache. »...Ich weiß nicht«, sagte er genauso nüchtern. »Es dauert immer eine gewisse Zeit, bis man einen Menschen kennengelernt hat und weiß, ob man ihn mag oder nicht. Du mußt beobachten, was er tut, du mußt versuchen, ihn zu verstehen. Das geht nicht alles auf einmal.«
»Oh«, sagte Charlie nur.
»Captain Kirk«, Leutnant Uhuras Stimme schallte durch die Bordsprechanlage.
»Einen Augenblick, Charlie, ...hier Kirk.«
»Captain Ramart von der *Antares* ist auf Kanal D. Er sagt, er muß Sie sofort sprechen.«
»In Ordnung. Ich komme auf die Brücke.«
»Kann ich auch mitkommen?«
»Das wird nicht gehen, Charlie. Das ist eine reine Schiffsangelegenheit.«
»Ich werde bestimmt nicht stören. Ich werde mich ganz abseits halten.«
Das Verlangen des Jungen nach menschlicher Gesellschaft war für Kirk einfach ergreifend. Daß er dieses Ziel so unbeirrt und aufdringlich verfolgte, war eigentlich nur verständlich. Hier mußten viele einsame Jahre wiedergutgemacht werden.
»Also gut. Aber nur, weil ich es dir erlaube. Einverstanden?«
»Einverstanden«, sagte Charlie eifrig, und wie ein junger Hund folgte er Kirk durch den Korridor.
Auf der Brücke saß Leutnant Uhura vor dem Mikrophon; mit der gespannten Konzentration auf ihrem Bantugesicht sah sie noch mehr den ernsten kultischen Statuen ihres Stammes ähnlich.
»Hallo, *Antares*! Könnt ihr eure Sendeleistung nicht verstärken? Wir können euch hier kaum verstehen.«
»*Enterprise*, wir sind auf vollem Output«, Ramarts Stimme klang sehr weit weg und verzerrt.
»Ich muß sofort Captain Kirk sprechen.«

Kirk nahm das Mikrophon, »Captain Ramart, hier Kirk.«

»Gott sei Dank, Captain. Wir können die Verbindung fast nicht mehr halten, aber ich muß Sie warn...«

Seine Stimme brach ab. Aus dem Lautsprecher kam nur noch das Rauschen des statischen stellaren Feldes – nicht einmal die Trägerfrequenz kam durch.

»Sehen Sie zu, daß Sie sie wieder einfangen«, sagte Kirk.

»Nichts mehr einzufangen, Captain«, sagte Uhura verwirrt. »Sie senden nicht mehr.«

»Halten Sie auf jeden Fall den Kanal frei.«

Hinter Kirks Rücken sagte Charlie ganz ruhig: »Es war schon ein altes Schiff. Und nicht sehr gut gebaut.«

Kirk warf ihm einen kurzen erstaunten Blick zu und wandte sich sofort zu Spocks Pult.

»Mr. Spock, suchen Sie das Sendegebiet mit unserem Radar ab.«

»Hab' ich schon«, sagte Spock sofort, »vollkommene Dispersion. Für diese Entfernung sogar ungewöhnlich gleichmäßig.«

Kirk drehte sich wieder nach dem Jungen um. »Was ist geschehen, Charlie? Du weißt doch etwas!«

Charlie sah ihm in die Augen, trotzig, und er schien sich nicht sehr wohl zu fühlen. »Ich weiß nichts«, sagte er.

»Das Gebiet dehnt sich aus«, sagte Spock. »An den Rändern habe ich ein paar schwache Echos. Zweifellos Trümmer von Materie.«

»Und die *Antares*?«

»Captain Kirk, das ist die *Antares*, oder vielmehr, das war sie«, sagte Spock ruhig. »Es gibt keine andere Deutung dafür. Sie ist explodiert.«

Kirk ließ Charlie nicht aus den Augen. Und Charlie wich seinem Blick nicht aus.

»Es tut mir leid, daß sie explodiert ist.« Er schien sich zwar nicht ganz wohl in seiner Haut zu fühlen, aber das war auch alles. »Es macht mir gar nichts aus, daß die jetzt weg sind. Sie waren nicht sehr nett zu mir. Keiner hat mich leiden können. Das können Sie mir glauben, wenn ich es sage.«

Die Stille auf der Kommandobrücke war lang und schrecklich. Schließlich öffnete Kirk langsam und vorsichtig seine verkrampften Fäuste.

»Charlie«, sagte er, »was du dir als allererstes einmal abgewöhnen mußt, ist deine dreimal verdammte Kaltschnäuzigkeit oder Egozentrik, oder was immer es ist. Wenn du das nicht schaffst oder es nicht wenigstens unter Kontrolle bringst, wirst du immer ein Ungeheuer bleiben.«

Er hätte seinem Herzen zwar gern noch etwas mehr Luft machen wollen, aber was jetzt kam, hatte er nicht erwartet, nach allem, was vorgefallen war – Charlie weinte.

»Was hat er?« Kirk blickte von seinem Arbeitstisch zu Bootsmann Rand auf. Sie war sehr verlegen, aber entschlossen, nichts zu verheimlichen.

»Er hat mir einen Antrag gemacht«, sagte sie. »Keinen formellen Antrag oder so was Ähnliches, nein, er hat ziemlich lang daran herumgestottert – er will mich.«

»Bootsmann, er ist siebzehn Jahre alt.«

»Genau«, sagte das Mädchen.

»Und das nur, weil er Ihnen einen Klaps gegeben hat?«

»Nein, Sir..., es ist..., wie er gesagt hat, Captain. Ich habe seine Augen gesehen. Ich bin keine siebzehn mehr. Wenn jetzt nichts geschieht, werde ich ihn mir früher oder später selbst vom Leib halten müssen. Und wenn ich ihm dann auf die Schulter haue, wird das kein Spaß sein. Das wäre auch nicht gut für ihn. Ich bin nun mal seine ›erste Liebe‹, seine erste ›Zerstörung‹, die erste Frau, die er in seinem Leben gesehen hat...« Sie holte tief Luft.

»Captain, das ist eine verdammt schwere Aufgabe für jeden, dem sie in die Hände fällt. Selbst wenn man sie schrittweise zu lösen versucht. Alles auf einmal ist fast Mord. Und er kennt noch nicht einmal die gängigen Floskeln. Ich müßte ihn auf eine Weise abweisen, die er nicht verstehen würde. Und das kann Schwierigkeiten verursachen. Verstehen Sie, Captain, können Sie mir folgen?«

»Ich glaube schon, Bootsmann Rand«, sagte Kirk, obwohl er nicht gerade geneigt war, die ganze Angelegenheit so ernst zu nehmen. »Ich habe zwar nicht angenommen, daß ich in meinem Alter noch einmal jemandem die Sache mit den Bienen, den Blumen und den Vögeln erklären muß..., aber ich lasse ihn sofort zu mir kommen.«

»Vielen Dank, Sir.« Kirk läutete nach Charlie. Er kam sofort, als ob er darauf gewartet hätte.

»Komm herein, Charlie, setz dich hin!«

Charlie trat näher und nahm in dem Sessel vor Kirks Tisch Platz – fast, als ob er sich in eine Bärenfalle setzen würde. Und wie schon beim ersten Mal, so nahm er auch jetzt Kirk das Wort aus dem Mund.

»Janice«, sagte er, »...Bootsmann Rand, um sie geht es doch, oder?«

Verdammt, ist dieses Küken schnell, dachte Kirk. »Sicher, um sie geht es auch. Aber Charlie, es geht eigentlich mehr um dich.«

»Ich werde sie nie mehr so berühren..., auf die Schulter hauen. Ich hab's versprochen.«

»Das ist es ja nicht nur, Charlie«, sagte Kirk. »Du mußt noch ein paar andere Dinge lernen.«

»Alles, was ich sage oder tue, ist falsch.« Charlie war ganz verzweifelt. »Ich bin überall im Weg. Dr. McCoy will mir die Regeln nicht zeigen. Ich weiß nicht, was ich bin – oder was ich eigentlich sein soll, noch nicht einmal, wer ich bin. – Und ich weiß nicht, warum es die ganze Zeit hier drinnen so weh tut...«

»Aber ich weiß es, und du wirst deswegen trotzdem nicht sterben. Dir fehlt nicht mehr und nicht weniger, als was jedes menschliche Wesen, und zwar seitdem dieses Modell auf dem Markt ist, einmal oder öfter in seinem Leben durchmachen muß. Da gibt's kein Drüberweg, Charlie, und kein Drumherum, da mußt du mitten durch.«

»Aber es ist, als ob mein Innerstes nach außen gedreht wäre. So laufe ich die ganze Zeit zusammengekrümmt herum. Janice – Bootsmann Rand – will mir jemand anderen als Aufsicht zuteilen, Bootsmann Lawton. Aber sie ist, sie ist... sie riecht nicht mal wie ein Mädchen. Auf dem ganzen Schiff gibt es niemanden wie Janice. Und ich will auch niemand anderen!«

»Das ist ganz normal, Charlie«, sagte Kirk sanft. »Hör zu, Charlie. Im ganzen Universum gibt es Millionen Dinge, die du ohne weiteres haben kannst. Und ein paar hundert Millionen Dinge, die du nicht haben kannst. Das einmal kapieren zu müssen, macht sicher keinen Spaß, aber du mußt es. Etwas anderes gibt es nicht.«

»Aber ich mag nicht«, sagte Charlie, als ob das alles erklären würde.

»Aber ich tadle dich doch nicht, Charlie! Versteh mich nicht falsch. Du mußt jetzt nur dranbleiben und sehen, wie du durchkommst. – Da fällt mir ein, der nächste Punkt auf deinem Stundenplan ist doch waffenlose Verteidigung. Komm, wir gehen in den Trainingsraum und fangen mal damit an. Vor ein paar Jahrhunderten, im alten viktorianischen England, da hatten sie so einen Spruch – der hieß, warte mal –, ja, schwere körperliche Übungen halten einen Mann davon ab, an Frauen zu denken. Ich selbst habe es zwar nie ausprobiert, aber ich glaube, einen Versuch ist es schon wert.«

Charlie stellte sich unwahrscheinlich schwerfällig an, aber das tut wohl jeder Anfänger. Offizier Sam Ellis vom Stab Dr. McCoys, und wie Kirk und Charlie in einfacher Arbeitskleidung, hatte sehr viel Geduld.

»Das ist schon besser. Wenn du fällst, dann schlag zuerst mit der Hand auf die Matte, Charlie. Das fängt den Fall etwas auf. Jetzt nochmal!«

Ellis machte es ihm vor. Er ließ sich steif auf die Matte fallen, schlug mit der flachen Hand darauf, und nach einer blitzschnellen Schulterrolle stand er wieder auf den Beinen, als ob nichts geschehen wäre.

»So ungefähr«, sagte er.

»Ich glaube, das werde ich nie lernen«, sagte Charlie.

»Aber sicher«, sagte Kirk, »du mußt es nur versuchen.«

Charlie ließ sich fallen und stürzte fürchterlich auf die Nase. Er hatte erst im allerletzten Moment auf die Matte geschlagen, so daß der Schlag mit der Hand und der dumpfe Aufprall seines Körpers gleichzeitig erfolgten.

»Das ist schon etwas besser«, sagte Kirk. »Alles braucht seine Übung. Noch einmal.«

Jetzt war es schon viel besser. »Ja, genau so. Okay Sam, jetzt zeig ihm mal die Schulterrolle.«

Ellis warf sich auf die Matte und war im Nu wieder auf den Beinen, sauber und sichtlich ohne Anstrengung.

»Das will ich aber nicht machen«, sagte Charlie.

»Das gehört aber dazu. Es ist nicht schwer – schau her!«

Kirk machte es ihm selbst vor. »Jetzt versuch du es.«

»Nein, ihr wolltet mich doch kämpfen lehren. Warum soll ich da am Boden herumkugeln.«

»Das schon, aber zuvor mußt du lernen, hinzufallen ohne dir weh zu tun. Sam, vielleicht zeigen wir es ihm besser, damit er weiß, worum es geht. Nur ein paar einfache Würfe.«

»Sicher, Jim.« Die beiden setzten ihre Griffe an, und Ellis, der natürlich etwas besser trainiert war, ließ sich von Kirk über die Schulter werfen. Er war aber schneller auf den Beinen als Kirk, und diesmal ließ er den Captain steigen, wie man einen Pokerchip mit dem Fingernagel wegschnellt. Kirk schaffte seine Rolle und stand wieder auf den Beinen. Er war froh, daß er die Übung noch schaffte.

»Gesehen, was ich meinte?« sagte Kirk schnaufend.

»Schon, sieht gar nicht mal so schwer aus.«

Charlie stieg auf die Matte und versuchte denselben Griff, den er bei Ellis gesehen hatte, auch bei Kirk. Er war schon kräftig, aber er hatte nicht den richtigen Stand. Kirk packte ihn und warf ihn auf die Matte. Nicht mal besonders hart, aber Charlie vergaß, vorher mit der Hand draufzuschlagen. Er rappelte sich wieder auf und starrte Kirk an – er glühte vor Zorn.

»Also so geht das nicht«, sagte Ellis und grinste. »Das wirst du schon noch ein paarmal üben müssen, Charlie.«

Charlie wirbelte zu ihm herum und sagte leise, aber sehr nachdrücklich: »Lachen Sie nicht über mich!«

Ellis streckte lachend und versöhnlich die Hand aus, aber genau eine Sekunde später gab es einen Knall, als ob die größte Glühbirne der Welt explodiert wäre – und Ellis war weg.

Kirk starrte fassungslos auf die Stelle, wo Ellis eben noch gestanden hatte.

Auch Charlie stand seltsam da, wirkte wie versteinert. Dann ging er zögernd zur Tür.

»Moment mal«, sagte Kirk. Charlie blieb stehen, aber er sah Kirk nicht an.

»Er hätte nicht über mich lachen sollen. Das ist nicht schön. Niemand sollte einen anderen auslachen. Und ich hab' mir wirklich Mühe gegeben.«

»Soviel auch wieder nicht. Aber das ist jetzt nicht wichtig. Was ist da eben passiert. Was hast du mit Ellis gemacht?«

»Er ist weg.«

»Das ist keine Antwort, das sehe ich selbst.«

»Er ist weg. Mehr weiß ich selbst nicht. Ich wollte es nicht. Er ist schuld daran. Er hat mich ausgelacht.«

... Und angenommen, Janice würde sich seiner erwehren müssen, und... die Explosion der *Antares*... Kirk ging zur nächsten Bordsprechanlage. Charlie ließ ihn nicht aus den Augen.

»Hier Captain Kirk, Trainingsraum. Schicken Sie zwei Wachen her. Sie sollen sich beeilen.«

»Was haben Sie mit mir vor?« fragte Charlie.

»Du wirst jetzt in deine Kabine gehen. Und ich möchte, daß du dort bleibst.«

»Ich werde nicht zulassen, daß sie mich anrühren«, sagte Charlie leise. »Ich werde auch sie verschwinden lassen.«

»Sie werden dir nichts tun.«

Charlie sagte nichts, aber er sah aus wie ein Leopard, der sich im nächsten Moment in seiner Verzweiflung auf seinen Dompteur stürzen will. Die Tür ging auf, und die zwei Wachen kamen herein. Beide hatten Phaser im Halfter. Sie blieben stehen und sahen Kirk erwartungsvoll an.

»Charlie, du gehst jetzt mit ihnen. Wir werden uns später unterhalten. Ich glaube, wir müssen uns beide etwas abkühlen. Du wirst mir ziemlich viel erklären müssen.« Kirk nickte mit dem Kopf zu Charlie hin, und die beiden Wachen ergriffen ihn an den Armen.

Zumindest versuchten sie es. Kirk war sicher, daß sie ihn noch nicht einmal berührt hatten. Einer von den beiden taumelte zurück, der andere prallte wie von einem fürchterlichen Faustschlag getroffen gegen eine Wand. Immerhin gelang es ihm, sich auf den Beinen zu halten, und er riß seinen Phaser aus dem Halfter.

»Nein«, schrie Kirk.

Aber es war schon zu spät. Als er sie in Anschlag bringen wollte, hatte er keine mehr in der Hand. Sie war fort – so wie Sam. Charlie sah nur Kirk an. Seine Augen waren winzige Schlitze und glühten drohend.

»Charlie«, sagte Kirk heiser, »treib es nicht zu weit. Geh in die

Kabine zurück.«

»Nein.«

»Geh mit den beiden Wachen, oder ich selbst werde dich dorthin tragen.« Und er ging auf ihn zu. »Du hast keine andere Wahl, Charlie. Entweder tust du das, was ich dir sage, oder du schickst mich auch dorthin, wohin du Sam und den Phaser geschickt hast.«

»Schon gut«, sagte Charlie. »Aber sagen Sie ihnen, sie sollen die Hände von mir lassen.«

»Sie werden dir nichts tun. Nicht, wenn du das tust, was ich dir sage.«

Kirk ließ sofort alle Offiziere zu einer Lagebesprechung auf der Kommandobrücke zusammenkommen. Aber Charlie war auch nicht untätig. Auf dem ganzen Schiff gab es keinen einzigen Handphaser mehr. Charlie hatte sie alle »verschwinden« lassen. Kirk sagte ihnen allen, was in den letzten Stunden passiert war, mit kurzen Worten und ziemlich grimmig.

»Nach diesen Vorfällen können wir also jetzt annehmen«, sagte McCoy, »daß Charlie auf Thasus überhaupt keine Hilfe gebraucht hat. Er hat sich all das, was er brauchte, einfach herbeigezaubert.«

»Nicht unbedingt«, sagte Spock. »Wir wissen nur, daß er Sachen verschwinden lassen kann – aber nicht, daß er sie auch wieder auftauchen lassen kann. Zugegeben, das erstere allein wäre schon eine große Hilfe für ihn gewesen.«

»Wie sieht es aus?« fragte Kirk. »Könnte er ein Thasianer sein? Oder wenigstens ein nichtmenschliches Wesen?«

»Möglich ist es schon«, sagte McCoy. »Aber ich würde es doch ausschließen. Ich hab' ihn doch schließlich untersucht, bis zu seinem letzten Blutkörperchen. Natürlich, ich könnte etwas übersehen haben, aber er war an den Computer angeschlossen, und der hätte allein fünfzehn verschiedene akustische Signale gegeben, wenn irgend etwas nicht gestimmt hätte.«

»Auf jeden Fall ist das, was er vermag, nicht menschlich«, sagte Spock. »Durchaus möglich, daß er auch die *Antares* auf dem Gewissen hat. Über eine enorme Entfernung hinweg – weiter als unsere Phaserkanonen reichen.«

»Prächtig«, sagte McCoy. »Und wie wollen wir ihn unter diesen Umständen einigermaßen unter Kontrolle halten?«

»Um das geht es nicht in erster Linie. Aber wir können ihn nicht zur Kolonie Fünf bringen. Stellen Sie sich vor, was er in einer normalen Umwelt alles anstellen könnte, in einer Gemeinschaft, die nicht so straff organisiert ist wie wir hier.«

Sicher, daran hatte McCoy nicht gedacht. Kirk fing an, nachdenklich auf der Brücke auf und ab zu gehen.

»Charlie ist ein heranwachsender junger Mann – vielleicht sogar ein Mensch. Aber er hat überhaupt keine Erfahrung im Umgang mit anderen Menschen. Er ist dauernd am Überkochen. Er will zuviel – und es ist nicht alles so, wie er es will. Er hat alle Probleme, die ein normaler Heranwachsender auch hat. Man soll ihn lieben, und er will für die Gesellschaft nützlich sein. Ich erinnere mich, als ich in seinem Alter war, hätte ich auch gern dieses oder jenes einfach verschwinden lassen, einfach so, ohne daß irgend jemand etwas gemerkt hätte. In diesem Alter haben die meisten Jungen solche Vorstellungen. Nur bei Charlie sind es nicht nur Vorstellungen oder Wünsche, sondern er kann sie auch in die Tat umsetzen. Also anders gesagt, Gentlemen, wenn wir nicht auch so – plop! – ›verschwinden‹ wollen, dann müssen wir genau das tun, was er von uns will.«

»Das ist ziemlich relativ, Captain«, sagte Spock. »Das hängt eigentlich nur davon ab, wie Charlie sich von Minute zu Minute fühlt. Und weil wir ihn sowieso nicht genau kennen, können wir überhaupt nicht sagen, da wird er jetzt hochgehen und da nicht. Wir können so vorsichtig sein, wie wir wollen, wir haben überhaupt kein Kriterium in der Hand. Er ist ungefähr die schärfste Mine in der ganzen Galaxis, und die kann jederzeit losgehen.«

»Nein«, sagte Kirk. »Er *ist* keine Waffe, er *hat* eine, das ist der Unterschied. Er ist im Grunde ein Kind, ein Kind, das im Körper eines Mannes steckt, und er will noch dazu ein ganzer Mann sein. Was er macht, ist ja nicht bösartig – er kann gar nicht anders.«

»Ach, da ist er ja«, sagte McCoy, und die Herzlichkeit, mit der er es sagte, klang gar nicht herzlich. Kirk drehte sich mit seinem Sessel herum. Charlie kam aus dem Aufzug und strahlte.

»Hi«, sagte die schärfste Mine der ganzen Galaxis.

»Ich dachte, du würdest in deiner Kabine bleiben, Charlie.«

»Schon«, sagte Charlie, »aber es war langweilig.«

»Na ja, da du jetzt schon mal hier bist, vielleicht kannst du uns allen ein paar Fragen beantworten. Hattest du vielleicht etwas zu tun mit dem, was auf der *Antares* passiert ist?«

»Warum?«

»Ich will es genau wissen, Charlie. Antworte!«

Jeder hielt den Atem an. Charlie ließ sich Zeit.

»Ja. – Eine Platte in der Abschirmung ihres Nerst-Generators war locker. Ich hab' sie verschwinden lassen. Früher oder später wäre sie sowieso davongeflogen.«

»Warum hast du es ihnen nicht gesagt?«

»Warum denn? – Sie waren nicht nett zu mir. Sie mochten mich nicht. Sie haben doch gesehen, wie sie mich zu Ihnen an Bord gebracht haben. Sie wollten mich loshaben. Jetzt nicht mehr.«

»Und wir?« fragte Kirk.

»Oh, euch brauche ich. Ich muß zur Kolonie Fünf. Aber wenn ihr auch nicht nett zu mir seid, dann lasse ich mir schon noch was einfallen.«

Er drehte sich auf dem Absatz um und ging.

McCoy wischte sich den Schweiß von der Stirn.

»Hast du ihn nicht etwas zu sehr gereizt, Jim?«

»Wir können nicht dauernd so tun, als gingen wir über rohe Eier. Genausogut könnten wir uns unter unsere Bettdecken verkriechen. Wir dürfen uns nicht paralysieren lassen. Ebenso wie wir vor lauter Angst, ihn zu reizen, gar nichts tun, können wir auch alles auf eine Karte setzen.«

»Captain«, sagte Spock, »glauben Sie, daß ihn ein Magnetfeld aufhalten könnte? Daß wir ihn in einen eigens präparierten Raum locken, doch dazu ist er wohl zu clever, aber wir könnten das Feld vor seiner Kabinentür aufbauen. Das ganze Netz für die Laboratorien läuft sowieso daran vorbei – auf Deck Fünf –. Das könnten wir ohne Schwierigkeit benutzen. Es wird zwar etwas dauern, aber immerhin...«

»Wie lange?«

»Grob geschätzt, etwa siebzig Stunden.«

»Mr. Spock, das werden lange siebzig Stunden. Aber versuchen Sie es.« Spock nickte und ging.

»Leutnant Uhura, verbinden Sie mich mit Kolonie Fünf. Ich möchte den Gouverneur sprechen. Leutnant Sulu, Sie suchen uns einen Kurs, der von Kolonie Fünf wegführt, aber so, daß wir sofort wieder zurückkehren können. Wir brauchen etwas Zeit. Pille...« – Leutnant Uhura schrie auf. Es hatte sich angehört, als ob ein Funken übergesprungen wäre. Ihre Hände waren verkrampft. McCoy versuchte ihr zu helfen.

»Es... es geht schon wieder, Pille«, sagte sie. »Es war nur ein Schock. Aber das gibt's doch gar nicht, daß das Pult unter Spannung steht...«

»Doch, ab sofort dürfte auf diesem Schiff alles möglich sein«, sagte Kirk grimmig. Auf jeden Fall berühren Sie es nicht mehr. Was hältst du davon, Pille?«

»Leichte Hautverbrennungen«, sagte McCoy, »aber wer weiß, was es das nächste Mal sein wird.«

»Das kann ich Ihnen sagen«, rief Sulu. »Der Computer streikt. Er nimmt die neuen Koordinaten nicht an. Das heißt, der Computer ist in Ordnung, aber sowie ich neue Kursdaten eingeben will, blockiert er. Wir können den Kurs nicht ändern.«

»Ich hab's eilig.« Das war Charlies Stimme. Er kam gerade aus dem Aufzug, aber als er sah, wie wütend Kirk war, blieb er stehen.

»Charlie, allmählich hängt mir die Sache zum Hals heraus. Was hast du mit dem Sender angestellt?«

»Dieses ganze Geschwätz mit anderen Stationen ist doch völlig überflüssig«, sagte er etwas kleinlaut. »Wenn es Schwierigkeiten gibt, werde ich schon mit ihnen fertig werden. Ich begreife ziemlich schnell.«

»Wir brauchen aber deine Hilfe nicht«, sagte Kirk finster.

»Charlie, im Augenblick kann ich dich nicht daran hindern, das ganze Raumschiff auf den Kopf zu stellen. Aber das eine kann ich dir sagen: Du hast ganz richtig geraten, ich kann dich nicht leiden, nicht um alles in der Welt. Und jetzt mach meinetwegen, was du willst.«

»Ich gehe jetzt«, sagte Charlie kühl. »Ich mach' mir auch nichts daraus, ob Sie mich jetzt mögen oder nicht. Sie werden mich schon noch mögen, und zwar bald. Dafür werde ich sorgen.«

Als er weg war, fing McCoy an, leise zu fluchen.

»Gib's auf, Pille! Es hilft ja doch nicht. Leutnant Uhura, sind eigentlich nur unsere Außenverbindungen gestört oder funktioniert die Bordsprechanlage auch nicht?«

»Sieht aus, als ob sie funktionierte, Captain.«

»Also, rufen Sie mir Bootsmann Rand... Janice, ich habe einen ziemlich üblen Auftrag für Sie – den gemeinsten, den Sie wahrscheinlich je übernommen haben. Ich möchte, daß Sie Charlie in seine Kabine locken. Wir werden zwar aufpassen – aber denken Sie daran, daß, wenn irgend etwas schiefgeht, wir Ihnen nicht helfen können. Sie können natürlich ablehnen, ... vielleicht ist es sowieso sinnlos.«

»Wenn es nicht klappt, dann nicht deswegen, weil ich nicht alles versucht hätte.«

Sie saßen da und starrten auf den Bildschirm. Spocks Hand lag auf dem Knopf, der das Feld einschalten würde. Janice war allein in Charlies Kabine, und das Warten schien ihr auf die Nerven zu gehen. Endlich ging die Tür auf, und Charlie kam ins Blickfeld der Kamera. Auf seinem Gesicht eine Mischung aus Hoffnung und Mißtrauen.

»Das war nett von dir, daß du hergekommen bist. Aber ich habe kein Vertrauen mehr zu den Menschen. Sie sind alle so schwer zu verstehen – außerdem sind sie voll Haß.«

»Nein, das sind sie nicht. Du machst dir nur keinen Begriff davon, was und wie sie fühlen. Du mußt ihnen Zeit lassen.«

»Also dann..., dann magst du mich doch?«

»Ja, Charlie. Ich mag dich, und deswegen will ich dir auch helfen. Sonst wäre ich nicht zu dir gekommen.«

»Das ist fein von dir. Aber ich kann auch nett sein. Schau, ich hab' was für dich.«

Er streckte die Hand, die er bisher hinter seinem Rücken versteckt hatte, aus und hielt ihr eine Rosenknospe hin. Auf dem ganzen Schiff gab es keine Rosen; er konnte also auch Dinge herbeizaubern und nicht nur verschwinden lassen. Auf einmal fiel ihr auch das Parfüm ein. Die Omen standen tatsächlich nicht gut.

»Rosa ist doch deine Lieblingsfarbe, nicht wahr? Ich habe gehört, alle Mädchen mögen Rosa. Blau ist nur für die Jungen.«

»Charlie, das war..., das war ein netter Einfall. Aber glaubst du nicht auch, daß jetzt nicht der richtige Zeitpunkt ist, mir Komplimente zu machen? Ich möchte wirklich mit dir reden.«

»Aber du bist doch in meine Kabine gekommen, und ich weiß, daß das einen ganz bestimmten Sinn hat.« Er streckte die Hand aus und versuchte ihr Gesicht zu berühren. Instinktiv wich sie zur Tür zurück. Spock fühlte, wie seine Handflächen feucht wurden. Im Rückwärtsgehen stolperte sie über einen Stuhl.

»Nicht, Charlie. Ich sagte, ich wollte mich mit dir unterhalten, und das meinte ich auch so.«

»Aber ich wollte doch nur nett zu dir sein.«

Irgendwie gelang es ihr, den Stuhl zu umgehen.

»Das ist also der Schlüssel zu Charlies Geheimnis«, sagte sie.

»Wie meinst du das? Was ist das?«

»Ganz einfach, es heißt, jeder muß nett zu Charlie sein, sonst...«

»Das ist nicht wahr«, sagte er aufgebracht.

»Nicht? Wo ist dann Sam Ellis?«

»Ich weiß nicht, wo er ist. Er ist eben fort. Janice, ich will doch nur nett zu allen sein, aber sie lassen mich ja gar nicht. Keiner von euch! Janice, ich schenk' dir alles, was du dir wünschst! Du brauchst es nur zu sagen.«

»Ich verstehe, Charlie. Ich glaube, du läßt mich jetzt besser gehen. Das ist nämlich alles, was ich will.«

»Aber du hast doch gesagt...« Er schluckte. »Janice, ich... ich liebe dich!«

»Nein, das tust du nicht. Du weißt ja gar nicht, was das ist.«

»Aber dann zeig es mir doch«, flehte er und versuchte sie festzuhalten.

Sie war jetzt mit dem Rücken an der Tür. Spock drückte auf einen Knopf und die Tür ging auf. Charlie schaute ziemlich verdutzt, als Janice die Kabine verließ. Er wollte nachstürzen, aber Spock hatte das Feld schon eingeschaltet. Charlie wurde ziemlich unsanft zurückgeworfen. Einen Augenblick stand er da wie ein frisch gefangenes Wildpferd, schnaubend, die Nasenflügel gebläht, sein Atem ging heftig. Dann sagte er: »Schon gut, ist schon gut.«

Er ging langsam vorwärts. Kirk ließ ihn von der Kamera verfolgen.

Er ging durch das Feld hindurch, als ob es gar nicht da wäre. Er ging auf Janice zu.

»Warum hast du das getan? Ihr laßt es mich nicht einmal versuchen. Keiner von euch. Von jetzt an mache ich keinen Spaß mehr. Ich werde nur noch die hier lassen, die ich brauche. Dich brauche ich nicht mehr.«

Es gab wieder diesen Implosionsknall, und Janice war verschwunden. Vor Kirks Augen wurde es schwarz, ein Schwarz, das schmerzte.

»Charlie«, schrie er heiser ins Mikrofon. Der starrte dumpf in die Richtung, aus der die Stimme kam.

»Sie auch, Captain«, sagte er. »Was Sie gemacht haben, war auch nicht nett. Ich werde Sie aber noch eine gewisse Zeit brauchen. Die *Enterprise* ist keine *Antares*. Die war einfacher zu steuern. Aber wenn sie mir noch einmal etwas antun wollen, ... dann werden Sie bald keine Mannschaft mehr haben... Ich komme jetzt auf die Brücke.«

»Ich kann dich nicht daran hindern.«

»Das weiß ich selbst... Ein Mann zu sein, ist gar nicht so großartig, nicht wahr? Ich bin keiner und kann trotzdem alles tun. Sie nicht. Vielleicht bin ich der Mann und Sie sind keiner.«

Kirk stellte die Anlage ab. Er blickte Spock an. Nach einer Zeit sagte dieser: »Das war die letzte Möglichkeit, soweit ich es sehen kann.«

»Wir haben versucht, was möglich war, das ist sicher. Hat das Feld beim zweiten Mal überhaupt keine Reaktion gezeigt?«

»Nicht die geringste. Er ging so einfach durch wie ein... ein Lichtstrahl. Nein, stimmt nicht. Einen Lichtstrahl hätte ich aufhalten können, wenn ich seine Frequenz gekannt hätte. Es scheint fast nichts zu geben, was er nicht kann.«

»Außer das Schiff führen – und allein nach Kolonie Fünf gelangen.«

»Ein ziemlich schwacher Trost.«

Sie unterbrachen ihr Gespräch, als Charlie eintrat. Er kam ziemlich großspurig daher. Zu keinem sagte er ein Wort. Er ging direkt zum Pilotensitz und bedeutete Sulu, daraus zu verschwinden. Nach einem kurzen Blickwechsel mit Kirk stand er gehorsam auf und ließ Charlie Platz nehmen. Dieser fing an, an den Steuerknöpfen zu hantieren, und das Schiff geriet langsam ins Schlingern. Sofort zog er seine Finger wieder zurück.

»Zeigen Sie mir, was ich machen muß«, sagte er zu Sulu.
»Das dürfte etwa dreißig Jahre dauern.«
»So sollen nicht mit mir diskutieren, sondern es mir zeigen.«
»Zeigen Sie's ihm«, sagte Kirk, »vielleicht jagt er uns alle in die Luft. Aber dann kann er wenigstens auf Kolonie Fünf keinen Schaden mehr anrichten...«
»Captain Kirk, Captain!« Das war Leutnant Uhuras Stimme. »Ich habe Signale von draußen, auf Kanal F. Hört sich an wie von einem anderen Schiff. Es ist auf allen Instrumenten zu sehen. Aber ich kann es nicht hören.«
»Da ist nichts«, sagte Charlie, und seine Stimme klang belegt. »Lassen Sie es nur weitersenden.«
»Captain?«
»Ich bin der Captain«, sagte Charlie. Und doch fühlte Kirk, daß Charlie Angst hatte. Er hatte den unbestimmten Verdacht, daß der Junge genau wußte, daß die *Enterprise* diese Signale empfangen mußte.
»Charlie«, sagte er, »hast du etwas mit dieser Botschaft zu tun – blockierst du eine, die an uns gerichtet ist?«
»Das ist mein Spiel, Mr. Kirk«, sagte Charlie. »Sie müssen es schon selbst herausfinden. Sie sagten doch, daß die Spielregeln so wären.«
Er stemmte sich aus dem Pilotensitz hoch und sagte zu Sulu: »Sie können sich jetzt wieder hinsetzen: Ich habe den Kurs auf Kolonie Fünf fixiert.«
In der kurzen Zeit hatte er wahrscheinlich nichts dergleichen tun können, wenigstens nicht mit den paar Kontrollschaltern, die er betätigt hatte. Möglicherweise war es noch der alte Kurs. Aber was es auch immer war, es sah für sie nicht gut aus. In zwölf Stunden würden sie Kolonie Fünf erreicht haben.
Charlies Hände zitterten. Kirk sagte: »Also, Charlie, das Spiel ist so – es ist nämlich zu Ende. Für dich wenigstens. Ich glaube nicht, daß du es noch in der Hand hast. Du bist so weit gegangen, wie du nur gehen konntest. Du müßtest aber noch einen Schritt weitergehen – nämlich mit mir.«
»Ich hätte Sie schon vorher verschwinden lassen können. Zwingen Sie mich nicht dazu, es jetzt zu tun.«

»Das wagst du doch nicht. Du hast mein Schiff. Ich möchte es wiederhaben – mit der ganzen Mannschaft, verstehst du, mit der ganzen Mannschaft. – Und wenn ich dir das Genick brechen muß.«

»Rühren Sie mich nicht an«, flüsterte er. – »Rühren Sie mich ja nicht an!«

Beim nächsten Schritt, den Kirk vorwärts tat, riß ihn ein wahrer Wirbelsturm aus Schmerz zu Boden. So stark, daß er aufschreien mußte.

»Es tut mir leid.« Charlie war etwas ins Schwitzen gekommen. »Es tut mir leid...«

Aus dem Empfänger kam plötzlich ein lautes Summen, und dann sprach jemand in einem anscheinend vernünftigen Code. Uhura wollte den Decoder einschalten, als Charlie zu ihr herumwirbelte und schrie: »Unterlassen Sie das! – Ich sagte, Sie sollen das bleibenlassen!«

Der Schmerz ließ auf einmal nach. Kirk konnte sich wieder frei bewegen. Nach dem Bruchteil einer Sekunde, in der er sich überzeugt hatte, daß es auch stimmte, sprang er auf die Füße. Auch Spock und McCoy kamen näher. Aber Kirk war Charlie am nächsten. Er erhob seine Hand und ballte sie zur Faust.

Charlie wich wimmernd zurück. Aber der Schlag kam nicht. Kirks Arm blieb wie angenagelt in der Luft hängen. Plop! Janice Rand stand auf einmal in der Kommandozentrale. Die Arme ausgebreitet, als ob sie sich noch im Gleichgewicht halten müßte. Ihr Gesicht war ganz weiß und erschrocken. Aber sonst schien ihr nichts zu fehlen. Plop!

»War das ein verdammter Wurf, Jim. Das nächste Mal – Hey! Wo bin ich denn?« Das war Sam Ellis.

»Captain, sie schicken eine Botschaft«, rief Leutnant Uhura. »Sie sind auf unserer Steuerbordseite. Schiff von Thasus.«

Mit dem Schrei eines verwundeten Tieres warf sich Charlie auf den Boden und trommelte mit beiden Fäusten.

»Hört nicht hin«, jammerte er, »bitte, hört nicht hin. Ich... ich kann einfach nicht mehr mit ihnen leben.«

Kirk hörte ihm ungerührt zu. Der Junge, der sich so lange aufgespielt und sie seinem Willen unterworfen hatte, hatte vollkommen die Beherrschung verloren.

»Ihr seid doch meine Freunde. Ihr habt doch gesagt, ihr seid meine Freunde. Erinnert ihr euch noch, als ich an Bord kam?« Er sah mitleidheischend zu Kirk hinüber. »Bringt mich nach Hause, zur Kolonie Fünf. Das ist alles, was ich will... wirklich alles!«

»Captain«, Spocks Stimme klang leidenschaftslos wie immer. »Schauen Sie mal hier. – Sieht aus, als würde sich etwas materialisieren.«

Kirk, der eben noch das unbestimmte Gefühl gehabt hatte, er wäre ein Dominostein in einer endlosen Reihe umfallender Dominosteine, richtete seinen Blick auf Spock. Auf der Kommandobrücke, zwischen ihm und Spock schien sich tatsächlich ein unglaubliches Phänomen zu ereignen. Spock war nur noch in undeutlichen Umrissen erkennbar. Er war vielleicht zwei Drittel so groß wie ein Mensch und von ovaler Gestalt. Es schien dem Wesen aber nicht gelingen zu wollen, völlig kompakt zu werden. Es waberte hin und her, farbige Bänder schienen sich in ihm zu bewegen. Einen Augenblick lang sah es aus wie ein überdimensionales menschliches Gesicht, dann wieder wie etwas, das überhaupt keinem menschlichen Wesen glich. Im Moment darauf sah es aus wie ein Haus, das sich im bewegten Wasser spiegelt. Aber keinen dieser Zustände konnte es längere Zeit halten.

Dann fing es an zu sprechen. Die Stimme vibrierte tief. Sie kam nicht von der Erscheinung her – sondern aus den Lautsprechern. Aber in dem Maß, wie die Erscheinung ihre Gestalt änderte, wurde auch die Stimme anders. Sie waberte, kam verschwommen, wurde schwächer, überschlug sich wieder, der Tonfall veränderte sich, als ob sie vollkommen außer Kontrolle geraten wäre.

»Es tut uns leid, daß wir Ihnen diese Umstände machen«, sagte sie. »Aber wir haben erst zu spät entdeckt, daß der Menschenjunge verschwunden war. Wir haben lange nach ihm gesucht – und die Raumfahrt ist bei uns schon lange in Vergessenheit geraten. Wir sind sehr traurig, daß sein Entkommen so viele Menschenleben gekostet hat. Aber da das erste Schiff in seiner ursprünglichen Gestalt explodierte, konnten wir nichts für sie tun. Ihre Leute und Waffen haben wir wieder zurückgeschickt. Jetzt ist alles wieder, wie es war. Sie haben nichts mehr zu befürchten – wir haben ihn wieder unter Kontrolle.«

»Nein!« rief Charlie. Sein heftiges Schluchzen erschütterte den ganzen Körper. Er stemmte sich auf die Knie und ergriff Kirks Arm. »Ich werde es bestimmt nicht wieder tun. Bitte... ich werde nett sein – ich werde es nie wieder tun. Es tut mir auch wegen der *Antares* leid... wirklich leid. – Aber nehmt mich mit, bitte...«

»So einfach ist das nicht«, sagte Kirk und sah die Erscheinung vor ihm – war es ein Thasianer? – unverwandt an. »Charlie hat das andere Schiff zerstört, und er muß dafür bestraft werden. Dank Ihrer Hilfe ist wenigstens der andere Schaden wieder behoben. – Aber er ist ein Mensch. Er gehört zu seinesgleichen.«

»Du bist wohl verrückt«, sagte McCoy.

»Sei still, Pille. Er ist einer von uns. Wenn er es bereut, gelingt es ihm vielleicht, wieder zu uns zu finden. Ich glaube, das sind wir ihm schuldig. Vielleicht lernt er auch, von seiner unmenschlichen Macht keinen Gebrauch mehr zu machen.«

»Wir haben ihm diese Macht gegeben«, sagte die Erscheinung, »sonst hätte er gar nicht überleben können. Sie kann nicht zurückgenommen oder vergessen werden. Er wird sie immer wieder gebrauchen. – Er kann gar nicht anders. Er würde euch alle vernichten. Oder ihr müßtet ihn töten, um euch zu retten. Nur bei uns kann er leben.«

»Nein«, sagte Kirk. »Alles, was ihr ihm zu bieten habt, ist ein Gefängnis – aber kein Leben.«

»Wir wissen das. Aber es ist nicht mehr zu ändern. Der Fehler passierte ganz am Anfang. Jetzt können wir für ihn nur noch das kleinere Übel wählen. Und da wir dafür die Schuld tragen, daß es so gekommen ist, müssen wir auch für ihn sorgen. Komm, Charles Evans.«

»Laßt sie nicht!« Charlie schluchzte. »Sie dürfen mich nicht mitnehmen! Captain – Janice! Bitte! Versteht ihr denn nicht, ich kann sie ja nicht einmal anfassen...«

Der Junge und der Thasianer waren verschwunden. Zurück blieb eine lange bleischwere Stille – das schwache Vibrieren der Motoren der *Enterprise* – und das leise Weinen von Janice Rand, die wie eine Mutter um ihren Sohn trauerte, der nie mehr wiederkommen würde.

Tantalus

Simon van Gelder, Insasse der Strafkolonie Tantalus, gelangte mit einem Transport an Bord der *Enterprise*. Er hatte sich in einem Behälter versteckt, der an das Büro für Gefangenenresozialisierung in Stockholm adressiert war. Gewiß, ein reichlich verzweifeltes Unterfangen und nicht einmal besonders schlau eingefädelt, aber für ihn unter den gegebenen Umständen wahrscheinlich das einzig mögliche. Der Transport war noch keine drei Minuten an Bord, als Kirk von Tristan Adams, dem Direktor der Kolonie und zugleich ihr Chefarzt, eine Warnung erhielt. Und da der Entkommene zur Gewalttätigkeit neigte, so sagte Adams, begann man sofort mit der Suche.

Immerhin hatte sich Gelder, der Anfang der Vierzig war und über einsachtzig groß, in dieser kurzen Zeit aus seinem Versteck befreien, eine Wache überfallen und niederschlagen können und sich einer Uniform und eines Handphasers bemächtigt. So verkleidet, gelangte er tatsächlich bis auf die Kommandobrücke. Er drohte zunächst mit der Waffe, ließ aber dann von allen gewaltsamen Vorhaben ab – und bat um Asyl. Drei Minuten lang geschah gar nichts, bis er auf einmal, von hinten durch einen von Mr. Spocks berühmten Nervengriffen gelähmt, zu Boden stürzte. Er wurde in die Krankenstation gebracht, und damit hätte der Fall eigentlich sein Ende haben können.

Oder hätte es zumindest finden sollen, denn der Gefangene wäre noch einer kurzen klinischen Untersuchung unterzogen und dann mit dem Transport wieder zur Kolonie zurückgebracht worden, zu Dr. Adams und seinen differenzierten therapeutischen Behandlungsmethoden. Kirk war schon lange ein Bewunderer von Dr. Adams' Ideen zur Rehabilitierung Straffälliger. Er hatte es immer wieder bedauert, daß ihm seine Aufgaben auf der Enterprise noch nie Zeit dazu gelassen hatten, die Kolonie selbst zu besichtigen. Jetzt schien dieser Fall die beste Gelegenheit dafür zu bieten. Und dazu kam noch, daß ihn irgend etwas an van Gelder irritierte. Bei ihrem kurzen Zusammentreffen war es Kirk nicht so vorgekommen, als hätte er es mit einem gewöhnlichen Verbrecher zu tun. Er wußte allerdings auch nicht, daß seit jeher keine kriminellen, rein psychiatrischen Fälle nach Tantalus geschickt wurden. Er machte sich auf, um nach dem Gefangenen in der Krankenstation zu sehen.

Er schien zu schlafen, doch sein Körper schien hellwach, ja wie unter größter Anspannung zu stehen, wie die angeschlossenen Geräte zur Kontrolle der Körperfunktionen bewiesen. Im Schlaf erschien sein Gesicht entspannt, weich, verwundbar, wie das eines Kindes.

»Es ist verrückt«, sagte McCoy und deutete auf den Bildschirm. »Ganze Protuberanzen von Deltawellen auf dem Elektroencephalographen. Im höchsten Grade abnormal, aber keine Schizophrenie, kein Gewebeschaden oder irgend etwas dergleichen, womit ich schon zu tun hatte. Ich habe ihm die dreifache Dosis Beruhigungsmittel geben müssen, daß er...«

Sie wurden unterbrochen, als der Patient sich in seinem Bett bewegte. Ein Laut, eine seltsame Mischung aus Stöhnen und Schnarchen. Er kam offenbar schon wieder zu Bewußtsein und begann an seinen Fesseln zu reißen.

»Im Bericht steht, daß er sehr viel spricht«, sagte Kirk.

»Das schon, aber das soll sich einer zusammenreimen. Er sagt etwas, dann scheint er es wieder zu vergessen, fängt mit etwas anderem an... und doch, das wenige, was ich habe verstehen können, scheint einen Sinn zu haben, irgendeine für ihn furchtbare Wahrheit. – Zu schade, daß wir ihn nicht länger hierbehalten können.«

»So, das ist also das System, nicht wahr?« sagte der Mann auf dem Bett rauh und zerrte weiter an den Fesseln.

»Nehmen sie ihn weg von mir! Sehen Sie zu, daß Sie ihn loswerden! Soll sich doch ein anderer damit abplagen! Du verdammter...«

»Wie heißen Sie?« fragte Kirk.

»Mein Name... mein Name...« Ganz plötzlich erschien es Kirk, als ob der Mann nicht so sehr gegen die Fesseln ankämpfte, sondern sich gegen eine Art von Schmerz stemmte.

»Ich heiße, äh... Simon... Simon van Gelder.« Er sank zurück und fügte scheinbar ganz ruhig hinzu: »Ich glaube nicht, daß Sie schon von mir gehört haben.«

»Denselben Namen hatte er zuerst auch genannt«, sagte McCoy.
»Habe ich das?« sagte van Gelder. »Ich hab's vergessen. Ich war Direktor der... der... auf der Kolonie Tantalus. Kein Gefangener... ich war... Assistent. Ich habe studiert... bei...« Sein Gesicht verzerrte sich. »Und dann in... in... dort habe ich die Abschluß... in...«

Je mehr er sich zu erinnern versuchte, desto mehr Schmerzen schien er zu haben. »Lassen Sie nur, van Gelder«, sagte Kirk sanft. »Es ist schon gut so. Wir...«

»Ich weiß es genau«, sagte van Gelder mit zusammengebissenen Zähnen. »Sie haben es ausgelöscht... sie wollen mich anpassen... mich umdrehen! Ich werde es nie vergessen... nie! Ich werde nie mehr zurückgehen! Lieber sterben! Sterben! Sterben!«

Er wurde plötzlich wieder wild, bäumte sich auf und schrie, sein Gesicht war in blinder Wut verzerrt. McCoy trat zu ihm hin und sprühte ihm ein Beruhigungsmittel ins Gesicht. Das Schreien wurde leiser, erstarb in einem Gemurmel, und auch das verstummte.

»Hast du irgendeine Vermutung?« fragte Kirk.

»Eins ist sicher, da brauche ich gar nicht lange zu überlegen«, sagte McCoy. »Er will nicht mehr zurück. – Was hast du gesagt, was das ist? Mehr ein Sanatorium als ein Gefängnis? – Offensichtlich bleibt ein Käfig immer ein Käfig, egal, wie man das Ding nennt.«

»Oder da unten ist irgend etwas Entsetzliches passiert«, sagte Kirk. »Paß gut auf ihn auf, Pille. Ich glaube, ich werde mich da unten mal etwas umsehen.«

Als Kirk auf die Brücke kam, nahm Spock gerade eine Kassette von dem Videorecorder. »Das habe ich in unserer Bibliothek gefunden, Captain. Kein Zweifel, unser Gefangener ist tatsächlich Doktor van Gelder.«

»Doktor...?«

»Genau. Vor sechs Monaten mit Spezialauftrag als Assistent für Dr. Adams in die Kolonie Tantalus versetzt. – Mit einem Spezialauftrag! In seinem Fach genießt er höchste Anerkennung.«

Kirk dachte einen Augenblick nach, dann wandte er sich an seinen Nachrichtenoffizier. »Leutnant Uhura, verbinden Sie mich mit Dr. Adams auf Tantalus... Doktor? Hier ist Captain Kirk von der *Enter-*

prise. Es handelt sich um ihren entkommenen Patienten...«

»Ist das Befinden Dr. van Gelders in Ordnung?« Adams Stimme klang besorgt. »Und Ihre Leute, Captain? Keine Verwundeten? In dem gewalttätigen Zustand, in dem er sich jetzt befindet...«

»Niemandem ist etwas geschehen, Sir. Weder ihm noch uns. Aber ich habe mir gedacht, Sie könnten uns etwas über seine Krankheit erzählen. Mein Sanitätsoffizier ist einigermaßen ratlos.«

»Das überrascht mich gar nicht, Captain. Dr. van Gelder hat mit bestimmten Strahlen experimentiert, von denen er hoffte, sie könnten bei bisher unheilbaren Fällen zu positiven Ergebnissen führen. Er glaubte aber nicht, das moralische Recht zu haben, diese Versuche zuerst an Patienten durchzuführen, deshalb hat er sie an sich selbst durchgeführt.«

Während Adams noch sprach, war McCoy aus dem Aufzug gekommen und hatte mit Kirk und Spock zusammen zugehört. Als er sah, daß Kirk ihn bemerkt hatte, deutete er ihm die unmißverständliche Geste des Halsabschneidens an.

»Ich verstehe, Mr. Adams«, sagte Kirk ins Mikrofon. »Aber könnten Sie vielleicht eine Minute am Apparat bleiben, ich melde mich sofort wieder.« Leutnant Uhura unterbrach die Verbindung, und Kirk drehte sich zu McCoy. »Was ist los?«

»Jim, was Dr. Adams sagte, klang nicht sehr überzeugend. Ich weiß zwar nicht, was unserem Patienten eigentlich fehlt. Aber auf keinen Fall hat er sich das selbst zugefügt. Irgend jemand muß es getan haben. Ich kann es zwar nicht beweisen, es ist nur ein Verdacht, aber ich bin verdammt sicher.«

»Auf einen Verdacht hin, Pille, können wir aber nichts unternehmen«, sagte Kirk, obwohl es ihm ähnlich ging wie McCoy.

»Wir haben es hier nicht mit irgend jemandem zu tun, Pille. In den letzten zwanzig Jahren hat Adams für die Humanisierung und Revolutionierung des Strafvollzugs mehr getan als die übrige Menschheit in den letzten vier Jahrhunderten. Seit Dr. Adams Methoden offiziell anerkannt und praktiziert werden, habe ich mir einige Strafkolonien angesehen. Es gibt keine Käfige mehr, keine Zellen, es sind saubere, freundliche Krankenanstalten für Menschen, die einen psychischen Defekt haben. Und so einen Mann will ich einfach nicht beschuldigen,

wenn ich nicht hundertprozentige Beweise dafür habe.«
»Wer spricht denn von Beschuldigungen, Jim?« sagte McCoy gelassen. »Stell ihm doch einfach ein paar Fragen. Schlag ihm eine Inspektion oder etwas Ähnliches vor. Wenn etwas faul ist, wirst du es schon merken. Was ist denn dabei, wenn du es versuchst?«
»Ich glaube, das können wir schon riskieren«, sagte Kirk nach kurzem Überlegen, nickte Uhura zu, die die Verbindung wiederherstellte. »Dr. Adams? Ich bin selbst etwas überrascht. Einer meiner Offiziere hat mich gerade darüber aufgeklärt, daß wir nach unseren Vorschriften verpflichtet sind, in diesem Fall selbst eine Untersuchung durchzuführen. In solchen Fällen ist nämlich ein ausführlicher Bericht...«
»Aber Captain Kirk, Sie brauchen sich nicht zu entschuldigen. Im Gegenteil, Sie würden mir eine große Ehre erweisen, wenn Sie selbst herunterkommen könnten und meine Kolonie inspizierten. Sie können sich sicher denken, daß wir hier nicht sehr viel Besucher haben. Und es wäre auch schön, wenn Sie ihren Stab mitbrächten. Gezwungenermaßen müssen wir nämlich mit unseren Kontakten zur Außenwelt ziemlich sparsam sein.«
»Ich verstehe. Ich habe schon einige andere Kolonien besichtigt. Also gut. Haben Sie vielen Dank, Dr. Adams. Enterprise Ende... Zufrieden, Pille?«
»Vorläufig«, sagte dieser ungerührt.
»Gut, wir behalten van Gelder auf jeden Fall hier, bis ich mit meiner Untersuchung fertig bin. Pille, schick mir jemanden von deinen Leuten, der Erfahrung in Psychiatrie und mit Straflagern hat. Möglichst in ein und derselben Person.«
»Ja, aber selbstverständlich. Sie müssen verstehen, daß wir nicht so gerne über Fehlschläge sprechen. Aber immerhin, auch negative Beweise können von größter Wichtigkeit für die Wissenschaft sein. Würden Sie mir bitte folgen.«
»Wenn Sie mir noch eine Minute Zeit ließen«, sagte Kirk lächelnd und zog seinen Kommunikator heraus. »Ich muß mich nur noch um mein Schiff kümmern. Wenn Sie mich einen Augenblick entschuldigen.« Er entfernte sich etwas und drehte ihnen den Rücken zu. Spocks sanfte Stimme meldete sich.

»Van Gelders Zustand hat sich nicht geändert. McCoy hat ihm noch ein paar weitere Puzzlesteine abgerungen. Aber im ganzen hat sich nichts geändert. Er besteht darauf, daß Adams ein Schurke ist und die Maschine äußerst gefährlich. Sonst keine weiteren Details.«

»In Ordnung, Mr. Spock. Ich werde mich alle vier Stunden melden. Hier unten sieht alles soweit ganz gut aus. Nichts Verdächtiges. – Ende.«

»Fertig, Captain?« sagte Adams freundlich. »Dann bitte hier entlang.«

Der Raum, in dem van Gelder seine so merkwürdige und erschütternde Verwandlung erfahren hatte, unterschied sich rein äußerlich in nichts von jedem anderen Behandlungszimmer. Vielleicht, daß es mehr wie das Behandlungszimmer eines Radiologen aussah. Auf dem Behandlungstisch lag ein Patient, anscheinend bewußtlos. Von einem kleinen, ziemlich kompliziert aussehenden Gerät an der Decke fiel ein monochromatisches Lichtbündel, ähnlich einem Laserstrahl, auf die Stirn des Patienten. Nahe der Tür stand in einer Art Uniform ein Therapeut vor einer kleinen Kontrolltafel. Er trug keinen besonderen Schutzanzug; anscheinend war die Strahlung, oder was immer es war, ungefährlich, selbst auf diese geringe Entfernung. So sah das alles ganz harmlos aus.

»Das ist also das Gerät«, sagte Adams leise. »Ein Neuronenverstärker oder -drößler. Die beiden Begriffe scheinen sich zwar gegenseitig aufzuheben, aber tatsächlich hat beides dieselbe Wirkung: Eine größere Beweglichkeit der Neuronen, was natürlich einen erheblichen Zuwachs der Anzahl von Querverbindungen zwischen den einzelnen Gehirnzellen bedeutet. Ab einem bestimmten Punkt, so hat es uns wenigstens die Informationstheorie vorgerechnet, bewirkt diese gesteigerte Beweglichkeit, daß die Information vollkommen verschwindet. Wir hatten gehofft, daß wir damit unseren Patienten zu einem ausgeglicheneren Leben verhelfen würden, daß sie nicht mehr in dem Maß ihren Gewissensqualen und Begierden ausgeliefert sind. Aber die Wirkung hält leider nur sehr kurz an. Ich bezweifle sehr, daß dieses Gerät auf die Dauer den gewünschten Zweck erfüllen wird.«

»Hmm«, sagte Kirk. »Wenn es also gar nicht...«

»Warum wir es trotzdem immer noch verwenden?« Adams lächelte listig. »Hoffnung, Captain, nur die Hoffnung! Vielleicht erfüllt es doch noch irgendeinen besonderen Zweck bei Patienten, die zu Gewaltausbrüchen neigen – natürlich nur zur Beruhigung, als erste Hilfe sozusagen.«

»Also, so ein kleiner Tranquilizer«, meinte Helen Noel. »Nur eben nicht in Tablettenform. Und fortwährend chemische Substanzen in den Blutkreislauf eines Menschen zu bringen, nur um ihn einigermaßen unter Kontrolle zu halten, ist doch...«

Adams nickte heftig. »Genau das ist es, Doktor.« Er ging zur Tür, aber Kirk betrachtete immer noch den Patienten auf dem Tisch. Plötzlich wandte er sich an den Therapeuten und fragte: »Wie funktioniert das?«

»Ganz einfach. Es ist ein primitives Strahlungsgerät. An – Aus, und hier das Potentiometer für die Stärke. Wir haben zuerst versucht, den Output der Deltafrequenz des Patienten anzugleichen, haben aber herausgefunden, daß das gar nicht nötig ist. Das Gehirn scheint dafür eine Art von eigenem Monitor zu besitzen, mit etwas Unterstützung von uns natürlich. Sie müssen also den Patienten schon ganz gut kennen. Sie können ihn nicht einfach auf den Tisch legen und erwarten, daß der Apparat mit ihm verfährt wie ein Computer.«

»Und wir sollten aus demselben Grund nicht soviel in Gegenwart des Patienten reden«, sagte Adams leise. Zum ersten Mal klang seine Stimme ein ganz klein wenig ärgerlich. »Es ist besser, wir heben uns weitere Erklärungen auf, bis wir wieder in meinem Büro sind.«

»Ich stelle meine Fragen lieber, solange sie mir auf der Zunge liegen.«

»Der Captain«, sagte Helen zu Adams, »ist ein recht stürmischer Mensch.«

Adams lächelte. »Er erinnert mich etwas an die Skeptiker in der Antike. Die wollten alle Weisheit der Welt erlernen, solange sie auf einem Bein stehen konnten.«

»Ich möchte nur ganz sicher sein«, sagte Kirk ungerührt, »daß es auch genau hier war, wo das Unglück mit Dr. van Gelder passierte.«

»Ja«, sagte Adams, »und er war im Grunde selbst daran schuld. Ich spreche zwar nicht gern über die Fehler von Kollegen, aber Simon hatte tatsächlich einen dicken Schädel. So wie die Strahlung jetzt dosiert ist, hätte er sich ein ganzes Jahr darunter legen können. Sie könnte sogar noch stärker sein. Oder wenn wenigstens jemand an der Kontrolltafel gewesen wäre, als es kritisch wurde. Aber er wollte es allein versuchen, bei vollem Output. Natürlich mußte es dann dazu kommen. Auch Wasser kann einen Menschen schädigen – in genügend großer Menge.«

»Sehr unvorsichtig von ihm«, sagte Kirk unbeeindruckt. »Gut, Mr. Adams, sehen wir uns den Rest an.«

»Freut mich, Captain, ich möchte Ihnen nämlich auch ein paar positive Fälle zeigen, bei denen wir Erfolg hatten.«

Als sie wieder in den Räumen waren, die ihnen Adams zugewiesen hatte, rief Kirk die *Enterprise*. Von van Gelder gab es nichts wesentlich Neues zu berichten. McCoy versuchte nach wie vor, hinter die Lücken in van Gelders Gedächtnis zu kommen, aber es kam nichts dabei heraus. Der Patient war erschöpft. Am Schluß sagte er immer nur: »Er leert uns... und dann füllt er sein Ich in uns. Ich bin weggelaufen, bevor er mich auffüllen konnte. Man fühlt sich so einsam, wenn man ganz leer ist...«

Ohne Bedeutung, und doch schien es Kirk auf eine Idee zu bringen. Nach einer Weile betrat er leise den Korridor und klopfte an Helens Tür.

»Nun«, sagte sie, »was soll das heißen, Captain? Denken Sie, es ist schon wieder Weihnachten?«

»Es ist dienstlich«, sagte Kirk. »Lassen Sie mich herein, bevor mich hier jemand sieht.«

Sie gab ihm zögernd den Weg frei, und er trat ein und schloß die Tür hinter sich.

»Danke, Doktor. Ich möchte Sie fragen, was sie von den Häftlingen halten, die wir heute nachmittag gesehen haben.«

»Also... es hat mich tatsächlich beeindruckt, überhaupt das ganze Projekt. Die Patienten schienen glücklich zu sein oder jedenfalls zufrieden. Ein echter Fortschritt...«

»Nicht auch ein bißchen – wie soll ich sagen – leblos, stumpf?«

»Sie waren nicht normal, das habe ich auch gar nicht anders erwartet.«

»Das stimmt natürlich. Ich möchte mir den Behandlungsraum noch einmal ansehen, und dazu brauche ich Sie. Sie müssen diese Theorie weitaus besser verstanden haben als ich.«

»Warum fragen Sie nicht Dr. Adams?« sagte sie steif. »Er ist doch der einzige wirkliche Experte auf diesem Gebiet.«

»Und wenn er mich nun angelogen hat und mich weiter anlügt, werde ich überhaupt nichts erfahren. Ich muß sehen, wie die Maschine arbeitet, und dazu brauche ich jemanden, der sie bedient... Sie sind die einzige, die in Frage kommt.«

»Also gut – gehen wir.«

Sie fanden das Behandlungszimmer ohne Schwierigkeiten. Niemand war dort. Da ihm der Therapeut zuvor die Schalttafel erklärt hatte, konnte er das Gerät ohne weiteres in Betrieb setzen. Dann legte er sich genauso auf den Behandlungstisch, wie er es bei dem Patienten gesehen hatte, und musterte argwöhnisch den Apparat an der Decke.

»Ich hoffe, Sie sind in der Lage zu beurteilen, wann es anfängt, für mich gefährlich zu werden. Adams sagt zwar, es sei harmlos, aber das möchte ich ja eben herausfinden. Fangen wir beim niedrigsten Output an. Nur ein, zwei Sekunden.«

Nichts geschah.

»Also? Wenn Sie bereit sind...«

»Aber Sie haben schon zwei Sekunden gehabt.«

»Hm. Ich habe überhaupt nichts gemerkt.«

»Aber ich. Zuerst haben Sie die Stirn gerunzelt, dann wurde Ihr Gesicht schlaff. Als ich die Strahlung wieder abschaltete, haben Sie wieder die Stirn gerunzelt.«

»Das ist mir unbegreiflich. Ich habe nichts von all dem gespürt. Versuchen Sie es noch einmal.«

»Wie fühlen Sie sich jetzt?«

»Etwas... äh, ich kann es nicht genau sagen, es ist kein besonderes Gefühl. Ich warte einfach. Ich dachte, wir würden es noch einmal versuchen?«

»Haben wir auch«, sagte Helen. »Es ist, als ob Ihr Gedächtnis so total ausgelöscht wird, daß Sie nicht einmal mehr einen Sinn für die Zeit haben.«

»Gut, gut«, sagte Kirk trocken. »Ein ziemlich bemerkenswertes Resultat für ein Gerät, das Adams als unbrauchbar abtun wollte. Der Techniker sagte auch irgend etwas von Suggestion. Versuchen Sie's mal, irgend etwas Harmloses. Wissen Sie, wenn wir damit fertig sind, dann schauen wir, ob es hier eine Küche gibt.«

»Es funktioniert, Captain«, sagte Helen überrascht. »Ich hatte das Gerät eben zwei Sekunden eingeschaltet bei niedrigster Stärke und leise gesagt ›Ich bin hungrig‹ - und jetzt sind Sie es anscheinend tatsächlich.«

»Ich habe kein Wort gehört. Versuchen Sie es noch einmal. Ich möchte vollkommene Klarheit darüber.«

»Das finde ich durchaus richtig«, erklang Adams Stimme. Kirk setzte sich kerzengerade auf und sah in die Mündung eines Phasers. Auch der Therapeut war da und hielt mit seiner Waffe Helen in Schach.

»In Gefängnissen und Nervenheilanstalten wird jedes Gespräch, jedes Geräusch aufgezeichnet und abgehört«, sagte Adams freundlich, »sonst würden sie sich gar nicht halten können. Und so, Captain, freut es mich, daß ich Ihre Neugierde befriedigen kann. Ich werde Ihnen das Gerät demonstrieren, daß Sie Ihre helle Freude daran haben werden.«

Er ging zur Schalttafel und drehte an dem Hauptregler. Kirk sah nicht einmal, daß er den Knopf zum Einschalten drückte. Der Raum verschwand vor seinen Augen in einer Kaskade von unerträglichem Schmerz.

Wie schon vorher, hatte er auch jetzt nicht das Gefühl, daß irgendeine Lücke in seiner Erinnerung wäre. Er stand da und überreichte Adams seinen Phaser. Im selben Augenblick wußte er auch, was das für ein Schmerz war. Es war Liebe. Er liebte Helen. Und die Verlassenheit, die Einsamkeit schmerzte ihn. Helen war fort. Alles, woran er sich erinnern konnte, war, daß er sie an jenem Weihnachtsabend in ihre Kabine gebracht hatte, wie sie sich gesträubt hatte, wie er sie belogen hatte, und daß diese Lügen jetzt die reinste Wahrheit waren. Es war nur seltsam, daß diese Erinnerungen so farblos waren, eindimensional, die Stimmen, die darin auftauchten, klangen so monoton. Aber das Verlangen und die Einsamkeit waren real. Um diesen Schmerz zu lindern, hätte er alles getan: gelogen, gestohlen, sein Schiff aufgegeben, seinen guten Ruf, sein Ansehen..., er schrie auf.

»Sie ist nicht hier«, sagte Adams und reichte Kirks Waffe seinem Therapeuten. »Ich werde sie nach einer Weile wieder herschicken, dann wird es besser werden. Aber zuerst müssen Sie Ihr Schiff rufen. Es ist wichtig, daß die Offiziere Bescheid wissen, daß es Ihnen gutgeht. Dann können wir vielleicht Dr. Noel sehen.«

In einem neuen Anfall von Schmerz holte Kirk seinen Kommunikator heraus und klappte ihn auf. »Captain... an *Enterprise*...« Es fiel ihm sehr schwer zu sprechen. Die Botschaft an sich war unwesentlich.

»Hier *Enterprise*, Captain.« Es war Spocks Stimme.

»Hier ist alles in Ordnung, Mr. Spock. Wir sind immer noch bei Dr. Adams.«

»Ihre Stimme klingt so müde, Captain. Irgendwelche Schwierigkeiten?«

»Keine, Mr. Spock. Ich melde mich in sechs Stunden wieder. Ende.« Er wollte den Kommunikator wieder einstecken, aber Adams streckte die Hand aus.

»Und das auch noch, Captain.«

Kirk zögerte, aber Adams war sofort wieder an der Schalttafel. Der Schmerz kam wieder zurück, verdoppelte, verdreifachte, verzehnfachte sich und endlich – endlich, die erlösende Bewußtlosigkeit.

Er wachte auf vom sanften Klang einer weiblichen Stimme. Ein feuchtes Tuch auf seiner Stirn brachte seinem Kopf Linderung. Er schlug die Augen auf. Er lag in einem Bett in einem der Gästezimmer auf Tantalus; er fühlte sich, als ob man ihn ins Bett hineingeworfen hätte. Eine Hand glitt in sein Gesichtsfeld, und er fühlte wieder das feuchte Tuch auf seiner Stirn. Helens Stimme sagte: »Captain... Captain. Man hat Sie aus dem Behandlungsraum herausgebracht. Sie sind jetzt wieder in Ihrem alten Zimmer. Wachen Sie auf, bitte, bitte!«

»Helen«, sagte er, und ganz automatisch griff er nach ihrer Hand. Aber er war noch sehr schwach. Mühelos stieß sie ihn wieder zurück.

»Versuchen Sie doch, sich zu erinnern. Er hat Ihnen doch das alles eingeredet. Er ging an die Schalttafel. – Erinnern Sie sich an den Schmerz? Und an seine Stimme, wie er Ihnen sagte, Sie liebten mich?«

Er richtete sich mühsam auf und stützte sich auf einen Ellbogen. Der Schmerz war noch da, und das Verlangen auch. Er versuchte dagegen anzukämpfen mit aller Kraft.

»Ja... ich glaube schon«, sagte er. Eine neue Welle von Schmerz. »Seine Maschine ist nicht ganz vollkommen. Ich erinnere mich... an einiges.«

»Das ist gut. – Lassen Sie mich nur nochmal das Tuch feucht machen.«

Während sie weg war, zwang sich Kirk dazu, aufzustehen. Einen Augenblick lang stand er schwankend da. Dann schlurfte er langsam zur Tür und untersuchte, ob sie abgesperrt war; verschlossen, natürlich. Hier drinnen sollten sich also er und Helen ihrer aufgezwungenen Liebe hingeben, sie bestätigen, wahrmachen... und die *Enterprise* vergessen. So einfach wollte er es ihnen aber nicht machen. Er blickte sich im Zimmer um und entdeckte den Gitterrost der Klimaanlage.

Helen kam wieder zurück, und er winkte sie zu sich. Mit dem Finger auf die Lippen gelegt bedeutete er ihr, nicht zu sprechen. Neugierig folgte sie ihm. Er versuchte das Gitter zu bewegen, und es gab ganz leicht nach. Als er sich mit ganzer Kraft dagegenstemmte, konnte er es nach außen biegen. Beim zweiten Versuch gelang es ihm, es ganz herauszulösen. Er kniete sich hin und steckte den Kopf in die Öffnung.

Das war nicht nur ein Schacht, das war ein kleiner Tunnel. Man konnte bequem darin kriechen. Er diente wahrscheinlich dazu, die Energieleitungen zu warten. Er versuchte hineinzukriechen, doch seine Schultern waren zu breit.

Er gab den Versuch auf und streckte die Hände nach dem Mädchen aus. Sie wich zurück. Er schüttelte energisch den Kopf und hoffte, daß in seinem Ausdruck nichts auf Leidenschaft schließen ließ. Nach einigem Zögern trat sie auf ihn zu.

»Er kann uns wahrscheinlich genausogut beobachten wie hören«, flüsterte Kirk. »Ich hoffe nur, daß die Kamera auf das Bett gerichtet ist. Dieser Tunnel hier steht wahrscheinlich mit einem ganzen Komplex von anderen in Verbindung, und möglicherweise gelangt man durch ihn zu ihrer Energiezentrale. Wenn Sie hier durchkämen, könnten Sie für das ganze Gelände den Strom abschalten – auch ihre Sensoren. Und Spock könnte uns Hilfe herunterschicken, ohne von ihnen abgefangen zu werden. Die Sache wäre einen Versuch wert!«

»Natürlich.«

»Und berühren Sie keine von den Leitungen. Das könnte ziemlich unangenehm sein.«

»Wohl nicht unangenehmer als Adams' Behandlung.«

»Gutes Mädchen.«

Er blickte auf sie herab. Der Schmerz wurde größer, verstärkt durch die Erinnerung und die Gefahr, in der sie schwebten. Ihre Augen waren halb geschlossen, und ihr Mund lockte. Irgendwie gelang es ihm, sich von diesem Gedanken loszureißen. Sie ließ sich auf die Knie nieder und zwängte sich in den Tunnel. Als sie verschwunden war, befestigte Kirk das Gitter wieder an seinem alten Platz.

Es rastete nicht wieder richtig ein, dazu war es zu verbogen. Es gelang ihm aber, es wieder einigermaßen geradezubiegen und es so zu befestigen, daß niemand auf den Verdacht kommen würde, es wäre mit Gewalt entfernt worden. Er hatte sich gerade wieder erhoben und ein paar abgebrochene Nieten in die Tasche gesteckt, als er hörte, wie die Halterungen im Türschloß aufklickten. Er drehte sich gerade noch rechtzeitig um und sah den Therapeuten hereinkommen. Er hielt eine altmodische Laserpistole in der Hand und sah sich gleichgültig im Zimmer um.

»Wo ist das Mädchen?«

»Ein anderer von euch Gorillas hat sie mitgenommen. Wenn ihr etwas geschehen ist, werde ich Sie töten. – Ist es wieder Zeit für eine Behandlung?« Er machte einen Schritt auf ihn zu und beugte sich unwillkürlich etwas vor. Die Pistole zuckte sofort hoch. »Zurück! Gehen Sie an mir vorbei in den Korridor und dann rechts. Ich werde nicht zögern zu schießen.«

»Da dürften Sie sich aber schwertun, das Ihrem Boß zu erklären. In Ordnung, ich gehe schon.«

Adams wartete bereits. Mit einer knappen Geste ließ er ihn auf dem Behandlungstisch Platz nehmen.

»Was soll das?« fragte Kirk. »Ich füge mich doch ohnehin Ihren Anweisungen, oder?«

»Wenn Sie es täten, würden Sie keine Fragen stellen. Jedenfalls habe ich nicht im Sinn, mich Ihnen zu erklären. Legen Sie sich flach hin. Gut.«

Die Strahlung drang wieder in Kirks Gehirn ein. Er fühlte, wie die Leere größer wurde, und versuchte dagegen anzukämpfen. Dieses Mal wenigstens merkte er, daß die Zeit verging, wenn er auch sonst nichts erreichte. Aber sein Wille schien immer mehr nachzulassen, als ob ein Ventil in seinem Kopf geöffnet worden wäre.

»Sie glauben mir bedingungslos«, sagte Adams. »Sie glauben mir, Sie vertrauen mir. Das geringste Mißtrauen wird äußerst schmerzhaft sein. Sie glauben...«

»Ich glaube«, sagte Kirk. Etwas anderes zu tun, wäre fast Selbstmord gewesen. »Ich glaube Ihnen. Ich vertraue Ihnen. Ich vertraue Ihnen! Halt! Halt!«

Adams schaltete die Maschine zurück. Der Schmerz ließ etwas nach, aber er war noch lange nicht ganz verschwunden.

»Ich glaube Ihnen«, sagte Adams nachdenklich. »Van Gelder hat an diesem Punkt schon vor mir auf den Knien gelegen – und er hatte einen starken Willen. Ich kann mich glücklich schätzen, ein solches Paar wie sie beide zu haben. Ich habe eine Menge daraus gelernt.«

»Aber... zu welchem... zu welchem Zweck? Ihr Ansehen... Ihre Arbeit...«

»So, Sie stellen also immer noch Fragen? Sehr bemerkenswert. Nun ja, das macht jetzt nichts mehr aus. Ich bin es satt, immer Dinge für andere zu tun, das ist alles. Ich möchte es einmal sehr gut haben, wenn ich alt bin – und ich bin da wählerisch. Sie werden mir dazu verhelfen.«

»Natürlich... aber so unnötig... vertrauen Sie...«

»Wem? Ihnen? – Natürlich. Oder darauf, daß mich die Menschen einmal belohnen werden? Alles, was sie mir bis jetzt gegeben haben, ist Tantalus. Und das ist nicht genug. Ich weiß, wie ihre Gehirne arbeiten. Keiner weiß es besser.«

An der Tür war ein Geräusch. Kirk sah, daß Lethe eingetreten war.

»Dr. Noel ist verschwunden. Niemand hat sie herausgeholt. Sie ist nirgendwo zu finden.«

Adams drehte sich zur Schalttafel und drückte auf den Knopf. Der Strahl kam wieder – mit voller Stärke. Kirks Hirn schien auszulaufen wie ein See durch eine geborstene Staumauer.

»Wo ist sie?«

»Ich... ich weiß es nicht.«

Die Schmerzen wurden noch stärker. »Wo ist sie? Antworten Sie!«

Es war ihm unmöglich, zu antworten, denn er wußte es nicht, und die Schmerzen blockierten jede andere Antwort außer genau der von ihm verlangten. Er konnte keinen klaren Gedanken fassen. Als ob er auch daran eben gedacht hätte, dämpfte Adams die Strahlung etwas.

»Wo haben Sie sie hingeschickt? Mit welchem Auftrag? Antworten Sie!«

Der Schmerz peitschte wieder hoch bis zur Unerträglichkeit – und im selben Moment gingen alle Lichter aus, bis auf eine Art Notbeleuchtung an der Decke. Kirk hielt sich nicht damit auf, darüber nachzudenken, was jetzt geschehen war. Durch den wahnsinnigen Schmerz zu rasender Wut aufgestachelt, war jetzt alles reiner Reflex. Einen Augenblick später lag der Therapeut bewußtlos auf dem Boden, und Kirk hielt Dr. Adams und Lethe mit dem altmodischen Handphaser in Schach.

»Ich habe jetzt keine Zeit, mich mit Ihnen zu beschäftigen«, keuchte er, schaltete den Phaser auf »Betäubung« und drückte zweimal ab. Dann lief er hinaus auf den Korridor. Ein schwerer Klumpen aus Sehnsucht, Einsamkeit und Furcht war in seinem Herzen. Er mußte unbedingt Helen finden. An etwas anderes konnte er nicht denken. Und der weiße, glühende Schmerz in seinem Gehirn machte ihm deutlich, daß er jemanden verriet, dem er Treue geschworen hatte.

Stumpf blickende, verängstigte Patienten drängten sich um ihn wie eine Herde Schafe, als er durch den Korridor eilte. Er stieß sie einfach zur Seite, wenn sie ihm im Weg waren. Der lange Marsch zur Energiezentrale kam ihm vor wie ein endloser Alptraum. Dann, er wußte selbst nicht wie, stand er vor Helen. Er schloß sie in seine Arme und küßte sie.

Es schien aber nicht zu helfen. Er zog sie noch enger an sich. Sie sträubte sich zwar, aber nicht sehr energisch. Kurz darauf hörten sie hinter sich das vertraute Summen einer Transporter-Materialisierung. Dann ertönte Spocks Stimme: »Captain Kirk, was ist los...«

Helen befreite sich aus Kirks Umarmung. »Er kann nichts dafür. Schnell, Jim, wo ist Adams?«

»Oben«, sagte Kirk dumpf. »Im Behandlungsraum.«

»Helen...«

»Später, Jim. Wir müssen uns beeilen.«

Sie fanden Adams. Er lag ausgestreckt auf dem Behandlungstisch. Die Maschine arbeitete auf vollen Touren. Lethe stand teilnahmslos an der Schalttafel. Als Kirk, Spock und Helen, gefolgt von einer vollen Kompanie Schiffswachen, den Raum betraten, schaltete sie das Gerät ab.

McCoy tauchte auf und beugte sich über Adams. Dann richtete er sich auf.

»Tot.«

»Das verstehe ich nicht«, sagte Helen. »Die Maschine ist doch gar nicht so hoch einstellbar, daß sie einen Menschen hätte töten können. Ich glaube es nicht.«

»Er war allein«, sagte Lethe wie versteinert. »Das hat gereicht. Ich habe nicht zu ihm gesprochen.«

Kirk fühlte, wie sein Schädel dröhnte. »Ich glaube, ich verstehe.«

»Das kann ich allerdings nicht behaupten, Jim«, sagte McCoy.

»Ein Mensch muß an irgend etwas sterben.«

»Er starb daran, daß er allein war«, sagte Lethe. »Das genügt vollkommen. Ich kenne das.«

»Was machen wir jetzt, Captain?« fragte Spock.

»Ich weiß nicht... wartet... holt van Gelder her, und wir sehen zu, daß wir ihn hier wieder in Ordnung bringen. Er muß hier behandelt werden, mit diesem Gerät. Und dann... muß er mich behandeln. Helen, ich tue es nicht gerne. Es ist das letzte, was ich überhaupt möchte, aber –«

»Ich möchte es auch nicht«, sagte sie traurig. »Aber wir müssen es beide aushalten. Solange es da war, war es schön, Jim – schrecklich, aber schön.«

»Ich kann es immer noch nicht glauben«, sagte McCoy später, »daß ein Mensch an Einsamkeit sterben kann.«

»Nein«, sagte Kirk. Er war wieder vollkommen hergestellt.

Helen war für ihn nicht mehr als eine Ärztin aus McCoys Stab. Aber...

»Nein«, sagte er, »es ist gar nicht so schwer zu verstehen.«

Der unwirkliche McCoy

Das Kraterlager – oder Bierces Camp – auf Regulus VIII, wie es in den Berichten genannt wurde, bestand aus den abbröckelnden Überresten von etwas, was früher einmal vermutlich ein verborgenes Heiligtum gewesen war. Der Kraterboden war jetzt ein einziges Ausgrabungsfeld: Schächte, Gräben, Werkzeugschuppen, Stapel von Segeltuchplanen, aufgetürmte Funde, Reste der Tempelanlage.

Außerhalb des Kraters erstreckte sich eine trostlose Ebene, die stellenweise mit niedrigen dornigen Sträuchern bewachsen war, bis hin zum nächsten Krater. Und Krater gab es dort eine Unmenge, nur hatte sie bis jetzt niemand genau erforscht. Man wußte nur, daß sie einmal bewohnt gewesen waren, aber noch nicht vor wieviel Tausenden von Jahren. Das war weiter nicht ungewöhnlich, denn in der ganzen Galaxis konnte man solche Planeten finden, deren Geschichte niemand kannte und die unseren Archäologen fortwährend Anlaß zum Träumen und Spekulieren gaben.

Bierce hatte Glück gehabt – unwahrscheinliches Glück.

Aber Kirk, der in seinem Leben schon mehr Planeten gesehen hatte als die meisten Menschen, wurde immer etwas unwirsch, wenn er es mit Regulus VIII zu tun hatte. Die *Enterprise* war entsprechend ihrem allgemeinen Auftrag dort in Position gegangen. Das heißt genauer, ein Paragraph dieses Auftrags war dafür ausschlaggebend gewesen, der bestimmte, daß Wissenschaftler, die Forschungsaufgaben an anderen Planeten durchführen, sich einmal im Jahr von einem Arzt eines Raumschiffs untersuchen lassen müssen. Und da eben diese Prozedur bei Bierce wieder fällig war und sich die *Enterprise* sowieso in nächster Nähe des Planeten befand, nahm McCoy die Gelegenheit wahr. Er ließ sich von der *Enterprise*, die auf Umlaufbahn blieb, herunterbeamen. Es war eine reine Routinesache, bis auf eine Tatsache, von der McCoy selbst schon öfter gesprochen hatte, daß nämlich Bierces Frau Nancy vor gut zehn Jahren und vor ihrer Bekanntschaft mit Bierce ernsthafter Gegenstand von McCoys Interesse gewesen war. Aber das sind ja im Grunde ganz triviale Dinge.

Und dann trat Nancy aus dem Tempel – wenn man diesen Schutthaufen so nennen wollte –, um sie zu begrüßen.

Sie waren zu dritt: McCoy, einer von der Mannschaft, Darnell, er war gewissermaßen McCoys Geleitschutz, und Kirk – der aus Neugier mitgekommen war. Sie kam ihnen mit ausgestreckten Armen entgegen, und nach kurzem Zögern und einem Seitenblick auf Kirk ergriff McCoy ihre Hände. »Leonard!« sagte sie, »laß mich dich ansehen.«

»Nancy, du... du bist nicht ein Jahr älter geworden!«

Kirk konnte sich gerade noch ein Lächeln verkneifen. Sie war schon hübsch, aber nicht außergewöhnlich: eine starkknochige Frau von etwa vierzig Jahren, nicht gerade charmant, und ihr Haar zeigte schon graue Stellen. Es war kaum zu glauben, daß sie unseren hartgesottenen Medikus einmal so fasziniert hatte, selbst als sie dreißig oder noch jünger gewesen sein mochte, daß er auch jetzt noch an ihr kein Zeichen des Alterns feststellen wollte. Und doch, ihr Lächeln war bezaubernd.

»Das ist der Captain der *Enterprise*, Jim Kirk«, sagte McCoy, »und das ist Darnell, ein Mannschaftsmitglied.«

Nancy schenkte der Reihe nach dem Captain und Darnell ein Lächeln. Darnells Reaktion darauf war bemerkenswert. Sein Unterkiefer klappte herunter, und er starrte sie an wie ein Gespenst. Wenn Kirk nicht zu weit weg gewesen wäre, hätte er ihm am liebsten einen Tritt in den Hintern gegeben.

»Kommt herein«, sagte sie, »kommt nur herein. Vielleicht müssen wir noch etwas auf Bob warten; wenn er einmal mit dem Buddeln angefangen hat, vergißt er alles andere um sich. Wir haben uns hier ein paar Zimmer eingerichtet. Früher war das wohl der Altarraum – also, bequem ist es nicht, aber viel Platz. Komm herein, Pflaume.«

»Pflaume?« fragte Kirk erstaunt.

»Ja, das ist ein... ein alter Kosename«, sagte McCoy verlegen und folgte ihr. Verärgert über seine eigene Taktlosigkeit schnauzte Kirk Darnell an: »Was glotzen Sie hier so verwundert herum, Mann?«

»Tut mir leid, Sir«, sagte Darnell steif. »Sie erinnert mich an jemanden, das ist alles. Ich kannte einmal ein Mädchen auf Wrigleys Planet.

Das ist...«

»Das ist vorläufig genug. – Denken Sie darüber nach, wenn Sie allein sind. Vielleicht warten Sie sogar besser draußen.«

»Ja, Sir, vielen Dank.« Der Bursche schien ehrlich erleichtert. »Ich werde mich etwas umsehen, Sir, wenn Sie nichts dagegen haben.«

»Ja, tun Sie das. Aber bleiben Sie in Rufweite.«

Es war wohl ganz einfach so, daß Darnell seit seinem letzten Landaufenthalt keine fremde Frau mehr gesehen hatte. Aber trotzdem...

Bierce ließ lange auf sich warten. Nach einigen Entschuldigungen ließ sie Nancy allein, um ihn zu holen. Sie standen herum und betrachteten die aus dem Stein gehauenen Wände des Raums. Jeder vermied es, den anderen anzusprechen. Kirk wußte nicht genau, ob er jetzt lieber wieder auf der *Enterprise* sein wollte oder sonst irgendwo. Er konnte sich nicht erinnern, daß ihn sein Taktgefühl schon jemals so im Stich gelassen hatte.

Glücklicherweise kam Bierce, bevor sich Kirk entscheiden mußte, ob er nun davonlaufen oder in den Boden versinken wollte. Er war ein ungewöhnlich großer Mann und schien nur aus Knochen und kräftigen, schweren Gelenken zu bestehen. Sein einziges Kleidungsstück schien ein verschlissener Overall zu sein. Sein Gesicht war genauso ausgemergelt wie sein Körper. Das Funkeln in seinen Augen erschien Kirk sowohl intelligent als auch eine Spur verbittert. Aber Kirk hatte nie behauptet, sich bei Akademikern genau auszukennen.

»Dr. Bierce?« sagte er. »Ich bin Captain Kirk, und das ist unser Schiffsarzt...«

»Ich weiß, wer Sie sind«, sagte Bierce, und seine Stimme hörte sich an wie ein verrosteter Wecker. »Wir brauchen Sie hier nicht. Wenn Sie unser Aspirin, unsere Salztabletten und den anderen Krimskrams auffüllen, brauchen Sie sich über uns keine weiteren Gedanken mehr zu machen und können verschwinden.«

»Tut uns leid, aber das Gesetz besteht nun einmal auf einer jährlichen Untersuchung«, sagte Kirk. »Ich bin sicher, daß sich Dr. McCoy beeilen wird, wenn Sie uns halbwegs entgegenkommen.« Und wie zur Bestätigung hatte McCoy schon seine Instrumente ausgepackt.

»McCoy?« fragte Bierce. »Den Namen habe ich doch schon mal gehört... Ach ja, Nancy sprach oft von Ihnen.«

»Strecken Sie Ihre Arme seitlich aus, bitte, und atmen Sie ruhig... Ja, hat sie Ihnen nicht gesagt, daß ich hier bin?«

Nach einer kaum merklichen Pause sagte Bierce: »Sie haben... Sie haben Nancy gesehen?«

»Ja, sie war hier, als wir kamen«, sagte Kirk. »Sie ging dann weg, um Sie zu suchen.«

»O ja, natürlich. Es freut mich selbstverständlich, wenn sie einmal wieder einen alten Freund trifft. Sie hat so wenig Gesellschaft. Mir ist die Einsamkeit gerade recht, aber für eine Frau ist es wahrscheinlich recht schwierig.«

»Ich verstehe«, sagte Kirk, aber er war sich dessen gar nicht so sicher. Dieser plötzliche Versuch, herzlich zu sein, klang etwas gekünstelt und unglaubwürdig nach der anfänglichen Feindseligkeit. Und die hatte sehr echt geklungen.

McCoy hatte die Untersuchung mit dem Tricorder abgeschlossen und eine Holzspachtel in der Hand, um die Mundhöhle zu untersuchen. »Sie hat sich überhaupt nicht verändert«, sagte er. »Machen Sie bitte Ihren Mund auf.«

Widerwillig folgte Bierce der Aufforderung. Im gleichen Moment wurde die Stille von einem markerschütternden Schrei zerrissen. Einen schrecklichen Augenblick lang hatte Kirk das Gefühl, er wäre aus Bierces Rachen gekommen. Dann folgte ein zweiter Schrei, und Kirk war sicher, daß es diesmal eine weibliche Stimme gewesen war.

Sie stürzten alle zur Tür hinaus. Draußen ließen Kirk und McCoy Bierce einfach stehen, denn obwohl sich Bierce zeit seines Lebens im Freien aufgehalten hatte, war er kein guter Läufer. Aber sie mußten sowieso nicht weit laufen. Jenseits des Kraterrandes stand Nancy, beide Fäuste auf den Mund gepreßt, über Darnells leblosen Körper gebeugt.

Als sie Nancy den Kraterrand heraufstürmen sah, ging sie auf McCoy zu, aber der beachtete sie gar nicht, sondern ließ sich neben dem Körper Darnells auf die Knie nieder. Darnell lag mit dem Gesicht nach unten auf dem Boden. Nachdem er den Puls gefühlt hatte, drehte McCoy Darnells Kopf auf die Seite, brummte etwas in sich hinein und drehte dann den Körper ganz herum.

Selbst Kirk sah jetzt, daß Darnell tot war. Sein ganzes Gesicht war mit kleinen, ringförmigen roten Flecken bedeckt, die langsam an Farbe verloren. »Was war das?« fragte Kirk kopfschüttelnd.

»Ich weiß es nicht. Sieht aus, als wären es Druckstellen von kleinen Saugnäpfen oder Schröpfköpfen, oder vielleicht eine Art von Immun. – He, was ist denn das?«

McCoy öffnete mühsam die zusammengeballte, verkrampfte Faust Darnells. Darin war ein verdrehtes runzliges Ding von unbestimmter Farbe, das einer vertrockneten Rübe glich. Es sah aus, als ob das eine Ende abgebissen worden wäre. Das – das war allerdings fast unglaublich. Kirk fuhr herum und wandte sich an Nancy.

»Was ist geschehen?« fragte er schneidend.

»Sprechen Sie nicht in diesem Ton mit meiner Frau«, schnarrte Bierce. »Sie kann ja nichts dafür!«

»Hören Sie, Bierce, einer meiner Männer ist tot. Ich beschuldige niemanden, aber sie ist die einzige, die dabei war.«

McCoy erhob sich. »Erzähl uns, was du gesehen hast, Nancy. Laß dir soviel Zeit, wie du willst. Schildere uns ganz genau, was du gesehen hast.«

»Es war gerade...«, sie schluckte. »...ich konnte Bob nicht finden, und... und ich wollte eben zurückgehen, da sah ich diesen Mann. Er hatte diese Borgia-Wurzel in der Hand und roch daran. Ich wollte ihm gerade zurufen, daß er um Gottes willen dem Ding nicht zu nahe kommen sollte, da biß er auch schon hinein. Ich hätte nie gedacht, daß er..., dann verzerrte sich sein Gesicht, und er fiel um und...«

Sie brach ab und schlug die Hände vors Gesicht. McCoy faßte sie sanft an der Schulter. Kirk, dem gerade nicht nach einer so zärtlichen Vertraulichkeit zumute war, sagte nur: »Wie konnten Sie sehen, was Darnell in der Hand hatte, wenn Sie kaum in Rufweite von ihm waren?«

»Was soll dieses Kreuzverhör?« bellte Bierce dazwischen.

»Bob, bitte. Natürlich wußte ich es nicht. Ich habe erst jetzt gesehen, was es war. Aber in einer fremden Welt ist es immer gefährlich, eine Pflanze auch nur anzufassen.«

Damit hatte sie sicher recht. Aber auch für Darnell durfte das keine Neuigkeit gewesen sein. Mit ausdruckslosem Gesicht sagte Kirk zu

McCoy: »Pack zusammen, Pille. Die Untersuchung können wir morgen zu Ende führen.«

»Ich bin sicher, daß das nicht nötig sein wird«, sagte Bierce.

»Wenn Sie uns nur unsere Vorräte herunterschicken würden, Captain...«

»So einfach dürfte es wohl nicht sein, Dr. Bierce.« Kirk ließ seinen Kommunikator aufschnappen: »Kirk an Transporterraum. Strahlenfeld für den Transport aktivieren. Zwei Personen und eine Leiche. Wir kommen. Ende.«

Der geöffnete Körper Darnells lag zur Autopsie auf einem Operationstisch in der Krankenstation. Nicht einmal seine Mutter hätte ihn wiedererkannt, falls so ein Raumfahrerveteran, wie er es war, überhaupt noch eine gehabt hätte. Kirk stand neben dem Schaltpult für die Bordsprechanlage und mußte sich festhalten. Ihm wurde speiübel, als er sah, wie McCoy Darnells Gehirn in eine flache Schale legte und sich dann die Hände wusch, bis sie weiß wie Papier waren. Er hatte schon viele Körper in jedem nur möglichen Stadium der Zerstörung gesehen, aber diese klinische, saubere Schlächterei war ihm widerlich.

»Ich kann keine Spur von Gift entdecken«, sagte McCoy, und das klang endgültig. »Einige der bekanntesten wirken genauso schnell und lassen fast überhaupt keine Spuren zurück, Botulin zum Beispiel. Aber ich kann keine Spur von Holz oder einer ähnlichen organischen Substanz finden. Weder in seinem Magen noch zwischen seinen Zähnen. Alles, was ich sagen kann, ist, daß seine Kapillargefäße zerstört sind, und daran kann alles mögliche schuld sein – auch ein Schock – und dann diese Flecken auf seinem Gesicht.«

McCoy deckte den Leichnam, oder das, was von ihm übrig war, mit einer Plastikdecke zu. »Ich werde jetzt noch ein paar Blutuntersuchungen durchführen. Aber ich habe keine Ahnung, wonach ich eigentlich suchen soll. Ich wüßte auch gerne, welche Wirkungen diese sogenannte Borgia-Wurzel hervorruft. Solange ich das nicht weiß, tappe ich völlig im dunkeln.«

»Spock sucht schon in der Bibliothek danach«, sagte Kirk. »Er dürfte es sicher bald gefunden haben. Aber ich muß sagen, was du mir bis jetzt erzählt hast, hat mich nicht ganz überzeugt. Darnell war viel zu erfahren, um einfach in irgendein ihm unbekanntes Ding zu beißen, das er zufällig aufgelesen hatte.«

»Was bleibt uns also dann? – Nancy? Jim, in den letzten Jahren bin ich zwar ziemlich mißtrauisch geworden, aber zu einem Mord wäre sie wahrscheinlich nicht fähig – schon gar nicht an einem völlig Fremden. Sie hat doch überhaupt kein Motiv.«

»Nicht nur Menschen töten... Moment! Hier kommt der Bericht. Also, Mr. Spock?«

»Außer dem, was die beiden Bierces vor Jahren selbst über diese Borgia-Wurzel berichtet haben, ist keine andere Untersuchung da«, tönte Spocks gleichmäßig-präzise Stimme aus dem Lautsprecher. »Hier nennen sie sie eine Art Eisenhut und der Familie der Lilien nahestehend. Sie soll etwa zwanzig bis fünfzig Alkaloide enthalten. Mit ihrer Ausrüstung konnten sie die nicht so genau bestimmen. Die Wurzel ist für Mäuse giftig. Von Wirkungen auf Menschen steht nichts da. Mit Ausnahme von...«

»Von was?« fuhr McCoy ungeduldig dazwischen.

»Also, Dr. McCoy, es ist zwar kein Symptom, aber im Bericht ist angeführt, daß sie sehr angenehm riecht. Nicht sehr stark, das beeinträchtigt nicht ihre Eßbarkeit, so ähnlich wie Tapioca. Das ist alles.«

»Danke, Mr. Spock«, sagte Kirk und schaltete ab. »Pille, ich kann mir nicht vorstellen, daß Darnell so einfach in eine unbekannte Pflanze gebissen hat, nur weil sie nach Tapioca roch. Sie hätte meinetwegen wie ein mit Rum getränkter Pfirsich riechen können, er hätte es trotzdem sicher nicht getan. Dazu war er viel zu gewitzt.«

McCoy spreizte die Finger. »Jim, du kennst vielleicht deine Leute – aber wo führt uns das hin. Die Anzeichen deuten ganz entfernt auf eine solche Vergiftung hin. Außer dieser Tatsache wissen wir ja überhaupt nichts.«

»Nicht ganz; ich fürchte, wir müssen uns nochmals die beiden Bierces vornehmen, Pille. Und dazu brauche ich wieder deine Hilfe.«

McCoy drehte ihm den Rücken zu und fuhr fort, sich die Hände zu waschen. »Du kannst sie haben«, sagte er, aber seine Stimme klang sehr kalt.

Kirks Methode, sich die Bierces vorzunehmen, war einfach und drastisch: Er ließ sie an Bord beamen. Bierce tobte.

»Wenn Sie meinen, Sie können hier einfach zu uns kommen, uns belästigen, mich in meiner Arbeit stören – und Sie werden es nicht leugnen können, daß Sie auf meinem Planeten ein Eindringling sind und nichts verloren haben...«

»Ihre Beschwerde wird notiert«, sagte Kirk, »und ich entschuldige mich für die Unannehmlichkeiten, die ich Ihnen bereite. Aber auch Sie werden nicht leugnen, daß etwas mir Unbekanntes einen meiner Männer getötet hat und daß das auch eine Gefahr für Sie sein könnte.«

»Wir sind jetzt schon fast fünf Jahre hier. Wenn es irgendeine Gefahr für uns gäbe, würden wir sie schon längst kennen, oder?«

»Das muß nicht sein. Zwei Menschen allein können unmöglich einen ganzen Planeten in- und auswendig kennenlernen. Nicht in fünf Jahren und nicht in einem ganzen Leben. Auf jeden Fall gehört es zu den Aufgaben der *Enterprise,* menschliches Leben in Gegenden wie dieser zu beschützen. In diesem Fall müssen Sie sich meinen Argumenten beugen.«

Kurz nachdem die beiden Bierces an Bord gekommen waren, berichtete McCoy über weitere Ergebnisse seiner Untersuchung. »Es war ein Schock«, sagte er auf dem Bildschirm und sah Kirk grimmig an. »Eine besondere Art von Schock. Seine Blutelektrolyse ist vollkommen zerstört: totaler Mangel an Salz. Zum Teufel, ich habe kein Mikrogramm Salz in seinem ganzen Körper gefunden. Nicht im Blut, nicht in der Tränenflüssigkeit, in keinem Organ, nirgendwo. Ich kann nicht einmal vermuten, wie das zustande gekommen sein könnte – abgesehen davon, daß es sozusagen auf einen Schlag passiert sein muß.«

»Was ist mit den Flecken in seinem Gesicht?«

»Geplatzte Kapillargefäße. Hat er übrigens am ganzen Körper. Unter diesen Umständen ist das normal, aber ich kann mir nicht erklären, warum er sie hauptsächlich im Gesicht hat und warum sie ringförmig sind. Auf jeden Fall ist nun eindeutig bewiesen, daß er nicht vergiftet wurde. Er ist an etwas anderem gestorben.«

»Dann hatte also diese angebissene Wurzel mehr einen... einen kriminalistischen Sinn als einen pharmakologischen. Ein Täuschungsmanöver also. Das setzt eine gewisse Intelligenz voraus. – Ich könnte nicht behaupten, daß mir die Sache jetzt besser gefiele.«

»Mir auch nicht«, sagte McCoy und schlug die Augen nieder.

»In Ordnung. Wir dürfen jetzt mit den beiden Bierces keine Zeit verlieren. Das werde ich machen. Pille, ich weiß, das war eine ziemliche Anstrengung für dich, und du hast zwei Tage nicht geschlafen. Nimm ein Beruhigungsmittel und leg dich nieder.«

»Aber ich fühle mich ganz gut.«

»Das ist ein Befehl«, sagte Kirk und schaltete den Bildschirm ab. Er machte sich auf den Weg zu den Kabinen, die er den Bierces angewiesen hatte.

Aber nur Mr. Bierce war dort, Nancy fehlte.

»Ich glaube, sie ist wieder hinuntergegangen«, sagte Bierce gleichgültig. »Ich würde selbst gehen, wenn ich nur für zehn Sekunden an Ihren Transporter herankäme. Wir haben nicht darum gebeten, hier eingesperrt zu werden.«

»Darnell hat auch nicht darum gebeten, umgebracht zu werden. Ihre Frau kann in höchster Gefahr sein, und ich muß sagen, Sie tragen das mit einer bewundernswerten Gelassenheit.«

»Sie ist nicht in Gefahr. Die existiert nur in Ihrer Einbildung.«

»Darnells Leichnam ist wohl auch nur eine Einbildung?«

Bierce zuckte die Achseln. »Niemand weiß, was ihn getötet haben könnte. Ich weiß nur, daß Sie eine Bedrohung für mich sind.«

Mehr war aus ihm nicht herauszubekommen. Wütend ging Kirk wieder zurück auf die Brücke und befahl, im ganzen Schiff nach Nancy zu suchen. Das Ergebnis war negativ, einschließlich des Transporterraums, der meldete, daß niemand die Transportgeräte benutzt habe, seit sie zurückgekommen waren.

Nancy fanden sie zwar nicht, aber sie entdeckten etwas anderes: Mannschaftsmitglied Barnhart lag tot auf Deck zwölf. Sein Körper wies genau dieselben Merkmale auf wie der Darnells.

Verwirrt und wütend zugleich rief Kirk McCoy. »Es tut mir leid, daß ich dich aus dem Schlaf reiße, Pille, aber das geht zu weit. Ich möchte Bierce unter Pentathol ausfragen.«

»Äh«, sagte McCoy, und seine Stimme klang undeutlich, als ob er noch ganz unter dem Einfluß des Schlafmittels stünde, das er genommen hatte. »Pentathol. Wahrheitsdroge, Narcosynthese. Hm. Das braucht Zeit. Und wie sieht es mit seinen Rechten als Privatperson aus?«

»Er kann von mir aus danach eine Beschwerde einreichen. Jetzt geh und bereite ihn vor.«

Eine Stunde später lag Bierce im Halbtrance auf seinem Bett. Kirk beugte sich dicht über ihn. McCoy und Spock standen im Hintergrund.

»Wo ist Ihre Frau?«

»Weiß ich nicht... Arme Nancy, ich habe sie geliebt... Die letzte ihrer Art.«

»Erklären Sie das bitte.«

»Die Taube als Passagier... Der Büffel...« Bierce stöhnte.

»Mir ist so seltsam.«

Kirk nickte zu McCoy, der den Puls fühlte und ihm unter die Augenlider sah. »Ihm fehlt nichts«, sagte er. »Es geht ihm schon wieder besser.«

»Was ist mit dem Büffel?« fragte Kirk, und die Frage kam ihm etwas absurd vor.

»Millionen... die Prärien waren schwarz von ihren Körpern. Eine einzige Herde, so groß wie drei Staaten... wenn sie liefen... wie Donner. Jetzt ist alles verschwunden. Wie die Wesen hier.«

»Hier? Sie meinen auf diesem Planeten?«

»Auf dem Planeten. Ihre Tempel... große Poesie... Einmal waren es Millionen, und jetzt gibt es nur noch eins von ihnen. Nancy hat es gewußt.«

»Immer in der Vergangenheit«, murmelte Spock.

»Wo ist Nancy? Wo ist sie jetzt?«

»Tot. Begraben, auf dem Hügel. Es hat sie getötet.«

»Begraben! Aber wie lange ist das schon her?«

»Ein Jahr...«, sagte Bierce, »oder waren es zwei? Ich weiß es nicht. Es ist so verwirrend. Einmal Nancy und dann wieder nicht Nancy. Sie brauchten Salz, wissen Sie. Als das ausging, sind alle gestorben... alle bis auf eins.«

Diese Erklärung traf Kirk wie ein Schlag. Spock stellte die nächste Frage.

»Nimmt dieses Wesen die Gestalt Ihrer Frau an?«
»Nimmt Gestalt an... Es ist keine Maskerade«, stöhnte Bierce. »Es kann Nancy *sein*.«
»Oder auch jemand anderer?«
»Jeder Beliebige. Als es Nancy tötete, hätte ich es beinahe vernichtet. Aber ich konnte es nicht. Es war das letzte seiner Art.«
Diese Wiederholung verwirrte sie von Mal zu Mal mehr. Kirk fragte: »Ist das der einzige Grund, Bierce? Sagen Sie mir eins: Wenn es bei Ihnen ist, ist es dann immer Nancy?«
Bierce wand sich auf seinem Bett hin und her. Es kam keine Antwort. McCoy trat wieder zu ihm.
»Wenn ich du wäre, Jim, würde ich diese Antwort nicht aus ihm herauspressen wollen. Es wäre zum Schaden des Patienten.«
»Ich kann mir schon denken, was es sein würde«, sagte Kirk.
»Ich denke, wir sind hier in so eine Art privates Elysium eingedrungen. Dieses Wesen kann die Frau sein, die Geliebte, der beste Freund, ein Idol, Sklave, Weiser, ein Narr – jeder, den er sich wünscht. Ein wirklich großartiges Leben: Du kannst dir jeden aus dem ganzen Universum herbeizitieren und wieder wegschicken, wenn dir seine Anwesenheit nicht mehr paßt.«
»Eine Sackgasse, geradewegs in die Paranoia«, sagte Spock. Kirk wandte sich noch einmal an Bierce.
»Dann können Sie dieses Wesen jederzeit erkennen – gleichgültig, welche Gestalt es gerade angenommen hat?«
»Ja...«
»Wollen Sie uns helfen, es zu finden?«
»Nein.«
Kirk hatte nicht mehr erwartet. Er winkte McCoy. »Pille, ich muß das ganze Schiff auf den Kopf stellen lassen. Brich seinen Widerstand. Es ist mir egal, wie sehr du ihn dabei selbst in Gefahr bringst. In seinem jetzigen Zustand ist er für uns eine mindestens ebenso große Gefahr wie seine ›Frau‹. Spock, passen Sie auch auf, und zögern Sie nicht zu schießen, wenn er gewalttätig wird.«
Er verließ das Zimmer und eilte auf die Brücke, um Alarmstufe Drei zu geben. Das hieß, daß bewaffnete Wachen paarweise in jedem Korridor und auf jedem Deck patrouillierten. »Jeder soll sich seinen Ka-

meraden genau ansehen«, rief er durch die Bordsprechanlage. »Eine fremde Person ist an Bord, die die Gestalt von jedem Beliebigen von uns annehmen kann. Leutnant Uhura, schalten Sie die Kameras und Monitoren auf Rundlauf zu allen Posten und Stationen. Wenn Sie ein und dieselbe Person an zwei verschiedenen Orten sehen, geben Sie Alarm. Verstanden?«

Ein Geräusch hinter seinem Rücken ließ ihn herumfahren. Es war Spock. Seine Uniform war zerrissen, und er atmete schwer.

»Spock! Ich dachte, ich sagte Ihnen... Was war los?«

»Es war McCoy«, sagte Spock unsicher. »Oder vielmehr es war nicht McCoy – es war *es*. Kaum waren Sie aus der Kabine, als es mich anfiel. Ich konnte mich befreien, aber mein Phaser ist weg. Keine Ahnung, wo es sich jetzt aufhält.«

»McCoy! Ich dachte schon, daß irgend etwas mit ihm nicht stimmte. Sein Zögern, als ich von der Pentathol-Behandlung sprach, und auch, wie er sich zu erinnern versuchte. Kein Wunder. Es gibt nur einen Ort, wo es jetzt hingegangen sein könnte: dorthin, wo es herkam.«

»Zurück auf den Planeten? Das ist unmöglich.«

»Nein, in McCoys Kabine.« Er wollte gerade losstürmen, als ihn Spock mit einer Handbewegung aufhielt.

»Wir schauen uns das lieber zuerst an, Captain. Vielleicht hat es ihn noch nicht getötet, und wenn wir es jetzt...«

»Sie haben recht, Spock.« Schnell suchte Kirk auf der Intercom-Skala nach McCoys Kabine. Nach einem kurzen Zögern schaltete er die Kamera ein, ohne daß das akustische Signal ertönte.

McCoy war da. Er war sogar zweimal da: Der eine lag im Bett und schlief, der andere war gerade zur Tür hereingekommen und sah sich in der Kabine um. Eben ging er vorwärts und blockierte einen Augenblick lang das Blickfeld der Kamera. Dann erschien er wieder auf dem Bildschirm. Aber es war nicht mehr McCoy – es war Nancy. Sie setzte sich auf den Bettrand und schüttelte den Schlafenden. Aber der wollte nicht aufwachen und murmelte nur etwas vor sich hin.

»Leonard«, sprach Nancys Stimme. »Ich bin's, Nancy. Wach auf, bitte. Du mußt mir helfen.«

Kirk war von der Vorstellung beeindruckt. Was er hier sah, war zweifellos ein fremdes Wesen, aber der Schrecken war echt. Höchstwahrscheinlich hatte es schreckliche Angst, und die menschliche Gestalt machte sie erst richtig offenbar.

Sie schüttelte McCoy wieder. Er blinzelte noch ganz betäubt und setzte sich dann auf.

»Nancy! Was ist? Wie lange habe ich denn geschlafen?«
»Hilf mir, Leonard.«
»Was ist denn los? Du hast ja Angst, du zitterst ja.«
»Ich habe furchtbare Angst. Hilf mir bitte. Sie wollen mich töten!«
»Wer? Beruhige dich. Niemand wird dir hier etwas tun.«
»Das reicht«, sagte Kirk, und unwillkürlich hatte er die Stimme gesenkt, obwohl ihn die zwei auf dem Bildschirm nicht hören konnten. »Glücklicherweise versucht es ihn zu überreden, anstatt ihn zu töten. Schauen wir, daß wir hinunterkommen, bevor es seine Meinung ändert.«

Ein paar Augenblicke später stürmten sie in McCoys Kabine. Der Arzt und die Frau drehten sich erschrocken nach ihnen um.

»Nancy« schrie auf. »Geh von ihr weg, Pille!« rief Kirk und hielt seine Pistole auf die Frau gerichtet.

»Was? Was ist denn mit euch los, Jim?«
»Pille. Das ist nicht Nancy.«
»Nicht? Natürlich ist sie es. Bist du irgendwie auf den Kopf gefallen?«
»Es hat zwei unserer Leute getötet.«
»Und Bierce«, warf Spock ein. Auch er hielt eine Pistole in der Hand.
»Es?«
»Ja, *es*«, sagte Kirk. »Ich werde es dir beweisen.« Er streckte seine freie Hand aus und öffnete sie. Auf der Handfläche lag ein Häufchen kleiner weißer Kristalle, das sich an den Rändern durch den Schweiß auf der Haut langsam auflöste.

»Schau her, Nancy«, sagte er. »Salz. Du kannst es haben. Reines konzentriertes Salz.«

Zögernd kam sie näher, dann blieb sie stehen.

»Leonard«, flehte sie leise, »schicke ihn fort. Wenn du mich liebst, dann mach, daß er geht.«

»Du kannst sagen, was du willst, Jim«, sagte McCoy mit leiserer Stimme. »Du benimmst dich hier wie ein Verrückter. Du jagst ihr Angst ein.«

»Nicht Angst, Pille, Hunger – schau doch zu!«

Wie hypnotisiert hatte die Kreatur einen weiteren Schritt vorwärts getan. Dann, ohne die geringste Vorwarnung, brach auf einmal so etwas wie ein Hurricane los. Kirk hatte einen Augenblick lang das Gefühl, als würde ein schwerer unförmiger Körper auf ihn stürzen, so groß etwa wie ein Mensch, aber doch ganz anders, er fühlte etwas wie Saugnäpfe, die nach seinem Gesicht griffen, dann gab es einen lauten Knall, und er stürzte.

Es dauerte eine Weile, bis Kirk und McCoy sich wieder erholt hatten, der Captain von der Gewalt des in seiner unmittelbaren Nähe abgefeuerten Phasers und der Doktor von dem Schock. Sie waren alle auf der Brücke versammelt. Hinter ihnen versank Bierces Planet in der Nacht des Universums.

»Das Salz war der Einfall«, sagte Spock. »Offenbar fiel dieses Wesen nur Menschen an, wenn es das reine Salz nicht anders bekommen konnte. So hat Bierce es auch in der Hand gehabt.«

»Ich glaube nicht, daß es allein am Salz gelegen hat, warum diese Wesen ausgestorben sind«, sagte Kirk. »Sie waren wahrscheinlich nicht intelligent genug. – Sie hätten ihre besonderen Vorzüge viel besser nützen können.«

»Sie hätten durchaus überleben können«, meinte Spock. »Wir haben ja auch Zähne und Klauen, aber wir zerreißen und zerfetzen damit heutzutage nicht mehr sehr viel.«

»Das kann schon gut möglich sein. Aber, da ist etwas, was ich immer noch nicht ganz verstehe. Wie konnte es zum ersten Mal in deine Kabine kommen, Pille? – Natürlich, wenn du nicht darüber sprechen willst...«

»Doch, es macht mir nichts aus. Ich komme mir zwar vor wie ein dreifacher Narr, aber es war ganz einfach. Sie kam herein, kurz nachdem ich die Schlaftablette genommen hatte und schon etwas benommen war. Sie sagte, sie liebe Bierce nicht mehr, und ich sollte sie zur Erde zurückbringen. Es... es war nicht gerade ein harmloser Flirt vorher... also damals. Und ich war wohl ziemlich leicht rumzukriegen, besonders, da die Wirkung des Schlafmittels schon eingesetzt hatte. Und später, als ich schon schlief, muß sie mir noch eine Dosis gegeben haben. Anders kann ich es mir gar nicht erklären, daß ich so lange geschlafen habe, den ganzen Alarm verschlafen – und alles andere. Es ist immer wieder dasselbe – man sollte sich nie mit Zivilisten einlassen.«

»Gar kein schlechter Grundsatz«, pflichtete Kirk bei. »Nur, es ist eben ein Unglück, daß man ohne sie nicht auskommt.«

»Da ist aber noch etwas, was ich nicht verstehe. Das Wesen und Bierce waren doch mit Spock allein in der Kabine, und was ich bei der Obduktion festgestellt habe, war, daß es mindestens doppelt so stark war wie irgendein normaler Mann. Wie sind Sie da überhaupt lebend herausgekommen, Mr. Spock? Sie haben nur ihren Phaser dabei verloren.«

Spock lächelte. »Glücklicherweise entstammen meine Vorfahren anderen Ozeanen als die Ihren, Dr. McCoy. Der Salzspiegel in meinem Blut und seine Zusammensetzung ist von dem Ihren verschieden. Ich war offenbar nicht schmackhaft genug.«

»Natürlich«, sagte McCoy und sah zu Kirk hinüber.

»Du bist nachdenklich geworden, Jim? Stimmt irgend etwas nicht?«

»Hmm?« sagte Kirk. »Was? O nein, ich dachte nur über die Büffel nach.«

Das Gleichgewicht des Schreckens

Als der Ausbruch der Romulaner seinen Ausgang nahm, stand Captain James Kirk in der Kapelle des Raumschiffs *Enterprise* und wartete auf das Brautpaar.

Er hätte es natürlich auch ablehnen können, die beiden zu trauen. Aber erstens war er der einzige an Bord des Raumschiffs, der eine solche Zeremonie vollziehen durfte – und noch einige mehr, von denen normale Zivilisten noch seltener betroffen werden, und zweitens gehörten die Brautleute zu seiner Mannschaft: Spezialist (Phaser) Robert Tomlinson und Spezialist 2. Kl. (Phaser) Angela Martine.

Es war ihm auch gar nicht in den Sinn gekommen, ihren Wunsch abzulehnen.

Mit ›relativistischer‹ oder ›Beinahe-Lichtgeschwindigkeit‹ von einem Planet zum anderen, von einem Sonnensystem zum anderen zu fliegen hieß, selbst im günstigsten Fall, sehr, sehr lange unterwegs zu sein. Nur einem Narren oder einer verknöcherten Feldwebelnatur würde es einfallen, unter diesen Umständen so elementare menschliche Beziehungen wie Liebe und gegenseitige Zuneigung zu mißachten. Kirk gehörte sicher nicht dazu.

Und wodurch könnte sich seine Funktion, und die der *Enterprise* an sich, deutlicher symbolisch ausdrücken als durch eine Vermählung. Eben wegen der ungeheuren Entfernungen und der dadurch bedingten Zeiteinbußen waren die großen, schnellen Raumschiffe wie die *Enterprise* die einzigen Bindeglieder zwischen zivilisierten Planeten. Selbst der interstellare Funk, der natürlich viel schneller war, unterlag mindestens zwölf verschiedenen Störeinflüssen und konnte weder Waren noch Wärme persönlicher menschlicher Kontakte befördern. Diese ›Sternenschiffe‹, wie sie genannt wurden, konnten das: Sie beförderten Proviant, ärztliche Hilfe, technisches Wissen, Nachrichten von zu Hause und vor allem: Es waren Menschen aus Fleisch und Blut, die mit ihnen zu Besuch kamen.

Aus demselben Grund gab es auch die kleine Kapelle an Bord der *Enterprise*. Irgend so eine Landratte hatte sie in der Hoffnung, sie könnte als Symbol für die friedliche Mission des Schiffes gelten, entworfen und einbauen lassen (oder wie es offiziell hieß, um ›alle Glaubensunterschiede auf allen Planeten miteinander zu versöhnen‹, ein Vorhaben, das schon auf einem Planeten so ziemlich unmöglich ist). Aus diesem Grund war sie auch so einfach wie möglich gehalten, man hatte auf jeden Zierat und jede Symbolik verzichtet und war in ihrer Ausgestaltung fast bis an die Grenze der Schmucklosigkeit, ja Kahlheit gegangen. Aber allein ihr Vorhandensein bewies, daß die im Innern raumsparend konstruierte *Enterprise* eine Welt für sich war, eine Welt, in der auch religiöse Empfindungen ihren Platz hatten.

Der Bräutigam war schon da, als Kirk eintrat, und auch ein halbes Dutzend von der Mannschaft, die sich mit gedämpfter Stimme unterhielten. Chefingenieur Scott installierte eine kleine Fernsehkamera, denn die Zeremonie sollte im ganzen Schiff übertragen werden, und natürlich auch nach draußen, zu allen Satellitenstationen in der neutralen Zone des Romulus-Remus-Systems. Scotty hätte diese Arbeit auch einem anderen aus seinem Stab übertragen können, aber daß er es selbst tat, lag wohl an seinem Sinn für die Feierlichkeit und Einmaligkeit des Augenblicks – und gewissermaßen war dies sein Hochzeitsgeschenk für das junge Paar. Kirk grinste. Auf dem ganzen Schiff war heute die Luft verdammt symbolträchtig.

»Alles fertig, Scotty?«

»Von mir aus schon, für den Bräutigam kann ich natürlich nicht sprechen, Sir, aber alles andere dürfte bereit sein.«

»Sehr gut.«

Das Lächeln auf Kirks Gesicht verschwand, als er an das Gebilde trat, das man eigentlich kaum Altar nennen konnte. Es bedrückte ihn etwas – nicht gerade schwer, aber er hatte so ein ungutes Gefühl dabei, weil er diese Feier so nahe an der neutralen Zone durchführte. Die Romulaner waren einst ihre mächtigsten Feinde gewesen. Aber seit vor etwa fünfzig Jahren diese neutrale Zone um ihr System geschlossen wurde, hatte man nicht mehr das geringste von ihnen gehört. Und selbst wenn sie unter dieser schützenden Decke wieder einen neuen Giftbrei auskochten, warum sollten sie sich gerade den heutigen Tag dazu aussuchen und es mit einem schwer bewaffneten Sternschiff vor ihrer Haustür anlegen?

Scotty war mit der Kamera fertig und strich sich noch einmal selbstbewußt übers Haar – er hatte schließlich die ehrenvolle Aufgabe übernommen, dem Bräutigam die Braut zuzuführen. Aus den Lautsprechern des Intercom ertönte leise Musik – Kirk vermutete, daß es irgendeine Volksweise war. Er wußte es nicht, denn er hatte überhaupt kein Gehör für Musik. Und dann kam Angela, begleitet von ihrer Brautjungfer Bootsmann Janice Rand. Scott bot ihr galant seinen Arm. Tomlinson und sein bester Mann standen schon in Positur, und Kirk räusperte sich dezent probeweise.

In diesem Augenblick gab die Brücke Alarm, im gesamten Schiff heulten die Sirenen auf. Angela wurde bleich. Sie war noch nicht lange auf der *Enterprise* und hatte wahrscheinlich diesen durchdringenden jaulenden Ton noch nie gehört. Aber sie wußte, was er bedeutete. Das Heulen erstarb, und Leutnant Uhuras Stimme tönte aus den Bordlautsprechern: »Captain Kirk, sofort auf die Brücke! Captain Kirk, sofort auf die Brücke!«

Aber der ›Pfarrer‹ war schon zur Tür hinaus und eilte mit Riesensätzen in Richtung Kommandozentrale.

Spock, der Erste Offizier, stand neben Leutnant Uhuras Pult, als Kirk und sein Ingenieur auf die Brücke stürzten. Spock entstammte der Verbindung einer irdischen Mutter und einem Mann des Planeten Vulkan, der nichts mit unserem Sonnensystem zu tun hat, sondern zu Ho Eridani gehört. Irdisch-menschliche Gefühlsregungen oder gar -ausbrüche waren ihm völlig fremd. Und auch Leutnant Uhura war wie alle Bantufrauen erzogen, keine Gefühle zu zeigen. Trotzdem lag eine fühlbare Spannung in der Luft. Kirk fragte: »Was ist los?«

»Es ist Kommandant Hansen vom Außensatelliten Vier-Null-Zwo-Drei«, berichtete Spock kurz. »Sie haben deutlich die Signale eines Eindringlings in die neutrale Zone aufgefangen.«

»Identität?«

»Noch nicht festgestellt, aber es scheint ein modernes Schiff zu sein. Offenbar keines von den Romulanern.«

»Entschuldigen Sie, Mr. Spock«, sagte eine Stimme aus dem Lautsprecher, »ich kann Ihre Gespräche mithören. Wir haben es jetzt auf dem Bildschirm. Das Schiff ist modern – aber die Hoheitszeichen sind die der Romulaner.«

Kirk beugte sich vor und nahm das Mikrofon. »Hier Captain Kirk. Haben Sie es angerufen, Hansen?«

»Selbstverständlich, aber sie geben keine Antwort. Können Sie uns Rückendeckung geben, Captain? Ihr seid das einzige Sternenschiff in diesem Sektor.«

»Aber selbstverständlich.«

»Wir haben es deutlich sichtbar auf dem Schirm, die Koordinaten sind…« Hansens Stimme brach ab. Nach einer Sekunde fuhr er fort: »Tut mir leid, wir haben es in dem Moment verloren. Es ist plötzlich von unseren Monitoren verschwunden.«

»Übertragt uns bitte zur Kontrolle euer Monitorbild. Leutnant Uhura, schalten Sie es auf den großen Bildschirm über der Brücke.«

Einen Augenblick lang war nichts zu sehen, außer einigen Sternen, die sich vor einem nebelhaften Hintergrund abhoben. Dann plötzlich tauchte das fremde Schiff wieder auf. Auf den ersten Blick sah es aus wie ein Sternenschiff der gleichen Klasse wie die *Enterprise*. Eine nach oben und unten stark gewölbte Scheibe, die sich auf dem Bildschirm rasch näherte – in Wirklichkeit natürlich dem Satelliten und nicht der *Enterprise*. Da sie keine genauen Entfernungsangaben hatten, konnten sie seine Größe unmöglich schätzen.

»Leutnant Uhura, können Sie das Bild vergrößern?«

Der Fremde schien immer rascher näherzukommen. Scott deutete stumm auf eine bestimmte Stelle des Schiffs, und Kirk nickte. Bei dieser Vergrößerung waren die Streifen auf der Unterseite des Schiffs nicht zu übersehen: Breite Schatten ließen die Umrisse eines Falken mit halbausgebreiteten Schwingen erkennen. Eindeutig Romulaner.

Von S-4023 sagte Hansens Stimme aufgeregt. »Ich hab' es wieder! Captain Kirk, können Sie es sehen…«

»Wir sehen es auch.«

Aber während er noch sprach, wurde der Bildschirm plötzlich weiß und dann dunkel, als Uhura hastig die Helligkeit regulierte. Kirk beugte sich gespannt vor.

Das fremde Schiff hatte von seiner Unterseite eine Art Lichttorpedo abgeschossen, um seinen Gegner zu blenden. Das Schiff selbst bewegte sich mit einer so eigentümlichen Leichtigkeit, als würde es mit Lichtgeschwindigkeit in einem ganz anderen Raum fliegen und hinterhältig auf etwas warten. Das Licht schwoll durch die Kameralinsen von S-4023 zu schmerzhafter Helligkeit an, und fast sah es aus, als würde es die *Enterprise* mitverschlingen.

»Sie haben das Feuer eröffnet!« rief Hansen. »Unser Bildschirm ist ausgefallen, wir...«

Der Bildschirm der *Enterprise* erlosch, und im Kontrollraum verbreitete sich bedrückende Dunkelheit. Aus den Lautsprechern drangen noch einige verzerrte, verzweifelte Schreie, dann verstummten auch sie.

»Auf Gefechtsstation«, sagte Kirk sehr ruhig. »Höchste Alarmstufe, Leutnant Uhura. Mr. Spock, volle Kraft voraus auf Abfangkurs.«

Kein Mensch hatte je einen lebenden Romulaner gesehen. Und es war auch ziemlich sicher, daß sie sich selbst nicht so nannten. Nach den bruchstückhaften Tatsachen zu schließen, die man über sie aus den Trümmern ihrer Raumschiffe zusammengetragen hatte, als sie vor gut fünfundsiebzig Jahren einen blutigen Ausbruchsversuch aus ihrem Romulus-System unternahmen und dabei entscheidend geschlagen wurden, vermutete man, daß sie nicht einmal von diesem Planeten stammten. Und abgesehen davon hatte ja jede Rasse ihre eigene Nomenklatur, die nicht unbedingt irdischen Maßstäben folgen mußte. Einige wenige verbrannte Körper, die nach den Gefechten geborgen wurden, erbrachten den Beweis, daß sie menschenähnlich waren, aber mehr vom falkenähnlichen Vulkan-Typ als vom anthropoiden irdischen. Fachleute hatten die These aufgestellt, daß sie irgendwann einmal im Zuge einer größeren Völkerwanderung als Splittergruppe von ihren weniger martialischen Stammesgenossen verstoßen wurden. Sie ließen sich auf Romulus und Remus nieder, zwei Planeten, die um eine winzige weiße Zwergsonne kreisten und von allen Stämmen gemieden wurden, die ein entbehrungsreiches Leben nicht gerade um seiner selbst willen liebten.

Aber wie gesagt, das waren alles nur Vermutungen, die weder durch die Geschichte noch durch irgendwelche Forschungsergebnisse erhärtet werden konnten. Auf Vulkan, der zur Föderation gehörte, behauptete man, die Romulaner auch nicht zu kennen. Nie hatte sich einer von ihnen gefangennehmen lassen – Selbstmord gehörte in solchen Fällen wahrscheinlich zu ihrem Ehrenkodex –, nie hatten sie selbst Gefangene gemacht. Was als gesichert gelten konnte, war nur, daß die Romulaner, und zwar aus keinem erkennbaren Anlaß, aus ihrem winzigen, verrückten Planetensystem ausgebrochen waren, und dieser Ausbruch erfolgte wie eine Explosion. In ihren plumpen, zylindrischen Raumschiffen waren sie zwar nicht viel mehr als Tontauben für die Flotte der Föderation, aber es dauerte doch fünfundzwanzig Jahre, bis man sie wieder in ihr Planetensystem zurückgedrängt hatte. Fünfundzwanzig Jahre Tod und gnadenloses Gemetzel auf beiden Seiten.

Daraufhin wurde eben diese neutrale Zone mit ihrem Ring von Beobachtungssatelliten geschaffen. Jahrelang wurden sie mit äußerster Wachsamkeit kontrolliert. Aber nichts, nicht ein Piepser, geschweige denn ein Schiff drang aus dem System. Vielleicht leckten sie noch immer ihre Wunden und versuchten, die Schmach ihrer Niederlage zu verwinden, oder sie vervollkommneten ihre Waffen. Vielleicht hatten sie aber auch ihre Lektion gelernt und aufgegeben, waren einfach müde, dem inneren Verfall preisgegeben...

Alles Vermutungen. Nur eins war jetzt sicher: Heute hatten sie sich wieder herausgewagt – zumindest ein Schiff.

Die Mannschaft der *Enterprise* ging mit einer Schnelligkeit und Selbstverständlichkeit auf ihre Gefechtsstationen, daß kein Außenstehender geglaubt hätte, wenn man ihm gesagt hätte, daß kaum eins der Besatzungsmitglieder eine Laserkanone im Gefecht hatte aufbrüllen hören. Selbst die beiden Brautleute, deren Glück so grausam vereitelt worden war, saßen in der vorderen Phaserkonsole auf ihren Plätzen, bereit, Tod und Zerstörung zu verbreiten, sie, die noch vor ein paar Minuten versichern wollten, ein Leben in Frieden und Eintracht zu führen und neues Leben zu schenken.

Aber vorläufig gab es noch nichts, worauf man feuern konnte. Kirk saß in seinem Kommandosessel, Spock und Scott rechts und links von ihm. Sulu steuerte, Zweiter Offizier Stiles gab die Kommandos für die Navigation, und Leutnant Uhura überwachte wie immer den Funkverkehr.

»Keine Antwort mehr von den Satelliten Vier-Null-Zwo-Drei, Zwo-Vier oder Zwo-Fünf«, sagte sie. »Auch keine Anzeichen, daß sie noch in ihrer Umlaufbahn sind. Die übrigen Außenposten sind auf ihren Positionen. Kein Schiff in Sicht. Sensoraufzeichnung normal. Neutrale Zone. Punkt Null.«

»Sagen Sie ihnen, sie sollen verflucht aufpassen und jede geringste Abweichung melden.«

»Jawohl, Sir.«

»Wir erreichen jetzt die Position von Vier-Null-Zwo-Drei«, sagte Sulu.

»Leutnant Uhura?«

»Nichts, Sir. Geringfügiges Echo. Ich sehe Trümmer, Gas, Bruchstücke – metallisch, von Molekülgröße, sie breiten sich aus. Wir befinden uns genau an der Stelle, wo der Satellit sein sollte. Ich werde es vom Computer nachrechnen lassen, aber...«

»Es besteht also kein Zweifel«, sagte Kirk mit schwerer Stimme. »Jetzt schlagen sie etwas besser zu als vor fünfzig Jahren – irgendwie wundert mich das gar nicht.«

»Aber was für eine Waffe war das?« flüsterte Stiles.

»Das werden wir untersuchen«, sagte Kirk. »Mr. Spock, lassen Sie eine Sonde ausfahren und fangen sie ein paar von diesen Trümmern ein. Ich möchte eine komplette Analyse – Spektrum, radiologische und molekular-chemische Untersuchungen. Wir wissen, woraus die Hülle des Satelliten bestand, ich möchte wissen, was daraus geworden ist – und dann soll das Labor herausfinden, wodurch es so wurde – verstanden?«

»Selbstverständlich, Sir.« Bei jedem anderen wäre das Prahlerei gewesen und hätte sogar etwas beleidigend geklungen. Bei Spock war das eine Feststellung, auf die man sich verlassen konnte, und er gab auch schon seine Anweisungen über Intercom ans Labor weiter.

»Captain«, sagte Uhura. Ihre Stimme klang verwirrt.

»Was ist?«

»Ich habe hier etwas aufgefangen. Eine Masse, die sich bewegt, mehr nicht, sie scheint völlig formlos. Auf dem Bildschirm und im Radar ist sie nicht zu registrieren. Auch keine Strahlung. Nur am Computer – eine De-Broglie-Transformation. Es könnte sehr klein sein und nahe oder sehr groß und diffus und weit weg – wie ein Komet. Aber so hundertprozentig passen die Daten eben auf keins von alledem.«

»Navigator?« sagte Kirk.

»Es gibt hier einen kalten Kometen in der Nähe, gehört zum Romulus-Remus-System«, antwortete Stiles prompt. »973 Galaxis Ost, Entfernung eins-Punkt-drei Lichtstunden. Kurs konvergiert etwas...«

»Den habe ich schon lange aufgefangen«, sagte Uhura kopfschüttelnd. »Das hier ist etwas anderes. Seine relative Geschwindigkeit zu unserer ist halbe Lichtgeschwindigkeit in Richtung neutrale Zone. Es ist irgendein elektromagnetisches Feld... aber keins, das ich kenne. Ich bin sicher, daß es nicht natürlich ist.«

»Ist es auch nicht«, sagte Spock ungerührt. Er hätte genausogut übers Wetter reden können, wenn es hier draußen etwas Ähnliches gegeben hätte. »Es ist ein Tarnschild – sie machen sich unsichtbar.«

Stiles schnaubte ungläubig, aber Kirk kannte seinen Halb-Vulkanier besser. Sein Erster Offizier hatte noch nie so nüchterne Feststellungen getroffen, ohne sie auch beweisen zu können. Nach unseren irdischen Maßstäben war er zwar etwas ungewöhnlich, aber er hatte einen Verstand wie ein Seziermesser. »Erklären Sie das«, sagte Kirk.

»Die Kurspunkte des Schiffes, das den letzten Satelliten angegriffen hat«, sagte Spock. »Nicht den, dessen Kurs wir jetzt kreuzen, sondern Vier-Null-Zwo-Fünf. Die Umlaufbahn entspricht einem Hohmann-D mit bestimmtem Abstand zu Romulus. Der Computer hat das gezeigt.«

»Leutnant Uhura?«

»Stimmt«, sagte sie etwas zögernd.

»Zweitens: Kommandant Hansen hat den Feind aus den Augen verloren, als er direkt vor ihm war. Und er wurde erst wieder sichtbar, als er angriff. Dann verschwand er wieder. Und seitdem haben wir ihn nicht mehr gesehen. Und drittens: Theoretisch ist so etwas möglich – für ein Schiff von der Größe der *Enterprise*. Wenn man die ganze

Energie des Schiffes dazu benutzt. Wenn sie dann natürlich feuern wollen, also Phaserkanonen oder irgend etwas Ähnliches, dann müssen sie wieder sichtbar werden.«

»Und viertens – Unsinn«, sagte Stiles.

»Nicht ganz, Mr. Stiles«, sagte Kirk nachdenklich. »Das könnte erklären, warum dieses Schiff direkt vor unserer Nase durch die neutrale Zone schlüpfen konnte. Die Romulaner denken vielleicht, sie könnten es jetzt wieder versuchen – und haben eine Probe aufs Exempel gemacht.«

»Eine sehr lange und sehr logische Kette von Überlegungen, Sir«, sagte Stiles betont höflich.

»Ich weiß, aber im Moment können wir uns auf nichts als Vermutungen stützen. Mr. Sulu, richten Sie sich mit Kurs und Geschwindigkeit genau nach den Daten von Leutnant Uhuras Computer. Und folgen Sie allen seinen Richtungsänderungen. Aber auf keinen Fall in die neutrale Zone – wenn ich es nicht ausdrücklich befehle, Leutnant Uhura, suchen Sie den ganzen Frequenzbereich nach einer Trägerwelle ab, nach einem Maschinengeräusch oder irgend etwas Ähnlichem, außer dieser De-Broglie-Wellenfront. Und geben Sie besonders acht, ob Sie nicht irgendeinen Schnickschnack zwischen dem Schiff und Romulus auffangen können. Mr. Spock, Mr. Scott, wir gehen sofort in die Bibliothek. Ich möchte nachsehen, was wir alles über die Romulaner wissen. Und ich hätte auch gerne Dr. McCoy dabei. Noch irgendwelche Fragen? – Also los!«

Die Unterredung in der Bibliothek war noch in vollem Gange, als Spock ins Laboratorium gerufen wurde. Kaum war er weg, wurde die Atmosphäre viel direkter, persönlicher. Weder Scott noch McCoy mochten den Vulkanier, und sogar Kirk, so sehr er seinen ›Ersten‹ schätzte, fühlte sich in seiner Gegenwart unbehaglich.

»Möchtest du, daß ich auch gehe, Jim«, fragte McCoy. »Ich glaube, du könntest etwas Zeit zum Nachdenken brauchen.«

»Ich glaube, Pille, wenn du hier bist, denkt sich's leichter. Sie auch, Scotty. Das ist nämlich jetzt das Entscheidende. Überlegt doch, fast die halbe Föderation hat hier in dieser neutralen Zone Patrouillen. Wenn wir jetzt mit einem Sternenschiff ohne zwingenden Grund in die neutrale Zone eindringen, haben wir mehr auf dem Hals als nur die Romulaner. So brechen nämlich die meisten Bürgerkriege aus.«

»Aber sind denn diese drei zerstörten Satelliten nicht Grund genug?« fragte Scott.

»Für mich schon, aber kannst du mir genau sagen, was oder wer sie vernichtet hat? Wir sagen ein Schiff von Romulus – aber können wir es beweisen? Nein, müssen wir zugeben. Das Ding ist nämlich unsichtbar. Sogar Stiles lacht darüber – und er ist einer von uns. Die Romulaner sind uns technisch weit überlegen. Seit wir das letzte Mal mit ihnen Kontakt hatten, haben sie offenbar eine Menge dazugelernt. In diesem Krieg kamen sie auch nur deswegen so weit, weil sie das Überraschungsmoment auf ihrer Seite hatten, und ihre fürchterliche Wildheit. Jetzt, auf einmal, haben sie ein Schiff, das unserem mindestens gleichwertig ist und darüber hinaus über einen Tarnschirm verfügt. Eine unglaubliche Entwicklung.

Andererseits, meine Herren... nun, wir sitzen hier und reden über die Sache, und sie können uns in der Zwischenzeit ohne weiteres vom Himmel blasen. Das ist genau die Situation, in der im Handumdrehen ein wirklich ernsthafter Konflikt entstehen könnte. Wir stecken in der Klemme, wenn wir eingreifen – und genauso, wenn wir's nicht tun.«

Die Tür zum Aufzug öffnete sich. Spock kam zurück. »Sir...«

»Nun, Mr. Spock. Schießen Sie los.«

Er trug einen Stoß Notizen, die auf einer Tafel festgeklemmt waren, unterm Arm. Seine andere Hand war frei, aber sie war zur Faust geballt. Auf dem knochigen Vulkanier-Gesicht war keine Regung zu erkennen, aber seine ganze Haltung kündigte eine besondere Spannung an.

»Hier ist die Analyse«, sagte er mit seiner fast unmenschlich monotonen Stimme. »Ich werde die Details vorläufig weglassen, es sei denn, Sie haben spezielle Fragen. Worauf es ankommt, ist, daß die Romulaner bei dem Angriff auf S-4023 ein molekulares Implosionsfeld benutzt haben.«

»Was heißt das?« knurrte McCoy.

Spock wischte mit der rechten Faust über die Tischplatte. Die Knöchel und Sehnen bewegten sich, seine Hand öffnete sich, und ein feiner metallischer Glanz glitt über den Tisch.

»Es ermüdet das Metall«, sagte er, »und zwar sehr rasch. Die Metallgitter verlieren ihren Zusammenhalt und zerfallen zu Staub – wie das da. Danach wird alles frei, was in dem Metall sonst noch enthalten war, und explodiert, weil es keinen Halt mehr hat. Ich nehme an, Dr. McCoy, das ist klar genug. Wenn nicht, werde ich versuchen, es nochmals zu erklären.«

»Verdammt, Spock...«

»Laß es, Pille«, sagte Kirk müde. »Mr. Spock, setzen Sie sich. Wir können es uns kaum leisten, uns hier gegenseitig an die Gurgel zu fahren. – Wir sind wahrscheinlich schlimmer dran, als wir angenommen haben. Wenn wir den Tatsachen trauen können, haben die Romulaner erstens einen brauchbaren Tarnschirm und zweitens eine Waffe, die auf jeden Fall mit den unseren konkurrieren kann.«

»Die uns um ein Vielfaches überlegen ist«, sagte Spock sarkastisch.

»Jedenfalls in einigen Situationen.«

»Aber diese beiden technischen ›Spielereien‹ existieren doch möglicherweise nur in der Einbildung von Mr. Spock, Jim. Und wir lassen uns durch seine Interpretation in Panik versetzen.«

»Im Augenblick ist es uns unmöglich, die Tatsachen anders zu interpretieren, Pille. – Gibt es noch irgendeine Frage dazu? Also gut. Dann überlegen wir uns mal, was wir daraus für unsere Situation am besten machen. Scotty, was können wir dagegen auffahren, vorausgesetzt, die Romulaner verfügen tatsächlich über diese technischen ›Spielereien‹. Einen unsichtbaren Gegner können wir nicht anvisieren, das ist klar – und wir können auch keinem unsichtbaren Schützen ausweichen. Also? –«

»Wir sind voll bewaffnet, schnell und manövrierfähig«, sagte der Ingenieur. »Und die Romulaner sind gar nicht so unsichtbar; wenn sie sich bewegen, kann Leutnant Uhura sofort ihre De-Broglie-Wellen auffangen. Ich glaube, sie müssen ihre Reaktoren mit äußerster Kraft laufen lassen, wenn sie unsichtbar bleiben und trotzdem fliegen wollen. So sind wir ihnen hinsichtlich der Geschwindigkeit sicher überlegen, und ich glaube, die wissen gar nicht, daß unsere Sensoren sie registrieren können.«

»Das heißt also, wir könnten sie einholen und – wenigstens ungefähr – beobachten, was sie tun. Aber wir können sie nicht sehen – oder gar mit einer Salve außer Gefecht setzen.«

»Im Moment sieht es zwar so aus«, sagte Scott, »aber ich glaube doch, daß die Lage einigermaßen ausgeglichen ist. Und ich glaube, das ist mehr Glück, als die meisten zu Beginn einer Schlacht zu erhoffen wagen.«

»Das ist noch nicht der Beginn einer Schlacht«, sagte Kirk, »noch nicht einmal ein Geplänkel. Das ist der schmale Grat über dem Abgrund eines interstellaren Krieges. Wir dürfen nicht den geringsten Fehler machen.«

»Sir, mit den Beweisen, die wir jetzt in der Hand haben, könnten wir gar nicht mehr im Recht sein«, sagte Spock.

McCoy verzog das Gesicht. »Sie sind so verdammt sicher.«

Ein kurzes Pfeifen aus dem Intercom ließ ihn aufhorchen. In die erwartungsvolle Stille tönte Leutnant Uhuras Stimme:

»Captain Kirk.«

»Schießen Sie los, Leutnant.« Seine Handflächen waren feucht.

»Ich habe das Schiff wieder. Ich kann es noch nicht sehen, aber ich höre Stimmen.«

Dieses Mal rannte sogar McCoy mit ihnen auf die Brücke. Aus dem Hauptlautsprecher kam ein fremdartiges, seltsam gedämpftes Gebrabbel. Es wurde stärker und schwächer, oft von einem statischen Feld überlagert, aber immer unverständlich, selbst wenn der Empfang am besten war. Die Stimmen klangen rauh und hatten kaum etwas mit menschlichen Stimmen zu tun. Aber das ist wohl ein Effekt, den jede fremde, selbst menschliche Sprache hervorbringt.

Die Bantufrau hatte für nichts anderes Augen und Ohren als für ihre Instrumente und Skalen. Mit größtem Fingerspitzengefühl drehte sie die Skalenknöpfe und verfolgte die Stimmen, wenn sie schwächer wurden oder ganz zu verschwinden drohten. Neben ihrem linken Ellbogen lief ein Tonband und nahm die Geräusche auf. Für spätere Analysen würde es sicher von größter Wichtigkeit sein.

»Es scheint aus ihrem eigenen Intercom zu kommen«, sprach sie durchs Mikrofon aufs Tonband. »Das Signal ist sehr schwach, aber die Impedanz ist sehr groß. Stoßmodulation. Es wäre ganz interessant, herauszufinden, welche Art von Feld diese Signale befördert und welches Spektrum – oh, verdammt – nein – da ist es wieder. Scotty, bist du

das, der mir dauernd in den Nacken bläst?«
»Selbstverständlich, Schatz. Soll ich dir helfen?«
»Laß den Computer dieses unstabile Feld berechnen, vielleicht können wir sie dann festnageln. Vielleicht bekomme ich dann sogar ein Bild. – Meine Handgelenke tun mir schon weh.«
Scottys Finger flogen über die Schaltkonsole des Computers. Und wirklich, kurz darauf blieben Lautstärke und Schärfe des Empfangs konstant. Leutnant Uhura lehnte sich mit einem Seufzer zurück und streckte die Arme aus. Aber sie sah trotzdem sehr erschöpft aus.
»Leutnant«, sagte Kirk, »glauben Sie tatsächlich, daß Sie hier auch ein Bild bekommen werden?«
»Ich kann mir nicht vorstellen, warum das nicht gehen sollte«, sagte sie und beugte sich wieder über ihr Pult. »Dieses Loch ist so groß, daß man mit einigem Glück ganze Felsen durchschleusen könnte. Sie haben zwar das allgemein sichtbare Spektrum blockiert, aber sie haben noch genug andere Fenster offengelassen. Wir sollten es jedenfalls versuchen...«
Eine Zeitlang geschah gar nichts. Stiles trat vor und löste Scott am Computer ab. Vorsichtig und ziemlich auffällig machte er einen Bogen um Spock. Der schien es nicht zu bemerken.
»Das ist doch seltsam«, sagte McCoy, mehr zu sich selbst. »Diese Kerle waren doch ein gutes Jahrhundert im Rückstand, als wir sie damals wieder in ihre Hundehütten zurückgetrieben haben. Aber jetzt haben sie ein Schiff, das fast so gut ist wie unseres und sogar auch noch so aussieht. Und die Waffen...«
»Dr. McCoy, seien Sie bitte einen Moment still«, rief Leutnant Uhura, »ich bekomme gerade etwas Neues herein.«
»Sulu«, sagte Kirk, »haben Sie Ihren Kurs geändert?«
»Nein, Sir. Sie sind immer noch auf dem Rückflug.«
»Heureka!« rief Leutnant Uhura triumphierend. »Da ist es!«
Der Hauptbildschirm leuchtete wieder auf. Offenbar zeigte das Bild, so vermutete Kirk, den Kontrollraum des feindlichen Schiffes. Das war an sich ungewöhnlich, denn auch die *Enterprise* hatte zwar überall an Bord Kameras, aber keine auf der Brücke – denn wer sollte dem Captain über die Schulter schauen müssen?
Drei Romulaner saßen in einer Reihe nebeneinander in dem Raum.

Das Licht der Monitoren über ihnen spiegelte sich in ihren Gesichtern. Sie sahen aus wie Menschen, oder fast so. Hagere Männer mit mandelfarbenen Gesichtern in Uniform mit einem Wolfskopf-Emblem. Der rötliche Farbton ihrer Umgebung schien ihre Ruhe und Gelassenheit noch zu unterstreichen. Ihre Köpfe steckten in schweren Helmen.

Im Vordergrund hantierte ein Mann, der offenbar der Kommandant war, an einem cockpitähnlichen Gehäuse. Verglichen mit der Brücke der *Enterprise* sah dieser Kontrollraum fast wie ein Trödlerladen aus. Zahllose schwere Kabel wanden sich in Reichweite über ihre Köpfe hinweg.

Das alles wurde in einem Augenblick registriert – und wieder vergessen. Kirks Interesse galt plötzlich einzig und allein dem Kommandanten. Seine Uniform war weiß und wies seltsamerweise überhaupt keine Rangabzeichen auf. Und er trug auch keinen Helm. In seiner ganzen Statur, Haltung, Hautfarbe, ja sogar in der Ausbildung seiner Ohren war er das genaue Ebenbild Spocks.

Ohne vom Bildschirm wegzusehen, merkte Kirk, wie alle den Halb-Vulkanier anstarrten. Ein langes Schweigen setzte ein. Nur das Gesumm aus dem Maschinenraum und das Gebrabbel der Romulaner war zu hören. Dann sagte Stiles offenbar zu sich selbst: »Jetzt wissen wir es also. Dieses Schiff – die Baupläne, haben sie von Spionen bekommen. Das könnte jeder gewesen sein – oder fast jeder.«

Kirk nahm zunächst keine Notiz von der Bemerkung. Vielleicht war sie tatsächlich nur für seine Ohren bestimmt – oder für niemanden. Bis auf weiteres wollte er das auf jeden Fall annehmen. Er sagte: »Leutnant Uhura, ich möchte, daß ein paar Linguisten und Kryptographen sich dieses Tonband vornehmen. Wenn wir –«

Stiles sagte wieder etwas, nicht deutlich, aber etwas lauter als vorhin. Er durfte ihn jetzt nicht mehr überhören.

»Mr. Stiles, ich habe das nicht genau verstanden.«

»Oh, ich habe nur mit mir selbst gesprochen, Sir.«

»Dann sagen Sie's noch mal. Ich möchte es auch hören.«

»Ich wollte nicht…«

»Wiederholen Sie es bitte«, befahl Kirk und betonte jede Silbe einzeln. Alle Augen, mit Ausnahme von Spocks, waren jetzt auf Kirk und

Stiles gerichtet. Die Vorgänge auf dem Bildschirm hatten jegliches Interesse für sie verloren.

»Also, wenn Sie besonderen Wert darauf legen«, sagte Stiles mürrisch. »Ich dachte nur, daß uns das Mr. Spock vielleicht schneller übersetzen könnte als der Computer. Diese Burschen scheinen ja von seinem Volk zu sein. Sie brauchen sie doch nur anzusehen. Es ist ganz offensichtlich.«

»Soll das eine Anklage sein?«

Stiles holte tief Luft. »Nein, Sir«, sagte er beherrscht. »Es ist nur eine Beobachtung. Ich wollte sie auch niemandem mitteilen. Wenn Sie ihr keine besondere Bedeutung zumessen, werde ich sie wieder zurücknehmen. Aber ich glaube, die meisten von uns sind zu demselben Ergebnis gelangt.«

»Mr. Stiles, das ist eine ziemlich schlechte Ausrede, und mich überzeugt sie in keiner Weise. Aber da Sie dieses Problem berührt haben, wollen wir ihm auch nachgehen. Mr. Spock, verstehen Sie die Sprache, die diese Leute sprechen? Sosehr ich Mr. Stiles unterschwellige Anschuldigungen verabscheue, aber irgendeine rassische Verwandtschaft zwischen Ihnen und den Romulanern ist unübersehbar. Hat das etwas zu bedeuten?«

»Die Verwandtschaft besteht auf jeden Fall«, sagte Spock ruhig. »Die meisten Völker in diesem Gebiet der Galaxis scheinen denselben Ursprung zu haben. Diese Tatsache ist auch allgemein bekannt. Aber der Planet Vulkan hat nicht mehr Kontakt zu den Romulanern als die Erde, seit Jahrhunderten jedenfalls. Und ihre Sprache verstehe ich nicht. Sicher gibt es vermutlich einige Wurzeln, die denen meiner Muttersprache gleichen – ebenso, wie etwa das Englische einige griechische Wurzeln hat. Das würde Ihnen als Englischsprechendem aber überhaupt nicht helfen, sozusagen auf Anhieb Griechisch zu verstehen – sie brauchten sehr viel Zeit dazu. Ich will es gern versuchen – aber ich bezweifle, daß es uns in der Zeit, die wir zur Verfügung haben, etwas einbringt!«

In der kurzen Stille, die jetzt einsetzte, bemerkte Kirk, daß das Gebrabbel im Lautsprecher aufgehört hatte, und kurz darauf verschwand auch das Bild des Kontrollraums der Romulaner vom Bildschirm.

»Sie haben das Leck dichtgemacht«, sagte Uhura. »Aber es ist nicht sicher, ob sie bemerkten, daß wir es auch entdeckt haben.«

»Bleiben Sie dran und sagen Sie's mir, wenn Sie sie wieder haben. Machen Sie eine Kopie von dem Tonband für Mr. Spock. Dr. McCoy und Mr. Scott, kommen Sie bitte mit mir in meine Kabine. Und alle anderen denken bitte daran, daß wir höchste Alarmstufe haben, und zwar so lange, bis alles vorbei ist – so oder so.« Kirk stand auf, und es schien, als wollte er zum Aufzug gehen, doch dann zögerte er und wandte sich an Stiles: »Mr. Stiles, Ihre Beobachtungen könnten tatsächlich einmal nützlich sein. Aber im Moment sahen sie verdammt nach Fanatismus aus. Und das ist etwas, was man am besten nicht laut werden läßt. Sollten Sie noch einmal solche Beobachtungen machen, dann möchte ich sicher sein, daß Sie sie zuerst mir mitteilen. Habe ich mich verständlich genug ausgedrückt?«

»Jawohl, Sir«, sagte Stiles, kreidebleich.

Kirk ließ sich in einen Sessel fallen und legte die Beine auf den Tisch. Mißmutig sah er den Doktor und den Ingenieur an. »Als ob wir nicht genügend Ärger hätten. Spock ist schon ein seltsamer Knabe; wegen ihm sträuben sich dann und wann jedem die Haare – an normalen Tagen. Doch dieser..., dieser Zufall..., der kam wirklich zur unrechten Zeit, verdammt noch mal.«

»Wenn es ein Zufall ist«, sagte McCoy und wiegte zweifelnd den Kopf.

»Ich glaube schon, Pille. Ich vertraue Spock, er ist ein guter Offizier. Für unser Gefühl hat er zwar überhaupt keine Manieren, aber seit ich Stiles erlebt habe, halte ich von dessen Manieren auch nicht mehr viel. Ich glaube, diese Sache können wir vergessen. Ich möchte wissen, was wir jetzt tun sollen. Der Romulaner scheint tatsächlich zu fliehen. In ein paar Stunden wird er wieder in der neutralen Zone sein. Sollen wir ihn bis dorthin verfolgen?«

»Wenn du's tust, dann hast du einen Krieg am Hals, das weißt du genau. Vielleicht einen regelrechten Bürgerkrieg.«

»Stimmt genau. Aber andererseits haben wir drei Satelliten verloren. Das waren sechzig Menschen – samt der Ausrüstung... Wußtest du, daß ich mit Hansen auf derselben Schule war? Na ja, das ist hier nicht wichtig. Scotty, wie denken Sie darüber?«

»Sechzig Menschenleben schreibe ich nicht so ohne weiteres ab, aber wir sind fast vierhundert an Bord der *Enterprise*, und die möchte ich noch viel weniger abschreiben müssen. Gegen ihre Waffen haben wir keine Verteidigung, wie immer die auch beschaffen sind, und unsere Phaserkanonen können kein Ziel anvisieren, das sie nicht wahrnehmen. Vielleicht ist es besser, wir lassen sie in die neutrale Zone zurück, reichen einen Bericht bei der Föderation ein, und die Flotte soll den Fall übernehmen. Dabei könnten wir auch in Ruhe alles analysieren, was wir über sie bis jetzt haben sammeln können.«

»Und die Sprach- und Bildaufzeichnungen«, sagte McCoy.

»Die sind von unschätzbarem Wert, einzigartig – und könnten verlorengehen, wenn wir eine Konfrontation herbeiführen und dabei verlieren.«

»Sehr weise, Pille – und sehr logisch«, gab Kirk zu. »Ich bin zwar nicht im geringsten damit einverstanden, aber im Logbuch würde es sich ganz gut ausmachen. Sonst noch etwas?«

»Was willst du denn sonst noch? Entweder ist es richtig oder falsch. Ich hoffe doch nicht, daß du mit mir hier Katz und Maus spielen willst.«

»Das weißt du besser als ich. Ich sagte dir doch, daß ich mit Hansen zur Schule gegangen bin; und da sind zwei junge Leute an Bord, die gerade heiraten wollten, als der Alarm losging. Persönlicher Ruhm interessiert mich genausowenig wie die Meinung der Öffentlichkeit. Ich möchte verhindern, daß es zu einem Krieg kommt. – Das ist die Aufgabe, die mir jetzt gestellt ist. Die Frage ist nur – wie?«

Mit düsterem Blick starrte er auf seine Fußspitzen. Nach einer Weile fügte er hinzu: »Es ist ganz klar, daß die Romulaner sich das als eine Art entscheidende Kraftprobe gedacht haben. Sie haben zwei Waffen. Sie kamen aus der neutralen Zone heraus und haben ein Sternenschiff herausgefordert mit – also, sie haben so viel Tod und Zerstörung verbreitet, daß sie sicher sein können, daß wir die Herausforderung nicht ignorieren werden. Und es ist zugleich auch eine Überprüfung unserer Einstellung. Sie wollen wissen, ob wir uns wieder beruhigt haben, seit wir sie das letzte Mal besiegten. Sollen wir zulassen, daß sie wieder unsere Freunde, unser Eigentum vernichten, nur weil die Chancen jetzt anscheinend gegen uns stehen? Wie lange werden sie uns denn noch in Frieden lassen, wenn wir sie jetzt wieder in die neutrale Zone, die sie selbst verletzt haben, entwischen lassen? Ich glaube nicht, daß das sehr viel Zukunft hat, weder für uns noch für die Erde, noch für die ganze Föderation – und auch nicht für die Romulaner. Ich glaube, diese Lektion müssen wir genau jetzt erteilen.«

»Ich glaube, Sie haben recht«, sagte Scott. »Ich hätte das wahrscheinlich nie in dieser Weise bedacht, und ich bin froh, daß ich darüber nicht entscheiden muß.«

»Pille?«

»Wir müssen wohl handeln. Aber ich habe noch einen anderen Vorschlag. Es könnte vielleicht die Moral etwas heben, wenn du die beiden vom Phaser-Deck endlich verheiraten würdest.«

»Du glaubst im Ernst, jetzt wäre die richtige Zeit dazu?«

»Ich weiß nicht, ob dazu überhaupt jemals die richtige Zeit ist. Aber wenn du an deine Leute denkst – und ich weiß verdammt genau, daß du das tust, dann ist jetzt der beste Zeitpunkt dazu. Ein kurzer Augenblick der Liebe am Vorabend einer Schlacht. – Ich hoffe, ich mute dir nicht zuviel zu, Jim?«

»Doch, das tust du, Pille«, sagte Kirk und lächelte, »aber du hast recht. Ich werde es tun. Nur muß es ein bißchen schnell gehen.«

»Nichts ist von Dauer«, sagte McCoy mit rätselhaftem Lächeln.

Auf der Brücke schien sich inzwischen nichts Neues ereignet zu haben. Einen Augenblick lang konnte es Kirk gar nicht fassen, daß die ganze Unterredung nur knapp zehn Minuten gedauert hatte. Das Raumschiff der Romulaner war wieder nur durch die De-Broglie-Wellen zu orten und flüchtete anscheinend immer weiter auf die neutrale Zone zu, doch mit nicht allzu großer Geschwindigkeit.

»Es ist möglich, daß ihre Sensoren ihren eigenen Schirm nicht durchdringen und sie uns so gar nicht sehen können«, sagte Spock.

»Entweder das«, sagte Kirk, »oder sie wollen uns in eine Falle locken. Wie dem auch sei, wir dürfen uns mit ihnen auf kein Kopf-an-Kopf-Gefecht einlassen. Wir müssen uns eine List einfallen lassen, irgendein Ablenkungsmanöver... Mr. Spock, könnten Sie das?«

»Wenn es geht, möglichst nicht tödlich für uns«, fügte Stiles hinzu. Sulu drehte sich auf seinem Pilotensitz halb zu ihm um: »Sie täuschen sich sehr«, sagte Sulu. »Ich glaube, Sie haben die meisten Fehler schon gemacht, für den Rest Ihres Lebens bleiben Ihnen nicht mehr viele.«

»Einem von uns sicher«, sagte Stiles steif.

»Jetzt lassen Sie das endlich«, sagte Kirk gereizt. »Alles zu seiner Zeit, Mr. Sulu. Der nächste Punkt auf der Tagesordnung ist die Hochzeit.«

»Entsprechend den Gesetzen des Weltraums«, sagte Kirk, »haben sich hier diese Frau, Angela Martine, und dieser Mann, Robert Tomlinson, eingefunden, um den Bund der Ehe zu schließen...«

Dieses Mal war alles glattgegangen. Kirk schloß das Buch und blickte auf.

»...und somit, kraft der Gewalt, die mir als Captain der U.S.S. *Enterprise* verliehen ist, erkläre ich euch zu Mann und Frau.«

Er nickte Tomlinson aufmunternd zu, der erst jetzt begriff, daß er die Braut ja küssen mußte. Es gab die üblichen Hoch-Rufe, die trotz der wenigen Gäste ziemlich laut und fröhlich klangen. Bootsmann Rand küßte Angela auf die Wange; McCoy packte Tomlinsons Hand, schwang sie wie einen Pumpenschwengel und hieb ihm auf die Schulter; dann bereitete er sich vor, die Braut zu küssen, aber da kam ihm Kirk dazwischen:

»Das ist ein Privileg des Captains, Doc.«

Aber er kam nicht dazu. Spocks Stimme tönte aus dem Lautsprecher.

»Captain – ich glaube, ich habe eine Lösung gefunden.«

»Es gibt Tage«, sagte Kirk bedauernd, »an denen man auf diesem verdammten Schiff aber auch gar nichts zu Ende bringen kann. Ich komme, Mr. Spock.«

Es stellte sich heraus, daß Spocks Ablenkungsmanöver der kalte Komet des Romulus-Remus-Systems war, das heißt, jetzt war er nicht mehr kalt, sondern je mehr er sich der Zentralsonne näherte, desto mehr breitete sich sein Schweif aus. Spock hatte ihn in den Ephemeriden verzeichnet gefunden, und eine Computerberechnung hatte ergeben, daß er in genau 440 Sekunden zwischen der *Enterprise* und dem feindlichen Schiff passieren würde.

»Wir werden ihn benutzen«, sagte Kirk sofort. »Mr. Sulu, im Augenblick des Durchgangs gehen wir auf volle Beschleunigung. Scotty, sagen Sie der Phaserstation, wir wollen eine Fächersalve feuern: Zieleinstellung nur nach Sensoren. Es wird wahrscheinlich Ablenkungen geben durch Eisbrocken im Schußfeld.«

»Immerhin, aber bei dieser Entfernung müßten wir wenigstens einen Treffer erzielen«, sagte Scott.

»Noch eine Minute«, sagte Spock.

»Angenommen, der Schuß durchdringt ihren Schirm nicht?« sagte Stiles.

»Diese Möglichkeit gibt es natürlich auch, aber dagegen können wir nichts tun.«

»Dreißig Sekunden... zwanzig... fünfzehn... zehn, neun, acht, sieben, sechs, fünf, vier, drei, zwei, eins, null...«

Auf der Brücke wurde es dunkel, als die *Enterprise* mit ungeheurer Kraft vorwärts schnellte und die Phaserspulen im selben Moment ihre höchste Energiekapazität erreichten. Auf dem Bildschirm tauchte die riesige Schotterwolke des Kometen auf.

»O. K., Mr. Tomlinson..., Phaser feuern!«

Die *Enterprise* brüllte auf wie ein verwundeter Löwe. Im nächsten Augenblick flammten die Lichter wieder auf, und der Lärm hatte aufgehört. Die Phaserkanonen hatten gefeuert.

»Energiezentrale überladen«, sagte Spock. »Hauptspule durchgebrannt.«

Er hatte schon einen Teil der Schalttafel herausgeklappt und überprüfte den Stromkreis. Nach kurzem Zögern eilte ihm Stiles zu Hilfe.

»Captain!« rief Sulu. »Ihr Schiff – es wird langsam sichtbar. Ich glaube, wir haben es getroffen – ja, wir haben es getroffen!«

»Nicht gut genug«, sagte Kirk finster und erriet sofort die Bedeutung dieses Manövers. »Volle Kraft zurück! Abdrehen!«

Aber der Feind war schneller. Auf dem Bildschirm schoß ein strahlender Torpedo heran, ähnlich dem, der den Satelliten 4023 zerstört hatte. Nur dieses Mal war die *Enterprise* sein Ziel.

»Sieht schlecht aus«, sagte Sulu. »Zwei Minuten bis zum Aufschlag.«

»Adjutant Rand, Nachrichtenboje in neunzig Sekunden über Bord.«

»Moment«, sagte Sulu, »die Bahn des Torpedos verändert sich...«
Der anfangs so strahlende kompakte Fleck schien unruhig zu werden, er flackerte, an den Rändern löste er sich in kleine bläuliche Zungen auf, die Leuchtkraft ließ nach.
»Möglicherweise ist seine Reichweite beschränkt.«
Jetzt war er ganz vom Bildschirm verschwunden. Die *Enterprise* geriet ins Schlingern. Einige fielen zu Boden, auch Spock, glücklicherweise nicht in die geöffnete Schalttafel.
»Scotty! Schadensmeldung!«
»Eine Stabilisatorzelle ist zerbrochen. Sonst nur kleinere Schäden. Hauptphaser noch immer außer Gefecht. Die Spule muß ersetzt werden.«
»Ich glaube, den Gegner hat es schlimmer erwischt, Sir«, sagte Leutnant Uhura. »Steuerbord breiten sich Trümmer aus – Gegenstände – Radarecho wie von Plastikgegenständen – Körpern.«
Das losbrechende Freudengeschrei unterbrach Kirk mit einer knappen Handbewegung. »Geschwindigkeit weiter herabsetzen. Es scheint, als hätten sie auf ihren Tarnschirm verzichten müssen, um die nötige Energie für ihre Waffen zu haben. Der Schirm ist noch nicht wieder aufgebaut.«
»Sie sind aber dabei, sie verschwinden wieder, Captain«, sagte Sulu. »Die letzten Dopplerkontrollen zeigen, daß sie ihre Geschwindigkeit auch herabsetzen..., jetzt sind sie ganz verschwunden.«
»Können Sie irgend etwas in Ihrem Intercom registrieren, Leutnant Uhura?«
»Nichts, Sir. Sogar die De-Broglie-Wellen werden schwächer. Ich glaube, jetzt haben wir den Kometen gegen uns.«
Was, um Himmels willen, sollte das jetzt bedeuten? Gegen einen unbekannten Feind anzutreten, war schon schlimm genug, aber wenn der sich auch noch nach Belieben unsichtbar machen konnte. – Wenn dieses Schiff mit all seinen Daten den heimatlichen Planeten erreichen würde... eine Zeitlang würde man wohl nichts mehr von ihnen hören, aber dann würden sie zu Tausenden hervorbrechen, bereit, alles zu töten, was sich ihnen in den Weg stellte. Sie mußten das Schiff aufhalten.
»Wenn man das Ganze unter ihrem Gesichtspunkt als Überrumplungsmanöver und als Test ansieht, erscheint ihre Taktik ziemlich

sinnvoll«, sagte Kirk nachdenklich. »Sie haben uns hereingelockt, indem sie drei relativ wehrlose Satelliten angriffen, und zogen sich dann an die Grenze zurück, um unsere Stärke zu prüfen. Dann griffen sie uns an der Flanke an und zogen sich wieder zurück. Irgendeine Art Schachspiel steckt dahinter. Wenn ich jetzt ihren nächsten Zug zu tun hätte, würde ich mich auch wieder an die Grenze zurückziehen. Und wenn sie das getan haben, dann sitzen sie genau hinter uns in unserer Heckwelle – und vor uns lauert ihre Verstärkung.«

»Aber was ist mit den Trümmern, Sir?« fragte Uhura.

»Das war ein simples Täuschungsmanöver, sie haben irgendwelchen Ballast ausgestoßen – ein ganz alter Trick, den man schon im U-Boot-Krieg angewandt hat; das nächste Mal werfen sie uns einen atomaren Sprengkopf heraus, mit dem wir spielen können. Leutnant Sulu, leiten Sie ein Wendemanöver ein, so daß unsere Hauptphaserbatterie in Gegenrichtung weist. Mr. Spock, wir können nicht mehr auf die neue Spule warten. Gehen Sie aufs Phaserdeck und steuern Sie das Feuer mit der Hand. Mr. Stiles, Sie gehen mit ihm und helfen ihm. Feuern Sie auf mein Kommando, sowie das Manöver beendet ist. Alles klar?«

Die beiden nickten und gingen hinaus, Stiles sichtlich etwas widerstrebend. Kirk sah ihnen einen Augenblick lang nach. – Stiles Mißtrauen Spock gegenüber hatte ihn, fast gegen seinen Willen, doch etwas angesteckt. Aber dann vergaß er es wieder. Das Wendemanöver hatte begonnen. Auf dem Bildschirm erschien der Raum achtern in der Ionisationswolke der *Enterprise* genauso leer wie steuerbords in den davonwirbelnden Gasen des Kometenschweifs.

Dann wurde das Schiff der Romulaner zum dritten Mal sichtbar. Und zwar genau an der Stelle, wo Kirk es vorausgesagt hatte. Und im Moment konnten sie nichts, aber auch gar nichts tun. Auf der Brücke war es totenstill. Mit zusammengebissenen Zähnen verfolgte Kirk, wie sich das immer deutlicher erscheinende Schiff langsam über das Koordinatennetz des Bildschirms schob. – »Spock! – Feuer!« schrie Kirk.

Nichts geschah. Jetzt ließ sich der nagende Verdacht nicht mehr unterdrücken. Mit einer raschen Handbewegung schaltete Kirk die Kamera im Phaserdeck ein.

Im ersten Moment konnte er in dem, was er dort sah, nichts erkennen. Der ganze Raum schien in grüne Dämpfe gehüllt zu sein. Undeutlich sah Kirk zwei Gestalten ausgestreckt am Boden neben dem Schaltpult für die Batterien liegen. Stiles trat ins Blickfeld. Eine Hand hielt er sich vor Mund und Nase, mit der anderen versuchte er, das Schaltpult zu erreichen. Aber er mußte schon zuviel von dem Gas in der Lunge haben. Er griff sich an den Hals, brach in die Knie und stürzte zu Boden.

»Scotty! Was ist das für ein Stoff –«

»Kühlflüssigkeit. Der Verschluß muß aufgebrochen sein, sehen Sie, da ist Spock...«

Jetzt konnte man auch Spock auf dem Bildschirm sehen. Er kroch auf Händen und Knien zum Schaltpult. Erst jetzt registrierte Kirk, daß die zwei Männer, die am Boden lagen – Tomlinson und ein weiterer aus seiner Mannschaft –, wahrscheinlich beide tot waren. Offenbar war der Verschluß schon beim ersten Angriff gebrochen. Auf dem Hauptbildschirm sahen sie den Schuß des Romulanerschiffes mit jener unausweichlichen absoluten Endgültigkeit auf sie zustoßen. Wie gelähmt sahen sie dem tödlichen Torpedo entgegen.

Irgendwie erreichte Spock doch noch das Schaltpult. Er zog sich hoch und ließ seine verkrampften Finger über die Instrumente gleiten. Mit der Handkante schlug er zweimal auf den Auslöserknopf, dann stürzte auch er zu Boden.

Das Licht ging aus. In einem gigantischen Feuerball zerstob das Schiff der Romulaner.

An Bord der *Enterprise* waren drei Tote zu beklagen: Tomlinson, sein Gehilfe und Stiles. Angela war dem Unglück entronnen, weil sie sich nicht auf dem Phaserdeck befand, als die Kühlflüssigkeit aus den getroffenen Leitungen herausschoß. Entronnen, kaum eine Stunde lang verheiratet – Witwe für den Rest ihrer Tage.

Mit steinerner Miene trug Kirk alles ins Logbuch ein.

Der Zweite Romulanische Krieg war zu Ende. Offiziell hatte er nie begonnen.

Wettlauf mit der Zeit

Niemand, soviel war klar, würde den Planeten vermissen, wenn er auseinanderbarst. Es hatte sich auch niemand die Mühe gemacht, für ihn einen Namen zu finden. Auf den Karten war er einfach als ULAPG 42821 DB verzeichnet; eine etwas umständliche Kodierung, die von einigen jungen Offizieren der *Enterprise* drastisch zu La Pig verkürzt wurde.

So ganz paßte der Name ja nicht auf den Planeten, denn es war eine von Eis bedeckte Steinkugel von etwa 20000 Kilometern Durchmesser, eine zu Eis erstarrte windlose Wildnis, in der nicht einmal verkrüppeltes Wurzelwerk, Moos oder Flechten die endlose purpurne Eintönigkeit von Horizont zu Horizont unterbrachen.

Nach einer relativ kurzen Lebensdauer von ein paar hundert Millionen Jahren war es soweit: Die Spannung zwischen dem Eismantel und dem schrumpfenden Kern mußte den Planeten in allernächster Zeit zersprengen.

Auf La Pig gab es eine Beobachtungsstation, die mit sechs Leuten besetzt war. Die sollten abgeholt werden, und da die *Enterprise* sowieso in der Nähe war, hatte sie den Auftrag dazu erhalten. Anschließend sollte sie, so lauteten die Anweisungen, aus einer bestimmten Entfernung den Untergang des Planeten beobachten. Die dabei gesammelten Beobachtungen und Daten würden für ein paar Burschen mit Rechenschiebern auf der Erde von großer Bedeutung sein. Vielleicht würden die dann das ganze Spiel einmal so zusammensetzen, daß sie selbst ganze Planeten in die Luft sprengen konnten. Mit Menschen drauf und allem Drum und Dran.

Wie die meisten anderen Linienoffiziere war auch Captain Kirk von derartigen Schreibtischspielereien wenig begeistert.

Aber es stellte sich heraus, daß auf La Pig niemand mehr war, den sie abholen konnten. Die Tür zur Station stand weit offen, und das Eis war auch hier eingedrungen. Alles, Böden, Wände, Konsolen,

Schränke, Tische, Stühle, alles war von einer dicken Eisschicht bedeckt. Die Tür war festgefroren, und die gesamte Energieversorgung war abgeschaltet.

Alle sechs Mitglieder der Mannschaft waren tot. Einer, noch im schweren Raumanzug, lag über einer der Schaltkonsolen. Auf dem Fußboden, in einem Korridor, lag der Körper einer Frau, sehr leicht bekleidet und schon fast zur Hälfte mit Eis bedeckt. Eine genauere Untersuchung ergab jedoch, daß sie schon tot war, bevor das Eis kam; sie war erwürgt worden.

Im unteren Teil der Station fanden sie die anderen vier. Der Ingenieur saß auf seinem Platz, alle Schalter für die lebenswichtige Energieversorgung standen auf Aus, er selbst war festgefroren, als ob er sich keinen Deut darum gekümmert hätte. Dabei waren die Energievorräte noch lange nicht erschöpft; er hatte sie einfach nicht mehr genutzt. Zwei andere lagen tot in ihren Betten, was bei diesen Temperaturen absolut normal und zu erwarten war. Der sechste schließlich stand, vollständig angekleidet, unter der Dusche, von der Decke bis zum Boden in eine Säule aus Eis gehüllt.

»Sonst war nichts zu finden«, sagte Spock, der die Transporteraktion zur Oberfläche des Planeten geleitet hatte. »Außer ein paar kleinen Mulden voll Wasser da und dort. Das hätte aber bei diesen Temperaturen auch gefroren sein müssen, gleichgültig, welche Stoffe in ihm gelöst sind. Wir haben ein paar Proben mitgebracht. Die Körper der Toten sind in der Leichenkammer, immer noch tiefgefroren. – Ich glaube fast, daß das eher ein Stoff für einen Dramatiker ist als für eine öffentliche Untersuchung.«

»Phantasie ist für einen Polizeioffizier ein sehr nützliches Talent«, sagte Kirk. »Als ein erstes Verdachtsmoment würde ich zum Beispiel nennen, daß irgendeine flüchtige, hochgiftige Substanz in der Station freigeworden ist. Einer der Männer kam damit in Berührung und lief zur Dusche, um sie wegzuspülen, natürlich auch von den Kleidern. Ein anderer riß die Tür auf...«

»Und die Frau?«

»Irgend jemand hat ihr an dem Unglück die Schuld gegeben, vielleicht hat sie sich schon eine Reihe solcher Unvorsichtigkeiten zuschulden kommen lassen, und vielleicht hat sie sich in diesem Fall etwas zweideutig verhalten. Sie wissen ja, welchen seelischen Spannungen diese kleinen Teams auf Außenposten ausgesetzt sind.

»Sehr gut, Captain«, sagte Spock. »Aber was war mit dem Ingenieur, der einfach alles abgeschaltet hat?«

Kirk streckte hilflos die Arme in die Luft. »Ich geb's auf. Vielleicht dachte er, daß alles aus wäre, und beschloß, Selbstmord zu begehen. Oder die ganze Geschichte stimmt von A bis Z nicht..., was weiß ich. Ich glaube, wir gehen jetzt besser auf Umlaufbahn. Was immer da unten geschehen ist, wir werden es wahrscheinlich nie mehr herausfinden.«

Es war nur gut, daß er ›wahrscheinlich‹ gesagt hatte.

Bei Joe Tormolen, der Spock in die Station begleitet hatte, zeigten sich die Symptome zuerst. Er saß allein an einem Tisch in der Mannschaftsmesse und aß. Das war bei ihm weiter nicht ungewöhnlich, denn obwohl er ein guter und verläßlicher Mann war, war er allen anderen gegenüber zutiefst verschlossen. Nicht weit weg von ihm stritten sich Chefpilot Sulu und Navigator Kevin Riley über den Nutzen von Fechtübungen im allgemeinen. Sulu war fürs Fechten, und an einem für ihn kritischen Punkt der Diskussion wandte er sich an Joe um Unterstützung.

Statt eine Antwort zu geben, geriet Joe in höchste Aufregung, stieß wie unter Überdruck völlig zusammenhanglose Sätze hervor, über die sechs Menschen, die auf La Pig starben, und daß es die Menschen nicht wert seien, das All zu betreten... Auf dem Höhepunkt seiner Wahnsinnsarie versuchte er sich dann das Messer seines Eßbestecks in den Leib zu rennen.

Es entspann sich ein längeres Handgemenge, und weil Sulu und Riley Joes Absicht falsch interpretierten – sie dachten nämlich, er wollte auf einen von ihnen mit dem Messer losgehen –, gelang es Joe tatsächlich, sich eine schwere Verletzung zuzufügen. Bis sie ihn unter Kontrolle und zur Krankenstation gebracht hatten, waren alle drei gleichermaßen mit Blut beschmiert, so daß die Wachen beim ersten Hinsehen nicht entscheiden konnten, welcher von den Raufbolden denn nun der Verwundete war.

Um den Fall in allen Einzelheiten zu besprechen, fehlte im Moment die Zeit. La Pig zeigte die ersten Anzeichen seiner beginnenden Auflösung, und Sulu und Riley wurden, sobald sie sich gesäubert hatten, auf der Brücke benötigt. In dem Maße, wie der Vorgang des Zerberstens fortschritt, würde sich auch die Masse des Planeten verändern und vielleicht auch die Lage seines Gravitationszentrums. Das bedeutete wiederum, daß sich sein äußeres magnetisches Feld verändern würde, so daß das, was vor Sekunden vielleicht noch ein sicherer ›Parkplatz‹ für die *Enterprise* gewesen war, in der nächsten schon ein ziemlich ungemütlicher Aufenthaltsort werden konnte. Und hier wußte selbst der Computer keine genauen Voraussagen zu liefern, sondern höchstens Wahrscheinlichkeiten; hier waren allein die Sinne, der Verstand und ihre Reaktionsfähigkeit ausschlaggebend.

McCoys Nachricht, daß Joe Tormolen seinen Verletzungen erlegen war, erreichte Kirk deshalb erst vierundzwanzig Stunden später, und es dauerte noch weitere vier Stunden, bis er McCoys Einladung zu einer Unterredung nachkommen konnte. Zu diesem Zeitpunkt nämlich schien der Auflösungsprozeß von La Pig eine Art Inflexionspunkt erreicht zu haben, so daß man damit rechnen durfte, etwa eine Stunde lang seine Ruhe zu haben. Er konnte die Wache Sulu und Riley überlassen und McCoy einen kurzen Besuch abstatten.

»Ich hätte dich nicht belästigt, Jim, wenn Tormolen nicht einer von den zwei Männern gewesen wäre, die auf La Pig waren«, sagte McCoy. »Der Fall ist ziemlich ungewöhnlich, und ich möchte die Möglichkeit nicht außer acht lassen, daß es hier doch eine Verbindung gibt.«

»Was ist daran so ungewöhnlich?«

»Nun, schon allein der Selbstmordversuch. Joe war zwar schon immer etwas instabil und voller Skrupel, sein entsprechender Psycho-Quotient war in dieser Hinsicht auch sehr hoch; er war ein Brüter, ein introspektiver Typ. Aber ich möchte wissen, warum das jetzt mit einem Mal und mit solcher Gewalt zum Durchbruch kam. – Und noch etwas, Jim, er hätte nicht sterben müssen. Er hatte sich zwar schwere innere Verletzungen in der Bauchhöhle beigebracht, aber ich habe die Wunden sorgfältig vernäht, das Bauchfell gesäubert; eine Infektion war völlig ausgeschlossen. Aber er starb trotzdem, und ich weiß nicht, woran.«

»Vielleicht hat er sich einfach aufgegeben.«

»Ich habe zwar schon gesehen, daß so etwas möglich ist. Aber ich kann das nicht auf einen Totenschein schreiben. Ich brauche einen handfesten Grund, eine Blutvergiftung oder ein Blutgerinnsel im Gehirn. Bei Joe schien es einfach ein Kreislaufversagen gewesen zu sein. Aber das aus überhaupt keinem erkennbaren Anlaß. – Und mit diesen sechs Toten von La Pig komme ich auch nicht weiter.«

»Schlimm genug. Was ist mit den Proben, die Spock mitgebracht hat?«

McCoy zuckte mit den Schultern. »Da ist zwar noch alles möglich, nehme ich an, aber soweit wir jetzt sehen, ist das Zeug einfach Wasser. Wir haben Spuren von Mineralien entdeckt, die seinen Gefrierpunkt ziemlich herabsetzen, aber sonst noch gar nichts. Wir haben alle nur erdenklichen Vorsichtsmaßnahmen getroffen, aber es ist bakteriologisch gesehen völlig rein, also auch keine Viren, und chemisch gesehen fast rein. Manchmal meine ich, hier sind wir in einer Sackgasse, obwohl ich mir immer wieder neue Analysen ausdenke, um dem Zeug beizukommen; jeder hier im Labor tut das.«

»Nun, ich werde Spock im Auge behalten. Er war nämlich der zweite, der unten war, obwohl, bei seinem speziellen Organismus weiß ich gar nicht, auf welche Reaktion ich achten soll. In der Zwischenzeit können wir eben nur hoffen, daß es ein Zufall war.«

Er wollte gerade wieder auf die Brücke zurück, als er überrascht stehenblieb. Aus einem Seitenkorridor kam Sulu auf ihn zu. Er hatte Kirk anscheinend noch nicht bemerkt, und es sah so aus, als käme er aus dem Gymnastikraum, denn seine Veloursbluse stand offen, und darunter trug er ein schwarzes Trägerhemd. Um seinen Hals hatte er ein Handtuch geworfen, und unter seinen Arm geklemmt hielt er ein Florett. Er sah zufrieden aus und keineswegs schuldbewußt wie ein Mann, der sich unerlaubt von seinem Posten entfernt hatte.

Er schwang das Florett hoch, bis seine Spitze zur Decke zeigte. Dann ließ er es zwischen seiner Hand senkrecht zu Boden fallen und fing es kurz vor der Spitze wieder auf. Einen Moment betrachtete er den Knopf am Ende der Klinge, dann zog er ihn ab, darauf faßte er die Waffe wieder am Griff und prüfte, wie sie in der Hand lag...

»Sulu!«

Der Pilot sprang zurück – in die Ausgangsposition der Fechter. Die

Florettspitze beschrieb zwischen den beiden Männern kleine Kreise in der Luft.
»Aha«, rief Sulu hocherfreut. »Garde der Königin oder Richelieus Mann? Gebt Antwort!«
»Sulu, was soll das? Sie sollten auf Ihrem Posten sein.«
Sulu sprang einen Schritt vor, jeder Zoll ein Musketier.
»Ihr denkt, ihr könnt mich überlisten, he? Zieht blank!«
»Das reicht«, brüllte ihn Kirk an. »Melden Sie sich auf der Krankenstation.«
»Um euch das Feld zu überlassen? Niemals, eher...«
Er machte einen plötzlichen Ausfall. Kirk sprang zurück, riß seinen Handphaser heraus und stellte hastig mit dem Daumen den Hebel auf ›Betäuben‹ – aber Sulu war zu schnell für ihn. Er sprang in eine Nische des Korridors, wo eine Feuerleiter zu den Versorgungs- und Wartungsschächten führte, und war verschwunden. Aus dem gähnend leeren Aufstiegsloch dröhnte nur ein gewaltiges Echo: »Ffffffffeigling!«
Kirk rannte auf die Brücke, so schnell er nur konnte. Leutnant Uhura überließ gerade den Navigatorposten einem anderen Offizier und kehrte wieder zu ihren Nachrichtengeräten zurück. Auch an Sulus Platz saß schon ein anderer. »Wo ist Riley?« fragte Kirk.
»Er ist wohl weggegangen«, sagte Spock und überließ Kirk wieder das Kommando. »Nur Adjutant Harris hier hat ihn weggehen sehen.«
»Welche Symptome?« fragte Kirk den Steuermann.
»Er war nicht aufgeregt, Sir – ganz ruhig. Ich fragte nur, wo Mr. Sulu ist, da fing er an zu singen ›Have no fear, Riley's here‹. Und er sagte noch, es täte ihm leid, daß ich kein Ire sei – ich bin aber einer, Sir –, und dann sagte er noch, er wolle einen Rundgang auf den Zinnen machen.«
»Sulu hat's auch erwischt«, sagte Kirk kurz. »Er hat mich mit einem Florett durch Korridor Drei auf Deck Zwo gejagt. Dann ist er in einem Schacht verschwunden. Leutnant Uhura, alarmieren Sie die Wachen und sagen Sie ihnen, sie sollen die beiden aufstöbern und einsperren. Und jeder, der mit ihnen in Berührung kommt, soll sich bei Dr. McCoy zu einer medizinischen Untersuchung melden.«
»Ich würde sagen, zu einer psychiatrischen, Captain«, sagte Spock.
»Erklären Sie.«

»Dieser Anfall, oder was immer es ist, scheint irgendwie Wunschbilder aus dem Unbewußten ins Bewußtsein zu heben. Tormolen war depressiv veranlagt, das hat ihn jetzt zu seinem absoluten Tiefpunkt geführt – und er hat Selbstmord begangen. Riley wäre insgeheim gerne ein Nachkomme seiner irischen Könige. Und Sulu ist im Innersten seines Herzens ein Haudegen aus dem achtzehnten Jahrhundert.«

»Hm, hm... Wie sieht es mit dem Planeten aus?«

»Er bricht schneller auseinander, als wir berechnet haben. Unsere Beschleunigung in Richtung Planet hat um zwei Prozent zugenommen.«

»Stabilisieren.« Er wandte sich seinem eigenen Kommandopult zu, aber die verblüffte Stimme des Steuermanns rief ihn wieder zurück.

»Sir, die Steuerdüsen reagieren nicht.«

»Dann zünden Sie alle Schubaggregate. Die Umlaufbahn werden wir später korrigieren.«

Der Steuermann drückte auf den Knopf, aber nichts geschah.

»Schub geht nicht an, Sir.«

»Dann Hauptaggregate: volle Kraft!« sagte Kirk mit rauher Stimme.

»Captain, das wird uns aus dem System hinaustragen«, sagte Spock, als ob er einen geringfügigen Fehler feststellte.

»Kann's nicht ändern.«

»Keine Reaktion, Sir«, sagte der Steuermann erschrocken.

»Achtung: Maschinenraum!« rief Spock ins Intercom. »Wir brauchen volle Kraft. Unsere Kontrollen sind ausgefallen.«

Kirk deutete mit dem Daumen zum Aufzug. »Mr. Spock, sehen Sie nach, was da unten los ist.«

Spock wollte gerade gehen, als die Aufzugstür aufglitt und Sulu heraustrat – das Florett in der Hand.

»Richelieu!« rief er. »Endlich.«

»Mr. Sulu«, sagte Kirk, »legen Sie endlich das verdammte Ding aus...«

»Für die Ehre, die Königin und Frankreich!« Sulu machte einen Satz auf Spock zu, der so fassungslos war, daß er sich hätte beinahe durchbohren lassen. Kirk versuchte einen Schritt vorwärts, aber sofort sprang ihm die Florettspitze entgegen.

»Nun, schurkischer Richelieu...«

Er wollte gerade einen Ausfall machen, als er Leutnant Uhura bemerkte, wie sie einen Bogen um ihn machte. Er wirbelte herum; sie blieb stehen.

»Aha, schönes Fräulein!«

»Tut mir leid, keins von beidem«, sagte Uhura und warf Spock über Sulus linke Schulter einen raschen Blick zu. Sulu wollte sich herumwerfen, aber Spock hatte ihn schon mit seinem Nervengriff an der Schulter gefaßt. Wie ein leerer Sack fiel Sulu zu Boden.

Kirk stürzte auf der Stelle an die Bordsprechanlage. »Mr. Scott! Wir brauchen volle Kraft! Verdammt noch mal! – Scott! Maschinenraum! – Was ist denn los?«

»Ihr habt geläutet?« antwortete lässig eine melodische Tenorstimme.

»Riley?« sagte Kirk und versuchte mühsam, sich zu beherrschen.

»Hier ist Captain Kevin Thomas Riley vom Sternenschiff *Enterprise*. Und mit wem habe ich die Ehre?«

»Hier ist Kirk, Riley. Sind Sie denn von allen guten...«

»Welcher Kirk? Ich habe keinen Offizier dieses Namens an Bord meines Schiffes.«

»Riley, hören Sie gut zu. Hier ist Captain Kirk. Verlassen Sie sofort den Maschinenraum. Navigator. Wo ist Scott?«

»Köche, hört mal her«, sagte Riley. »Hier spricht euer Captain. Ich brauche doppelte Portionen Eiscreme für die Mannschaft. Mit Empfehlungen vom Captain, weil heute St.-Kevins-Tag ist. Und jetzt wird euch euer Captain ein paar Lieder singen.«

Kirk stürzte zum Aufzug. Spock übernahm automatisch das Kommando. »Sir, bei unserer momentanen Fallbeschleunigung werden wir in etwas weniger als zwanzig Minuten in die Atmosphäre des Planeten eindringen.«

»Schon gut«, sagte Kirk grimmig. »Ich sehe zu, was sich mit diesem Narren anfangen läßt. Halten Sie sich auf jeden Fall bereit, volle Kraft zu fahren – wenn Sie sie kriegen.«

Die Aufzugtüren schlossen sich hinter ihm. Durch das ganze Schiff lärmte Rileys Stimme: »I'll take you home again, Kathleen.« Er war wirklich kein begnadeter Sänger.

Es wäre eigentlich ganz lustig gewesen – wenn dieses Ständchen nicht das ganze Intercom-Netz blockiert hätte; wenn dieser Anfall, was Tormolen betraf, nicht ein vollkommen sinnloses Opfer gefordert hätte, und wenn schließlich die *Enterprise* in Kürze kaum mehr sein würde, als ein Staubkorn in einem planetengroßen Wirbel kosmischen Staubes.

Scott und zwei seiner Leute standen vor der verschlossenen Tür des Maschinenraums und tasteten sie mit Sensoren ab. Er sah kurz zum Captain auf und dann wieder auf seine Arbeit.

»Wir versuchen sie aufzukriegen, Sir. Riley kam hereingelaufen und sagte uns, wir sollten sofort auf der Brücke erscheinen. Dann hat er hinter uns zugesperrt. Wir haben gehört, wie Sie über die Bordsprechanlage mit ihm gesprochen haben.«

»Er hat Steuerdüsen und Antriebskraft abgeschaltet«, sagte Kirk. »Können Sie ihn nicht über eine Nebenschaltung umgehen und über den Hilfskreis das Schiff steuern?«

»Leider nicht, Captain, durch den Hauptschalter hat er alles blockiert.« Scott nickte einem seiner Leute zu. »Gehen Sie in mein Büro und suchen Sie die Konstruktionspläne für diese Sektion der Wand. Wenn wir ein Loch hineinschneiden müssen, möchte ich nicht gerade auf eine Leitung stoßen.« Der Mann nickte und eilte davon.

»Können wir das Steuer wenigstens aus den Batterien speisen? Es wird zwar unseren Fall nicht viel bremsen können, aber unsere Lage bleibt wenigstens einigermaßen stabilisiert. Wir haben noch etwa neunzehn Minuten, Scotty.«

»Das habe ich schon gehört. Ich kann es ja versuchen.«

»Tun Sie das.« Und Kirk machte sich wieder auf den Weg zur Brücke.

»And tears be-dim your loving eyes...«

Auf der Brücke fuhr Kirk Leutnant Uhura an: »Können Sie diesen Krawall nicht abstellen?«

»Nein, Sir, über das Hauptschaltpult unten kann er jeden Kanal nach Belieben aussteuern.«

»Nun gut, einen kann er nicht beeinflussen. Mr. Spock, riegeln Sie alle Sektionen des Schiffs ab. Sollte sich diese Seuche noch weiter ausbreiten, können wir es vielleicht dadurch verhindern, und inzwischen –«

»Ich habe Sie verstanden«, sagte Spock und betätigte die Auslöser für die Trennschotts. Automatisch setzte der Hauptalarm ein und übertönte Rileys Stimme vollständig. Als er wieder aufgehört hatte, ertönte nach einer kurzen Pause Rileys Stimme wieder:

»Leutnant Uhura, hier spricht Captain Riley. Sie haben mein Lied unterbrochen. Es war nicht schön von Ihnen. Sie bekommen keine Eiscreme.«

»Noch siebzehn Minuten, Sir.«

»Achtung, alle Mannschaften«, fuhr Riley fort. »Heute abend um 19 Uhr ist auf der Bowlingbahn des Schiffes großer Tanz. Jeder wird eine Kugel bekommen...« Der Rest des Satzes erstickte in einem überschäumenden Gelächter. »Bei dieser Gelegenheit erhalten alle weiblichen Mannschaftsangehörigen aus den Schiffsbeständen eine volle Pinte Parfüm. Allen Männern wird zum Ausgleich dafür der Sold um eine Stufe erhöht. Macht euch auf weitere Überraschungen gefaßt.«

»Hat es irgendwelche Nachrichten von Sulu gegeben, bevor das Intercom abgeschaltet wurde?« fragte Kirk.

»Dr. McCoy hat ihm eine starke Beruhigungsspritze gegeben«, sagte Leutnant Uhura. »Seitdem hat sich sein Zustand nicht verschlechtert, aber alle Untersuchungen verliefen negativ... Ich hatte den Eindruck, daß der Doktor eine bestimmte Idee hatte, aber dann wurde die Verbindung unterbrochen.«

»Nun ja, unser dringendstes Problem ist jetzt Riley.«

Ein Bote kam herein und grüßte. »Sir, Empfehlungen von Mr. Scott, er hat jetzt den Steuerkreis an die Batterien angeschlossen. Mr. Scott hat beschlossen, die Tür zum Maschinenraum aufzuschneiden. Er sagt, er würde dazu etwa vierzehn Minuten brauchen.«

»Danke. Das ist genau der Spielraum, den wir noch haben«, sagte Kirk. »Und drei Minuten wird es dauern, bis die Maschinen wieder mit voller Kraft laufen. – Richten Sie Mr. Scott meine Grüße aus und sagen Sie ihm, er soll zusehen, daß er die Türe aufbekommt, und wenn es mit noch so altmodischen Methoden ist. Und er soll sich um die Leitungen keine Sorgen machen, nur wenn es Hauptleitungen sind...«

»Mannschaften, hört mal her«, rief Rileys Stimme. »In Zukunft werden alle weiblichen Mitglieder der Mannschaft die Haare offen und schulterlang tragen, und sie werden sich bei der Verwendung von Make-up etwas zurückhalten. Ich wiederhole, die Frauen sollen nicht so aufgedonnert herumlaufen.«

»Sir«, sagte Spock mit sichtlicher Anstrengung.

»Eine Sekunde. Ich möchte, daß zwei Wachen sich Mr. Scotts Gruppe anschließen, Riley, könnte bewaffnet sein.«

»Das habe ich schon veranlaßt«, sagte Spock. »Sir...«

»...Across the ocean deep and wide...«

»Sir, ich fühle mich etwas krank«, sagte Spock höflich. »Erlauben Sie, daß ich mich in der Krankenstation melde.«

Kirk schlug sich mit der Hand vor die Stirn. »Symptome?«

»Nur eine allgemeine Übelkeit, Sir. Aber in Anbetracht...«

»Ja, ja. Aber Sie können jetzt nicht in die Station. Die Schotts im gesamten Schiff sind geschlossen.«

»Dann bitte ich darum, in meine Kabine eingeschlossen zu werden, Sir. Ich werde sie noch erreichen können.«

»Stattgegeben. – Irgend jemand soll Sie dorthin begleiten.«

Als Spock gegangen war, beunruhigte Kirk ein anderer Gedanke. Angenommen, Mr. McCoy bekam diesen Anfall jetzt auch. Mit Ausnahme von Spock und dem toten Tormolen hatte er sich ja am längsten einer Ansteckung ausgesetzt. Und von Spock konnte man annehmen, daß er ungewöhnlich widerstandsfähig war. »Leutnant Uhura, Sie können Ihr Pult jetzt auch verlassen. Im Augenblick brauchen wir es sowieso nicht. Suchen Sie sich ein ziemlich langes Telefonkabel und ein Hörgerät. Dann versuchen Sie, damit durch die Kabelschächte über die Krankenstation zu gelangen. Sie werden zwar McCoy hören können, aber er nicht Sie. Versuchen Sie seine Aufmerksamkeit zu erregen und antworten Sie ihm mit Klopfzeichen. Und das Gespräch teilen Sie mir sofort über Ihren Taschensender mit. Und jetzt an die Arbeit!«

»Jawohl, Sir.«

Jetzt war nur noch Kirk auf der Brücke. Ihm blieb nichts anderes übrig, als auf und ab zu gehen und den Bildschirm anzustarren. Noch zwölf Minuten.

Dann summte der Kommunikator in Kirks Hosentasche.

»Hier Kirk.«

»Leutnant Uhura, Sir. Ich habe mit Dr. McCoy Kontakt aufgenommen. Er sagt, er hätte eine teilweise Lösung gefunden.«

»Was versteht er unter teilweise.«

Während er wartete, merkte Kirk, wie sein Mund austrocknete. Leutnant Uhura morste ihm jetzt wahrscheinlich die Frage durch die Decke. Das Metall war ziemlich dick – aber vielleicht benutzte sie einen Hammer – oder er ein Stethoskop.

»Sir, er möchte etwas verteilen – eine Art Gas – durch die Klimaanlage. Er sagt, das kann er von seiner Station aus machen, und es würde sich sehr schnell verbreiten. Es hätte bei Leutnant Sulu gewirkt, und es würde bei den anderen wahrscheinlich auch helfen – wie es auf den gesunden Teil der Mannschaft wirken würde, wüßte er allerdings nicht.«

»Das ist typisch McCoy. Aber fragen Sie ihn, wie er sich selbst fühlt.«

Er mußte wieder sehr lange warten. »Er sagt, er hätte sich sehr schlecht gefühlt, aber jetzt sei alles in Ordnung, dank des Gegenmittels.«

Das konnte stimmen oder auch nicht. Auf jeden Fall, wenn McCoy selbst krank war, wer würde dann dafür garantieren, daß er nicht irgendeine verrückte Gasmischung durch die Ventilation jagte. Andererseits würde es ihn auch nicht aufhalten, wenn man es ihm verböte. Wenn nur endlich diese verdammte Singerei aufhören würde. Kein Mensch konnte mehr einen klaren Gedanken fassen.

»Bitten Sie ihn, er möge Sulu mit Ihnen sprechen lassen, und passen Sie auf, ob er Ihnen einigermaßen normal vorkommt.«

Jetzt blieben ihm nur noch zehn Minuten – einschließlich der Anlaufzeit für die Maschinen. Und keiner wußte, wie schnell sich McCoys Gegenmittel verbreiten würde und wie schnell es wirkte.

»Sir, er sagt, Leutnant Sulu wäre zu erschöpft, und aufgrund der ihm übertragenen Verantwortung möchte er ihn nicht wecken.«

»McCoy hatte sicher die Verantwortung. Aber das könnte ja genausogut ein Täuschungsmanöver sein.«

»Gut«, sagte Kirk nach einer kleinen Pause seufzend, »sagen Sie ihm, er soll damit anfangen.«

»Aye aye, Sir.«

Kirk steckte das Gerät wieder ein. So hilflos hatte er sich noch nie gefühlt. Noch neun Minuten.

Rileys Gesang geriet etwas ins Stocken. Er schien ein paar Worte seines ›Lieds ohne Ende‹ vergessen zu haben. Dann ließ er eine ganze Zeile aus. Er versuchte aber, doch weiterzukommen: La, la, la... Aber auch das hörte sofort auf. Dann war Stille.

Kirk fühlte, wie sein Puls bis zum Hals schlug, er fühlte überhaupt nur noch sich selbst, seinen eigenen Körper. Er beobachtete seine Reaktion. Soweit er es beurteilen konnte, fehlte ihm nichts, er hatte nur Kopfschmerzen. Und er merkte erst jetzt, daß er die schon über eine Stunde hatte. Er ging schnell zu Uhuras Pult und rief den Maschinenraum.

Aus den G.-c.-Sprechern kam ein Klicken und dann, zögernd, die Stimme Rileys: »Hier Riley.«

»Mr. Riley, hier Kirk. Wo sind Sie?«

»Sir, ich... ich bin merkwürdigerweise im Maschinenraum. Ich bin... ich habe meinen Posten verlassen, Sir.«

Kirk atmete erleichtert auf. »Machen Sie sich jetzt nichts draus, Riley. Fahren Sie die Maschinen sofort volle Kraft. Dann öffnen Sie die Tür und lassen Sie den Chefingenieur herein. Und wenn Sie die Tür öffnen, gehen Sie sofort zur Seite, denn er versucht, sie mit Phasern aufzuschneiden. Haben Sie verstanden?«

»Jawohl, Sir. Volle Kraft, dann die Tür – und zur Seite springen. Sir, was soll das alles?«

»Das erfahren Sie später, tun Sie, was ich Ihnen gesagt habe.«

»Jawohl, Sir.«

Kirk öffnete die Verriegelung für die Schotts. Das Dröhnen der sich öffnenden Türen rollte durchs ganze Schiff. Er drückte auf den Hauptalarmknopf. »Alle Offiziere auf die Brücke! Gefahr eines Zusammenstoßes. Noch sechs Minuten!«

Im selben Augenblick begannen die Nadeln der Anzeigeinstrumente auf dem Maschinenkontrollpult langsam hochzuklettern. Riley hatte die Aggregate gezündet – und jetzt rief er mit einer Stimme, die höchstes Bedauern ausdrückte, durch das Intercom: »Der angekündigte Tanz auf der Bowlingbahn fällt heute abend aus.«

Nachdem sie sich auf einer neuen Umlaufbahn um die sich immer weiter auseinanderbewegende Masse von La Pig befanden, hatte Kirk endlich Zeit, McCoy ein paar Fragen zu stellen. Der Arzt ruhte in seinem Sessel wie ein welkes Blatt. Kein Wunder, er hatte am längsten von allen durchgehalten. Aber er stellte trotzdem sofort wieder eine seiner charakteristischen indirekten Fragen: »Verstehst du etwas von Kakteen, Jim?«

»Nur das, was die meisten anderen auch wissen. Sie wachsen in der Wüste, und sie stechen. O ja, und einige können Wasser speichern.«

»Richtig, und auf das kommt es an. In manchen Museen zum Beispiel gab es Kakteen, die erst nach fünfzig oder siebzig Jahren zu treiben anfingen. Und sogar ägyptischer Weizen, der Tausende von Jahren in den Pharaonengräbern lag, kann manchmal noch keimen.«

Kirk wartete geduldig. Er wußte genau, daß McCoy seine Zeit brauchte, um an einen bestimmten Punkt zu kommen.

»Der Grund dafür ist, daß es eine spezifische Form von gebundenem Wasser gibt. Ganz gewöhnliche Kristalle, zum Beispiel Kupfersulfat, haben lose an ihre Moleküle gebundenes Wasser. Deswegen ist das Kupfersulfat blau und giftig. Ohne das Wasser ist es ein giftiges grünliches Pulver. Nun, organische Moleküle können das Wasser viel besser binden, es zum Teil sogar ins Molekül integrieren, anstatt es nur lose anzuhängen. Nach vielen Jahren etwa kann dieses Wasser wieder frei werden und steht den Kakteen oder Weizenkörnern als Keimflüssigkeit zur Verfügung, und der Kreislauf des Lebens beginnt von neuem.«

»Eine bewundernswerte Einrichtung«, sagte Kirk. »Aber ich verstehe immer noch nicht, warum wir deswegen beinahe alle dran glauben mußten.«

»Natürlich waren es die Proben, die Mr. Spock zurückbrachte. Sie enthielten einen Katalysator, der die Wasserbindung sehr stark förderte. Solange er nichts hatte, was er binden konnte, verband er sich mit sich selbst. Aber sowie er in das Blut geriet, bewirkte er, daß sich das Blutserum mit ihm verband. Deswegen konnte das Blut keine Nährstoffe mehr aufnehmen, sagen wir: aus dem Blutzucker zum Beispiel, was für das Gehirn seine Folgen hatte, daher zuerst die psychischen Symptome. Und so wie der Prozeß fortschritt, verdickte sich das Blut, es konnte nicht mehr durch die feineren Kapillargefäße fließen, daher der Kreislaufkollaps Joes.

Sowie ich mir darüber klar war, mußte ich einen Weg finden, diesen Katalysator unwirksam zu machen. Die Gefahr lag darin, daß Katalysatoren ja an keiner chemischen Reaktion, die sie allerdings bewirken, direkt beteiligt sind und sich deswegen auch nicht in ihrer Anzahl verringern. Deshalb konnten sie isoliert in jedem Schweiß- und Blutstropfen, durch die Atmung, durch irgendeine Körperflüssigkeit übertragen werden. Ich glaube sogar, daß sich ihre Anzahl durch einen virusähnlichen Vorgang noch vergrößert hat. – Ich mußte jedenfalls die chemische Zusammensetzung dieses Katalysators so verändern, daß er diese Reaktion nicht mehr bewirken konnte. Das richtige Mittel fand ich allerdings nicht so schnell. Und wie ich Leutnant Uhura schon sagte, war ich mir gar nicht sicher, welche Wirkung dieses Mittel auf die Gesunden an Bord haben würde. – Gott sei Dank keine.«

»Um Himmels willen«, rief Kirk. »Jetzt fällt mir etwas ein. Spock hatte sich kurz vor dem Höhepunkt der Krise krank gemeldet, und er ist noch nicht zurück. Leutnant Uhura, rufen Sie Mr. Spock in seiner Kabine.«

»Ja, Sir.«

Aus der Bordsprechanlage klang Musik. Eine Art arabischer Sing-Sang, auf einem Instrument, das Spock nur in seiner Kabine spielte, weil es an Bord niemand sonst ausstehen konnte. Dazu sang er mit rauher, röhrender Stimme: »Alab, wes-craunish, sprai pu ristu, Or em r'ljiik majiiv auooo...«

Kirk schaltete sofort ab. »Ich kann nicht entscheiden, ob ihm etwas fehlt oder nicht. Das könnte wohl nur ein Vulkanier. Aber ich glaube, Pille, dein Gegenmittel hat auf ihn offenbar anders gewirkt als auf uns. Du gehst wohl besser zu ihm.«

»Sobald ich etwas finde, womit ich mir die Ohren zustopfen kann.«

Aus Spocks Kabine erklang es wieder: »Rijii, bebe, p'salku pirtu, Frar om...«

Die Stimme hob sich zu leidenschaftlicher Steigerung, und Kirk mußte wieder abschalten. Wie gerne hätte er jetzt Rileys »I'll take you home again, Kathleen« gehört.

Andererseits, wenn Spock dasselbe bei Rileys Gesang empfunden hätte, wäre seine Krankheit hinreichend erklärt. Mit einem erleichterten Seufzer lehnte sich Kirk zurück. Auf dem Bildschirm beobachtete er die letzte Phase des Untergangs von La Pig. Der Planet war jetzt nicht mehr viel mehr als eine sich ständig verändernde Formation von Staub, etwa so, wie ein menschliches Gehirn aussehen mochte, das sich in einer Flüssigkeit auflöste.

Der Vergleich erschien ihm doch etwas oberflächlich. Wenn ein Planet sich auflöste, dann war es damit vorbei. Gehirne aber waren etwas anderes.

Bei einer winzigen Chance – setzten sie sich manchmal wieder zusammen.

Manchmal.

Miri

SOS: Dieser Ruf löste auch im Weltraum fieberhafte Aktivität aus. Aber warum eben dieses eine SOS auf der Kommandobrücke der *Enterprise* soviel Neugier, ja fast Ungläubigkeit hervorrief, hatte seinen besonderen Grund. Die geringste Schwierigkeit bestand darin, festzustellen, woher das Signal kam: nicht von einem Schiff in Not, sondern von einem Planeten. Es wurde auf dem 21-Zentimeter-Band gesendet, und zwar von Generatoren, die stärker waren, als sie auch das größte Sternenschiff an Bord haben konnte.

Aber ein ganzer Planet in Not? Die Überraschungen sollten erst noch kommen. Es handelte sich um den vierten Planeten des Sonnensystems von 70 Ophiucus, eine Sonne, deren Entfernung zur Erde etwas weniger als 15 Lichtjahre beträgt.

Theoretisch könnten diese Signale sowieso erst nach einer guten Dekade von Jahren auf der Erde empfangen werden. Und dazu kam noch ein Nachteil: Von der Erde aus gesehen liegt 70 Ophiucus mitten in der Milchstraße. Das heißt, der dichteste Teil der Galaxis mit seinen unvorstellbar großen Wolken aus freien Wasserstoffatomen liegt von der Erde aus gesehen direkt hinter dem 70-Ophiucus-System mit seinen Planeten. Und diese Wolken emittieren eine 21-Zentimeter-Strahlung, die etwa vierzigmal stärker ist als das durchschnittliche kosmische Rauschen in diesem Frequenzband. Nicht einmal bei höchster Leistung hätten sich die riesigen Sender des Planeten mit einem verständlichen Signal vor diesem stellaren Feld bemerkbar machen können; und selbst wenn es so einfach gewesen wäre wie ein SOS. Leutnant Uhura war das Signal auch nur deshalb aufgefallen, weil sich die *Enterprise* gerade auf einer Flugbahn dem Raumsektor näherte, dessen Mittelpunkt die Erde ist und der einen Durchmesser von 100 Lichtjahren hat, die nahezu senkrecht zur Ebene der Galaxis verlief. 70 Ophiucus lag für die *Enterprise* vor dem Hintergrund des intergalaktischen Raums. Aber alle diese Tatsachen wurden unwichtig im

Vergleich zu dem, was die Datenspeicher der *Enterprise* über diesen vierten Planeten von 70 Ophiucus aussagten. Es war der erste extrasolare Planet überhaupt, der von der Erde aus kolonialisiert wurde. Und zwar von einer kleinen, gut ausgerüsteten Gruppe von Flüchtlingen, die vor mehr als fünfhundert Jahren den politischen Wirren des sogenannten »Kalten Friedens« zu entrinnen versuchten. In der ganzen Zeit hatte man dem Planeten nur einmal einen Besuch abgestattet. Die Siedler, die ihre auf der Erde gemachten Erfahrungen noch nicht vergessen hatten, eröffneten kurzerhand das Feuer – und dieser Hinweis wurde allgemein richtig verstanden. Schließlich gab es in der Galaxis noch interessantere Systeme als 70 Ophiucus, an dem die erste Kolonisationswelle schon vor ein paar Jahrhunderten vorbeigerollt war. Man überließ kurzerhand die paar Flüchtlinge ihrem Schicksal in ihrer selbstgewählten Isolation.

Aber jetzt riefen sie um Hilfe.

Wenn sie sich dem Planeten auf Sichtweite näherten, verstanden sie, warum sich die Kolonisten gerade diesen ausgesucht hatten. Rein äußerlich schon sah er der Erde bemerkenswert ähnlich. Gewaltige Meere bedeckten ihn, umhüllt von darüber hinwegziehenden Wolken. Fast eine ganze Hemisphäre war von einer ausgedehnten rhombusförmigen Landmasse bedeckt, grün und bergig; die andere wies zwei kleinere, etwa dreieckige Kontinente auf, verbunden durch eine Inselkette, von der einige Inseln größer als Borneo waren. Bei stärkerer Vergrößerung konnte man die geometrischen Umrisse einiger größerer Städte erkennen – aber erstaunlicherweise fast nichts von den Schachbrettmustern irgendwelcher Land- oder Feldkulturen.

Auf der Nachtseite des Planeten nicht der geringste Schimmer von Licht, keine Radio- oder TV-Sendungen, nicht ein Anzeichen des gewaltigen Energieumsatzes, den eine technisierte Zivilisation Stunde für Stunde produzierte. Die Rückrufe der *Enterprise*, die inzwischen schon auf Umlaufbahn gegangen war, blieben ohne Antwort. – Nur dieses ständige SOS, das etwas beängstigend Mechanisches an sich hatte.

»Was auch immer da unten los war«, sagte Spock, »wir sind offenbar zu spät gekommen.«

»Sieht so aus«, sagte Kirk. »Aber wir werden uns trotzdem umsehen. Mr. Spock, Dr. McCoy, Bootsmann Rand und zwei Wachen melden sich mit vollständiger Ausrüstung bei mir im Transporterraum.«

Sie hatten sich die größte Stadt, und darin den größten Platz, den sie auf dem Bildschirm entdecken konnten, für ihr Landeunternehmen ausgesucht. Kein Mensch weit und breit, und Kirk war nicht einmal sonderlich überrascht, als er sich umsah.

Die Architektur war ungefähr die des 21. Jahrhunderts. Das war die Zeit, als die Kolonisten ausgezogen waren. – Nur schien sie während der ganzen Zeit niemals bewohnt gewesen zu sein. Eine seit langem wirkende Erosion hatte überall ihre Spuren hinterlassen; die Straßen waren aufgesprungen, und alles war von hohem Unkraut überwuchert. Die Fenster standen offen, die meisten waren eingeschlagen, und der Wind hatte regelrechte Sanddünen an den Straßenkreuzungen zusammengetragen. Hier und dort auf dem Platz standen in sich zusammengesackte Häufchen von zerblätterndem Rost, wahrscheinlich Reste von Fahrzeugen.

»Sieht nicht nach Krieg aus«, sagte Spock.

»Eine Seuche vielleicht?« meinte McCoy. Und beide flüsterten, als fürchteten sie, die Ruhe der toten Stadt zu stören.

In der Nähe eines fast vollkommen mit Staub bedeckten Denkmals lag ein kleines Fahrzeug – ein Dreirad, wie es Kinder benutzen. Es war zwar auch verrostet, aber es schien noch intakt zu sein, als ob es die meiste Zeit in einem Schuppen oder Keller gepflegt worden wäre. Am Lenkrad war eine runde Metallglocke, und aus irgendeinem Grund, über den er sich selbst nicht klar war, ließ Kirk diese Glocke schrillen.

Unangenehm gellend zersprengte das Geräusch die Stille. Der klagende Ton fand sofort ein Echo. Es tauchte hinter ihrem Rücken auf. Eine fast unmenschlich klingende Stimme voll Zorn und Wut schrie: »Meins! *Meins!*«

Sie wirbelten herum, um zu sehen, wer diesen schrecklichen Schrei ausgestoßen haben mochte. Ein menschenähnliches Wesen war im Eingang eines Hauses aufgetaucht, stieß die Arme in die Luft und kam kreischend auf sie zugerannt: »Meins! Meins!« Es bewegte sich zu schnell, als daß Kirk es genau erkennen konnte. Sein erster Eindruck war nur der von Schmutz und daß die arme Kreatur am ganzen Körper zitterte und sehr alt war. Und dann sprang sie McCoy an und schlug ihn zu Boden.

Jeder stürzte natürlich sofort zur Hilfe, aber der Fremde war so unglaublich stark, wie es nur ein in höchstem Grade Verrückter sein konnte. Einen Augenblick lang sah Kirk sein Gesicht. – Es war ein uraltes Gesicht, von Wildheit und Haß entstellt, der Mund ohne Zähne, und in den Augen waren Tränen. Kirk schlug zu – aufs Geratewohl.

Der Schlag hatte auf keinen Fall voll getroffen, aber die Kreatur heulte auf und fiel auf das Kopfsteinpflaster. Es war tatsächlich ein alter Mann, bekleidet mit Segeltuchschuhen, Shorts und einem schmutzigen ausgefransten Hemd. Seine Haut war mit Flecken übersät, die in allen Farben schimmerten, aber merkwürdig war, daß das Gesicht überhaupt keine Falten hatte.

Der Mann lag am Boden und schluchzte, dann drehte er sein altes Gesicht zu dem Dreirad hin und streckte zittrig seine Hand danach aus. »Festhalten«, sagte er, von lautem Schluchzen unterbrochen. »Irgend jemand festhalten.«

»Sicher«, sagte Kirk, und beobachtete ihn gespannt. »Wir halten es schon fest.«

Der Mann kicherte. »Schwindel, alles Schwindel«, sagte er. Dann stieg die Stimme wieder zu dem entsetzlichen Wutschrei an. »Ihr habt es kaputtgemacht! Schwindel! Schwindel!«

Die gespreizte zitternde Hand packte das Dreirad, als ob sie damit auf jemanden einschlagen wollte, aber dann schien die Kreatur die Flecken auf ihrem nackten Arm zu sehen. Das Wutgeheul erstarb in einem leisen Wimmern. »Festhalten! – Bitte festhalten...«

Die Augen traten aus dem Gesicht hervor, und die Brust hob sich in heftigen Atemstößen, dann fiel er nach hinten auf das Pflaster. War er plötzlich gestorben? – McCoy kniete sich neben ihm nieder und untersuchte ihn mit dem Tricorder.

»Völlig unmöglich«, murmelte er verblüfft.

»Daß er tot ist?« fragte Kirk.

»Nein, daß er überhaupt hatte leben können. Seine Körpertemperatur liegt über einundfünfzig. Er muß innerlich verbrannt sein. Niemand kann mit einer solchen Körpertemperatur leben.«

Kirk fuhr plötzlich hoch. Er hatte ein Geräusch gehört. Es schien aus einer kleinen Seitengasse zu ihrer Linken zu kommen.

»Noch jemand«, flüsterte er. »Er hat uns wohl heimlich beobachtet. Vielleicht können wir ihn fangen und einige Auskünfte erhalten... Los!«

Sie stürmten in die Seitengasse hinein, aber sie hörten nur noch Schritte, die sich hastig entfernten.

Die Gasse hatte keinen Ausgang, sondern an ihrem Ende stand ein Appartementhaus. Das Wesen konnte sich sonst nirgendwo versteckt haben. Vorsichtig traten sie ein und zogen ihre Pistolen.

Ihre Suche führte sie schließlich in eine Art Wohnzimmer. Dort standen ein verstaubtes altes Klavier, und auf einem Notenständer ein aufgeschlagenes Übungsheft für Kinder. Über eine der stockfleckigen Seiten stand gekritzelt: ›Übung, Übung, Übung!‹ Aber es gab nirgends ein Versteck, mit Ausnahme vielleicht einer kleinen Tür, hinter der sie eine Kammer vermuteten. Als Kirk an der Tür horchte, glaubte er dahinter heftiges Atmen zu hören, und dann ganz deutlich das Geräusch einer knarrenden Diele. Er winkte die anderen herbei und bedeutete ihnen, ihm Deckung zu geben.

»Komm raus«, rief er. »Wir tun dir nichts. – Los! Komm raus!«

Keine Antwort, aber das Atmen war jetzt deutlich zu hören. Mit einem Ruck stieß er die Tür auf.

Mitten in einem Haufen alter Kleider, Schuhe und einem staubigen alten Regenschirm kauerte ein dunkelhaariges junges Mädchen von etwa vierzehn Jahren – vielleicht noch jünger. Sie schien vor Angst ganz gelähmt zu sein.

»Bitte, tut mir nichts. Warum seid ihr wieder zurückgekommen?«

»Wir wollen dir nichts tun«, sagte Kirk. »Wir wollen helfen.« Er streckte ihr die Hand hin, aber sie kroch nur noch weiter zurück. Hilflos blickte er die anderen an, bis Adjutant Rand vortrat und sich vor den Eingang zur Kammer hinkniete.

»Ist schon gut«, sagte sie. »Niemand wird dir etwas tun. Wir versprechen es dir.«

»Ich weiß noch genau, was ihr alles für Sachen gemacht habt«, sagte das Mädchen, ohne sich zu bewegen. »Ihr habt die Leute angeschrien, verbrannt, verwundet...«

»Das waren aber nicht wir. Komm heraus und erzähl uns, was geschehen ist.«

Das Mädchen blickte sie ungläubig an, aber dann ließ sie es zu, daß Janice sie aus der Kammer heraus und zu einem Sessel führte. Wolken von Staub erhoben sich, als sie sich setzte, und sie schien bereit zu sein, im nächsten Moment wieder aufzuspringen und davonzulaufen.

»Ihr habt ein neues Spiel hier«, sagte sie. »Aber ich kann nicht mitspielen, ich kenne die Regeln nicht.«

»Wir auch nicht«, sagte Kirk. »Aber sag mal, was ist denn den Menschen hier zugestoßen? War ein Krieg oder eine Seuche? Oder sind sie woanders hingezogen und haben dich hier vergessen?«

»Ihr solltet es ja eigentlich wissen. Ihr habt es ja getan – ihr und die anderen Grups«.*

»Grups? Was sind Grups?«

Das Mädchen sah Kirk erstaunt an. »Ihr seid Grups. Alle Alten.«

»Erwachsene«, sagte Janice. »Sie meint die Erwachsenen, Captain.«

Spock hatte inzwischen in aller Ruhe das Zimmer mit dem Tricorder untersucht und sah Kirk ganz verwirrt an.

»Hier kann sie nicht gelebt haben, Captain. Die Staubschichten sind seit wenigstens dreihundert Jahren nicht mehr verändert worden. Wahrscheinlich sind sie sogar noch älter. Keine Radioaktivität, keine chemischen Verunreinigungen – einfach nichts als ganz alter Staub.«

Kirk wandte sich wieder an das Mädchen. »Also, mein Fräulein, wie heißt du denn überhaupt?«

»Miri.«

»Also gut, Miri, du sagtest, die Grups hätten etwas getan. Die Menschen verbrannt, geschlagen – warum?«

»Sie taten es, weil die Krankheit bei ihnen ausbrach. Wir mußten uns verstecken.« Sie sah Kirk erwartungsvoll an. »Ich mache das doch richtig? – Ist es das richtige Spiel?«

»Doch, du machst das ganz fein. Du sagtest, daß die Erwachsenen krank wurden. Sind sie dann gestorben?«

»Grups sterben immer.« Ganz abgesehen davon, daß das sowieso eine Binsenweisheit war, brachte sie diese Antwort überhaupt kei-

---

* Grups = Grown-ups = Erwachsene

nen Schritt weiter.

»Und was war mit den Kindern los?«

»Oh, die? Die Einzelgänger? Die natürlich nicht. Wir sind alle hier.«

»Mehrere?« fragte McCoy schnell. »Wie viele?«

»Alle. Wir sind alle hier.«

»Mr. Spock«, sagte Kirk. »Nehmen Sie die Wachen und sehen Sie zu, ob Sie noch ein paar Überlebende finden können«, dann wandte er sich wieder der Kleinen zu: »So, die Grups sind alle weg, sagtest du?«

»Also, wenn es passiert – weißt du – wenn es einem einzelnen passiert, dann wirst du wie die andern auch. Du willst dich auf die Menschen stürzen, wie sie es alle gemacht haben.«

»Miri«, sagte McCoy, »draußen hat uns jemand angegriffen. Hast du das gesehen? War das ein Grup?«

»Oh, das war Floyd«, sagte sie und begann zu zittern. »Ihm ist es passiert. Er ist einer geworden. – Bei mir ist es jetzt auch soweit. Deswegen kann ich auch nicht mehr bei meinen Freunden sein. In der Minute, in der es mit einem passiert, fürchten sich die anderen... Ich mag euer Spiel nicht. Es ist nicht lustig.«

»Wovor fürchten sie sich?« bohrte Kirk weiter.

»Du hast doch Floyd gesehen. Sie möchten alles kaputtmachen. Zuerst bekommst du diese schrecklichen bunten Flecken auf deiner Haut. Dann wirst du ein Grup und willst die Menschen kaputtmachen, töten.«

»Aber wir sind anders«, sagte Kirk. »Wir haben einen weiten Weg hinter uns, wir kommen von einem ganz entfernten Stern. Und wir wissen eine Menge Dinge. Vielleicht können wir euch helfen, wenn ihr uns auch helft.«

»Grups helfen nicht«, sagte Miri. »Sie haben das ja alles angerichtet.«

»Aber wir haben damit nichts zu tun und möchten, daß es anders wird. Und wenn du uns vertraust, geht das vielleicht.«

Janice berührte ihr Gesicht. »Bitte.« Nach einer Weile erschien das erste schüchterne Lächeln auf Miris Gesicht.

In diesem Moment setzte draußen ein Höllenspektakel ein, als hätte jemand eine Mülltonne voller leerer Konservenbüchsen auf dem Dach ausgeleert, dann das zornige, wespenartige Summen einer abgefeuerten Phaserpistole.

Weit weg rief eine Kinderstimme: »Nyah, nyah, nyah, nyaaah!«

»Wachen!« Das war Spocks Stimme.

Von allen Seiten her riefen jetzt Kinderstimmen: »Nyaah, nyaah, nyah, nyah, nyah!«

Dann war Stille, bis auf die Echos, die langsam an den Häuserwänden erstarben.

»Es scheint, daß sich deine Freunde lieber verstecken.«

»Vielleicht gehen wir auch falsch vor, Jim«, sagte McCoy. »Was immer hier geschehen ist, es müssen Aufzeichnungen da sein. Wenn wir irgend etwas Vernünftiges unternehmen wollen, müssen wir uns zuerst Klarheit über den Fall verschaffen. Ich glaube, der geeignete Ort dafür dürfte das öffentliche Gesundheitsamt sein. Miri, hast du verstanden? Gibt es hier einen Ort, wo die Ärzte gearbeitet haben? Vielleicht ein großes öffentliches Gebäude?«

»Ich kenne den Ort«, sagte sie voll Abscheu. »Sie und ihre Nadeln. Das ist kein guter Ort. Niemand von uns geht dorthin.«

»Aber wir müssen dorthin. Es ist wichtig, wenn wir euch helfen sollen. Willst du uns hinführen?«

Er streckte ihr seine Hand hin, und nach einem kurzen Zögern nahm sie sie. Sie blickte zu ihm auf, als wäre ein Wunder geschehen.

»Jim ist ein hübscher Name. Ich mag ihn.«

»Mir gefällt deiner auch. Und ich mag auch dich.«

»Ich weiß, daß du mich magst. Du kannst gar kein Grup sein. Du bist – du mußt etwas anderes sein.« Sie lächelte und stand mit einer anmutigen Bewegung auf. Da fühlte er, wie ihre Hand zuckte, und ganz langsam und vorsichtig löste sie den Griff.

»Oh!« sagte sie mit erstickter Stimme. »Du auch schon!«

Er blickte auf seine Hand und ahnte schon, was er sehen würde. Auf seinem Handrücken war ein taubeneigroßer blauer Fleck, der sich langsam und unregelmäßig ausbreitete.

Das Labor war wider Erwarten vorzüglich eingerichtet, und da es verschlossen war und außerdem keine Fenster hatte, war die Staubschicht auf den Geräten und Arbeitstischen bei weitem nicht so dick, wie sie befürchtet hatten. Seine Größe und die Tatsache, daß keine Fenster da waren, machte den Aufenthalt so bedrückend wie in einer unterirdischen Gruft. Aber keiner verlor ein Wort darüber; Kirk war heilfroh, daß es für Plünderer, die es hätten aufbrechen und zerstören können, offenbar nicht anziehend genug gewesen war.

Die blauen Flecken tauchten jetzt bei jedem von ihnen auf. Bei Spock waren sie am kleinsten und schienen sich auch langsamer zu verbreiten. Das war bei seiner nichtirdischen Abstammung auch zu erwarten gewesen. Es bewies aber auch, daß er nicht vollkommen immun dagegen war, er war nur etwas widerstandsfähiger.

McCoy hatte inzwischen Abstriche von Gewebeproben, die er ihrer Haut entnommen hatte, gemacht. Einige hatte er gefärbt, andere auf verschiedene Nährböden übertragen. Auf einer Blutprobe hatte sich eine runzlige, leuchtend blaue Kolonie gebildet, und es stellte sich heraus, daß sie aus aktiven, äußerst vermehrungsfreudigen Bakterien bestand, die den Spirochäten ziemlich ähnlich sahen.

McCoy aber war überzeugt, daß diese Bakterien nicht die Ursache der Seuche waren, sondern daß ihnen im Gegenteil wahrscheinlich eine Art Hilfsfunktion zukam.

»Fest steht, daß sie von keinem der Versuchstiere, die ich vom Schiff hatte herunterkommen lassen, angenommen werden. Ich kann also schon mal Kochs erstes Postulat nicht erfüllen. Dann ist die Anzahl der Zellteilungsmuster in den gefärbten Proben ungewöhnlich hoch – das ganze sieht eher aus wie ein Mittelding zwischen schuppenförmiger Zellverschmelzung und freiem Plasma. – Und drittens sind in den Chromosomenanordnungen derart viele Veränderungen...«

»Uff, du hast mich vollkommen überzeugt«, sagte Kirk mit sichtlichem Protest. »Aber was soll das heißen?«

»Ich glaube, daß der Erreger dieser Seuche ein Virus ist. Die Spirochäten können dabei natürlich schon eine Rolle spielen; auf der Erde gibt es eine Krankheit, Vincents Angina, die durch das Zusammenwirken zweier Mikroorganismen hervorgerufen wird, die gewissermaßen Hand in Hand arbeiten.«

»Sind die Spirochäten eigentlich übertragbar?«

»Sogar im höchsten Grade. Eine Berührung genügt. Du und Bootsmann Rand habt euch wahrscheinlich bei Miri angesteckt und wir übrigen an euch.«

»Dann werde ich zunächst einmal dafür sorgen, daß sich unser Kreis nicht vergrößert.« Kirk zog seinen Kommunikator heraus: »Kirk an *Enterprise*. Niemand, ich wiederhole, niemand und unter keinen Umständen, darf vom Schiff auf diesen Planeten gebeamt werden. Der Planet ist in höchstem Grad verseucht. Und richten Sie für unsere Rückkehr eine vollständige Desinfizierkammer sowie eine Isolierstation ein.«

»Computer?« murmelte McCoy.

»Ach ja, und schicken Sie uns den größten verfügbaren Bio-Computer herunter – wir haben eine Menge Arbeit für das Katzenhirn. Wenn wir ihn zurückschicken, muß auch er sorgfältig desinfiziert werden. Verstanden?«

»Captain«, rief Spock. Er hatte die ganze Zeit in Aktenschränken herumgestöbert, die eine ganze Wand des Labors einnahmen. Er hatte einen Ordner in der Hand und winkte Kirk, herzukommen. »Ich glaube, ich habe etwas gefunden.«

Alle bis auf McCoy, der an seinem Mikroskop blieb, eilten zu ihm hinüber. Spock gab Kirk den Ordner und zog weitere aus dem Schrank. »Da müssen Hunderte von Leuten daran gearbeitet haben. Diese ganzen Daten verdaut ein tragbarer Bio-Computer nicht unter einem Jahr.«

»Dann füttern wir das Zeug einfach über einen Kommunikator in den Schiffscomputer«, sagte Kirk. Er sah sich den Ordner genauer an. Das Schriftstück trug die Überschrift:

Projekt ›Verlängerung des menschlichen Lebens‹
Genetische Abteilung
Bericht über weitere Fortschritte

»Darum ging es also«, sagte Janice Rand.

»Wir wissen es noch nicht«, sagte Kirk, »aber wenn es stimmen sollte, dann war das die größte Fehlzündung, die mir in der ganzen Galaxis begegnet ist. – Also, worauf warten wir noch? Miri, du kannst uns auch helfen: Du legst diese Ordner nach Kategorien geordnet auf den großen Tisch dort drüben. Alles was Genetik betrifft, alles über

Virologie, alles über Immunologie usw. Und frage mich nicht, was die Wörter bedeuten, ich weiß es auch nicht; sortiere einfach alles auseinander.

Mit einer Langsamkeit, die einen verrückt machte, wurde das Bild deutlicher. Das Grundprinzip war fast von Anfang an klar gewesen: Man hatte versucht, den Vorgang des Alterns dadurch aufzuhalten, indem man mutierte Körperzellen einzeln zu regenerieren versuchte. Das Altern ist ja in erster Linie eine wachsende Ansammlung von Zellen im Körper, deren normale Funktionen durch Mutationen gestört sind. Die Mutationen entstehen dadurch, daß einige freie Radikale in den Zellkern eindringen und dort den genetischen Code verändern. Ihre Wissenschaftler mußten ganz genau gewußt haben, daß sie die freien Radikalen nicht isolieren konnten, denn sie entstanden überall und immer wieder neu durch Strahlung, durch das Sonnenlicht, durch Verbrennung und sogar durch die Verdauung. Statt dessen versuchten sie, eine sich selbst regenerierende virusähnliche Substanz zu finden, welche so lange passiv im Blutkreislauf blieb, bis ein tatsächlicher Schaden an irgendwelchen Zellen entstand. Der Virus würde dann in die Zelle eindringen und das zerstörte Element ersetzen. Sie hatten diese Substanz wahrscheinlich den Kindern pränatal injiziert, also bevor die Abwehrmechanismen des Körpers vollständig ausgeprägt waren, so daß der Körper diese Substanz rechtzeitig als körpereigen akzeptieren konnte. Diese Substanz würde dann so lange im Körper inaktiv bleiben, bis sie durch die Pubertätshormone sozusagen ›scharf‹ gemacht wurde. Sie konnte also den normalen Wachstumsprozeß nicht vorzeitig stören.

»Ich habe in meinem ganzen Leben noch kein Projekt von ähnlicher Kühnheit kennengelernt«, sagte McCoy. »Wenn es zufällig funktioniert hätte, wäre es das ideale Verhütungsmittel für Krebs gewesen. Denn Krebs ist ja im Grunde auch nichts anderes als eine lokale Explosion des Alterns in einer besonders bösartigen Form.«

»Aber es hat nicht funktioniert«, sagte Spock. »Die Substanz, die sie gefunden hatten, war zu sehr Virus – und sie haben die Kontrolle darüber verloren. Natürlich verlängert sie das Leben – aber nur das von Kindern. Wenn dann die Pubertät einsetzt, müssen sie sterben.«

»Wie lange?« fragte Janice. »Sie meinen, um wieviel sie das Leben verlängert? Wir wissen es nicht. Das Experiment scheint nicht beendet worden zu sein. Wir kennen nur die Parameter: Eine geimpfte Person altert – physiologisch gesehen – etwa einen Monat in hundert Jahren normaler Zeit. Bei den Kindern war es wahrscheinlich so.«

Janice starrte Miri an. »Einen Monat in hundert Jahren? Und das Experiment war vor dreihundert Jahren! Ewige Kindheit... Es ist wie ein Traum.«

»Ein Alptraum, Bootsmann«, sagte Kirk. »Wir lernen durch Vorbilder und Verantwortung. Alles das können Miri und ihre Freunde nicht. Es ist eine Sackgasse.«

»Und an ihrem Ende steht ein besonders häßlicher Tod«, stimmte McCoy zu. »Aber es ist erstaunlich, daß so viele Kinder überlebt haben. Miri, was habt ihr gemacht, als alle Grups tot waren?«

»Wir hatten Spiele – und viel Spaß. Niemand hat uns mehr gesagt, das dürfen wir nicht tun. Und wenn wir hungrig waren, brauchten wir uns nur etwas zu nehmen. Sind noch viele Sachen da, in Dosen, und viele Mommies.«

»Mommies?«

»Ja, weißt du«, und sie machte mit der Hand eine Bewegung, die das Öffnen von Büchsen andeutete. »Jim... jetzt... jetzt, wo du alles herausgefunden hast..., wirst du jetzt wieder fortgehen?«

»Aber nein, wir wollen noch viel mehr wissen. Eure Grups haben ihre Experimente anscheinend in bestimmte Abschnitte gegliedert, eine Art von Zeitplan eingehalten. Haben Sie Unterlagen über so etwas Ähnliches entdeckt, Mr. Spock?«

»Nein, Sir; sehr wahrscheinlich haben sie ihn woanders aufbewahrt. Wenn das mein Projekt wäre, würde ich den in einen Tresor schließen. Er ist ja der Schlüssel zu dem Ganzen.«

»Ich fürchte, Sie haben recht. Und solange wir den nicht haben, Miri, können wir den Virus nicht bestimmen, ihn nicht synthetisch herstellen und auch keine Gegenimpfung vornehmen.«

»Das ist gut«, sagte Miri. »Du gehst also noch nicht. Dann können wir noch viel Spaß miteinander haben – bis es passiert.«

»Wir können es vielleicht immer noch aufhalten. Mr. Spock, ich nehme an, die anderen Kinder haben Sie nicht herangelassen?«

»Keine Aussicht. Sie kennen das Gelände viel zu gut. Sie verschwinden wie die Mäuse in ihren Löchern.«

»Gut, dann versuchen wir's anders. Miri, willst du uns helfen, ein paar von ihnen zu finden?«

»Ihr werdet keine finden«, sagte sie überzeugt. »Sie haben Angst vor euch. Und vor mir jetzt auch, seit...«

»Wir werden es ihnen erklären.«

»Den Einzelgängern?« sagte das Mädchen. »Das geht nicht. Es ist nämlich das Beste daran, ein Einzelgänger zu sein. Niemand erwartet von dir, daß du etwas verstehst.«

»Aber du verstehst doch.«

Plötzlich füllten sich ihre Augen mit Tränen. »Ich bin ja kein Einzelgänger mehr«, sagte sie und lief zur Tür hinaus.

Janice sah ihr mitleidig nach.

»Dieses kleine Mädchen...«

»...ist dreihundert Jahre älter als Sie, Bootsmann«, ergänzte Kirk den Satz. »Ziehen Sie noch keine Schlüsse daraus. Es muß bei ihr irgendeinen Unterschied ausmachen, ob wir den jetzt kennen oder nicht.«

Nach einer Minute war Miri wieder zurück, und die Tränen waren vergessen, als hätte es sie nie gegeben. Sie sah sich nach einer Arbeit um. Mr. Spock gab ihr Bleistifte zum Spitzen, von denen es in dem alten Labor große Mengen gab. Mit viel Eifer und glücklich über ihre Aufgabe machte sie sich an die Arbeit, aber die ganze Zeit über ließ sie Kirk nicht aus den Augen. Und er versuchte, so zu tun, als bemerkte er es nicht.

»Captain? Hier ist Farrell auf der *Enterprise*. Wir sind mit dem Computer soweit.«

»In Ordnung. Bleiben Sie am Apparat. Mr. Spock, was brauchen Sie zuerst?«

Miri hielt eine ganze Handvoll Bleistifte in die Höhe. »Sind das genug?«

»Äh? Wir... Wir brauchen noch mehr, wenn es dir nichts ausmacht?«

»Aber nein, Jim. Warum sollte es mir etwas ausmachen?«

»Dieser Kerl hier«, sagte Spock und legte einen Stoß Aufzeichnungen auf den Tisch, »muß das in den letzten Wochen geschrieben haben, als das Unglück schon passiert war. Die letzten Eintragungen werden uns wohl wenig helfen, weil er selbst geschrieben hat, er wäre schon zu krank, um noch genau zu wissen, ob er nicht selbst schon im Delirium sei, und ich muß ihm recht geben. Aber die früheren Einträge könnten uns darüber Aufschluß geben, wieviel Zeit uns noch bleibt. Und soviel wir gesehen haben, dürfte uns allen klar sein, wie das Endstadium aussieht. Wir werden uns gegenseitig umbringen.«

»Steht nichts darin, womit wir den Virusstamm identifizieren könnten – oder wenigstens seine chemische Zusammensetzung?« fragte McCoy.

»Kein Wort. Er hat angenommen, daß ein anderer diesen Bericht schreibt. Vielleicht hat es auch jemand getan, und wir haben es noch nicht gefunden, oder es war schon der Anfang seiner Halluzinationen. Jedenfalls sind die ersten Anzeichen: Fieber... Schmerzen in den Gelenken... der Blick wird trüb, dann setzt nach und nach die Raserei ein. Nebenbei bemerkt, Dr. McCoy, das mit den Spirochäten stimmt tatsächlich. Sie sind nur daran beteiligt, aber sie sind für die Tobsucht verantwortlich, nicht der Virus. Bei uns wird es zweifellos nicht so lange dauern, weil wir diese Krankheit nicht so lange latent mit uns herumgetragen haben wie Miri.«

»Und was wird mit ihr?« fragte Kirk leise.

»Auch da müssen wir warten, was der Computer sagt. Grob geschätzt würde ich sagen, daß sie uns fünf bis sechs Wochen überlebt, wenn einer von uns sie nicht vorher tötet...«

»Sind es jetzt genug?« sagte Miri in dem Moment und hielt noch mehr Bleistifte in die Höhe.

»Nein!« platzte Kirk wütend heraus.

Ihre Mundwinkel zogen sich leicht nach unten, und die Unterlippe schob sich etwas vor. »Nun, Jim, ist schon gut«, sagte sie tonlos. »Ich wollte dich nicht böse machen.«

»Miri, es tut mir leid. Ich habe ja auch nicht dich gemeint. Und ich bin auch nicht böse.« Er wandte sich wieder an Spock. »Wir wissen also immer noch nicht, wogegen wir eigentlich kämpfen. – Übermitteln Sie Farrell Ihre Daten, dann kennen wir wenigstens den Zeitfaktor. Verdammt! Wenn wir nur den Virus zu fassen kriegten. Die Labors auf dem Schiff könnten uns in vierundzwanzig Stunden eine Gegenimpfung herstellen. Aber wir wissen ja nicht einmal, womit wir anfangen sollen.«

»Vielleicht doch«, sagte McCoy nachdenklich. »Es wird zwar wieder sehr viel Arbeit für den Computer werden, aber ich glaube, wir könnten Erfolg damit haben. Jim, du weißt doch wie alle diese Büromenschen arbeiten. Wenn das hier eine staatliche Behörde war, und ich kenne diese Institute aus eigener Erfahrung zur Genüge, dann gibt es von jedem Auftrag, von jeder Bestellung und jedem Formular mindestens fünf Durchschläge. Und irgendwo müssen sie die doch hier aufbewahrt haben. Daraus können wir ersehen, welche Chemikalien und welches Bio-Material sie in großen Mengen bezogen haben, dann kann ich die für uns vermutlich relevanten heraussortieren. Wenigstens eine geringe Chance, den fehlenden Zeitplan dieses Projekts zu rekonstruieren.«

»Eine wahrhaft geniale Idee«, sagte Mr. Spock. »Die Frage ist nur...«

Er wurde durch das Summen von Kirks Kommunikator unterbrochen.

»Hier Kirk.«

»Farrell an Landeexpedition. – Nach den von Mr. Spock übermittelten Daten ist der kritische Punkt in etwa sieben Tagen erreicht.«

Die einsetzende Stille schien eine Ewigkeit zu dauern. Nur das Schaben des Bleistiftspitzens war zu hören. Dann sagte Spock gleichmütig: »Deswegen wollte ich Sie ja fragen, Dr. McCoy. Sosehr ich Ihre Idee bewundere, glaube ich nicht, daß wir noch soviel Zeit haben.«

»Nicht unbedingt«, sagte McCoy. »Wenn es wahr ist, daß die Spirochäten die Tobsucht hervorrufen, dann können wir sie vorläufig mit Antibiotika bekämpfen, und wir haben noch etwas Aufschub...«

Etwas fiel auf den Boden und zerbrach in Scherben. Kirk fuhr nervös herum. Janice Rand hatte einige von McCoys Objektträgern in einem Becher mit Chromsäure gereinigt. Jetzt floß die ätzende gelbe Flüssigkeit über den Boden. Auch Janices Bein hatte ein paar Spritzer abbekommen. Kirk griff sich einen Wattebausch, kniete sich nieder und tupfte die Spritzer ab.

»Nein, nein«, schluchzte Janice, »Sie können mir nicht helfen, Sie können mir nicht helfen.«

Laut schluchzend stürzte sie an McCoy und Spock vorbei aus dem Labor. Kirk hinterher.

»Bleibt ihr hier«, rief er den beiden zu. »Unterbrecht eure Arbeit nicht. Jede Minute ist kostbar.«

Janice stand draußen im Gang. Ihr Körper wurde von heftigen Weinkrämpfen geschüttelt. Kirk kniete sich wieder neben sie und tupfte ihr die Säure von den Beinen. Die häßlichen blauen Flecken versuchte er zu ignorieren. Nach einiger Zeit hörte sie auch zu weinen auf.

»Auf dem Schiff haben Sie sich nie so um meine Beine gekümmert.«

Kirk versuchte zu lachen. »Das Kommando ist eine schwere Bürde, Bootsmann. Man darf normalerweise nur das sehen, was die Vorschriften zulassen... So, jetzt ist es besser. Aber Seife und heißes Wasser werden trotzdem nicht schaden.«

Er stand wieder auf. Sie sah sehr mitgenommen aus, aber nicht mehr hysterisch.

»Captain, ich wollte das wirklich nicht...«

»Ich weiß, vergessen Sie es.«

»Es ist so dumm, so sinnlos... Sir, wissen Sie, daß ich an nichts anderes mehr denken kann. Ich sollte es ja besser wissen, aber ich kann einfach nicht anders. Ich bin erst vierundzwanzig, und ich habe solche Angst.«

»Ich bin ein wenig älter, Bootsmann. Aber ich habe auch Angst.«

»Sie auch?«

»Natürlich. Ich möchte genausowenig sterben wie Sie. Und ich habe noch etwas anderes als nur Angst. Ihr gehört alle zu mir, und ich habe euch hierher gebracht, es ist meine Verantwortung.«

»Sie lassen sich aber nichts anmerken«, flüsterte sie. »Nie. – Sie scheinen immer soviel tapferer zu sein als wir alle zusammen.«

»Unsinn«, brummte er. »Nur ein Dummkopf fürchtet sich nicht. Wer keine Furcht kennt, ist nicht tapfer, sondern nur dumm und einfallslos. Mut ist etwas anderes. Er setzt sich mit der Gefahr auseinander und läßt sich durch die Furcht nicht beeindrucken. Und vor allem soll man sich vom Gegner nicht in Panik versetzen lassen.«

»Es soll mir eine Lehre sein«, sagte Janice und richtete sich auf. Aber sofort füllten sich ihre Augen wieder mit Tränen. »Es tut mir leid, Captain. Wenn wir zurück sind, lassen Sie sich einen Bootsmann zuweisen, der nicht soviel weint wie ich.«

»Ihre Bitte um Versetzung wird hiermit abgelehnt, Bootsmann.« Er legte ihr sanft den Arm um die Schulter, und sie versuchte, ihn anzulächeln.

Im Eingang zum Labor stand Miri, beide Fäuste vor den Mund gepreßt und mit weit geöffneten Augen, einer unergründlichen Mischung aus Erstaunen, Protest und vielleicht sogar Haß, starrte sie die beiden an. Dann drehte sie sich ruckartig um und war verschwunden.

»Ein Kummer kommt niemals allein«, sagte Kirk resigniert.

»Wir gehen besser zurück.«

»Wo ist Miri hingelaufen?« fragte McCoy interessiert, als sie das Labor wieder betraten. »Sie schien es ziemlich eilig zu haben.«

»Ich weiß es nicht. Vielleicht versucht sie, doch noch ein paar Kinder zu finden. Oder es ist ihr einfach zu langweilig bei uns. Wir haben auf jeden Fall keine Zeit, uns deswegen Sorgen zu machen. Was ist als nächstes an der Reihe?«

»Wir müssen aufpassen, daß solche Unfälle nicht mehr passieren. Ich hätte zwar schon vorher daran denken sollen, aber erst Janice... Hier stehen noch mehr Säuren herum, und wenn wir Glück haben, bekommen wir es auch bald mit gefährlicheren Stoffen zu tun. Ich möchte, daß jeder seine eigenen Kleider ablegt und einen Labormantel anzieht. Wenn irgend etwas verschüttet oder verspritzt wird, kann dieser sofort vernichtet werden, und neue hängen genügend dort im Schrank. Unsere eigenen Kleider hängen wir in den Vorraum, sonst müssen wir sie verbrennen, bevor wir aufs Schiff zurückkehren.«

»Gut; was ist mit der übrigen Ausrüstung – Phaserpistolen, Meßgeräte und so weiter?«

»Wir sollten die Waffen für den Notfall hierbehalten. – Aber sie dürfen nicht mehr aufs Schiff zurück. Alles andere – raus!«

»In Ordnung. Weiter?«

»Die medizinischen Analysen habe ich, soweit es unser Wissen im Moment zuläßt. Von jetzt ab hat die Statistik das Wort. Und ich befürchte, obwohl es mein Vorschlag war, daß das Mr. Spock machen muß. Ich komme dabei nämlich immer ins Stottern.«

Kirk grinste. »Sehr gut! – Mr. Spock, fangen Sie an.«

»Jawohl, Sir. Zuerst brauchen wir diese Bestellformulare. Wir müssen also die ganze Registratur noch einmal durchfilzen.« Das Hauptproblem war an sich einfach und klar definiert: Erfinden Sie eine Seuche.

Gut. Die Bestellformulare waren verhältnismäßig schnell gefunden, und alle waren detailliert bis zur kleinsten Bestellung.

McCoys Vermutung war also soweit richtig gewesen. Dem bürokratischen Geist hatten die zwölf Lichtjahre Entfernung vom Mutterplaneten nichts anhaben können. Alles, was das Labor jemals benötigt hatte, hatte wenigstens drei Begleitpapiere zu seiner Beglaubigung erfordert.

McCoy sortierte sie zunächst einmal grob nach ihrer wahrscheinlichen Wichtigkeit für ihr Vorhaben in eine Reihe von null (vermutlich völlig unbedeutend) bis zehn (vielleicht entscheidend), und der Bio-Computer speicherte alles, was bei ›fünf‹ und darüber lag. So hatte man diese Daten wenigstens mit dem geringsten Zeitverlust für den Schiffscomputer auf der *Enterprise* parat. Das Kodieren ging sehr schnell. Etwas schwieriger war es, das zu beurteilen, was kodiert werden sollte. Das war eine Frage des menschlichen Ermessens, der Erfahrung und der Routine, und hier war McCoy der einzige, der in gut der Hälfte aller Fälle zuverlässig entscheiden konnte, obwohl er es in seiner Bescheidenheit immer wieder leugnete. Spock konnte zwar sagen, was dabei statistisch bedeutsam war, aber nur McCoy konnte im Anschluß daran sagen, ob die geknüpften Verbindungen etwas mit Medizin oder Finanzen zu tun hatten oder ob sie einfach unwichtig waren.

Zwei Tage lang arbeiteten sie rund um die Uhr. Am Morgen des dritten Tages konnte Spock sagen:

»Auf diesen Karten steht jetzt alles, was der Bio-Computer für uns tun konnte.« Er wandte sich an Miri, die tags zuvor ohne weitere Erklärungen und auch ohne den geringsten Unterschied in ihrem Benehmen zurückgekommen und arbeitswilliger war als je zuvor: »Miri, würdest du diese Karten sauber zusammenstecken und dann auf diesen Rütteltisch legen. Wir werden sie dann für die *Enterprise* ordnen und Farrell für den Computer diktieren. Ich muß sagen, Dr. McCoy, ich kann noch nicht das geringste Muster darin erkennen.«

»Aber ich«, sagte McCoy zu ihrer Überraschung. »Soviel ist klar, daß der aktive Stoff kein echter Virus sein kann. Er würde nämlich in der Zeit zwischen Injektion und Pubertät aus dem Körper ausgeschieden werden, wenn er sich nicht reproduzierte. Und ein echter Virus kann sich nur reproduzieren, wenn er in eine Körperzelle eindringt. Aber genau das darf er ja zehn oder zwölf Jahre lang nicht tun. Nein, es muß eine Art Mikroorganismus wie der Erreger der Englischen Krankheit sein, der sich aufgrund besonderer Enzyme aus den Körperflüssigkeiten außerhalb der Zellen ernähren und reproduzieren kann. Wenn er von den Pubertätshormonen angegriffen wird, stößt er diesen Teil seines Organismus ab und wird ein echter Virus. Ergo muß der abgestoßene Teil steroidlöslich sein. Und nur die Geschlechts-Steroide kommen dafür in Frage. Alle diese Bedingungen schließen den Kreis schon ganz schön eng, Schritt für Schritt.«

»Eng genug, daß du das Kind beim Namen nennen kannst?« fragte Kirk gespannt.

»Wo denkst du hin, ich weiß noch nicht einmal, ob ich auf der richtigen Spur bin. Diese ganze Biologiestunde war bis jetzt reine Intuition, aber sie scheint einen Sinn zu ergeben. Ich glaube sogar, wenn der Schiffscomputer dieses ganze Konvolut von Daten bearbeitet hat, wird so etwas Ähnliches herauskommen. Will jemand mit mir wetten?«

»Wir haben alle schon unser Leben verwettet«, sagte Kirk, »ob wir es wollten oder nicht. Aber in einer Stunde müßten wir die Antwort haben. Mr. Spock, rufen Sie Farrell.«

Spock nickte und ging in den Vorraum hinaus, der jetzt vom Labor hermetisch abgeriegelt war. Im nächsten Moment war er schon wieder zurück. Obwohl sein Gesicht ausdruckslos war wie immer, lag etwas in seinem Blick, daß Kirk aufsprang.

»Was ist los?«

»Die Kommunikatoren sind weg, Captain. Jemand hat unsere Kleider und Ausrüstung geplündert.«

Janice sah ihn erschrocken an und preßte ihre Faust auf die Lippen. Kirk drehte sich nach Miri um. Er fühlte, wie der Zorn in ihm hochstieg. Das Mädchen zuckte vor seinem Blick zurück, aber sie sah ihm trotzig in die Augen.

»Was weißt du darüber, Miri?«

»Ich glaube, die Einzelgänger haben sie genommen. Sie stehlen gerne. Das gehört zum Spiel.«

»Wo haben sie das Zeug hingebracht?«

Sie zuckte mit den Schultern. »Das weiß ich nicht, das ist auch wieder ein Spiel. Wenn du etwas gestohlen hast, dann gehst du damit immer woanders hin.«

Mit zwei Schritten war er bei ihr und packte sie bei den Schultern. »Das ist kein Spiel. Das ist blutiger Ernst. Wir müssen die Kommunikatoren haben, sonst werden wir dieser Seuche niemals Herr.«

Sie kicherte auf einmal. »Dann müßte ihr eben hierbleiben.«

»Nein, wir werden sterben. Und jetzt sag's uns. Sag uns, wo sie sind.«

Miri hob in damenhafter Würde ihre Schultern. Wenn man bedachte, daß sie erst seit einer knappen Woche Erwachsene gesehen hatte, war das eine recht glaubhafte und gelungene Geste.

»Bitte, Captain. Sie tun mir weh«, sagte sie bestimmt. »Was unterstehen Sie sich? Wie sollte ich das wissen?«

Unglücklicherweise konnte sie dieses Theaterspiel nicht lange durchhalten: Sie mußte von neuem lachen, und das machte Kirk noch erboster. »Was soll das! Willst du uns erpressen?« sagte Kirk, aber der Zorn hatte seinen Gipfel schon überschritten; er fühlte nur noch die Härte und die ganze Sinnlosigkeit des Verlustes. »Miri, es geht auch um dein Leben.«

»O nein«, sagte Miri lächelnd. »Mr. Spock sagte, daß ich noch fünf oder sechs Wochen länger zu leben habe als ihr. Vielleicht sterben einige von euch früher als die anderen, aber ich werde immer noch hier sein.« Sie drehte sich um und ging zur Tür. Zu einer anderen Gelegenheit hätte das wahrscheinlich spaßig oder sogar charmant ausgesehen. Kurz vor der Tür drehte sie sich noch einmal um und sagte mit einer herablassenden Handbewegung: »Ich weiß nicht, wie Sie darauf kommen, ich könnte mit der Sache etwas zu tun haben. Aber wenn Sie sehr nett zu mir sind, könnte ich vielleicht meinen Freunden ein paar Fragen stellen. Bis dahin, Captain, leben Sie wohl.«

Alle starrten ihr entgeistert nach, während sie hinausstolzierte.

»Irgendwann müssen sie hier schon einmal Fernsehen gehabt haben«, meinte McCoy kopfschüttelnd.

Das war zwar nur ein Scherz, aber er löste die Spannung etwas.

»Was machen wir jetzt ohne Schiff?« fragte Kirk. »Mr. Spock?«

»Sehr wenig, Captain. Der Bio-Computer ist für diesen Job vollkommen ungeeignet. Er braucht Stunden, wozu unser Schiffscomputer Sekunden brauchte.«

»Lange bevor es Computer gegeben hat, gab es einmal so etwas Ähnliches wie das menschliche Gehirn. Pille, was ist damit? Ist es eingerostet?«

»Ich werde versuchen, das alte Ding in Betrieb zu setzen«, sagte McCoy müde. »Zeit ist sowieso das einzige, was uns der Computer hätte ersparen können, und das einzige, was wir nicht haben. Wenn ich an dieses Riesenschiff denke, das da oben unnütz herumlungert – mit allem an Bord, was wir so notwendig brauchen könnten – und als nutzloser Haufen Metall seine Bahn zieht –«

»Und darüber zu klagen, kostet noch mehr Zeit«, sagte Kirk grob. McCoy sah ihn überrascht an. »Tut mir leid, Pille. Ich glaube, mich hat's auch schon erwischt.«

»Aber ich habe mich beklagt«, sagte McCoy, »also muß ich mich entschuldigen. Also, dann muß es das menschliche Gehirn allein schaffen. Es hat auch für Pasteur gearbeitet, aber der war etwas besser im Denken als ich. – Mr. Spock, nehmen Sie die Karten wieder aus dieser dämlichen Maschine und stecken Sie sie neu zusammen. Ich möchte zuerst eine DNA-Analyse machen. Wenn das irgendein vernünftiges Bild gibt, wenigstens soweit vernünftig, daß wir von einer bestimmten Spezies sprechen können, dann kauen wir das Ganze nochmals durch und sehen nach, ob wir richtig geraten haben.«

»Ich kann Ihnen nicht folgen«, sagte Spock.

»Ich gebe Ihnen nur den Kode, zum Erklären haben wir jetzt keine Zeit. Nehmen Sie zuerst alles, was mit LTS-426 kodiert ist, heraus. Dann soll der Bio-Computer sie nach nichtkodierten allgemeinen Faktoren absuchen. Vielleicht sind gar keine dabei, aber es ist das beste, womit wir beginnen können.«

»In Ordnung.«

Kirk tat sich bei dieser Arbeit am leichtesten, denn er hatte weder das medizinische Wissen McCoys noch das über Statistik von Spock, er wußte tatsächlich nicht, worum es ging. Er stand dabei und erledigte diese alberne Sortierarbeit so genau und gewissenhaft wie möglich.

Die Stunden zogen sich hin, der nächste Tag brach an, und trotz der Aufputschmittel, die McCoy austeilte, wurden ihre Bewegungen immer langsamer, wie unter Wasser, wie in einem Alptraum.

Einmal tauchte Miri auf und sah ihnen zu, mit einem Gesichtsausdruck, den sie wahrscheinlich für distanziert-amüsiert hielt. Aber niemand beachtete sie. Ihr herablassendes Gehabe machte nach und nach einem ärgerlichen Stirnrunzeln Platz. Schließlich begann sie, mit dem Schuh an ein Tischbein zu klopfen.

»Hör auf damit«, sagte Kirk, ohne sie anzusehen, »oder ich brech' dir den Hals!«

Das Klopfen hörte auf. »Noch einmal in die Maschine, Mr. Spock. Wir ziehen jetzt alle T heraus, die Funktionen von D-2 sind. Wenn es mehr als drei sind, haben wir verloren.«

Der Bio-Computer summte und ratterte über die zweiundzwanzig Karten hinweg, die Spock hineingesteckt hatte. Eine stieß er wieder aus. McCoy lehnte sich mit einem winzigen Lächeln der Befriedigung auf seinem harten Stuhl zurück.

»Ist er das?« fragte Kirk.

»Ach woher, Jim, noch lange nicht. Das ist vielleicht der Virus, der hier mitspielt, aber nur mit einiger Wahrscheinlichkeit.«

»Es ist nur wahrscheinlich«, sagte Spock. »Wenn das zu einem Test eines neuen Produkts gehörte, würde ich es wegschmeißen, ohne auch nur einen Gedanken daran zu verlieren. Aber so, wie die Dinge hier liegen...«

»Wie die Dinge hier liegen, müssen wir jetzt als nächstes diesen Virus künstlich herstellen«, sagte McCoy. »Und dann aus dem Virus ein Serum herstellen. Aber nein, nein, das geht doch überhaupt nicht. Was ist denn mit mir los –. Kein Serum, ein Antitoxid. Viel schlimmer. Jim, weck die Wachen auf! Bis jetzt haben sie uns ja sehr viel geholfen. In den nächsten achtundvierzig Stunden brauchen wir jede Menge saubere Gläser.«

Kirk wischte sich die Stirn ab. »Pille, ich fühle mich durch und durch lausig, und ich bin sicher, dir geht es genauso. Theoretisch bleiben uns noch achtundvierzig Stunden, aber werden wir die nächsten vierundzwanzig wenigstens noch vernünftig denken können?«

»Entweder fangen wir einen Fisch, Jim, oder wir lassen den Köder sausen«, sagte McCoy ruhig. »Also, alle Mann an die Arbeit. Der ganze Küchenlehrgang wird hiermit zur Ordnung gerufen.«

»Es ist eine Schande«, sagte Spock, »daß Viren nicht so leicht zu mischen sind wie Metaphern.«

In diesem Moment spürte Kirk, daß ihn nur noch ein ganz schmaler Grat von der Hysterie trennte. Irgendwie war er fest davon überzeugt, daß Spock nur einen Spaß gemacht hatte. Als nächstes würde er wahrscheinlich glauben, daß es tatsächlich so ein tragbares Ding mit einem Katzenhirn darin gäbe. »Jemand soll mir eine Flasche zum Auswaschen geben, bevor ich hier im Stehen einschlafe.«

Nach etwa zwanzig Stunden fing Janice zu toben an. Sie mußten sie an ihren Stuhl fesseln und ihr eine Überdosis Beruhigungsmittel geben, bevor sie zu toben aufhörte. Einer der Wachen folgte ihr eine Stunde später. Beide waren schon fast völlig mit blauen Flecken bedeckt. Und vermutlich nahm die Hysterie in dem Ausmaß zu, in dem die kleinen blauen Flecken zu größeren zusammenwuchsen und allmählich die ganze Haut bedeckten.

Miri ließ sie ab und zu allein, kam aber immer wieder. Auch bei den ersten beiden Anfällen schaffte sie es, gerade dabeizusein. Vielleicht versuchte sie überlegen oder wissend oder amüsiert dreinzusehen. Kirk konnte es nicht sagen. Tatsache war, daß es ihm nicht mehr schwerfiel, Miri einfach zu übersehen. Er war so erschöpft, daß schon die kleinsten Handreichungen, die sein Schiffsarzt und sein Erster Offizier von ihm verlangten, seine ganze Aufmerksamkeit erforderten. Für andere Gedanken war einfach kein Platz mehr.

Irgendwo im Raum ertönte McCoys Stimme: »Alles jetzt unter die SPF-Haube. Wir werden jetzt gleich einen lebendigen Virus haben. Kirk, wenn ich den Deckel von der Petrischale nehme, kommen diese zwei Kubikzentimeter Formalin hinein. Denk daran!«

»Ich werde darauf achten.«

Irgendwie schaffte er es. Dann sah er eine Zeitlang gar nichts, alles war weiß. Vor seinen Augen tauchte eine mit Gummi verschlossene

Ampulle auf. Sie war gefüllt mit einer klaren Flüssigkeit, und McCoys Hände stachen gerade eine Injektionsnadel hinein. Komisch, er sah alles wie durch einen Tunnel: die Ampulle, die Nadel, die Hände.

»Das ist jetzt das Antitoxid«, McCoys Stimme kam aus weiter Ferne, »oder es ist es nicht. Soviel ich weiß, kann es das reinste Gift sein. Nur der Computer könnte uns darüber genaue Auskunft geben.«

»Zuerst Janice«, hörte sich Kirk sagen. »Dann die Wache. Die beiden sind am übelsten dran.«

»Captain, ich muß Ihnen widersprechen, das Versuchskaninchen auf dieser Expedition bin allein ich«, sagte McCoy.

Die Nadel schlüpfte aus dem Gummi, und irgendwie gelang es Kirk, seinen Arm auszustrecken und McCoy am Handgelenk zu packen. Die ganze Bewegung hatte ihm furchtbare Schmerzen bereitet; seine Gelenke taten ihm weh, sein Kopf.

»Warte eine Minute«, sagte er. »Eine Minute macht nicht mehr viel Unterschied aus.«

Er drehte seinen dröhnenden Schädel so lange, bis Miri am anderen Ende des Tunnels auftauchte. An der Seite schien ihr Gesicht seltsam verzerrt. Langsam ging er auf sie zu. Mit äußerster Vorsicht setzte er seine Füße auf den schwankenden Boden.

»Miri..., hör mir zu, du mußt mir zuhören.«

Sie drehte ihren Kopf zur Seite. Er griff nach ihr und bekam ihr Kinn zu fassen – fester, als er es gewollt hatte. Er zwang sie, ihn anzusehen. Ihm fiel ein, daß er wirklich nicht schön anzusehen war – bärtig, mit Schweiß und Schmutz verklebt, mit Ringen um die Augen, die Augen gerötet, sein Mund arbeitete mühsam und brachte die Worte, die er sagen wollte, nur stockend heraus.

»Wir..., uns bleiben nur noch ein paar Stunden. Uns, und euch... euch allen... dir und deinen Freunden. Und... und wir können uns geirrt haben. Danach gibt es keine Grups mehr, und keine Einzelgänger... niemand... nie mehr. Gib mir nur eine von diesen Maschinen... diesen Kommunikatoren zurück. Möchtest du, daß das Blut einer ganzen Welt an deinen Händen klebt? Denk doch, Miri, denk ein einziges Mal in deinem Leben nach!«

Ihre Augen wichen den seinen aus. Sie suchten Janice. Er zwang sie von neuem, ihn anzusehen. »Jetzt, Miri. Jetzt... jetzt.«

Sie zog langsam die Luft ein und hielt den Atem an. »Ich... ich will versuchen, einen zu bekommen.« Dann befreite sie sich von seinem Griff und verschwand.

»Wir können nicht mehr länger warten«, sagte McCoys Stimme ganz ruhig. »Selbst wenn wir einen negativen Bescheid des Computers hätten, wir könnten sowieso nicht mehr von vorne anfangen. Wir müssen jetzt weitergehen.«

»Ich wette einen ganzen Jahressold«, sagte Spock, »daß das Antitoxid tödlich ist.«

Durch einen Schleier von Schmerz konnte Kirk sehen, wie McCoy grinste. »Angenommen«, sagte er. »Die Seuche ist auf jeden Fall tödlich. Aber wenn ich verliere, Mr. Spock, wie wollen Sie dann kassieren?«

Er hob die Hand.

»Halt!« krächzte Kirk. Aber es war zu spät, selbst wenn er angenommen hätte, daß McCoy seinem Captain bis zum äußersten gehorcht hätte. Das war seine Welt, sein eigenes Diskurssystem.

Ganz ruhig legte McCoy die Spritze auf den Tisch und setzte sich. »Erledigt«, sagte er. »Ich spüre überhaupt nichts.« Seine Augen verdrehten sich in ihren Höhlen nach oben, und er mußte sich an der Tischkante festhalten. »Sie sehen... meine Herren... alles ist vollkommen...«

Dann fiel sein Kopf vornüber.

»Helfen Sie mir, ihn zu tragen«, sagte Kirk. Zusammen mit Spock trugen sie den Arzt zum nächsten Bett. McCoys Gesicht war, bis auf die Flecken, weiß wie Wachs. Zum ersten Mal seit langer Zeit sah er wieder friedlich und entspannt aus. Kirk setzte sich neben McCoy auf die Bettkante und prüfte den Puls. Er ging wild und stoßartig, aber er war stark.

»Ich... ich kann nicht verstehen, warum ihn das Antitoxid so schnell umgeworfen hat«, sagte Spock. Seine eigene Stimme kam ihm schon vor wie ein Flüstern aus der Tiefe des Grabes.

»Er kann im schlimmsten Fall daran sterben. Und soweit bin ich auch schon bald. Verflucht sei der Dickschädel dieses Mannes.«

»Wissen«, sagte Spock leise, »schafft seine eigenen Privilegien.«

Für Kirk bewies das gar nichts, und Spock war voll von solchen

Sprüchen. – Es war vielleicht so eine Eigenschaft der Vulkanier. Ein eigenartiger Lärm drang an Kirks Ohren. Schon glaubte er, die Unschärfe, die seinen Blick befallen hätte, hätte jetzt ihr akustisches Äquivalent gefunden.

Spock sagte: »Ich scheine jetzt selbst an der Grenze zu sein, jedenfalls näher, als ich dachte. Die Halluzinationen haben eingesetzt.«

Traurig sah sich Kirk um. Dann riß er die Augen weit auf. Wenn Spock Halluzinationen hatte, dann hatte auch er welche. Er wollte nur wissen, ob es dieselben waren.

Angeführt von Miri kam eine Prozession von Kindern in den Raum. Sie waren von jeder nur denkbaren Größe, Figur, Aussehen; kleine, die kaum laufen konnten, die ältesten etwa zwölf. Sie schienen die ganze Zeit in einem Kaufhaus gelebt zu haben. Einige von den älteren Jungen trugen Abendanzüge, andere eine Art Militäruniform, wieder andere Anzüge, wie sie Raumfahrer früher getragen hatten, oder aufdringliche grellbunte Sportkleidung. Die Mädchen machten einen etwas besseren Eindruck. Die meisten trugen eine Art Partydreß, einige sogar lange Opernkleider mit Schleppe, und sie waren über und über mit Schmuck behängt. Aus der ganzen Prozession stach ein großer rothaariger Junge hervor, nein, er trug eine Perücke, schulterlang, mit Korkenzieherlocken auf den Seiten, und das Preisschild baumelte noch herunter, gefolgt von einem kleinen fetten Knirps, der auf einem Samtkissen so etwas wie eine Krone trug.

Das Ganze war wie eine wahnwitzige Parodie auf einen Kinderkreuzzug. – Und das Verrückteste daran war, daß die Kinder die komplette Ausrüstung ihrer Landeexpedition herbeischleppten. Da waren die drei Kommunikatoren – Janice und die Wachen hatten keine, die zwei fehlenden Tricorder, McCoy hatte seinen mit ins Labor genommen, und von der Hüfte des einen Jungen mit der roten Perücke baumelte eine Phaserpistole. Es war ein Anzeichen dafür, wie erschöpft sie waren, daß sie nicht einmal gemerkt hatten, daß eine dieser tödlichen Waffen fehlte. Kirk fragte sich insgeheim, ob der Junge die Pistole ausprobiert und jemanden damit getroffen hatte.

Der Junge merkte, daß Kirk ihn ansah, und irgendwie schien er seine Gedanken zu erraten.

»Ich habe sie bei Luisa gebraucht«, sagte er ernst. »Ich konnte nicht anders. Sie wurde mit einem Mal ein Grup, als wir Schule spielten. Sie war nur wenig älter als ich.«

Er schnallte die Waffe ab und hielt sie Kirk hin. Mit einer matten Handbewegung nahm er sie an sich. Die anderen Kinder gingen an den langen Tisch und breiteten feierlich die übrigen Ausrüstungsgegenstände aus.

Miri kam zögernd näher.

»Es tut mir leid«, sagte sie. »Es war falsch, und ich hätte es nicht tun sollen. Es war nicht leicht, Jahn zu erklären, warum das kein Spiel mehr war.« Sie sah das wächserne Gesicht von McCoy. »Ist es schon zu spät?«

»Möglich«, flüsterte Kirk, das war alles, was er an Lautstärke noch aufbringen konnte. »Mr. Spock, glauben Sie, daß Sie Farrell die Daten noch durchgeben können?«

»Ich werde es versuchen, Sir.«

Farrell war erstaunt und hörbar erleichtert zugleich, und er wollte sofort Erklärungen haben, aber Spock schnitt ihm das Wort ab und gab ihm ohne Kommentar die Daten durch. Jetzt konnten sie nur noch warten. Kirk ging zurück, um nach McCoy zu sehen, und Miri folgte ihm. Langsam wurde ihm klar, welche ungeheure Überwindung es sie gekostet haben mußte, die Kommunikatoren zurückzubringen, welch einen Riesenschritt sie in die Welt der Erwachsenen getan hatte. Es war eine verdammte Schande, sie jetzt zu verlieren, Miri, die am Anfang ihres neuen Lebens stand – eines Lebens, auf das sie drei entsetzlich lange Jahrhunderte gewartet hatte. Er legte ihr zärtlich den Arm auf die Schulter, und sie lächelte ihn dankbar an.

Spielten ihm seine Augen einen neuen Streich, oder wurden die Flecken auf McCoys Gesicht und Armen tatsächlich kleiner? Kein Zweifel, sie wurden kleiner, und auch die Färbung ließ nach.

»Mr. Spock«, sagte er, »kommen Sie herüber und bestätigen Sie mir etwas.«

Spock sah hin und nickte: »Gehen zurück. – Wenn es jetzt keine ernsten Nebenwirkungen gibt...« Das Summen des Senders unterbrach ihn. »Hier Spock.«

»Farrell an Landeexpedition. Die Identifikation ist korrekt, wiederhole: korrekt! Meine Glückwünsche! Wollen Sie etwa behaupten, daß

Sie diese ganze Sache nur mit einem Bio-Computer ausgekocht haben?«

Kirk und Spock grinsten sich müde an. »Nein«, sagte Spock. »Wir haben dabei nur mit Dr. McCoys Kopf gearbeitet. Vom Anfang bis zum Ende.«

»Na, ein bißchen hat er uns schon geholfen«, sagte Kirk und tätschelte die alte Maschine.

McCoy bewegte sich und wachte auf. Mit dem Ausdruck größten Staunens versuchte er sich aufzurichten.

»Pille, ich muß mich bei dir entschuldigen«, sagte Kirk. »Wenn du dich genügend erholt hast, glaube ich, daß das mit den Injektionen tatsächlich deine Arbeit ist.«

»Hat es tatsächlich gewirkt?« fragte McCoy heiser.

»Es war einwandfrei, der Schiffscomputer hat es bestätigt, und du bist der Held des Tages, du altes, dickköpfiges Rüsseltier.«

Eine Woche später verließen sie den Planeten. Sie hatten das ganze Antitoxid, das sie aus den Vorräten auf dem Schiff herstellen konnten, zurückgelassen – in der Obhut eines kleinen Teams von Ärzten.

Zusammen mit Farrell standen sie auf der Brücke der *Enterprise* und sahen zu, wie sich der Planet immer weiter von ihnen entfernte.

»Mir ist immer noch nicht ganz wohl, wenn ich daran denke«, sagte Janice. »Es spielt keine Rolle, wie alt sie tatsächlich sind. Es sind immer noch Kinder. Und sie mit diesem kleinen Team, das ihnen helfen soll, allein zu lassen –«

»Sie haben all die Jahre für nichts gelebt«, sagte Kirk. »Schauen Sie, was Miri für eine Leistung vollbracht hat. Das war nicht einfach. Sie werden schnell lernen, und es braucht nicht viel Anleitung. Außerdem hat Leutnant Uhura die Angelegenheit schon an die Erde gemeldet... Wenn der Planet schon einen interstellaren Funk gehabt hätte, hätten sie sich wahrscheinlich vieles erspart. Aber als die Kolonisten auszogen, war er bei uns auf der Erde auch noch nicht erfunden... Die Raumzentrale wird Lehrer schicken und Techniker, Verwaltungspersonal...«

»Und faule Beamte, nehme ich an«, sagte McCoy.

»Das sicher auch. Aber die Kinder werden schon in Ordnung sein.«

»Miri... sie... sie hat Sie wirklich geliebt, wissen Sie das, Captain«, sagte Janice langsam. »Deswegen hat sie Ihnen auch diesen Streich gespielt.«

»Ich weiß«, sagte Kirk. »Und ich fühle mich auch ernsthaft geschmeichelt. Aber Bootsmann Rand, ich möchte nun Ihnen ein Geheimnis anvertrauen. Ich lasse mich grundsätzlich nicht mit Frauen ein, die älter sind als ich.«

Das Gewissen des Königs

»Ein ungewöhnliches Erlebnis«, sagte Kirk. »Den ›Macbeth‹ habe ich schon in allen möglichen Kostümen spielen sehen, vom Bärenfell bis zur Operettenuniform – aber noch nie in arkturischen Kleidern. Ich glaube, ein Schauspieler muß sich auf jedes nur denkbare Publikum einstellen können.«

»Dieser schon«, sagte Dr. Leighton. Er warf seiner Frau einen Blick zu, und in seinem Tonfall schwang etwas mit, das Kirk nicht sofort deuten konnte. Und warum sollte er auch.

Der Garten der Leightons, in dem sie saßen, duftete und glänzte unter der strahlenden arkturischen Sonne. Ihre Gastfreundschaft, die Vorstellung am Abend vorher, alles war außergewöhnlich gewesen. Aber die Zeit drängte, und alte Freundschaft hin oder her, Kirk mußte wieder an die Pflicht denken.

»Karidian hat ja einen enormen Ruf«, sagte er, »und sicher nicht unverdient. Aber Tom, sprechen wir doch jetzt vom Geschäft. Ich habe gehört, diese neue synthetische Nahrung, die du entwickelt hast, ist etwas, was wir unbedingt brauchen.«

»Die gibt es nicht«, sagte Leighton schwerfällig. »Ich möchte mit dir über Karidian sprechen. Besonders über seine Stimme. Du müßtest dich eigentlich an sie erinnern, du warst ja dabei.«

»Wo war ich dabei? Bei der Vorstellung?«

»Nein«, sagte Leighton, und sein verkrüppelter unförmiger Körper rutschte unruhig auf dem Sofa hin und her. »Auf Tarsus IV, während der Rebellion. Natürlich ist es schon zwanzig Jahre her, aber du kannst es unmöglich vergessen haben. Meine ganze Familie wurde ausgerottet, deine Freunde ermordet. Und du hast Kodos gesehen, und du hast ihn auch gehört.«

»Willst du damit sagen, du hättest mich nur deswegen drei Lichtjahre von meinem Kurs weggelotst, damit ich einen Schauspieler als Kodos den Henker identifiziere? Soll ich das vielleicht in mein Logbuch schreiben? Daß du gelogen hast? Ein Sternenschiff mit einer Falschmeldung vorsätzlich vom Kurs abgebracht hast?«

»Sie ist nicht falsch. Karidian ist Kodos.«

»Davon spreche ich ja gar nicht. Mir geht es um die erfundene Geschichte von der künstlichen Nahrung. Und Kodos ist ja ohnehin tot.«

»Ist er das wirklich? Ein Körper, der bis zur Unkenntlichkeit verbrannt ist, was ist das für ein Beweis? – Und es sind nur noch wenige Augenzeugen übrig, Jim: du und ich und vielleicht noch sechs oder sieben andere. Leute, die Kodos tatsächlich gesehen und gehört haben. Du hast es möglicherweise vergessen – aber ich nicht, niemals.«

Kirk blickte hilfesuchend zu Leightons Frau Martha hinüber, aber die sagte nur: »Jim, ich kann ihm sagen, was ich will, seit er Karidians Stimme gehört hat, ist alles wieder da, wie am ersten Tag. Ich kann ihn deswegen nicht einmal tadeln. Nach allem, was ich gehört habe, war es ein... blutiges Gemetzel..., und Tom war ja nicht nur ein Augenzeuge. Er war eines der Opfer.«

»Nein, das weiß ich ja«, sagte Kirk, »aber die Rache wird es auch nicht besser machen, und ich darf es nicht zulassen, daß die *Enterprise* in eine rein persönliche Fehde hineingezogen wird, ganz gleich, was meine Gefühle dabei sind.«

»Und die Gerechtigkeit?« fragte Leighton. »Wenn Kodos noch lebt, sollte er dann nicht für seine Verbrechen büßen müssen? Oder wenigstens aus der Gesellschaft entfernt werden, bevor er neue Massaker anzetteln kann? Viertausend Menschen, Jim!«

»Ich sage ja nicht, daß du nicht recht hast, Tom«, gab Kirk widerstrebend zu. »Gut, ich will dir einen Gefallen tun. Ich werde von meinem Schiff Auskunft anfordern, was unser Computer über beide Männer weiß. Ich glaube, so wissen wir am schnellsten, ob der Verdacht Hand und Fuß hat. Wenn ja, nun, dann verspreche ich dir, daß ich dir weiter zuhören werde.«

»Das klingt ziemlich fair«, sagte Leighton.

Kirk zog seinen Kommunikator aus der Tasche und rief die *Enterprise*. »Bibliothekscomputer..., alles heraussuchen über einen Mann, der unter dem Namen ›Kodos der Henker‹ bekannt ist, sowie über einen Schauspieler namens Anton Karidian.«

»Programm läuft«, sagte die Computerstimme. Dann: »Kodos der

Henker. Stellvertretender Kommandant der Rebellenarmee, Tarsus IV, vor zwanzig Erdenjahren. Achttausend Kolonisten von der Erde von Hungersnot bedroht, als Pilzkrankheit fast alle Vorräte unbrauchbar machte. Kodos nutzte Situation aus, um eigene Vorstellungen von Rasse und Zucht durchzusetzen. Ermordete fünfzig Prozent der Bevölkerung. Als Rebellion niedergeschlagen war, von Agenten der Erde gesucht und verfolgt. Verbrannter Leichnam wurde gefunden und Fall abgeschlossen. Biographische Daten...«

»Weglassen«, befahl Kirk, »nun Karidian.«

»Karidian, Anton. Direktor und erster Schauspieler eines Tourneetheaters, unterstützt vom Interstellaren Kulturaustausch, seit neun Jahren auf allen größeren Bühnen gespielt. Tochter Lenore, neunzehn Jahre, jetzt erste Schauspielerin der Truppe. Karidian ist ein Einzelgänger, hat verlauten lassen, daß seine jetzige Tournee die letzte sein wird. Seine Bedeutung...«

»Unwichtig. – Daten aus den Jahren vor seiner Schauspielerlaufbahn?«

»Keine vorhanden. Ende.«

Kirk steckte den Sender nachdenklich in die Tasche. »Na ja..., ich glaube zwar immer noch, daß das eine waghalsige Vermutung ist, Tom..., aber ich glaube, es schadet auch nicht, wenn ich mir die Vorstellung heute abend ansehe.«

Nach der Vorstellung ging Kirk hinter die Bühne. Er suchte sich einen Weg durch die staubigen und düsteren Korridore, bis er schließlich vor einer Tür haltmachte, auf der der Name des Stars stand. Er klopfte, und einen Moment später stand er Leonore Karidian gegenüber. Sie war schon etwas abgeschminkt und sah nicht mehr so bizarr aus wie als arkturische Lady Macbeth. Verwundert sah sie ihn an.

»Ich habe Sie heute abend spielen sehen. Und gestern abend auch. Ich möchte nur... ich wollte Ihnen nur meine Bewunderung ausdrücken, Ihnen und Karidian.«

»O vielen Dank. Mein Vater wird sich sicher sehr freuen, Mr....?«

»Captain James Kirk, vom Sternenschiff *Enterprise*.«

Das wirkte, das wußte er genau. Das, und daß er sich die Vorstellung zweimal angesehen hatte. Sie sagte: »Das ist wirklich eine Ehre für uns. Ich werde es meinen Vater sofort ausrichten.«

»Könnte ich ihn nicht selbst sehen?«

»Es tut mir sehr leid, Captain Kirk. Aber mein Vater empfängt keine Menschenseele.«

»Ein Schauspieler, der seinen Bewunderern den Rücken zuwendet, das ist wirklich ungewöhnlich.«

»Karidian ist ein ungewöhnlicher Mensch.«

»Dann werde ich mich also mit Lady Macbeth unterhalten. Wenn Sie nichts dagegen haben... Darf ich eintreten?«

»Aber... aber selbstverständlich.« Sie trat zur Seite und ließ ihn herein. In der Garderobe war ein heilloses Durcheinander von Kostümen und Requisiten, teilweise schon zur Abreise verpackt.

»Es tut mir so leid, daß ich Ihnen nichts anbieten kann.«

Kirk sah sie an und lächelte. »Ihre Bescheidenheit kränkt mich.«

Sie lächelte zurück. »Wie Sie sehen, ist das meiste schon gepackt. Als nächstes haben wir zwei Vorstellungen auf Benecia; wenn die *Astral Queen* uns dorthin bringen kann. Wir fliegen heute nacht.«

»Es ist ein gutes Schiff«, sagte Kirk. »Und Ihre Arbeit... macht Ihnen Spaß?«

»Eigentlich schon. Aber heutzutage Klassiker zu spielen, wo sich alle diese 3-V-Serien ansehen..., das ist nicht immer ganz einfach.«

»Aber Sie machen schon weiter.«

»O ja«, sagte sie, und eine Spur Bitterkeit klang darin mit. »Mein Vater ist überzeugt, daß wir es dem Publikum einfach schuldig sind. – Nicht, daß sich die Leute etwas daraus machen würden.«

»O doch, heute abend schon. Als Lady Macbeth waren Sie sehr überzeugend.«

»Vielen Dank. Und als Lenore Karidian?«

»Ich bin beeindruckt.« Er machte eine kurze Pause. »Ich würde Sie gerne wiedersehen.«

»Wegen des Theaters?«

»Nicht unbedingt.«

»Ich... ich glaube, daß ich das auch gerne möchte. Nur haben wir leider unseren Spielplan.«

»Auch Spielpläne sind nicht immer so unumstößlich, wie sie aussehen. Wollen wir's abwarten?«

»Gerne, und immer das Beste hoffen.«

Die Antwort klang vielversprechend, aber auch etwas zweideutig. Sich darüber mehr Klarheit zu verschaffen, blieb ihm allerdings keine Zeit, denn das hartnäckige Summen seines Kommunikators verdarb ihm diese Gelegenheit.

»Entschuldigen Sie mich, ich werde von meinem Schiff gerufen... Hier Kirk.«

»Hier ist Spock, Captain. Da ist etwas, wovon ich annehme, daß Sie es sofort erfahren sollten. Dr. Leighton ist tot.«

»Tot? Sind Sie sicher?«

»Vollkommen. Wir haben die Nachricht gerade von der Q-Zentrale erhalten. Er wurde ermordet – mit einem Dolch.«

Langsam steckte er das Gerät wieder in die Tasche. Lenore hatte ihn die ganze Zeit beobachtet, aber auf ihrem Gesicht entdeckte er nichts als ehrliche Sympathie.

»Ich muß gehen«, sagte er. »Vielleicht werden Sie später noch von mir hören.«

»Ich verstehe. – Ich würde mich sehr freuen.«

Kirk ging sofort zum Appartement der Leightons. Die Leiche war noch da – und Martha. Die Leiche lieferte ihm keine Hinweise zu dem Verbrechen, aber er war natürlich auch kein Experte. Er legte seinen Arm tröstend um Marthas Schulter.

»Er war eigentlich schon tot an dem Tag, als diese Schauspieler hier ankamen«, sagte sie sehr ruhig. »Die Erinnerung hat ihn getötet. Jim..., glaubst du, daß sich die Überlebenden einer gewaltigen Tragödie jemals wirklich von dem Schock erholen können?«

»Martha, es tut mir so leid.«

»Er war völlig sicher, von dem Moment an, als er diesen Mann sah. Zwanzig Jahre sind seit diesem Terror vergangen, aber er war absolut sicher, daß Karidian der Mann war. Kannst du dir das vorstellen, Jim? Kann er tatsächlich dieser Kodos sein?«

»Ich weiß es nicht. Aber ich werde versuchen, es herauszufinden.«

»Zwanzig Jahre, und es war immer noch in seinen Träumen da. Ich weckte ihn oft, und dann sagte er mir, daß er wieder die Schreie der Unschuldigen gehört hätte, und die grauenhafte Stille nach ihrer Exekution. Sie haben ihm nie gesagt, was sie mit seiner Familie gemacht haben.«

»Ich fürchte, darüber besteht kein Zweifel.«

»Es ist die Ungewißheit, Jim, ob die Menschen, die du liebst, tot sind oder noch leben. Wenn du es weißt, dann kannst du trauern, die Wunden schließen sich wieder, und das Leben geht weiter. Wenn du es nicht weißt, dann ist jeder Abend ein Begräbnis. Und das hat meinen Mann getötet, nicht das Messer. Sein Tod ist für mich jetzt eine Gewißheit.«

Sie lächelte traurig. »Es ist schon gut«, sagte sie, als ob sie diejenige wäre, die Trost zu spenden hätte. »Er hat jetzt wenigstens seinen Frieden. Vorher hat er ihn ja nie wirklich gehabt. Ich glaube, wir werden nie wissen, wer ihn getötet hat.«

»Ich werde es bestimmt herausfinden«, murmelte Kirk.

»Es spielt doch keine Rolle mehr. Ich habe dieses Feuer der Rache lange genug an meiner Seite ertragen. Es ist Zeit, die Vergangenheit ruhen zu lassen. Es war schon längst Zeit.«

In ihren Augen standen Tränen. »Aber ich werde ihn nie vergessen. Nie.«

Kirk stürmte mit einer so heißen Wut im Hals auf das Schiff, daß ihm jeder tunlichst aus dem Weg ging und keiner ihn anzusprechen wagte. Er ging sofort in sein Quartier. »Uhura!« bellte seine Stimme aus dem Lautsprecher.

»Jawohl, Captain«, antwortete der Nachrichtenoffizier, und ihre normale volltönende Stimme war zu einem Flüstern herabgesunken.

»Vermitteln Sie mich mit Captain Daly von der *Astral Queen*. Sie ist auf Umlaufbahn. Und stellen Sie es sofort durch.«

»Jawohl, Sir... Er ist auf Leitung, Sir.«

»John, hier ist Jim Kirk. Kannst du mir einen kleinen Gefallen tun?«

»Ich schulde dir mindestens ein Dutzend«, sagte Dalys Stimme, »und zwei Dutzend Drinks. Sag, was willst du haben?«

»Danke. Ich möchte, daß du deine Ladung hier zurückläßt.«

»Du meinst, ich soll die ganze Schauspielertruppe auf dem Planeten festsitzen lassen?«

»Genau das, ich werde sie nämlich an Bord nehmen. Wenn du

Schwierigkeiten bekommst, ich übernehme die volle Verantwortung.«

»Geht in Ordnung.«

»Ich danke dir. Erklären werde ich es dir später, ich hoffe es wenigstens. Ende... Leutnant Uhura, jetzt verbinden Sie mich mit dem Bibliothekscomputer.«

»Bibliothek.«

»Den Fall Kodos. Ich habe erfahren, daß acht oder neun Augenzeugen das Massaker überlebt haben. Ich möchte ihre Namen und Angaben zur Person.«

»Programm läuft... Dem Alter nach: Leighton, T., verstorben. Molson, E., verstorben –«

»Einen Augenblick, ich sagte die Überlebenden.«

»Das waren die Überlebenden des Massakers«, sagte die neutrale Stimme des Computers. »Die Verstorbenen sind alle in der letzten Zeit Mordanschlägen zum Opfer gefallen. Sämtliche Fälle sind noch ungeklärt. Weitere Instruktionen?«

Kirk schluckte trocken. »Weitermachen.«

»Kirk, J. Captain, U.S.S. *Enterprise;* Wiegend R., verstorben; Eames, G., verstorben; Daiken, R., Nachrichtenstation, U.S.S. *Enterprise* –«

»Was!«

»Daiken, R., Nachrichtenstation U.S.S. *Enterprise,* fünf Jahre alt zum Zeitpunkt des Massakers.«

»In Ordnung, aufhören!... Uhura, verbinden sie mich mit Mr. Spock!... Mr. Spock, bereiten Sie alles vor für die Übernahme von Karidians Truppe, ins Logbuch schreiben Sie aber, wir hätten sie aus einer schwierigen Lage befreit und brächten sie jetzt zu ihrem Bestimmungsort. Äh – die Truppe wird sich mit einer Galavorstellung für alle Offiziere und Mannschaften revanchieren. Unser nächstes Ziel ist Eta Benecia; geben Sie mir die Ankunftszeit durch, wenn Sie sie errechnet haben.«

»Aye, aye, Sir. Was ist mit den Proben von synthetischer Nahrung, die wir bei Dr. Leighton holen sollten?«

»Die gibt es gar nicht, Mr. Spock.«

»Das wird aber auch ins Logbuch müssen. Ein Sternenschiff vom

Kurs abweichen lassen...«

»...ist eine schlimme Sache. Na ja, ein kleiner Schmutzfleck auf der Weste wird Dr. Leighton jetzt nicht mehr schaden. Und noch etwas, Mr. Spock, ich möchte, daß das Privatleben der Karidians hier an Bord uneingeschränkt respektiert wird. Sie haben an Bord die übliche Bewegungsfreiheit, aber ihre Quartiere sind tabu. Ich möchte, daß Sie das der ganzen Mannschaft bekanntgeben.«

»Jawohl, Sir.« Spocks Stimme war nicht die geringste Regung anzumerken, aber wann war das schon jemals der Fall gewesen?

»Und, Mr. Spock, suchen Sie Leutnant Robert Daiken auf. Er ist in der Nachrichtenabteilung. Lassen Sie ihn in den Maschinenraum versetzen.«

»Sir, aber er ist doch gerade erst von dort in die Nachrichtenabteilung versetzt worden.«

»Das weiß ich. Ich schicke ihn auch wieder zurück. Er braucht erst noch etwas mehr Erfahrung.«

»Sir, darf ich mir eine Bemerkung erlauben? Er wird diese Versetzung sicher als eine Disziplinarmaßnahme auffassen.«

»Da kann ich ihm nicht helfen, zum Donnerwetter! Führen Sie den Befehl aus! Und sagen Sie mir, wann Karidian mit seiner Truppe an Bord kommt.«

Er lehnte sich zurück und starrte zur Decke. Schließlich konnte er ein grimmiges Lächeln nicht mehr unterdrücken.

»Ich glaube, ich werde der jungen Dame unser Schiff zeigen.«

Nach einer auffallend langen Pause kam Spocks teilnahmslose Stimme aus dem Lautsprecher: »Wie Sie wünschen, Sir.«

Zu dieser Stunde hielt sich gewöhnlich niemand im Maschinenraum auf. Die *Enterprise* war auf großer Fahrt, und nur das leise Surren der Aggregate war zu hören. Lenore sah sich um und lächelte Kirk an.

»Haben Sie dieses... gedämpfte Licht eigens für diese Gelegenheit bestellt, Captain?«

»Ich wollte, ich könnte Ihre Frage bejahen. Aber wir versuchen hier auf dem Schiff den Rhythmus von Tag und Nacht, so gut es geht, zu simulieren. Menschlichen Wesen ist dieser Rhythmus nun einmal angeboren, und wir tragen dem Rechnung.« Er deutete auf die gewaltigen

Blöcke der Aggregate. »Interessiert Sie das?«

»O ja..., diese ungeheuren Kräfte. Und unter so vollkommener Kontrolle. Ist das bei Ihnen auch so, Captain?«

»Ich hoffe doch, daß ich mehr Mensch bin als Maschine.«

»Eine verwirrende Kombination aus beiden. Die Kraft gehorcht Ihrem Wollen; aber die Entscheidung...«

»...folgt doch außergewöhnlich oft sehr menschlichen Regungen.«

»Sind Sie da so sicher? Außergewöhnlich gewiß; aber auch menschlich?«

»Sie müssen mir das glauben«, sagte er sanft.

Der Hall sich nähernder Schritte ließ ihn sich unwillig umdrehen. Es war Bootsmann Rand. In diesem Licht sah sie trotz ihrer Uniform anziehender aus als sonst, und ihr blondes Haar leuchtete noch heller. Trotzdem war ihr Ausdruck eher abweisend. Sie hielt ihm einen Umschlag hin.

»Verzeihung, Sir. Mr. Spock dachte, das sollte Ihnen sofort überbracht werden.«

»Ist gut. Ich danke Ihnen.« Er steckte den Umschlag in die Brusttasche. »Das wäre alles.«

»Aye, aye, Sir.« Ohne die beiden eines weiteren Blickes zu würdigen, drehte sie sich um und ging. Lenore beobachtete sie, wie es schien, etwas amüsiert.

»Ein reizendes Mädchen«, sagte sie ganz beiläufig.

»Und ungewöhnlich tüchtig.«

»Ah, jetzt haben wir ein gutes Thema, Captain. Erzählen Sie mir doch etwas von den Frauen in Ihrer Welt. Haben die Maschinen sie verändert? Sie zu – nun, wie soll ich es ausdrücken – zu geschlechtslosen Wesen gemacht?«

»Aber wie kommen Sie darauf? Auf dem Schiff haben sie zwar dieselben Aufgaben und Pflichten wie die Männer auch. Sie sind völlig gleichberechtigt und genießen überhaupt keine Privilegien. Aber sie sind deswegen immer noch Frauen.«

»Das sehe ich. Besonders die, die uns eben besucht hat. Sie ist wirklich außerordentlich hübsch. Ich fürchte, sie hat nicht viel für mich übrig.«

»Unsinn«, entfuhr es Kirk. »Sie bilden sich da etwas ein. Bootsmann Rand kennt nur ihren Dienst.«

Lenore sah zu Boden. »Sie reagieren doch sehr menschlich, Captain. Sie sind Kapitän eines so großen Raumschiffs – und haben doch keine Ahnung von den Frauen. Ich kann ihr wohl keine Vorwürfe machen.«

»Die Natur des Menschen hat sich nicht geändert. Sie ist vielleicht tiefer geworden... umfassender. Aber sie hat sich nicht geändert.«

»Es ist tatsächlich eine Erleichterung zu wissen, daß die Menschen noch Gefühle haben, ihre eigenen kleinen Träume, sich verlieben können..., alles das, und dann diese ungeheure Macht! Wie Caesar und Kleopatra.«

Sie war, während sie sprach, langsam näher an ihn herangetreten. Kirk zögerte noch einen Moment, dann schloß er sie in die Arme. Der Kuß war wie ein warmer Sommerregen – und wollte kein Ende nehmen. Sie löste sich zuerst von ihm – und blickte ihm in die Augen, mit einem merkwürdig gemischten Ausdruck, halb Leidenschaft, halb Spott.

»Ich hätte es mir denken können«, flüsterte sie. »Ich habe noch nie einen Caesar geküßt.«

»War das eine Probe, Miß Karidian?«

»Das war schon eine Vorstellung, Captain.«

Sie küßten sich wieder, voller Leidenschaft, und das Papier in Kirks Brusttasche knitterte und raschelte. Nach einer Weile, die beiden viel zu kurz vorkam, nahm er sie sanft bei den Schultern und schob sie etwas von sich weg – nicht sehr weit weg.

»Hör nicht auf.«

»Das tue ich ja nicht, Lenore. Aber ich sehe mir das besser einmal an, was Spock für so wichtig hielt. Er hatte Anweisung, nicht zu wissen, wo ich mich aufhalte.«

»Ich sehe schon«, sagte sie, und ihre Stimme klang ein wenig gereizt, »die Kapitäne von Sternenschiffen lassen zuerst ein Rundschreiben ergehen, bevor sie eine Frau küssen. Jetzt machen Sie schon. Sehen Sie sich die Nachricht an.«

Er zog den Umschlag aus der Tasche und riß ihn auf. Die Nachricht war kurz und bündig und typisch Spock:

SCHIFFSOFFIZIER DAIKEN VERGIFTET, ZUSTAND ERNST. DR. MCCOY UNTERSUCHT ART DER VERGIFTUNG UND GEGENMITTEL. IHRE ANWESENHEIT ERFORDERLICH. SPOCK.

Lenore sah, wie sich sein Gesicht veränderte. Endlich sagte sie: »Ich sehe, ich habe Sie jetzt verloren. Ich hoffe, nicht für immer.«

»Nein, schwerlich für immer.« Kirk versuchte zu lächeln, aber es mißlang ihm. »Ich hätte das sofort lesen sollen. Entschuldigen Sie mich jetzt bitte. Und gute Nacht, Lady Macbeth.«

Nur Dr. McCoy und Spock waren auf der Krankenstation, als Kirk eintrat. Eine Menge Kabel gingen von dem reglosen schweißbedeckten Körper Daikens zu einem Computer, der offenbar verrückt spielte. Kirk warf einen Blick auf die Anzeigeninstrumente, aber das sagte ihm gar nichts.

»Wird er durchkommen? Was ist geschehen?«

»Jemand hat ihm Tetralubisol in die Milch getan«, sagte McCoy. »Ein ziemlich plumper Versuch, das Zeug ist zwar giftig, aber unlöslich. So konnten wir es leicht herauspumpen. Er ist sehr krank, aber er hat eine reelle Chance. Und das ist mehr, als ich von dir behaupten kann, Jim.«

Kirk sah den Arzt ziemlich böse an und dann auch Spock. Sie kamen ihm vor wie zwei Katzen, die ihre Maus nicht aus den Augen lassen.

»Sehr gut«, sagte er, »ich sehe schon, daß ich hier auf dem Präsentierteller bin. Mr. Spock, warum wollen Sie mit Ihrer Lektion nicht beginnen?«

»Daiken war der vorletzte Augenzeuge des Massakers auf Tarsus«, sagte Spock gleichgültig. »Sie sind der letzte. Dr. McCoy und ich haben auch in der Bibliothek nachgeforscht. Wir nehmen an, Sie machen Miß Karidian deswegen den Hof, weil Sie etwas erfahren wollen, aber der nächste Anschlag wird Ihnen gelten. Sie und Daiken sind nur deshalb die einzigen Überlebenden, weil Sie sich dauernd auf der *Enterprise* befanden. Wenn allerdings Dr. Leighton recht hat, dann ist es gewissermaßen mit Ihrer Immunität aus. Und der Anschlag auf Daiken scheint diesen Verdacht zu bestätigen. Kurz gesagt: Sie haben dem

Tod die Tür geöffnet.«

»Das habe ich schon vorher getan«, sagte Kirk resigniert. »Wenn Karidian Kodos ist, dann will ich dieses Geständnis aus ihm herauspressen. Mehr nicht. Die Gerechtigkeit zu unterstützen gehört nun mal zu meinem Job.«

»Bist du sicher, daß es dabei bleibt?« fragte McCoy.

»Nein, Pille, sicher bin ich überhaupt nicht. Du erinnerst dich, daß ich damals auf Tarsus dabei war, als Mittschiffmann, und ich geriet in diese Revolution hinein. Ich mußte mit ansehen, wie sie Frauen und Kinder in Kammern ohne Ausgang pferchten... und ein halb-wahnsinniger Messias von eigenen Gnaden drückte immer nur auf einen Knopf. Und dann war niemand mehr in den Kammern. Viertausend Menschen tot, vernichtet, verschwunden, und ich stand in der Reihe und wartete, bis ich selbst drankommen sollte... Ich kann es nicht vergessen. Genausowenig wie Leighton. Ich habe mich geirrt, als ich dachte, ich hätte es schon vergessen.«

»Und was ist dann, wenn du sicher bist, daß Karidian Kodos ist? Wirst du sein Haupt triumphierend durch die Korridore tragen? Das macht die Toten nicht wieder lebendig.«

»Natürlich nicht. Aber vielleicht haben sie dann mehr Ruhe.«

»Die Rache ist mein, sprach der Herr«, flüsterte Spock. Die beiden sahen ihn erstaunt an.

Schließlich sagte Kirk: »Das ist wahr, Mr. Spock. Was immer das für einen Außerirdischen wie Sie heißen mag. Aber ich suche nicht die Rache. Ich will Gerechtigkeit – und daß kein weiteres Unheil entsteht. Kodos hat viertausend Menschen getötet; wenn er noch derselbe ist, könnte er es wieder tun. – Aber bedenken Sie folgendes: Karidian ist ein Mensch wie wir, und er hat dieselben Rechte. Und er verdient dieselbe Gerechtigkeit. Und, wenn es überhaupt möglich ist, soll er sich auch von dem Verdacht befreien können.«

»Ich weiß nicht, wer von euch beiden der größere Heuchler ist«, sagte McCoy und blickte von einem zum anderen. »Die mit Menschlichkeit verbrämte Rechenmaschine oder der allmächtige mystische Captain. Von mir aus sollen sie sich alle beide zum Teufel scheren und mich mit meinem Patienten allein lassen.«

»Mit Vergnügen«, sagte Kirk. »Ich werde mich jetzt mit Karidian unterhalten und mich einen Dreck um seine Vorstellungen von einem Interview kümmern. Er könnte natürlich versuchen, mich umzubringen...«

»Also, wenn ich Sie richtig verstanden habe«, sagte Spock, »dann sind Sie überzeugt, daß Karidian Kodos ist.«

Mit einer Geste der Hilflosigkeit hob Kirk die Hände. »Aber natürlich bin ich das, Mr. Spock. Würde ich mich sonst freiwillig so zum Narren machen? Aber ich will es beweisen. Das ist die einzige Definition von Gerechtigkeit, die ich kenne.«

»Ich würde das eher Logik nennen.«

Karidian und seine Tochter waren noch auf, als sie auf Kirks Klopfen antworteten. Es sah sogar aus, als wären sie schon halb für die Vorstellung am nächsten Abend angezogen, die ihre Anwesenheit an Bord der *Enterprise* wenigstens zum Teil erklären sollte. Karidian hatte eine Art Morgenmantel an, der ebensogut Hamlets Umhang oder der Mantel des mörderischen Königs hätte sein können. Was immer es auch war, er sah darin königlich aus, vor allem, als er damit zu einem Sessel mit hoher Rückenlehne schritt und sich darauf niederließ, als wäre es ein Thron.

Lenore war leichter einzuordnen, sie war die Ophelia im Wahnsinn... oder einfach ein neunzehnjähriges Mädchen im Nachtgewand. Karidian bedeutete ihr, sich zurückzuziehen. Sie tat es, blieb aber gespannt neben ihrer Kabinentür stehen.

Karidian sah Kirk mit seinen leuchtenden Augen unverwandt an. »Was wünschen Sie, Captain?«

»Ich möchte eine ehrliche Antwort auf eine ehrliche Frage. Und ich gebe Ihnen mein Versprechen: Es wird Ihnen an Bord dieses Schiffes nichts geschehen, und auch wenn sie es verlassen haben, wird man mit Ihnen gerecht verfahren.«

Karidian nickte nur, als ob er gar nichts anderes erwartet hätte. Er schien sichtlich eingeschüchtert.

»Ich hege einen bestimmten Verdacht gegen Sie, Mr. Karidian. Ich glaube nämlich, daß Sie die größte Vorstellung Ihres Lebens nicht auf der Bühne gegeben haben.«

Karidian lächelte verhalten. »Jeder Mensch spielt in seinem Leben viele Rollen.«

»Mich interessiert nur eine. Sagen Sie mir: Sind Sie Kodos der Henker?«

Karidian sah zu seiner Tochter hinüber, aber er schien sie fast nicht zu sehen, denn seine Augen waren schläfrig zu Schlitzen geschlossen, wie die einer Katze.

»Das ist schon lange her«, sagte er. »Damals war ich ein junger Charakterschauspieler und bereiste alle Kolonien der Erde. – Und wie Sie sehen, tue ich das heute noch.«

»Das ist keine Antwort.«

»Was haben Sie anderes erwartet? Wäre ich Kodos, dann hätte ich das Blut von Tausenden an meinen Händen. Und das sollte ich einem Fremden erzählen, nach zwanzig Jahren Flucht vor einer weitaus besser organisierten Gerechtigkeit? Was auch immer Kodos damals war, ich habe nie gehört, er wäre ein Narr gewesen.«

»Ich habe Ihnen einen Gefallen getan«, sagte Kirk. »Und ich habe Ihnen eine faire Behandlung versprochen. Das ist nicht irgendein Versprechen. Ich bin der Kapitän dieses Schiffes, und alle Gerechtigkeit liegt hier in meinen Händen.«

»Sie erlauben mir, daß ich das etwas anders sehe. Sie stehen hier vor mir, das vollendete Symbol unserer technokratischen Gesellschaft: ein mechanisierter, elektrifizierter, uniformierter Popanz... und weniger ein Mensch. Ich hasse die Maschinen, Captain. Sie haben mit der Menschlichkeit kurzen Prozeß gemacht, dem Streben des Menschen nach Größe, aus eigener Kraft und Verantwortung. Deswegen bleibe ich lieber ein altmodischer Bühnenschauspieler, anstatt mich zu einem Schatten auf einem 3-V-Bildschirm degradieren zu lassen.«

»Der Hebel ist ein einfaches Werkzeug. Und wir haben mittlerweile bessere und auch kompliziertere. Aber trotzdem streben große Männer immer noch nach wahrer Größe – und fühlen sich gar nicht degradiert. Böse Menschen benutzen Werkzeuge zum Töten wie Kodos. Ein Gewehr tötet nicht von selbst. Dazu gehört immer ein Mensch, der damit anlegt.«

»Wer immer auch Kodos in Wirklichkeit war, er hatte die Entscheidung zwischen Tod und Leben zu treffen. Einige mußten sterben, damit andere leben konnten. So ist das Los der Könige – und es ist auch ihr Kreuz. Und vielleicht auch das von Raumschiffkommandanten, oder aus welchem Grund wären Sie sonst hier?«

»Ich kann mich nicht erinnern, jemals viertausend unschuldige Menschen getötet zu haben.«

»Ich auch nicht. Aber ich erinnere mich, daß dadurch das Leben von viertausend anderen gerettet wurde. Hätte ich ein Stück über Kodos zu inszenieren, so wäre das das erste, woran ich denken würde.«

»Es war kein Stück. Ich war dabei, ich habe es mit eigenen Augen gesehen. Und alle Augenzeugen, die dieses ›Stück‹ überlebt haben, sind der Reihe nach ermordet worden. Bis auf zwei... oder möglicherweise drei. Einer meiner Offiziere wurde vergiftet. Und ich könnte der nächste sein. Und hier sitzen Sie, von dem wir bis auf die letzten neun Jahre nichts wissen, bis auf eins: daß Sie der ermordete Dr. Leighton mit Sicherheit erkannt zu haben glaubte. Glauben Sie im Ernst, daß ich so tun könnte, als wäre nichts geschehen?«

»Ich glaube Ihnen – aber das ist die Rolle, die Ihnen zugeteilt ist. Ich habe meine. Und ich habe schon viele gespielt.« Er betrachtete seine ausgemergelten Hände. »Früher oder später wird das Blut dünner, der Körper wird kraftlos und verfällt, und am Ende ist man sogar dankbar, daß auch die Erinnerung nachläßt. Für mich ist das Leben kein kostbarer Schatz mehr, den es zu hüten lohnte, nicht einmal mein eigenes. Der Tod ist für mich eine Erlösung. Ich bin alt und müde, und die Vergangenheit ist ausgelöscht.«

»Ist das Ihre einzige Antwort?«

»Ich fürchte ja, Captain. Haben Sie jemals alles bekommen, was Sie wollten? Nein, das bekommt wohl niemand. Und wenn es bei Ihnen so gewesen wäre, dann würden Sie mir jetzt leid tun.«

Kirk zuckte mit den Schultern und wandte sich zum Gehen. Er sah den Blick, mit dem Lenore ihn anstarrte, aber er konnte nichts für sie tun. Er ging zur Tür hinaus, und sie folgte ihm.

»Sie sind eine Maschine. Und Sie tragen ein großes, blutiges und grausames Mal auf Ihrer Metallhaut. Sie hätten ihm das ersparen können.«

»Wenn er wirklich Kodos ist, dann habe ich ihm schon mehr Gnade gezeigt, als er verdiente. – Wenn er es nicht ist, dann setzen wir euch auf Eta Benecia ab, und kein Haar wird euch gekrümmt werden.«

»Wer sind Sie eigentlich«, sagte Lenore mit einem gefährlichen Unterton in der Stimme, »daß Sie so genau wissen, ob uns ein Leid geschehen wird oder nicht?«

»Wer sollte ich denn sein?«

Sie wollte gerade antworten, und das Feuer in ihren Augen gewann bedrohlich an Intensität, als die Tür aufging und Karidian herauskam. Es war nicht mehr der große, imposante Karidian von vorhin. Ihr Gesicht war jetzt naß von Tränen. Sie lief zu ihm und vergrub ihr Gesicht an seiner Schulter.

»Vater... Vater...«

»Nimm es dir nicht so zu Herzen, Kind. Es ist schon alles vorüber. Ich bin deines Vaters Geist: Verdammt, auf eine Zeitlang nachts zu wandern...«

»Husch!«

Kirk kam sich plötzlich wie ein schreckliches Monster vor. Er wandte sich um, und ließ die beiden stehen.

Für die Vorstellung wurde der Versammlungsraum der *Enterprise* zu einem kleinen Theater umgebaut. An verschiedenen Stellen wurden Kameras montiert, so daß auch die diensthabende Mannschaft die Vorstellung am Bildschirm verfolgen konnte. Der Zuschauerraum war schon dunkel, als Kirk kam – zu spät, wie immer bei solchen Anlässen. Als Captain hatte er seinen Platz natürlich in der ersten Reihe, und er war gerade dabei, es sich bequem zu machen, als sich schon der Vorhang öffnete und Lenore an die Rampe trat. Sie trug das weiche fließende Opheliakostüm, und ihr Gesicht sah aus, als hätte sie sich mit Kreide geschminkt.

Sie sprach mit heller, fast fröhlicher Stimme: »Heute abend führt das Karidian-Theater ›Hamlet‹ auf, ein Stück aus einer Reihe berühmter Dramen, die wir im Original im Weltraum zur Aufführung bringen. Alle diese Aufführungen sind dem Andenken und der Pflege des klassischen Schauspiels gewidmet, von dem wir hoffen, daß es niemals aussterben wird. ›Hamlet‹ ist ein Stück über die Gewalt in einer gewalttätigen Zeit, als das Leben nichts war, und der Ehrgeiz und die Macht alles. Es ist aber auch ein zeitloses Stück über die Schuld des einzelnen, seine Zweifel, seine Unentschiedenheit und dem schmalen

Grat zwischen Rache und Gerechtigkeit.«

Sie verschwand wieder hinter dem Vorhang und ließ Kirk vor Zorn kochend in seinem Sessel zurück. Den ›Hamlet‹ brauchte sie hier niemandem zu interpretieren; das hatte einzig und allein ihm gegolten. Diesen Wink hätte es nicht gebraucht, aber er hatte ihn verstanden.

Der Vorhang öffnete sich wieder, und die großartigen, ergreifenden Eingangsverse erklangen. Kirk hörte allerdings fast nichts davon, weil sich McCoy ausgerechnet diesen Zeitpunkt ausgesucht hatte, den Zuschauerraum zu betreten und ziemlich umständlich neben Kirk Platz zu nehmen.

»So, da wären wir ja, da wären wir ja«, murmelte er. »Ich glaube, Jim, in der ganzen langen Geschichte der Medizin hat noch kein Arzt ein Stück vom ersten bis zum letzten Vorhang mitgekriegt.«

»Sei still«, zischte Kirk, »du hast schon genug Wirbel gemacht.«

»Schon gut. Es hat mir auch niemand gesagt, daß ich in der letzten Minute noch einen Patienten verlieren sollte.«

»Jemand tot?«

»Nein, nein. Leutnant Daiken hat sich aus der Krankenstation verdrückt, das ist alles. Ich nehme an, er will sich auch das Stück ansehen.«

»Aber es wird doch auch in die Station übertragen!«

»Das weiß ich. Willst du jetzt still sein. Wie kann ich etwas verstehen, wenn du hier dauernd in deinen Bart murmelst.«

Leise fluchend stand Kirk auf und ging hinaus. Sobald er auf dem Korridor war, ging er zur nächsten Sprechstelle und ordnete eine allgemeine Suche an. Es stellte sich aber heraus, daß McCoy das schon veranlaßt hatte.

Eine Routineuntersuchung war vielleicht zu wenig. Daikens ganze Familie war auf Tarsus vernichtet worden..., und ihn selbst hatte man hier ermorden wollen. Er durfte nicht das geringste außer acht lassen. Das Spiel lief, und nicht nur Karidian, das ganze Schiff war einem möglichen Ausbruch von Leidenschaft – oder Rache – ausgeliefert.

»Sicherheitsalarm Rot«, befahl er. »Jeder Zoll des Schiffs wird abgesucht, auch die Fracht.«

Nachdem er sich nochmals überzeugt hatte, daß auch alles Nötige geschah, ging er wieder ins Theater zurück. Er war zwar noch lange nicht beruhigt, aber im Moment konnte er nicht mehr tun.

An seine Ohren drang dumpfer Trommelschlag. Die Bühne war fast dunkel. Die Dekoration lag wie hinter einem roten Schleier. Marcellus und Horatio gingen gerade ab. In einem roten Lichtkegel tauchte die Gestalt des Geistes auf. Er hob den Arm und winkte Hamlet zu sich, doch Hamlet weigerte sich, ihm zu folgen. Der Geist – Karidian – winkte wieder, und das Trommeln wurde lauter.

Kirk dachte an nichts anderes, als daß Karidian hier ein prächtiges Ziel abgab. Er sah sich unauffällig im Zuschauerraum um, aber alles starrte hingerissen auf die Bühne, keine verdächtige Bewegung, auch auf der Hinterbühne nicht.

»Sprich«, sagte Hamlet, »nicht weiter will ich gehen.«

»Hör an«, sagte Karidian mit dumpfer Stimme.

»Ich will's.«

»Schon naht sich meine Stunde, wo ich den sweflichen qualvollen Flammen mich übergeben muß...«

Und da war Daiken. Zusammengekauert hockte er hinter einer Falte des Vorhangs und richtete den Handphaser auf Karidian. »...zu rächen auch...«

»Daiken!« Kirk konnte nicht anders; er mußte über die ganze Bühne rufen. Der Dialog geriet ins Stocken.

»Ich bin deines Vaters Geist: Verdammt, auf eine Zeitlang nachts zu wandern...«

»Er hat meinen Vater ermordet – und meine Mutter.«

»...und tags gebannt zu fasten in der Flucht, bis die Verbrechen meiner Zeitlichkeit...«

»Gehen Sie zurück in die Krankenstation!«

»Ich weiß es, ich hab's gesehen. Er hat sie ermordet!«

»...hinweggeläutert sind.«

Die Zuschauer wurden allmählich unruhig; sie konnten jedes Wort verstehen. Und Karidian auch. Er blickte in die Richtung, wo er Daiken vermutete, aber das Licht war dort zu schlecht, und ein Scheinwerfer blendete ihn noch dazu. Mit brüchiger Stimme versuchte er weiterzusprechen.

»So hob ich eine Kunde an, von der das kleinste Wort...«

»Sie könnten sich irren, Daiken. Werfen Sie Ihr Leben nicht so sinnlos fort.«

»...die Seele dir zermalmte, dein junges Blut erstarrte...«

»Daiken, geben Sie mir die Waffe.«

»Nein!«

Einige Zuschauer waren aufgestanden. Kirk sah, wie sich ein paar Wachen Daiken vorsichtig von der Seite zu nähern versuchten. Sie würden es nicht mehr rechtzeitig schaffen. Daiken hatte den Finger am Abzug.

Da zerriß mit einem Kreischen der hintere Bildprospekt, und Lenore stand auf der Bühne. Ihre Augen glänzten wie im Fieber; in der Hand hielt sie einen langen Dolch.

»Es ist vorbei!« rief sie mit wilder, theatralischer Stimme.

»Vater, ich bin stark! Kommt, Geister, die ihr
lauscht... entweibt mich hier! – Eil hierher,
daß ich meinen Mut ins Ohr dir gieße...«

»Kind, mein Kind!«

Sie konnte ihn nicht hören. Sie war die wahnsinnige, die rasende Ophelia, aber ihre Worte waren die der Lady Macbeth.

»Alle Geister sind tot. Wer hätt' gedacht, daß soviel Blut in ihnen war? Ich habe dich befreit, Vater ich habe das Blut von deinen Händen gewaschen. Glich er nicht meinem Vater als er schlief, ich hatte es getan...«

»Nein!« rief Karidian, und seine Stimme schwankte vor Entsetzen.

»Du hast mir nichts gelassen. Das, was ich tat, konnte dich nicht berühren. Du warst noch nicht einmal geboren. Ich wollte dir eine freie...«

»Balsam! Ich habe dir alles gegeben! Du bist in Sicherheit, niemand kann dir etwas tun! Schau, dort ist Banquo, und dort Caesar, und selbst er nicht! Dies Schloß hat eine angenehme Lage.«

Kirk kletterte auf die Bühne. Aus den Augenwinkeln beobachtete er, wie die Wachen näher kamen. Daiken war von der Tragödie, die sich vor seinen Augen abspielte, ganz in Bann geschlagen, aber der Phaser zeigte unverändert auf Karidian.

»Genug jetzt«, sagte Kirk. »Kommt mit, alle beide.«

Beschwörend streckte ihm Karidian seine Hände entgegen.

»Captain, versuchen Sie doch, zu verstehen. Ich war Soldat mit einem großen Auftrag. Es mußten Entscheidungen getroffen werden, einsame, harte, auch schreckliche. Sie wissen um welchen Preis; auch Sie sind ein Captain.«

»Hör auf, Vater«, sagte Lenore mit ganz normaler Stimme.

»Es gibt nichts zu erklären.«

»O doch, es gibt. Mord. Flucht. Selbstmord. Wahnsinn. Und immer noch ist der Preis nicht hoch genug; auch meine Tochter mußte töten.«

»Für dich! Nur für dich! Ich habe dich gerettet!«

»Für den Preis von sieben unschuldigen Männern«, sagte Kirk.

»Unschuldig?« Lenore stieß ein entsetzliches Lachen aus. Es klang wie die Wahnsinnskoloratur der Medea. »Unschuldig!«

»Sie haben es gesehen! Sie waren schuldig!«

»Es reicht, Lenore, das Spiel ist aus. Es war schon vor zwanzig Jahren aus. Kommst du jetzt mit mir oder muß ich dich wegschleppen?«

»Sie gehen besser«, sagte Daiken. Er war aufgestanden und ins Scheinwerferlicht getreten. Den Phaser hielt er immer noch erhoben.

»Ich wollte Ihnen diese Chance nicht geben, aber wir haben jetzt genug Wahnsinn erlebt. Danke, Captain.«

Lenore wirbelte zu ihm herum. – Mit einer Bewegung, schneller als der Blitz, hatte sie ihm die Waffe aus der Hand gerissen.

»Zurück! Alle zurück! Das Spiel geht weiter!«

»Nein!« schrie Karidian heiser. »Im Namen Gottes, Kind...!«

»Captain Caesar! Sie hätten Ägypten haben können. Hüten Sie sich vor den Iden des März!«

Sie richtete die Pistole auf Kirk und drückte ab. Aber so schnell sie auch in ihrem Wahnsinn gewesen sein mochte, Karidian war noch schneller. Der Strahl traf ihn voll in die Brust. Lautlos stürzte er zu Boden.

Mit einem Wimmern ließ sich Lenore neben ihrem Vater auf die Knie fallen. Die Wachen wollten auf die Bühne stürmen, doch Kirk winkte ihnen, unten zu bleiben.

»Vater!« Sie sprach jetzt in einem seltsamen, hohen, singenden Tonfall.

»O stolzer Tod, welch Fest geht vor in deiner ew'gen
Zelle, daß du auf einen Schlag so viele Fürsten so

blutig trafst.« Sie lachte. »Dein Einsatz, Vater, dein Einsatz! Keine Zeit zum Schlafen! Das Spiel! Das Schauspiel sei die Schlinge, in die der König sein Gewissen bringe...«

Sanfte Hände zogen sie von dem Leichnam weg. McCoys Stimme drang an Kirks Ohr: »Im Endeffekt hat sie nicht einmal die Zeilen in der richtigen Reihenfolge gesprochen.«

»Nehmt sie in Gewahrsam«, sagte Kirk tonlos. »Kodos ist tot..., aber sie könnte im Schlaf spazierengehen.«

James Blish

Strafplanet Tantalus

STAR TREK® 2

Aus dem Amerikanischen
von Hans Maeter
Überarbeitet von Hermann Urbanek

© der Originalausgabe 1968 by Desilu Productions,
Inc., and Bantam Books, Inc.
Published by arrangement with Bantam Books, Inc., New York
under exclusive license from Paramount Pictures Corporation,
the trademark owner.
Adapted by: James Blish based on the television series
created by Gene Roddenberry
® designates a trademark of Paramount Pictures Corporation
registered in the United States Patent and Trademark Office.
© der deutschsprachigen Ausgabe 1986
by Wilhelm Goldmann Verlag, München
Eine frühere Ausgabe erschien unter dem Titel »Enterprise 2«
1972 im Williams Verlag, GmbH, Alsdorf

Inhalt

Arena
(ARENA)
von Gene L. Coon (Episode 17) 7

Ein Vorgeschmack von Armageddon
(A TASTE OF ARMAGEDDON)
von Robert Hammer und Gene L. Coon (Episode 22) . . 21

Morgen ist gestern[1]
(TOMORROW IS YESTERDAY)
von D. C. Fontana (Episode 18) 37

Die Friedensmission[2]
(FRAUD OF MERCY)
von Gene L. Coon (Episode 25) 54

Kriegsgericht[3]
(COURT MARTIAL)
von Don M. Mankiewicz und
Stephen W. Carabatsos (Episode 19) 71

Unternehmen Vernichtung
(OPERATION-ANNIHILATE!)
von Stephen W. Carabatsos (Episode 28) 90

Die Stadt am Rande der Ewigkeit
(THE CITY ON THE EDGE OF FOREVER)
von Harlan Ellison (Episode 27) 113

Samen des Raums[4]
(SPACE SEED)
von Carey Wilbur und Gene L. Coon (Episode 21) . . . 133

[1] TV-Titel: gleich   [3] TV-Titel: Kirk unter Anklage
[2] TV-Titel: Kampf um Organia   [4] TV-Titel: Der schlafende Tiger

Arena

Captain James Kirk von der *Enterprise* war der Kommandant des größten und modernsten Raumschiffs der Sternenschiff-Klasse, eines Trägers komplizierter Apparaturen und Waffensysteme mit 430 hochtrainierten Spezialisten als Besatzung.

Und in diesem Augenblick war er auf einem fast völlig öden, künstlichen Asteroiden gestrandet und sah sich einer saurierhaften Kreatur gegenüber, deren Überleben davon abhing, daß sie Kirk tötete, aber er trug keine einzige Waffe bei sich und als Ausrüstung lediglich einen Übersetzungs-Recorder.

Die Situation hatte sich mit überraschender Schnelligkeit entwickelt. Die *Enterprise* hatte einen Funkspruch von Cestus Drei erhalten, einem Planeten in einem System am äußersten Rand eines noch unerforschten Quadranten der Galaxis. Der Kommandant der Basis, ein alter Soldat namens Travers, hatte Kirk gebeten, zusammen mit dem taktischen Stab seines Raumschiffs herunterzubeamen, und da in diesem Raumabschnitt alles ruhig und Travers berühmt für seine gute Küche war, hatten alle sechs Männer die Einladung mit Vergnügen angenommen.

Doch die Einladung erwies sich als eine Falle, als ein sorgfältig vorbereitetes Manöver. Als sie in der Basis materialisierten, fanden sie nur noch rauchende Ruinen und Tote. Darüber hinaus wurden die Männer der *Enterprise* sofort angegriffen, und auch das Schiff wurde unter Beschuß genommen.

Augenscheinlich hatte der Feind – wer immer er sein mochte – keine Transporter und kannte auch deren Möglichkeiten nicht. Nach fünf Minuten sinnlosem Schußwechsel wurden die Männer der *Enterprise* vom Transporterstrahl ihres Schiffes wieder an Bord genommen. Das feindliche Schiff brach kurz darauf den Kampf ab und floh mit erstaunlich hoher Geschwindigkeit.

Aber Kirk hatte nicht die Absicht, es entkommen zu lassen. Ihm war völlig klar, daß dieser Versuch, den taktischen Stab des Raumschiffs in einen Hinterhalt zu locken und dann das Schiff selbst zu zerstören, nur die Einleitung zu einer groß angelegten Invasion sein konnte. Außerdem war das gegnerische Schiff sehr gut bewaffnet gewesen und bei dem kurzen Schußwechsel kaum beschädigt worden. Und der Gegner war von einer ungewöhnlichen Skrupellosigkeit und Brutalität, wie die Ermordung der 512 wehrlosen Menschen auf diesem ungeschützten wissenschaftlichen Außenposten bewiesen hatte. Der Erste Offizier Spock hatte erklärt, daß man eine Rückkehr des Raumschiffs in sein Heimatsystem nicht zulassen dürfe, denn nur solange diese unbekannte Welt sich über die Stärke der Föderation im unklaren war, würde sie von einem weiteren Angriff Abstand nehmen. Und damit würde für die Föderation wertvolle Zeit gewonnen.

Der Gegner schien ebenso entschlossen zu sein, die *Enterprise* nicht zu seinem Heimatplaneten zu führen. Er machte zahlreiche Ablenkungsmanöver und flog mit unglaublich hoher Geschwindigkeit. Die *Enterprise* konnte selbst bei einer Fahrtstufe von Sol Acht, zwei Faktoren über der sicheren Höchststufe, kaum näher kommen.

Und dann, plötzlich stand alles still.

Es war absolut unmöglich – und doch Tatsache. Eben noch waren beide Raumschiffe mit hundertfacher Lichtgeschwindigkeit durch den Hyperraum gerast, und im nächsten Augenblick trieben sie, fast unbeweglich, mit toten Triebwerken und inoperativen Waffen in einem winzigen Sonnensystem.

»Meldungen!« sagte Kirk.

Aber es ließen sich keine Schäden feststellen, alles war völlig normal – außer der Tatsache, daß die *Enterprise* weder ihre Triebwerke noch ihre Waffen benutzen konnte; und dem Gegner schien es genauso zu gehen.

»Wir liegen in einem Ortungsstrahl«, sagte Leutnant Uhura.

»Vom Schiff des Gegners?«

»Nein, Sir«, sagte sie. »Von dem Sonnensystem vor uns. Nichts Feindseliges, keine Traktor- oder Zielaufnahmestrahlen, nur gewöhnliche Ortungsstrahlen.«

»Ich nenne es eine feindselige Handlung, wenn man uns einfach lahmlegt«, sagte Captain Kirk trocken.

»Ich fange da noch etwas auf, Captain – eine Modulation der Hauptfrequenz.«

Plötzlich verdunkelten sich alle Lichter, und aus dem Lautsprecher des Haupt-Bildschirms ertönte ein lautes Summen. Das Bild des Sternenhimmels draußen, das auf den Bildschirm projiziert worden war, löste sich in zuckende, wirre Linien und Farben auf. Und dann sagte eine humanoide Stimme: »Wir sind die Metroner.«

Kirk und Spock tauschten einen raschen Blick. Dann sagte der Erste Offizier sachlich: »Guten Tag.«

Die Stimme fuhr fort: »Sie und ein anderes Raumschiff sind mit feindseligen Absichten in unser Hoheitsgebiet eingedrungen. Das können wir nicht zulassen. Unsere Lageanalyse zeigt ferner, daß diese aggressiven Handlungen Ihrer Rasse inhärent sind. Wir werden also Ihren Konflikt auf eine Ihrer Natur entsprechenden Weise lösen. – Captain James Kirk?«

»Hier Captain Kirk.«

»Wir haben einen Planetoiden mit Ihren Erfordernissen entsprechenden Schwerkraft-, Temperatur- und Luftverhältnissen vorbereitet. Dorthin werden wir Sie jetzt bringen, genau wie den Kommandanten des Gorn-Raumschiffes, das Sie verfolgt haben. Sie und Ihr Gegner erhalten einen Übersetzungs-Recorder. Mit Hilfe dieses Geräts können Sie miteinander sprechen, falls Ihnen daran liegen sollte. Sie haben jedoch keine Möglichkeit, sich mit Ihren Raumschiffen in Verbindung zu setzen. Sie beide werden völlig allein sein und Ihren Konflikt allein lösen.«

»Wie kommen Sie dazu, sich in unsere Angelegenheiten einzumischen!« sagte Kirk wütend.

»*Sie* sind es, die sich einmischen«, sagte die Stimme. »Wir wehren uns lediglich dagegen – nach den Maßstäben Ihrer aggressiven Bräuche. Der Planetoid, auf den wir Sie jetzt bringen werden, bietet Ihnen ausreichendes Rohmaterial, aus dem Sie tödliche Waffen konstruieren können. Der Sieger dieses Zweikampfes darf dann seine Reise ungehindert fortsetzen. Der Verlierer wird im Interesse des Friedens zu-

9

sammen mit seinem Raumschiff vernichtet werden. Es wird also ein Zweikampf sein auf Leben und Tod, von roher Gewalt gegen rohe Gewalt, von Erfindungsgabe gegen Erfindungsgabe. Und sein Ergebnis ist endgültig.«

Die Stimme brach ab, und gleichzeitig verschwand das Raumschiff um Kirk.

Das erste, was er sah, war der Gorn. Er war ein Zweifüßler, ein Reptil, eine riesige Eidechse, die sich aufrecht wie ein Mensch bewegte. Der Gorn war fast zwei Meter groß und immens kräftig. Er hatte eine dunkle, mattglänzende Haut, einen gezackten Panzerkamm auf seinem Rücken und einen langen, muskulösen Schwanz. Der Schwanz schien vor allem ein Gleichgewichtsorgan zu sein, was darauf hindeutete, daß diese Kreatur sehr schnell laufen konnte, wenn es notwendig war. Am Kopf entdeckte Kirk zwei winzige Höröffnungen, und das breite Maul war mit langen, spitzen Zähnen bewehrt.

Das also war sein Gegner, der Zerstörer von Cestus, der Mörder von 512 Menschen. Er trug eine Art kurzer, gegürteter Robe, und an dem Gürtel hing ein kleines elektronisches Gerät. Er trug keine Schuhe. Seine Klauenfüße gruben sich tief in den sandigen Boden. Kirk warf einen raschen Blick an sich hinunter und stellte fest, daß er genauso gekleidet und ausgerüstet war.

Kirk und der Gorn starrten einander an. Sie standen sich in einem felsigen, öden Terrain gegenüber. Im fahlen Licht eines graugrünen Himmels sah Kirk verstreute Pflanzengruppen, die fremdartig und unheimlich wirkten. Die Luft war kühl und trocken.

Kirk fragte sich, ob der Gorn sich genauso unsicher fühlte wie er. Wahrscheinlich, aber sicher aus anderen Gründen. Diese verdammten Metroner würden bestimmt keinem von ihnen den Vorteil einer vertrauten Umgebung gewährt haben. Und schließlich war dieser Planetoid ein künstliches Gebilde – eine eigens für diesen Gladiatorenkampf geschaffene Arena.

Der Gorn bewegte sich auf Kirk zu. Und er war bestimmt in der Lage, Kirk mit bloßen Händen – oder besser Klauen – zu töten. Vorsichtig wich Kirk zur Seite aus.

Der Gorn ging keinerlei Risiken ein. Während auch er zur Seite auswich, kam er an einem kleinen Objekt vorbei, das wie ein abgebrochener Baumstumpf aussah. Mit einem raschen Blick auf Kirk stieß der Gorn ein leises Zischen aus und brach einen dicken Ast von dem Baumstumpf ab. Das schien ihn nicht die geringste Anstrengung zu kosten; Kirk hätte das überhaupt nicht geschafft.

Und dann, ohne jede Vorwarnung, stürzte der Gorn auf ihn zu und schwang den abgebrochenen Ast wie eine Keule.

Kirk konnte in letzter Sekunde zur Seite springen. Als der Gorn, etwas aus dem Gleichgewicht geraten, an ihm vorbeiraste, schlug er ihm mit aller Kraft einen Haken in die Magengrube. Der harte Schlag brach ihm fast die Handknöchel, hatte aber sonst keinerlei Wirkung. Die Keule fuhr wieder nieder und schleuderte Kirk gegen einen Felsen.

Der Gorn fuhr herum und stürzte sich auf ihn. Kirk versuchte, ihn mit einem Schlag gegen den Hals abzuwehren; aber es war, als ob er gegen einen Elefanten kämpfte. Dann umklammerte die Bestie ihn wie ein wütender Grislybär. Kirk konnte gerade noch den scharfen Reptilienzähnen ausweichen; aber der Klammergriff drohte ihm das Rückgrat zu brechen.

Kirk befreite mit einem harten Ruck seine Arme und schlug dem Gorn mit gewölbten Handflächen gegen die Ohröffnungen. Der Gorn schrie auf und taumelte zurück. Kirk sprang auf die Füße, nahm einen kopfgroßen Stein auf und schleuderte ihn mit aller Kraft nach dem Gorn.

Der Stein traf ihn voll vor die Brust. Die Bestie taumelte ein wenig, zeigte aber sonst keine Schmerzen. Sie stieß einen schrillen Pfiff aus und nahm nun ebenfalls einen Stein vom Boden auf. Er mußte selbst hier fast eine Tonne wiegen, schätzte Kirk; aber der Gorn schien das Gewicht kaum zu spüren.

Kirk rannte fort.

Der Felsblock schlug dicht hinter ihm krachend auf den Boden. Abgesprengte Steinsplitter fuhren wie Schrapnellkugeln in Kirks Beine. Ohne das Tempo zu vermindern, blickte Kirk rasch über die Schulter.

Der Gorn folgte ihm nicht. Er bückte sich und hob einen zweiten Felsblock auf. Doch dann schien er einzusehen, daß Kirk außer Reichweite war, und ließ ihn wieder fallen. Er schien dabei zu grinsen, obwohl sein Reptiliengesicht keines mimischen Ausdrucks fähig war.

Kirk blieb keuchend stehen und blickte um sich. Er schien sich in einer Art Schlucht zu befinden, obgleich sich nirgends ein Zeichen dafür finden ließ, daß hier einmal ein Wasserlauf existiert hatte. Aber schließlich war das nur natürlich. Vor einer Stunde hatte dieser Planetoid wahrscheinlich noch gar nicht existiert. Überall sah er Felsen und Steine, einige davon in grellen Farben, und hier und dort traten quarzartige Kristalle aus dem Boden. In unregelmäßigen Abständen sah er kleine Gruppen von Büschen; einige wirkten kakteenähnlich, andere glichen Mesquitebüschen, dazwischen hohe, schlanke Pflanzen, die fast wie Bambus aussahen.

Es gab nichts, das sich vielleicht hätte zu einer Waffe umformen lassen.

Kirk setzte sich, massierte sein verletztes Bein und hakte, ohne den Blick von dem Gorn zu lassen, das kleine Gerät von seinem Gürtel. Es sah aus wie ein Tricorder, nur viel einfacher und primitiver. Kirk schaltete es ein.

»Kirk an *Enterprise*, Kirk an *Enterprise*.«

Ein paar Sekunden lang Stille. Dann sagte eine Stimme in gutem, aber etwas gestelztem Englisch: »Sie vergessen, Captain, daß wir uns nicht mit unseren Raumschiffen in Verbindung setzen können. Wir sind allein hier – nur Sie und ich.«

Er blickte zu dem Gorn hinüber, der eine Klauenhand vor den Mund gehoben hatte und zweifellos in sein Übersetzungsgerät sprach.

Kirk hatte natürlich keineswegs vergessen, daß man ihm *gesagt* hatte, er könne die *Enterprise* nicht erreichen. Er wollte diese Behauptung lediglich überprüfen. Er hatte nur nicht mehr daran gedacht, daß dieses kleine Gerät nicht nur ein Recorder, sondern auch ein Übersetzungsapparat war. Er mußte in Zukunft sehr vorsichtig sein, nicht unbedacht vor sich hinzumurmeln.

Nach einer kurzen Pause sagte er: »Hören Sie, Gorn, die ganze Sache ist doch heller Wahnsinn. Können wir nicht zu einer Art Waffenstillstand kommen?«

»Kommt nicht in Frage«, antwortete der Übersetzer prompt.

»Dann müßten wir so lange hier bleiben, bis einer von uns verhungert. Ich habe noch kein Wasser gesehen und auch nichts, das ich essen könnte – außer Ihnen, natürlich.«

»Das stimmt«, mußte Kirk zugeben.

»Dann wollen wir uns nicht lange mit Sentimentalitäten aufhalten. Sie kennen die Regel: Einer von uns muß den anderen töten.«

Kirk hakte das kleine Gerät wieder an seinen Gürtel. Der Gorn hatte recht.

Er kroch zu einem bambusähnlichen Gehölz. Jeder Stamm war sechs bis acht Zentimeter dick, und bei dem Versuch, einen davon abzubrechen, stellte er fest, daß sie eisenhart waren. Als er mit einem Stein dagegenschlug, gab es einen metallischen Klang. Vielleicht zog die Pflanze die Eisenbestandteile aus dem Boden, so wie manche Präriepflanzen in ihrem Gewebe Selenium sammeln.

Es war sinnlos.

Er ging tiefer in die Schlucht hinein und verlor dabei den Gorn aus den Augen. Aber dieses Risiko mußte er eben eingehen. Wenn er einfach stehenblieb, erreichte er überhaupt nichts.

Jetzt befand er sich zwischen steil aufragenden Wänden aus Sand, der wie bläulicher Lehm wirkte. Aus diesem Lehm ragten die pyramidenförmigen Spitzen riesiger Kristalle. Kirk grub eins von ihnen heraus. Es hatte die Größe eines Hühnereis und glitzerte im sonnenlosen Licht. Form und Brillanz waren unverwechselbar: Es war ein Diamant von einer Größe und Qualität, daß der berühmte Kohinoor sich dagegen wie ein Warenhausartikel ausnehmen würde. Beide Wände der Schlucht waren mit Steinen dieser Größe bedeckt, und der Boden bestand aus kleineren Kristallen von Taubeneigröße bis zu feinem Sand. Ein unglaublicher Reichtum – aber für ihn jedoch völlig wertlos. Nicht einer der Kristalle war scharf genug, um ihn als Waffe gebrauchen zu können. Sie waren wohl nur vorhanden, um Kirk zu beweisen, daß der Planetoid wirklich ein künstliches Gebilde war, was Kirk ohnehin keinen Augenblick in Zweifel gezogen hatte. Er würde in diesem Augenblick den ganzen Reichtum für einen simplen Phaser eingetauscht haben, selbst für eine mittelalterliche Armbrust mit einem Köcher voller Pfeile.

Die Schlucht machte einen scharfen Knick. Kirk warf den Diamanten fort und sah sich aufmerksam um. Der Metroner hatte gesagt, daß man hier irgendwo das Rohmaterial für Waffen finden könnte, wenn man nur...

Sein Fuß verfing sich an einer straff gespannten Schlingpflanze, und er stürzte zu Boden.

Im gleichen Augenblick hörte er einen dumpfen Knall, und dann schien die ganze Wand der Schlucht polternd in einem gewaltigen Erdrutsch über ihn hereinzubrechen.

Verzweifelt rollte er sich in die andere Richtung, aber er war nicht schnell genug. Ein großer Felsbrocken krachte ihm auf die Rippen, und er fühlte einen stechenden Schmerz in der Brust. Taumelnd kam er auf die Beine und lief in die nächste Deckung, ein tiefes Loch in der Felswand, fast eine Höhle. Dort blieb er keuchend stehen und massierte seinen schmerzenden Brustkorb. Er fühlte sich am ganzen Körper wie gerädert.

Durch die langsam niedersinkenden Staubschwaden musterte er die Falle, deren Opfer er beinahe geworden wäre. Sie war einfach und fast genial: Eine dicht über dem Boden gespannte Liane hatte als Auslöser für eine nur durch einen abgerissenen Ast gehaltene Masse von Geröll gedient. Als er über die Liane gestolpert war, hatte der Zug den Ast zerbrochen und die Steinlawine freigegeben.

Über sich hörte Kirk den harten Tritt von Klauenfüßen auf Felsen und ein scharfes Zischen, das vielleicht Enttäuschung ausdrücken sollte. Kirk grinste gequält. Es war knapp genug gewesen. Er blickte vorsichtig aus seinem Unterschlupf zum Rand der Schlucht hinauf und sah den Gorn gerade zurücktreten. Er trug einen langen, glänzenden Gegenstand in der Hand. Kirk konnte nicht erkennen, was es war; aber die Tatsache, daß der Gorn ein Stück seiner Robe abgerissen und um die rechte Klauenhand gewickelt hatte, ließ darauf schließen, daß es eine dolchartige Klinge sein mußte, die er sich aus einem dieser Kristalle herausgeschlagen hatte.

Dann war die Bestie verschwunden; doch Kirk fühlte sich deshalb keinesfalls erleichtert. Bis jetzt hatte der Gorn zweifellos die Oberhand, nicht nur, was körperliche Kraft und Stärke betraf, sondern auch in bezug auf Einfallsreichtum. Zuerst die Lianen-Falle und jetzt der Dolch.

Nun gut, dann mußte auch er sich dem Steinzeitalter anpassen! Wenn es ihm gelang, einen scharfkantigen Stein, eine dünne Liane und einen Stock von genügender Länge zu finden, konnte er sich vielleicht einen Speer machen. Eine derartige Waffe war dem Dolch des Gorns zumindest in der Reichweite überlegen. Andererseits aber fragte er sich, ob eine Steinspitze die harte Haut dieses Reptilwesens durchdringen konnte. Doch es gab nur eine Möglichkeit, das festzustellen.

Aber nirgends konnte er einen Steinsplitter der nötigen Größe entdecken. Der Boden der Höhle war nur mit feinem gelben Staub bedeckt.

Irgendwie kam er Kirk bekannt vor. Er nahm eine Handvoll davon auf und blies ihn an. Das gelbe Pulver reagierte mit einem charakteristischen feinen Prasseln; es war Schwefel.

Kirk verzog das Gesicht. Was für ein verrückter Planetoid! Sand aus hochkonzentriertem Schwefel, ganze Sandbänke voller Diamanten, eisenhaltiger Bambus und hier, an der Rückwand der Höhle, Felsaustritte, die von einer gelblich-weißen Schicht bedeckt waren, die wie Salpeter aussah. Um aus diesen Bestandteilen eine Waffe zu machen, benötigte er einen Schmelzofen, eine Schmiede und...

Moment mal!

Da war doch eben noch ein Gedanke in seinem Gehirn gewesen, eine Erinnerung an uraltes Wissen...

Mit plötzlich aufsteigender Hoffnung lief er zu dem Gebüsch bambusähnlicher Stangen zurück.

Er hob einen scharfkantigen Stein auf, und es gelang ihm, ein etwa ein Meter langes Stück der Röhre dicht oberhalb eines Ringes abzuschlagen. Er hatte jetzt ein Rohr, das auf der einen Seite geschlossen und auf der anderen offen war. Ideal!

Jetzt die Diamanten. Er nahm nur die winzigsten, die fast so fein wie Sand waren, und schüttete drei Handvoll davon in das Rohr. Er konnte nur hoffen, daß seine Erinnerung an das Mischungsverhältnis – 75 : 15 : 10 – richtig war. Und jetzt einen der großen, eiförmigen Diamanten. Er nahm ihn in den Mund, da sein Gewand keine Taschen hatte.

Zurück in die Schlucht und in die Höhle. Schwefel und Salpeter in das Rohr. Er hielt das offene Ende mit der Hand zu und schüttelte es so lange, bis die vorsichtig in die Handfläche geschüttete Probe eine gründliche Vermischung der drei Bestandteile zeigte.

Mit der Spitze des scharfkantigen Steins schlug er ein Loch in das geschlossene Ende der Bambusstange. Es war eine langwierige, harte Arbeit. Ein abgerissenes Stück seiner Robe in die Röhre gerammt, diente als Pfropfen, um das Pulver festzuhalten. Danach kam der eiförmige Diamant hinein und wieder ein Stoffpfropfen. Schließlich ein scharfkantiger Stein.

»Captain«, sagte die Stimme des Gorns aus dem Übersetzer an seinem Gürtel.

Er antwortete nicht.

»Captain, nehmen Sie doch Vernunft an. Es nützt Ihnen nichts, wenn Sie sich verkriechen. Falls Sie es wirklich auf ein gegenseitiges Aushungern anlegen sollten, ziehen Sie sicher den kürzeren. Ich vermute, daß mein Organismus ausdauernder ist als der Ihre. Warum kommen Sie nicht heraus und sterben wie ein Kämpfer?«

Kirk antwortete nicht. Er riß ein weiteres Stoffstück von seiner Robe, um es als Lunte zu verwenden. Steine gab es genügend. Als Stahl benützte er den Übersetzer-Recorder – endlich hatte er eine wirkliche Verwendung dafür –, aber der Stoff fing kein Feuer. Er war unbrennbar.

»Sie können mich nicht töten«, kam die Stimme des Gorns aus dem Gerät. »Kommen Sie heraus, damit wir die Sache hinter uns bringen. Ich verspreche Ihnen, Sie rasch und schmerzlos zu töten.«

»So wie die Männer auf Cestus Drei?« fragte Kirk.

»Sie sind in unseren Hoheitsraum eingedrungen«, sagte der Gorn. »Ihre Basis war auf unserem Gebiet errichtet worden. Natürlich mußten wir sie zerstören.«

Kirk schlug weiter Funken.

Was der Gorn sagte, war, von seinem Standpunkt aus betrachtet, vielleicht richtig. Man wußte bisher noch sehr wenig über diesen Teil der Galaxis. Vielleicht konnten ihn die Gorns mit einigem Recht als ihren Hoheitsraum ansehen. Vielleicht waren sie zu Recht alarmiert, wenn jemand dort eine Basis einrichtete, und besonders die Ankunft eines Raumschiffes von der Größe der *Enterprise*...

Eine dünne Rauchwolke stieg aus dem Stoffetzen auf. Er hob den Stoff vorsichtig an die Lippen und begann zu blasen. Eine kleine Flamme sprang auf.

»Ich stelle mich zum Kampf, Gorn!« rief er in den Übersetzer. »Kommen Sie her. Ich bin in der Höhle seitlich der Stelle, wo Sie Ihre Lianen-Falle ausgelegt hatten.«

Ein helles Zischen, und dann hörte Kirk die scharfen Klauenfüße des Gorns die Schlucht entlangtraben. Kirk hatte sich verkalkuliert. Die Bestie war näher, als er angenommen hatte, und schneller. Verzweifelt hob er das schwere Bambusrohr und richtete es auf den Höhleneingang.

Der Gorn sprang auf ihn zu, das scharfe Steinmesser erhoben. Kirk drückte den brennenden Stoffetzen gegen das Zündloch, und die primitive Kanone donnerte los. Der Rückschlag schleuderte Kirk gegen die Höhlenwand, und er erstickte fast in den dichten Rauchschwaden.

Taumelnd kam er wieder auf die Beine. Als sich der ätzende Pulverdampf verzog, sah er den Gorn an der gegenüberliegenden Wand der Schlucht liegen. Das Diamantenei hatte ihm die rechte Schulter zerschmettert; aber er blutete außerdem noch aus einem Dutzend kleinerer Wunden, die ihm nicht explodierte Diamantensplitter geschlagen hatten.

Das Steinmesser lag zwischen ihnen auf dem Boden der Schlucht. Kirk nahm es auf und stürzte sich auf den am Boden liegenden Gegner. Er setzte ihm die Spitze des Messers an den Hals.

»Und jetzt«, sagte er heiser, »wollen wir sehen, wie zäh Ihre Haut wirklich ist.«

Der Gorn antwortete nicht. Er war zwar bei Bewußtsein, schien aber einen schweren Schock erlitten zu haben.

Der Kampf war vorbei. Kirk brauchte jetzt nur noch zuzustechen.

Aber er konnte es nicht. Langsam erhob er sich.

»Nein«, murmelte er, »wir sind Schicksalsgenossen, Gorn. Sie versuchen, Ihr Leben und Ihr Schiff zu retten, genau wie ich. Dafür kann ich Sie nicht umbringen.«

Mit plötzlich aufwallender Wut blickte Kirk zu dem grünlichen, sonnenlosen Himmel hinauf.

»Hören Sie?« schrie er. »Ich werde ihn nicht umbringen! Sie müssen sich Ihren Spaß schon woanders suchen!«

Keine Antwort.

Kirk blickte auf den verwundeten Gorn. Dieser starrte ihn an. Sein Übersetzer war bei dem Sturz zerschmettert worden. Er konnte nicht verstehen, was Kirk gesagt hatte. Aber er schien keine Angst vor ihm zu haben.

Und dann war er plötzlich verschwunden.

Kirk ließ sich müde und enttäuscht zu Boden fallen. Damit war alles vorbei. Die Metroner hatten den Gorn vernichtet.

Er hörte ein lautes Summen, ein Geräusch, das er vor kurzer Zeit schon einmal vernommen hatte: auf der Brücke der *Enterprise*, als der Bildschirm plötzlich ausgefallen war. Er wandte sich um.

Vor dem Höhleneingang wuchs eine Gestalt aus dem Nichts. Sie war weder besonders groß noch sonst irgendwie furchterregend. Sie war, im Gegenteil, außergewöhnlich schön. Sie sah aus wie ein etwa achtzehnjähriger Junge.

»Sie sind ein Metroner«, sagte Kirk gleichgültig.

»Stimmt«, sagte die Gestalt. »Und Sie haben uns überrascht, Captain.«

»Wieso?« fragte Kirk ohne Interesse. »Weil ich gewonnen habe?«

»Nein. Wir konnten wirklich nicht ahnen, wer von Ihnen beiden Sieger werden würde. Sie haben uns überrascht, als Sie sich weigerten, Ihren verwundeten Gegner zu töten, obwohl Sie das Raumschiff des Gorns verfolgt hatten, in der Absicht, es zu zerstören.«

»Das war etwas anderes«, sagte Kirk. »Das war eine Notwendigkeit.«

»Vielleicht. – Das ist ein anderer Gedankengang. Ich möchte deshalb auch fair sein und Ihnen sagen, daß wir Sie belogen haben.«

»In welcher Beziehung?«

»Wir haben Ihnen gesagt, daß wir das Raumschiff des Verlierers vernichten würden. Aber Sie müssen einsehen, daß der Gewinner dieses Zweikampfes, der Vertreter der stärkeren und intelligenteren Rasse also, für uns die größere Gefahr bedeutet. Folglich wollten wir das Raumschiff des Siegers vernichten.«

Kirk sprang erregt auf. »Mein Schiff?«

»Nein, Captain, wir haben unsere Meinung über Sie geändert. Als Sie sich weigerten, Ihren wehrlosen Gegner zu töten – der sie in gleicher Lage bestimmt umgebracht hätte –, haben Sie hohe Anlagen zu Mitgefühl und Gnade gezeigt. Das kam für uns völlig unerwartet, und deshalb gibt es keinen wirklichen Gewinner dieses Zweikampfes.«

»Was haben Sie mit dem Gorn getan?«

»Wir haben ihn zu seinem Raumschiff zurückgeschickt. Und was Sie betrifft, so haben wir Ihre Beweggründe anscheinend völlig mißverstanden. Sie waren ehrlich überzeugt, das Raumschiff der Gorns zerstören zu müssen, um den Frieden zu bewahren. Wenn Sie wollen, werden wir es jetzt für Sie vernichten.«

»Nein!« sagte Kirk hastig. »Das ist nicht nötig. Es war – ein Mißverständnis. Jetzt, da wir mit den Gorns in Verbindung gekommen sind, können wir bestimmt zu einer Verständigung kommen, vielleicht sogar zu einem Friedensvertrag.«

»Sehr gut«, sagte der Metroner. »Vielleicht treffen auch wir uns einmal wieder – in einigen tausend Jahren. Jedenfalls besteht Hoffnung für Sie.«

Plötzlich war Kirk wieder auf der Brücke der *Enterprise*.

Sie begrüßten ihn mit lauten, überraschten Rufen. Schiffsarzt Dr. McCoy war als erster bei Kirk.

»Jim! Alles in Ordnung?«

»Um ganz ehrlich zu sein«, sagte Kirk verwirrt, »ich weiß es nicht. Ich wünschte nur, ich könnte mal längere Zeit an einem Ort bleiben und würde nicht immer plötzlich wieder woanders sein.«

»Ich nehme an, daß Sie gesiegt haben«, sagte Spock. »Wie haben Sie das geschafft?«

»Ich weiß es nicht. Zuerst glaubte ich, dadurch gewonnen zu haben, daß ich Schwarzpulver herstellte – mit Diamantenstaub an Stelle von

Holzkohle. Aber der Metroner erklärte mir später, ich hätte gesiegt, weil ich weich geworden bin. Ich weiß wirklich nicht, welche der beiden Versionen richtig ist. Der Metroner hat mir nur gesagt, daß wir eine hoffnungsvolle Spezies seien – jedenfalls im Vergleich mit anderen Raubtieren.«

»Ich hätte es nicht besser machen können, Captain«, sagte Spock, »aber, offen gesagt, ich weiß nicht einmal, wovon Sie reden. Vielleicht können Sie es mir gelegentlich einmal erklären.«

»Selbstverständlich«, sagte Kirk. »Fragen Sie mich später noch einmal danach. Sagen wir, in ein paar tausend Jahren.«

»Zu Befehl, Sir.«

Und Spock meinte das völlig ernst, überlegte Kirk. Der würde ihm die Frage wirklich in ein paar tausend Jahren stellen, wenn es für ihn nur eine Möglichkeit gäbe, so lange zu leben.

Und Kirk hoffte, daß er dann – vielleicht – eine befriedigende Antwort für ihn haben würde.

Ein Vorgeschmack von Armageddon

Botschafter Fox war ein wahres Kreuz für Captain Kirk und auch für die meisten seiner Offiziere. Außer einer erheblichen Selbstüberschätzung – die für einen Mann in seiner Position nicht unbedingt einen Nachteil bedeutet, vorausgesetzt, daß er auch Humor hat – besaß er für einen Berufsdiplomaten auffallend wenig Geduld.

Aber er war nun einmal Leiter dieser Mission, und Kirk mußte sich mit ihm abfinden. Über die Wichtigkeit dieser Aufgabe gab es keinerlei Zweifel. Eminiar VII war fraglos der weitaus fortschrittlichste Planet seines Sonnensystems NGC 321. Seit fast tausend Jahren kannte man dort den interstellaren Flug; aber seit etwa fünf Jahrhunderten hatte man sich nicht mehr über das eigene Sonnensystem hinausgewagt, und das aus gutem Grund: Eminiar VII befand sich in ständigem Kriegszustand mit seinem nächsten Nachbarn. Das Raumschiff, das vor fünfzig Jahren dem Kommando der Sternenschiff-Flotte diese Meldung durchgegeben hatte, war verschwunden; zweifellos war es ein Opfer der kriegerischen Auseinandersetzungen geworden. Fox war die Aufgabe zugefallen, mit der Regierung des Planeten diplomatische Beziehungen anzuknüpfen.

Das war offensichtlich keine leichte Aufgabe. Bei der ersten Kontaktaufnahme des Raumschiffes *Enterprise* hatte Eminiar Code 710 gefunkt – eine Warnung, sich dem Planeten weiter zu nähern. Kirk war sehr dafür, dem Befehl nachzukommen. Schließlich befanden sie sich wirklich in einem fremden Hoheitsraum, und er haßte jede Anwendung von Zwang und Gewalt. Aber Botschafter Fox bestand auf einer Landung, und er hatte die oberste Befehlsgewalt für die Dauer des Unternehmens.

Zusammen mit Mr. Spock, Signalmaat Manning und zwei Wachen ließ sich Kirk auf den Planeten hinunterbeamen. Chefingenieur Scott übernahm während ihrer Abwesenheit das Kommando über das Raumschiff. Angesichts der Warnung waren sie alle mit Handphasern ausgerüstet. Signalmaat Manning hatte außerdem einen Tricorder bei sich.

Es kam jedoch zu keinerlei offenen Feindseligkeiten. Sie materialisierten im Korridor eines Bürogebäudes, das anscheinend ein Amt oder Ministerium beherbergte, und wurden von einem sehr hübschen Mädchen empfangen. Sie stellte sich als Mea Drei vor und erbot sich, sie sofort zum Obersten Rat zu führen. Sie gab sich sehr kühl, aber äußerst korrekt.

Der Oberste Rat bestand, wie sie kurz darauf feststellen konnten, aus vier freundlichen Männern, die in einem riesigen Raum an einem großen Tisch saßen. Von irgendwoher hörte man das leise Summen von Maschinen. Als Kirk mit seinen Begleitern eintrat, erhoben sich die vier Männer und verneigten sich lächelnd.

»Ich bin Anan Sieben«, sagte einer von ihnen. »Es tut mir sehr leid, Sie hier zu sehen. Aber da es sich nun einmal nicht mehr ändern läßt, wollen wir alles tun, um es Ihnen so angenehm wie möglich zu machen. Wollen Sie sich nicht setzen?«

»Ich bin James T. Kirk, Kommandant des Sternenschiffs *Enterprise* der Vereinigten Föderation der Planeten. Dies ist mein Erster Offizier, Mr. Spock, Leutnant Galloway, Leutnant Osborne, Signalmaat Manning.«

»Willkommen auf Eminiar«, sagte Anan und deutete eine förmliche Verbeugung an. Man setzte sich und musterte einander eine Weile schweigend.

»Sie haben es bedauerlicherweise für angeraten gehalten, unsere Warnung zu mißachten«, sagte Anan schließlich. »Es bleibt uns also nichts anderes übrig, als uns mit Ihnen zu befassen. Was können wir für Sie tun?«

»Ich habe den Auftrag, zwischen Ihren Völkern und den unseren diplomatische Beziehungen anzuknüpfen. Die Föderation braucht dringend einen Handelsposten in diesem Sonnensystem.«

»Ausgeschlossen.«

»So? Darf ich fragen, warum?«

»Wegen des Krieges.«

»Befinden Sie sich denn im Kriegszustand?«

»Ja, schon seit fünfhundert Jahren.«

Kirk hob die Brauen. »Ich habe aber nirgends Anzeichen eines Krieges entdecken können.«

»Das stimmt, Sir«, sekundierte Spock. »Wir haben Ihren Planeten lange und gründlich beobachtet und festgestellt, daß er technologisch äußerst entwickelt und von hohem materiellen Wohlstand ist, daß Ihre Völker sich eines bequemen Daseins erfreuen – und in völligem Frieden leben. Alles deutet also darauf hin, daß hier eine ideale, blühende Hochkultur herrscht, die für eine enge Bindung an die Föderation geradezu prädestiniert ist. Wir haben nirgends auch nur die kleinsten Anzeichen von Konflikten oder Kriegen feststellen können.«

»Die Verlustquote unserer Zivilbevölkerung beträgt zwischen einer und drei Millionen Menschen pro Jahr«, sagte Anan kühl. »Das war der Grund für unsere Warnung, Captain. Solange sich Ihr Schiff in der Umlaufbahn um unseren Planeten befindet, ist es auf das höchste gefährdet.«

»Mit wem führen Sie denn Krieg?« fragte Spock.

»Mit Vendikar, dem dritten Planeten dieses Sonnensystems. Er wurde vor vielen Jahrhunderten von Angehörigen unserer Rasse besiedelt. Sie besitzen eine sehr hoch entwickelte Technologie – und sind rücksichtslose Militaristen.«

»Trotzdem...« Spock konnte nicht weitersprechen, weil plötzlich das ohrenbetäubende Heulen einer Sirene den Raum erbeben ließ. Anan sprang sofort auf und drückte auf einen Knopf.

Das Resultat war erstaunlich: Das Sirenengeheul hörte auf, die ganze Rückwand des Konferenzraums glitt zur Seite und gab den Blick auf einen zweiten Raum von annähernd gleicher Größe frei. Er wurde fast völlig von einem äußerst komplexen Gewirr von Maschinen und Apparaturen eingenommen, viel zu groß und vielfältig, um es mit einem Blick überschauen zu können. Kirk erkannte nur ganze Batterien von Computern, eine Anzahl erleuchteter Tafeln an den Wänden, die wie Landkarten in Planquadrate eingeteilt waren.

»Sie müssen uns jetzt entschuldigen«, sagte Anan. »Wir werden gerade vom Gegner angegriffen. Mea, kümmern Sie sich bitte um unsere Gäste.«

Alle vier Mitglieder des Obersten Rates nahmen ihre Plätze an den Apparaturen ein, wo schon mehrere andere Männer tätig geworden waren. Kirk blickte Spock fragend an; aber der zuckte nur die Achseln.

»Was ist eigentlich passiert?« fragte er Mea.

»Es dauert nicht lange«, sagte das Mädchen.

»Suchen Sie denn keine Schutzräume auf?« fragte Kirk.

»Es gibt keine Schutzräume«, antwortete Mea.

»Kommt es häufig zu diesen Angriffen?« fragte Spock.

»Ziemlich häufig. Aber wir schlagen immer sofort zurück.«

Kirk winkte Spock mit einer unauffälligen Kopfbewegung in den eben freigelegten Raum, die Befehlszentrale, wie er annahm. Niemand hinderte sie daran, ihn zu betreten. Vor einer großen beleuchteten Karte saß ein Mann vor einer Batterie von Hebeln, Schaltern und Kontrollgeräten. Überall auf der Karte leuchteten, anscheinend völlig sinn- und regellos, kleine Lichtblitze auf. Bei jedem Aufblitzen betätigte der Mann einen Schalter oder Hebel. Kirk versuchte, den Sinn des Ganzen zu erfassen; aber es gelang ihm nicht. Mea, die neben ihn getreten war, schrie plötzlich erschrocken auf.

»Ein Volltreffer!« rief sie. »Direkt ins Zentrum der Stadt!«

»Mr. Spock, haben Sie eine Explosion gehört?« fragte Kirk verwundert.

»Nein – Signalmaat, können Sie im Tricorder irgendwelche Strahlungen oder andere Störungseinflüsse erkennen?«

»Nichts, Sir.«

Kirk wandte sich an Mea. »Können Sie mir vielleicht sagen, was für Waffen der Gegner für diesen Angriff benutzt?«

»Wasserstoffbomben«, sagte sie. »Sie werden mit Transporterstrahlen direkt ins Ziel getragen und bei Materialisierung gezündet. Sie liegen sehr genau. Meine Eltern sind beim letzten Angriff getötet worden.«

Kirk schaltete den Kommunikator ein und rief die *Enterprise*. »Mr. Scott, halten Sie den Planeten unter Beobachtung?«

»Natürlich, Sir«, antwortete Scott. »Genau, wie Sie befohlen haben.«

»Irgend etwas Ungewöhnliches?«

»Nichts, Sir. Es ist alles ruhig.«

Als Kirk den Kommunikator wieder abschaltete, ertönte ein lautes Summen, und eine Karte glitt aus einem Schlitz. Anan nahm sie auf, und sein Gesicht wurde ernst. Wortlos reichte er sie dem Mann, der hinter ihm stand.

»Genau wie vor fünfzig Jahren, Sar«, sagte er düster.

Sar nickte. »Wir haben sie gewarnt.«

»Alarmieren Sie einen Zug der Sicherheitspolizei«, sagte Anan.

»Sir«, sagte Kirk. »Ich habe mich eben mit meinem Raumschiff in Verbindung gesetzt, das den ganzen Planeten unter Beobachtung hält. Während der Dauer des angeblichen Angriffs haben unsere Instrumente Ihren Planeten genau kontrolliert. Es hat überhaupt kein Angriff stattgefunden! Es gab weder Explosionen noch Strahlungen, noch irgendein anderes Zeichen von Kampfhandlungen. Falls das Ganze nur ein makabres Spiel sein sollte...«

»Es ist kein Spiel«, sagte Anan düster. »Eben sind eine halbe Million Menschen getötet worden.«

»Durch Ihre Computer«, sagte Spock plötzlich.

»Das stimmt«, erwiderte Anan. »Ihr Tod wird von Computern errechnet und registriert. Sie erhalten dann eine Aufforderung, sich innerhalb von 24 Stunden in einem der Desintegrationszentren zu melden. Da die unmittelbare Gefahr vorüber zu sein scheint, kann ich Ihnen die Situation ein wenig ausführlicher erklären: Sie müssen verstehen, Captain, daß zwei Planeten einen Nuklearkrieg von über fünfhundert Jahren Dauer niemals durchhalten könnten. So ein Krieg würde nicht einmal fünfhundert Stunden dauern. Deshalb sahen wir uns gezwungen, nach neuen Möglichkeiten zu suchen.«

»Mit anderen Worten«, folgerte Spock, »Vendikars Angriff war rein theoretischer Art.«

»Im Gegenteil, er war durchaus real! Er wurde lediglich rein mathematisch durchgeführt. Wenn er erfolgreich verlaufen ist, werden die Opfer durch den Computer festgestellt, namentlich erfaßt und benachrichtigt, daß sie sich zur Desintegration zu melden haben. Theoretisch, sagen Sie? Ich habe beim letzten Angriff meine Frau verloren. Es ist manchmal sehr hart; aber auf diese Weise kann unsere Zivilisation überleben. Die Menschen sterben; aber die Kultur bleibt bestehen.«

»Wollen Sie damit sagen, daß Ihre Menschen ohne jeden Widerstand in die Desintegrationszellen marschieren und sich töten lassen?« fragte Kirk entsetzt.

»Ja. Wir befinden uns schließlich im Krieg.«

»Ich habe schon andere kaltblütige Mordmethoden kennengelernt«, sagte Kirk. »Aber Ihre ist wirklich der absolute Höhepunkt.«

»Sie ist kaltblütig«, sagte Spock, »besitzt aber doch eine gewisse inhärente Logik.«

»Ich freue mich, daß Sie unsere Ansicht teilen«, sagte Anan.

»Durchaus nicht«, erwiderte Spock kühl. »Ich verstehe sie nur, und das ist etwas ganz anderes.«

»Das reicht uns«, nickte Anan. »Sie müssen zugeben, daß wir Sie gewarnt haben, auf unseren Planeten zu kommen. Sie haben unsere Warnung mißachtet, und damit ist Ihr Raumschiff zu einem legitimen Ziel geworden. Nach unserer Computer-Berechnung ist es durch eine anfliegende Wasserstoffrakete vernichtet worden.«

Er machte ein Zeichen mit der Hand. Kirk fuhr herum. Vier kräftige uniformierte Männer standen hinter ihnen, und sie hielten unbekannte, aber sehr gefährlich wirkende Waffen auf sie gerichtet.

»Alle Besatzungsmitglieder und andere Personen an Bord Ihres Schiffes haben sich innerhalb von vierundzwanzig Stunden bei den Desintegrationszentralen zu melden«, sagte Anan. »Um uns Ihrer Kooperation zu versichern, werden Sie und Ihre Begleiter so lange gefangengehalten, bis die Schiffsbesatzung sich stellt. Das gleiche ist übrigens vor fünfzig Jahren der Besatzung Ihres Raumschiffs *Valiant* geschehen, sie wurde bis auf den letzten Mann getötet.«

»Sie werden mein Schiff nicht anrühren, ist das klar?« sagte Kirk schneidend. »Wenn möglich, werden wir das Schiff verschonen«, sagte Anan. »Aber Besatzung und Passagiere sind bereits mathematisch tot. – Halten Sie die vier Männer in Arrest Klasse A.«

»Arrest Klasse A« war, wie sich herausstellte, ein nicht sehr großes, aber äußerst komfortables Appartement, in dem alles Erforderliche in reichem Maß vorhanden war; selbst die Bar war gut bestückt. Aber das konnte die vier Männer nicht mit ihrem Schicksal aussöhnen.

Eine knappe Stunde nach ihrer Einlieferung ließ die Wache Mea herein. Das Mädchen wirkte traurig und niedergeschlagen.

»Man hat mich hergeschickt, um Sie zu fragen, ob Sie irgendwelche Wünsche haben.«

»Eine ganze Menge«, sagte Kirk wütend. »Vor allem möchte ich Anan Sieben sprechen.«

»Er ist unabkömmlich. Er stellt gerade die Liste der Gefallenen zusammen.«

»Wenn er sich weigert, mit mir zu sprechen«, sagte Kirk, »hat er bald so viele Gefallenenlisten, daß er die nächsten Jahre damit beschäftigt ist.«

»Captain«, sagte das Mädchen, »Sie haben Ihre Pflicht gegenüber Ihrem Schiff, wir haben unsere Pflicht gegenüber unserem Planeten.«

»Und zu dieser Pflicht gehört auch, ohne jeden Widerspruch in einen Desintegrator zu treten und ausgelöscht zu werden?«

»Ja, Captain«, sagte sie ruhig. »Bei diesem Angriff bin auch ich zu einem der Opfer erklärt worden. Bis morgen mittag habe ich mich zur Desintegration zu melden.«

Kirk starrte sie an. Er konnte noch immer nicht glauben, daß dies alles wirklich geschah und kein Witz war.

»Und Sie werden es auch tun? Was könnten Anan und Sar und die anderen schon gegen Sie unternehmen, wenn Sie sich einfach weigerten?«

»Es geht nicht darum, was der Oberste Rat tun würde«, sagte das Mädchen.

»Wenn alle Opfer feindlicher Überfälle sich weigerten, bliebe Vendikar gar keine andere Wahl, als den Krieg mit wirklichen Waffen fortzusetzen. Innerhalb einer Woche wären beide Planeten dem Erdboden gleichgemacht und auf Jahrhunderte hinaus strahlenverseucht. Sie müssen doch einsehen, daß unser Weg der bessere ist.«

»Nein«, sagte Kirk. »Das sehe ich nicht ein.«
»Das tut mir leid. – Darf ich Ihnen irgend etwas bringen?«
»Ja, diesen Anan Sieben.«
»Ich werde es ihm ausrichten. Aber ich bezweifle, daß er kommen wird.«

Als sie gegangen war, schlug Kirk wütend die Faust in die linke Handfläche. Dann kam ihm plötzlich eine Idee.

»Mr. Spock!«
»Ja, Sir?«
»Vulkanier besitzen doch gewisse telepathische Fähigkeiten, nicht wahr?«
»Das stimmt, Captain. Aber ich bin nur halber Vulkanier. Von hier aus könnte ich mich mit Anan nicht in Verbindung setzen. Und wenn, dann wäre ich nicht in der Lage, ihm eine komplexe Nachricht oder Botschaft zukommen zu lassen.«
»Das steht auch nicht zur Debatte. Ich möchte nur, daß Sie dem Posten vor unserer Tür einen Verdacht ins Gehirn plazieren. Zum Beispiel, daß wir mit einem Gerät, das sie uns nicht abgenommen haben, ein Loch in die Wand brennen. Oder, wenn das zu komplex ist, nur den Verdacht, daß wir ausbrechen wollen.«
»Hmmm«, brummte Spock nachdenklich. »Ich weiß nicht, wie sensibel die Eminianer sind, aber ein Versuch kostet uns ja nichts.«
»Gut. Versuchen Sie es.«

Spock nickte, drückte seinen Kopf gegen die Wand und schloß die Augen. Seine Stirn furchte sich, und innerhalb weniger Sekunden brach er in Schweiß aus. Selbst Kirk, für den die Telepathie ein Buch mit sieben Siegeln war, wußte, daß sein Erster Offizier geistige Schwerstarbeit leistete.

Eine unendlich lange Zeit schien nichts zu geschehen. Dann ertönte ein leises Summen aus der Tür und das Klicken der Verriegelung. Kirk drückte sich neben der Tür an die Wand.

Die Tür wurde aufgestoßen, und der Posten stürzte herein, die Waffe im Anschlag. Kirk empfing ihn mit einem harten Genickschlag. Ohne einen Laut ging der Mann zu Boden. Kirk zog ihn von der Tür fort und nahm seine Waffe auf.

»Danke, Mr. Spock.«

»Es war mir ein Vergnügen, Captain.«

»Jetzt müssen wir vor allem unsere Kommunikatoren zurückbekommen und uns mit der *Enterprise* in Verbindung setzen. Außerdem brauchen wir Waffen. Mr. Spock, ich kenne Ihre Abneigung gegen das Töten, aber unser Schiff ist in Gefahr. Habe ich mich klar genug ausgedrückt?«

»Ja, Sir. Ich werde alles tun, was nötig ist.«

Kirk schlug ihm auf die Schulter.

»Dann los!«

Sie hatten vielleicht die Hälfte des Weges zur Halle des Obersten Rates zurückgelegt, als sie um eine Ecke bogen und sich am Ende einer langen Menschenschlange fanden. Kirk gab ihnen ein Zeichen, stehenzubleiben, und starrte nach vorn.

Vor der Menschenschlange befand sich eine große, fensterlose Kammer, vor deren Tür ein bewaffneter Posten saß und auf ein Kontrollpult starrte. Ein grünes Licht flammte auf, die Tür glitt zur Seite.

Der erste Mann der langen Reihe der Wartenden warf einen letzten, abschiednehmenden Blick zum Himmel und trat hinein. Die Tür glitt zu, eine Maschine summte, das grüne Licht flammte auf, die Tür glitt wieder auf.

Es war niemand mehr im Inneren der Kammer.

Kirk und Spock blickten sich ernst an. Kirk machte eine schlagende Bewegung mit der rechten Hand, und Spock nickte. Kirk ging rasch die lange Reihe der Menschen entlang auf den Posten zu.

»Schluß mit dem Theater!« rief er laut. »Alles zurücktreten!«

Die Menschen starrten ihn verblüfft an. Der Posten erhob sich von seinem Sitz. »Wie kommen Sie dazu...« Dann sah er Kirks Waffe.

Der Mann hatte Mut. Kirk hätte ihn leicht erschießen können; aber er griff trotzdem nach seiner Waffe. Im gleichen Augenblick hatte Spock, der mit unschuldiger Miene auf der anderen Seite der Menschenschlange auf ihn zugekommen war, ihn erreicht und schlug ihn mit der Handkante nieder. Ohne einen Laut ging der Mann zu Boden. Spock nahm ihm seine Waffe ab.

»Ausgezeichnet, Mr. Spock. Und jetzt«, wandte er sich an die anderen, »zurücktreten, sonst könnten Sie verletzt werden.«

Kirk richtete die erbeutete Waffe auf die Desintegrator-Kammer und drückte ab. Das Resultat war recht zufriedenstellend. Ein kreischendes, schneidendes Geräusch kam aus der Mündung der Waffe, und plötzlich klaffte ein riesiges Loch in der Wand der Todeskammer. Funken sprühten knatternd aus der Schaltanlage, und Sekunden später stand alles in hellen Flammen.

»So, und jetzt geht nach Hause!« schrie Kirk. »Geht nach Hause und bleibt dort! Geht!«

Erschrocken machten die Menschen kehrt und liefen davon. Spock trat neben den Captain und musterte die eben erbeutete Waffe mit unverhüllter Neugier.

»Ein faszinierendes Ding«, sagte er. »Ultraschall, nicht wahr? Ich frage mich nur, wie sie damit einen so genau konzentrierten Strahl erzielen können.«

»Darüber werden wir uns später Gedanken machen, Mr. Spock. Jetzt wollen wir schnellstens von hier verschwinden.«

Als sie in den Saal des Obersten Rates hineinstürmten, war nur Anan dort. Er war gerade dabei, etwas aus einer kleinen Flasche in ein Glas zu gießen. Die Bewegung erstarrte, als er die vier Männer erkannte; aber dann lächelte er, goß sein Glas voll und nahm einen Schluck.

»Mögen Sie es auch einmal probieren, Captain? Ich glaube, unser Trova wird Ihnen schmecken.«

»Ich bin nicht hergekommen, um mit Ihnen zu trinken«, sagte Kirk.

Anan nickte auf die Waffe in Kirks Hand. »Ich vermute, daß Sie damit die Desintegrationskammer Nr. 12 zerstört haben, nicht wahr?«

»Ja. Eine äußerst wirksame Waffe. – Und ich habe nicht die geringsten Skrupel, sie anzuwenden.«

»Das glaube ich Ihnen gern. Sie sind schließlich nur Barbaren.«

»*Wir* sind Barbaren?«

»Natürlich. Wie wir alle es gewesen sind. Ich bin überzeugt, daß auch der Erdenmensch zuerst nur ein Killer war und erst später zum Schöpfer einer Kultur wurde. Dieses Erbe ist uns allen gemeinsam.«

»Aber wir sind zumindest heute nicht mehr so kaltblütige Mörder wie Sie.«

»Das ist den Toten egal«, sagte Anan.

»Da haben Sie allerdings recht. Trotzdem sind Sie sich anscheinend nicht über das Risiko im klaren, dem Sie sich aussetzen. Wir führen keine Kriege mit Computern und treiben die Opfer dann in Todeskammern. Unsere Kriege sind harte Wirklichkeit. Ich könnte Ihren ganzen Planeten innerhalb weniger Minuten zerstören lassen. – Mr. Spock, sehen Sie doch einmal nach, ob Sie unsere Kommunikatoren hier irgendwo finden können.«

»Schon erledigt.« Er übergab Kirk eins der kleinen Geräte.

Anan blickte ihn besorgt an. »Captain«, sagte er bittend, »Sie müssen doch einsehen, in welcher Lage wir uns befinden. Wenn Ihre Leute sich nicht in den Desintegrationskammern melden, verstoßen sie damit gegen Abmachungen, die seit über fünfhundert Jahren in Kraft sind.«

»Meine Männer sind nicht für Ihre Abmachungen verantwortlich.«

»Sie sind Offizier einer Macht, die sich die Erhaltung des Friedens zum Ziel gesetzt hat«, sagte Anan fast flehend. »Trotzdem wollen Sie die Verantwortung für eine Eskalation auf sich laden, die zur Vernichtung von zwei Welten führen wird. Millionen von Menschen müssen einen entsetzlichen Tod sterben, unsere Kultur und die Vendikars werden völlig vernichtet werden, Zerstörung, Krankheit, Hunger, Schmerzen, Leiden, qualvoller Tod...«

»Davor scheinen Sie Angst zu haben«, sagte Kirk.

»Davor hat jedes normale Lebewesen Angst!«

»Sehr richtig.«

»Begreifen Sie denn nicht? Wir haben dem allem ein Ende gemacht! Und Sie drohen uns jetzt, das ganze Entsetzen wieder auf uns zu bringen! Bedeuten Ihnen die vierhundert Mann an Bord Ihres Schiffs denn mehr als die Milliarden unschuldiger Menschen auf Eminiar und Vendikar? Was sind Sie eigentlich für eine gefühllose Bestie!«

»Ein Barbar, wie Sie eben festgestellt haben.« Kirk drückte auf den Schalter des Kommunikators.

»Hier Kirk.«

»Hier Scott. – Gott sei Dank, Captain, wir hatten schon Angst, daß man Sie gefangengenommen hätte.«

»Das glaubten die hier auch«, sagte Kirk. »Wie ist die Situation an Bord?«

»Ziemlich munter«, antwortete Scott. »Zuerst haben sie versucht, uns mit gefälschten Befehlen auf den Planeten zu locken. Glücklicherweise hat unser Computer uns verraten, daß der Stimmabdruck nicht der Ihre war. Aber die Nachahmung war sehr gut gelungen. Sie hätten Ihren Spaß daran gehabt. Dann haben Sie uns ein Ultimatum gestellt. Ich habe es einfach nicht beachtet.«

»Gut, Scotty. Und dann?«

»Als das Ultimatum abgelaufen war, haben sie das Feuer auf die *Enterprise* eröffnet. Natürlich haben wir sofort nach Stellung des Ultimatums unsere Abwehrschilder aktiviert. Ich wollte ihnen dann gleich ein paar Photonen-Torpedos verpassen – schließlich hatten sie gedroht, Sie vier zu töten, wenn wir uns nicht stellen würden –, aber Botschafter Fox hat es nicht zugelassen. Dann verlangte er, ich sollte die Abschirmungen desaktivieren, damit er auf den Planeten gebeamt werden und die Lage klären könne; aber das wollte ich nun wieder nicht zulassen. Und jetzt kocht er natürlich.«

»Scotty, Sie haben völlig richtig gehandelt. Ich werde jetzt versuchen, die Dinge hier unten in Ordnung zu bringen. Ich habe allerdings nicht viel Hoffnung, daß es mir gelingen wird. Falls Sie von mir innerhalb achtundvierzig Stunden keine anderslautenden Befehle erhalten, führen Sie Generalorder 24 aus.«

»Generalorder 24, Sir? Aber...« Scotty machte eine ziemlich lange Pause. Dann sagte er ruhig: »In achtundvierzig Stunden, Sir. Verstanden. Und viel Glück.«

»Danke. Ende.«

»Und was hat das zu bedeuten?« fragte Anan.

»Das bedeutet, daß die *Enterprise* in genau achtundvierzig Stunden den Planeten Eminiar Sieben zerstören wird.«

»Sie bluffen! Sie wollen doch nur...«

»Ich habe mit dieser Sache nicht angefangen«, sagte Kirk. »Aber ich werde Sie zu Ende führen. Und jetzt...«

Er trat an den Tisch und drückte den Knopf, den er Anan vorher betätigen gesehen hatte. Und wie zuvor glitt die Trennwand zur Seite und gab den Apparaturenraum frei.

»Mr. Spock, sehen Sie doch einmal nach, ob Sie mit diesen Apparaturen irgend etwas anfangen können. Sie, Mr. Anan, haben noch eine Menge zu lernen! – Wirkliche Zerstörung, Tod, Krankheit, Leiden, Schrecken. Sie sind nämlich der einzige Grund dafür, daß man Kriege verhindert. Sie aber haben den Krieg sauber und schmerzlos gemacht: So schmerzlos, daß es für Sie keinen Grund mehr gibt, ihn zu beenden. Und deshalb führen Sie nun schon seit fünf Jahrhunderten Krieg. – Wie sieht's aus, Mr. Spock?«

»Eine ziemlich einfache Anlage«, sagte der Erste Offizier. »Mit den großen Karten kann ich zwar nichts anfangen; aber die anderen Apparaturen sind leicht überschaubar und simpel aufgebaut. Dieses Gerät setzt die Desintegratorkammern in Betrieb, dieses alle Angriffswaffen, das dort die Verteidigungssysteme. Und diese Computer errechnen die Opfer der sogenannten Kampfhandlungen. Sie sind alle mit einem Hyperraum-Sender gekoppelt und stehen wahrscheinlich in ständiger Verbindung mit ähnlichen Anlagen der Vendikaner.«

»Ist das wichtig?«

»Natürlich, Captain. Eine Unterbrechung dieser Verbindung würde einen Abbruch des ganzen Vertragssystems zwischen den beiden kriegführenden Mächten bedeuten.«

»Was soll das?« fragte Anan verwirrt.

»Das hier ist die Schlüsselapparatur, Captain«, sagte Spock und deutete auf einen einzelstehenden Computer. Er legte einen Schalter um, und dann noch einen. »Der Stromkreis ist kurzgeschaltet. Wenn Sie den Apparat jetzt zerstören, gehen alle anderen ebenfalls hoch.«

»Gut. Treten Sie zurück! Sie auch, Anan!« Er hob die erbeutete Ultraschallwaffe.

»Nein!« schrie Anan. »Bitte nicht...«

Kirk drückte ab. Der Hauptcomputer barst auseinander. Eine Reihe kleinerer Explosionen lief durch die lange Reihe der nachgeschalteten Computer und Apparate, und dann waren es keine kleineren Explosionen mehr.

Kirk drängte die beiden anderen Männer in den Korridor. Sie preßten sich gegen die Wand, als der Boden zu beben schien und dichte Rauchwolken aus der offenen Tür des Computerraums quollen.

Es dauerte lange, bis sie endlich verebbten, und Kirk sagte: »So, das wäre erledigt.«

»Wissen Sie überhaupt, was Sie angerichtet haben?« schrie Anan.

»Natürlich. Ich habe Ihnen die Schrecken des Krieges zurückgegeben. Die Vendikaner werden jetzt annehmen, daß Sie das Abkommen gebrochen haben und sich auf einen wirklichen Krieg vorbereiten, auf einen Krieg mit wirklichen Waffen. Bei ihrem nächsten Angriff werden Sie die Opfer nicht nur mit dem Computer errechnen, Anan. Er wird Ihre Städte zerstören und Ihren Planeten in eine Wüste verwandeln. Sie müssen dann natürlich zurückschlagen. Wenn ich an Ihrer Stelle wäre, würde ich jetzt die Produktion von Wasserstoffbomben anlaufen lassen.«

»Sie sind wirklich ein Barbar!« schrie Anan.

Kirk überging den Einwurf. »Ja, Mr. Anan, jetzt haben Sie einen wirklichen Krieg vor sich. Sie können ihn entweder durchführen – dieses Mal mit wirklichen Waffen –, oder aber sich für die Alternative entscheiden.«

»Es gibt keine Alternative.«

»Doch«, sagte Kirk. »Schließen Sie Frieden.«

»Nach fünfhundert Jahren Krieg, nach all den Opfern, die wir gebracht haben? Sie sind wahnsinnig!«

»Vielleicht. Aber auch wir haben in der Vergangenheit getötet, wie Sie vor einer Weile sehr richtig festgestellt haben. Wir konnten jedoch wenigstens damit Schluß machen. Wir können heute zugeben, daß wir einmal Killer waren, weil wir jetzt nicht mehr töten. Das ist alles: ein ganz einfacher Entschluß, ab jetzt nicht mehr zu töten und Frieden zu machen.«

Anan fuhr mit zitternder Hand über seine Stirn. »Ich weiß nicht..., ich weiß nicht...«

»Wir werden Ihnen helfen.« Kirk schaltete den Kommunikator ein. »Scotty, haben Sie und Botschafter Fox unser Gespräch mitgehört?«

»Ja«, sagte Scottys Stimme aus dem Gerät.

»Dann können Sie jetzt den Botschafter herunterbeamen.«
Kurz darauf schien die Luft im Raum zu flimmern, und Fox materialisierte.
»Und jetzt«, sagte Kirk zu Anan, »werden Sie sich mit Vendikar in Verbindung setzen. Sie werden feststellen, daß die Leute von der Vorstellung eines *wirklichen* Krieges genauso entsetzt und abgestoßen werden wie Sie. Sie werden alles tun, um ihm aus dem Weg zu gehen. Es liegt also bei Ihnen, was die Zukunft bringen wird: Zerstörung – oder Frieden.«

Anan blickte unentschlossen von einem zum anderen. Neue Hoffnung kämpfte mit dem Gefühl völliger Verzweiflung.

Fox trat auf ihn zu. »Mr. Anan«, sagte er. »Ich bin Diplomat und Vertreter einer dritten, neutralen Macht. Ich bin gerne bereit, zwischen Ihnen und Vendikar zu vermitteln. Ich habe einige Erfahrung in diesen Dingen.«

Anan nickte. »Vielleicht«, murmelte er. »Vielleicht ist es endlich an der Zeit. – Ich habe eine direkte Verbindung zum Obersten Rat des Planeten Vendikar. Sie ist seit Jahrhunderten nicht mehr benutzt worden.«

»Dann ist es endlich an der Zeit, um Ihre eigenen Worte zu gebrauchen«, sagte Fox. »Wenn Sie mir bitte den Weg zeigen würden...«

Anan ging zögernd den Korridor entlang. Aber schon nach wenigen Metern gewannen seine Schritte ihren alten Schwung zurück.

»Ich habe gehört«, sagte er zu dem ihn begleitenden Fox, »daß der Vorsitzende des Obersten Rates – sein Name ist Ripoma – ein sehr intelligenter Mann sein soll. Und wenn der Vorschlag von einer neutralen Macht wie der Ihren kommt...«

Die Männer der *Enterprise* blickten den beiden nach, bis sie um eine Biegung des Korridors verschwanden.

»Vielleicht klappt es, Captain«, sagte Spock. »Es hängt natürlich viel davon ab, wie die Verhandlungen angebahnt und durchgeführt werden.«

»Botschafter Fox kann wirklich ein Kreuz sein«, sagte Kirk, »aber er gilt als ausgezeichneter Diplomat. Und ich bin froh, daß er sich endlich einmal nützlich machen kann.« Er schaltete den Kommunikator ein. »Kirk an *Enterprise*. Generalorder 24 ist aufgehoben. Bereiten Sie Transporterraum zur Aufnahme vor. Fertig zum Beamen in zehn Minuten.«

»Trotz allem haben Sie ein großes Risiko auf sich genommen, Captain«, sagte Spock.

»Meinen Sie? Die Leute haben jedes Jahr drei Millionen Menschen umgebracht – und das seit fünf Jahrhunderten. Ein wirklicher Angriff hätte vielleicht nicht mehr Leben gekostet als die fünfzehnhundert Millionen, die bei diesem Computerkrieg geopfert worden sind. Aber er hätte auch das Kriegspotential zerstört – und zwar für immer.«

»Darauf hätte ich mich nicht verlassen, Captain.«

»Ich auch nicht. Ich bin nur ein kalkuliertes Risiko eingegangen. Ich habe mich darauf verlassen, daß die Gesellschaftsordnung der Eminianer äußerst sauber ist. Und Krieg ist eine sehr schmutzige Angelegenheit. Ich hatte das Gefühl, daß sie alles tun würden, um diesem Schmutz aus dem Weg zu gehen.«

»Ein Gefühl, Captain? Eine Intuition?«

»Nein«, sagte Kirk. »Nennen Sie es – eine kulturelle Morphologie.«

Falls Spock darauf noch etwas zu sagen wußte, ging es im Schwingen des Transportereffekts unter.

Morgen ist gestern

Der Stern war uralt – so uralt wie ein Stern nur sein kann; ein Stern der ersten Generation, der mit der Entstehung des Universums geschaffen wurde. Er hatte alle Erfahrungen gesammelt, die ein Stern sammeln kann. Er hatte Planeten besessen; er war zur Nova geworden und hatte die Planeten mit allem, was auf ihnen lebte, ausgelöscht. Er war zum Röntgenstern geworden, dann zum Neutronenstern. Und zuletzt war er zu einer unglaublich dichten Masse von Pseudomaterie geworden, der in allem – mit Ausnahme seiner ungeheuren Dichte – der Urmaterie glich, aus der das Universum entstanden war. Er hatte sein Schwerkraftfeld so dicht an sich gezogen, daß nicht einmal der geringe verbliebene glutrote Lichtschimmer hinausdringen konnte. So bereitete sich der Stern auf sein Ende vor.

Er war immer noch vorhanden, zog nach wie vor seine Kreisbahn, aber er konnte nicht mehr gesehen oder geortet werden. Er war zu einem *schwarzen Stern* geworden.

Die *Enterprise*, die sich auf dem Rückweg in unser Sonnensystem befand, rammte den schwarzen Stern mit einer Geschwindigkeit von Sol Vier – der vierundsechzigfachen Lichtgeschwindigkeit.

Natürlich hatte die *Enterprise* nicht den Stern selbst gerammt. Technisch gesehen prallte lediglich die Hyperraumblase, in der sich die *Enterprise* befand, gegen den Teil des Schwerkraftfelds des schwarzen Sterns, der jetzt ebenfalls in den Hyperraum hinauszuwachsen begann. Die physikalischen Erklärungen klingen jedoch nicht sehr überzeugend. Da so ein Zwischenfall noch nie zuvor eingetreten war, hatte ihn niemand voraussehen können, und die Theoretiker streiten sich noch immer über die Frage, warum die folgenden Ereignisse so eintreten mußten, wie sie tatsächlich eintraten.

Kirk erwachte aus seiner Bewußtlosigkeit, richtete sich mühsam auf und schüttelte den Kopf, um ihn klarzubekommen. Das war ein Fehler, und er versuchte es nicht ein zweites Mal. Die Brücke war fast dunkel und völlig still. Die Hauptbeleuchtung war ausgefallen, genauso der Bildschirm, und nur die Notbeleuchtung der Armaturen verbreitete ein unsicheres Licht.

Das Brückenpersonal – Spock, Uhura und Sulu – lag bewußtlos in den Sesseln. Ames, der Schiffswachtmeister, lag reglos auf dem Boden. Die Brücke sah aus wie nach einem feindlichen Angriff.

»Spock!«

Der Erste Offizier regte sich und erhob sich schwankend. »Hier, Captain. Was ist denn...«

»Ich weiß auch nicht. Es war alles völlig normal, und dann, plötzlich... Überprüfen Sie die möglichen Ursachen.«

»Ja, Sir.«

Spock hatte sich sofort wieder unter Kontrolle und überprüfte die Computer. Sie waren tot, sah er auf einen Blick. Er wandte sich Kirk zu. »Alles ausgefallen, bis auf die Notstromanlage, Sir. Aber falls Mr. Scott am Leben ist, sollten wir bald Strom aus den Hilfsaggregaten kriegen.« Er rüttelte die bewußtlose Uhura. »Alles in Ordnung, Leutnant?«

Uhura schlug die Augen auf und lächelte ihn an; aber das Lächeln war nicht sehr überzeugend. Im gleichen Augenblick flammte die Hauptbeleuchtung wieder auf, flackerte ein wenig und brannte dann ruhig und gleichmäßig. Das gewohnte Summen von Computern und anderen Apparaturen füllte wieder die Brücke, das vertraute, notwendige Hintergrundgeräusch, das zum Leben auf der Brücke des Raumschiffs gehörte.

»Mr. Scott«, sagte Spock und richtete sich auf, »ist noch am Leben.«

Sulu stand benommen auf, schüttelte ebenfalls den Kopf und machte auch die Erfahrung, es lieber bleiben zu lassen.

Kirk legte einen Schalter um. »Hier spricht der Captain«, sagte er. »Schadenkontrollen in allen Decks. Meldungen an Hauptcomputer. Ende.« Er wandte sich an Uhura. »Miß Uhura, stellen Sie Verbindung mit dem Flottenkommando her. Ich weiß nicht, mit was wir eben zusammengestoßen sind; aber der Stab muß darüber informiert werden.

Mr. Spock, haben Sie schon Meldungen von den Abteilungen?« Spock wandte sich halb vom Schaltbrett seiner Computer ab und nahm einen der beiden Hörer vom Ohr. »Nur leichte Verletzungen bei der Mannschaft, Sir. Alle Decks sind auf Hilfssysteme geschaltet. Maschinenraum meldet, daß die Soltriebwerke ausgefallen sind. Mr. Scott hat den Autopiloten abgeschaltet und hält uns mit den Impulstriebwerken auf einer Umlaufbahn; aber...«

»Umlaufbahn um was, Mr. Spock?«

»Um die Erde, Sir. Ich kann Ihnen aber beim besten Willen nicht sagen, wie wir zur Erde gekommen sind.«

»Bildschirm einschalten.«

Der Bildschirm wurde hell. Es war wirklich der blaugrüne Ball der Erde, die unter ihnen lag.

»Wir sind zu niedrig, um die Umlaufbahn halten zu können«, sagte Spock. »Maschinenraum meldet, daß wir genügend Impulsenergie haben, um Fluchtgeschwindigkeit zu erreichen und die Umlaufbahn verlassen zu können.«

»Rudergänger, gehen Sie auf mehr Höhe.«

»Ja, Sir«, sagte Sulu. »Schiff gehorcht dem Ruder, ist aber etwas störrisch.«

»Sir«, meldete sich Uhura. »Auf der normalen Wellenlänge des Flottenfunks ist nichts zu hören. Nur statische Geräusche. Aber ich empfange etwas auf einer anderen Frequenz. Ich weiß nur nicht, was es ist.«

»Schalten Sie auf Lautsprecher.«

Uhura drückte einen Schalter, und aus dem Lautsprecher ihrer Schaltkonsole dröhnte eine Stimme: »...und nun die Fünfuhrdreißig-Kurznachrichten: Cape Kennedy: Der erste bemannte Mondflug ist für Mittwoch um sechs Uhr örtlicher Standardzeit angesetzt worden. Alle drei Astronauten, die an diesem historischen Unternehmen teilnehmen sollen...«

Kirk sprang auf. »Der erste bemannte Mondflug!« rief er entgeistert. »Das muß irgendeine Fernsehsendung sein, die Sie da auffangen. Der erste Mondflug hat doch in den 1970er Jahren stattgefunden!«

Uhura nickte und schaltete eine andere Frequenz ein. Spock blickte von seinen Computern auf und sagte: »Anscheinend befinden auch wir uns in dieser Ära, Captain.«

»Mr. Spock, ich habe keine Zeit für Ihre Scherze.«

»Das ist auch kein Scherz«, sagte Spock ungerührt. »Ich habe bis jetzt nur Schätzdaten; aber es sieht so aus, als ob wir die Hyperraum-Komponente eines sehr intensiven sphärischen Schwerkraftfeldes gerammt haben, sehr wahrscheinlich einen schwarzen Stern. Das Kraftfeld hat unsere Geschwindigkeit in Zeitenergie umgesetzt – ein Relativitätseffekt. Ich kann Ihnen die genaue Bestimmung des Zeitabschnitts, in dem wir uns befinden, erst in ein paar Minuten geben. Aber die 1970er Jahre sind in etwa richtig.«

Kirk ließ sich wieder in seinen Sessel fallen und starrte wortlos vor sich hin. Uhura drehte weiter an ihrem Empfänger. »Captain, ich habe mich in eine Boden-Luft-Verbindung in diesem Sektor eingeschaltet!« meldete sie erregt.

»Bestätigt«, sagte Spock. »Unsere Sensoren melden ein Flugobjekt direkt unter uns, das rasch näherkommt.«

Der Lautsprecher sagte: »Blue Jay Four; hier ist Black Jack. Wir haben Sie und das UFO im Radar.«

»Ich bin dicht unter dem UFO«, sagte eine andere Stimme, »habe Verfolgung aufgenommen.«

»Gut. Dieses müssen wir endlich erwischen.«

»Mr. Sulu«, sagte Kirk, »können wir rascher auf Höhe gehen?«

»Ich versuche es, Sir, aber das Schiff reagiert immer noch sehr langsam.«

»Blue Jay Four, haben Sie schon Sichtkontakt?«

»Ja, ich kann das UFO deutlich erkennen«, sagte die andere Stimme. »Es ist ein Riesending, so groß wie ein Kreuzer, vielleicht noch größer. Und es sieht *wirklich* aus wie eine Untertasse! Aber an der Oberseite sehe ich zwei zylindrische Aufsätze und einen an der Unterseite.«

»Wir haben zwei Jägerstaffeln alarmgestartet. Sie sind schon unterwegs. In zwei Minuten müssen sie auf Ihrer Höhe sein.«

»Glaube ich nicht, Black Jack. Das UFO steigt jetzt ziemlich rasch.«

»Blue Jay! Rücken Sie dem Ding auf den Pelz, und zwingen Sie es zur Landung. Zumindest halten Sie es so lange fest, bis die anderen Jäger heran sind. Nach dreißig Jahren Gerüchten müssen wir endlich ein UFO zu Boden bringen!«

»Bestätigt. Beginne Angriff.«

»Kann er uns etwas anhaben?« fragte Kirk.

»Ich fürchte ja«, sagte Spock. »Die Maschine ist ein Abfangjäger, der mit Raketen bewaffnet ist. Und da wir nicht genügend Energie für die Schirme haben, könnte er das Schiff zumindest beschädigen.«

»Scotty!« sagte Kirk in sein Mikrofon. »Aktivieren Sie einen Traktorstrahl. Richten Sie ihn auf das Flugzeug, und halten Sie es auf Distanz.«

»Captain«, sagte Spock, »die Maschine ist vielleicht zu empfindlich, um den Energiestoß eines Traktorstrahls auszuhalten.«

»Traktorstrahl eingeschaltet«, meldete Scotty. »Ziel aufgefaßt.«

Spock blickte auf seinen Bildschirm und sagte: »Maschine bricht auseinander, Captain.«

»Transporterraum! Können Sie den Transporterstrahl auf das Cockpit des Flugzeuges richten?«

»Keine Schwierigkeit, Sir.«

»Beamen Sie den Piloten an Bord«, sagte Kirk und sprang auf. »Übernehmen Sie das Kommando, Mr. Spock.«

Die Gestalt, die im Transporterraum materialisierte, war für Kirk ein fremdartiger Anblick, solange sie Flughelm und Sauerstoffmaske trug.

Als sie beides abnahm, wurde sie zu einem mittelgroßen, kräftigen Mann, der sich trotz seiner offensichtlichen Verwirrung entschlossen und kampfbereit umsah.

»Willkommen an Bord der *Enterprise*«, sagte Kirk.

»Sie – Sie sprechen Englisch?«

»Ja. Sie können die Transporter-Plattform jetzt verlassen, Mr. ...«

»Captain John Christopher«, sagte der Pilot steif. »United States Air Force, Stammrollennummer 4857932. Und weitere Auskünfte erhalten Sie nicht!«

»Nur nicht aufregen, Captain. Sie sind hier unter Freunden. Ich bin

Captain James T. Kirk, und ich muß mich entschuldigen, Sie so abrupt zu uns an Bord gebracht zu haben. Aber wir hatten leider keine andere Wahl. Ich konnte nicht wissen, daß Ihre Maschine die Energie eines Traktorstrahls nicht aushalten würde und...«

»Machen Sie keine Ausflüchte«, sagte Christopher. »Ich verlange Auskunft...«

»Sie können in Ihrer Lage überhaupt nichts verlangen; aber wir werden alle Ihre Fragen irgendwann beantworten. Betrachten Sie sich bitte als unser Gast. Ich glaube, Sie werden Ihren Aufenthalt hier recht interessant finden.«

Er führte den Mann aus dem Transporterraum. Als sie den Korridor entlanggingen, blickte er sehr aufmerksam und interessiert umher. Er war offensichtlich ein geschulter Beobachter, dem nichts entging. Als ihnen jedoch ein hübsches junges Mädchen begegnete, das zur Besatzung des Schiffes gehörte, fiel es ihm schwer, seine abweisende Haltung zu bewahren.

»Passagier?« fragte er.

»Nein. Mitglied der Mannschaft. Etwa ein Viertel der Besatzung sind Frauen – genau hundert zur Zeit.«

»Sie haben vierhundert Besatzungsmitglieder?«

»Vierhundertdreißig genau.« Kirk wies auf einen Fahrstuhl. »Wenn Sie bitte hier hineintreten wollen.«

Christopher tat es und wurde sofort in raschem Tempo fortbewegt, aber nicht in vertikaler, sondern in horizontaler Richtung.

Nachdem er seine Überraschung verdaut hatte, sagte er: »Es muß einen Haufen Geld gekostet haben, so ein Schiff zu bauen.«

»Da haben Sie recht. Und wir haben zwölf Schiffe dieses Typs in der Flotte.«

»Flotte? – Hat denn die Marine...«

»Wir sind eine Einheit der Föderation der Vereinigten Planeten.«

»Planeten...?«

»Ja, Captain. – Es ist ein wenig schwierig zu erklären. Wir – wir kommen aus der Zukunft. Eine Zeitkrümmung hat uns in Ihr Jahrhundert zurückversetzt. Es war ein Unfall.«

»Davon scheint es bei Ihnen aber eine Menge zu geben, falls alle

UFO-Sichtungen darauf zurückzuführen sein sollten. Aber ich kann schließlich nicht ableugnen, daß Sie hier sind, Sie und auch das Raumschiff.« Während er sprach, öffneten sich die Türen des Fahrstuhls, und sie traten auf die Brücke. Spock saß im Kommandanten-Sessel.

»Captain Christopher, das ist mein Erster Offizier, Commander Spock«, stellte Kirk sie einander vor. Spock verneigte sich kurz.

»Sie können sich gerne hier umsehen«, sagte er. »Ich denke, Sie sind klug genug, nichts anzurühren. Es wird Sie sicher sehr interessieren.«

»Interessieren ist nicht das richtige Wort dafür«, sagte Christopher und betrachtete aufmerksam die Batterien von Computern.

»Wir haben jetzt eine stabile Umlaufbahn außerhalb der Erdatmosphäre erreicht«, sagte Spock zu Kirk. »Die Schutzschilde sind wieder wirksam und dürften verhindern, daß wir noch einmal von Radar erfaßt und als UFO identifiziert werden.« Er machte ein angewidertes Gesicht, als er das Wort ›UFO‹ aussprach. »Mr. Scott möchte mit Ihnen sprechen.«

»Gut, Mr. Spock.« Kirk blickte ihm prüfend ins Gesicht. »Nun sagen Sie mir schon, was Sie auf dem Herzen haben.«

»Es geht um Captain Christopher.«

Kirk blickte zu dem Piloten hinüber, der sich jetzt mit Uhura unterhielt. Der Anblick des hinreißend schönen Bantu-Mädchens, das die Kommunikationsgeräte bediente, hatte ihn im Augenblick abgelenkt.

»Okay, was ist mit ihm?«

»Wir können ihn nicht auf die Erde zurückkehren lassen«, sagte Spock. »Er weiß schon jetzt zuviel über uns und lernt jede Sekunde noch etwas dazu. Ich möchte das nicht als Vorwurf aufgefaßt wissen; schließlich kenne ich seinen Charakter nicht. Aber wenn ein gewissenloser Mensch durch ihn genaue Kenntnis von der Zukunft des Menschengeschlechts erhält, gäbe ihm dieses Wissen eine ungeheure Machtfülle. So ein Mensch könnte die Wirtschaft, die Schlüsselindustrien, selbst ganze Nationen manipulieren und sogar beherrschen und etwa unliebsame Veränderungen durchführen. Und wenn in der Vergangenheit derartige Veränderungen stattfinden, Captain, könnte damit unsere ganze Welt, selbst unsere eigene Existenz in Frage gestellt oder sogar unmöglich gemacht werden.«

»Wir würden dann einfach nicht existent werden? – Einfach verschwinden? Zusammen mit unserem Tausende von Tonnen wiegenden Raumschiff?«

»Wie eine Seifenblase.«

»Hmmm. – Wissen Sie, Spock, Ihre Logik kann manchmal verdammt lästig werden.« Kirk blickte wieder zu Christopher. »Dieser Flugoverall muß ziemlich unbequem sein. Der Quartiermeister soll Captain Christopher etwas Passendes zum Anziehen geben – und ihm dabei so taktvoll wie möglich die Pistole abnehmen. Anschließend möchte ich Sie und ihn in meiner Kabine sprechen.«

»Ja, Sir.«

Kirk sprach gerade seinen Bericht in den Logbuch-Computer, als sie die Kabine betraten. Er winkte ihnen zu, sich zu setzen.

»Nachtrag: Chefingenieur Scott meldet, daß die Sol-Triebwerke beschädigt sind, aber mit Bordmitteln repariert werden können. Aufgabe: Verifikation von Art und Umfang der aufgetretenen Beschädigungen, Feststellung von Art und Stärke der Kräfte, die sie hervorgerufen haben, und Programmierung möglicher Gegenmaßnahmen.«

»Bestätigung«, sagte eine Stimme aus dem Computer.

Christopher verzog kaum das Gesicht. Anscheinend hatte er sich inzwischen an Überraschungen gewöhnt.

Kirk wandte sich ihm zu. »Und jetzt wollen wir uns mit Ihnen befassen, Captain, und da ergibt sich leider ein gewisses Problem. Um ganz offen zu sein: Wir wissen nicht, was wir mit Ihnen machen sollen. Auf keinen Fall können wir Sie zur Erde zurückbringen.«

»Wieso können Sie das nicht? Mr. Spock hat mir erklärt, daß Ihr Transporter sogar über viel weitere Entfernungen wirksam ist.«

»Es geht auch nicht um den Transport«, sagte Kirk. »Sie kennen jetzt die Zukunft. Wenn jemand anders davon Kenntnis erhält, könnte er sie verändern – vielleicht sogar zerstören.«

»Ich verstehe. – Aber schließlich würde auch mein Verschwinden vieles verändern.«

»Nein«, sagte Spock sachlich. »Ich habe eben alle historischen Bandaufzeichnungen durch den Computer laufen lassen. Sie zeigen keinen geschichtlich relevanten Beitrag von einem Captain John Christopher. Es gab einen bekannten Schriftsteller dieses Namens, aber bei dem war es ein Pseudonym.«

Christopher nickte niedergeschlagen. Dann stand er auf und begann, auf und ab zu gehen. Schließlich wandte er sich wieder an Kirk.

»Captain«, sagte er, »wenn es nur um mich ginge, so würde ich mit Vergnügen hierbleiben. Ich würde meinen rechten Arm dafür geben, mehr über Ihre Technik und über dieses Schiff zu erfahren – *alles* zu erfahren. Aber meine Wünsche zählen nicht. Ich habe einen Fahneneid geschworen, und es ist deshalb meine Pflicht, zur Erde zurückzukehren und zu berichten, was ich hier gesehen habe.« Er blickte Kirk prüfend an und fügte hinzu: »Was würden Sie an meiner Stelle tun?«

»Genau dasselbe«, nickte Kirk. »Ich verstehe Sie. Sie sind genau der Typ Mensch, den wir gerne für unsere Raumschiffe gewinnen und von dem wir niemals genügend kriegen. Der Fahneneid allerdings ist bei uns seit langem unbekannt. Leider bedeutet das aber auch, daß Sie von überdurchschnittlicher Intelligenz sind. Deshalb können wir nicht riskieren, Sie zur Berichterstattung zur Erde zurückkehren zu lassen.«

»Ich habe eine Frau und zwei Kinder«, sagte Christopher leise.

»Aber das ändert wohl auch nichts an Ihrem Entschluß.«

»Es darf meinen Entschluß nicht ändern«, sagte Kirk.

»In Ihren beiden Berufen«, sagte Spock, »als Pilot und als Soldat, liegen ungewöhnlich hohe Risiken. Das wußten Sie, als Sie heirateten, und das wußte auch Ihre Frau. Sie haben also beide aus freien Stücken eine Profession gewählt, in der Ihre Lebenserwartung nicht allzu groß ist. Betrachten Sie sich als Opfer Ihres Berufs oder auch als Kriegsopfer, wenn Ihnen das besser gefällt.«

»Mr. Spock ist nicht weniger mitfühlend als ich«, erklärte Kirk rasch. »Aber was er sagt, trifft vollkommen zu. Ich kann nur sagen, daß ich Ihr Schicksal zutiefst bedaure. Und ich meine es ehrlich.« Das Summen des Intercom unterbrach ihn. »Entschuldigen Sie einen Augenblick. – Hier Kirk.«

»Hier Scott, Captain. Die Reparatur der Sol-Triebwerke wird noch etwas dauern. Aber in etwa vier Stunden können wir sie wieder anwerfen.

»Gut, Scotty. Sie können wirklich alles reparieren.«

»Nur keine gebrochenen Herzen, und...«

»Na, was ist? Reden Sie schon.«

»Wie Sie sagten, mit den beschädigten Triebwerken werde ich fertig. Aber ich kann Ihnen keine Zeitmaschine bauen. In ein paar Stunden könnten wir wieder starten. Aber wohin? Mr. Spock hat mir gesagt, daß der Siedlungsbereich der menschlichen Rasse in den 1970er Jahren noch ganz auf die Erde beschränkt war. Der Raum außerhalb des Sonnensystems wurde damals völlig von der Wega-Tyrannei beherrscht; und Sie erinnern sich sicher, was passiert ist, als die Menschen zum ersten Mal mit den Weganern zusammenstießen!«

»Ich verstehe, was Sie meinen«, sagte Kirk langsam. »Danke, Scotty. Machen Sie weiter.«

»Ja, Sir. Ende!«

Christophers Gesicht zeigte seinen bitteren Triumph. Aber seine Worte zeigten dann doch eine eigenartige Hilfsbereitschaft – oder bewiesen zumindest, daß seine eigenen Hoffnungen nicht unbegründet waren.

»Mr. Spock hat mir erzählt, daß er Halbvulkanier ist. Und den Planeten Vulkan können Sie doch bestimmt erreichen. Seine Umlaufbahn soll doch dicht unterhalb der des Merkurs liegen.«

»Es gibt keinen Planeten Vulkan in diesem Sonnensystem«, sagte Kirk. »Mr. Spocks Vater wurde auf dem Planeten Vulkan geboren, der zum System des Sterns 40 Eridani gehört. Natürlich könnten wir auch ihn erreichen...«

»...aber nicht in den 1970er Jahren«, brachte Spock den Satz zu Ende. »Wenn wir mit der *Enterprise* dort einträfen, würden wir *ihre* Zukunft verändern. – Captain, dies ist der perfekteste Fall für die Generalorder Nummer 1, der ich je begegnet bin – oder der ich je begegnen werde.«

»Diese Order«, erklärte Kirk dem Piloten, »verbietet kategorisch jede Einmischung in Leben und Gesellschaftsordnungen fremder Kulturen. Ich habe bisher nicht daran gedacht, aber Mr. Spock hat mich darauf gebracht, daß sie eigentlich auch in diesem Fall zutrifft.«

»Wirklich schade, Captain.« Christopher gab sich keine Mühe, seinen Triumph zu verbergen. »Ich darf nicht mehr nach Hause zurückkehren – Sie aber auch nicht. Sie sind ebenso Gefangener auf diesem Schiff wie ich.«

»Ich fürchte, Sir«, sagte Spock, »daß Captain Christophers Lagebeurteilung völlig zutreffend ist.«

Sie war wirklich zutreffend, aber nicht ganz vollständig, wie Kirk sehr bald feststellte. Da war zum Beispiel die Versorgungsfrage. Die *Enterprise* konnte auf keinem Planeten landen – nicht einmal auf der Erde, ihrem eigenen Heimatplaneten, und würde es selbst dann nicht wagen, wenn es möglich gewesen wäre, und die Vorstellung, heimlich mit einem der kleinen Gleiter zur Erde zu fliegen und dort Nahrungsmittel für 430 Besatzungsmitglieder zu stehlen, war einfach lächerlich.

Was Christopher betraf – der inzwischen einmal versucht hatte, mit Hilfe des Transporters zu entkommen, und es auch fast geschafft hätte –, welche Aussichten gab es für ihn, wenn es irgendwie gelang, die *Enterprise* in ihre eigene Zeit zurückzubringen? Er wäre ein lebendes, nutzloses Fossil, eine Kuriosität bestenfalls. Vielleicht konnte man ihn durch Training wenigstens einer einfachen, sinnvollen Tätigkeit zuführen, aber niemals würde man ihn dazu bringen können, seine Frau und seine Kinder zu vergessen. Oder...?

Kirk ging ins Bordlazarett und gab die Frage an Dr. McCoy weiter.

»Schick ihn her, ich werde das mal überprüfen«, sagte McCoy.

»Du meinst, es wäre zu schaffen?«

»Das hängt von der Stärke der Bindung ab. Manche Ehen sind nur Routine. Ich muß erst einmal sehen, was der Elektroenzephalograph zeigt.«

»Du redest jetzt schon fast wie Spock.«

»Wenn du bösartig wirst, gehe ich.«

Kirk grinste, aber er wurde rasch wieder ernst. »Wenn die Bindung an seine Familie wirklich stark ist, sitzen wir in der Tinte. Und er ist ein Mensch, der sich ganz und vollständig bindet, glaube ich. Das beweist sein gestriger Fluchtversuch.«

Spock brachte den Gefangenen herein – seit dem Fluchtversuch wurde er streng bewacht.

»Captain«, wandte er sich sofort an Kirk, »ich weiß nicht, was Dr. McCoy vorhat, aber vielleicht erübrigt es sich jetzt. Ich habe nämlich festgestellt, daß mir bei meinen Berechnungen ein Fehler unterlaufen ist.«

»Das wäre ja direkt ein Vorfall von historischer Bedeutung«, sagte McCoy trocken.

Spock ging auf die Bemerkung nicht ein. »Nach meinen letzten Informationen müssen wir Captain Christopher doch zur Erde zurückbringen.«

»Sie haben vorgestern noch gesagt, daß ich keine geschichtlich relevanten Beiträge geleistet habe«, sagte Christopher säuerlich.

»Ich habe mich nur auf kulturelle Beiträge bezogen«, sagte Spock, »und das war ein schwerwiegender Fehler. Inzwischen habe ich auch Ihre *genetischen* Beiträge zur Menschheitsgeschichte untersucht und dabei festgestellt, daß Ihr Sohn, Colonel Shaun Geoffrey Christopher, Kommandant des ersten Raumschiffes war, das zum Titan vorstieß – ich meine vorstoßen *wird*. Und das ist ein sehr wesentlicher Beitrag zur Entwicklungsgeschichte der Menschheit. Wenn Captain Christopher nicht zur Erde zurückkehrt, wird es natürlich niemals einen Colonel Christopher geben, der die Satelliten des Saturns erforscht, da dieser Junge noch nicht geboren ist.«

Christopher grinste von einem Ohr bis zum anderen. »Ein Junge«, sagte er, »ich werde einen Sohn haben...«

»Und wir«, sagte McCoy, »haben die Kopfschmerzen.«

»Vor allem«, sagte Kirk, »haben wir jetzt zwei Verpflichtungen, die einander entgegenstehen.«

»Es wäre aber möglich, beide zu erfüllen«, sagte Spock.

»Aber wie? Nun reden Sie schon, Mann!«

»Ich habe die Daten, die der Logbuch-Computer in Ihrem Auftrag ausgearbeitet hat. Es steht jetzt außer Zweifel, daß die Havarie und der Zeitsprung auf einen Frontalzusammenstoß mit einem schwarzen Stern zurückzuführen sind. Um wieder in unsere Zeitepoche zurückzukehren, müssen wir also etwas Ähnliches herbeiführen.«

»Wissen Sie denn, wo sich hier ein schwarzer Stern befindet? Und wie wollen Sie das Problem mit Captain Christopher lösen?«

»Es ist ein schwarzer Stern ganz in der Nähe, Captain. Wir können ihn leider nicht benutzen, weil er sich weit außerhalb der Transporter-Reichweite zur Erde befindet. Wir könnten also Captain Christopher nicht zur Erde zurückschaffen. Aber Scotty glaubt, daß wir unsere eigene Sonne für unsere Zwecke benutzen könnten. Es ist zwar etwas gefährlicher, meint er, hat aber auch seine Vorteile. Kurz gesagt, wenn wir mit einer Geschwindigkeit von Sol Acht in enger hyperbolischer Kreisbahn dicht an der Sonne vorbei...«

»Nicht mit *meinem* Schiff!« sagte Kirk.

»Bitte, Captain, lassen Sie mich zu Ende reden. Wir brauchen eine hohe Geschwindigkeit, um das relativ schwache Schwerkraftfeld der Sonne zu kompensieren. – Ich habe von gewissen Vorteilen gesprochen: Wenn alles gutgeht, werden wir noch tiefer in die Vergangenheit zurückgeworfen, sobald wir den Scheitelpunkt der Hyperbel erreichen...«

»Das hätte uns gerade noch gefehlt!« sagte McCoy.

»Ruhig, Pille. Ich möchte mir das anhören.«

»Und wenn wir den anderen Ast der Hyperbel aufwärts rasen, wird uns eine Art Schleudereffekt wieder in die Zukunft werfen. Bei genau kalkuliertem Flug müßten wir die Erde innerhalb Transporter-Reichweite passieren, und zwar genau zwei oder drei Minuten *bevor* wir von den Radargeräten aufgefaßt wurden. In diesem Augenblick beamen wir Captain Christopher in sein Flugzeug zurück – das zu diesem Augenblick ja noch nicht zerstört ist –, und damit zerbricht die ganze Kausalkette. Das ganze Ereignis hat überhaupt nicht stattgefunden.«

»Sind Sie sicher?«

Spock hob die Brauen.

»Natürlich nicht, Sir. Mr. Scott und ich halten es lediglich für eine praktikable Möglichkeit.«

»Da haben Sie recht. – Aber ich sehe nicht, wie damit unser Problem mit Captain Christopher gelöst wird. Wir können ihn zwar so nach Hause zurückschaffen; aber seine Erinnerung bleibt doch erhalten – und gerade das müssen wir doch um jeden Preis verhindern. Ich würde lieber die *Enterprise* zerstören als die Zukunft!«

Die anderen Männer schwiegen. Spock und McCoy wußten genau,

was dieser Entschluß Kirk gekostet hatte. Dann sagte Spock leise: »Captain, Mr. Spock und ich sehen dazu nicht die geringste Notwendigkeit. Denken Sie doch daran, daß Captain Christopher in seine Maschine zurückkommt, *bevor* er auf unser Schiff kam. Er wird sich an nichts erinnern, weil es keine Erinnerungen gibt. Weil überhaupt nichts geschehen ist.«

Kirk wandte sich an den Piloten aus der Vergangenheit. »Zufrieden?«

Christopher nickte. »Ich kann wieder nach Hause, und das ist die Hauptsache. Nur...«

»Nur was?«

»Nun, ich hätte nie geglaubt, doch noch einmal in den Raum zu kommen. Sie müssen wissen, ich habe mich vor einiger Zeit für das Raumfahrtprogramm beworben, bin aber abgelehnt worden.«

»Dann sehen Sie sich nur gründlich um, Captain«, sagte Kirk. »Sie haben es doch geschafft. Vor allen anderen. Wir sind nicht die ersten hier. Das sind Sie.«

»Ich weiß«, sagte Christopher leise. »Und ich habe sogar einen Blick in die Zukunft werfen dürfen. Das ist ein großes Geschenk; es tut mir leid, daß ich das alles vergessen muß...«

»Wie alt sind Sie?« fragte McCoy.

»Dreißig.«

»Dann werden Sie im Laufe Ihres Lebens noch vieles vergessen, Captain Christopher, vieles, was Ihnen weitaus wichtiger ist als die Zukunft – Ihre Frau, Ihre Kinder und schließlich sogar die elementare Tatsache Ihrer eigenen Existenz. Sie werden alles vergessen, was Sie einmal geschätzt und geliebt haben. Und, was noch schlimmer ist, es wird Ihnen gleichgültig sein.«

»Soll das etwa ein Trost sein?« fragte Christopher ärgerlich. »Wenn das Ihre Philosophie der Zukunft ist, kann ich gerne darauf verzichten.«

»Ich möchte Ihnen nur klarmachen, daß wir alle, ohne Rücksicht auf das, was wir sind und was wir erreicht haben, eines Tages wieder im Dunkel verschwinden. Ich bin Arzt und habe viele Menschen sterben sehen. Aber das hat mich nicht entmutigt. Im Gegenteil, ich versuche immer das Positive zu sehen. So wie ich Ihnen jetzt klarzumachen versuche, daß es für Sie viel wichtigere Dinge im Leben gibt als die Erinnerung an ein paar Menschen aus der Zukunft und ein paar futuristische Apparaturen. Wir geben Ihnen Ihr eigenes Leben zurück, Captain. Dafür erscheint mir der Verlust der Erinnerung an eine Zukunft, die Sie ohnehin nicht verstehen, ein sehr geringer Preis.«

Christopher starrte McCoy eine Weile wortlos an. Dann sagte er: »Sie haben recht. Selbst wenn mir die Erinnerung erhalten bliebe, würde ich nicht darüber sprechen. Weil ich nichts tun dürfte, um eine Zukunft zu zerstören... in der es Männer wie Sie gibt. Ich bin stolz darauf, zu Ihren Vorfahren zu gehören. Captain Kirk, was immer Sie entscheiden mögen, ich werde mich Ihrem Befehl fügen.«

»Ich danke Ihnen.« Kirk drückte ihm die Hand.

»Und außerdem«, sagte Spock, »ist es sehr gut möglich, daß wir es nicht schaffen.«

»Das, Mr. Spock«, sagte McCoy, »ist eine Philosophie, auf die *ich* verzichten kann.«

Kirk sagte: »Wir müssen es riskieren. Kommen Sie mit auf die Brücke, Captain Christopher, damit Sie auch etwas davon haben.«

Sol Acht war eine Fahrtstufe, die nur in alleräußersten Notfällen angewandt wurde – und in diesem Fall handelte es sich um so eine Notsituation – und die das Schiff nicht für längere Zeit ohne Beschädigungen durchhalten konnte. Es war unheimlich, den ganzen riesigen Schiffskörper, der den Männern sonst fest und stabil wie ein Planet vorkam, stöhnen und knacken zu hören.

Für Kirk war es am meisten beunruhigend, mitansehen zu müssen, wie sich die Planetenbewegungen – sowohl orbital als auch rotativ – umzukehren begannen, als die zusammengefaßten Beschleunigungs- und Schwerkraftenergien in eine rückläufige Zeitverschiebung übertragen wurden. Es war vielleicht ein Glück für sein geistiges Gleichgewicht, daß er diesen Anblick nicht sehr lange zu ertragen brauchte, weil ihre rasche Annäherung an die Sonne die Abschaltung aller äußeren Sensoren erforderte. Jetzt flogen sie blind. Und dann hatten sie den Scheitelpunkt der Hyperbel hinter sich, und die Sensoren konnten wieder geöffnet werden. Und jetzt bewegten sich die Planeten wieder auf den gewohnten Bahnen; aber entschieden zu schnell. Die *Enterprise* schoß die Zeitkurve hinauf. Captain Christopher wartete, in voller Flugkombination, angespannt im Transporterraum.

»1968«, meldete Spock. »Januar 1969 – März – Mai – Juli... Geschwindigkeit nimmt rasch zu... November...«

Kirk umklammerte die Lehnen seines Sessels. Dies würde die genaueste Transportation der Geschichte werden. Kein Mensch war in der Lage, den Transporter so auf einen Sekundenbruchteil genau zu betätigen. Die Auslösung würde durch einen Computer vorgenommen werden.

»Januar 1970... Jetzt!«

Für einen Sekundenbruchteil erloschen die Lichter. Es ging so rasch, daß man an eine Illusion hätte glauben können.

»Transporterraum! Haben Sie...«

Kirk fand keine Zeit, die Frage zu beenden. Wieder erlosch das Licht für einen Augenblick, und alle Planeten schienen auf neue Standorte zuzurasen, und das ganze Universum schien sich zu krümmen.

Dann standen die Sterne plötzlich still und ruhig – und die Instrumente zeigten an, daß die *Enterprise* nur noch mit einer Geschwindigkeit von Sol Eins flog. Der gewaltige Energieüberschuß war in die Zeit abgeleitet worden.

»Nun, Mr. Spock?«

»Wir haben es geschafft«, meldete Spock.

»Transporterraum. Haben Sie eine Aufnahme machen können?«

»Ja, Sir. Wir schalten sie auf Ihren Bildschirm.«

Das Photo erschien auf einem kleinen Monitor. Es zeigte Captain Christopher im Cockpit seines Abfangjägers. Er wirkte heil und gesund, höchstens ein wenig verwirrt.

»Und so haben wir Omar widerlegt, Sir«, sagte Spock.

»Omar? Was meinen Sie damit?«

»Ich meine den Vers, in dem er von dem schreibenden Finger spricht, Sir. Er sagt, sobald der Finger angefangen hat zu schreiben, bewegt er sich weiter, und wir haben nicht die Macht, auch nur eine

Zeile ungeschrieben zu machen. Aber es sieht so aus, als ob wir es doch geschafft hätten.«

»Nein«, sagte Kirk, »das glaube ich nicht. Die Geschichte ist *nicht* verändert worden, und es ist sehr gut möglich, daß wir gar nichts anderes tun konnten als das, was wir getan haben. Doch das ist eine Frage für die Philosophen. Ich glaube jedenfalls, daß Omar sich seinen Ruhm verdient hat, Mr. Spock.«

Die Friedensmission

Die Männer des Aufklärungsschiffes der Klingonen mußten genau gewußt haben, daß sie gegen die *Enterprise* nicht die geringste Chance haben würden; schließlich waren die Klingonen Experten in solchen Fragen. Aber sie feuerten trotzdem auf die *Enterprise*, als Captain Kirk Kurs auf Organia nehmen ließ.

Die Phasergeschütze der *Enterprise* zerfetzten das kleine Schiff zu winzigen Splittern; doch zeigte der Angriff, daß die Klingonen entschlossen waren, der Föderation jede Benutzung Organias als Stützpunkt zu verwehren. Organia war ein an sich ziemlich wertloser Planet. Er bestand zumeist aus Ackerland, das von einer friedlichen Rasse bewirtschaftet wurde, die für kriegerische Auseinandersetzungen weder Neigung noch Fähigkeit mitbrachte. Doch strategisch gesehen war Organia der einzige Planet der Klasse M in der umstrittenen Raumzone, und alle Verhandlungen über seinen Besitz waren bisher ergebnislos abgebrochen worden.

Organia war, überlegte Kirk, ein neues Armenien, ein neues Belgien – die Unschuldigen, Schwachen finden sich eigenartigerweise immer in einem günstigen Invasionssektor.

Das Aufklärungsschiff hatte vor seinem Angriff auf die *Enterprise* Zeit genug gehabt, einen Funkspruch abzuschicken. Man mußte damit rechnen, daß die Flotte Klingons bereits alarmiert und auf dem Weg war. Das ließ nur wenig Zeit zu Verhandlungen mit den Organiern.

Kirk übergab Sulu das Kommando über das Raumschiff – mit der strikten Anweisung, sofort zu fliehen, falls die Flotte Klingons auftauchen sollte – und beamte zusammen mit Spock auf den Planeten.

Die Straße, in der sie materialisierten, hätte in jeder englischen Kleinstadt des dreizehnten Jahrhunderts liegen können: strohgedeckte Häuser, ein paar Menschen in roher, selbstgefertigter Kleidung, zwei Ochsenkarren. In einiger Entfernung sahen sie etwas, das wie eine Schloß- oder Burgruine wirkte – ein seltsames Relikt in einer Kultur, die angeblich keine Kriege kannte.

Die Menschen, an denen Kirk und Spock vorbeigingen, beachteten sie überhaupt nicht. So als ob es völlig alltäglich wäre, daß Offiziere von Raumschiffen auf ihrem Planeten mitten auf der Straße wie aus dem Nichts heraus beamten. Auch das fanden sie sehr eigenartig.

Das kleine Empfangskomitee, von dem sie schließlich begrüßt wurden, zeigte sich jedoch von seiner freundlichsten Seite. Es bestand aus drei älteren, lächelnden Herren in pelzbesetzten Umhängen, die sich als Ayelborne, Trefayne und Claymare vorstellten. Kirk und Spock wurden in einen kleinen Raum geleitet, dessen Wände roh und ohne jeden Schmuck waren und der nur einen rohgezimmerten Tisch und ebenso primitive Stühle enthielt.

Spock schaltete seinen Tricorder ein. »Überhaupt keine Energiequelle hier«, sagte er leise zu Kirk.

Kirk nickte. Die Feststellung deckte sich mit seinem eigenen Eindruck. Dies war keine mittelalterliche Kultur auf dem Weg in eine technisierte Zukunft, sondern eine völlig stagnierte Zivilisation. Ein Paradebeispiel für völligen Entwicklungsstillstand. Höchst eigenartig.

»Meine Regierung«, sagte Kirk zu den lächelnden Organiern, »hat mich davon in Kenntnis gesetzt, daß die Klingonen diesen Planeten in Besitz nehmen und als Stützpunkt für Kampfmaßnahmen gegen die Föderation verwenden wollen. Mein Auftrag lautet, das zu verhindern.«

»Mit anderen Worten«, antwortete Ayelborne, »wir haben nur die Wahl, uns entweder von Ihnen oder von Ihren Feinden beherrschen zu lassen.« Bei jedem anderen hätten diese Worte entschieden feindselig geklungen; aber der Organier lächelte dabei.

»Nein. Die Föderation läßt Ihnen Freiheit und Eigenständigkeit. Die Klingonen dagegen würden eine Militärdiktatur errichten. Für sie ist der Krieg Inhalt ihres Lebens. Wir werden Sie dagegen schützen, wenn Sie unserem Angebot zustimmen.«

»Vielen Dank«, sagte Ayelborne lächelnd. »Aber wir brauchen Ihren Schutz nicht. Wir besitzen nichts, das andere reizen könnte.«

»Sie haben Ihren Planeten, der sich in einer strategisch wichtigen Position befindet. Und wenn Sie nichts gegen die Klingonen unternehmen, werden sie ihn in Besitz nehmen, das ist sicher. Wir würden Ihnen helfen, Verteidigungsanlagen zu bauen, und Ihnen...«

»Wir besitzen keine Verteidigungsanlagen, Captain, und wir brauchen auch keine«, sagte Claymare.

»Da irren Sie sich. Ich habe gesehen, was die Klingonen auf Planeten wie dem Ihren mit der Bevölkerung gemacht haben. Die Menschen sind in riesige Arbeitslager getrieben worden. Mit Ihrer Freiheit wäre es dann endgültig vorbei. Man würde Ihr Eigentum beschlagnahmen, Mitbürger als Geiseln nehmen und eventuell töten. Ihr Leben wäre schlimmer als auf einem unserer Strafplaneten.«

»Captain«, sagte Ayelborne, »wir sind überzeugt, daß Sie sich ehrliche Sorgen um unser Schicksal machen, und wir danken Ihnen dafür. Wir möchten Ihnen aber noch einmal versichern, daß es absolut keine Gefahr gibt...«

»Glauben Sie, daß ich Sie belüge? Warum sollte ich das tun?«

»Sie haben mich nicht zu Ende reden lassen«, sagte Ayelborne mit sanfter Stimme. »Ich wollte sagen, daß es absolut keine Gefahr für uns gibt. Sie und Ihr Freund dagegen befinden sich bestimmt in Gefahr. Deshalb wäre es für Sie das beste, so bald wie möglich zu Ihrem Schiff zurückzukehren.«

»Meine Herren, ich bitte Sie, sich Ihre Lage noch einmal genau zu überlegen«, sagte Kirk. »Wir könnten Ihnen eine große Hilfe sein. Außer rein militärischer Unterstützung könnten wir Ihnen auch auf technischem Gebiet helfen, Ihnen Spezialisten aller Art schicken. Wir könnten Ihnen Methoden zeigen, wie Sie Ihre landwirtschaftlichen Erträge um ein Tausendfaches steigern könnten, Ihnen beim Bau von Schulen und Ausbildungsstätten behilflich sein, Ihren Kindern unser Wissen vermitteln. Wir könnten Ihre Welt völlig erneuern und Hunger, Krankheit und Entbehrung endgültig aus ihr verbannen. Aber wir können Ihnen nicht helfen, wenn Sie unsere Hilfe ablehnen.«

»Ihre Worte klingen sehr überzeugend«, sagte Trefayne, »aber...«

Kirks Kommunikator piepste.

»Entschuldigen Sie«, sagte er. »Hier Kirk.«

»Captain«, meldete sich Sulus Stimme. »Eine größere Anzahl von Klingon-Schiffen ist eben aus dem Hyperraum aufgetaucht und hat uns eingeschlossen. Ich habe sie nicht genau zählen können, bevor sie das Feuer eröffneten; aber es sind mindestens zwanzig. Ich habe die Abschirmungen aktiviert und kann Sie deshalb nicht an Bord zurückbeamen.«

»Das sollen Sie auch nicht«, sagte Kirk. »Ich habe Ihnen Befehl gegeben, sich sofort abzusetzen und Kontakt mit der Flotte aufzunehmen. Kommen Sie erst zurück, wenn Sie Verstärkung haben. Ende.«

Er schaltete ab und starrte die drei Organier an.

»Sie waren der Ansicht, daß keine Gefahr besteht. Aber jetzt...«

»Wir wissen, daß die Flotte der Klingonen eingetroffen ist. Außerdem sind eben acht weitere Schiffe in eine Umlaufbahn um unseren Planeten eingetreten.«

»Können Sie das nachprüfen, Spock?«

»Nein, Sir. Nicht auf diese Entfernung«, sagte der Erste Offizier. »Aber es wäre nur logisch.«

»Ah...« rief Trefayne. »Eben sind etliche hundert Männer bei der alten Zitadelle aufgetaucht.«

Spock richtete seinen Tricorder auf die Ruine und nickte. »Stimmt, Sir. Und sie sind nicht nur mit Handfeuerwaffen ausgerüstet. Ich kann drei oder vier schwere Waffen feststellen. – Wie hat er das nur so schnell wissen können?«

»Das ist im Moment unwichtig«, sagte Kirk hart. »Unser Problem ist, daß wir hier mitten in der Stoßrichtung einer Invasion sitzen.«

»Nicht gerade eine angenehme Situation«, bemerkte der Erste Offizier.

»Mr. Spock«, sagte Kirk, »Sie haben ein seltenes Talent, immer die richtigen Worte zu finden.«

Die Klingonen waren harte, kriegerische Männer mit orientalisch zugeschnittenen Gesichtszügen. Sie waren schwer bewaffnet und trugen eine Art Panzerweste. Selbstsicher und zielbewußt gingen sie die Straßen entlang und stellten an allen ihnen wichtig erscheinenden Punkten Posten auf. Die wenigen Organier, denen sie begegneten, lächelten sie an und gingen ihnen friedfertig aus dem Weg.

Zu Kirks Verblüffung hatten die drei Mitglieder des Rates – die sich bisher so völlig unnachgiebig gezeigt hatten – ihm und Spock organische Kleidung besorgt und sich erboten, sie zu verstecken; ein unerhört riskantes Anerbieten. Als Kirk und Spock sich umgezogen hatten, fragte Kirk: »Wo sind eigentlich unsere Waffen?«

»Wir haben sie an uns genommen, Captain«, sagte Ayelborne. »Wir können hier keine Gewaltanwendung zulassen. Wir werden Sie jetzt selbst schützen müssen, Captain. Aber das ist kein Problem. Bei Mr. Spock ist das schon schwieriger. Er muß sich als vulkanischer Händler ausgeben – der vielleicht Kevas und Trillium verkauft.«

»Sie wissen, daß Vulkan zur Föderation gehört«, erwiderte Kirk.

»Aber die Vulkanier befinden sich nicht im Krieg mit den Klingonen. – Sie, Captain, könnten sich als Bürger Organias ausgeben, wenn...«

Die Tür flog auf, und zwei Klingonen stürzten herein. Mit ihren Phasern winkten sie alle Anwesenden zur Wand. Nach ihnen trat ein dritter Klingone herein, ein hochgewachsener, stolzer Mann, dessen Position nicht durch seine Kommandeursinsignien zu unterstrichen werden brauchte.

Spock und die Organier wichen zurück. Kirk blieb stehen. Der Kommandeur der Klingonen blickte sich flüchtig um.

»*Dies* ist der Tagungsraum des Regierenden Rates?« fragte er verächtlich.

Ayelborne trat lächelnd auf ihn zu. »Ich heiße Ayelborne, derzeit Vorsitzender des Rates. Ich heiße Sie willkommen.«

»Das glaube ich Ihnen! – Ich bin Kor, der Militärgouverneur von Organia.« Er starrte Kirk an. »Und wer sind Sie?«

»Das ist Baroner«, sagte Ayelborne rasch. »Er ist einer unserer prominentesten Bürger. Und dies ist Trefayne...«

»Kann dieser Baroner nicht sprechen?«

»Ich kann sprechen«, sagte Kirk.

»Na also. Wenn ich mit Ihnen rede, werden Sie auch selbst antworten, verstanden? Und wo bleibt Ihr Lächeln?«

»Mein was?«

»Das blöde, idiotische Lächeln, das allen Leuten hier ins Gesicht gemeißelt zu sein scheint.« Kor wandte sich an Spock. »Ein Vulkanier. Was suchen Sie denn hier?«

»Ich heiße Spock. Ich handle mit Kevas und Trillium.«

»Sie sehen nicht aus wie ein Händler. – Was ist denn Trillium?«

»Eine medizinische Pflanze aus der Familie der Lilien, Sir«, antwortete Spock mit unbeweglichem Gesicht.

»Aber nicht auf Organia«, sagte Kor bestimmt. »Der Mann ist ein Spion der Föderation. Bringen Sie ihn zur Vernehmung.«

»Er ist kein Spion«, widersprach Kirk zornig.

»Sieh mal an«, sagte Kor amüsiert. »Haben wir hier einen Bock unter all den zahmen Lämmern? Warum haben Sie etwas dagegen, wenn wir ihn vernehmen? Er ist doch nicht einmal ein Mensch!«

Kirk sah den warnenden Blick, den Spock ihm zuwarf, und bezwang seine Wut. »Er hat nichts getan, das ist alles.«

»Für einen Organier stellt Ihr Verhalten fast einen Akt der Rebellion dar. – Na schön. Sie haben mich willkommen geheißen. Heißen auch Sie mich willkommen, Baroner?«

»Sie sind hier«, sagte Kirk. »Ich kann nichts dagegen tun.«

Kor starrte ihn eine Weile an, dann lächelte er. »Endlich jemand, der uns ehrlich und aufrichtig haßt. Sehr erfrischend. Aber es interessiert mich nicht, ob wir Ihnen willkommen sind oder nicht. Wir sind hier, und wir bleiben hier. Sie sind von jetzt an Untertanen des Imperiums von Klingon. Wir haben eine ganze Reihe von Gesetzen und Vorschriften, die ab morgen hier angeschlagen werden. Jeder Verstoß wird mit der Todesstrafe geahndet. Wir haben jetzt keine Zeit für langwierige Gerichtsverfahren.«

»Ihre Gesetze werden von uns geachtet werden«, sagte Ayelborne.

Kirk preßte die Lippen zusammen. Kor bemerkte es. Ihm entging offenbar nichts.

»Sind Sie anderer Meinung, Baroner?«

»Interessiert Sie meine Meinung überhaupt?«

»Nicht im geringsten. Wir verlangen von Ihnen nur Gehorsam. Werden Sie gehorsam sein?«

Kirk zuckte die Achseln. »Sie haben hier zu bestimmen.«

»Sehr richtig.« Kor ging auf und ab. »Ich brauche jetzt eine Art Verbindungsmann zwischen der Besatzungsarmee und der Zivilbevölkerung. – Baroner, das Amt werden Sie übernehmen.

»Ich?« fragte Kirk. »Ich will den Job nicht.«

»Habe ich Sie gefragt, ob Sie ihn wollen oder nicht? Und noch etwas, das Sie alle angeht: Wir Klingonen sind für unsere Härte und Rücksichtslosigkeit bekannt. Sie werden feststellen, daß wir unseren Ruf verdienen. Sollte ein einziger unserer Soldaten hier getötet werden, lasse ich tausend Organier hinrichten. Ich verlange *Ordnung*, ist das klar?«

»Sie können sicher sein«, sagte Ayelborne, »daß wir Ihnen keinerlei Schwierigkeiten machen werden.«

»Das hoffe ich, in Ihrem Interesse. – Kommen Sie mit, Baroner.«

»Was wird mit Mr. Spock?«

»Warum interessiert Sie das?«

»Er ist mein Freund.«

»Sie haben anscheinend keinen sehr guten Umgang. Wir werden ihn verhören. Wenn er gelogen hat, töten wir ihn. Wenn er die Wahrheit gesagt hat, wird er feststellen, daß für ihn hier keine Geschäfte mehr zu machen sind. Wache! Führen Sie den Mann ab!«

Die Wachen gaben Spock mit ihren Waffen einen Wink, hinauszugehen. Spock folgte dem Befehl in geduckter, ergebener Haltung. Kirk wollte ihm folgen; doch Kor stieß ihn zurück. Kirk konnte nicht verhindern, daß sein Gesicht sich wütend rötete. Kor lächelte nur. »Sie mögen es nicht, wenn man Sie herumstößt«, sagte er befriedigt. »Gut. Endlich ein Mann, den ich verstehe. – Kommen Sie mit.«

Kor hatte sein Hauptquartier in der alten Zitadelle eingerichtet, die Kirk und Spock gleich nach ihrer Ankunft bemerkt hatten. Aus der Nähe sah die Ruine noch älter und noch verfallener aus. Kor hatte den größten und am besten erhaltenen Raum mit einem großen Emblem des Imperiums von Klingon, einem Tisch und einem Stuhl eingerichtet. Kirk mußte stehen, während Kor ein Dokument abzeichnete und Kirk zuschob.

»Lassen Sie es vervielfältigen und anschlagen«, sagte er. »Von jetzt an ist jede Versammlung von mehr als drei Menschen verboten und strafbar. Alle Veröffentlichungen unterliegen unserer Zensur. Wir werden Beobachter einsetzen, die über alle Vorgänge Bericht zu erstatten haben. Außerdem sind vorsorglich Geiseln festzunehmen.«

Kirk blickte mit unbewegtem Gesicht auf das Schriftstück.

»Gefällt es Ihnen nicht?«

»Erwarten Sie, daß es mir gefällt?«

Kor grinste nur. Im gleichen Augenblick wurde die Tür aufgestoßen, und ein Leutnant der Klingonen schob Spock herein. Zu Kirks Erleichterung wirkte sein Erster Offizier vollkommen gesund und normal. »Nun?«

»Er ist wirklich ein Händler«, sagte der Leutnant. »Und er handelt wirklich mit Trillium, offenbar mit einer Pflanzenart, die hier anscheinend sehr geschätzt wird.«

»Sonst nichts?«

»Seine Hauptsorge scheint zu sein, daß er seine Geschäfte auch unter unserer Okkupation weiterführen kann. Sein Geist ist so undiszipliniert, daß er nicht das geringste zurückhalten kann. Man kann darin lesen wie in einem offenen Buch.«

»In Ordnung. – Nun, Baroner, wollen Sie unseren kleinen Wahrheitsfinder auch einmal probieren?«

»Ich weiß ja nicht einmal, was das ist.«

»Eine Art Gedankensieb«, sagte Kor. »Oder ein Gedankenextraktor. Es kommt darauf an, wieviel Energie man anwendet. Wenn es notwendig wird, können wir das Gehirn eines Menschen völlig leeren, wie mit einer Pumpe. Natürlich ist das, was dann übrigbleibt, kaum noch als menschliches Gehirn zu bezeichnen.«

»Und darauf sind Sie stolz?«

»Alle Waffen sind unangenehm«, sagte Kor. »Sonst wären sie ja sinnlos.«

»Mr. Spock, ist wirklich alles in Ordnung?«

»Wirklich, Mr. Baroner. Es war aber ein sehr eigenartiges Erlebnis.«

»Genug davon«, sagte Kor. »Sie können gehen, Vulkanier. Aber denken Sie daran, daß Sie als feindlicher Ausländer betrachtet und unter Beobachtung gehalten werden.«

»Ich verstehe«, sagte Spock.

»Baroner, Sie sorgen jetzt dafür, daß der Befehl schleunigst angeschlagen wird. Sie sind dafür verantwortlich, daß die Menschen Ruhe und Ordnung bewahren.«

»Wenn nicht, werden Sie mich töten, nicht wahr?«

»Sehr richtig. Ich sehe, daß wir uns ausgezeichnet verstehen.«

Als sie auf der Straße waren, sah Kirk sich rasch um. Es war niemand zu sehen. Er sagte leise zu Spock:

»Dieses Gedankensieb muß doch nicht so furchtbar sein, wie sie annehmen.«

»Ich würde es nicht unterschätzen, Captain«, sagte Spock. »Ich konnte widerstehen, einmal durch etwas vulkanische Selbstdisziplin, zum anderen durch bewußte telepathische Irreführung. Aber wenn sie auch nur eine Stufe höher geschaltet hätten, wäre ich wahrscheinlich nicht mehr in der Lage gewesen, meine Gedanken zurückzuhalten.«

»Und ich würde es nicht einmal so lange durchstehen. Die Frage ist, wie können wir die Organier jetzt zum Widerstand bringen? Wir müssen erreichen, daß sie zurückschlagen und die Klingonen verwirren, bis unsere Flotte hier eintrifft.«

»Überredung scheint nicht viel zu nützen«, sagte Spock. »Aber vielleicht sollte man etwas drastischere Methoden anwenden. Was meinen Sie, Captain?«

»Sie sagen es, Spock. Ich glaube, ich habe vorhin bei der Zitadelle eine Art Munitionsdepot gesehen. Was halten Sie von einem kleinen Feuerwerk?«

»Ein hübscher Einfall. Heute nacht?«

»Falls Sie nichts Besseres vorhaben sollten«, sagte Kirk grinsend. »Aber wir brauchten eigentlich ein paar Werkzeuge dazu.«

»Die Klingonen werden uns mit allem Notwendigen versorgen«, sagte Spock.

»Mit Ihnen macht die Zusammenarbeit immer Freude, Mr. Spock.«

Die Wachen beim Munitionsdepot waren kräftige, bestens ausgebildete Soldaten. Trotzdem fielen zwei von ihnen innerhalb von Sekunden in tiefen Schlaf, wurden entwaffnet, mit Draht wie Kokons zusammengeschnürt und in einen leeren Schuppen eingeschlossen.

Kirk und Spock sahen sich im Munitionslager um. Kirk entdeckte eine Kiste, die irgendeinen chemischen Sprengstoff zu enthalten schien. Als er sie geöffnet hatte, tauchte Spock aus dem Dunkel auf.

»Ich habe eine ihrer sonischen Granaten mit einem Zeitzünder versehen«, sagte er. »Das müßte ein sehr effektvolles Feuerwerk geben.«

»Gut. Dann Feuer frei.«

Spock zog die Granate ab, warf sie auf die Kiste mit dem chemischen Sprengstoff und lief los. Kirk folgte ihm auf den Fersen.

Drei Minuten später erschütterte eine ungeheure Explosion die Nacht, gefolgt von Hunderten kleinerer Detonationen. Geschosse zischten in das Dunkel, und ein riesiger Rauchpilz wölbte sich über das zerstörte Munitionslager, das jetzt in hellen Flammen stand und ausbrannte.

»Sie haben recht gehabt, Mr. Spock«, sagte Kirk. »Ein sehr effektvolles Feuerwerk. Ich hoffe nur, daß die Organier unsere Botschaft verstehen. Natürlich können sie die Klingonen nicht in offenem Kampf besiegen; aber sie können ihnen das Leben so schwer machen, daß sie eines Tages gerne freiwillig abziehen.«

»Bis soweit ist«, sagte Spock, »sollten wir uns ein möglichst tiefes Loch suchen. Ich glaube nämlich nicht, daß Kor die Organier für fähig hält, die Sache durchgeführt zu haben.«

»Das glaube ich auch nicht. Also auf Tauchstation.«

Eigentlich hätten sie Kors nächsten Zug voraussehen müssen. Zwei Stunden später, als sie weit vor dem Dorfrand in einer verlassenen, halbverfallenen Hütte lagen, hörten sie plötzlich von der Zitadelle her ein unregelmäßiges dröhnendes Summen.

»Phaser«, sagte Spock.

»Ja. Eine ganze Menge, die gleichzeitig abgefeuert werden. Eigenartig. Das klingt nicht nach einem Gefecht – nicht einmal nach einem Aufstand.«

Eine Stunde später bekamen sie die Antwort auf ihre Frage. Aus einem Lautsprecher, der auf dem Dach eines Panzerwagens montiert war. Der Wagen kam die Landstraße entlang, und eine Stimme schrie:

»Hier spricht der Militärgouverneur. – Im Hof meines Hauptquartiers sind soeben zweihundert Geiseln erschossen worden. In zwei Stunden werden zweihundert weitere Organier sterben, und dann jede zwei Stunden weitere zweihundert – bis die beiden Spione der Föderation an uns ausgeliefert worden sind. Es liegt bei Ihnen, wie viele Ihrer Mitbürger noch sterben müssen. Die Exekutionen werden so lange fortgesetzt, bis die beiden Saboteure ausgeliefert worden sind. – Hier spricht der Militärgouverneur. – Im Hof meines Hauptquartiers...«

Kirk und Spock schweigen. Selbst als der Panzerwagen längst außer Sicht und die Lautsprecherstimme unhörbar geworden war, starrten sie schweigend vor sich hin.

Schließlich flüsterte Kirk erregt: »Verdammt noch mal, was jetzt?«

»Die Organier können uns nicht ausliefern. Sie wissen ebensowenig, wo wir sind, wie Kor. Wir müssen uns selbst stellen. Und zwar sofort.«

»Warten Sie. – Lassen Sie mich nachdenken.«

»Aber alle die unschuldigen Opfer...«

»Ich weiß, ich weiß. Das hätte ich voraussehen müssen. Wir müssen uns stellen. Aber wir haben immer noch die Handwaffen der beiden Posten. Vielleicht können wir Kor dazu zwingen, die Erschießungen einzustellen.«

»Sehr unwahrscheinlich, Captain. Kor mag ein Massenmörder sein; aber er ist auch Soldat.«

»Dann müssen wir so viel Schaden anrichten, daß sie alle Hände voll zu tun haben und einfach nicht dazu kommen, Geiseln zu erschießen. Die Föderation hat für unsere Ausbildung eine Menge Geld ausgegeben, Mr. Spock. Ich denke, es wird langsam Zeit, sie zu nutzen.«

Spock schätzte ihre Chance, zu Kors Hauptquartier zu gelangen, 1:7.824,7; aber das Überraschungsmoment und die Phaser – die sie auf ›schwere Betäubung‹ geschaltet hatten – verhalfen ihnen zum Erfolg. Als sie Kors Büro erreichten, fanden sie die Tür offen. Der Kommandeur saß an seinem Schreibtisch, den Kopf in die Hände gestützt. Kirk hatte fast den Eindruck, daß auch ihm das Abschlachten unbewaffneter Zivilisten keinen Spaß machte. Als er aufblickte und Kirk und Spock mit schußbereiten Waffen auf sich zukommen sah, trat ein interessierter, anerkennender Ausdruck auf sein Gesicht.

»Bleiben Sie sitzen«, sagte Kirk. »Mr. Spock, behalten Sie die Tür im Auge.«

»Sie haben sich gut gehalten, trotz meiner Wachen.«

»Ich fürchte, die meisten davon sind für eine Weile außer Gefecht.«

»Krieg ist Krieg. – Und was jetzt?«

»Wir sind hier. – Also lassen Sie die Exekutionen einstellen.«

»Sie haben sich nicht ergeben«, sagte Kor sachlich. »Übergeben Sie mir Ihre Waffen, dann gebe ich sofort Befehl, die Exekutionen einzustellen. Sonst nicht.«

»Wir könnten Sie töten«, sagte Kirk. »Sie sind der Befehlshaber hier. Damit dürfte Ihr Operationsplan ziemlich durcheinanderkommen.«

»Lassen Sie sich ein wenig Zeit damit«, sagte Kor. »Es dürfte Sie interessieren, daß eine Flotte der Föderation in spätestens einer Stunde hier eintreffen wird. Unsere Flotte bereitet sich auf das Treffen vor. Wollen wir nicht das Ergebnis der Schlacht abwarten, bevor Sie abdrücken?«

»Ich werde überhaupt nicht abdrücken, wenn Sie mich nicht dazu zwingen.«

»Reine Sentimentalität – ein im Krieg völlig überflüssiges Gefühl, an dem wir Klingonen glücklicherweise nicht leiden.« Kor lächelte. »Denken Sie lieber daran, daß jetzt, während wir uns hier unterhalten, im Raum über uns das Schicksal der Galaxis für die nächsten zehntausend Jahre bestimmt wird. – Kann ich Ihnen einen Drink anbieten? Wir sollten auf den Sieg von Klingons Flotte anstoßen.«

»Das wäre etwas voreilig«, sagte Spock. »Es gibt viele andere Möglichkeiten.«

»Sehr richtig«, sagte Kirk. »Auf der Erde gab es einmal eine Nation, die sich die Spartaner nannten, die besten, tapfersten Krieger der Geschichte. Sie hatten ihre Herrschaftsepoche; aber ihr Hauptgegner, Athen, hat sie am Ende doch überlebt. Sparta kannte nur die Kunst des Krieges; Athen aber wurde die Mutter aller Künste genannt.«

»Eine sehr trostreiche Analogie; aber ein wenig überholt«, sagte Kor. »Natürlich ist in jedem großen Krieg auch das Glück ein gewisser Faktor. Heute sind wir die Sieger; morgen vielleicht die Verlierer. Aber ich zweifle daran.«

Er stand auf. Der Phaser in Kirks Hand bewegte sich um keinen Millimeter. Kor beachtete es nicht.

»Wissen Sie, warum wir so stark sind?« sagte er. »Weil wir eine Gemeinschaft sind. Jeder von uns fühlt sich als Teil eines größeren Ganzen. Jeder von uns wird von den anderen ständig unter Beobachtung gehalten. Selbst ein hoher Offizier wie ich ist nicht davon ausgenommen. Davon können Sie sich gleich überzeugen.«

Er lächelte und winkte zur Zimmerdecke.

»Wahrscheinlich ist da oben eine Kamera angebracht«, sagte Kirk, ohne Kor aus den Augen zu lassen. »Aber Mr. Spock hat die Tür abgesichert, und ich habe Sie vor der Mündung. Bei der geringsten Unruhe werde ich abdrücken.«

Er hörte Spock hinter sich überrascht aufschreien, und dann klirrte ein Phaser zu Boden.

Kirk fuhr herum und versuchte, gleichzeitig auch Kor im Auge zu behalten.

Im gleichen Moment wurde die Tür aufgestoßen, und zwei Soldaten Klingons stürzten herein.

Kirk drückte ab. Aber der Phaser feuerte nicht. Er wurde nur plötzlich glühend heiß. Instinktiv ließ er ihn fallen.

»Schießt!« schrie Kor. »Schießt doch, ihr Trottel!«

Jetzt waren mindestens fünf Soldaten in dem Raum; aber einer nach dem anderen ließ seine Waffe fallen. Rotglühend lagen sie auf dem Steinboden. Nachdem die Soldaten ihren ersten Schrecken überwunden hatten, stürzten sie sich auf Kirk und Spock.

Kirk schlug zurück. Er fühlte einen brennenden Schmerz in seiner Faust, als sie einen der Männer ins Gesicht traf.

Ein Klingone packte ihn von hinten – und ließ ihn sofort aufheulend wieder los.

»Ihre *Körper* sind glühend heiß!« schrie er entsetzt. Aber seine Worte gingen fast unter in dem wütenden Aufbrüllen von Kommandeur Kor, der gerade versucht hatte, ein Messer in die Hand zu nehmen.

Zehn Sekunden lang starrten die Männer einander ungläubig an. Man hörte keinen Laut, außer ihrem schweren, keuchenden Atmen. Dann traten Ayelborne und Claymare herein. Sie lächelten wie immer, und selbst Kirk fand dieses wie festgewachsen wirkende Lächeln jetzt abstoßend.

»Es tut uns leid, daß Sie uns zur Einmischung in Ihre Angelegenheiten gezwungen haben, Gentlemen«, sagte Ayelborne. »Aber wir konnten Ihre Gewalttätigkeiten nicht länger dulden.«

»Was reden Sie da für einen Unsinn, Sie Mondkalb?« sagte Kor wütend.

»Wir mußten nur Ihre Streitereien unterbinden, das ist alles.«

»Moment mal«, sagte Kirk. »*Sie* haben sie unterbunden? Sie?«

»Bitte, Captain«, sagte Claymore. »Sie wissen es doch ganz genau. Nicht nur Ihre Waffen, sondern alle Metallgegenstände auf diesem Planeten haben jetzt eine potentielle Oberflächentemperatur von 350 Grad. Jeder Versuch, sie zu benutzen, läßt die potentielle Hitze effektiv werden.«

»Meine Flotte...« sagte Kor.

»Auf beiden Raumschiff-Flotten herrschen die gleichen Zustände«, sagte Ayelborne. »Die Schlacht findet nicht statt.«

»Das ist doch lächerlich«, knurrte Kor.

»Ich schlage vor, Sie setzen sich mit Ihren Schiffen in Verbindung. Sie ebenfalls, Captain.«

Kirk schaltete den Kommunikator ein. »Kirk an *Enterprise*. Bitte melden.«

»Captain. Sind Sie es?«

»Ja. Bitte um Meldung, Mr. Sulu.«

»Ich weiß wirklich nicht, wie ich es Ihnen erklären soll, Captain«, sagte Sulu unsicher. »Wir näherten uns der Klingonen-Flotte, als plötzlich alle Bedienungshebel und Schalter so heiß wurden, daß man sie nicht mehr berühren konnte. Mit Ausnahme des Kommunikators eigenartigerweise. Falls es eine neue Waffe der Klingonen ist, warum haben sie nicht auch den Kommunikator lahmgelegt?«

»Das weiß ich auch nicht«, sagte Kirk. »Ayelborne, wie haben Sie das geschafft?«

»Ich könnte es Ihnen erklären, Captain; aber Sie würden es nicht begreifen. Sie müssen nur wissen, daß ich sowohl hier als auch auf der Brücke Ihres Schiffes bin, auf der Brücke jedes der Raumschiffe, auf den Planeten des Klingon-Imperiums und denen der Föderation. Einige meiner Energien habe ich in Ihre Waffensysteme abgeleitet; ich und der Rest meines Volkes. Wir wollen diesen irrsinnigen Krieg beenden.«

»Wie können Sie wagen...!« schrie Kor.

»Sie dürfen unsere Flotte nicht aufhalten«, sagte Kirk genauso ärgerlich. »Sie haben kein Recht...«

»Was draußen im Raum geschieht, geht Sie nichts an!«

»Die Flotten liegen fest«, sagte Ayelborne lächelnd. »Und wenn Sie sich nicht zu einer sofortigen Beendigung der Feindseligkeiten bereit erklären, werden wir Ihre gesamten Streitkräfte, wo immer sie sich aufhalten mögen, für immer kampfunfähig machen.«

»Wir haben einen legitimen Grund, uns gegen die Klingonen zur Wehr zu setzen«, sagte Kirk. »Sie sind in unser Territorium eingedrungen, haben unsere Bürger getötet...«

»Die umstrittenen Gebiete sind nicht Ihr Territorium!« schrie Kor wütend. »Sie haben versucht, uns einzukreisen, unsere Versorgung abzuschneiden, unseren Handel zu behindern.«

»Hören Sie«, sagte Kirk zu den Organiern und versuchte, sich zu beherrschen, »wir haben Sie nicht um Ihre Hilfe gebeten; aber Sie haben allen Grund, sich jetzt auf unsere Seite zu stellen. Zweihundert Ihrer Bürger sind als Geiseln erschossen worden...«

»Niemand ist gestorben«, sagte Claymare ruhig. »Seit vielen Jahrtausenden ist hier niemand mehr gestorben. Und wir wollen, daß es so bleibt.«

»Ich möchte Sie fragen, Captain«, sagte Ayelborne, »was Sie eigentlich so hartnäckig verteidigen.« Seine Stimme klang sanft und leicht amüsiert. »Gibt es Ihnen das Recht, einen Krieg zu führen, Millionen unschuldiger Menschen zu töten, Leben in planetaren Maßstäben zu vernichten? Ist das das ›Recht‹, von dem Sie sprechen?«

»Nun, ich...« Kirk suchte nach Worten. »Niemand will den Krieg, aber manchmal muß man eben kämpfen. Irgendwann werden wir dann...«

»Ja, irgendwann werden Sie Frieden schließen«, sagte Ayelborne. »Nachdem Millionen von Menschen gestorben sind. Wir werden Ihnen schon jetzt dazu verhelfen. Sie und die Klingonen werden ab sofort zu Freunden und Verbündeten werden. Sie werden von jetzt an harmonisch zusammenarbeiten.«

»Unsinn!« rief Kor.

Kirk merkte erst jetzt, daß er dicht neben dem Klingonen stand, und trat rasch einen Schritt zur Seite.

»Ich verstehe, daß Ihnen der Gedanke nicht gefällt«, sagte Ayelborne. »Und jetzt bitte ich Sie, uns zu verlassen. Allein die Gegenwart von Wesen wie euch ist uns unangenehm.«

»Wie meinen Sie das?« sagte Kirk. »Sie sind doch genauso ein Mensch wie wir, auch wenn Sie einige Tricks beherrschen.«

»Früher einmal haben wir uns kaum von Ihnen unterschieden«, sagte Claymare. »Aber das liegt Millionen von Jahren zurück. Jetzt haben wir uns so weit entwickelt, daß wir den physischen Körper überhaupt nicht mehr benötigen. Wir haben diese Gestalt nur Ihretwegen angenommen. Jetzt werden wir sie wieder ablegen.«

»Hypnose!« schrie Kor. »Captain, die Waffen waren vielleicht gar nicht wirklich heiß! Packt sie!«

Ayelborne und Claymare lächelten nur, und dann verschwanden sie. Zuerst begannen ihre Gestalten zu schimmern und zu strahlen, heller und heller, bis sie wie zwei Statuen in einem Brennofen wirkten. Dann löste sich die menschliche Gestalt auf. Es war, als ob zwei kleine Sonnen mitten im Raum standen.

Kirk schloß die Augen und bedeckte sie mit den Unterarmen. Trotzdem drang das grelle Licht in seine Augen. Dann aber begann der Schein zu verblassen.

Die Organier waren fort.

»Faszinierend«, sagte Spock. »Reiner Geist – oder reine Energie? Jedenfalls völlig unkörperlich. Kein Leben in der uns bekannten Form.«

»Aber der Planet«, sagte Kirk, »die Gebäude, diese Zitadelle…«

»Der Planet dürfte real sein«, sagte Spock. »Aber alles andere sind sicher nur Konventionalisationen. Für die Organier völlig nutzlos, für uns Anhaltspunkte. Ich würde sagen, daß diese Wesen uns in der Evolution so weit voraus sind wie wir der Amöbe.«

Sie schwiegen eine ganze Weile. Schließlich wandte sich Kirk an Kor.

»Nun«, sagte er, »das dürfte das Ende unseres Krieges bedeuten. Da die Organier uns am Kämpfen hindern, könnten wir uns eigentlich daran gewöhnen, von jetzt an Freunde zu sein.«

»Sie haben recht.« Kor streckte ihm die Hand hin. »Trotzdem finde ich das alles ein wenig traurig.«

»Traurig? Weil sie uns so weit überlegen sind? Aber die Entwicklung hat Millionen Jahre gedauert. Selbst Götter werden nicht über Nacht geboren.«

»Das ist es nicht, was mich traurig stimmt«, sagte Kor. »Es tut mir nur leid, daß sie uns nicht mehr kämpfen lassen.« Er seufzte. »Es wäre eine herrliche Schlacht geworden.«

Kriegsgericht

Irgendwie hatte die *Enterprise* den Ionensturm überstanden, aber ein Mann war tot, und das Schiff war schwer beschädigt. Kirk sah sich gezwungen, Flottenbasis 11 anzulaufen, um dort die notwendigen Reparaturen vornehmen zu lassen.

Er meldete sich bei Hafenkapitän Senior Captain Stone, einem alten, grauhaarigen Neger, der viele Jahre lang selbst Schiffsoffizier gewesen war, und erstattete ihm Bericht. Der Report enthielt selbstverständlich auch eine detaillierte Darstellung der Umstände, die zum Tod des Verwaltungsoffiziers Benjamin Finney geführt hatten. Kirk gab diesen Bericht als letzten ab und erst nach längerem Überlegen.

Stone bemerkte sein Zögern, drängte ihn aber nicht. Schließlich sagte er: »Jetzt haben Sie den Bericht schon dreimal durchgelesen, Captain. Haben Sie einen Fehler entdeckt?«

»Nein. Aber der Tod eines Kameraden...« Er unterschrieb den Bericht und reichte ihn Stone.

»Ich verstehe.« Er blickte auf die beschriebenen Bogen. »Dann wollen wir mal sehen: Wo ist das Computer-Logbuch?«

»In dem anderen Ordner.«

»Gut. – Mir tut die Sache auch sehr leid. Wir können es uns nicht leisten, gute Leute wie Finney zu verlieren. – Wenn er nur rechtzeitig aus der Gondel herausgekommen wäre.«

»Ich habe bis zum allerletzten Moment gewartet«, sagte Kirk. »Aber der Sturm wurde immer schlimmer. Wir hatten Alarmstufe rot. Ich mußte die Gondel absprengen.«

Die Bürotür wurde aufgerissen. Eine junge Frau stürzte herein und blieb drei Schritte vor dem Schreibtisch stehen – jung und hübsch, aber offensichtlich in einem Zustand stärkster Erregung. Sie starrte Kirk wütend an. »Da sind Sie ja!« schrie sie. »Ich wollte Sie mir noch einmal ansehen!«

»Jame!«

»Ja, Jame! Und Sie sind der Mann, der meinen Vater umgebracht hat!«

»Glauben Sie das wirklich?« fragte Kirk.

»Sogar noch mehr! Ich weiß, daß Sie ihn kaltblütig ermordet haben!«

»Jame! Überlegen Sie doch einmal, was Sie da sagen!« Kirk ging langsam auf sie zu. »Wir waren doch Freunde, das wissen Sie ganz genau.«

»Freunde! Alles Lüge! Sie haben ihn gehaßt! Ihr ganzes Leben haben Sie ihn gehaßt! Und jetzt haben Sie ihn umgebracht!«

Stone, der sich diskret aus der Auseinandersetzung herausgehalten und so getan hatte, als ob er in den Papieren lese, stand plötzlich auf und trat zwischen sie. Jame kämpfte mit den Tränen, und Kirk blickte sie müde und niedergeschlagen an.

»Captain Kirk«, sagte Stone mit sehr kühler Stimme, »Sie haben eben gesagt, daß Sie die Gondel *nach* Verkündung von Alarmstufe rot abgesprengt haben?«

»So steht es in meinem eidesstattlichen Bericht.«

»Dann muß ich annehmen, daß Sie darin eine wissentliche Falschmeldung vorgenommen haben. Nach den Aufzeichnungen Ihres Computer-Logbuches wurde die Gondel *vor* Verkündung von Alarmstufe rot abgesprengt. Sie sind bis auf weiteres vom Dienst suspendiert. Eine Untersuchungskommission wird entscheiden, ob Sie vor ein Kriegsgericht gestellt werden.«

Kirk sah und hörte nichts von einer Untersuchungskommission. Er hatte fast den Verdacht, daß sie nur aus Hafenkapitän Stone und einem Bandgerät zur Überprüfung des Computer-Logbuches bestand. Durch diese wurde jedenfalls seine Vernehmung durchgeführt.

»Wo soll ich anfangen?« fragte Kirk.

Stone schob ihm eine Tasse Kaffee über den Schreibtisch. »Erzählen Sie mir etwas über Finney.«

»Wir kannten uns viele Jahre lang. Er war Lehrer an der Akademie. Ich war damals ein blutjunger Kadett; aber die Alters- und Dienstgraduntcrschiede haben den Beginn einer engen Freundschaft nicht verhindern können. Seine Tochter Jame, die gestern abend hier in Ihr Büro stürzte, ist nach mir benannt worden.«

»Aber diese Freundschaft ist im Lauf der Jahre – nun, sagen wir – abgekühlt, nicht wahr? Bitte, beantworten Sie die Frage, Captain. Der Recorder kann Ihr Nicken nicht aufzeichnen.«

»Ja, das stimmt. Einmal, als ich ihn auf der Brücke der USS *Republic* ablöste, stellte ich fest, daß er die Lüftungsklappen zu der Atombrennkammer aufgelassen hatte. Wenn wir die Atomtriebwerke angeworfen hätten, wäre das Schiff in die Luft geflogen. Schon so war die Luft im Maschinenraum strahlenverseucht. Ich habe die Lüftung abgeschaltet und den Vorfall im Logbuch vermerkt. Er bekam daraufhin eine Verwarnung und wurde ans Ende der Beförderungsliste zurückgestuft.«

»Und hat Ihnen deshalb Vorwürfe gemacht, nicht wahr?«

»Ja. Er war ohnehin ungewöhnlich lange Lehrer an der Akademie und wurde deshalb erst sehr spät auf ein Sternenschiff kommandiert. Meine Meldung warf ihn natürlich noch weiter zurück. Aber ich konnte eine Nachlässigkeit von einer solchen Tragweite natürlich nicht einfach übergehen.«

»Kommentar des vernehmenden Offiziers«, sprach Stone in das Mikrophon des Recorders, »Dienstunterlagen von Finney dieser Aussage hinzufügen.« Er wandte sich Kirk zu: »Und jetzt, Captain, bitte ich um eine Schilderung des Ionensturms.«

»Unsere Wetter-Scanner meldeten einen starken Ionensturm direkt voraus. Ich schickte Finney in die Gondel außerhalb des Schiffsrumpfs. Diese Gondel gehörte zu unserer Spezialausrüstung für diese Reise. Wir hatten den Sonderauftrag, den Strahleneinfall unter abnormen Bedingungen zu messen. Das ist aber nur möglich, wenn die dazu benötigten Instrumente in einer Plastikgondel dem Strahleneinfall direkt ausgesetzt werden. In einem starken Ionensturm wird aber diese Gondel von den Strahlen derartig aufgeladen, daß sie zu einer Gefahr für das Schiff wird und abgesprengt werden muß.«

»Warum haben Sie ausgerechnet Finney in die Gondel geschickt? Weil er Sie dafür verantwortlich machte...«

»Vielleicht hat er mich dafür verantwortlich gemacht, daß er niemals ein selbständiges Kommando bekommen hat. Aber ich gebe niemandem einen Job, weil er mir irgend etwas übelnimmt, sondern weil er dafür qualifiziert und gerade frei ist. Finney war zu diesem Zeitpunkt frei. Wir hatten gerade den Rand des Sturmgebiets erreicht – der Sturm schien gar nicht so stark zu sein –, und ich schickte Finney in die Gondel. Da stießen wir plötzlich auf Magnetfeld-Abweichungen von Stärke zwei. Ich befahl Alarmstufe rot. Finney wußte, was das bedeutete, und daß er nur wenige Sekunden hatte, um ins Schiff zurückzukommen. Ich habe ihm auch diese Sekunden gegeben – aber er kam nicht heraus. Ich kann mir auch nicht erklären, warum er sich nicht gerettet hatte. Er hatte die notwendige Ausbildung, die nötigen Reflexe und mehr als ausreichend Zeit.«

»Aber warum hat dann Ihr Computer-Logbuch – das während des Sturms automatisch geführt wurde – den Eintrag, daß noch keine Alarmstufe rot gegeben worden war, als Sie die Gondel absprengten?«

»Ich weiß es nicht«, sagte Kirk.

»Kann die Computer-Eintragung falsch sein?«

»Mr. Spock, mein Erster Offizier, überprüft das gerade«, sagte Kirk. »Aber ich halte es für ausgeschlossen.«

Stone blickte Kirk lange prüfend an. Dann schaltete er den Recorder ab. »Hören Sie zu, Kirk«, sagte er. »Was ich jetzt tue, ist eigentlich verboten. Aber ich war selbst Kommandant eines Sternenschiffs. Ich kenne die Belastungen, denen man Tag für Tag ausgesetzt ist: Hunderte von Entscheidungen, von denen das Leben von vielen Menschen abhängt. Sie waren bei Ihrer letzten Mission 19 Monate unterwegs. Sie haben die ganze Zeit niemals Ruhe und Entspannung gehabt. Sie sind einfach erschöpft, erledigt.«

Kirk begriff, was Stone vorhatte. Und es gefiel ihm nicht. »Glauben Sie das wirklich?«

»Ich würde es so in meinem Bericht schreiben – wenn Sie einverstanden sind.«

»Also physische Erschöpfung«, murmelte Kirk, »vielleicht sogar Nervenzusammenbruch.«

»So ungefähr.«

»Mit anderen Worten, ich soll zugeben, daß ein Mann sterben mußte, nur weil ich...«

»Sie sollen gar nichts zugeben. Lassen Sie mich die Angelegenheit hier und jetzt bereinigen. Bis jetzt hat noch kein Kommandant eines Sternenschiffs vor einem Kriegsgericht gestanden. Ich möchte nicht, daß Sie der erste sind.«

»Aber was ist, wenn ich wirklich schuldig bin?« fragte Kirk.

»Es geht nicht um Ihre Schuld. Mir liegt allein daran, unseren Schild rein zu halten. Ich werde nicht zulassen, daß unsere Ehre besudelt wird, weil...«

»Weil was?«

»Okay! Sie wollen es nicht anders! – Weil ein Kommandant seine Nachlässigkeit, Feigheit oder noch Schlimmeres durch eine Falschmeldung zu decken versucht!«

»Das geht zu weit!« Kirk sprang auf. »Ich weiß genau, was geschehen ist. Schließlich war ich auf der Brücke. Ich weiß, was ich getan habe!«

»Eben! Und das alles hat der Computer festgehalten! Und Computer lügen nicht!« Stone musterte Kirk kühl. »Die Entscheidung liegt bei Ihnen: Entweder Sie gehen auf meinen Vorschlag ein und akzeptieren die Versetzung zu einem Schreibtisch-Job, oder der Fall kommt vor ein Kriegsgericht, und Sie müssen mit einer schweren Bestrafung rechnen.«

»Ich habe mich bereits entschieden«, sagte Kirk. »Schalten Sie den Recorder wieder ein.«

Der Gerichtssaal war düster und kahl. An einer Wand hing ein Projektionsschirm. Vor dem Richtertisch standen ein Recorder und ein Zeugenstuhl; links und rechts waren je ein Tisch für Anklagevertreter und Verteidiger.

Hafenkapitän Stone und die drei Mitglieder des Kriegsgerichts saßen an dem erhöhten Richtertisch. Die Anklagevertretung lag in den Händen von Areel Shaw, einer kühlen, blonden Schönheit, die eine gute, alte Freundin Kirks war. Auf ihren Rat hin hatte Kirk Samuel T.

Cogley, einen trockenen, alten Exzentriker, der nicht an die Weisheit der Computer glaubte, zu seinem Verteidiger ernannt. Er wirkte nicht sehr kompetent und vertrauenerweckend; aber Kirk war überzeugt, daß Areels Rat ehrlich gemeint gewesen war.

Stone eröffnete die Sitzung durch einen Schlag an eine alte Schiffsglocke. »Ich erkläre hiermit die Sitzung des Kriegsgerichts von Flottenbasis 11 für eröffnet. Captain James T. Kirk, stehen Sie auf. Die Anklage lautet: strafbare Nachlässigkeit. – Als Folge dieser Nachlässigkeit wurde der Verwaltungsoffizier Benjamin Finney, Sternzeit 2947.3 getötet. Anklagepunkt 2: Falschmeldung. – Nach diesem Vorfall haben Sie unkorrekte Angaben im Logbuch Ihres Schiffes über die Vorgänge gemacht. – Bekennen Sie sich zu diesen Anklagen schuldig oder nicht schuldig?«

»Nicht schuldig«, sagte Kirk.

»Ich habe den Vertreter des zentralen Raumfahrt-Kommandos Chandra und die Kapitäne Li Chow und Krasnowski zu Mitgliedern dieses Kriegsgerichts ernannt. Ich mache Sie auf Ihr Recht aufmerksam, jeden dieser Offiziere als Richter abzulehnen und die Ernennung eines anderen zu verlangen, wenn Sie befürchten, daß er Ihnen gegenüber Vorurteile hegt.«

»Keine Einwände, Sir.«

»Sind Sie mit der Ernennung von Leutnant Shaw als Vertreter der Anklage und mir als Vorsitzendem des Kriegsgerichts einverstanden?«

»Ja, Sir.«

»Leutnant Shaw, Sie haben das Wort.«

Areel Shaw trat vor. »Ich rufe Mr. Spock als Zeugen auf.« Spock trat in den Zeugenstand. »Mr. Spock«, sagte Areel Shaw. »Als Wissenschafts-Offizier sind Sie sicher mit der Funktion von Computern vertraut, nicht wahr?«

»Ich weiß alles über Computer«, sagte Spock ruhig.

»Kennen Sie irgendwelche Funktionsstörungen, die dazu führen könnten, daß ein Ereignis falsch registriert wird?«

»Nein.«

»Oder eine Funktionsstörung, die in *diesem* vorliegenden Fall zu einer falschen Registrierung geführt haben könnte?«

»Nein. Sie ist aber trotzdem falsch.«

»Bitte erklären Sie.«

»Das Computer-Logbuch hat registriert, daß der Kontakt für die Absprengung der Gondel *vor* Verkündung von Alarmstufe rot betätigt wurde – mit anderen Worten, daß Captain Kirk zu Notmaßnahmen gegriffen hat, die zu diesem Zeitpunkt noch gar nicht berechtigt waren. Und das ist nicht nur unlogisch, sondern völlig unmöglich.«

»Waren Sie dabei, als er den Auslöseknopf drückte?«

»Nein«, sagte Spock. »Ich war beschäftigt. Wir befanden uns ja im Alarmzustand.«

»Wie können Sie dann behaupten, daß die Eintragung im Computer-Logbuch nicht stimmt?«

»Ich behaupte das ja gar nicht. Ich weiß nur, daß sie falsch sein muß. Ich kenne den Captain. Er würde niemals…«

»Captain Stone«, sagte Areel Shaw geduldig. »Würden Sie den Zeugen bitten, sich nicht in Spekulationen zu ergehen.«

»Sir«, wandte sich Spock an Stone, »ich bin Halbvulkanier. Vulkanier spekulieren nicht. Was ich sage, ist allein von Logik bestimmt. Wenn man einen Hammer fallen läßt, braucht man ihn nicht fallen zu sehen, um zu wissen, daß er gefallen ist. Und Menschen besitzen genauso bestimmte Charakteristika, die unwandelbar wie die Naturgesetze sind, denen die tote Materie unterliegt. Ich behaupte deshalb, daß es für Captain Kirk unlogisch ist, Notmaßnahmen zu ergreifen, wenn überhaupt kein Notfall vorlag; und es ist ihm unmöglich, aus Nachlässigkeit oder Böswilligkeit so zu handeln. Das entspricht einfach nicht seiner Natur.«

»Nach Ihrer Meinung«, sagte Areel Shaw.

»Ja«, sagte Spock. »Nach meiner Meinung.«

Als nächster Zeuge wurde der Personaloffizier der *Enterprise* in den Zeugenstand gerufen.

»Gab es in der Personalakte des Verwaltungsoffiziers Finney eine Eintragung über eine Disziplinarstrafe?« fragte Areel Shaw.

»Ja.«

»Und war der Grund dieser Strafe eine Dienstnachlässigkeit, nämlich das Versäumnis, eine Lüftung zu schließen?«

»Ja.«

»Diese Strafe wurde aufgrund einer Meldung des Offiziers verhängt, der ihn als Brückenwache ablöste. Wer war dieser Offizier?«

»Fähnrich James T. Kirk«, sagte der Personaloffizier.

»Und dieser Fähnrich ist identisch mit dem heutigen Captain James T. Kirk, der hier vor Gericht steht?«

»Ja.«

»Ich danke Ihnen. – Mr. Cogley, Sie können den Zeugen ins Kreuzverhör nehmen.«

»Keine Fragen«, sagte Cogley.

Als nächsten Zeugen rief Areel den Schiffsarzt Dr. McCoy auf.

»Dr. McCoy«, sagte sie, als er in den Zeugenstand getreten war, »Sie sind nach Ihrer Personalakte Experte für Raumpsychologie – für Verhaltensmuster, die sich beim engen Zusammenleben an Bord eines Raumschiffes auf langen Reisen ergeben.«

»Ich verstehe etwas davon.«

»Ihre wissenschaftliche Vorbildung und Ihre Erfahrungen strafen Ihre Bescheidenheit Lügen. – Halten Sie es für möglich, daß der Verwaltungsoffizier Finney den Angeklagten wegen des eben vom Personaloffizier beschriebenen Vorfalls für schuldig hielt, daß er, Finney, bei der Beförderung zurückgestuft wurde, ihn damit für schuldig hielt, daß er nie ein eigenes Kommando bekommen hatte und jetzt unter ihm dienen mußte? Und daß er ihn dafür haßte?«

»Natürlich wäre das möglich«, sagte McCoy.

»Wäre es dann nicht auch denkbar, daß dieser Haß in Captain Kirk eine ähnliche Emotion, also ein Haßgefühl auf Finney, wachgerufen hätte?«

»Sie fragen immer nach Möglichkeiten«, sagte McCoy. »Für die menschliche Seele ist fast alles möglich. Tatsache ist jedoch, daß ich bei Captain Kirk niemals ein solches Gefühl bemerkt habe.«

»Und was ist mit einem lediglich im Unterbewußtsein vorhandenen Haßgefühl?«

»Einspruch«, sagte Sam Cogley. »Mit dieser Frage soll der Zeuge zu einer unbeweisbaren, subjektiven Spekulation verleitet werden.«

»Im Gegenteil«, sagte Areel. »Ich frage einen Experten der Psychologie nach einem psychologischen Fachurteil.«

»Einspruch zurückgewiesen. Bitte fahren Sie fort.«

Stone nickte Areel Shaw zu.

»Captain Kirk«, fuhr Areel zielstrebig fort, »hätte Kirk also Finney gegenüber Haßgefühle hegen können, ohne sich dessen bewußt zu sein; so starke Haßgefühle, daß sie sein Verhalten dem Offizier gegenüber mehr oder weniger bestimmten. Ist das *theoretisch* möglich?«

»Ja«, sagte McCoy. »Es ist möglich, aber äußerst unwahrscheinlich.«

»Danke«, sagte Areel. »Sie können den Zeugen ins Kreuzverhör nehmen.«

»Keine Fragen«, sagte Cogley.

»Dann rufe ich jetzt den Angeklagten Captain James T. Kirk in den Zeugenstand.«

Als Kirk vorgetreten war, sagte Areel Shaw: »Wenn das Gericht einverstanden ist, möchte ich von einer Vernehmung zur Person Abstand nehmen und die entsprechenden Eintragungen in Captain Kirks Personalakte ohne Kommentar ins Protokoll aufnehmen lassen.«

»Mr. Cogley«, wandte sich Stone an den Verteidiger, »sind Sie damit einverstanden?«

Cogley lächelte freundlich und stand auf. »Wissen Sie, Sir, ich möchte auf keinen Fall derjenige sein, der den raschen Fortgang der Verhandlung aufhält. Andererseits aber möchte ich auch nicht, daß ein zu schnelles Tempo meinen Klienten unter sich begräbt. Darf ich das Gericht darauf hinweisen, daß es hier um das Schicksal eines *Menschen* geht. Also könnte es vielleicht nicht schaden, sich ein wenig gründlicher mit seiner Persönlichkeit zu beschäftigen. Ein rascher Fortgang der Verhandlung ist wichtig, zugegeben. Aber die *Rechte* des Angeklagten sind das Allerwichtigste hier.«

Der Protokollführer verlas die Personalakte Captain Kirks, seine Ausbildungskurse, seine Beförderungen, seine Verwundungen, seine zahlreichen Auszeichnungen. Diese Verlesung beanspruchte eine geraume Zeit. Areel Shaw blickte zu Boden, und Kirk wußte nicht, ob sie wütend war, daß man ihren Trick ausmanövriert hatte, oder ob sie sich schämte, daß Cogley ihren Trick durchschaut hatte.

Als die Verlesung beendet war, blickte sie wieder auf. »Und jetzt, Captain, trotz Ihrer wirklich imponierenden Laufbahn: Behaupten Sie immer noch, daß Alarmstufe Rot bestand, als Sie die Gondel absprengten?«

»Ja.«

»Sie haben aber keine Erklärung dafür, warum das Computer-Logbuch Ihrer Behauptung widerspricht?«

»Nein.«

»Und Sie würden unter den gleichen Umständen wieder genauso handeln?«

»Einspruch!« sagte Cogley. »Die Anklage versucht, dem Angeklagten im voraus eine Schuld für etwas anzulasten, das er noch nicht getan hat.«

»Schon gut, Sam«, sagte Kirk. »Ich will die Frage beantworten. – Leutnant Shaw. Ich bin zum Kommandanten eines Raumschiffs ausgebildet worden.«

»Ich möchte das Gericht darauf hinweisen«, sagte Areel Shaw, »daß der Zeuge die Frage umgangen hat.«

»Er hat ein Recht, seine Antworten zu erläutern«, sagte Stone. »Bitte fahren Sie fort, Captain Kirk.«

»Ich danke Ihnen, Sir. Wir befanden uns in einem äußerst schweren Ionensturm. Ich hatte das Kommando über das Schiff und traf eine Entscheidung. Und aufgrund dieser Entscheidung ist ein Mann gestorben. Es ging hier aber nicht nur um das Leben dieses einen Mannes, sondern um das Leben der gesamten Besatzung, um die Existenz des Raumschiffs. Wenn ich diese Entscheidung *nicht* getroffen hätte, als es Zeit zum Handeln war, wäre mein Verhalten, nach meiner Meinung, kriminell gewesen. Ich habe nicht in Panik oder böswillig gehandelt. Ich habe nur das getan, was meine Pflicht mir vorschrieb. Und, selbstverständlich, Leutnant Shaw, würde ich gegebenenfalls wieder genauso handeln. Das erfordert die Verantwortung meines Kommandos.«

Eine Weile herrschte Schweigen. Dann wandte sich Areel Shaw an

Stone: »Sir, die Anklage möchte Captain Kirk nicht der Lüge zeihen. Aber ich muß dem Gericht jetzt das Video-Band der entsprechenden Eintragungen im Computer-Logbuch vorführen.«

»Beginnen Sie.«

Der große Bildschirm wurde hell. Als die Vorführung zu Ende war, sagte Areel Shaw mit fast niedergeschlagen klingender Stimme: »Das Gericht hat sicher die entscheidende Szene gesehen: Der Zeigefinger des Angeklagten drückt den Knopf mit der Aufschrift Absprengen nieder. Das Konditions-Signal zeigte in diesem Augenblick Alarmzustand, aber nicht Alarmstufe Rot, als die Gondel, in der sich Finney befand, abgesprengt wurde. Es bestand also kein akuter Gefahrenzustand. – Damit ist die Beweisführung der Anklage beendet.«

Reglos starrte Kirk immer noch auf den längst erloschenen Bildschirm.

Er hatte das Unmögliche gesehen.

Während der Verhandlungspause blätterte Sam Cogley gemächlich in einem Buch, während Kirk in dem Raum, der ihnen für die Pause zugewiesen worden war, wie ein gereizter Tiger auf und ab ging.

»Ich weiß doch genau, was ich getan habe!« sagte er erregt. »Diese Computer-Eintragung ist einfach unmöglich.«

»Computer lügen nicht«, sagte Cogley.

»Sam, glauben Sie etwa auch, daß ich die Gondel voreilig abgesprengt habe?«

»Ich glaube, daß Sie vielleicht nicht ganz zurechnungsfähig waren. Das ist angesichts der ständigen Nervenbelastung durchaus verständlich, Jim. Und damit könnte ich Sie wahrscheinlich auch frei bekommen.«

»Vor zwei Tagen«, sagte Kirk kopfschüttelnd, »hätte ich mein Leben darauf verwettet...«

»Das haben Sie auch heute verwettet, zumindest Ihr Berufsleben.«

»Aber ich weiß genau, was ich getan habe«, schrie Kirk erregt.

»Wenn Sie die Verteidigung niederlegen wollen...«

»Seien Sie nicht albern«, sagte Cogley. »Sie sollten sich jetzt nur eins vor Augen halten: Das Urteil liegt bereits fest, wenn wir nicht jetzt noch auf schuldig und vorübergehende Unzurechnungsfähigkeit plädieren, dann...«

Kirks Kommunikator fiepte, und Kirk schaltete ihn ein. »Hier Kirk.«

»Captain«, sagte Spocks Stimme. »Ich habe den Computer noch einmal gründlich untersucht.«

»Und nichts gefunden, natürlich.«

»Ihre Stimme klingt bitter.«

»Wundert Sie das? Trotzdem möchte ich Ihnen für Ihre Mühe danken.«

»Das war meine Pflicht, Captain. Haben Sie weitere Befehle?«

»Nein. Ich fürchte, Sie müssen sich bald nach einem neuen Schachpartner umsehen, Mr. Spock. Ende!«

Cogley nahm seine Bücher und ging zur Tür. »Ich muß noch zu einer Besprechung mit Stone und Shaw.«

»Hören Sie, Sam«, sagte Kirk. »Ich war vorhin ein wenig heftig. Entschuldigen Sie...«

Cogley nickte und öffnete die Tür. Davor stand, die Hand zum Anklopfen gehoben, Jame Finney.

»Jame!« rief Kirk überrascht. »Sam, das ist Finneys Tochter.«

»Freut mich«, sagte Cogley.

»Mr. Cogley«, sagte sie. »Sie müssen etwas tun! Sorgen Sie dafür, daß er auf Unzurechnungsfähigkeit plädiert – oder etwas anderes. Irgend etwas anderes. Ich werde Ihnen helfen, soweit ich kann.«

Sam Cogley blickte sie ein wenig überrascht an und sagte: »Ich habe schon versucht, ihn zu überreden.«

»Es ist ohnehin zu spät dazu«, sagte Kirk. »Aber ich danke Ihnen für Ihr Verständnis.«

»Es darf nicht zu spät sein! Mr. Cogley, mein Vater ist tot. Und auch durch eine Verurteilung Jims wird er nicht wieder lebendig.«

»Eine sehr großherzige Einstellung, Miß Finney«, sagte Cogley. »Aber etwas ungewöhnlich, finden Sie nicht auch? Schließlich wird Captain Kirk beschuldigt, den Tod Ihres Vaters fahrlässig verschuldet zu haben.«

»Ich war...«

Jame brach ab. Sie wirkte plötzlich sehr nervös. »Ich habe nur an Jim gedacht.«

»Ich danke Ihnen, Jame«, sagte Kirk. »Aber ich fürchte, mir kann niemand mehr helfen.« Als sich die Tür hinter ihr geschlossen hatte, legte Cogley seine Bücher wieder auf den Tisch. »Wie gut kennen Sie das Mädchen?« fragte er.

»Sehr gut«, sagte Kir. »Seit ihrer Geburt.«

»Hmmmm. Das erklärt vielleicht ihr Verhalten. – Trotzdem eigenartig. – Normalerweise sind Kinder nicht so sachlich und nüchtern, wenn ein Elternteil gestorben ist.«

»Anfangs war sie das auch nicht. Sie hat nach meinem Blut geschrien. Sie war hochgradig hysterisch, stürzte in Stones Büro und nannte mich einen vorsätzlichen Mörder.«

»Warum haben Sie mir das nicht schon früher erzählt?«

»Wir haben nie davon gesprochen«, sagte Kirk. »Warum? Ist es wichtig?«

»Das weiß ich nicht«, sagte Cogley nachdenklich. »Auf jeden Fall ist es – eigenartig.«

Stone eröffnete die Verhandlung. Eine Sekunde später materialisierten Spock und McCoy in der Mitte des Raums – eine genial-exakte Transporter-Arbeit. Sie gingen direkt auf Kirk und Cogley zu. Cogley stand auf, und Spock flüsterte ihm erregt etwas zu.

»Mr. Cogley«, sagte Stone hart, »was hat das zu bedeuten?«

»Ich möchte das Gericht um Entschuldigung bitten«, sagte Cogley. »Aber diese beiden Offiziere haben neues Beweismaterial gefunden und hatten keine andere Möglichkeit, rechtzeitig vor Gericht zu erscheinen.«

»Die Beweisführung ist bereits abgeschlossen«, sagte Areel Shaw. »Aber Mr. Cogley ist ja bekannt für seine theatralischen Neigungen.«

»Nennen Sie es Theatralik, wenn man versucht, das Leben eines Unschuldigen zu retten?« Er wandte sich an Stone. »Sir, meinem Klienten ist ein fundamentales Recht vorenthalten worden – das Recht, den Belastungszeugen gegenübergestellt zu werden. *Allen* Belastungszeugen. Und der Hauptbelastungszeuge gegen meinen Klienten ist kein menschliches Wesen, sondern ein Informationssystem – eine Maschine.«

»Der in Frage kommende Abschnitt des Computer-Logbuchs ist hier vorgeführt worden.«

»Zugegeben. Aber die Vorführung eines Abschnitts ist nicht das gleiche wie die Vorführung der Maschine, die ihn hergestellt hat. Ich beantrage deshalb eine Vertagung der Verhandlung und einen Lokaltermin an Bord der *Enterprise*.«

»Einspruch«, sagte Areel Shaw. »Die Verteidigung versucht, aus der Verhandlung eine Zirkusvorführung zu machen.«

»Sehr richtig!« sagte Cogley entschieden. »Einen Zirkus! Wissen Sie eigentlich, was der erste Zirkus war, Leutnant Shaw? Eine Arena, in der Männer Auge in Auge einem Gegner gegenüberstanden, auf Leben und Tod. Sie haben völlig recht. Dies ist ein Zirkus! In dieser Arena geht es um das Leben von Captain Kirk. Denn wenn Sie ihm sein Kommando wegnehmen, ist er ein toter Mann. Aber er hat seinem Gegner noch nicht Auge in Auge gegenübergestanden. Er hat das Recht, seinem Ankläger gegenüberzustehen, und es spielt überhaupt keine Rolle, daß dieser Ankläger eine Maschine ist. Wenn Sie ihm dieses Recht nicht zugestehen, stellen Sie uns nicht nur mit der Maschine auf eine Stufe, sondern Sie haben die Maschine über uns gestellt! Ich ersuche das Gericht also, meinem Antrag zu entsprechen. Mehr noch: Im Namen der Menschlichkeit, die hier im Schatten einer Maschine schmachtet, verlange ich es! Ich verlange es!«

Die vier Richter steckten die Köpfe zusammen, und dann sagte Stone: »Antrag angenommen!«

»Mr. Spock«, sagte Cogley. »Wie viele Schachpartien haben Sie während der Verhandlungspause gegen den Computer gespielt?«

»Fünf.«

»Und das Resultat?«

»Ich habe alle fünf gewonnen.«

»Ist das nicht etwas ungewöhnlich?«

»Ja.«

»Und wie erklären Sie sich dieses ungewöhnliche Ergebnis?«

»Ich habe den Computer selbst zum Schachspielen programmiert.

Er kennt also meine Spielweise. Und, wie schon vorher festgestellt wurde, ein Computer irrt sich nie. Aus diesem Grund könnte ich, selbst wenn auch ich keinen einzigen Fehler beginge, bestenfalls ein Remis erhoffen. Ich habe gelegentlich gegen Captain Kirk gewonnen; aber noch nie gegen den Computer – bis jetzt. Daraus folgt, daß jemand den Computer neu adjustiert haben muß, und zwar entweder die Schachprogrammierung oder die Datenspeicherung. Das letztere ist einfacher durchzuführen und deshalb wahrscheinlicher.«

»Nach Ihrer Meinung wäre aber auch das für die meisten Menschen undurchführbar. Stimmt das?«

»Ja.«

»Welche Menschen an Bord Ihres Schiffs besäßen die Fähigkeit dazu?«

»Der Captain, ich und – der Verwaltungsoffizier.«

»Danke. – Ich rufe jetzt Captain Kirk als Zeugen auf. Captain, welche Maßnahmen haben Sie nach dem Sturm getroffen, um Finney wiederzufinden?«

»Als er sich auf meine Anrufe nicht meldete«, sagte Kirk, »befahl ich eine Phase-Eins-Suche nach ihm. Diese Suchaktion wird unternommen, wenn eine Person verletzt ist und sich nicht selbst melden kann.«

»Voraussetzung ist aber auch, *daß der Mann gefunden werden will*, nicht wahr?«

»Natürlich.«

»Das wollte ich nur feststellen. Darf ich jetzt, um Zeit zu sparen, Captain Kirk fragen, welche Vorbereitungen Mr. Spock getroffen hat? Sie werden gleich sehen, daß diese Frage äußerst wichtig ist.«

»Nun – bitte.«

»Captain?«

»Mr. Spock hat vor Beginn des Lokaltermins die gesamte Besatzung, mit Ausnahme des Brückenpersonals, von Bord geschickt. Einschließlich der Maschinenmannschaft. Unsere Impulstriebwerke sind abgeschaltet, und wir sind in Umlaufbahn allein im freien Fall.«

»Und wenn die Schwerkraft des Planeten die Umlaufbahn abflacht?« fragte Stone.

»Wir hoffen, hier vorher fertig zu werden«, sagte Cogley. »Und das ist das bedeutende Zeitelement, von dem ich sprach. Captain, hat Mr. Spock noch andere Vorbereitungen getroffen?«

»Ja. Er hat einen Hörsensor an den Logbuch-Computer geschaltet. Der Computer nimmt jetzt – genau wie wir – jeden Laut auf, der auf dem Schiff hörbar wird.«

»Danke, Captain. – Dr. McCoy, bitte.«

McCoy trat vor.

»Doktor, ich sehe, Sie haben ein Gerät bei sich. Was ist es, bitte?«

»Ein Spezial-Sound-Absorber.«

»Ich verstehe. Bitte einschalten, Mr. Spock.«

Spock, der an den Brückenarmaturen stand, drückte einen Schalter. Plötzlich wurde der Raum von einem unglaublich lauten Hämmern erschüttert, als ob eine große Zahl von Trommeln geschlagen würde.

»Können Sie mit der Lautstärke ein wenig heruntergehen?« bat Cogley. »Danke. Hohes Gericht, dieses Geräusch sind die Herzschläge der hier anwesenden Menschen. Mit Erlaubnis des Gerichts werde ich jetzt Dr. McCoy bitten, jedem von uns den Puls zu fühlen und dann mit Hilfe des Spezial-Sound-Absorbers den Pulsschlag des Betreffenden zu eliminieren.«

»Und was soll der Sinn dieses Zauberkunststückes sein?« fragte Areel Shaw spöttisch.

»Das wissen Sie sicher genausogut wie ich, Leutnant. Fangen Sie an, Dr. McCoy.«

Der Arzt ging von einem zum anderen, und das Geräusch der vereinten Pulsschläge wurde immer dünner, immer leiser.

»Das war's«, sagte McCoy, als er auch den letzten Pulsschlag gemessen und mit seinem Generator gelöscht hatte.

Niemand wagte zu atmen.

Weil irgendwo immer noch ein Herz schlug.

»Das Gericht hört sicher genauso wie wir, daß irgendwo an Bord des Schiffes noch ein Herz schlägt. Wir werden sicher bald feststellen, daß es das Herz von Verwaltungsoffizier Finney ist. – Mr. Spock, können Sie das Geräusch lokalisieren?«

»B-Deck, zwischen Sektion 18 Y und 27 D. Ich habe den Abschnitt bereits abgeriegelt.« Kirk zögerte einen Augenblick, dann wandte er sich an Stone.

»Captain, dies ist mein Problem. Ich möchte, daß niemand von Ihnen die Brücke verläßt.«

Als er gehen wollte, drückte Spock ihm einen Phaser in die Hand.

»Die Waffenkammer liegt in dem Sektor«, sagte er leise. »Er ist vielleicht bewaffnet. Ich habe bereits auf ›Betäubung‹ geschaltet.«

»Danke, Mr. Spock.«

Vorsichtig betrat er die abgesperrte Sektion des Schiffs und ging den Korridor entlang.

»Finney!« rief er von Zeit zu Zeit. »Kommen Sie heraus! Es hat keinen Sinn, Ben! Kommen Sie heraus!«

Lange Zeit rührte sich nichts. Dann, plötzlich, trat ein Mann aus dem Schatten, den Phaser schußbereit in der Faust.

»Hallo, Captain«, sagte Finney.

Kirk konnte nicht anworten. Obwohl er gewußt hatte, daß er Finney hier treffen würde, war es trotzdem ein schwerer Schock, so plötzlich dem ›Toten‹ gegenüberzustehen.

»Nichts zu sagen, Captain?« fragte Finney hart.

»Doch. – Ich freue mich, daß Sie noch leben.«

»Sie meinen, Sie sind erleichtert, weil nun Ihre kostbare Karriere gerettet ist, nicht wahr? Aber da irren Sie sich. Sie haben es für alle Beteiligten nur noch schlimmer gemacht.«

»Werfen Sie die Waffe fort, Ben. Das Spiel ist aus. Was wollen Sie denn noch erreichen?«

»Warum haben Sie mich nicht in Ruhe gelassen?« sagte Finney. »Jetzt bleibt mir nichts anderes übrig, als…«

»Seien Sie doch vernünftig, Ben.«

»Vernünftig? Nach allem, was man mir angetan hat? Alle anderen Offiziere meines Dienstalters sind längst Kommandanten, nur ich nicht. Wegen einer einzigen kleinen Nachlässigkeit, die schon ewig lange zurückliegt. Aber niemand vergißt sie. Nichts vergessen sie.«

»Ben, ich habe damals die Meldung gemacht. Wenn Sie jemanden anklagen müssen, dann klagen Sie mich an, aber nicht andere.«

»Sie sind schuldig«, sagte Finney. »Alle sind schuldig. Ich war ein guter Offizier. Wirklich. Und ich habe meinen Dienst geliebt wie niemand sonst.«

Langsam trat Kirk näher auf ihn zu.

»Bleiben Sie stehen, Captain! Noch einen Schritt weiter, und ich...«

»Sie sind krank, Ben. Wir wollen Ihnen doch helfen.«

»Noch einen Schritt...«

Plötzlich hörten sie vom anderen Ende des Korridors James Aufschrei: »Vater! Vater!«

Finneys Kopf fuhr herum. Im gleichen Augenblck stürzte Kirk auf ihn zu und schlug ihm die Waffe aus der Hand. Jame warf sich ihrem Vater in die Arme.

»Jame!«

»Es ist gut, Vater. Es ist alles gut.« Sie strich ihm mit der Hand über die Stirn. »Alles ist gut.«

»Du verstehst nicht«, sagte er leise. »Ich... ich mußte es tun... nach allem, was sie mir angetan haben.«

»Mr. Cogley«, sagte Stone, »ich muß Ihnen, Mr. Spock und Dr. McCoy für Ihre ausgezeichnete Detektivarbeit danken. Würden Sie mir jetzt bitte erklären, wie Sie auf den Gedanken gekommen sind, daß sich Finney noch hier an Bord befinden mußte?«

»Ich kam darauf, als Captain Kirk mir von dem plötzlichen Gesinnungswandel Miß Finneys erzählte. Es gab nur eine logische Erklärung dafür: Sie wußte, daß ihr Vater nicht tot war. Also hatte sie auch keinen Grund mehr, Captain Kirk seinen Tod anzulasten.«

»Aber woher hat sie das gewußt?« fragte Stone.

»Sie hat die Papiere ihres Vaters gelesen. Vielleicht hat sie nicht alles begriffen; aber zumindest muß sie erkannt haben, daß hier ein Mann, der an furchtbaren Verfolgungskomplexen litt, diese Komplexe zu Papier gebracht hatte. Sie kannte außerdem den Captain seit ihrer Kindheit, und sie ist im Grunde genommen ein fairer und anständiger Mensch.«

Er blickte Kirk in die Augen.

»Oder vielleicht war es auch nur ihr gesunder Instinkt. Wir wollen froh sein, daß noch etwas Animalisches in uns erhalten geblieben ist. Aber jedenfalls hat Jame jetzt ihren Vater wieder und auch den Freund ihrer Kindheit.«

»Ihr Vater wird sich vor dem Kriegsgericht verantworten müssen«, sagte Stone.

»Ich weiß«, antwortete Cogley. »Und ich möchte Sie schon jetzt bitten, mich zu seinem Verteidiger zu ernennen. Und, unter uns gesagt, ich glaube, daß ich gewinnen werde.«

»Unter uns gesagt«, erwiderte Stone lächelnd. »Das würde mich nicht im geringsten überraschen.«

Unternehmen Vernichtung

Die Ausbreitung des Irrsinns war langsam und anscheinend völlig regellos verlaufen, aber sie war ebenso unaufhaltsam gewesen. Zuert war sie auf Aldebaran Magnus 5 festgestellt worden. Kurze Zeit später auf Cygni Theta 12. Zuletzt auf Ingraham 8. Dieser letzte Ausbruch lag also nur kurze Zeit zurück, als die *Enterprise* ein knappes Jahr nach der Katastrophe dort eintraf.

Die Mission zeitigte jedoch keinerlei Ergebnisse. Es bestand keine erkennbare Verbindung zwischen den drei Planeten – außer der einen: Die Bewohner waren jeweils alle zur gleichen Zeit geistiger Umnachtung verfallen und hatten einander umgebracht. Nicht in offenen Kriegshandlungen; sie waren einfach übereinander hergefallen, auf der Straße, in den Wohnungen, überall, bis auch der letzte von ihnen tot war.

Spock war der Ansicht, daß es doch irgend etwas Gemeinsames zwischen den drei Planeten geben mußte, wenn man annahm, daß die längst vergangenen Kulturen des Orionkomplexes der gleichen Seuche zum Opfer gefallen waren. Die archäologischen Funde waren jedoch sehr dürftig, und außerdem war die Bevölkerung dieser Planetengruppe nicht menschlicher Abstammung gewesen. Es gab also keine *A-priori*-Begründung dafür, daß sie von einer Seuche befallen worden waren, von der auch menschliche Wesen heimgesucht werden können.

Trotzdem, aufgrund der vorliegenden Annahme war der Computer in der Lage, den Krankheitsherd zu lokalisieren und die Ausbreitungsgeschwindigkeit der Seuche festzulegen – eine Art amöboider Verfleckung zwischen den Sternen, die in immer kürzeren Abständen Pseudopodien nach anderen Welten ausstreckte. Wenn die aufgrund der Radioaktivität festgelegte Zeit des Untergangs der Orionkulturen stimmte – und das war als fast sicher anzusetzen – und wenn die Annahme zutraf, die reine Spekulation war, dann hatte der Irrsinn zweihundert Jahre gebraucht, um ein zweites Planetensystem zu befallen, weniger als hundert Jahre, um in einer dritten Welt auszubrechen, und der vierte Ausbruch schien unmittelbar bevorzustehen.

»Auf Denevan, würde ich sagen«, meinte Spock. »Das ist ein erdähnlicher Planet, der vor etwa einem Jahrhundert kolonisiert wurde. Er besitzt ein angenehmes Klima, keine gefährlichen Lebensformen. Natürlich könnte ich mich gewaltig irren, da meine Prämisse einzig und allein auf einer Annahme beruht.«

»Darauf müssen wir es eben ankommen lassen«, sagte Kirk. »Mr. Sulu, nehmen Sie Kurs auf Denevan, Sol-Faktor Vier. Leutnant Uhura, melden Sie Kurs und Ziel an das Flottenkommando. Und sowie wir auf Funkweite an Denevan heran sind, rufen Sie den Planeten an.«

Aber dazu kam es nicht mehr. Das erste, was die Sensoren zeigten, als die *Enterprise* sich Denevan näherte, war ein Raumschiff Denevans, das sich anscheinend in die Sonne des Systems stürzen wollte.

»Lagebericht!« sagte Kirk leise.

»Der Vorsprung ist zu groß, Captain«, meldete Sulu. »Es ist ein Ein-Mann-Gleiter. Er fliegt unter Lichtgeschwindigkeit, aber mit großer Beschleunigung.«

»Kontakt hergestellt, Captain«, meldete Uhura.

»Denevan-Raumschiff! Hier spricht USS *Enterprise*. Ändern Sie sofort Ihren Kurs. Sie liegen auf Kollisionskurs mit der Sonne! Feuern Sie Ihre Bremsraketen!«

Aus dem Lautsprecher kam eine matte, keuchende Stimme: »Hilfe... Bitte – helfen Sie...«

»Wir versuchen es! Spock, können wir ihn mit dem Traktorstrahl erreichen?«

»Nein, Sir«, sagte Spock. »Das Magnetfeld der Sonne ist zu stark.«

»Sulu, gehen Sie auf Abfangkurs. Denevan-Schiff, feuern Sie Ihre Bremsraketen!«

»Helfen Sie mir... nehmen Sie es fort... nehmen Sie es fort... bitte...«

»Außentemperatur vierhundert Grad«, meldete Spock, »steigt rasch weiter an.«

»Er ist schon zu nahe an der Sonne, Captain«, sagte Sulu. »Er wird verbrennen. Und wir auch, wenn wir noch näher herangehen.«

»Bleiben Sie auf Kurs.«

»Außentemperatur achthundert Grad«, meldete Spock.

Plötzlich kam die Stimme des Denevaners laut und klar aus dem Lautsprecher. Sie klang befreit, fast jubelnd: »Ich habe es geschafft! Es ist fort! Ich bin frei! Ich habe gewonnen! – Oh, mein Gott, die Sonne – die Sonne, ich...« Seine Worte endeten mit einem entsetzlichen Aufschrei. »Er ist tot, Captain«, meldete Sulu.

»Kurswechsel!« rief Kirk. Und dann, als das riesige Raumschiff unter der Belastung der engen Kurve schüttelte und bebte, starrte er reglos auf den jetzt stillen Lautsprecher.

»Warum hat er das getan?« fragte er leise. »Selbst wenn seine Instrumente ausgefallen waren, wir haben ihn doch gewarnt.«

»Selbstmord vermutlich«, sagte Spock.

»Aber warum? Und außerdem glaube ich nicht, daß er sterben wollte. Er hat uns doch um Hilfe gebeten.«

»Selbstmorde sind nie logisch.«

»Das mag vielleicht durchaus logisch sein, Mr. Spock, aber mich befriedigt es nicht. Und ich hasse ungelöste Rätsel. Sie machen sich auch nicht gut im Logbuch.«

»Captain«, meldete Uhura, »ich habe Funkkontakt mit Denevan.«

»Gut. Schalten Sie herüber. – Hallo, Denevan. Hier USS *Enterprise*.«

»Beeilen Sie sich, *Enterprise*!« rief eine Stimme durch laute statische Geräusche. »Helfen Sie uns! Ich muß mich beeilen, sonst merken die es!«

»Noch ein Verrückter«, murmelte Kirk leise. »Leutnant, können Sie nicht die Statik herausfiltern?«

»Es ist solare Statik, Sie. Sie hört auf, wenn wir uns weiter von der Sonne entfernt haben.«

»Hallo, Denevan. Hier *Enterprise*. Bitte wiederholen Sie Ihre Meldung.«

»Schnell! Beeilen Sie sich, sonst ist es zu spät! Wir brauchen Hilfe!«

»Wir sind unterwegs«, sagte Kirk. »Was ist bei Ihnen auf Denevan los? Bitte erklären Sie.«

Aber es kam keine Antwort. Nur laute statische Geräusche prasselten aus dem Lautsprecher.

Uhura wandte ihren Sessel um. »Kontakt abgebrochen, Sir. Ich versuche, ihn wiederherzustellen; aber ich glaube, der Sender ist ausgeschaltet worden.«

»Okay, Sulu. Kurs auf Denevan. Volle Kraft voraus.«

Die Landegruppe – Kirk, Spock, McCoy, zwei Soldaten und Nachrichtenmaat Zahara – materialisierte in einer menschenleeren Straße. Auf dem Planeten sollten über eine Million von Kolonisten leben, davon allein in dieser Stadt fast hunderttausend. Und nicht ein einziger Mensch war zu sehen.

»Wo stecken denn die Leute?« fragte Kirk.

Spock schaltete seinen Tricorder ein und ließ den Scannerstrahl einen vollen Kreis beschreiben. »Sie sind alle hier; aber in ihren Häusern. Anscheinend haben sie sich versteckt. Da drüben, in dem großen Gebäude auf der anderen Straßenseite, befindet sich ein Kommunikationszentrum. Die Geräte sind abgeschaltet; aber die Energieversorgung scheint intakt zu sein.«

»Okay, dann wollen wir...«

»Annäherung einer Gruppe von Menschen«, meldete Spock. »Vier Leute, nein, fünf. Sie kommen rasch näher.«

Er hatte kaum zu Ende gesprochen, als fünf Männer um die Ecke bogen und auf sie zuliefen. Ihre Gesichter waren verzerrt, als ob sie unter großen Schmerzen litten. Alle fünf schwangen schwere Keulen, und als sie die Männer der *Enterprise* sahen, brachen sie in ein tierisches Geheul aus.

»Lauft weg!«

»Wir wollen euch nichts tun!«

»Zurück!«

»Paßt auf!«

»Waffen auf ›Betäubung‹ schalten«, rief Kirk.

Die Denevaner stürmten auf sie zu und schwangen die Keulen über ihren Köpfen.

»Lauft weg! Bitte!«

»Sie werden euch erwischen!«

»Verschwindet!«

»Wir müssen euch töten, wenn ihr nicht...«

Kirk drückte ab, und dann schossen auch die anderen. Die angreifenden Denevaner stürzten, und die Keulen polterten zu Boden. Vorsichtig trat Kirk auf sie zu.

»Haben Sie verstanden, was sie uns zugerufen haben, Mr. Spock?«

»Ja. Sie schienen sich Sorgen um unsere Sicherheit zu machen. So große Sorgen, daß sie uns die Schädel einschlagen wollten. Vielleicht handelt es sich hier nicht um *den* Irrsinn, aber...«

»Aber mir reicht er«, sagte Kirk. »Pille, schau dir die Leute einmal an.«

McCoy beugte sich über die fünf bewußtlosen Denevaner. Dann richtete er sich wieder auf und schüttelte den Kopf. »Äußerst merkwürdig«, sagte er. »Nach den Betäubungsladungen, die sie abbekommen haben, müßten sie für ein paar Stunden völlig hinüber sein. Aber mein Gerät registriert starke Hirnströme, als ob sie von außen stimuliert würden, selbst während sie...«

Der gellende Aufschrei einer Frau unterbrach ihn. Kirk fuhr herum. »Ausschwärmen!« rief er. »Der Schrei kam aus dem Kommunikationszentrum!«

Sie liefen über die Straße. Wieder ein Schrei.

Sie liefen in das Gebäude, in eine dunkle Halle. Die einzige Tür, die ins Innere des Gebäudes führte, war verschlossen. Kirk warf sich dagegen.

»Aufmachen!« schrie er. »Wir sind von der *Enterprise!*«

»Sie sind hier!« schrie eine Frau. »Sie sind hier! Jagt sie fort!« Kirk hörte neben ihrer Stimme noch ein summendes Geräusch, das immer lauter zu werden schien.

Kirk und die beiden Soldaten warfen sich zusammen gegen die Tür. Sie krachte auf. Dahinter lag wirklich ein Kommunikationszentrum; aber es sah verkommen und zerstört aus. Ein älterer Mann lag bewußtlos auf dem Boden. Auf der anderen Seite des Raums preßte eine Mädchen irgendein Gerät mit aller Kraft gegen eine Ventilationsöffnung. Als die Männer der *Enterprise* hereinstürzten, taumelte sie zurück, preßte beide Hände vors Gesicht und brach in wildes Schluchzen aus.

Kirk nahm sie in die Arme. »Schon gut. Sie sind in Sicherheit.«

Das Mädchen stieß plötzlich wieder einen gellenden Schrei aus und schlug mit Armen und Beinen um sich.

»Pille! Geben Sie ihr eine Spritze! Ich kann sie nicht mehr festhalten!«

McCoy hatte bereits einen Sprayinjektor in der Hand, und Sekunden später lag das Mädchen bewußtlos am Boden.

»Der Mann lebt«, sagte McCoy, nachdem er sich wenige Sekunden über den Bewußtlosen gebeugt hatte. »Er scheint in einer Art Verkrampfung zu sein. Vielleicht ist er auch nur völlig erschöpft. Auf jeden Fall sollte ich beide sofort zum Schiff bringen.«

»Gut. – Mr. Spock, Sie haben gehört, was das Mädchen gesagt hat. Sie schrie immer wieder, daß *sie* da wären. Was halten Sie davon?«

»Sehen Sie sich um, Captain«, sagte Spock. »Stoffetzen unter die Tür gestopft, Bretter über die Fenster genagelt. Als ob sie belagert worden wären.«

»Aber von wem? Es gibt doch keine gefährlichen Lebensformen auf diesem Planeten. Und unsere Sensoren haben auch nichts aufgefaßt, was nicht hierher gehört.«

»Ich bin genauso verblüfft wie Sie, Captain.«

»Pille, laß dich zusammen mit den beiden Leuten an Bord beamen und bringe sie wieder zu Bewußtsein. Ich will ihnen ein paar Fragen stellen. Mr. Spock, wir werden uns noch ein wenig draußen umsehen. Zahara, haben Sie alles mit Ihrem Recorder aufgenommen?«

»Selbstverständlich, Captain.«

Als sie wieder auf die Straße hinaustraten, sah Kirk einen der beiden Soldaten vor der Einmündung einer engen, dunklen Gasse stehen. Als er Kirk und die anderen Männer bemerkte, trat er auf sie zu.

»Etwas Besonderes, Abrams?« fragte Kirk.

»Ja, Sir; aber fragen Sie mich bitte nicht, was. Irgend etwas bewegt sich dort in der Gasse. Ich höre eine Art Summen.«

Kirk blickte in die Gasse. Sie war wie ausgestorben, und auch an den Fenstern war niemand zu sehen, nur in einem bemerkte Kirk das Gesicht eines Mannes. Es zeigte einen Ausdruck von Schmerz, Angst und verzweifelter Hoffnung.

»Sie!« rief Kirk zu ihm hinauf. »Ich muß mit Ihnen reden!«

Das Gesicht verzog sich wie in Agonie und verschwand. Kirk stieß einen unterdrückten Fluch aus. »Okay, Spock, Abrams, sehen wir nach, was da los ist.«

Mit schußbereiten Phasern betraten sie vorsichtig die dunkle Gasse. Sofort wurde das summende Geräusch lauter, und ein runder Gegenstand, etwa von der Größe eines Fußballs, flog über ihre Köpfe hinweg. Und dann noch einer.

»Phaser auf ›Töten‹ schalten!« rief Kirk.

Aber es kamen keine dieser seltsamen Bälle mehr.

»Dort!« rief Spock plötzlich und deutete nach oben. Eines dieser runden Objekte klebte an der gegenüberliegenden Wand.

Kirk feuerte. Der Strahl traf es voll, aber er löste es nicht auf. Es hing nach wie vor wie festgeklebt an der Wand, dann fiel es ab und sank langsam zu Boden.

Vorsichtig traten die Männer näher. Spock richtete den Strahl seines Tricorders auf das am Boden liegende Objekt. Es war lediglich eine geleeartige Masse, amorph, farblos, wie eine große Qualle. Kirk starrte es an.

»Was ist denn das?«

»Das ist gar nichts«, sagte Spock, »sonst hätte es von dem Strahl Ihres Phasers zerstört werden müssen. Es wird nicht einmal vom Tricorder registriert.«

»Trotzdem ist es durchaus existent«, sagte Kirk. »Und es wirkte lebendig. Können wir es mit an Bord nehmen, Spock?«

»Ich möchte Ihnen abraten, Captain. Wir haben nicht die dazu notwendigen Geräte bei uns. Es könnte gefährlich sein, eventuell giftig oder korrosiv – es gibt ein Dutzend Möglichkeiten.«

»Wir wissen zwar nichts von diesen Dingern, aber immerhin scheinen sie den Schatten zu lieben«, sagte Kirk. »Gehen wir jetzt zur Straße zurück. Wir wissen ja, wo wir sie finden können.«

Als sie zurückgingen, erklang wieder das laute Summen. Und im nächsten Augenblick raste wieder so ein Ball durch die Luft und traf Spock voll in den Rücken. Die Wucht warf ihn vornüber zu Boden, und das runde Ding saß wie festgesaugt an seinem Rücken. Er packte es mit beiden Händen und versuchte, es abzureißen. Aber im nächsten Augenblick war es verschwunden, und Spock lag reglos auf dem Boden der dunklen Gasse.

Kirk kniete sich neben ihm nieder. »Spock, alles in Ordnung? Das Ding ist verschwunden. Können Sie aufstehen?«

Spocks Hände waren noch immer in seinen Rücken gekrallt. Als Kirk ihn ansprach, drehte er sich um. Sein Gesicht war verzerrt, und er schien alle Kraft zu brauchen, um sich zu beherrschen.

Langsam kam er auf die Knie. Dann öffnete er den Mund, fiel auf das Gesicht und begann zu schreien.

Spock lag im Krankenrevier des Raumschiffs. McCoy hatte ihm eine schwere Betäubungsspritze gegeben. Sonst konnte er nichts für ihn tun.

Inzwischen aber hatte er den Mann und das Mädchen, die sie im Kommunikationszentrum gefunden hatten, ins Bewußtsein zurückgerufen. Das Mädchen hieß Aurelan, der Mann Menen. Bereitwillig beantworteten sie alle Fragen, die Kirk ihnen stellte; aber er begriff ihre Antworten nicht.

»Ich weiß, es klingt wie blanker Irrsinn«, sagte Aurelan. »Aber ich schwöre Ihnen, daß es die volle Wahrheit ist.«

Kirk blickte kurz zu Zahara hinüber und überzeugte sich davon, daß der Signalmaat ihr Gespräch mit dem Recorder aufnahm.

»Sie behaupten also allen Ernstes, daß diese Gelatinebälle, was immer sie sein mögen, den ganzen Planeten in ihrer Gewalt haben?«

»Ja, mit Ausnahme von uns beiden«, sagte Menes.

»Aber es leben doch über eine Million Menschen auf Denevan.«

»Das stimmt, aber von *ihnen* gibt es mehrere Millionen«, sagte Menen.

»Wann sind sie auf Ihren Planeten gelangt? Und vor allem wie?«

»Sie sind vor etwa vier Monaten gekommen«, sagte Menen, »in einem Raumschiff. Mehr wissen wir nicht. Wir haben keine Zeit gehabt.«

»Es ist wie ein Alptraum, Captain«, sagte Aurelan. »Nein, schlimmer als ein Alptraum.«

»Die Dinger besitzen keine Kommunikationsmöglichkeiten?«

»Doch, sie verständigen sich mit uns«, sagte Aurelan bitter. »Der Schmerz. Wenn sie angreifen, geschieht irgend etwas im menschlichen Organismus, irgendeine Veränderung. Ich bin kein Mediziner, ich habe keine Ahnung, was da vor sich gehen könnte. Aber von dem Moment an ist das Leben nur noch ein einziger furchtbarer Schmerz, man vegetiert in Agonie und sehnt den Tod herbei.«

Menen fügte hinzu: »Mein Sohn hat es mir beschrieben, bevor er starb. Er sagte, daß die Dinger Körper benötigen, etwa so, wie wir Werkzeuge brauchen. Sie brauchen Arme und Beine – menschliche Körper. Und wenn sie sich einmal in einem Menschen eingenistet haben, ist er ihnen wehrlos ausgeliefert. Die Männer, die Sie auf der Straße angegriffen haben, wollten Ihnen nichts tun. *Sie* wollten Ihre Hilfe. Aber die Dinger haben ihnen befohlen, Sie zu töten. Sie konnten nicht anders.«

»Aber warum haben sie nicht auch Sie beide unter ihre Kontrolle gebracht?«

»Ich vermute, sie haben uns verschont, damit wir den normalen Nachrichtenverkehr mit anderen Planeten und den Raumschiffen aufrechterhalten können. Sie wollen Raumschiffe haben, Captain. Sie brauchen Raumschiffe. Sie zwingen unsere Menschen, ihnen welche zu bauen.«

»Mein Bruder Noban«, begann Aurelan, »hat sich...«

»War das der Mann, der sich mit seinem Raumgleiter in die Sonne stürzte?«

Aurelan nickte. »Sie hatten ihn in ihren Besitz genommen. Er wurde fast wahnsinnig vor Schmerzen, aber er hat uns berichtet, daß Denevan für diese Wesen nur eine Art Zwischenstation ist. Sie wollen sich weiter ausbreiten. Sie *müssen* sich ausbreiten.« Sie schluckte erregt. »Sie müssen verstehen, daß die Opfer dieser Parasiten für sie nach einer gewissen Zeit nutzlos werden. Sie werden irrsinnig. Also brauchen sie neue menschliche Körper, in denen sie sich einnisten können. Neue Menschen, neue Planeten, einen nach dem anderen. Sie kommen, und wenn sie gehen, lassen sie Irrsinn und Tod zurück.«

»Im Namen Gottes, Captain«, sagte Menen flehend, »Sie müssen etwas tun!«

»Ich werde alles tun, was in meiner Macht steht«, versprach Kirk. »Aber vor allem muß ich mich zunächst einmal um meinen Ersten Offizier kümmern.«

»Ist er für das Schiff so wichtig?« fragte Aurelan.

»Außerordentlich wichtig«, antwortete Kirk. »Außerdem ist er mein Freund.«

»Dann«, sagte Menen, »töten Sie ihn.«

»Was?«

»Töten Sie ihn! Sofort! Weil sein Leben nur noch Agonie ist, unerträgliche Schmerzen, die im Irrsinn enden. Wenn Sie ihm wirklich ein Freund sein wollen, dann töten Sie ihn. Es ist eine Erlösung für ihn.«

»Sicherheitsoffizier ruft Brücke«, sagte eine Stimme aus dem Lautsprecher.

»Hier Kirk.«

»Captain, hier ist Ames. Mr. Spock hat den Krankenpfleger niedergeschlagen und ist geflohen. Er wirkte wie in Trance.«

»Alarm für alle Decks. Und seien Sie vorsichtig. Er könnte gefährlich werden.« Kirk wandte sich an Menen und Aurelan. »Sie beide sollten in Ihre Kabinen gehen. Es ist sicherer.«

Wortlos verließen sie die Brücke.

Sekunden später öffnete sich die Tür des Fahrstuhls, und Spock stürzte heraus.

»Weg da!« schrie er und stürzte sich auf die Kommandogeräte des Schiffes. »Ich muß auf Denevan landen!«

Bevor sich irgend jemand ihm in den Weg stellen konnte, hatte er Sulu niedergeschlagen. Der Navigator und Scott stürzten auf ihn zu und versuchten, ihn zu überwältigen. Aber Spock war ein überaus kräftiger Mann. Mit zwei furchtbaren Schlägen streckte er sie zu Boden. »Wache auf die Brücke!« rief Uhura ins Mikrophon. »Alarm! Alarm auf der Brücke!«

Kirk griff ebenfalls ein. Aber er war wie die anderen Männer durch ihr Bemühen, Spock nicht zu verletzen, behindert. Spock kannte solche Hemmungen nicht. Rücksichtslos schlug er um sich, und sie hatten alle Hände voll zu tun, ihn von den Kontrollgeräten fernzuhalten.

Dann erschienen drei der alarmierten Soldaten auf der Brücke, und innerhalb von Sekunden hatten sie Spock überwältigt.

»Ich muß das Schiff auf Denevan landen!« schrie er. »Ich will es nicht; aber ich muß es tun! Helft mir doch! Helft mir!«

Jetzt war auch McCoy da. Er drängte sich zu Spock hindurch und gab ihm eine Injektion. Spock sackte zusammen.

»Bringt ihn wieder ins Bordlazarett«, befahl Kirk. »Aber schnallt ihn diesmal fest.«

Die Soldaten trugen ihn hinaus. Kirk und McCoy folgten ihnen. Es war eine makabre Prozession.

»Menen hat mich gewarnt«, sagte Kirk. »Er sagte, wenn Spock mir irgend etwas bedeutet, soll ich ihn töten.«

»Das ist doch heller Wahnsinn!«

»Keine Sorge, Pille, mir gefällt die Idee auch nicht. Aber wir müssen doch irgend etwas tun, um ihm zu helfen.«

»Nun, ich habe zumindest schon einen Anfang gemacht«, sagte McCoy. »Komm mit, ich zeige dir etwas.«

Sie betraten McCoys Labor. Der Arzt nahm ein Glas von seinem Schreibtisch, das zur Hälfte mit einer durchsichtigen, wasserklaren Flüssigkeit gefüllt war.

In der Flüssigkeit zuckte ein wurmförmiges, fast durchsichtiges Objekt.

»Was ist das?« fragte Kirk.

»Ein Stück lebendes Gewebe auf jeden Fall«, sagte McCoy. »Nennen wir es ein Tentakel. Ich habe es vor einer Stunde aus Spocks Rückenmark entfernt.«

»Ist es das, was die Schmerzen verursacht?«

McCoy nickte. »Sein ganzes Nervensystem ist mit diesen faserförmigen Gebilden durchsetzt. Mit normalen chirurgischen Methoden ist da nichts zu machen. Ich wüßte nicht, wie man sie operativ entfernen könnte.«

»Dann hat der alte Mann also doch recht«, sagte Kirk, »und dieses Gewebe reagiert auf Direktiven, die von den anderen Kreaturen ausgesandt werden.«

»Oder es ist diese Kreatur selbst«, sagte McCoy.

»Wie soll ich das verstehen?«

»Dieses Zeug«, sagte McCoy und deutete auf das Glas, »ist weiter nichts als undifferenziertes Gewebe, ohne irgendwelche Organe. Und ich glaube, das gleiche gilt auch für die anderen Kreaturen, die wir auf dem Planeten gesehen haben. Sie wirken nicht wie selbständige Lebewesen, sondern wie *Teile* von Lebewesen, vielleicht *eines* Lebewesens. Wenn man sie alle zusammenbringen würde... Ich weiß auch nicht.«

»Kannst du wenigstens erklären, wieso sie gegen die Strahlen unserer Phaser resistent sind?«

»Ja. Diese Gebilde bestehen aus fast reiner Energie – sie sind nicht protoplasmisch. Deshalb können sie auch fliegen. Ein Energiestrahl aus einer Phaserwaffe wirkt auf sie lediglich wie etwa ein scharfer Wasserstrahl auf uns. Er wirft uns zu Boden, macht uns vielleicht ein wenig benommen, aber nicht mehr. Und jetzt wollen wir zu Spock gehen. Ich möchte dir noch etwas zeigen.«

Spock lag angeschnallt auf einer Pritsche und war bewußtlos. Ein Überwachungsgerät registrierte seine Körperfunktionen.

»Blicke auf den linken Indikator«, sagte McCoy. »Es ist ein Dolorimeter – ein Meßgerät für Schmerzempfindungen. Wenn ich ihn jetzt für Spocks Werte einschalte...«

Er drehte an einem Knopf. Sofort schoß der Indikator bis zum obersten Strich der Skala in die Höhe. Dort blieb er zitternd stehen.

»Da kannst du sehen, was der arme Kerl durchmacht«, sagte McCoy leise. »Es ist, als ob er bei lebendigem Leib verbrannt würde. Kein Wunder, daß man dabei irrsinnig wird.«

»Und kein Wunder, wenn die Menschen einander aus reiner Barmherzigkeit töten.«

Während McCoy sprach, begann der Anzeiger des Dolorimeters langsam zu sinken. McCoy starrte ihn verblüfft an. »Was, zum Teufel...« Spock öffnete die Augen. »Hallo, Doktor«, sagte er matt. »Hallo, Captain.«

»Mr. Spock! Wie fühlen Sie sich?«

»Nicht sehr gut. Aber diese Fesseln brauchen wir jetzt nicht mehr. Und auch nicht Ihre Spritze, Doktor. Ich bin wieder dienstfähig.«

»Das ist unmöglich«, sagte McCoy.

»Spock, wir haben eben erst erlebt, wozu die Schmerzen Sie treiben können«, sagte Kirk.

»Ich muß mich für mein Benehmen entschuldigen«, sagte Spock. »Aber dieser wahnsinnige Schmerz hat mein Gehirn anscheinend völlig lahmgelegt. Ich konnte nicht einmal mehr daran denken, daß man dieses Raumschiff überhaupt nicht auf einem Planeten landen kann. Aber ich habe die Schmerzen jetzt völlig unter Kontrolle.«

»Wie haben Sie das geschafft?« fragte McCoy.

»Ich bin Vulkanier, wie Sie wissen. Wir sind dazu erzogen worden, alle Empfindungen beherrschen zu können. Auch der Schmerz ist eine Empfindung, die sich vom Gehirn ausschalten läßt.«

»Aber Sie sind nur Halb-Vulkanier«, wandte Kirk ein. »Wie steht es um Ihre menschliche Hälfte?«

»Sie ist, zugegeben, eine Erschwernis; aber ich komme trotzdem zurecht. Diese Kreatur – alle seine Tausende von Teilen – drängt selbst jetzt, in diesem Augenblick, auf mich ein. Ich spüre es ganz deutlich. Sie will das Schiff haben! Aber ich kann dem Befehl widerstehen. Es ist nicht angenehm; aber ich kann Ihnen versichern, daß keinerlei Gefahr besteht, wenn Sie mich losbinden.«

»Selbst der stärkste Wille erschöpft sich nach einer gewissen Zeit«, sagte McCoy. »Wenn ich Ihnen eine schwache Beruhigungsspritze geben würde...«

»Nein, Doc! Ich brauche dazu einen völlig klaren Verstand.«

»Mr. Spock, ich brauche Sie dringend«, sagte Kirk. »Aber ich darf keinerlei Risiko eingehen. Sie bleiben vorerst hier und tun, was der Arzt Ihnen sagt, verstanden?«

Spock nickte. Plötzlich verzog er sein Gesicht, und Kirk sah, wie die Nadel des Dolorimeters hochschoß. Spock schloß die Augen und flüsterte mit zusammengebissenen Zähnen: »Ich fühle keinen Schmerz. – Ich fühle keinen Schmerz... keinen Schmerz... keinen Schmerz...«

Auf der Brücke meldete Leutnant Uhura, daß das Flottenkommando Funkkontakt aufgenommen hätte.

»Hier *Enterprise*, Commodore Anhalt«, meldete sich Kirk.

»Wir haben uns eben mit Ihren Berichten über die Situation auf Denevan befaßt, Captain«, sagte der Commodore. »Wir sind mit Ihnen der Meinung, daß diese Kreaturen, was immer sie sein mögen, für den ganzen Raumquadranten eine große und unmittelbare Gefahr darstellen. Wir befürchten, daß sie sich über den ganzen Raumbezirk, vielleicht sogar über ihn hinaus, verbreiten, wenn man nichts gegen sie unternimmt. Können Sie uns etwas über diese Kreaturen berichten?«

»Noch nicht. Wir sind gerade dabei, ein Exemplar zu fangen und zu analysieren.«

»Gut. Aber Sie sind nicht auf einer Forschungsexpedition, Captain. Gleichgültig, wie oder was diese Kreaturen sein mögen; sie müssen vernichtet werden. Um jeden Preis.«

»Commodore«, sagte Kirk, »auf diesem Planeten leben über eine Million Menschen. Es wäre möglich, daß wir die Kreaturen nicht vernichten können, ohne auch die Menschen zu...«

»Daran haben wir auch gedacht, Captain«, sagte Anhalt ernst. »Trotzdem: Es ist ein Befehl. Wir erwarten Ihre Erfolgsmeldung, Captain. Ende.«

Kirk wandte sich um und sah, daß der Erste Offizier hinter ihm stand.

»Spock! Ich habe Ihnen doch befohlen, im Bett zu bleiben!«

»Bis ich sicher sei, mich völlig unter Kontrolle zu haben«, sagte Spock. »Ich bin jetzt sicher. Und McCoy ebenfalls.«

»Völlig sicher?«

»Absolut.«

»Also gut. Dann habe ich gleich eine Aufgabe für Sie: Wie kann ich eine dieser Kreaturen einfangen? Wenn der Todesstrahl eines Phasers wirkungslos ist, kann man sie bestimmt auch nicht mit dem Transporter-Strahl an Bord bringen. Und ich denke nicht daran, einen Mann auf den Planeten zu beamen. Sonst würde nur auch er diesen verdammten Kreaturen zum Opfer fallen.«

»Nicht unbedingt«, sagte Spock. »Wenn das Nervensystem dieses

Mannes bereits infiziert worden ist, können sie ihm nichts mehr anhaben.«

Kirk starrte ihn an. »Ich verstehe, was Sie vorhaben«, sagte er. »Und es gefällt mir gar nicht.«

»Captain«, sagte Spock ruhig. »Wenn Sie an meiner Stelle wären, würden Sie genauso handeln. Ich bin die logische Wahl für diese Aufgabe.«

Kirk schwieg eine ganze Weile.

»Einverstanden«, sagte er schließlich. »Aber bleiben Sie in ständiger Verbindung mit uns.«

»Selbstverständlich, Sir.«

Spock kam mit zwei Exemplaren zurück – mit einer der runden Kreaturen und einem schreienden, tobenden Mann. »Ich dachte, wir könnten noch einen Infizierten gebrauchen«, sagte er. »Schließlich besteht unser Hauptproblem darin, diese Dinger wieder aus dem Organismus der Menschen zu entfernen.«

Aurelan stieß einen leisen Schrei aus. »Das ist Kartan«, sagte sie entsetzt. »Ich bin mit ihm verlobt. Wir wollten heiraten, als diese Kreaturen kamen...«

Sie wollte nicht dabeisein, wenn McCoy den Mann untersuchte, und Kirk konnte sie gut verstehen.

»Der gleiche Zustand wie bei Spock«, sagte McCoy nach einer Weile, »nur weiter fortgeschritten. Von seinem eigenen Nervengewebe ist kaum noch etwas übriggeblieben. Es ist vom Fremdgewebe durchwuchert und fast völlig verdrängt worden.«

»Zumindest wissen wir jetzt, was auf Ingraham 8 und den anderen Planeten passiert ist«, sagte Kirk.

»Ja. Daran besteht nicht der geringste Zweifel. Aber was sollen wir jetzt tun?«

Spock trat zu ihnen und stellte das Glas mit dem fast durchsichtigen Tentakel vor sie auf den Tisch.

»Hier ist es«, sagte er. »Auf den ersten Blick ein selbständiges, nichtzellulares Lebewesen, aber in Wirklichkeit nur Teil einer Kreatur. Seine geistige Energie ist so gering, daß die Instrumente überhaupt nicht ansprechen. Seine ungeheure Kraft beruht allein in seinem Einssein mit dem Ganzen. Es erinnert irgendwie an eine riesige, einzelne Gehirnzelle.«

»Wie kommen Sie darauf?« fragte McCoy.

»Sie wissen, daß diese Kreatur in mein Nervensystem eingedrungen ist«, sagte Spock. »Ich befinde mich also in ständiger Verbindung mit ihm. Ein äußerst unangenehmes Gefühl, das können Sie mir glauben.«

»Daran zweifle ich nicht«, sagte Kirk. »Aber wie können wir es vernichten?«

»Ich glaube, ich habe da einen Hinweis«, sagte Spock. »Sie erinnern sich doch an Noban, den Mann, der in die Sonne flog. Wenige Sekunden vor seinem Tod schrie er, daß er endlich frei ist – daß er gesiegt hätte. Ich vermute, daß die unmittelbare Sonnennähe die Kreatur, die ihn in ihrer Gewalt hatte, zerstörte.«

»Wir wissen bereits, daß sie lichtscheu ist«, sagte Kirk nachdenklich. »Aber wie können wir alle Wirtskörper einem extrem starken Lichteinfall aussetzen? Und was kann das nützen? Es sind schließlich mehr als eine Million Menschen von diesen Kreaturen befallen.«

»Ebenso wie dieser Noban«, sagte Spock. »Aber irgend etwas hat es vertrieben. Ich glaube, ich habe die Lösung. Die *Enterprise* ist in der Lage, diesen Planeten in eine Miniatursonne zu verwandeln – in einen Ball von Nuklearenergie. Das würden diese Kreaturen nicht überleben.«

»Bestimmt nicht«, sagte Kirk nachdenklich.

»Nun mal langsam«, sagte McCoy. »Meinen Sie Ihren Vorschlag etwa ernst? Wollen Sie wirklich eine Million Menschen opfern?«

»Unser Befehl lautet, diese Kreaturen zu zerstören«, sagte Spock ernst. »Um jeden Preis.«

»Aber doch nicht um diesen Peis! – Das ist doch heller Wahnsinn!«

»Die Kreaturen versuchen, die ganze Galaxis unter ihre Herrschaft zu bringen«, sagte Kirk. »Und die Denevaner bauen ihnen bereits die notwendigen Raumschiffe. Abgesehen davon, daß ich einen Befehl erhalten und auszuführen habe, bleibt uns auch keine andere Wahl.«

»Vielleicht gibt es doch eine Alternative«, sagte Spock.

»Dann heraus damit, Mann!« sagte McCoy.

»Es dürfte klar sein, daß jede Strahlung, die stark genug ist, diese Kreaturen zu vernichten, auch die befallenen Menschen tötet. Aber ich glaube, wir haben uns durch die Tatsache, daß sie sich vornehmlich im Schatten aufhalten, zu falschen Schlüssen verleiten lassen. Ich glaube, das Licht ist ihr natürliches Medium, etwa wie das Wasser für die Fische. Vielleicht bevorzugen sie nur bestimmte Lichtstärken und Frequenzen, genau wie einige Fischarten Salzwasser dem Süßwasser vorziehen oder umgekehrt. Überlegen Sie doch einmal folgendes: Wenn man einen freien Energiefluß hat, den man aus irgendeinem Grund nicht durch einen Draht oder irgendeinen anderen Konduktor leiten kann, auf welche Weise kann man seine Richtung bestimmen? Oder wie kann man den Energiefluß gegebenenfalls abschalten? Die zerstörende Kraft muß irgend etwas sein, das in Sonnennähe sowohl in großem Maß vorhanden als auch sehr intensiv sein muß und doch für den Menschen völlig harmlos. Erinnern Sie sich: Nobans Parasit wurde vernichtet, bevor er selbst starb.«

»Ich bin kein Physiker«, sagte McCoy. »Gibt es wirklich so eine Kraft, oder verschwenden wir hier nur unsere Zeit?«

»Ja, es gibt eine!« rief Kirk. »Den Magnetismus! Sollte er...«

»Das war auch meine Überlegung«, sagte Spock. »Natürlich können wir kein so starkes Magnetfeld schaffen, wie es die Sonne aufweist. Aber das ist vielleicht auch gar nicht nötig.« Er blickte auf, als Aurelan und Menen hereinkamen, erklärte ihnen rasch ihre Idee und fuhr fort: »Wir haben Ihrem Sohn dafür zu danken, Menen. Aber das wirklich Interessante ist die Tatsache, daß sein Parasit nicht allmählich aus seinem Körper getrieben, sondern, soweit wir das beurteilen können, sozusagen mit einem Schlag herausgerissen wurde. Und das führt mich zu der Vermutung, daß der Schlüssel des Ganzen die Geschwindigkeit ist – daß er von seinem Parasiten befreit wurde, als sein Raumgleiter durch das ungeheuer starke, wirbelnde Magnetfeld eines Sonnenfleckens raste. Und das ist ein Effekt, den wir herbeiführen können. Falls meine Vermutung richtig ist, wird der Parasit von diesen Kräften aus dem Körper gerissen wie ein fauler Zahn.«

»Es könnte nur erheblich schmerzhafter sein«, warnte McCoy, »vielleicht sogar tödlich.«

»Menens Sohn hat es überlebt«, sagte Spock sachlich. »Er ist durch die Hitze umgekommen. Auf jeden Fall bleibt uns gar keine andere Möglichkeit, als es zu versuchen. Und da ich bereits infiziert bin, würde ich vorschlagen, es an mir auszuprobieren.«

»Und Sie dabei vielleicht töten?« sagte Kirk. »Nein. Auf keinen Fall. Es ist schon so schlimm genug.«

»Captain, es kostet mich sehr viel Kraft, meinen Geist beisammen und unter Kontrolle zu halten. Ich weiß nicht, wie lange ich das noch durchhalten kann. Wenn meine Widerstandskraft erschöpft ist – und das muß irgendwann der Fall sein –, werde ich verrückt. Und ich wäre dann in der Lage, dem Schiff schweren Schaden zuzufügen.«

»Da ist noch ein anderes Problem«, wandte Aurelan ein. »Mr. Spock ist nur zur Hälfte Mensch. Selbst wenn der Versuch erfolgreich sein sollte, wäre das Resultat nicht unbedingt allgemeingültig.«

»Ich habe aber sonst niemanden, an dem ich die Wirkung testen könnte«, sagte McCoy.

»Sie haben Kartan, meinen Verlobten.«

Sie sahen sie schweigend an. »Das Risiko«, sagte McCoy leise, »ist sehr groß.«

»Wenn Sie ihn nicht von dieser Kreatur befreien können, stirbt er als tobender Irrer«, sagte das Mädchen fest. »Glauben Sie wirklich, daß mir das lieber wäre?«

McCoy blickte Kirk an, und der nickte ohne zu zögern.

»Also gut«, sagte McCoy. »Ich danke Ihnen. Ich werde alles tun, was ich kann.«

Es klappte auf Anhieb. Die Kreatur floß gleichzeitig nach allen Seiten aus Kartans Körper, wie aus einem platzenden Ballon, und wurde von dem kreisenden Elektromagneten in Fetzen gerissen.

Kartan war immer noch bewußtlos, aber die Nadel des Dolorimeters fiel sofort auf den Normalpegel zurück, und das Gesicht des Mannes zeigte einen friedlichen, erlösten Ausdruck.

»Gratuliere, Mr. Spock«, sagte Kirk. »Und jetzt legen Sie sich auf den Behandlungstisch.«

»Nein, Sir.«

»Und warum nicht? Ich war der Meinung, daß Sie froh sein würden, das Ding endlich wieder loszuwerden.«

»Das schon, Captain. Aber mir ist eben eingefallen, daß wir dann um keinen Schritt weitergekommen wären.«

Kirk runzelte die Stirn. Nachdem Spock ihn darauf aufmerksam gemacht hatte, brauchte er keine weiteren Erklärungen mehr. Es war absolut unmöglich, den ganzen Planeten Denevan in ein starkes magnetisches Feld zu bringen. Die eigenen Magnetfelder des Planeten würden das verhindern. Und es war auch unmöglich, mehr als eine Million Menschen auf dem Raumschiff einzeln zu behandeln.

McCoy begriff die Situation ebenfalls. »Also müssen wir den Planeten doch vernichten«, sagte er heiser.

Aurelan, die neben dem schlafenden Kartan stand, blickte Kirk an. »Geben Sie den Befehl, Captain«, sagte sie leise. »Es ist mein Volk. Und ich habe schon meinen Bruder verloren. Ich möchte niemanden mehr verlieren. Trotzdem bitte ich Sie, Captain: Tun Sie, was getan werden muß. Geben Sie den Befehl!«

»Mehr als eine Million Menschen...«

»Begreifen Sie denn nicht!« schrie Aurelan ihn an. »Es gibt keine Hoffnung mehr für sie. Sie leiden wahnsinnige Schmerzen! Als ob ihr Gehirn in Flammen stünde! Sie sehnen sich nach dem Tod!«

Kirk starrte zu Boden. »Gehirn in Flammen«, flüsterte er. »Gehirn in Flammen. Das ist es! Das ist die Antwort!«

»Ja, Captain«, sagte Spock leise. »Zu dem Ergebnis bin auch ich gekommen.«

»Was ist denn?« fragte McCoy. »Ich verstehe überhaupt nichts.«

»Ich will es dir erklären«, sagte Kirk rasch. »Spock hat vorhin schon einmal die Vermutung ausgesprochen, daß dieser – dieser vielteilige Organismus zu einem riesigen Gehirn gehören muß. Alles, was wir wissen, deutet in diese Richtung. Die individuellen Zellen sind hirnlos, kaum als Lebewesen zu bezeichnen. Es ist durchaus möglich, glaube ich, daß sich irgendwo eine Art Zentralorganismus, eine Konzentration dieser Zellen befindet. Wenn wir die vernichten könnten...«

»Diese Schlußfolgerung sehe ich durchaus nicht als zwingend«, erwiderte McCoy. »Diese einzelnen, verstreuten Zellen könnten sehr wohl das ganze Gehirn darstellen, da wir ja wissen, daß sie untereinander in Verbindung stehen und sich auf irgendeine Weise miteinander verständigen können. Warum also sollte es irgendwo eine Konzentration dieser Zellen geben?«

»Ich schließe das aus dem Verhalten dieser Kreaturen«, sagte Spock. »Sie vermehren sich so rapide und unkontrolliert, daß sie schon nach kurzer Zeit diesen Planeten überflutet haben. Sie verlassen ihn nicht, der Überschuß fließt über. Die Hauptmasse bleibt zurück. *Ergo* muß sie noch irgendwo sein – irgendwo in der Galaxis.«

»Und, soweit wir das beurteilen können, vermutlich irgendwo im Orionsektor«, sagte Kirk. »Mr. Spock, kann der Computer nicht eine Simulation der Verbreitung dieser Kreaturen durchführen, damit wir in etwa das Gebiet umreißen können, in dem wir suchen müssen?«

»Natürlich, Captain. Aber ich weiß eine viel bessere Möglichkeit.«

»Und welche?«

»Mich. Deshalb habe ich mich gegen eine Behandlung gesträubt. Ich bin infiziert. Ich spüre die Kreatur in mir – und nicht nur den Teil, der in meinem Nervensystem sitzt, sondern das Ganze. Ich werde spüren, wenn wir uns der Hauptkonzentration dieser Kreatur nähern.«

»Sind Sie sicher?«

Spock antwortete nicht auf die Frage. Er sagte nur: »Sie liegt dort«, und deutete mit der Hand in Richtung des Orionsystems. »Und ich spüre sie, obwohl sie mindestens fünfzig Parsecs entfernt sein muß.«

»Alles auf die Posten«, rief Kirk.

Als sie sich dem kritischen Sektor des Orionsystems näherten, stellte sich heraus, daß nicht nur Spock den Nukleus der Kreatur spürte; auch sie spürte seine Nähe und wußte, daß sie eine weitere Annäherung dieser gefährlichen Zelle ihres Organismus um keinen Preis zulassen durfte. Der Druck in Spocks Nervensystem wurde unerträglich. Obgleich er nach wie vor seinen Dienst tat, war sein Gesicht ständig schweißüberströmt, und immer wieder verzerrte es sich zu einer qualvollen Grimasse. »Wir sollten Sie endlich von dem Ding befreien«, sagte Kirk.

»Wir sind jetzt auf direktem Kurs zu dem gesuchten Planeten. Ihre Leiden sind also sinnlos geworden.«

»Sir, lassen Sie es mich noch eine Weile ertragen. Der endgültige Test unserer Theorie liegt doch darin, festzustellen, was mit mir geschieht – oder nicht geschieht –, wenn wir diesen Nukleus vernichten. Wenn der Schmerz nicht aufhört, wissen wir, daß wir uns geirrt haben.«

»Ich will mich Ihrem Wunsch nicht widersetzen«, sagte Kirk, »und ich zweifle auch nicht an Ihrer Willenskraft; aber besteht nicht die Gefahr, daß Sie noch einmal Amok laufen?«

»Die Gefahr besteht«, gab Spock zu. »Aber ich kämpfe gegen sie an. Und ich halte diesen Test für zu wichtig, um auf ihn verzichten zu können.«

»Ich fürchte, er hat recht, Jim«, sagte McCoy leise.

»Gut.« Kirk blickte auf den Bildschirm, der jetzt den Planeten zeigte, dem das Raumschiff sich näherte. Er schien völlig tot und ohne jedes Leben. Nur da und dort konnte man gewisse geometrische Muster ausmachen, vielleicht die Reste von Städten, die einmal an diesen Stellen gestanden hatten, bevor diese Kreaturen kamen und alles Leben in einer Welle von Schmerz und Irrsinn ausgelöscht hatten. »Es wird mir ein Vergnügen sein, dieses Monster zu zerstören«, murmelte Kirk. »Waffenkontrolle, sind die Raketenbatterien feuerbereit?«

»Ja, Sir«, kam die Meldung durch den Lautsprecher. »Zwei vollbestückte Planetenzerstörer programmiert und feuerbereit.«

»Danke. Erste Rakete abfeuern.«

Eine lange, grellrote Feuerzunge schoß aus dem Rumpf der *Enterprise*. Unendlich lange Zeit schien nichts zu geschehen. Dann, plötzlich, zerbarst das Bild des Planeten auf dem Bildschirm in einer gigantischen Atomexplosion.

Im gleichen Moment stieß Spock einen gellenden Schrei aus.

»Halt! Aufhören!« schrie er. »Meine Welt! – *Mein Leben!*«

»Zweite Rakete abfeuern«, befahl Kirk leise.

Der Planet brach schon auseinander; aber er wollte keinerlei Risiko eingehen. Wieder zuckte auf dem Bildschirm eine riesige Atomexplosion. Als sie verebbt war, sah man nichts mehr als eine gigantische, rasch auseinanderfließende Gaswolke.

»Wir haben eben einen neuen Orionnebel geschaffen«, sagte Kirk. Er wandte sich an Spock. Der Erste Offizier wurde von zwei kräftigen Soldaten festgehalten, und McCoy stand mit aufgezogener Injektionsspritze vor ihm.

»Mr. Spock?«

Spocks Augen wirkten glasig, und ein paar Sekunden lang schien er ohne Bewußtsein zu sein. Sein Gesicht war starr und ohne jeden Ausdruck, seine Lippen bebten. Dann aber schien langsam Leben in ihn zurückzukehren.

»Ich... es geht mir besser«, murmelte er. »Der Schmerz... war unerträglich... man kann so etwas nicht beschreiben. – Ein paar Sekunden lang *war* ich diese Kreatur. Ich habe ihren Tod gespürt. – Aber jetzt... nichts mehr.«

»Und jetzt«, sagte McCoy entschlossen, »werden wir Sie ins Lazarett bringen und dieses Ding aus Ihnen heraustreiben. Und keinen Widerspruch mehr!«

»Ich weigere mich auch nicht. Es ist nicht mehr nötig. Das Ding hat seinen Zweck erfüllt.«

»Haben Sie schon eine Meldung von Denevan, Leutnant?«

»Die Lage hat sich fast normalisiert, Captain«, berichtete Uhura. »Menen meldet, daß die noch vorhandenen Kreaturen wie ziellos umherschwirren und so gut wie keine Lebenskraft mehr zu besitzen scheinen. Um sie zu töten, braucht man nicht mehr zu tun, als sie mit einer Nadel anzustechen.«

»Sehr gut«, sagte Kirk. »Mr. Spock, was ich Ihnen sagen möchte, klingt vielleicht sehr pathetisch; aber ich glaube, Sie haben eben im Alleingang die ganze Galaxis gerettet.«

»Nein, Sir, das glaube ich nicht.«

»Was hätte die Kreatur denn sonst zerstören können, wenn wir es nicht getan hätten?«

»Ihre eigene Natur, Captain.«

»Das verstehe ich nicht.«

»Ein wirklich erfolgreicher Parasit«, erklärte Spock, »lebt mit seinem Wirt in Freundschaft oder erweist ihm sogar gewisse Dienste; wie zum Beispiel die Protozoen, die im Verdauungstrakt der Termiten leben und für sie das Holz verdauen, das sie fressen. Ein Parasit, der seine Wirte immer und überall tötet, kann, entwicklungsgeschichtlich gesehen, nicht lange überleben.«

»Im entwicklungsgeschichtlichen Sinn vielleicht nicht«, sagte Kirk. »Aber eine Evolution braucht eine lange, eine unendlich lange Zeit. Also haben Sie zumindest viele Millionen, vielleicht Milliarden von Menschen vor furchtbaren Schmerzen, Irrsinn und Tod bewahrt.«

»Sie können mir glauben, Captain«, sagte Spock, »daß ich das für völlig ausreichend finde.«

Die Stadt am Rande der Ewigkeit

Zwei Tropfen Cordrazin können ein Menschenleben retten. Zehn Tropfen dieser Droge können ihn töten. Als ein defekter Hypospray-Injektor sich in McCoys Hand entlud, jagte er innerhalb von Sekundenbruchteilen eine hundertmal stärkere Dosis in seinen Körper.

Mit einem entsetzten Aufschrei stürzte der Arzt von der Brücke. Innerhalb weniger Minuten war die ganze Besatzung alarmiert. Aber McCoy kannte sich zu gut auf dem Schiff aus. Bevor man die Suche nach ihm richtig organisieren konnte, hatte er schon den Transportraum erreicht und sich auf den Planeten hinuntergebeamt, den das Raumschiff in einer Umlaufbahn umkreiste.

Auf der Oberfläche dieses unbekannten Planeten hatte man kurz vorher eine eigenartige Zeitverschiebung festgestellt, für die niemand eine Erklärung finden konnte. Was immer ihre Ursache sein mochte, McCoy befand sich jetzt in ihrem Zentrum. Kirk hätte sich lieber gründlicher über Art und Umfang des seltsamen Phänomens informiert; aber dazu war jetzt keine Zeit mehr. Er mußte McCoy folgen und ihn finden.

Zusammen mit Spock, Scott, Uhura, Davis und einem Soldaten ließ er sich auf diese unbekannte Welt beamen. Sie materialisierten inmitten eines ausgedehnten, uralten Ruinenfelds. Die meisten Bauten waren fast zu Staub zerfallen. Aber es gab noch genügend Säulen- und Mauerreste und Trümmerhaufen, hinter denen McCoy sich verstecken konnte.

Der Planet war erkaltet. Eine ausgebrannte Sonne hing fahl und trübe am farblosen Himmel und tauchte den Planeten in ein silbriges Zwielicht. Es war eine tote Welt, eine ausgebrannte Schlacke. Die Ruinen erstreckten sich bis zum Horizont; eine Stadt von ungeheuren Ausmaßen. Aber sie mußte schon seit Zehntausenden von Jahren verlassen sein. Es dauert unendlich lange, bis eine Sonne ausbrennt. Inmitten des Zerfalls und der Desolation fiel Kirk sofort ein glänzender, wie neu wirkender Gegenstand auf. Es war ein großer, oktagonaler Spiegel – aber war es wirklich ein Spiegel? Seine Oberfläche war trübe, milchig, und nebelige Schwaden schienen über sie hinwegzuziehen. Aber was immer es sein mochte, es wirkte unverbraucht, unbenutzt, unberührt von jedem Alterungsprozeß. Ein Würfel, ebenfalls wie neu wirkend, war dicht daneben halb im Sand vergraben. Spock richtete seinen Tricorder darauf. »Die beiden Objekte sind das Zentrum unserer Suchaktion«, sagte Kirk. »Ausschwärmen!«

Die Männer gingen nach verschiedenen Richtungen auseinander. Alle, bis auf Spock und Kirk. Spock trat näher an den Spiegel heran.

»Unglaublich«, sagte er.

»Was ist unglaublich?«

»Dieses Objekt ist die alleinige Ursache für die Zeitverschiebung, die wir vorhin beobachtet haben. Ich begreife nur nicht, woher es seine Energie bezieht und wie es sie anwendet. Es kann also keine Maschine sein, jedenfalls nicht in unserem Sinn, aber...«

Kirk betrachtete das Objekt prüfend. »Aber was ist es dann?«

Im gleichen Moment hörten sie ein lautes, dumpfes Summen, und dann sprach eine tiefe, wohlklingende Stimme aus dem Spiegel:

»*Eine Frage*«, sagte die Stimme. »Endlich eine Frage. Seit der Zeit, als die Sonne noch glühte, lange bevor sie ausgebrannt war und lange bevor eure Rasse geboren wurde, warte ich auf eine Frage.«

»Wer sind Sie?« fragte Kirk.

»Ich bin der Wächter der Ewigkeit.«

»Sind Sie eine Maschine?« fragte Kirk, »oder ein lebendes Wesen?«

»Beides und keins davon. Ich bin mein eigener Anfang und mein eigenes Ende.«

Spock sagte: »Ich sehe keinen Grund dafür, einfach Fragen in pythischen Rätseln zu beantworten.«

»Ich beantworte alle Fragen so einfach, wie es mir möglich ist.«

»Was ist denn Ihre Funktion?«

»Ich bin ein Zeitportal. Durch mich trat die große Rasse, die einst hier gelebt hat, in ein anderes Zeitalter.«

»Vergangenheit oder Zukunft?« fragte Spock.

»In die Vergangenheit«, sagte die Stimme, und es klang wie ein Seufzer. »Immer und ausschließlich in die Vergangenheit. Und in ihre eigene Vergangenheit, zu der Sie keinen Zugang haben. Ich kann Ihnen nur Ihre eigene bieten. Passen Sie auf: Sie erleben jetzt die Geburt des Planeten, von dem Sie beide kommen.«

Der milchige Spiegel wurde plötzlich hell, und sie sahen die Bildung eines Sonnensystems aus einem schrumpfenden, sich abkühlenden Feuerball. – Und irgendwie wußte Kirk, daß es kein Trugbild war, sondern die Aufzeichnung eines wirklichen, in weiter Ferne sich abspielenden Vorgangs. Eine kurze Zeit später erblickten sie ein uferloses Urmeer und dann, plötzlich, einen Farndschungel.

»Mr. Spock«, sagte Kirk nachdenklich, »wenn dies das Portal in die Vergangenheit ist, warum können wir nicht McCoy einen Tag in die Vergangenheit zurückversetzen, bis zu der Zeit vor dem Unfall, und dann verhindern, daß er sich das Cordrazin injiziert?«

»Dazu müßten wir ihn erst einmal haben«, meinte Spock sachlich. »Und außerdem, Captain, sehen Sie doch selbst, in welchem Tempo die Vergangenheit abrollt, ganze Jahrhunderte in einer einzigen Sekunde. Es ist unmöglich, genau an einem bestimmten Tag hindurchzutreten.«

»Wächter, können Sie die Geschwindigkeit herabsetzen, mit der das Gestern vorbeizieht?«

»Ich wurde geschaffen, um die Vergangenheit auf diese Art abrollen zu lassen. Ich kann nichts verändern.«

Ägypten wurde zum Staat und verging. Atlantis versank, fellbekleidete Barbaren wurden zu Hellenen. Spock nahm alles mit seinem Tricorder auf.

»Ein eigenartiges Gefühl, finden Sie nicht?« sagte Kirk, »wenn man jetzt dort hindurchtreten und sich in einer anderen Welt verlieren würde.«

Erregte Rufe ließen ihn herumfahren. McCoy, der sich ganz in ihrer Nähe verborgen gehalten haben mußte, stürzte auf den Spiegel zu. Und niemand außer Kirk und Spock waren nahe genug, um ihn daran hindern zu können.

Spock ließ den Tricorder fallen und versuchte, ihn im letzten Moment zu packen. Doch McCoy, in dessen Augen panische Angst stand, riß sich los. Kirk war jetzt der einzige, der ihn abfangen konnte, und er warf sich auf ihn. Aber McCoy sprang zur Seite, und Kirk landete hart auf dem steinigen Boden.

»Pille!« schrie er. »Nein! Nein!«

Aber McCoy war bereits in den achteckigen Spiegel gesprungen und verschwunden. Der Spiegel war wieder leer, nur von milchigen, quirlenden Nebeln bedeckt, wie zu Anfang.

»Wo ist er?« schrie Kirk.

»Er ist zurückgekehrt zu dem, was einmal war«, antwortete der Wächter.

»Captain!« rief Uhura atemlos und lief auf ihn zu. »Ich habe die Funkverbindung mit dem Schiff verloren. Ich habe eben noch mit ihnen gesprochen, aber plötzlich brach der Kontakt ab. Es war keine Statik, es war – einfach nichts.«

»Ist der Kommunikator in Ordnung?«

»Ja. Es ist, als ob das Schiff gar nicht mehr da wäre.«

»Ja, so ist es«, sagte der Wächter. »Ihr Raumschiff, Ihre Anfänge, alles, was Sie kennen, ist nicht mehr.«

Kirk zuckte zusammen. Ihm fiel die Episode ein, als er und Spock und ein archaischer Mann namens John Christopher darum kämpfen mußten, von den Menschen der 1970er Jahre nicht entdeckt zu werden. Er sagte leise: »McCoy hat irgendwie die Geschichte verändert.«

Scott war auf sie zugetreten und sagte nun: »Diesmal sind wir wirklich gestrandet, Captain.«

Kirk antwortete nicht; aber Spock nickte: »Ohne Vergangenheit – und ohne Zukunft.«

»Captain«, sagte Uhura. »Ich – ich habe Angst...«

Kirk blickte auf in den dunklen, sternübersäten Himmel des namenlosen Planeten, auf dem keine Sonne Wärme und Leben spendete.

»Nicht einmal die Erde ist dort draußen«, sagte er. »Jedenfalls nicht die Erde, die wir kennen. Wir sind völlig allein – selbst ohne Geschichte.«

»Dann müssen wir sie neu schaffen«, sagte Spock gelassen.

»Und wie?«

»Indem wir selbst in die Vergangenheit zurückgehen – und das korrigieren, was McCoy verändert hat. Ich habe Aufnahmen gemacht, als er uns verließ. Durch Zeit-Synchronisation kann ich den Zeitpunkt festlegen, zu dem wir abspringen müssen. Wenn wir Glück haben, sind wir etwa einen Monat vor ihm drüben. Oder sogar nur eine Woche.«

»Wächter«, sagte Kirk, »wenn wir Erfolg haben...«

»...dann dürft ihr zurückkehren. Es ist dann, als ob ihr nie fortgewesen wärt.«

»Es wäre ein wirkliches Wunder«, sagte Scott, »wenn wir McCoy irgendwo finden sollten.«

»Das ist wahr«, sagte Spock. »Aber wir haben keine andere Möglichkeit.«

»Scotty, wir müssen es versuchen«, sagte Kirk. »Und Sie brauchen wirklich keine Angst zu haben. Selbst wenn es schiefgehen sollte, bleiben Sie ja am Leben, in irgendeiner vergangenen Welt.«

»Fertigmachen«, sagte Spock. »Ich glaube, der richtige Zeitpunkt kommt wieder vorbei.«

Sie standen in einer verkommenen, verdreckten Stadt mit blinden Schaufenstern und einigen kantigen, vierrädrigen Fahrzeugen. Über einem der Läden hing ein großes Schild mit der Aufschrift:

CHRISTLICHE MISSION – ANMELDUNG HIER

Daneben, über einem anderen Laden: SUPPENAUSGABE, und ein kleineres darunter: HIER ANSTELLEN. Eine lange Schlange schäbig gekleideter Männer bewegte sich langsam vorwärts.

Spock blickte erstaunt um sich. »Ist das das Erbe meiner mütterlichen Familie, auf das sie immer so stolz ist?«

»Dies«, sagte Kirk angewidert, »ist der Sumpf, aus dem wir in fünf Jahrhunderten herausgekrochen sind. Aber lassen wir das jetzt. – Wir müssen sehen, daß wir nicht auffallen. Unsere Kleidung paßt nicht ganz in diese Epoche. Das müssen wir sofort ändern.«

Er zog Spock in eine Gasse, in der sie auf dieser Welt materialisiert waren. »Ich habe da hinten ein paar Kleidungsstücke herumhängen gesehen.«

»Wenn wir die stehlen, fallen wir noch eher auf, Captain.«

»Reden Sie nicht so viel, Spock. Hier, ziehen Sie die Sachen an.« Er riß zwei Hemden, zwei Hosen, eine alte Jacke und eine Wollkappe von einer Leine.

»Vielleicht finden Sie auch einen Ring, den ich mir durch die Nase ziehen kann«, sagte Spock. »Hören Sie, Captain, abgesehen von der Tatsache, daß wir einen Diebstahl begehen, gibt es sofort einen Auflauf, wenn wir uns jetzt hier in aller Öffentlichkeit umziehen. Wenn ich mich richtig an die Erdgeschichte erinnere, war man immer sehr kleinlich in solchen Sachen.«

»Da haben Sie recht. Also, gehen wir.« Kirk rollte die Sachen zu einem Bündel zusammen und klemmte es unter den Arm.

Unangefochten gelangten sie wieder auf die Straße, und Kirk begann sich sicherer zu fühlen.

»Wissen Sie«, sagte er, »mir gefällt dieses Jahrhundert eigentlich. Das Leben ist viel einfacher, überschaubarer. Wer weiß, vielleicht entdecke ich, daß ich mich in dieser Welt wirklich... Uff!«

Er war einem großen, kräftigen Mann direkt in den Bauch gelaufen. Der Mann trug eine blaue Uniform. Er musterte sie prüfend von oben bis unten, blickte besonders aufmerksam auf das Kleiderbündel, das Kirk unter dem Arm trug, und sagte: »Na?«

»Ach ja«, sagte Kirk freundlich. »Sie sind ein Polizist, wenn ich mich richtig erinnere, nicht wahr?«

Das schien genau das Falsche zu sein. Kirk lächelte noch freundlicher, und der Polizist lächelte zurück, rührte sich aber nicht von der Stelle. Spock sagte: »Sie meinten doch eben, daß Ihnen diese Welt gefallen würde.«

Aber auch das war verkehrt, weil Spock damit die Aufmerksamkeit des Polizisten auf sich zog. Er musterte mißtrauisch seine langen, spitzen Ohren.

»Mein Freund ist Chinese«, erklärte Kirk rasch. »Und mit seinen Ohren war es so...«

Der Polizist starrte ihn nur schweigend an, und Kirk schwieg verwirrt.

»Sie wollten sicher von dem Unfall sprechen, den ich als Kind hatte«, half Spock nach.

»Ja, richtig«, sagte Kirk. »Das passierte draußen auf dem Feld. – In China, natürlich. Er ist mit dem Kopf in einen mechanischen – äh – Reispflücker gekommen. Glücklicherweise lebte ganz in der Nähe ein amerikanischer Missionar, der auch Chirurg war, und der hat sein Gesicht...«

»Das reicht mir jetzt!« sagte der Polizist. »Lassen Sie das Bündel fallen und Hände an die Wand, alle beide. Mich so auf den Arm zu nehmen...«

»Aber ja, Sir«, sagte Kirk. Und, schon halb umgewandt, fügte er hinzu: »Sagen Sie, läßt Ihre Frau Sie wirklich so auf die Straße?«

»Was?« Der Polizist hob seinen Knüppel.

»Sehr unordentlich, Mister«, sagte Spock, der begriff, was Kirk vorhatte.

»Wenn Sie gestatten...«

Er griff nach der Schulter des Polizisten, als ob er dort einen Faden entfernen wollte, preßte einen Nerv zusammen, und der Polizist sackte stöhnend zu Boden.

»Und jetzt, Captain...«

»Sehr richtig«, sagte Kirk. »Verduften wir, sagte man zu dieser Zeit, wenn ich mich richtig erinnere.«

Das Schrillen von Trillerpfeifen, ein grelles, ungewohntes Geräusch, verfolgte sie, als sie in eine enge Gasse liefen und in einer Kellertür verschwanden. Der Keller war düster und schmutzig. An einer Wand stand ein Kohlenkasten, daneben ein alter Ofen, Berge von Unrat, ein paar angeschimmelte Koffer.

Sie zogen sich rasch um. Kirk nahm die Jacke, Spock zog sich die Wollmütze über seine auffallenden Ohren.

Spock schaltete seinen Tricorder ein. Sie hörten nichts als ein helles, unangenehmes Quietschen, wie ein Echo der leiser werdenden Polizeipfeifen.

Die beiden Männer blickten einander über den Kohlenkasten hinweg an. »Augenscheinlich ist dies kein Spiel. Es wird Zeit, daß wir uns mit den Tatsachen vertraut machen. – Status, Mr. Spock?«

»Ich *vermute*, wir haben eine Woche Zeit, bevor McCoy eintrifft. Um aber ganz sicher zu sein...«

»Und *wo* trifft er ein? In New York, Boise, Honolulu, Timbuktu, Äußere Mongolei?«

»Das weiß ich nicht. Es gibt eine Theorie...« Spock zögerte. Dann zuckte er die Achseln und fuhr fort: »Die Theorie besagt, daß man die Zeit als ein fließendes Medium betrachten soll, wie einen Fluß, mit Strömungen, Rückstau und Wirbeln. Genau wie die Vergleiche von Sonnensystemen mit atomaren Strukturen ist das natürlich eher verwirrend als erklärend; aber vielleicht liegt doch ein Körnchen Wahrheit darin.«

»Ich hoffe, Mr. Spock, Sie versuchen nicht, meine Bildungslücken zu füllen.«

»Nein, Sir. Ich möchte Ihnen nur meine Hypothese erklären: Die gleiche Zeitströmung, die McCoy an einen bestimmten Ort gespült hat, hat auch uns zu diesem Ort getragen. – Falls diese Theorie nicht zutreffen sollte, besteht überhaupt keine Hoffnung, ihn jemals wiederzufinden.«

»Wahrscheinlichkeitsquotient?«

»Captain, in der Zeit gibt es keine Wahrscheinlichkeiten. Man stellt eine unendliche Vielzahl von Ereignissen gegen ein einziges. Und doch...« Spock deutete auf seinen Tricorder. »In diesem Gerät habe ich den genauen Zeitpunkt, den genauen Ort, selbst eine genaue Darstellung dessen, was McCoy bei seiner Ankunft hier tat. Wenn ich den Tricorder nur ein paar Sekunden lang an den Computer der *Enterprise* anschließen könnte...«

»Können Sie nicht einen kleinen Computer konstruieren?«

»In dieser Welt der Zinkplatten und Vakuumröhren?« Spock schüttelte den Kopf. »Ich habe keine Werkzeuge, keine Teile, nichts. Ich weiß nicht einmal, ob es hier Strom gibt.«

»Ich verstehe«, sagte Kirk langsam. »Sie müssen entschuldigen, Mr. Spock. Manchmal verlange ich etwas zuviel von Ihnen.«

Spock fuhr herum, als plötzlich über ihnen eine trübe, nackte Birne aufflammte. Gleichzeitig hörten sie, wie eine Tür geöffnet wurde, und dann näherkommende Schritte auf der Kellertreppe.

»Wer ist da?« rief eine Frauenstimme.

Beide Männer blickten dem Mädchen entgegen, das die Treppe herunter auf sie zukam. Trotz der offensichtlichen Unsicherheit dieser Zeitepoche schien sie keine Angst zu haben. Sie war sehr einfach gekleidet und nicht einmal hübsch. Aber ihre Stimme klang sympathisch.

»Nun?« fragte sie und blickte die beiden Männer abwartend an.

»Entschuldigen Sie, daß wir hier eingedrungen sind, Miß«, sagte Kirk.

»Aber draußen war es so kalt und...«

Sie blickte ihn abschätzend an. »Eine Lüge ist nicht gerade die beste Art, guten Tag zu sagen. War es wirklich so kalt?«

»Nein«, sagte Kirk. »Wir sind vor der Polizei ausgerissen.«

»Und warum?«

»Diebstahl. Diese Sachen, die wir anhaben. Wir hatten kein Geld...«

»Verstehe.« Sie blickte beide prüfend an. »Das geht vielen anderen auch so. – Ich könnte etwas Hilfe gebrauchen; saubermachen, Geschirr spülen und so weiter. Wollen Sie Arbeit?«

»Was zahlen Sie?« fragte Spock.

Kirk blickte ihn überrascht an.

»Ich brauche Radioröhren und andere Teile«, fuhr der Erste Offizier fort. »Ich bin... es ist ein Hobby von mir, wissen Sie.«

»Fünfzehn Cents pro Stunde, zehn Stunden Arbeit pro Tag«, sagte das Mädchen. »Ich bin auch nicht gerade reich. Einverstanden? Gut. Wie heißen Sie?«

»Ich heiße Jim Kirk. Und das ist Spock.«

»Ich heiße Edith Keeler«, sagte sie, »und Sie können gleich anfangen. Räumen Sie hier unten auf.«

Sie lächelte freundlich und ging wieder die Treppe hinauf. Kirk blickte ihr nach. Ihre furchtlose, kühle, sachliche Haltung hatte ihn erstaunt.

Dann sah er sich um und entdeckte in einer Ecke zwei Besen. Er warf einen davon Spock zu.

»Radioröhren und so weiter, wie?« sagte er. »Sehr lobenswert, Mr. Spock. Ich bin der Meinung, daß jeder Mensch ein Hobby haben sollte. Dann hat er keine Zeit, Dummheiten zu machen.«

Die Mission war ein Konglomerat von Dingen, die Kirk nur vage bekannt waren: zum Teil Andachtsraum, zum Teil Speisezimmer, zum Teil Aufenthaltsraum. Sie war mit Tischen und Bänken eingerichtet, und es gab eine Art Theke, an der Mitarbeiter der Mission Suppe und Kaffee ausgaben. An einer Wand stand eine große Werkzeugkiste, die mit einem sehr stabilen Ziffernschloß versehen war. Schäbig gekleidete Männer saßen links und rechts neben Kirk und Spock und warteten. Einer von ihnen, ein kleiner, hagerer Mann mit einem Gesicht, das an ein Nagetier erinnerte, musterte sie prüfend und sagte: »Es wird Ihnen noch leid tun.«

»Warum?« fragte Kirk.

»Erwarten Sie etwa, daß Sie hier umsonst was zu fressen kriegen? – Nicht die Bohne. Erst müssen Sie sich mal Miß Blondies Predigt anhören.«

Wie auf ein Stichwort erschien Miß Edith.

»Guten Abend«, sagte sie und trat hinter eine Art Vortragspult, das neben der Suppentheke stand. »Ich bin sicher, daß mindestens einer von Ihnen gerade gesagt hat, daß man jetzt für den Teller Suppe bezahlen muß«, sagte sie freundlich.

Ein paar Männer lachten.

»Sieht nicht mal schlecht aus«, sagte der Mann mit dem Nagetiergesicht flüsternd. »Aber wenn sie einem Mann wirklich was Gutes tun wollte...«

»Halten Sie den Mund«, sagte Kirk. Und dann, als er Spocks erstaunten Blick bemerkte: »Ich möchte wirklich hören, was sie zu sagen hat.«

»Natürlich«, sagte Spock mit ausdruckslosem Gesicht.

»Wir wollen beginnen wie immer«, sagte Edith, »und uns überlegen, warum wir, die Mitglieder dieser Mission, so angestrengt arbeiten und manchmal sogar ein wenig schwindeln, um Sie ernähren zu können. Ich weiß es auch nicht. Irgend etwas zwingt mich dazu. Aber ich habe kein Mitgefühl mit Parasiten. Wenn Sie nicht das Trinken aufgeben oder wenn Sie keine Lust zum Arbeiten haben oder sogar stolz darauf sind, sich von uns durchfüttern zu lassen, dann will ich Sie hier nicht sehen.«

Kirk blickte das Mädchen erstaunt an. Er wußte nicht genau, was er erwartet hatte. Aber auf keinen Fall Worte wie diese.

»Ich bin mir sehr wohl bewußt«, fuhr sie fort, »daß für Sie jeder Tag einen neuen Kampf um das nackte Überleben bedeutet. Aber ich habe keinerlei Verständnis für einen Mann, dem ein Teller Suppe Grund genug ist, den Kampf aufzugeben. Um überleben zu können, brauchen Sie mehr als diese Suppe. Sie müssen wissen, daß Ihr Leben einen Sinn hat, trotz allem.

Illusion und Wirklichkeit, meine Freunde. Sie müssen lernen, sie unterscheiden zu können. Das ist das Geheimnis, um diese böse Zeit überstehen zu können. Sie müssen erkennen, was wirklich ist, zum Unterschied von dem, was nur wirklich erscheint. – Hunger ist wirklich, Kälte ist wirklich. Aber Traurigkeit und Niedergeschlagenheit sind es nicht.

Und diese Traurigkeit, diese Niedergeschlagenheit sind es, die Sie ruinieren – vielleicht sogar töten. Wir gehen alle ein wenig hungrig zu Bett. Aber man kann ruhig schlafen, wenn man weiß, daß man wieder einen Tag gelebt hat, auf anständige Weise gelebt hat, ohne jemandem dabei weh zu tun.«

»Sie spricht wie Bonner, der Stochastiker«, flüsterte Spock.

»Der wird erst in zweihundert Jahren geboren. Hören Sie lieber zu.«

»Es ist schwer, eine Welt nicht zu hassen, die uns so behandelt«, fuhr Edith fort. »Das weiß ich sehr wohl. Es ist schwer, aber nicht unmöglich. Irgend jemand hat einmal behauptet, daß der Haß nur ein Fehlen von Liebe ist. Aber das ist eine Auffassung, die ein leerer Magen kaum verstehen wird. Aber es gibt noch eine andere Wahrheit: Liebe ist nur Fehlen von Haß. Also räumen Sie jedes Haßgefühl aus Ihren Herzen, und machen Sie Platz für die Liebe. Wenn Sie heute nacht ohne jedes Haßgefühl einschlafen, haben Sie schon einen großen Sieg errungen.

Das ist meine ganze Predigt für heute. – Und nun, guten Appetit, Freunde.« Sie nickte den Männern zu und verließ den großen, ungemütlichen Raum.

»Sehr interessant«, sagte Spock. »Eine äußerst ungewöhnliche Einsicht.«

»Eine äußerst ungewöhnliche Frau«, sagte Kirk nachdenklich.

»Finden Sie?« Edith Keeler war lautlos hinter sie getreten. »Und Sie sind zwei äußerst ungewöhnliche Gelegenheitsarbeiter, Mr. Kirk. Der Keller sieht aus, als ob man ihn geschrubbt und poliert hätte.«

Kirk dachte an seine Tage als Mittschiffmann, und daß er endlich eine praktische Anwendung für seine lange Erfahrung im Deckscheuern gefunden hatte. »Also haben Sie noch mehr Arbeit für uns?« fragte er.

»Ja. Melden Sie sich morgen um sieben. Haben Sie einen Sack für heute nacht?«

»Einen was?«

Sie blickte ihn prüfend an. »Sie sind wirklich neu in diesem Geschäft, wie? Ein ›Sack‹ ist eine Schlafstelle. In dem Haus, wo ich wohne, ist noch ein leeres Zimmer. Es kostet zwei Dollar pro Woche. Wenn Sie wollen, zeige ich es Ihnen nachher, wenn wir mit dem Abwasch fertig sind.«

»Gerne«, sagte Kirk. »Vielen Dank.«

Wie alles andere, was sie bisher gesehen hatten, war auch das Zimmer düster und deprimierend: ein paar abgestoßene Möbelstücke, ein durchgelegenes Bett, verschmutzte Gardinen. Auf dem Tisch stand ein Medusenkopf aus Drähten, Spulen und ganzen Batterien alter Radioröhren, den Spock jetzt an seinen Tricorder anschloß. Als Kirk hereintrat und eine Papiertüte mit Lebensmitteln und ein kleines Paket weiterer Radioteile auf den Tisch stellte, sagte Spock ohne aufzusehen: »Captain, ich brauche noch etwas Schwamm-Platin; ungefähr ein Kilogramm. Oder einen Block Reinmetall, zehn Gramm vielleicht. Das wäre noch besser.«

Kirk schüttelte den Kopf. »Ich habe Ihnen Salat und Gemüse mitgebracht, für mich Wurst und Brötchen. Und das kleine Paket enthält weder Platin noch Gold, noch Diamanten, sondern nur ein paar gebrauchte Radioteile, die ohnehin neun Zehntel unseres gemeinsamen Arbeitslohnes der letzten drei Tage aufgebraucht haben.«

Spock seufzte: »Captain, Sie verlangen, daß ich mit Teilen arbeite, die kaum fortschrittlicher sind als Steinbeile und Bärenhäute.«

»Es bleibt uns leider keine andere Wahl«, sagte Kirk. »McCoy kann jetzt jeden Tag hier eintreffen, und wir haben keinerlei Garantie dafür, daß die Zeit wirklich eine Art Strömung aufweist, die uns wieder zusammenträgt. Das Ding *muß* funktionieren – auch ohne Platin.«

»Bei diesem Tempo«, sagte Spock kühl, »habe ich in drei oder vier Wochen vielleicht den ersten mnemonischen Schaltkreis fertig.«

Es klopfte, und dann steckte Edith den Kopf herein.

»Wenn Sie Lust haben, hätte ich eine lohnende Arbeit für Sie. Fünf Stunden zu zweiundzwanzig Cents pro Stunde. Was um alles in der Welt ist denn das?«

»Ich versuche gerade«, sagte Spock steif, »einen mnemonischen Schaltkreis aus Steinbeilen und Bärenfellen zu konstruieren.«

»Ich weiß nicht, was das sein soll; aber wenn Sie die Arbeit haben wollen, müssen Sie sich beeilen.« Sie verschwand.

»Sie hat recht«, sagte Kirk. »Gehen wir.«

»Sofort, Captain. – Mir fällt gerade ein, daß ich in der Mission ein paar feinmechanische Werkzeuge gesehen habe.«

»Ja, das stimmt. Einer der Männer hat eine – äh – Kuckucksuhr damit repariert. Das Mädchen hat mehr Projekte laufen als ein TKL-Computer: Uhrenreparatur, Holzarbeiten, die Schneiderwerkstatt...«

»Sie hatten völlig recht, Captain«, sagte Spock, »sie ist wirklich eine außergewöhnliche Frau. Und jetzt können wir gehen. Ich bin zwar nicht sicher, daß die zweiundzwanzig Cents pro Stunde uns sehr weit voranbringen; aber diese Werkzeuge...«

»Sie müssen sie aber unbedingt wieder zurückbringen.«

»Sie können mir glauben, Captain, daß mein erster Diebstahlsversuch auch mein letzter war.«

Das Zusatzgerät zum Tricorder füllte jetzt fast das ganze Zimmer. Es sah aus wie eine Roboter-Krake, die ein Kind zusammengebastelt hat; aber es summte, pfiff und knatterte sehr lebendig. Spock gefielen diese lauten Nebengeräusche überhaupt nicht. Er war es gewöhnt, daß Geräte ihre Aufgaben möglichst lautlos erledigten. Aber er nahm sich nicht die Zeit, die störenden Geräusche herauszufiltern.

»Captain!« Er richtete sich auf. »Ich glaube, ich habe etwas gefunden!«

Kirk zog hörbar die Luft in die Nase. »Und ich glaube, etwas schmort hier.«

»Die Schaltkreise sind etwas überladen«, gab Spock zu. »Aber vielleicht habe ich gerade den richtigen Zeitpunkt. Behalten Sie den Bildschirm des Tricorders im Auge. Ich habe die Aufnahme, die ich damals vor dem Spiegel machte, verlangsamt.«

Kirk starrte auf den kleinen Bildschirm des Tricorders. Er zeigte das Gesicht Edith Keelers. Dann wurde das Bild schärfer, und er erkannte, daß es sich um eine Photographie des Mädchens auf der Titelseite einer Zeitung handelte.

Das Datum der Zeitung war der 23. Februar 1936 – also sechs Jahre in der Zukunft. Über dem Bild war der Titel des Artikels: Präsident Roosevelt konferiert mit dem ›Engel der Slums‹. Die ersten Zeilen lauteten: *Der Präsident und Edith Keeler sprachen heute mehr als zwei Stunden über ihre Vorschläge zur Beseitigung...*

Ein scharfes Krachen, sprühende Funken, eine stinkende Rauchwolke. Das Bild erlosch.

»Schnell«, sagte Kirk. »Können Sie es reparieren?«

»Nein. Und es würde uns ohnehin nichts helfen«, sagte Spock. »Weil schon vor diesem Kurzschluß irgend etwas schiefgegangen ist. Ich habe vorhin auf dem gleichen Band eine kurze Zeitungsmeldung aus dem Jahr 1930 gesehen.«

»Na und? Jedenfalls kennen wir jetzt Ediths Zukunft. Wir wissen, in sechs Jahren wird ihre Arbeit von der Regierung anerkannt...«

»Nein, Sir«, sagte Spock leise. Und nach einer kurzen Pause sagte er noch einmal: »Nein, Captain. – Ich habe Edith Keelers Nachruf gesehen. Sie wird noch in diesem Jahr bei einem Unfall sterben.«

»Sie müssen sich irren! Es kann doch nicht beides wahr sein!«

»Doch, Captain«, sagte Spock. »Sie hat zwei Lebenswege vor sich. Welcher der beiden Wirklichkeit wird, hängt allein davon ab, was McCoy tut.«

»Was? – Ach so. Ich verstehe. McCoy hat etwas damit zu tun, ob sie weiterlebt oder sterben muß. Und in seinem gegenwärtigen Zustand...«

Der Schock dieser Erkenntnis ließ ihn den Gedanken nicht zu Ende führen. Aber dann fuhr er fort: »Mr. Spock, hat McCoy sie getötet? War *das* die Veränderung, die er in die Geschichte gebracht hat?«

»Ich kann es nicht sagen, Captain. Vielleicht war es etwas noch Schlimmeres.«

»Was denn, Mann!«

»Vielleicht hat er die Geschichte verändert, indem er ihren Tod *verhindert* hat.«

»Bringen Sie das Ding wieder in Ordnung! Wir müssen die Antwort finden, bevor McCoy hier ankommt!«

»Und was dann, Captain?« fragte Spock. »Was ist, wenn wir feststellen, daß Edith Keeler tatsächlich sterben muß? Daß wir McCoy daran hindern müssen, sie zu retten, wenn wir die Zukunft bewahren wollen?«

»Ich weiß es auch nicht«, sagte Kirk ungeduldig. »Aber wir müssen Gewißheit haben. Haben Sie die feinmechanischen Werkzeuge geholt, Spock? Die Kiste war mit einem Zahlenschloß versperrt und...«

»Das Schloß ist doch nur ein Kinderspielzeug, Captain. Eine primitive Wahrscheinlichkeitsrechnung...«

»...und er hat es wie ein Profi geknackt«, brachte Edith den Satz zu Ende.

Die beiden Männer fuhren herum. Sie warf nur einen kurzen Blick auf das riesige Gewirr von Röhren und Drähten und wandte sich an Spock. »Nur eine Frage: Warum? – Ich verlange eine ehrliche Antwort.«

Spock deutete auf das Gerät. »Ich brauchte ein paar feine Werkzeuge dafür. Ich wollte sie morgen früh wieder zurückbringen.«

Edith blickte ihn prüfend an. Vielleicht war es sein fremdartiges Aussehen, das ihre Haltung beeinflußte, vielleicht war es auch nur der harte Zeitgeist. Sie sagte: »Solche Spielereien beeindrucken mich überhaupt nicht. Aber Diebstahl schon. Hinaus mit Ihnen.«

»Miß Keeler«, sagte Kirk. »Wenn Mr. Spock sagt, daß er die Werkzeuge unbedingt braucht und daß er sie morgen früh zurückgeben wird, können Sie ihm das glauben.«

»Das will ich gerne tun«, sagte sie, »unter der Bedingung, daß Sie, Kirk, mir ein paar Fragen beantworten. Und Sie brauchen mich gar nicht so unschuldig anzusehen. Sie wissen genausogut wie ich, daß Sie beide nicht hierhergehören.«

»Sehr interessant«, sagte Spock. »Und wohin gehören wir nach Ihrer Meinung, Miß Keeler?«

»Sie, Mr. Spock?« Sie nickte Kirk zu. »Sie gehören an seine Seite. Das war immer Ihr Platz, und er wird es auch bleiben. – Aber wo *er* hingehört... nun, das werde ich schon noch herausfinden.«

»Ich verstehe«, sagte Spock. Er wandte sich an Kirk. »Und jetzt werde ich hier weitermachen...«

»Es heißt: Jetzt werde ich hier weitermachen, *Captain*«, korrigierte sie und lächelte Kirk an. »Man hört es, selbst wenn er es nicht ausspricht.« Sie ging aus dem Zimmer, und er folgte ihr. Im Korridor fragte sie: »Übrigens, warum nennt er Sie eigentlich Captain? Waren Sie zusammen im Krieg?«

»Wir – wir haben zusammen gedient.«

»Das merkt man. Aber warum sprechen Sie niemals von der Zeit? Haben Sie irgend etwas getan, dessen Sie sich schämen? Haben Sie Angst? – Lassen Sie mich Ihnen helfen...«

Kirk nahm sie in die Arme und fühlte die Versuchung, sie zu küssen. Er tat es nicht; aber er ließ sie auch nicht los.

»*Laß mich helfen*... In hundert Jahren oder so wird ein berühmter Schriftsteller ein Buch mit diesem Titel schreiben und darin feststellen, daß diese drei Worte sogar noch größeren ethischen Wert haben als das *Ich liebe dich*.«

»Sie bringen Ihre Zeiten durcheinander«, sagte sie. »Hundert Jahre in der Zukunft? Wo ist er dann jetzt? Oder woher kommt er dann?«

»Auf eine dumme Frage folgt eine dumme Antwort«, sagte Kirk hart. Er deutete zur Decke. »Von dort. Von einem Planeten, der den linken Stern des Orion-Gürtels umkreist.«

Sie blickte unwillkürlich auf, und in dem Moment küßte er sie. Und er war nicht überrascht, daß sie seinen Kuß erwiderte.

Spock wandte den Kopf, als Kirk ins Zimmer zurückkam. Er stellte keine Fragen, aber Kirk wußte, daß er auf eine Antwort wartete.

»Sie hat nur gesagt, ›lassen Sie mich Ihnen helfen‹. Sie ist wirklich fast eine Heilige, Mr. Spock.«

»Und vielleicht auch eine Märtyrerin«, sagte Spock. »Ein Opfer ihrer Zeit. Sehen Sie hier.«

Er schaltete sein Gerät ein. »Hier haben Sie den Ablauf der Geschichte, nachdem McCoy in sie eingegriffen hatte: Ende der dreißiger Jahre entstand in den Vereinigten Staaten eine starke pazifistische Fraktion, die Weltfriedensbewegung genannt wurde. Ihr immer größer werdender Einfluß verzögerte den Kriegseintritt der Vereinigten Staaten in den 2. Weltkrieg um mehrere Jahre. Die wenigsten Menschen wußten, daß die Friedensbewegung heimlich von den Deutschen beherrscht wurde. Deutschland nutzte die Zeit, um seine Schwerwasserversuche zu Ende zu führen, und...«

»Hitler und der Nationalsozialismus haben den Krieg gewonnen?«

»Ja. Weil sie jetzt als erste die Atombombe entwickeln konnten. Ich werde das Band noch einmal zurückspulen. Sie werden sehen, daß ich mich nicht geirrt habe. Und Edith Keeler war die geistige Führerin dieser Friedensbewegung.«

»Aber sie hatte doch recht«, sagte Kirk. »Der Friede wäre doch in jedem Fall...«

»Sie hatte natürlich recht«, sagte Spock, »aber zum falschen Zeitpunkt. Durch die Erfindung der Atombombe und ihre primitiven Raketen als Bombenträger konnten die Nazis die ganze Welt unterjochen, Captain. Die Folge davon war ein Rückfall in die Barbarei. Das Joch der Nazi-Sklaverei war so hart, daß die Welt beim Versuch, es abzuschütteln, in Trümmer ging. Zu einer Entwicklung der Raumfahrt kam es nicht.«

»*Nein*...« Kirks Stimme klang wie ein gequälter Seufzer.

»Und all das nur deshalb, weil McCoy in dieser Epoche auftaucht und verhindert, daß sie bei einem Verkehrsunfall ums Leben kommt, wie es von der Geschichte vorgesehen war. Wir müssen ihn von dieser Einmischung abhalten.«

»Wie ist sie gestorben?« fragte Kirk leise. »Und an welchem Tag?«

»So genau kann ich es nicht feststellen«, sagte Spock. »Es tut mir leid, Captain.«

»Mr. Spock«, sagte Kirk leise. »Ich liebe Edith Keeler.«

»Ich weiß«, sagte Spock. »Deshalb habe ich ja gesagt: Es tut mir leid.«

»Und wenn wir McCoy nicht daran hindern, sie zu retten...?«

»Dann retten Sie ihr Leben – und opfern dafür das Leben von Millionen, deren Tod die Geschichte nicht vorgesehen hat.«

»Abstrakte Millionen«, sagte Kirk, »in einer völlig anderen Geschichte. Aber Edith Keeler ist hier. Und sie verdient es, am Leben zu bleiben.«

»Genau wie Scott, Uhura und alle anderen, die wir zurückgelassen haben – oder vorausgelassen haben. Sie sind ihr Captain, Sir. Sie warten auf Sie in den Ruinen der Stadt am Rand der Ewigkeit. Sie und die Zukunft, aus der Sie stammen. – Die Wahl liegt bei Ihnen.«

Er mußte sich entscheiden, und er konnte es nicht – noch nicht. Aber das war nur ein Aufschub. Er mußte zu einem Entschluß kommen, wenn es soweit war.

Und bis dahin mußte er mit Edith leben. Sie lieben.

Spock verlor kein Wort mehr darüber. Manchmal saß er mit beiden zusammen, oft aber – vielleicht veranlaßt von der ihm eigenen Form der Semitelepathie – ließ er sie im richtigen Moment allein.

Eines Tages trennten sie sich, als sie aus dem Haus auf die Straße traten. Spock ging nach links, während Edith und Kirk die Straße überquerten. Edith wirkte sehr glücklich.

»Wenn wir uns beeilen, können wir noch ins ›Orpheum‹ gehen, Jim. Es gibt da einen neuen Film mit Clark Gable...«

»Mit wem?« fragte Kirk lächelnd.

»Das ist aber komisch«, sagte sie und blieb stehen. »Dr. McCoy hat mir die gleiche Frage gestellt, und...«

»*McCoy?*« Kirk spürte sein Herz plötzlich im Hals schlagen. Er packte Edith so hart bei den Schultern, daß sie leise aufschrie. »Dr. Leonard McCoy? – Edith, antworte mir! Wo ist er? Es ist sehr wichtig.«

»Ja, Leonard heißt er. Er ist in der Mission, oben im ersten Stock. Er war sehr krank, als er ankam. Aber jetzt ist er fast wieder...«

»Spock!« schrie Kirk. »Edith, warte auf mich.«

Er lief über die Straße. Spock wandte sich um und blickte Kirk fragend an. Aber Kirk brauchte die Frage nicht zu beantworten, weil im gleichen Moment McCoy aus der Tür des Missionshauses trat.

Kirk und Spock liefen auf ihn zu.

»Pille, wo, zum Teufel, bist du...«

»Wie habt ihr mich denn gefunden? Und wo sind wir eigentlich hier?«

»Als Edith mir sagte: Dr. McCoy...«

»Ich kann es immer noch nicht glauben, daß Sie so nahe bei uns...«

»Ich glaube, ich bin ziemlich krank gewesen...«

Kirk blickte rasch zu Edith hinüber. Sie stand auf der anderen Seite der Straße und sah aufmerksam und interessiert zu ihnen herüber. Und als sie Kirks Blick bemerkte, schickte sie sich an, die Straße zu überqueren.

Sie sah den Lastwagen nicht, der heranbrauste.

Das ist der entscheidende Zeitpunkt! wußte Kirk und lief, ohne eine Sekunde zu überlegen, auf sie zu.

»Captain!« schrie Spock. »*Nicht!*«

Kirk blieb wie angewurzelt stehen, das Gesicht vor Schmerz verzerrt. Im gleichen Augenblick öffnete McCoy den Mund zu einem lautlosen Schrei und rannte los.

Kirk haßte sich selbst für das, was er jetzt tat; was er tun *mußte:* Er warf sich McCoy in den Weg, blind, beinahe schluchzend, und der stürzte zu Boden.

Edith stieß einen Schrei aus, und dann hörten sie das schrille Kreischen von Bremsen.

Und dann Stille.

»Jim«, sagte McCoy heiser, »du hast mich absichtlich aufgehalten. – Weißt du eigentlich, was du getan hast?«

Kirk konnte nicht antworten. Spock nahm seinen Arm. »Er weiß es«, sagte er leise zu McCoy. »Und Sie werden es auch bald wissen. – Das, was *war, ist* jetzt wieder...«

Kirk saß wieder in Uniform an seinem Schreibtisch an Bord der *Enterprise* und starrte brütend vor sich hin.

»Die Koordinaten von der Brücke, Captain«, sagte Spock.

Die Worte hatten keine Bedeutung für ihn. Und auch das Papier, das Spock vor ihn auf die Schreibtischplatte gelegt hatte, sagte ihm nichts. Er hatte das Gefühl, längst tot zu sein.

»Jim«, sagte Spock.

Langsam hob er den Kopf und blickte Spock mit glanzlosen Augen an.

»Mr. Spock«, sagte er verwundert, »das war das erste Mal, daß Sie mich anders genannt haben als Captain.«

»Ich mußte ja irgendeinen Weg finden, um Sie ansprechen zu können. – Ich weiß, die Nächte sind dunkel und scheinen endlos; aber es wird immer wieder Tag.«

»Nicht für sie«, sagte Kirk bitter. »Sie war überflüssig.«

»Nein, Captain, das stimmt nicht. Ihr Tod hat das Leben von Milliarden von Menschen gerettet, lebende und noch ungeborene. Sie war weit davon entfernt, überflüssig zu sein.«

»Und ich habe sie im Stich gelassen«, murmelte Kirk, der anscheinend überhaupt nicht zugehört hatte. »Dabei habe ich sie geliebt...«

»Und Sie haben richtig gehandelt«, sagte Spock. »Keine Frau ist jemals so geliebt worden wie diese. Denn keiner anderen Frau hat ein Mann jemals aus Liebe beinahe die Zukunft des ganzen Universums geopfert.«

Samen des Raums

Es war reiner Zufall, daß Marla McGivers gerade auf der Brücke war, als das SOS aufgefangen wurde. Offiziell war Leutnant McGivers Spezialistin für Kontrollsysteme, aber sie hatte auch Geschichte studiert. Außer ihr gab es niemanden an Bord der *Enterprise*, der das Morsealphabet beherrschte, weil dieses System um das Jahr 2000 im allgemeinen Chaos nach den Eugenischen Kriegen verlorengegangen war. Aber Marla hatte sich gerade auf diese Periode spezialisiert und galt als hervorragende Historikerin, obwohl Kirk fand, daß sie eher wie eine Ballerina aussah.

Der SOS-Ruf, stellte sie fest, kam vom SS *Botany Bay*. Aber trotz mehrfacher Anrufe meldete sich das Schiff nicht. Kirk ließ den Kurs der *Enterprise* in Richtung auf das Notsignal ändern, und Stunden später stießen sie auf den dunklen Rumpf eines Raumschiffes der CZ-100-Klasse. Die historischen Unterlagen des Computers zeigten, daß das letzte Schiff dieses Typs um 1994 herum gebaut worden war. Offensichtlich also ein Wrack, dessen automatischer Notrufsender aus irgendwelchen Gründen noch funktionierte.

Aber die Sensoren der *Enterprise* fingen auch Funktionsgeräusche anderer Geräte auf – und auch Herzschläge.

Sie waren nur schwach und matt; aber es mußten etwa achtzig Herzen sein, die an Bord des Wracks schlugen; nur vier- oder fünfmal pro Minute, und man hörte keine Atemgeräusche.

»Nichtmenschliche Lebewesen?« fragte Kirk.

McCoy zuckte die Schultern. »Das weiß ich auch nicht, Jim. Aber auch nichtmenschliche Wesen müssen atmen. Außerdem ist der Name des Schiffes englisch.«

»Die Engländer«, sagte Kirk trocken, »waren berühmt dafür, einen sehr langen Atem zu haben. Mr. Spock, können Sie feststellen, wem das Schiff gehört?«

»Keine Eintragung im Computer, Sir.«

»Leutnant McGivers, was können Sie uns über die Epoche sagen, in der das Schiff gebaut wurde?«

»Leider nicht sehr viel«, antwortete Marla McGivers. »Der Eugenische Krieg wurde von einer Gruppe ehrgeiziger Wissenschaftler aller Nationalitäten ausgelöst, die die menschliche Rasse durch selektive Fortpflanzung verbessern wollten. Sie gingen bei der Durchsetzung ihrer Pläne ziemlich rücksichtslos vor, und bevor man noch ihre Identität feststellen konnte, beschuldigten einige Dutzend Staaten einander, für die plötzlich ausgebrochene Plage von neugeborenen Riesen und Monstern verantwortlich zu sein. Das Resultat war der letzte Weltkrieg, bei dem unter anderem auch sehr viele kulturelle und historische Unterlagen verlorengingen. Es ist ein Wunder, daß dieses Schiff noch existiert.«

»Vielleicht sollten wir es uns einmal ansehen«, sagte Kirk. »Und da Sie Spezialistin für die Epoche sind, hätte ich Sie gerne dabei. Scotty, Sie sehen sich die Maschinen an; vielleicht kann man irgend etwas davon gebrauchen. Und du kommst auch mit, Pille.«

»Warum immer ich?« beklagte sich McCoy. »Ich bin hier, um euch medizinisch zu betreuen, und nicht, um mich ständig zerlegen und meine Atome einzeln über den Transporter durch den Raum schießen zu lassen.«

»Du bist dabei, weil wir Herzschläge gehört haben. Und das ist dein Gebiet. Also los!«

Es war fast völlig dunkel in der *Botany Bay*. Sie materialisierten in einem langen Korridor, dessen beide Seiten von langen Reihen riesiger Kanister, die am Fußende 2 Meter im Quadrat maßen, gesäumt wurden. Über jedem dieser Züge, die wie Särge aussahen, blinkte ein grünes Licht.

Kirk sah sich eine Weile um.

»Mr. Scott?«

»Ich weiß auch noch nicht, was das bedeutet, Sir. Die Behälter sehen aus wie Nahrungsmittelbehälter. Aber wozu so viele? Sehen Sie, da ist eine Art Kontrollgerät.«

»So etwas habe ich schon einmal gesehen; oder jedenfalls Abbildungen davon. Es sieht aus wie ein Lebenserhaltungssystem des zwanzigsten Jahrhunderts.«

McCoy richtete seinen Tricorder auf einen der Behälter.

Gleichzeitig rief Scott: »Da ist es ja!« und das Deckenlicht flammte auf.

McCoy stieß ein zufriedenes Knurren aus. »Die Indikatorwerte ändern sich«, sagte er. »Durch das Licht scheint irgendein Vorgang ausgelöst worden zu sein.«

Kirk brauchte nicht auf die Skalen des Tricorders zu blicken, um das feststellen zu können. Aus dem Behälter ertönte ein dumpfes Summen, und das flackernde Licht wechselte von Grün auf Rot.

»Jetzt weiß ich's!« rief Marla plötzlich. »Es ist ein Schläferschiff!«

Die Bezeichnung sagte Kirk nichts; aber McCoy sagte: »Suspendierte Animation?«

»Ja. Sie waren früher für längere Raumflüge erforderlich. Bis 2018 kannte man ja noch keine Sol-Triebwerke. Selbst interplanetare Flüge dauerten mehrere Jahre. Wir werden in diesen Kanistern die Besatzung des Schiffes und seine Passagiere vorfinden, die dort das Ende der Reise erwarten.«

»Wahrscheinlich als Leichen«, sagte McCoy. »Andererseits... diese Herzschläge..., aber nach all den Jahrhunderten...?«

Scott hatte inzwischen entdeckt, daß die dem Gang zugekehrten Enden der Behälter mit Schutzschildern versehen waren. Er nahm eins davon ab und legte eine durchsichtige Kunststoffscheibe frei. Hinter ihr sahen sie einen nackten Mann reglos in violettem Licht liegen. Er war schlank und hatte das gutgeschnittene, sonnengebräunte Gesicht der nordindischen Sikhs. Selbst im Schlaf strahlte es Energie, Intelligenz und sogar Arroganz aus.

»Wie schön«, flüsterte Marla.

»Dieser Behälter ist so angeschlossen, daß sein Schläfer als erster wieder zum Leben erweckt wird. Das bedeutet, daß er wahrscheinlich der Kommandant des Schiffs ist.«

»Oder der Navigator«, sagte Spock, »oder der Arzt, der die Wiederbelebung der anderen überwachen muß.«

»Er ist der Kommandant«, sagte Marla.

»Und wie kommen Sie darauf?« fragte Kirk.

»Nun... das sieht man doch. – Außerdem ist er ein Sikh; und die Sikhs waren berühmte Krieger.«

»Er lebt tatsächlich!« sagte McCoy erregt. »Herzfrequenz fünfzig Schläge, und die Atmung hat auch wieder eingesetzt.«

»Scotty, sehen Sie doch einmal nach, was die anderen machen.«

Der Ingenieur ging den Korridor entlang, entfernte die Schutzschilder und blickte in die dahinterliegenden Kammern.

»Da rührt sich nichts, Sir«, meldete er dann. »Ein ziemlich gemischter Haufen übrigens; Kaukasier, Mitteleuropäer, Araber, Romanen, Asiaten, so ziemlich alle Rassen, die es gab. Und bei allen sind noch die grünen Lichter an, wie Sie selbst sehen können.«

»Ein Mann aus dem zwanzigsten Jahrhundert«, sagte Marla wie hypnotisiert. »Es ist unfaßbar...«

»Pulsfrequenz sinkt wieder ab«, sagte McCoy und starrte auf seinen Tricorder. »Wenn du mit diesem lebenden Fossil reden willst, müssen wir es sofort auf die Krankenstation schaffen, Jim.«

»O nein!« rief Marla entsetzt.

»Sehr richtig«, sagte McCoy und warf ihr einen raschen Blick zu. »Das ist ein Patient, den zu retten es sich wirklich lohnt. Denken Sie nur daran, wieviel historisches Wissen in diesem Kopf ruht.«

»Das ist doch vorerst unwichtig«, sagte Kirk. »Er ist ein Mensch, und wir müssen ihn retten. Beamen Sie ihn hinüber.«

Während McCoy sich mit dem schlafenden Patienten beschäftigte, ließ sich Kirk von seinen Offizieren Bericht über den Zustand des anderen Raumschiffes erstatten.

»Sie hatten anscheinend Kurs auf das Tau-Ceti-System«, sagte Spinelli, der Sulu am Ruder abgelöst hatte.

»Sehr gut möglich. Es nicht weit von unserem Sonnensystem entfernt und besitzt drei bewohnbare Planeten.«

»Das schon, Sir. Aber sie hätten es niemals erreicht. Ihre Backbord-Steuerraketen sind von Meteoreinschlägen beschädigt worden, und dadurch ist das Schiff natürlich auch vom Kurs abgebracht worden.«

»Scotty, haben Sie Logbücher oder andere Unterlagen finden können?«

»Nichts, Sir. Sie müssen sich gleich nach dem Start in diese Schlafkisten zurückgezogen haben.«

»Ausrüstung?«

»Kolonistengerät«, meldete Scotty, »aber ziemlich viele Waffen. Das scheint für ihre Epoche jedoch typisch gewesen zu sein. Zwölf von den Lebenserhaltungssystemen haben versagt, das heißt: Zweiundsiebzig funktionieren noch. Und zwölf von diesen zweiundsiebzig Überlebenden sind Frauen.«

»Also zweiundsiebzig Überlebende«, sagte Kirk nachdenklich. »Ihre Folgerungen, Mr. Spock?«

»Die Schiffe der CZ-100-Klasse waren nur für interplanetaren Verkehr gebaut – *nicht für interstellaren.*«

»Sie haben es trotzdem versucht.«

»Aber warum?«

»Vielleicht, weil das Leben auf der Erde während der Eugenischen Kriege unerträglich geworden war.«

»Captain, überlegen Sie doch einmal: Gesunde, junge Menschen würden bestimmt nach einem weniger riskanten Weg zum Überleben suchen. Ihre Chance, wirklich nach Tau Ceti zu gelangen, war eins zu zehntausend, und das müssen sie gewußt haben. Und noch etwas: Warum gibt es keine Unterlagen über dieses Experiment? Ich weiß, daß vieles verlorengegangen ist; aber der erste Versuch eines interstellaren Fluges, Captain! Der Name *Botany Bay* wäre in Tausenden von Dokumenten und Veröffentlichungen genannt worden! Wenigstens eine davon hätte überliefert werden müssen. Aber es gibt nichts – gar nichts.«

»*Botany Bay*... hmm... Leutnant McGivers hat mir erzählt, daß es einmal in Australien eine Sträflingskolonie dieses Namens gegeben hat. Ob da nicht irgendein Zusammenhang bestehen könnte?«

»Meinen Sie, daß es sich vielleicht um Deportierte handelt?« sagte Spock. »Das wäre unlogisch. Die Erde befand sich damals in einem zweiten Mittelalter, das noch düsterer war als das erste. Ganze Völkerschaften wurden durch Bomben ausgerottet. Um eine Handvoll

Krimineller loszuwerden, hätte man sich bestimmt nicht die Mühe gemacht, sie mit dem modernsten Raumschiff der Epoche ins Universum zu schießen.«

»Also ist meine Theorie erledigt. Haben Sie eine bessere?«

»Ich besitze noch keinerlei Fakten, Captain. Wilhelm von Occam sagte, daß man Hypothesen nicht miteinander multiplizieren soll. Ich schlage deshalb vor, daß wir die *Botany Bay* zum nächstgelegenen Stützpunkt bringen und dort gründlich untersuchen.«

Kirk dachte über den Vorschlag nach. »Einverstanden. Machen Sie die Traktorstrahlen fertig zum In-Schlepp-Nehmen. Ich sehe mal nach dem Patienten.«

Der Mann aus der Vergangenheit war noch immer bewußtlos, aber sein Atem war kräftig und gleichmäßig geworden. Marla McGivers stand neben ihm und starrte ihn unverwandt an.

»Wie geht es ihm, Pille?« fragte Kirk.

»Eigentlich müßte er tot sein.«

»Falsche Bescheidenheit?«

»I wo. – Ich weiß, daß ich gut bin; aber doch nicht *so* gut. Sein Herz ist dreimal stehengeblieben. Als ich es das dritte Mal wieder in Gang gesetzt hatte, kam er für einen Augenblick zu sich und fragte: ›Wie lange?‹ Ich habe gesagt: ›Einige Jahrhunderte.‹ Er lächelte und schlief wieder ein, und als sein Herz jetzt wieder, zum vierten Mal, stehenblieb, *fing es ganz von selbst wieder an zu schlagen.* In dem Kerl steckt eine so gewaltige Lebenskraft, daß er sich einfach weigert zu sterben.«

»Er muß eine Konstitution haben wie ein Stier.«

»Das war eben keine Metapher«, sagte McCoy und deutete auf die Kontrollinstrumente, die an den Bewußtlosen angeschlossen waren. »Sieh dir das an: Selbst im bewußtlosen Zustand ist die Herzklappenleistung doppelt so hoch wie deine oder meine. Die Lungen-Effizienz ist um fünfzig Prozent größer... Wer immer er sein mag, ich freue mich, ihn kennenzulernen.«

Kirk warf Marla einen raschen Blick zu und sagte dann: »Da bist du nicht der einzige.«

Marla blickte auf. »Wird er am Leben bleiben?«

»Wenn man ihn in Ruhe läßt, vielleicht«, sagte McCoy erbost.

»Raus mit euch, alle beide! Dies ist eine Krankenstation, keine Offiziersmesse.«

Grinsend wandte Kirk sich zur Tür und winkte Marla, ihm zu folgen.

Aber als sie vor der Tür standen, sagte er: »Hören Sie, Leutnant, wenn ich eine Beurteilung über Ihre heutige Leistung schreiben müßte, würde sie ziemlich schlecht ausfallen.«

»Ich weiß, Captain«, sagte sie leise. »Ich bitte um Entschuldigung.«

»Und Sie meinen, das ist genug? Hören Sie, Leutnant, die Sicherheit des ganzen Schiffes kann zu jeder Zeit von dem Handeln eines einzigen Besatzungsmitgliedes abhängen. Die Tatsache, daß Sie einen völlig fremden Mann persönlich derart anziehend finden, ist wirklich eine äußerst schwache Entschuldigung.«

»Persönlich?« sagte sie und wurde rot. »Captain, ich bin Historikerin. Und wenn man sich plötzlich einem ... einem Exemplar aus der Vergangenheit gegenübersieht ... allein die Erwartung dessen, was er zu berichten hat ...«

»Und er hat bestimmt vieles zu berichten«, sagte Kirk. »Die Männer waren damals abenteuerlicher, mutiger, unternehmungslustiger.«

»Ja, das stimmt, Sir.«

Kirk nickte. »Es freut mich, daß Sie es zugeben. Wenn ein Mensch ehrlich ist, kann man auch mal Fehler übersehen – zumindest einen Fehler. Sie können gehen.«

Als sie fort war, ging er wieder zu McCoy hinein. Der Arzt blickte ihm lächelnd entgegen. »Es ist ein Jammer«, sagte er, »daß du dein Leben als Kommandant von Raumschiffen vergeudest. Du wärst ein recht brauchbarer Psychologe geworden.«

»Danke, Pille. Aber mein Job gefällt mir besser. Es schließt alles andere ein.«

»Touché – oder besser gesagt: schachmatt.«

Wenige Stunden später wurde Kirk auf der Brücke angerufen.

»Captain«, sagte McCoy, »ich habe hier einen Patienten, der eine Menge Fragen stellt. Ich kann dir sagen, so ein Mann könnte das Ende der Medizin bedeuten. Kannst du herunterkommen?«

Kirk ging ins Bordlazarett und fand den Mann von der *Botany Bay*, jetzt mit einem Bademantel aus der Kleiderkammer der *Enterprise* bekleidet, auf dem Bett liegen. Er war wach – hellwach. Kirk stellte sich vor.

»Ich danke Ihnen«, sagte der Mann. »Man hat mir gesagt, daß ich zweihundert oder mehr Jahre geschlafen habe und mich jetzt an Bord eines wirklichen Raumschiffes befinde. – Welchen Kurs steuern Sie?«

Kirk war gleichzeitig amüsiert und verärgert. »Wollen Sie mir nicht zuerst Ihren Namen nennen?«

»Nein. Ich trage eine große Verantwortung. Und wenn Sie wirklich der Kommandant dieses Schiffes sind, müßten Sie das verstehen. Also, wohin sind wir unterwegs?«

Kirk entschied sich, vorerst nachzugeben. Er sah keinen Sinn darin, sich mit einem Mann, den man eben erst dem Leben wiedergegeben hatte, zu streiten. »Wir haben Kurs auf Flottenbasis 12, unseren Stützpunkt in diesem Sektor.«

»Und der Sektor ist?«

»Ich glaube nicht, daß Sie ihn kennen. Er liegt viele Parsecs jenseits des Systems, das Sie ansteuern wollten, und außerdem stimmt unser galaktisches Koordinatensystem sicher nicht mit dem Ihren überein.«

»Galaktisch... ich verstehe«, sagte der Mann. »Wo sind meine Leute?«

»Zweiundsiebzig der Lebenserhaltungs-Systeme funktionieren noch. Die Leute werden wieder zum Leben erweckt, wenn wir Flottenbasis 12 erreicht haben. Wir wollten an Ihnen zunächst untersuchen, ob eine Wiedererweckung überhaupt möglich ist.«

»Sehr logisch und realistisch; Sie gefallen mir. – Aber jetzt werde ich ein wenig müde. Können wir die Befragung nicht ein anderes Mal fortsetzen?«

»Befragung?« sagte Kirk. »Bisher haben Sie mir noch nicht eine einzige Frage beantwortet.«

»Ich bitte um Entschuldigung«, sagte der Mann sofort. »Mein Name ist Khan. Ich bin Kommandant der *Botany Bay* auf einer Kolonisierungsexpedition. Ich könnte Ihre Fragen sicher besser beantworten, wenn ich wüßte, in welchem Zeitabschnitt wir uns jetzt befinden, und mich vorher ein wenig mit Ihrer Terminologie und so weiter vertraut machte. Vielleicht könnten Sie mir etwas zu lesen bringen lassen – Geschichte, Technologie, was immer Sie greifbar haben.«

Das schien eine vernünftige Bitte zu sein. »Dr. McCoy wird Ihnen zeigen, wie Sie Ihren Bildschirm an unsere Bibliotheksbänder anschließen können. Und Leutnant McGivers wird es ein Vergnügen sein, Sie mit der Geschichte der letzten Jahrhunderte vertraut zu machen.«

»Sehr gut.« Khan lächelte. »Ich habe da eine Menge nachzuholen. Ich...«

Plötzlich schlossen sich seine Augen.

McCoy blickte auf die Überwachungsgeräte. »Eingeschlafen«, sagte er. »Ich bin froh, daß er wenigstens ein paar menschliche Schwächen zeigt.«

Erst auf dem Weg zur Brücke wurde sich Kirk bewußt, wie wenig ihm Khan eigentlich von sich berichtet hatte. Irritiert und etwas verärgert wandte er sich an Spock, der vor seinen Computern saß.

»Haben Sie etwas gefunden?«

»Es gibt keine Unterlagen über irgendwelche interstellaren Flüge vor der bekannten Alpha-Centauri-Expedition von 2018«, sagte der Erste Offizier. »Wie geht es unserem Patienten?«

»Ausgezeichnet. Er ist schon wieder ziemlich arrogant und schlau. Und enorm kräftig. Ganz anders, als ich mir einen Mann des zwanzigsten Jahrhunderts vorgestellt hatte.«

»Sehr interessant. Vielleicht ein Ergebnis selektiver Fortpflanzung?«

»Daran habe ich auch schon gedacht«, nickte Kirk. »Wenn ich mir einen Supermann vorstelle, würde er ungefähr so aussehen wie Khan.«

»Sehr richtig, Captain. Er ist fast ein Prototyp der Vorstellung von Kraft und Potenz. Und, soweit ich das aus den wenigen, fragmentarischen Unterlagen jener Epoche rekonstruieren kann, genau der Typ Mann, der das Chaos der 1990er Jahre verursachte.«

»So? – Ich dachte, eine Gruppe von Wissenschaftlern sei dafür verantwortlich gewesen?«

»Das entspricht nur zum Teil der Wahrheit«, sagte Spock. »Zum

Teil ist es, glaube ich, bequeme Legende. Die Wissenschaftler haben untereinander geheiratet und ihr Wissen um die Erblehre auf die *eigene* Nachkommenschaft angewandt. Die Riesen und Monster tauchten erst auf, als der Krieg längst ausgebrochen war, und waren höchstwahrscheinlich Spontanmutationen, die durch die hohe Radioaktivität der Luft zustande kamen. Die Wissenschaftler hatten damit sicher nichts zu tun. Sie züchteten nach wie vor eine Menschenrasse, die sie als *Homo superior* bezeichneten.«

»Tatsachen oder nur Vermutungen?« fragte Kirk.

»Zumeist Deduktionen«, sagte Spock. »Aber diese Gruppe von Wissenschaftlern hat wirklich existiert. Und es waren keine Verrückten – jedenfalls nicht in unserem Sinn des Wortes –, sondern sendungsbewußte Männer, die davon überzeugt waren, daß ihre Nachkommen aufgrund ihrer körperlichen und geistigen Überlegenheit auf legale und friedliche Weise die Macht erringen und alle Übel ihrer Welt – Krieg, Hunger, Gier, Haß – beseitigen würden. Ein sehr edles Ziel, das natürlich nicht erreicht wurde.«

»Und unser Patient?«

»Eins dieser Kinder, würde ich sagen. Dem Alter nach könnte es stimmen. – Eine Gruppe aggressiver junger Männer hat *tatsächlich* einmal vierzig Nationen unter ihre Herrschaft bringen können. Aber damit hatten sie sich übernommen. Sie konnten ihre Eroberungen nicht halten. Soweit die Tatsachen, Captain. Und noch etwas: Etwa achtzig oder neunzig diese Usurpatoren sind nach dem Chaos spurlos verschwunden. Man hat weder ihre Leichen noch ihre Gräber entdecken können. Sie sind ohne jede Spur untergetaucht.«

»Das habe ich nicht gewußt«, sagte Kirk.

»Man hätte sie aber finden müssen. Oder zumindest hätten die Behörden vorgeben müssen, sie gefunden zu haben. Denken Sie doch einmal an die Angst der wenigen überlebenden, kriegsmüden, hungernden Menschen bei dem Gedanken, daß noch immer rund achtzig Napoleons am Leben sein könnten. Und noch etwas, Captain...«

»Ich weiß«, sagte Kirk. »Ich bin zwar kein so ausgezeichneter Logiker wie Sie, Mr. Spock, aber ich kann mir denken, was Sie sagen wollen. Sie glauben, daß diese achtzig Napoleons immer noch am Leben sind und daß wir neunundsiebzig davon im Schlepp haben – und einen von ihnen hier an Bord.«

»Ja, Captain.«

Kirk dachte eine ganze Weile nach.

»Das wäre die einzig mögliche Erklärung«, sagte er schließlich. »Aber eine Bestätigung unserer Vermutung kann uns nur Khan geben. Und der ist so verschlossen wie ein Panzerschrank. Mit Gewalt ist da gar nichts zu machen. Wir könnten es höchstens mit Charme versuchen. Und auch das wird uns nicht gelingen. Vielleicht können wir die Bräuche seiner eigenen Epoche dazu verwenden, ihn weichzukriegen. Ich werde einmal mit Leutnant McGivers sprechen.«

Marla McGivers schlug ein formelles Dinner vor, an dem alle höheren Offiziere der *Enterprise* teilnehmen sollten. Ein Willkommens-Dinner zum Eintreffen Commander Khans im dreiundzwanzigsten Jahrhundert. Die Vorstellung allein versetzte sie schon in helle Begeisterung, und Kirk vermutete, daß Khan bereits seine erste Eroberung im neuen Jahrhundert gemacht hatte. Aber es gab keine Dienstvorschriften, die Romanzen an Bord untersagten, und Kirk kam diese persönliche Beziehung auch sehr entgegen.

Marla erschien mit einer neuen und völlig anachronistischen Frisur, die Kirks Vermutung noch bestätigte. Was Khan anging, so konnte man nicht mit Sicherheit sagen, ob auch er sich von Marla angezogen fühlte, weil er seinen magnetischen Charme an alle Anwesenden verschwendete. Es schien für ihn keine Situation zu geben, in der er sich nicht nach kurzer, blitzschneller Orientierung zu Hause fühlte.

Nach dem Essen, als sie bei Kaffee und Brandy saßen, stellte es sich jedoch heraus, daß zumindest ein Offizier der *Enterprise* von Khans Charme völlig unbeeindruckt blieb. »Sie haben uns noch immer nicht erzählt«, sagte Spock, »warum Sie eigentlich das riskante Abenteuer eines interstellaren Fluges angetreten haben, Commander Khan. Und auch nicht, wie Sie jede Dokumentation des Unternehmens verhindern konnten.«

»Abenteuer ist das richtige Wort, Mr. Spock. Die Erde war todlangweilig geworden.«

»Zu der Zeit wurden die Eugenischen Tyrannen gestürzt«, sagte Spock. »Ich glaube kaum, daß man diese Epoche als langweilig bezeichnen kann.«

»Eine Verschwendung von Geist und Energie in einer Wüste der Schande«, sagte Khan. »Ich könnte vieles zugunsten des Eugenischen Kreuzzuges sagen. Es war der letzte große Versuch, die Menschheit zu einigen – zumindest zu meiner Zeit.«

»Wie man ein Ochsengespann unter dem Joch und der Peitsche vereinigt?«

»Ich bin sicher, Sie haben das nicht beleidigend gemeint, Mr. Spock«, sagte Khan mit einem entwaffnenden Lächeln. »Ein Gespann kann oft mehr erreichen als ein einzelner. Es war damals eine Zeit großer Träume – großer Hoffnungen.«

»Großer Hoffnungen unter der Knute engstirniger Diktatoren? Das hat es noch niemals gegeben, zumindest nicht in geschichtlicher Zeit.«

»Da bin ich anderer Ansicht«, sagte Khan. »Die Herrschaft wäre schließlich einem, dem besten und fähigsten, zugefallen, wie in Rom unter Augustus. Und Sie wissen, zu welcher Blüte er das Imperium geführt hat, Captain Kirk. Sie lassen zu, daß Ihr Erster Offizier mich angreift, und schweigen, in der Hoffnung, daß ich mich dazu verleiten lasse, eine Schwäche zu zeigen. Ein sehr kluger und richtiger Standpunkt.«

»Sie haben die Neigung, Ihre Gedanken in militärischer Terminologie auszudrücken, Commander Khan«, sagte Kirk. »Wir sind hier auf einer Gesellschaft und nicht auf dem Schlachtfeld.«

»Man hat oft behauptet, daß manche Kriege in den Salons entschieden worden sind«, sagte Khan. »Ich ziehe einen ehrlichen und offenen Kampf vor.«

»Zu Ihrer Zeit gab es auf der Erde einen offenen Kampf«, erwiderte Kirk. »Es hat aber den Anschein, als ob Sie vor ihm geflohen sind.«

»Mit einer fast völlig zerstörten Welt kann man nicht mehr viel anfangen.«

»Mit anderen Worten«, sagte Kirk, »Sie hatten Angst.«

Khans Augen funkelten. »Ich habe noch nie Angst gehabt.«

»Und diese Furchtlosigkeit macht Ihnen keine Angst?«

»Wieso denn? Ich verstehe Sie nicht, Mr. Spock. Wie kann ein Mann Angst davor haben, keine Angst zu kennen? Das ist doch ein Widerspruch in sich selbst.«

»Ganz im Gegenteil«, sagte der Erste Offizier eisig. »Es ist ein Null-Wert im Wert aller Werte, und nicht ein Wert innerhalb einer bestimmten Wertskala.«

Khan blickte zum ersten Mal etwas verärgert. Kirk, den diese Feststellung ein wenig amüsierte, sagte lächelnd: »Es tut mir leid, Commander; aber Sie haben eben auf Mr. Spocks Logik-Auslöser gedrückt, und das macht ihn für die nächsten zehn Minuten jedem normalen Menschen unverständlich. Sie sagten eben, daß Sie keine Angst kennen; und doch haben Sie die Erde zu einem Zeitpunkt verlassen, an dem die Menschheit den Mut am allernötigsten hatte.«

»Wie kann man einer Herde von Schafen Mut einflößen! Ich habe den Menschen eine Weltordnung angeboten. *Ordnung!* Verstehen Sie? Und was ist passiert? Sie brachen in Panik aus. Ich habe auf der Erde nichts zurückgelassen, das zu retten sich gelohnt hätte.«

»Dann sind Sie also der Meinung«, sagte Spock, »um ein ganz einfaches und plausibles Beispiel zu nehmen, daß dieses Raumschiff von Schafen in einem Anfall von Panik gebaut wurde? Ich möchte Ihre Logik nicht weiter strapazieren, Commander, aber ich frage mich ernsthaft, inwieweit Ihr Sehvermögen noch in Ordnung ist.«

Marla, die seit Beginn der Diskussion kein Wort gesprochen hatte, sprang so hastig auf, daß der Kaffee in die Untertassen schwappte.

»Ich habe nicht erwartet«, sagte sie erregt und mit zitternder Stimme, »daß man einen Gast auf einem Sternenschiff so taktlos und unhöflich behandeln würde.«

»War *ich* unhöflich?« fragte Spock mit unschuldigem Gesicht. »Wenn das wirklich der Fall war, dann bitte ich um Entschuldigung.«

»Ich ebenfalls«, sagte Kirk und unterdrückte ein Grinsen.

»Ich nehme Ihre Entschuldigung an«, sagte Khan und erhob sich gleichfalls. »Aber jetzt, meine Damen und Herren, gestatten Sie mir, mich zurückzuziehen. Ich bin müde. Würden Sie so freundlich sein, mich zu meiner Kabine zu begleiten, Marla?«

Sie verließen die Messe. Als sie gegangen waren, nickte Kirk anerkennend und sagte: »Und McCoy hält *mich* für einen brauchbaren Psychologen. Ich habe in meinem ganzen Leben noch nicht erlebt, wie jemand einen anderen Menschen so geschickt auf die Palme gebracht hat, Mr. Spock.«

»Darüber bin ich nicht sehr glücklich, Captain«, sagte der Erste Offizier. »Die menschliche Hälfte meines Seins scheint immer dann zu schlafen, wenn ich sie am nötigsten brauche. Überlegen Sie einmal, wie wenig wir wirklich in Erfahrung gebracht haben: den Namen des Mannes – Sibahl Khan Noonien. Von 1992 bis 1996 Militärbefehlshaber einer Region, die von Südasien bis zum Mittelmeer reichte. Er wurde als letzter der Tyrannen gestürzt und genoß einen recht guten Ruf – für einen Diktator. Unter seiner Herrschaft gab es zwar keinerlei Freiheit für die Menschen; aber auch keine Massaker und Kriege, bis zu dem Zeitpunkt, wo er von einem kleineren Diktator seiner eigenen Rasse angegriffen wurde. Er ist ein Mann der Macht, der diese auch zu gebrauchen versteht, und er wird völlig zu Recht von den Menschen bewundert, die er eine Herde von Schafen nennt; von den Menschen, die sich viel wohler fühlen, wenn sie geführt und beherrscht werden.«

»Und das alles haben Sie aus dem geschlossen, was Khan heute abend gesagt hat? Das ist doch eine ganze Menge, meine ich.«

»Aber nicht das, was wir wissen wollen«, widersprach Spock. »Die wichtigste Frage ist doch: Warum ist er geflohen? Und die Antwort *darauf* hatte ich ihm zu entlocken gehofft. Aber er hat mich durchschaut. Ich bin eben doch kein besonders guter Psychologe.«

»Ich verstehe«, sagte Kirk nachdenklich. »Bis wir eine Antwort auf diese Frage haben, wissen wir nicht, was er *jetzt* vorhaben könnte – und welche Risiken wir eingehen, wenn wir die anderen zweiundsiebzig Menschen aufwecken. Wir müssen uns also etwas anderes einfallen lassen. – Aber eins ist mir noch unklar, Mr. Spock: Warum haben Sie ihn gefragt, ob er keine Angst davor hat, völlig frei von Angst zu sein? Anfangs glaubte ich, den Sinn dieser Frage zu begreifen; aber dann haben Sie mich mit Ihren logistischen Ausführungen verwirrt. Stellt Ihre Frage nicht eine sogenannte Tautologie dar?«

»Nein, Captain«, sagte Spock. »Ich habe sie nur absichtlich so gefaßt, daß sie wie eine Tautologie wirkte. Ich wollte nicht Sie damit verwirren, sondern Commander Khan. Und ich hoffe, daß ich zumindest hier erfolgreich war. Die Angst ist eine essentielle Reaktion für das Überleben jeder denkenden Kreatur. Wenn er keine Angst kennt, weiß er auch nicht, wann es klüger ist, einem Kampf aus dem Weg zu gehen und zu fliehen. Trotzdem ist Commander Khan geflohen. Und da er behauptet, keine Angst zu kennen, welchen anderen Grund hat es für seine Flucht gegeben?«

»Hmm«, sagte Kirk. »Ich habe noch nie ein Lebewesen kennengelernt, das im entscheidenden Moment nicht Angst verspürt hätte. Aber er wirkte in diesem Punkt sehr sicher und bestimmt.«

»Da haben Sie recht, Captain«, sagte Spock nachdenklich. »Und eben das macht *mir* Angst.«

Nichts, was Spock jemals zuvor gesagt hatte, war für Kirk so beunruhigend wie diese simple Feststellung. Und als er seinen Ersten Offizier nachdenklich anstarrte, schrillte plötzlich das Alarmsignal.

»Abrams meldet sich als Offizier vom Dienst, Sir. – Commander Khan ist verschwunden.«

»Hier McCoy. Khan ist nicht in seiner Kabine. Und auch nicht in der von Marla McGivers.«

»Hier Transporterraum. Der Posten ist niedergeschlagen worden. Leutnant Adamski ist verschwunden. Und die Instrumente zeigen einen hohen Energieverbrauch an.«

»Hier Scott. Ich melde...«

»Uhura! Was ist mit der Leitung los? Stellen Sie sofort die Verbindung wieder her.«

»Leitung ist tot, Captain. Und ich bekomme auch keine Verbindung mit der Waffenkammer.«

»Spock, schicken Sie ein paar Leute hinunter!«

»Alle Turbo-Elevatoren ausgefallen, Sir. Notausgänge versperrt.«

Die Beleuchtung begann zu flackern.

»Auf Batterien schalten!«

»Stromzuführung unterbrochen, Captain. Ebenso die Luftzuführung.«

»Maschinenraum! Scott! Was, zum Teufel, ist denn bei Ihnen los? – Scotty!«

Und dann kam Khans Stimme aus dem Lautsprecher. »Er kann sich im Moment nicht melden, Captain. Ihr Schiff gehört jetzt mir – oder uns, besser gesagt. Ich habe fast alle meine Leute hier an Bord, und sie haben sämtliche Schlüsselpositionen besetzt. Alle wichtigen Versorgungen sind unterbrochen. Sie haben noch etwa zehn Minuten, bevor Sie ersticken. – Wollen Sie vielleicht lieber mit mir verhandeln?«

»Uhura, können Sie sich mit dem Flottenkommando in Verbindung setzen?«

»Nein, Sir, alle Verbindungen sind unterbrochen. Ich kann nicht einmal eine Nachrichtenkapsel auswerfen.«

»Brillant«, murmelte Spock anerkennend.

Es gab nur noch eine einzige Alternative. »Sicherheitsstufe Fünf, Mr. Spock. Fluten Sie alle Decks.«

»Stufe überbrückt, Captain. Commander Khan hat sehr schnell gelernt.«

»Können wir auf Stufe Sechs übergehen?« Damit würden alle Decks mit radioaktivem Gas aus den Atomreaktoren gefüllt und alles Leben in den betreffenden Decks getötet, aber...

»Nein, Sir. Auch das ist unmöglich. Uns bleibt nur noch die Selbstvernichtung. Diese Leitung ist nicht unterbrochen worden.«

»Die Luft sollte jetzt schon recht toxisch geworden sein, Captain«, meldete sich wieder Khans Stimme aus dem Lautsprecher. »Sie haben nicht mehr viel Zeit.«

»Was wollen Sie, Khan?«

»Die Übergabe der Brücke.«

»Abgelehnt.«

»Wie Sie wollen. Uns ist es gleichgültig. In zehn Minuten werden Sie ohnehin alle tot sein.«

Danach meldete Khan sich nicht mehr. Allmählich wurde die Luft sauerstoffärmer. Nach einer Weile war nur noch Kirk bei Bewußtsein, und dann...

Kirk erwachte im Laderaum. Alle Offiziere der *Enterprise* waren ebenfalls dort – und genauso geschwächt wie er. Sie wurden von Khan und einer Gruppe von Männern, die ihm erstaunlich ähnlich sahen, bewacht. Die Männer waren mit Phasern von der *Enterprise* bewaffnet. Die Besatzung der *Botany Bay* bestand aus auffallend gutaussehenden Exemplaren der Gattung Mensch: Sie waren hochgewachsen, kräftig, gesund – und vor allem äußerst wachsam.

»Sehr gut«, sagte Khan. »Jetzt können wir uns unterhalten. Sie sehen, Captain, daß sich die Welt niemals verändert. Nur der Mensch ändert sich. Ihre technischen Fortschritte sind nur Illusionen, nur Werkzeuge, die vom Menschen benützt werden. Der Schlüssel des Seins ist immer und überall der Mensch. Wenn man ein technisches Gerät verbessert, vergrößert man bestenfalls seine Leistungsfähigkeit; wenn man aber den Menschen verbessert, potenziert man ihn tausendfach. Sie, Captain, sind so ein Mensch der neuen Rasse, glaube ich. – Genau wie ich. Es wäre klug, wenn Sie sich auf meine Seite stellen würden.«

Kirk antwortete nicht. Khan blickte Spock an.

»Ich bin versucht, Ihr taktisches Geschick zu bewundern«, sagte Spock. »Aber Ihre Philosophie ist alles andere als bewundernswert. Und ich weiß aus der Geschichte, wie Herrenmenschen von eigenen Gnaden Mischlinge behandelt haben. Sehen Sie zu, wie Sie mit dem Schiff allein zurechtkommen.«

»Wir werden mit jeder Situation fertig«, sagte Khan arrogant. »Navigator, nehmen Sie Kurs auf den nächsten kolonisierten Planeten. Ich brauche einen Planeten mit einem Raumflughafen und einer Bevölkerung, die keine Angst vor Disziplin hat.«

»Scheren Sie sich zum Teufel«, sagte Spinelli.

»Genauso habe ich es mir gedacht«, sagte Spock zufrieden. »Sie selbst mögen die *Enterprise* recht gut kennengelernt haben; aber ihre eben erst erweckten Kollegen nicht. Ich denke, wir haben ein Patt.«

»Wirklich? Dr. McCoy, Sie haben sicher eine Unterdruckkammer in Ihrem Labor, nicht wahr? Ja, ich weiß, daß es eine gibt. Joaquin, bring Captain Kirk in die Kammer und laß den Druck langsam absinken. Bis auf null.« Er lächelte Spock an. »Sie und Ihre Kameraden wissen sicher, was das bedeutet. Sie können Ihrem Kommandanten alles ersparen. Ich verlange von Ihnen nichts als Ihr Wort, wie gewohnt Ihre Pflicht zu tun.«

»Niemand rührt einen Finger, um mich zu retten!« sagte Kirk hart. »Das ist ein Befehl!«

»Glauben Sie nur nicht, daß ich bluffe«, sagte Khan mit freundlicher Stimme. »Und Sie erreichen nichts, wenn Sie sich weigern, meine Herren. Wenn Sie Ihren Kommandanten in der Unterdruckkammer sterben lassen, werden auch Sie, einer nach dem anderen, dort enden.«

Kirk blickte Marla an. Sie starrte mit aufgerissenen Augen in Khans Gesicht. Augenscheinlich hatte sie an ihm etwas entdeckt, was sie vorher nicht in Rechnung gestellt hatte.

Ein lautes Knacken kam aus dem Lautsprecher an der Wand, und dann ein lautes, erregtes Stimmengewirr.

»Khan«, sagte eine unbekannte Stimme, »hier ist Paul im Mannschafts-Speisesaal. Die Leute werden allmählich aufsässig. Vielleicht muß ich ein paar von ihnen töten.«

»Dann tu es.«

»Nein!« schrie Marla. »Es sind Freunde von mir dabei. – Bitte, Khan, lassen Sie mich zu ihnen sprechen. Vielleicht kann ich sie beruhigen. Sie brauchen sie doch nicht sofort zu töten!«

»Versuchen Sie es«, sagte Khan. »Und machen Sie den Leuten klar, daß ich keine Sekunde zögern werde, sie töten zu lassen, wenn es erforderlich werden sollte.«

Zwei Wachen drängten Kirk hinaus, und Marla folgte ihnen. Sie mochten sich im Schiff noch nicht genau auskennen, aber den Weg zu McCoys Laboratorium kannten sie. Sie schlossen Kirk in die Unterdruckkammer ein und waren dabei so kühl und unbeteiligt, als ob sie irgendeine chemische Reaktion testeten. Sofort nachdem die Tür der Kammer luftdicht verriegelt war, hörte Kirk das leise Surren der Kreiselpumpen.

Er war selbst überrascht, weder Angst noch Resignation zu empfinden. Er war nur wütend, daß er jetzt ein zweites Mal innerhalb einer Stunde dem Erstickungstod ausgesetzt wurde.

Aber es gab nichts, was er dagegen tun konnte.

Plötzlich hörte er ein leises Geräusch, und dann schwang die Tür der Kammer auf. Vorsichtig trat Kirk hinaus. Einer der beiden Supermänner lag reglos am Boden, und Marla stand über ihn gebeugt, einen Schraubenschlüssel in der Hand. Der andere Posten hatte anscheinend das Labor verlassen.

»Alles in Ordnung?« fragte Marla mit zitternder Stimme.

»Ja. Der Druck war noch nicht sehr weit abgesunken. Es freut mich, feststellen zu können, daß Sie manchmal doch ganz brauchbar sind, Leutnant.« Er nahm den Phaser des bewußtlosen Postens auf.

Marla packte ihn beim Arm. »Captain, bitte...«

»Was?«

»Ich habe Ihnen das Leben gerettet. Versprechen Sie mir, daß Sie ihn nicht töten werden.«

»Ich verspreche gar nichts«, sagte Kirk und blickte sich im Labor suchend um. Nach einer Weile entdeckte er das, was er suchte: eine große Sprayflasche mit Betäubungsgas, mit der McCoy auf neuentdeckten Planeten Exemplare unbekannter Lebewesen einzufangen pflegte. »Bleiben Sie hier, damit Sie nicht noch tiefer in die Geschichte hineingeraten. Ich werde mir jetzt ein paar erstklassige Exemplare für irgendeinen Zoo einfangen.«

Das tat er auch; aber es war nicht leicht. Als es vorbei war, lag einer der Supermänner tot an Deck, und fast alle anderen, auf beiden Seiten, waren mehr oder weniger schwer verletzt. Schließlich aber waren die Überlebenden der *Botany Bay* in einem Lagerraum eingeschlossen, und Kirk und seine Offiziere versammelten sich wieder.

»Nun, Mr. Spock«, sagte Kirk, »wissen Sie jetzt auch, warum sie die Erde verlassen haben?«

»Ja. Sie wollten sich von den ›Schafen‹, von den Durchschnittsmenschen, befreien und irgendwo neu beginnen. Aber das wäre ihnen, nach meinem Dafürhalten, auch dann nicht geglückt, wenn sie eine bewohnbare Welt erreicht hätten. Ein Mensch, der keine Angst kennt, ist nicht überlebensfähig.«

»Das werden wir bald unter Beweis stellen, Mr. Spock. Lassen Sie Khan hereinbringen.«

Zwei bewaffnete Posten führten Khan herein. Marla folgte ihm. Beide blickten Kirk herausfordernd an.

»Wir befinden uns jetzt«, sagte Kirk, »in der Umlaufbahn um einen Planeten, der Ihnen unbekannt ist und den ich Ihnen auch nicht näher zu spezifizieren brauche. Er ist wild und unwirtlich, hat aber eine Atmosphäre, in der Sie atmen können, und er verfügt über bebaubaren Boden. Ich lasse Ihnen die Wahl: Entweder Sie lassen sich mit einem Minimum an Ausrüstung auf diesem Planeten aussetzen, oder ich nehme Sie mit zur Flottenbasis 12, von wo aus man Sie in ein Umerziehungslager bringen wird. So ein Prozeß wäre in Ihrem Fall wahrscheinlich eine sehr langwierige und recht drastische Angelegenheit; aber Sie würden dadurch in die Lage versetzt, sich unserer Gesellschaftsordnung anzupassen. – Welche der beiden Alternativen ziehen Sie vor?«

»Captain«, sagte Khan, »Sie erinnern sich sicher an die Worte Luzifers, bevor er zur Hölle hinabfuhr.«

»Ich erinnere mich gut daran. Ist das Ihre Antwort?«

»Ja.«

»Es dürfte Sie interessieren, daß Leutnant Marla McGivers vor die Wahl gestellt wurde, sich entweder einer Kriegsgerichtsverhandlung zu unterwerfen oder aber mit Ihnen ins Exil zu gehen. Sie hat das letztere gewählt.«

Khan blickte sie an und lächelte. »Ich habe von Anfang an gewußt, daß sie eigentlich zu uns gehört«, sagte er. »Sie hat das innere Feuer. Und wir bekommen nun auch das, was wir uns gewünscht haben: eine Welt, die wir erobern können. – Sie werden sehen, Captain, daß wir uns doch noch ein Imperium schaffen. Sie werden es sehen.«

»Wenn Sie das schaffen«, sagte Kirk, »dann haben Sie es auch verdient. Wache, bringen Sie die beiden in den Transporterraum.«

Khan wandte sich wortlos um und verließ den Raum. Marla blieb an der Tür noch einmal stehen.

»Leben Sie wohl, Captain«, sagte sie. »Es tut mir leid. – Aber ich liebe ihn.«

»Ich wünsche Ihnen Glück, Leutnant.«

Als sich die Tür hinter ihr geschlossen hatte, sagte Scott: »Es ist eine

Schande für einen guten Schotten, so etwas eingestehen zu müssen; aber ich bin nicht ganz bibelfest. Was hat Luzifer eigentlich gesagt, bevor er zur Hölle hinabfuhr?«

»Er sagte: ›Es ist besser, in der Hölle zu herrschen als im Himmel zu dienen.‹ – Und jetzt, Mr. Spock, klar Schiff. Ich möchte so bald als möglich von hier weg.«

»Aye, aye, Sir. – Und was wird mit der *Botany Bay?*«

»Die werfen wir in die nächste... Nein. Wir behalten sie im Schlepp. Es gibt bestimmt noch viele Dinge an Bord, die für unsere Historiker von Interesse sind. Im Augenblick aber muß ich jedesmal ein Schaudern unterdrücken, wenn ich das Wort ›Historiker‹ ausspreche.«

»Dann wollen wir uns lieber ein wenig mit der Zukunft beschäftigen«, schlug Spock vor. »Es wäre, glaube ich, sehr interessant, in etwa hundert Jahren zu diesem System zurückzukehren und nachzusehen, was aus dem Samen geworden ist, den wir heute hier ausgesät haben.«

»Da haben Sie recht, Mr. Spock«, sagte Kirk. »Aber ich hoffe nur, daß diese Saat in hundert Jahren nicht zu üppig gewuchert ist und womöglich nach *uns* zu suchen beginnt!«

James Blish
Spock läuft Amok

STAR TREK® 3

Aus dem Amerikanischen
von Hans Maeter
Überarbeitet von Hermann Urbanek

© der Originalausgabe 1969 by Desilu Productions,
Inc., and Bantam Books, Inc.
Published by arrangement with Bantam Books, Inc., New York
under exclusive license from Paramount Pictures Corporation,
the trademark owner.
Adapted by: James Blish based on the television series
created by Gene Roddenberry
® designates a trademark of Paramount Pictures Corporation
registered in the United States Patent and Trademark Office.
© der deutschsprachigen Ausgabe 1986
by Wilhelm Goldmann Verlag, München
Eine frühere Ausgabe erschien unter dem Titel »Enterprise 3«
1972 im Williams Verlag, GmbH, Alsdorf

Inhalt

Die Sache mit den Tribbles[1]
(THE TROUBLE WITH TRIBBLES)
von David Gerrold (Episode 43) 7

Die letzte Schießerei
(THE LAST GUNFIGHT / THE OK
CORRAL / SPECTRE OF THE GUN)
von Lee Cronin (Episode 60) 27

Die Maschine des Jüngsten Gerichts[2]
(THE DOOMS DAY MACHINE)
von Norman Spinrad (Episode 34) 51

Auftrag: Erde[3]
(ASSIGNMENT: EARTH)
von Gene Roddenberry and Art Wallace (Episode 54) . 71

Spieglein, Spieglein...
(MIRROR, MIRROR)
von Jerome Bixby (Episode 32) 86

Das Unglückskind
(FRIDAY'S CHILD)
von D. C. Fontana (Episode 39) 108

Spock läuft Amok[4]
(AMOK TIME)
von Theodore Sturgeon (Episode 29) 133

[1] TV-Titel: Kennen Sie Tribbles?
[2] TV-Titel: Planeten-Killer
[3] TV-Titel: Ein Planet genannt Erde
[4] TV-Titel: Weltraumfieber

Die Sache mit den Tribbles

Niemand scheint zu wissen, woher die Tribbles stammen, obgleich sie sich in sauerstoffhaltiger Luft und bei erdähnlichen Temperatur- und Druckverhältnissen wohl zu fühlen scheinen. Neugeborene Tribbles sind etwa zwei Zentimeter lang; die größten etwa dreißig Zentimeter.

Ein Tribble sieht aus wie eine Kreuzung zwischen einer Angorakatze und einem kleinen Sack. Es hat weder Arme noch Beine, keine Augen und eigentlich auch kein Gesicht – nur einen Mund. Es bewegt sich rollend oder kriechend fort, manchmal auch durch eine Art pulsierender Bewegung, die es langsam aber sicher voranbringt. Tribbles besitzen ein langhaariges Fell von unterschiedlicher Färbung, beige, schokoladenbraun, goldfarben, weiß, goldgrün, dunkelrot, zimtfarben oder dunkelgelb.

Tribbles sind harmlos, absolut, völlig, kategorisch, unwiderleglich, vollkommen, hundertprozentig harmlos...

Die *Enterprise* fing einen dringenden A-1-Notruf der Station K-7 auf, als das Raumschiff in den Sensorenbereich der Station gelangt war. K-7 befindet sich auf einer Umlaufbahn um den Sherman-Planeten, der sich etwa drei Lichtjahre vom nächsten Außenposten Klingons entfernt und deshalb innerhalb der Einflußsphäre Klingons bewegt – oder auch innerhalb der Einflußsphäre der Föderation, je nach dem Standort des Betrachters.

Beide Seiten erheben Besitzanspruch auf den Planeten. Obgleich er öde und unfruchtbar ist, bedeutet doch sein Besitz auf Grund seiner günstigen Lage zwischen den beiden großen Planetensystemen einen unschätzbaren strategischen Vorteil. Früher, in der vergangenen Epoche, würde eine der beiden Seiten ihn einfach in Besitz genommen haben, und die andere hätte versucht, die Okkupanten wieder zu verdrängen, selbst auf die Gefahr eines Krieges hin – eine Art der Unterhaltung übrigens, die den Klingonen stets viel Freude bereitete.

Jetzt aber gab es den Organianischen Friedensvertrag, der solche aggressiven Maßnahmen untersagte. Nach seinen Bestimmungen gehört der Sherman-Planet niemandem, aber derjenige, der ihn zu nutzen und zu entwickeln verstand, durfte dies unter dem Schutz der Verträge tun und bei erfolgreicher Kolonisation Besitzrechte erwerben.

Unter diesen Umständen war es nicht verwunderlich, daß die *Enterprise* mit Sol-6-Geschwindigkeit und in höchster Gefechtsbereitschaft auf die Station K-7 zuraste, als man den Notruf empfangen hatte.

Aber als das Raumschiff sein Ziel erreichte, konnte es nirgends einen Gegner entdecken. K-7 zog majestätisch und friedlich auf seiner Bahn um den Sherman-Planeten, und die Sensoren faßten nur ein einziges Ziel auf: einen einsitzigen Gleiter, der die Station in einer Parkbahn umkreiste.

Verblüfft und irritiert setzte sich Captain Kirk mit Commander Lurry in Verbindung, der sich jedoch weigerte, irgendwelche Erklärungen abzugeben, und auf einer persönlichen Besprechung bestand. Er ließ sich zusammen mit Spock, seinem Ersten Offizier, auf die Station beamen, nachdem er Sulu den Befehl erteilt hatte, die Besatzung der *Enterprise* solle auf Gefechtsstation bleiben.

Als Kirk und Spock in Kommandant Lurrys Büro eintrafen, fanden sie dort noch zwei weitere Männer vor. Kirk ignorierte sie und wandte sich sofort an Kommandant Lurry.

»Sie haben einen dringenden A-1-Notruf ausgesandt«, sagte er. »Bitte erklären Sie mir den Grund dafür.«

»Gestatten Sie, daß ich Ihnen die Situation erkläre, Captain. Wir befinden uns eigentlich noch nicht in einer Notlage.«

»Dann werden Sie dafür zur Verantwortung gezogen werden«, sagte Kirk hart. »Wenn Sie in keiner Notsituation sind, warum haben Sie dann den Notruf ausgesandt? Ich verlange eine Erklärung!«

Einer der beiden anderen Männer sagte: »Ich habe es ihm befohlen, Captain.«

»Und wer sind Sie?«

»Das ist Nilz Baris«, sagte Lurry. »Er ist von der Erde hergeschickt worden, um das Entwicklungsprojekt für den Sherman-Planeten zu leiten.«

»Und das gibt Ihnen das Recht, einen ganzen Raum-Quadranten in Alarmbereitschaft zu versetzen?«

»Mr. Baris«, sagte der zweite Unbekannte steif, »ist der Staatssekretär für Landwirtschaft der Föderation in diesem Quadranten.«

»Also ein Mann ohne jede militärische Befugnisse«, sagte Kirk. »Und wer sind Sie?«

»Das ist mein Assistent, Arne Darvin«, antwortete Baris. »Und jetzt, Captain, wünsche ich, daß alle zur Verfügung stehenden Wachen...«

»Wie bitte?« fragte Kirk. Die Unterredung hatte bis jetzt wenig dazu beigetragen, seine Laune zu bessern, und ihm so gut wie keine Klärung der Lage gebracht.

»Ich werde versuchen, mich klar und deutlich auszudrücken, Captain«, sagte der Staatssekretär. »Ich verlange, daß Sie alle verfügbaren Männer Ihres Schiffes zur Bewachung eines Lagerschuppens freistellen. Das dürfte wohl nicht allzu schwer zu begreifen sein.«

»Es ist zwar einfach zu begreifen, aber alles andere als klar. Um welchen Lagerschuppen handelt es sich?«

»Um den Schuppen mit dem Quadrotritical«, sagte Darvin. Er legte einen Aktenkoffer auf den Schreibtisch und nahm einen kleinen Glasbehälter heraus. Er öffnete ihn und schüttete ein paar Samenkörner in seine Handfläche.

»Bitte.« Er schüttete die Körner in Kirks Handfläche. Der Captain warf nur einen flüchtigen Blick darauf und reichte sie an Spock weiter.

»Weizen«, sagte er. »Na und?«

»Quadrotritical ist kein Weizen, Captain«, sagte Darvin herablassend, »sondern eine neuentwickelte Form von Tritical.«

»Ich weiß noch immer nicht, worum es eigentlich geht.«

»Tritical ist eine überaus ertragreiche Hybridform von Weizen und Roggen«, sagte Spock ruhig. »Dies scheint eine neuartige Züchtung zu sein, wenn mich nicht alles täuscht. Die Urform dieser Gattung, das Tritical, trat zum erstenmal im zwanzigsten Jahrhundert in Kanada auf.«

»Stimmt«, sagte Baris ein wenig überrascht.

»Und es ist die einzige Getreidesorte der Erde, die auf dem Sherman-Planeten gedeiht. Wir haben einen ganzen Schuppen voller Samen hier auf der Station. Es ist von größter Wichtigkeit, daß diese Samen sicher auf den Planeten gebracht werden. Mr. Baris befürchtet, daß Agenten der Klingonen das zu verhindern versuchen könnten.«

»Es wäre erstaunlich, wenn sie es nicht täten«, sagte der Staatssekretär. »Dieses Korn soll der Föderation einen rechtmäßigen Besitzanspruch auf den Planeten verleihen. Logischerweise müssen die Klingonen alles daran setzen, den Transport der Samen auf den Sherman-Planeten zu verhindern. Das Korn muß also geschützt werden. Verstehen Sie jetzt? Es *muß* geschützt werden.«

»Und deshalb haben Sie einen dringenden Notruf ausgesandt? Für einen Lagerschuppen voller Saatgut?« Kirk blickte ihn kopfschüttelnd an. »Eigentlich sollte ich Sie auf der Stelle festnehmen. Wenn ich es nicht tue, dann nur deshalb, weil ich genau wie Sie alles Interesse daran habe, daß der Sherman-Planet in den Besitz der Föderation kommt. Sie haben Glück, denn ein Mißbrauch des Notruf-Kanals Eins ist ein schweres Verbrechen.«

»Ich habe keinen Mißbrauch...«

»Captain Kirk«, unterbrach ihn Lurry hastig. »Könnten Sie nicht wenigstens zwei Posten aufstellen? Wir haben in letzter Zeit einen ungewöhnlich starken Raumschiffsverkehr beobachtet und...«

»Verstehe.« Das stimmte tatsächlich. Kirk wandte sich an seinen Ersten Offizier. »Was denken Sie, Mr. Spock?«

»Es wäre eine logische Vorsichtsmaßnahme, Captain.«

»Gut.« Er zog seinen Kommunikator heraus. »Kirk an *Enterprise*. – Leutnant Uhura, Alarmzustand beendet! Lassen Sie von den Gefechtsstationen wegtreten, und schicken Sie bitte *zwei* Posten herunter. Sie sollen sich bei Commander Lurry melden.«

»Jawohl, Captain.«

»Außerdem geben Sie allen wachfreien Männern Landurlaub. Ende.«

»Nur zwei Posten?« sagte Baris verärgert. »Ich werde mich über Sie bei dem Sternflotten-Kommando beschweren, Captain.«

»Tun Sie das«, sagte Kirk und starrte den Staatssekretär eisig an. »Aber vorher treten Sie sich selbst einmal kräftig in den Hintern. Dann braucht das meine Flotten-Zentrale nicht mehr zu tun.«

Die Aufenthaltsräume der Station K-7 waren winzig und bestanden hauptsächlich aus ein paar kleinen Läden entlang den gewundenen Korridoren im Zentrum des Satelliten.

Als Kirk und Spock sie betraten, materialisierten sich gerade einige Besatzungsmitglieder des Raumschiffes, darunter auch Uhura und Sulu, im Korridor. Kirk trat auf die beiden zu.

»Wie ich sehe, haben Sie sich beeilt herzukommen«, sagte er. »Mr. Sulu, wir haben eine neue Spezies für Ihr Gewächshaus. – Mr. Spock?« Der Erste Offizier reichte Sulu die Samenkörner. »Man nennt es...«

»Quadrotritical!« rief der Rudergänger erfreut. »Ich habe schon davon gelesen; aber bis heute noch nie eine Pflanze oder ein Samenkorn zu sehen gekriegt.«

»Komm, Sulu«, sagte Uhura. »Du kannst dich damit beschäftigen, wenn wir wieder an Bord sind. Jetzt wollen wir erst etwas einkaufen, solange wir dazu Gelegenheit haben. Kommen Sie mit, Captain?«

»Ja, aber ich habe nicht viel Zeit. Ich vermute, daß der Hyperraum jetzt von dringenden Meldungen nur so zwitschert.«

Der Laden, in den Uhura die Männer führte, war mit einem wirren Durcheinander von Waren angefüllt und schien in keiner Richtung spezialisiert zu sein. Offensichtlich handelte es sich um einen der vielen Makler-Läden, in denen Raumfahrer Souvenirs von fremden Welten verkauften, um Geld für ihren Landurlaub zu erhalten – Souvenirs, die später für den doppelten Preis an andere Raumfahrer weiterverkauft wurden. Es war, wie Kirk feststellte, wirklich nicht der beste dieser Läden; aber K-7 war ja auch nicht die beste Raumstation.

Im Augenblick war kein Kunde im Laden. Nur ein hochgewachsener, dürrer Zivilist stand an der Ladentheke und hatte eine verwirrende Vielfalt von Gegenständen darauf ausgebreitet. Ein leerer Sack lag zu seinen Füßen.

»Nein und noch einmal nein«, sagte der Ladenbesitzer. »Ich habe so viele Argilianische Fallemsteine, daß ich bis an mein Lebensende damit auskomme. Und für den Preis, den Sie verlangen, werde ich sie auf diesem Schrottsatelliten sowieso nicht los.«

»Wie traurig für Sie, mein Freund«, sagte der Mann. Seine Stimme war erstaunlich wohlklingend und melodiös. »Sie werden nie wieder schönere Steine angeboten bekommen. Aber wie Sie wollen.« Der Mann seufzte und steckte die meisten der ausgebreiteten Gegenstände wieder in seinen Sack zurück. Nur ein einziger blieb auf der Ladentheke liegen: ein grüngoldener, runder Ball mit einem langen, seidenweichen Pelz.

»Sie sind wirklich ein schwieriger Kunde«, sagte der Mann. »Alles, was ich Ihnen jetzt noch anbieten kann, sind Tribbles. Ich bin sicher, Sie wollen...«

»Nicht zu dem Preis.«

»Hoppla«, sagte Uhura. »Was ist denn das? Das ist ja lebendig? Darf ich es mal anfassen? – Entzückend...«

»Was es ist?« sagte der Mann und drückte Uhura das Fellknäuel in die Hand, »der kleine Liebling ist ein Tribble, Madame: das süßeste Lebewesen, das wir kennen – außer Ihnen natürlich.«

Das kleine Wesen in Uhuras Hand pulsierte kaum spürbar. Kirk vernahm einen leisen, einschmeichelnden Laut, wie eine Mischung von dem Schnurren einer Katze und dem Gurren einer Taube.

»Oh, es schnurrt«, rief Uhura begeistert.

»Damit will es sagen, daß es Sie mag, mein Fräulein.«

»Ich möchte es kaufen.«

»Das«, sagte der Ladeninhaber, »war die Frage, über die wir uns gerade unterhalten haben und die wir jetzt entscheiden müssen.«

»Mein Freund, zehn Kredits sind ein überaus günstiger Preis. Sie sehen ja selbst, wie sehr die junge Dame das kleine Wesen mag. Und anderen wird es genauso gehen.«

»Einen Kredit«, sagte der Ladeninhaber.

Sulu deponierte seine Samenkörner auf der Ladentheke und streckte vorsichtig die Hand nach dem Tribble aus. »Es beißt doch nicht etwa?« fragte er.

»Sir!« sagte der Mann empört. »Sie wissen doch genauso gut wie ich, daß der Transport bösartiger oder schädlicher Lebewesen von einem Planeten zum anderen strengstens verboten ist! – Tribbles haben keine Zähne.«

»Also gut«, sagte der Ladeninhaber. »Meinetwegen zwei Kredits.«

»Neun«, sagte der Mann.

Der Ladeninhaber blickte das Tier argwöhnisch an. »Ist es sauber?« fragte er.

»Mindestens so sauber wie Sie«, sagte der Mann. »Wahrscheinlich sogar sauberer.«

»Wenn Sie ihn nicht wollen«, sagte Uhura, »dann nehme ich ihn. Ich finde ihn ganz reizend.«

Wieder begannen die beiden Männer zu feilschen. Sie einigten sich schließlich auf sechs Kredits, und der Mann zog nun weitere Tribbles aus seinem Sack. Erstaunlicherweise waren nicht zwei von den Wesen von gleicher Größe oder Färbung.

»Zu welchem Preis verkaufen Sie sie?« fragte Uhura den Ladeninhaber.

»Zehn Kredits. Aber für Sie...«

»He!« rief Sulu plötzlich. »Es frißt meine Samenkörner!« Er strich die verbliebenen Körner hastig zusammen. Das Tribble schnurrte zufrieden und sein Nicht-Gesicht wandte sich suchend von einer Seite zur anderen. Der Ladeninhaber wollte es in die Hand nehmen; aber der Mann kam ihm zuvor.

»Dieses Tribble ist ein unverkäufliches Exemplar«, sagte er, »und ich möchte es dieser jungen Dame zum Geschenk machen.«

»Und damit den Markt ruinieren«, knurrte der Ladeninhaber.

»Mein lieber Freund«, sagte der Mann, »sobald die Dame ihr Tribble herumzeigt, werden Sie sich vor Anfragen nicht mehr retten können. Denken Sie an meine Worte.«

Leutnant Uhura drückte das weiche, gesichtslose Fellknäuel fest an sich, und sein Schnurren – oder Gurren – wurde beängstigend laut. Kirk wußte nicht, ob er sich darüber freuen oder ärgern sollte, Uhura hatte noch nie zuvor irgendwelche Gefühlsregungen gezeigt, jetzt aber benahm sie sich fast sentimental. Natürlich war das kleine, wuschelige Lebewesen sehr niedlich, aber trotzdem...

Piep!

Das war nicht das Tier, der Laut kam aus dem Kommunikator.

»Kirk«, meldete sich der Captain.

»Hier ist Scott. Wir haben eben eine dringende Nachricht von der Flotten-Zentrale.«

»Okay, Scotty«, sagte Kirk, »nehmen Sie sie auf Band. Ich komme sofort an Bord zurück.«

»Jawohl, Sir. – Aber das ist noch nicht alles. Unsere Sensoren haben eben einen Kampf-Kreuzer der Klingonen ausgemacht, der sich mit hoher Geschwindigkeit nähert. Ich habe ihn angefunkt und auch das übliche Identifizierungs-Signal bekommen, aber...«

»Wer hat das Kommando?« fragte Spock. Kirk hatte fast vergessen, daß er sich immer noch in dem kleinen Laden befand. Er gab die Frage weiter.

»Commander Koloth, Sir. Sie erinnern sich bestimmt an ihn, von unserem letzten Zusammenstoß mit dem Kampf-Kreuzer. Er ist ein hinterhältiges, hundertprozentiges A...«

»Befehlen Sie alle Mann auf Gefechtsstation, Scotty. Leutnant Uhura, nehmen Sie Ihr kleines Spielzeug. Wir sind wieder im Dienst.«

Er hatte kaum zu Ende gesprochen, als der Transporterstrahl von der *Enterprise* sie in sich aufnahm.

Der Befehl des Flotten-Kommandos war, wie immer, kurz und bündig. Er lautete: »Wir brauchen Sie sicher nicht auf die Bedeutung der Inbesitznahme des Sherman-Planeten durch die Föderation hinzuweisen. Der Schlüssel zu dieser Inbesitznahme ist eine Pflanze, das Quadrotritical. Die dort lagernden Samen dieser Pflanze müssen auf jeden Fall beschützt werden. Sie werden ab sofort jede Hilfe und Unterstützung leisten, die Staatssekretär Baris von Ihnen verlangt. Die Sicherheit des Saatguts – und des gesamten Projekts – sind ab sofort Ihre Aufgabe und fallen in Ihre Verantwortung.«

Wie schwierig diese Aufgabe werden sollte, wurde durch das Auftauchen des Raumschiffs der Klingonen von Anfang an verdeutlicht. Es machte keinerlei Anstalten, die Station anzugreifen; das wäre auch ein tödliches Unterfangen geworden, da alle Phaser-Geschütze der *Enterprise* auf das feindliche Schiff gerichtet waren, was Koloth, einem überaus fähigen und erfahrenen Kapitän, auch bekannt sein mußte. Statt dessen überraschte Koloth alle Offiziere der *Enterprise*, indem er für seine Besatzung Landurlaub auf der Station erbat.

Die Bestimmungen des Organianischen Friedensvertrages ließen Commander Lurry keine andere Möglichkeit, als diese Bitte zu gewähren. Das Sternflotten-Kommando hatte Captain Kirk mit seinem Befehl, durch den die Sicherheit des Saatguts unter seine Verantwortung gestellt wurde, eine Handhabe zum Eingreifen gegeben. Er bestimmte, daß nur zwölf Mann des klingonischen Raumschiffes gleichzeitig die Station betreten durften. Außerdem ließ er zwölf Wachen – eine für jeden Klingonen – zur Station hinüberbeamen. Damit, dachte er, sollte Baris endlich zufriedengestellt sein.

Aber Baris war alles andere als zufrieden. Er wünschte überhaupt keine Klingonen auf der Station zu sehen. Punktum! Er regte sich über ihre Anwesenheit ziemlich lange und heftig auf, mußte aber schließlich doch einsehen, daß die Klingonen ein verbrieftes Recht zum Betreten der Station besaßen und daß er nichts dagegen unternehmen konnte.

Kirk ging in die Messe, um eine Tasse Kaffee zu trinken und sich ein wenig auszuruhen. Scott, der Ingenieur, war ebenfalls dort und las in einer technischen Zeitschrift; das war seine Art von Ausruhen. An einem anderen Tisch saßen mehrere Offiziere, darunter Spock, Dr. McCoy, Uhura und Fähnrich Freeman. Kirk setzte sich zu ihnen und sah, daß Uhuras Tribble und zehn kleinere Exemplare dieser Spezies auf der Tischplatte waren.

»Seit wann haben Sie das Ding?« fragte McCoy Uhura.

»Seit gestern. Und heute morgen habe ich entdeckt, daß es – ich meine *sie* – Junge bekommen hat.«

»Das nenne ich ein gutes Geschäft.« McCoy nahm eins der Kleinen vorsichtig in die Hand und betrachtete es neugierig. »Hmmmm.«

»Leutnant Uhura«, sagte Kirk amüsiert, »unterhalten Sie jetzt einen Kindergarten?«

»Ich hatte es eigentlich nicht vor; aber das Tribble hatte andere Pläne.«

Spock streichelte eins der winzigen Neugeborenen.

»Haben Sie es auf Station K-7 gekauft?« erkundigte sich McCoy.

»Nein. Jemand hat es mir geschenkt. Lurry sagt, daß er mit diesem Ein-Mann-Raumgleiter gekommen ist. Er heißt Cyrano Jones und ist ein Mann, der unbekannte Planeten erforscht, aber in letzter Zeit nicht viel Glück gehabt hat.«

»Das geht jetzt den meisten so«, sagte Kirk. »Wer am Rand von Klingons Imperium nach unerforschten Planeten sucht, findet höchstens Unannehmlichkeiten.«

»Ein sehr eigenartiges Wesen«, sagte Spock. »Sein Schnurren scheint einen einschläfernden, beruhigenden Effekt auf das menschliche Nervensystem auszuüben. Glücklicherweise bin ich anscheinend immun dagegen.«

Kirk blickte seinen Ersten Offizier, der immer noch den Tribble streichelte, prüfend an, sagte aber nichts.

»Leutnant«, sagte McCoy, »erlauben Sie, daß ich eins dieser Kleinen mit in mein Labor nehme, um es zu untersuchen?«

»Meinetwegen, solange Sie es nicht sezieren wollen.«

»Sagen Sie, Leutnant«, meinte der Fähnrich, »wenn Sie die Kleinen schon weggeben, kann ich dann auch eins haben?«

»Gern. Warum nicht?«

Freeman blickte Kirk an.

»Ich habe nichts dagegen, wenn sich jemand ein Tier halten will. Aber falls diese Tribbles auf der *Enterprise* bleiben wollen, sollten sie bei der Vermehrung etwas mehr Zurückhaltung üben.«

Die Tribbles schienen diese Anweisung nicht verstanden zu haben. Als Kirk am nächsten Tag das Bordlazarett aufsuchte – eine weitere, lebhafte Auseinandersetzung mit Baris hatte ihm Kopfschmerzen verursacht –, fand er McCoy mit einer ganzen Kiste voller winziger Lebewesen. »Ich dachte, Uhura hat dir nur eins von den Kleinen gegeben. Aber jetzt hast du mindestens zehn von den Dingern hier.«

»Ein ganz durchschnittlicher Wurf«, sagte der Arzt. »Es waren elf. Eins habe ich getötet und seziert. Es sieht so aus, als ob sie schon trächtig geboren werden.«

»Ist denn das überhaupt möglich?«

»Eigentlich nicht. Aber es spart viel Zeit, nicht wahr? Eins ist jedenfalls sicher: Fast die Hälfte des gesamten Metabolismus dieser Lebewesen dient nur der Reproduktion. Weißt du, was dabei herauskommt, wenn man ein Tribble überfüttert?«

Kirk war nicht ganz bei der Sache. »Ein sehr fettes Tribble, vermute ich«, murmelte er.

»Nein. Eine ganze Horde von hungrigen kleinen Tribbles. Und wenn du glauben solltest, daß dies hier schon eine Menge sind, dann sieh dir mal Leutnant Uhuras Bestand an. Sie hat jetzt fünfzig Stück. Und fünf hat sie bereits verschenkt.«

»Dann solltest du dich sehr rasch nach Abnehmern für deine Jungen umsehen, bevor du auch fünfzig von ihnen hast.« Kirk nahm eine Kopfschmerztablette. »Gehst du an Land, Pille?«

»Ich war schon. Außerdem finde ich diese kleinen Tribbles interessanter als alles, was mir K-7 bieten könnte. Scotty ist gerade auf der Station und sorgt dafür, daß alles ruhig bleibt. Hoffentlich ist auch Koloth daran interessiert.«

»Bestimmt«, sagte Kirk, »Koloth weiß genau, daß ich beim geringsten Anzeichen von Unruhe sofort die Wachen verdoppeln lasse. Und wenn er wirklich hinter dem Saatgut her ist, wird er so schlau sein und Unannehmlichkeiten auf alle Fälle zu verhindern suchen.«

Trotzdem suchte Kirk nach seiner nächsten Unterredung mit Lurry die Bar der Station auf. Sechs Erdenmenschen befanden sich dort, darunter Scotty und der Navigator Chekov. Fünf oder sechs Klingonen saßen an einem anderen Tisch, und die beiden Gruppen übersahen einander geflissentlich.

Als Kirk sich zu seinen Männern setzte, betrat Cyrano Jones die Bar und kam auf sie zu. »Guten Tag, meine Freunde«, sagte er. »Sind Sie an einem hübschen, kleinen Tribble interessiert?«

Er hielt ein Tribble vor Scottys Gesicht. Der Ingenieur machte eine entsetzte Abwehrbewegung. »Ich habe den ganzen Vormittag Dutzende von den kleinen Biestern aus meinem Maschinenraum gejagt.«

»Und was ist mit den anderen Herren?«

Keine Antwort. Mit einem ergebenen Achselzucken wandte Cyrano sich ab und ging auf den Tisch der Klingonen zu. Er wandte sich an einen der Männer, den Kirk als Korax, einen der Offiziere des Raumschiffes, erkannte.

»Liebe Freunde von Klingon, darf ich Ihnen dieses entzückende kleine Tierchen...«

Das Tribble benahm sich alles andere als entzückend. Es sträubte sein Fell und gab ein böses, fauchendes Zischen von sich.

»Hör auf!« sagte Cyrano empört. »Meine Herren, ich entschuldige mich für das schlechte Benehmen dieses Tribbles. So hat es sich noch nie aufgeführt.«

»Hauen Sie ab«, sagte Korax kühl, »und nehmen Sie diesen widerlichen Parasiten mit.«

»Es ist doch nur ein harmloses...«

»Nehmen Sie es weg!«

Wieder stieß das Tribble einen schrillen, drohenden Pfiff aus. Korax gab Cyrano einen Stoß. Cyrano taumelte rückwärts, und das Tribble flog in hohem Bogen von seinem Arm und landete zwischen den Männern der *Enterprise*. Scotty reichte es Cyrano wortlos zurück.

Cyrano blickte von einer der beiden Gruppen zur anderen, zuckte wieder die Achseln und zog sich zur Bar zurück. Er setzte das Tribble auf den Bartresen und sagte: »Ich möchte Ihnen ein kleines Geschäft vorschlagen, Mister. Ich biete Ihnen mein Tribble für ein kleines Glas...«

Wortlos wandte sich der Barmann Cyrano zu und kippte einen Shaker um. Drei kleine Tribbles purzelten heraus.

Als Kirk an Bord zurückkehrte, war die Lage dort unhaltbar geworden. Überall schienen Scharen dieser winzigen Tiere umherzukriechen und zu rollen. Kirk mußte drei oder vier von ihnen von seinem Kommandosessel fegen, bevor er sich setzen konnte. Sie waren auf den Instrumenten, in den Regalen, einfach überall.

»Leutnant! Wie sind all diese Tribbles auf die Brücke gekommen?«

»Durch die Ventilationsschächte, vermute ich. Sie scheinen überall herumzukriechen. Auf dem ganzen Schiff.«

»Den Eindruck habe ich allerdings auch. Mr. Spock, sorgen Sie dafür, daß diese Biester von der Brücke verschwinden. Wie viele sind jetzt insgesamt an Bord?«

»Wir hatten ursprünglich ein Tribble, das von Leutnant Uhura an Bord gebracht wurde«, sagte Spock. »Diese Tiere scheinen einmal alle zwölf Stunden zu werfen, und zwar im Durchschnitt zehn Junge. Die Population der dritten Generation müßte demnach insgesamt eintausenddreihunderteinunddreißig Tiere betragen, in der vierten Generation bereits vierzehntausendsechshunderteinundvierzig, in der fünften...«

»Hören Sie auf! Ich verlange, daß das Schiff von diesen Lebewesen gesäubert wird. Sie müssen weg – und zwar alle!«

»Alle?« protestierte Leutnant Uhura. »Aber, Captain...«

»Jawohl. Ich sagte *alle!*«

»Eine richtige und notwendige Entscheidung«, sagte Spock. »Ihre Geburtenrate ist zu hoch, um sie irgendwie kontrollieren zu können. Sie fressen unsere Lebensmittelvorräte und sind uns in keiner Weise nützlich.«

»Das stimmt nicht, Mr. Spock«, widersprach Leutnant Uhura. »Die kleinen Tiere schenken uns ihre Zuneigung und ihre Liebe.«

»Hören Sie, Leutnant«, sagte Kirk wutschnaubend. »Jedes Zuviel – selbst ein Zuviel an Liebe – ist auf die Dauer unerträglich. Und angesichts der Tatsache, daß wir gestern mit einem einzigen Tribble angefangen haben...«

»Und da ihre Vermehrung allein durch reichliche Ernährung ausgelöst und gesteuert wird, wage ich mir nicht einmal vorzustellen, was passiert, wenn einige dieser Viecher in unsere Vorratsräume eindringen sollten.«

Kirk starrte den Ersten Offizier an. »Vorratsräume? Verdammt! – *Vorratsräume!* – Leutnant Uhura, setzen Sie sich sofort mit Kommandant Lurry und Nilz Baris in Verbindung. Sie sollen uns im Freizeitraum der Station erwarten. Und Dr. McCoy soll sich sofort mit uns im Transporterraum treffen. Aber wirklich sofort!«

Als die drei Männer im Korridor des Freizeitareals materialisierten, materialisierten mit ihnen auch sechs oder sieben Tribbles. Aber dieser Import war völlig überflüssig. Es wimmelte auch hier von den kleinen Tieren. Der Laden, an den Cyrano seine anderen Tribbles verkauft hatte, sah aus wie nach einem Schneesturm. Überall krochen winzige Fellknäuel umher. Der Ladeninhaber, der offenbar gerade seine Bemühungen, sie aus dem Laden zu fegen, als hoffnungslos aufgegeben hatte, saß, den Kopf in die Hände gestützt und den Tränen nahe, mitten in dem Gewirr aus krabbelnden Pelzen.

Lurry und Baris kamen sofort – diesmal ohne Darvin – auf die Männer der *Enterprise* zu.

»Was ist denn los?« keuchte Baris.

»Eine ganze Menge – falls das, was ich befürchte, wirklich eingetreten ist. Wir müssen zum Lagerschuppen. Schnell!«

Baris brauchte keine zweite Aufforderung. Sie stürzten den Korridor entlang und stießen im Laufen Tribbles aus dem Weg.

Zwei Wachen standen vor der Tür des Lagerschuppens. »Ist die Tür abgeschlossen?« fragte Kirk.

»Jawohl, Sir. Niemand kann hier eindringen.«

»Aufmachen!«

Einer der beiden Posten zog einen Magnetschlüssel aus der Tasche. »Komisch, Sir. Da scheint irgend etwas...«

Er brachte den Satz nicht zu Ende, weil im gleichen Augenblick die Tür aufglitt und Hunderte und Aberhunderte von Tribbles herauskollerten, um die Männer herumkrochen, glitten, rollten, pulsierten, wimmelten, gurrten und schnurrten.

Sie standen reglos und starrten auf die ständig anwachsende Kaskade von Fellknäueln. Spock faßte sich als erster. Er hob eins der Tribbles auf und betrachtete es mit wissenschaftlichem Interesse.

»Es scheint sich richtig vollgefressen zu haben«, bemerkte er sachlich.

»Vollgefressen!« schrie Baris entsetzt. »An unserem Saatgut! Kirk! Sie sind dafür verantwortlich! Das müssen ja Tausende, Hunderttausende dieser kleinen Bestien sein!«

»Nein, mehr. Genau Eine Million fünfhunderteinundsechzigtausendsiebenhundertdreiundsiebzig, wenn wir davon ausgehen, daß eins vor drei Tagen hier eingedrungen ist.«

»Was kümmert uns die genaue Anzahl!« schrie Baris verzweifelt. »Jetzt werden die Klingonen den Sherman-Planeten in Besitz nehmen!«

»Ich fürchte, da haben Sie recht«, sagte Kirk bitter.

McCoy hatte sich in das Gewimmel der Tribbles gekniet und betrachtete sie eingehend. Jetzt blickte er auf.

»Jim?«

»Was ist, Pille?«

»Mr. Spock hat sich geirrt. Die Tiere sind nicht so lethargisch, weil sie vollgefressen sind, sondern weil sie sterben.«

»Sterben? Bist du sicher?«

»Ich glaube«, sagte McCoy nachdrücklich, »daß niemand auf dieser Station sich so eingehend mit ihrem Metabolismus befaßt hat wie ich. Ja, ich bin völlig sicher, daß sie im Sterben liegen.«

»Also gut«, sagte Kirk mit plötzlich wiedererwachter Energie. »Pille, nimm ein paar der Tiere mit in dein Labor und auch einige von diesen Samenkörnern. Wenn die Tiere sterben, so will ich wissen, warum. Mach mir umgehend Meldung über deinen Befund. – Kommandant Lurry, ich bitte Sie, Ihr Büro benutzen zu dürfen. Ich möchte eine formelle Untersuchung dieses Vorfalls abhalten. Ich möchte, daß Mr. Darvin dabei ist und auch Kapitän Koloth – und Cyrano Jones.«

»Was soll uns das noch nützen?« jammerte Baris. »Das Projekt ist erledigt – erledigt!«

»Eine Untersuchung ist Vorschrift«, sagte Kirk. »Und was das Projekt angeht – warten wir es ab.«

Die Szene in Kommandant Lurrys Büro glich dem Moment in einer der klassischen Detektivgeschichten, wenn alle Verdächtigen versammelt sind und der kluge Detektiv einen nach dem anderen eliminiert, bis schließlich nur noch der Butler als Schuldiger übrigbleibt.

Lurry saß an seinem Schreibtisch. Neben ihm, auf einem Besucherstuhl, saß Cyrano Jones, der ein Tribble auf seinem Schoß hielt und es streichelte. Vor dem Schreibtisch standen – teils verstört, teils interessiert, teils ablehnend – Koloth, Korax, ein zweiter Offizier des klingonischen Raumschiffs, Spock, Baris und McCoy; ihnen gegenüber Captain Kirk. Und natürlich mehrere bewaffnete Posten.

Der Kapitän des Klingonen-Schiffes ergriff als erster das Wort: »Ich weiß, daß Sie von der Erde an Parasiten wie diesen hängen. Aber das geht nun doch zu weit. Ich verlange von Ihnen, Kirk, daß Sie sich beim Oberkommando des Klingonen-Imperiums formell entschuldigen. Sie haben den Landurlaub meiner Besatzung beschränkt, sie durch uniformierte Spione überwachen lassen und uns jetzt wie gewöhnliche Verbrecher vorgeladen. Wenn Sie diplomatische Verwicklungen vermeiden wollen...«

»Tun Sie es nicht, Kirk!« rief Baris erregt. »Das würde ihnen die letzte Handhabe geben, um den Sherman-Planeten für sich zu beanspruchen!«

»Oh, was die Sache angeht«, sagte Koloth lächelnd, »da steht das Ergebnis, glaube ich, schon längst fest.«

»Immer eins nach dem anderen«, sagte Kirk. »Unsere derzeitige Aufgabe ist die Feststellung, wer dafür verantwortlich ist, daß die Tribbles in die Lagerschuppen mit dem Quadrotritical-Samen gelangen konnten. Die Klingonen hätten ganz offensichtlich ein Motiv dafür. Andererseits ist es Cyrano Jones, der die Tiere hergebracht hat, anscheinend aus rein kommerziellen Gründen. Ich sehe keinerlei Zusammenhänge.«

»Entschuldigen Sie, Captain«, sagte Cyrano, »aber zumindest ein Teil der Schuld ist in der völligen Unkenntnis über die Lebensgewohnheiten dieser kleinen Lebewesen zu suchen. Wenn man ihre Nahrungsaufnahme unter einem bestimmten Niveau hält, pflanzen sie sich überhaupt nicht fort. So halte ich sie ja selbst unter Kontrolle.«

Kirk starrte ihn an. »Und warum haben Sie uns das nicht gleich gesagt?«

»Es hat mich ja niemand danach gefragt. Außerdem sollte jeder Mensch wissen, daß es für so kleine Tiere schlecht ist, wenn man sie überfüttert.«

»Lassen wir diese Sache für den Augenblick beiseite. Wir müssen außerdem feststellen, was die Tribbles getötet hat. Waren die Samenkörner vergiftet? Und falls es so ist, wer hat sie vergiftet?«

Er blickte Koloth herausfordernd an; aber der Klingone lächelte nur.

»Ich hatte, wie Sie selbst zugeben müssen, keinen Zutritt zum Lagerschuppen«, sagte er. »Außerdem haben mich Ihre Wachen keinen Moment aus den Augen gelassen. Aber bevor wir uns weiter unterhalten, Captain, würden Sie bitte diesen Parasiten aus dem Raum schaffen lassen?« Er deutete auf das Tribble, das Cyrano auf dem Schoß hielt.

Kirk zögerte einen Augenblick, aber dann siegte sein Mitgefühl. Er selbst hatte für den Rest seines Lebens auch genug von diesen Tribbles. Er winkte einem der Posten, und der nahm das Tribble von Cyranos Schoß und ging mit ihm zur Tür. Im gleichen Augenblick betrat Darvin verspätet den Raum.

Das Tribble sträubte das Fell, fauchte und spuckte.

Kirk starrte das Tier verblüfft an. Dann nahm er es dem Posten aus der Hand, trat auf Korax zu und hielt es ihm entgegen. Sofort sträubte es wieder das Fell und spuckte. Es spuckte auch, als es in die Nähe Koloths gehalten wurde, und auch bei dem dritten Besatzungsmitglied des Klingonen-Schiffes.

Bei allen anderen aber schnurrte es zufrieden; selbst bei Baris.

Kirk streckte es wieder Darvin entgegen.

23

Hisssssss, machte das Tribble und spuckte.

»Pille!« rief Kirk. »Überprüfe diesen Mann!«

McCoy war schon neben Darvin getreten, den Tricorder in der Hand. Zweimal fuhr er mit dem Gerät über Darvins Körper.

»Du hast recht, Jim«, nickte er dann, »Herzschlag und Körpertemperatur stimmen nicht, und – was soll ich dir alle Einzelheiten aufzählen – der Mann ist ein Klingone.«

Die Posten traten auf Darvin zu.

»Sieh mal an«, sagte Kirk. »Was werden Sie dem Sternflotten-Kommando nun berichten, Mr. Baris?« Er wandte sich an den Arzt. »Was hast du über die Samenkörner herausgefunden, Pille?«

»Sie sind nicht vergiftet worden. Sie sind von Viren verseucht.«

»Verseucht!« wiederholte Baris entsetzt. Er schien zu erschüttert, um sich noch über irgend etwas wirklich aufregen zu können.

»Ja. Das Saatgut ist mit einem Virus infiziert worden, das eine Art metabolischer Mimikry praktiziert. Es ist so: Die Moleküle der Nahrung, die der Körper in sich aufnimmt, passen in die körpereigenen Moleküle wie ein Schlüssel in ein Schloß. Dieses Virus ahmt diesen Schlüssel nach – ohne dem Körper jedoch Nahrung zuzuführen – und blockiert somit das Schloß, so daß keinerlei Nahrung in den Organismus gelangen kann. Diese Erklärung ist natürlich sehr vereinfacht dargestellt, aber Sie haben sicher begriffen, um was es geht.«

»Wollen Sie damit sagen, daß die Tribbles buchstäblich verhungert sind?« fragte Captain Kirk. »Sie saßen in einem riesigen Lagerschuppen voller Körner und sind verhungert?«

»So ungefähr«, sagte McCoy.

»Und dasselbe wäre auch *Menschen* passiert, die von diesem Getreide gegessen hätten?«

»Es wäre jedem warmblütigen Geschöpf passiert. Dieses Virus ist nicht sehr wählerisch – ebensowenig wie der Erreger der Tollwut.«

»Könnte der Erreger abgetötet werden, ohne das Saatgut zu verderben?« fragte Spock.

»Ich denke ja.«

»In diesem Fall«, sagte Spock, »hat uns Mr. Darvins Versuch zu einem Massenmord einen unschätzbaren Dienst erwiesen. Fast so sehr wie Mr. Jones mit seinen Tribbles.«

»Was soll das heißen, Mr. Spock?« fragte Captain Kirk.

»Eine einfache logische Folgerung, Captain: Das Virus hat verhindert, daß die Tribbles das ganze Saatgut auffraßen. Ich schätze, daß mindestens noch die Hälfte vorhanden ist. Auf der anderen Seite haben die Tribbles uns erkennen lassen, daß die Saat infiziert worden ist, ohne daß die Tatsache auch nur ein einziges Menschenleben gefordert hat.«

»Ich glaube kaum, daß die Gerichte der Föderation Mr. Darvin diesen Umstand zugute halten werden, Mr. Spock. Aber ich gebe zu, daß es uns zum Vorteil gereichte. – Wache, führen Sie den Mann ab! Und nun zu Ihnen, Captain Koloth, und zu der von Ihnen verlangten Entschuldigung: Ich gebe Ihnen genau sechs Stunden, Ihr Schiff aus dem Hoheitsraum der Föderation zu bringen.«

Koloth verließ schweigend den Raum. Das Tribble zischte ihn an und spuckte ihm nach.

»Ich gebe es nicht gern zu«, sagte Kirk, »aber man muß die Tribbles schon wegen ihrer Feinde lieben. Und nun zu Ihnen, Mr. Jones: Wissen Sie eigentlich, welche Strafe darauf steht, schädliche oder gefährliche Tiere von einem Planeten zum anderen zu schaffen? – Zwanzig Jahre, Mr. Jones!«

»Aber, Captain Kirk!« sagte Cyrano flehentlich und den Tränen nahe. »Wir könnten uns doch irgendwie verständigen. Wie Mr. Spock eben festgestellt hat, ist es doch ausschließlich meinen kleinen Tribbles zu verdanken, daß Sie die Infizierung des Saatguts entdeckt haben. Und eben noch haben sie sich als ein sehr zuverlässiger Geigerzähler zur Entdeckung des klingonischen Agenten erwiesen.«

»Zugegeben«, sagte Captain Kirk ernst. »Deshalb werde ich auch keine Anklage gegen Sie erheben; unter der Bedingung, daß Sie eine Aufgabe übernehmen. Wenn sie abgeschlossen ist, wird Ihnen Kommandant Lurry Ihren Raumgleiter zurückgeben.«

»Welche Aufgabe?« fragte Cyrano erleichtert.

»Sie werden jedes einzelne Tribble von dieser Raumstation entfernen und...«

»Aber Captain!« schrie Cyrano entsetzt. »Das dauert doch Jahre!«

»Genau siebzehn Jahre, neun Monate«, sagte Spock kühl.

»Betrachten Sie es als eine sichere, unkündbare Anstellung«, sagte Kirk.

»Und das ist die einzige Alternative? Das oder zwanzig Jahre im Gefängnis? – Wirklich, Captain, Sie sind verdammt hart. – Aber ich werde es tun.«

An Bord der *Enterprise* befand sich kein einziges Tribble mehr, als die drei Männer zurückkehrten. Es dauerte lange, bevor man eine Erklärung für dieses Wunder fand; aber Scotty mußte schließlich zugeben, daß er dafür verantwortlich war.

»Wie haben Sie das geschafft?« fragte Kirk.

»Na ja, ich habe sie einfach alle in den Transporterraum schaffen lassen.«

»Aber, Scotty, Sie haben sie doch nicht etwa einfach in den Raum gebeamt?«

Der Ingenieur blickte sie vorwurfsvoll an. »Sir, ich bin ein zartfühlender Mensch. Ich habe den lieben Tierchen ein neues Heim gegeben, wo sie sich wohl fühlen können.«

»Und wo ist das? Raus damit, Mann!«

»Ich habe sie den Klingonen beschert, Sir. Kurz bevor ihr Schiff in den Hyperraum eintrat, habe ich ihnen das ganze Gewimmel von Tribbles in den Maschinenraum gebeamt. Ich hoffe, sie wachsen und gedeihen dort.«

Die letzte Schießerei

Als sich die *Enterprise* dem Melkot-System näherte, faßten ihre Sensoren eine auf einer Umlaufbahn kreisende Boje auf, und Captain Kirk hielt es für richtig, sie zu untersuchen. Er hatte Order, sich »um jeden Preis« mit den Melkotianern in Verbindung zu setzen – ohne jede weitere Erklärung, nur »um jeden Preis« –, aber er war ein friedfertiger Mensch, und er hatte die Erfahrung gemacht, daß Völker, die ihre Hoheitsgebiete mit Bojen markieren, die Neigung zeigen, sofort zu schießen, wenn solche Grenzmarkierungen ohne das vorgeschriebene Protokoll passiert wurden.

Die von der Boje abgezapfte Nachricht war alles andere als freundlich. Sie lautete: »Fremde, Sie sind in den Hoheitsraum Melkots eingedrungen. Kehren Sie sofort um. Dies ist die einzige Warnung, die wir Ihnen erteilen.«

Kirks Unruhe über den Inhalt der Botschaft wurde völlig überschattet von seiner Überraschung darüber, daß sie in Englisch abgefaßt war. Aber die Unruhe kehrte sofort und in verstärktem Maß zurück, als er erfuhr, daß Spock die Botschaft auf vulkanisch gehört hatte, Chekov auf russisch und Uhura auf suaheli.

»Echte Telepathen«, sagte Spock, »bringen wirklich Erstaunliches zustande.«

Das war unwiderleglich, genau wie die Tatsache, daß man keinerlei Kenntnisse über die Melkotianer hatte; man wußte lediglich, daß sie existierten. Aber auch die Befehle waren eindeutig. Kirk sandte eine Botschaft aus, die seine friedlichen Absichten darlegte, bekam aber keine Antwort darauf. Er hatte auch keine erwartet. Dann setzte er seine Reise fort und fragte sich, wovor, um alles im Universum, sich eine Rasse von echten Telepathen wohl fürchten könnte.

Als sie in eine Umlaufbahn um den Planeten eingeschwenkt waren, ließ Kirk sich zusammen mit Spock, McCoy, Scott und Chekov auf seine Oberfläche hinunterbeamen. Die Stelle, an der sie wieder materialisierten, war eine Art weißes Nichts, eine Masse wallender Nebel, unidentifizierbarer Formen, Gefühle und Farben. Spocks Tricorder gab keinerlei Informationen; es war, als ob sie sich in einer Art toter Zone befänden, in der keine Energie fließen konnte – oder in die zumindest keine Energie eindringen konnte. Kirk hatte das Gefühl, sich im Auge eines Taifuns zu befinden.

Und dann materialisierte sich der Melkotianer – oder materialisierte sich teilweise, genaugenommen; seine Erscheinung wirkte wie ein Bild, das auf den wallenden Nebel projiziert wurde. Er wirkte humanoid; eine hochgewachsene, schlanke Gestalt in einer wallenden Robe, mit kühlem, blassem Gesicht, hoher Stirn und durchdringenden Augen, die völlig gefühllos schienen.

»Unsere Warnung war klar und deutlich«, sagte er in seiner Illusion vieler Sprachen. Seine Lippen blieben dabei reglos und geschlossen. »Sie haben sie nicht beachtet. Sie, Captain Kirk, haben diesen Ungehorsam befohlen. Deshalb werden wir Sie töten. Auf Ihre Art.«

»Töten?« sagte Kirk. »Für eine harmlose Grenzverletzung? Und Sie nennen sich zivilisiert?«

»Sie stehen außerhalb«, sagte die Gestalt. »Sie sind Krankheit. Wir diskutieren nicht mit bösartigen Organismen, wir zerstören sie.«

Das Bild erlosch.

Scott sagte: »Und wir beschweren uns über unsere sturen Kriegsgerichte.«

Niemand beachtete ihn, weil mit dem Verschwinden der Erscheinung auch das Nichts erlosch. Die Männer fanden sich plötzlich in einer Wüste, im grellen, brennenden Sonnenlicht. Und während sie sich noch verwundert umsahen, wuchs plötzlich ein Holzhaus aus dem Boden; dann noch eins und noch eins. Keins der Häuser war höher als zwei Stockwerke, und die meisten hatten Balkone im Obergeschoß. Eins der Häuser trug ein Schild mit der Aufschrift »Saloon«, ein anderes lautete »Tombstone Hotel«. Innerhalb von wenigen Sekunden fanden die Männer sich von einer Stadt umgeben.

»Spock«, sagte Kirk ruhig. »Was ist das?«
»Amerikanischer Westen; Wilder Westen um 1880«, sagte Spock.
»Und das hier?« fragte Chekov und deutete auf den Colt, den er plötzlich in der Hand hielt.
Es war kein Phaser. Keiner von ihnen besaß mehr seine normale Ausrüstung, weder Handphaser noch Kommunikatoren; nur diese antiquierten Explosivwaffen, die in Ledertaschen an ihren Gürteln hingen. Ihre Uniformen hatten sich jedoch nicht verändert.
»Diese Waffe«, erklärte Kirk, »ist ein Colt .45 – für jene Epoche äußerst zweckmäßig und perfekt. Meine Vorfahren haben sie wahrscheinlich auch getragen.«
»Zweckmäßig und perfekt, aber äußerst gefährlich«, sagte Spock. »Ich schlage vor, daß wir sie wegwerfen.«
»Auf gar keinen Fall, Mr. Spock. Was immer die Melkotianer mit uns vorhaben, es wird alles andere als angenehm sein. Und auf kurze Entfernung sind diese Revolver genauso tödlich wie Phaser. Vielleicht werden wir sie noch brauchen.«
»Jim, die Baracke da drüben nennt sich ›Tombstone Epitaph‹. Klingt wie der Name einer Zeitung. Und da ist auch ein Anschlagbrett. Wir wollen sehen, ob wir etwas mehr Informationen bekommen können.«
Am Anschlagbrett hing ein Exemplar der heutigen Ausgabe der Zeitung. Sie trug den Vermerk: Tombstone, Arizona, den 26. Oktober 1881.
»Ein Zeitsprung in die Vergangenheit, Mr. Spock?« fragte Kirk.
»Und eine gleichzeitige Ortsveränderung, Captain?« Spock schüttelte den Kopf. »Ich kann nicht glauben, daß man so viele physikalische Gesetze gleichzeitig übertreten kann. Der Energieverbrauch würde alle zulässigen Grenzen überschreiten. Ich vermute, daß wir uns an genau der gleichen Stelle befinden, an der wir vorher waren.«
»Und was soll diese Kulisse?«
»Wenn ich richtig verstanden habe«, sagte Spock leise, »ist dies der Ort unserer Exekution.«
»Sie sind immer so ermunternd«, brummte McCoy finster.

26. Oktober 1881. – Das Datum schien Kirk irgendwie bekannt vorzukommen. Aber während er noch darüber nachdachte, kam ein unrasierter Mann um die Ecke, starrte die fünf Männer verblüfft an und rief dann: »Verdammt, das ist wirklich eine Überraschung! – Ike! Frank! Billy! Tom!« Er trat auf sie zu. »Ich hatte schon Angst, ihr würdet nicht wiederkommen!«

»Wie bitte?« fragte Kirk.

»Aber ich wußte, daß ihr euch von den Brüdern nicht vertreiben laßt. Das sind doch nur Angeber. Aber jetzt müssen sie kämpfen, nachdem sie den Mund so voll genommen haben.«

»Hören Sie«, sagte Kirk. »Offenbar glauben Sie, uns zu kennen; aber wir haben Sie noch nie gesehen.«

Der unrasierte Mann zwinkerte ihm vertraulich zu. »Schon kapiert. Ich habe euch heute auch noch nicht gesehen. Das gefällt mir so an dir, Ike. Du hast immer Sinn für Humor. Aber niemand soll sagen, daß Johnny Behan keinen Spaß versteht.«

»Hören Sie, Mr. Behan...«

»Nur eins, Ike«, sagte Behan. »Ihr dürft die Sache nicht zu leichtnehmen. Sie schießen vielleicht nicht gut, aber schießen werden sie auf jeden Fall.«

Er warf einen ängstlichen Blick über die Schulter und ging. Im gleichen Augenblick wußte Kirk plötzlich, warum ihm das Datum auf der Zeitung bekannt vorgekommen war.

»Die Earps!« sagte er.

Spock blickte ihn erstaunt an, genau wie die anderen.

»Er hat mich Ike genannt«, sagte Kirk, »und Sie, Spock, Frank; und den Doktor Tom und Chekov Billy. Das sind Ike Clanton, Frank und Tom McClowery; Billy Clairborne und Billy Clanton.«

»Captain«, sagte Spock. »Ich kenne diese Epoche der Erdgeschichte recht gut; aber die Namen sagen mir überhaupt nichts.«

»Mir auch nicht«, sagte McCoy.

»Aber vielleicht Wyatt Earp, Morgan Earp, Virgil Earp und Doc Holliday.«

Keine Reaktion.

»Es war so: Im ausgehenden neunzehnten Jahrhundert rangen zwei Fraktionen um die Herrschaft in der Stadt Tombstone. Die Earps waren die Marshals der Stadt. Die Clantons waren mit Billy Behan, dem County Sheriff, verbündet. Und am 26. Oktober kam es zur entscheidenden Auseinandersetzung zwischen beiden Gruppen.«

»Und?«

»Die Clantons verloren, Mr. Chekov.«

Die Männer schwiegen. Schließlich sagte Spock: »Das ist zweifellos eine recht phantasievolle Art, uns umzubringen, aber was soll...«

Der gellende Schrei einer Frau zerriß die Stille des heißen Tages. Aus dem Saloon kamen laute, erregte Rufe und die unmißverständlichen Geräusche einer Schlägerei. Dann taumelte ein Mann rückwärts aus der Pendeltür und fiel auf die Straße. Ein zweiter Mann stürzte ihm nach.

Der erste Mann versuchte, wieder auf die Beine zu kommen, und riß den Revolver aus dem Halfter. Aber er war viel zu langsam. Der Verfolger drückte ab. Die Waffe dröhnte erstaunlich laut. Es war fast wie ein Donnerschlag. Der Mann wurde von der Wucht des Geschosses zurückgeschleudert und stürzte vor Kirks Füßen zu Boden. Der andere Mann warf ihm nicht einmal einen Blick zu, sondern ging sofort in den Saloon zurück.

McCoy kniete sich neben den am Boden liegenden Mann und faßte nach seinem Puls. »Das war kaltblütiger Mord«, sagte er.

»Man nannte es, glaube ich, das ›Gesetz des Westens‹«, sagte Kirk.

»Ich kann einfach nicht glauben, daß dies alles Realität ist«, murmelte Chekov. »Ich halte es für eine Art melkotianischer Illusion.«

»Ist der Mann tot, Doc?«, fragte Kirk.

»Zweifellos«, murmelte McCoy.

»Nun«, sagte Kirk ernst, »das zumindest ist Realität.«

Aus dem Saloon erklang Musik – jemand spielte auf einem verstimmten Klavier – und lautes Lachen. Die fünf Männer der *Enterprise* blickten auf den Toten und dann, wie unter einem unheimlichen Zwang, zum Saloon.

»Ich denke, wir sollten lieber einmal nachsehen, was da los ist«, sagte Kirk.

»Sie meinen, wir sollen dort reingehen?« fragte Chekov entsetzt.

»Hat jemand einen besseren Vorschlag?«

Im Saloon befanden sich ein Barkeeper, eine sehr junge Kellnerin und etwa ein Dutzend Gäste. Die meisten von ihnen umstanden den Killer, der eben den anderen Mann erschossen hatte. Als die fünf Männer hereintraten, erhob er sich langsam.

»Ike, Tom«, sagte der Barkeeper. Er schien gleichzeitig erfreut und erschrocken zu sein, sie hier zu sehen.

Die Kellnerin wandte sich um. »Billy!« schrie sie glücklich, warf sich dem verblüfften, aber durchaus nicht widerstrebenden Chekov an die Brust und küßte ihn hingebungsvoll. »Billy, Liebling! Ich wußte ja, daß sie nicht verhindern konnten, daß du in die Stadt zurückkommst.«

»Mir blieb kaum eine andere Wahl, als zurückzukommen«, sagte Chekov.

Das Mädchen führte ihn zu einem Tisch, der von dem Tisch des Killers weit entfernt war. »Aber vielleicht hättest du besser nicht zurückkommen sollen«, sagte sie.

»Und dich nicht wiedersehen?«

»Aber es ist doch ein furchtbares Risiko, besonders wo Morgan hier im Saloon ist.«

Kirk, der sich an einen der Tische gesetzt hatte, stand wieder auf, um sich den ersten der Männer, die zu ihren Henkern bestimmt worden waren, genauer anzusehen. »Natürlich«, murmelte er. »Der Gentleman, der erst schießt und dann Fragen stellt: Morgan Earp.«

Earp rührte sich nicht, ließ aber Kirk keine Sekunde aus den Augen.

»Captain«, sagte Spock leise, »da wir eben gesehen haben, daß der Tod die einzige Realität hier zu sein scheint, schlage ich vor, daß Sie sich zurückziehen, ohne auch nur einen Muskel Ihrer Hände zu bewegen. Sonst könnten Sie sich plötzlich in ein Spiel verwickelt sehen, das sich ›Wer zuerst zieht‹ nennt, wenn ich mich richtig erinnere.«

Kirk setzte sich wieder.

Der Barkeeper rief: »Wie immer, Boys?«

»Klar«, sagte Scotty fröhlich. »Einen halben Liter Scotch.«

»Ihr wißt doch genau, daß wir hier nur Bourbon haben. Aber Gin ist da.«

»Ich glaube kaum, daß wir jetzt Zeit für Unterhaltungen haben«, sagte Kirk bestimmt und warf einen Blick auf Chekov, dem sich das Mädchen jetzt auf den Schoß gesetzt hatte, »für keine Form von Unterhaltung«, fügte er hinzu.

»Was kann ich denn dagegen tun, Captain?« sagte Chekov. »Man soll doch immer gute Beziehungen zu den Eingeborenen unterhalten.«

»Schon gut«, sagte das Mädchen und stand auf. »Ich weiß, daß ihr etwas zu besprechen habt. Sei vorsichtig, Billy.« Sie ging fort.

»Mr. Spock«, sagte Kirk, »mit Ausnahme der Revolver, die wir jetzt tragen, haben wir uns in keiner Weise verändert. Sogar unsere Kleidung ist die gleiche wie vorher. Trotzdem halten uns diese Menschen für die Clantons.«

»Ich habe nichts dagegen«, grinste Chekov und folgte der Kellnerin mit den Blicken.

»Warten Sie ab«, sagte Kirk.

»Ziehen wir doch einmal das Resümee: Wir befinden uns in Tombstone, und zwar an dem Tag der Schießerei am OK-Corral, und wir sind die Clanton-Bande. Morgan Earp wird seine Brüder von unserer Anwesenheit informieren.«

»Und die Geschichte wird unabänderlich ihren Lauf nehmen«, sagte Spock.

»Das wird sie nicht«, sagte Kirk ärgerlich. »Ich werde nicht zulassen, daß wir von einer Bande Halbwilder abgeschlachtet werden.«

»Und wie wollen Sie das verhindern, Captain?«

Ohne auf die Frage einzugehen, stand Kirk auf und trat an die Bar.

»He, Barkeeper. Sie behaupten, uns zu kennen, nicht wahr?«

»Ich behaupte es nicht, ich weiß es.«

»Sie irren sich. Sie denken, daß ich Ike Clanton bin. Das stimmt nicht. Ich bin James T. Kirk, Kapitän des Raumschiffs *Enterprise*. Und die anderen Männer sind einige meiner Offiziere. Wir sind nicht wirklich hier. Wir sind noch nicht einmal geboren.«

Die Umstehenden brachen in schallendes Gelächter aus, und einer der Männer sagte: »Ich kann mir denken, daß das jetzt Ihr sehnlichster Wunsch ist.«

Kirk fuhr herum und wandte sich an den nächststehenden Mann. »Sie da! Fühlen Sie doch das Material meines Hemdes.«

Der Mann kicherte, tat es aber.

»Merken Sie nicht, daß es ganz anders ist als Ihr Hemd?«

»Scheint so«, sagte der Cowboy. »Vor allem sauberer, würde ich sagen.«

»Haben Sie schon jemals solche Kleidung gesehen, wie wir sie tragen?«

Der Cowboy überlegte einen Augenblick. »Klar. An den Clantons.«

Wieder brachen die Umstehenden in wieherndes Gelächter aus.

»Hören Sie, Ike«, sagte der Cowboy. »Wir wissen, daß Sie sich immer über andere lustig machen. Aber ich kenne Sie genau. Und Ed« – er deutete auf den Barkeeper – »kennt Sie auch. Und Sylvia kennt Billy Clairborne noch besser. Wenn Sie jetzt behaupten wollen, daß Sie jemand anders sind, haben Sie sicher einen guten Grund dafür. Aber wenn Sie plötzlich Angst haben, warum sind Sie dann überhaupt nach Tombstone zurückgekehrt?«

Kirk runzelte die Stirn und versuchte nachzudenken. Dabei zog er den Revolver und spielte nervös damit herum. Der Cowboy wurde blaß und trat einen Schritt zurück. Zu spät erkannte Kirk, was er getan hatte, steckte den Revolver in das Halfter zurück und wandte sich an den Barkeeper.

»Ed...«

»Mir ist es egal, Ike«, sagte der Barkeeper friedfertig. »Es kommt ja auch gar nicht darauf an, für wen ich dich halte. Dein Problem ist, für wen Wyatt Earp dich hält.«

Enttäuscht kehrte Kirk an den Tisch zurück. Seine Männer blickten ihn prüfend an.

»Also lassen wir das«, sagte er resigniert, als er sich setzte. »Sie begreifen es einfach nicht.«
»Captain.«
»Ja, Mr. Spock.«
»Wir wissen, daß die Melkotianer wirkliche Telepathen sind. Und dieser Melkotianer vorhin hat gesagt, daß er uns auf Ihre Art töten würde.«
»Wollen Sie damit andeuten, daß er nur deshalb, weil ich mit dieser Epoche der amerikanischen Geschichte vertraut bin...«
»Er hat in Ihr Gedächtnis geblickt und den nach seiner Ansicht besten Ort und Zeitpunkt für unsere Bestrafung ausgewählt. Während Sie eben dort an der Bar standen, fielen mir einige Aufzeichnungen über diese Epoche ein, die ich einmal zu Gesicht bekommen habe. Völlig ungewollt haben Sie die typische Haltung eines Revolverhelden eingenommen. Und Sie haben auch den Revolver wie ein Experte gehandhabt.«
»Eine Art ererbter Verhaltensform?« sagte McCoy. »Lächerlich. Erlerntes Verhalten kann nicht vererbt werden.«
»Das weiß ich auch, Dr. McCoy«, sagte Spock ruhig. »Andererseits aber ist die Möglichkeit eines archaischen Erinnerungsvermögens – Archetypen, die aus dem kollektiven Unbewußten stammen, falls so etwas wirklich existieren sollte – noch niemals widerlegt worden. Und Sie haben das Verhalten des Captain ja selbst beobachtet und kommentiert. Wenn Sie einen weiteren Beweis dafür wollen: Würden Sie bitte Ihren Revolver ziehen, ihn um den Finger kreisen lassen, wie es der Captain vorhin getan hat, und ihn dann wieder mit routinierter Bewegung ins Halfter zurückstecken?«
»Das würde ich nicht einmal wagen«, gab McCoy zu. »Mit einer Holzkeule würde ich mich viel sicherer fühlen.«
»Ich möchte sicher gehen, daß ich die Sachlage richtig verstehe«, sagte Kirk. »Sind Sie der Meinung, daß sich die Melkotianer völlig darauf verlassen, daß ich mich genauso benehme wie diese Männer hier? Daß ich instinktiv auf die Herausforderung der Earps reagiere und damit unser Ende heraufbeschwöre?«

»Nicht instinktiv, Captain, aber gewiß unbewußt. Das ist eine Möglichkeit, vor der Sie sich hüten müssen.«

»Ich werde daran denken. Hat irgend jemand einen Vorschlag, wie wir aus dieser Sache ungeschoren herauskommen können?«

»Warum verlassen wir nicht einfach die Stadt?« schlug Chekov vor.

»Es gibt nichts außerhalb der Stadt«, sagte Spock. »Halten Sie sich immer vor Augen, daß wir uns in Wirklichkeit auf dem Planeten der Melkotianer befinden. Falls wir versuchen sollten, die Stadt zu verlassen, dürfte es für sie eine Kleinigkeit sein, uns wieder zurückzuschaffen, genau so, wie sie uns vorhin in diese Stadt versetzt haben.«

»Auch richtig«, sagte McCoy, »und durchaus logisch. Aber warum lassen wir nicht einmal die Logik außer acht und versuchen, uns etwas einfallen zu lassen, das funktionieren könnte? Wenn wir nur einen einzigen Phaser hätten, oder noch besser, einen Kommunikator! Es wäre ein Vergnügen, die dummen Gesichter der Earps zu sehen, wenn wir genau dreißig Sekunden vor der letzten Auseinandersetzung vor ihren Augen verschwinden und zum Schiff zurückbeamen würden.«

»Und das ist ein sehr guter Ansatzpunkt, Pille«, sagte Kirk. »Mr. Spock, als wir damals aus der Stadt am Rande der Ewigkeit in die Vergangenheit zurückversetzt wurden, haben Sie aus Ihrem Tricorder einen funktionstüchtigen Computer konstruiert. Und Sie haben einen Tricorder bei sich.«

»Aber damals sind wir ins Chicago der 1930er Jahre zurückversetzt worden«, sagte der Erste Offizier. »Und selbst damals war die Technologie noch kaum in der Lage, mir die notwendigen Bauteile und Kraftquellen zu liefern. Hier aber gibt es nicht einmal Edelsteine, die man als Detektor-Kristalle verwenden könnte, keine Metalle, nicht einmal elektrischen Strom.«

»Da hat er völlig recht«, sagte Scott. »Unter diesen Umständen würde auch ich nichts zustande bringen.«

»Dann sind wir also wirklich auf die Mittel und Methoden dieser Epoche angewiesen«, sagte Kirk.

»Vielleicht nicht«, sagte McCoy nachdenklich. »In den Patronen befindet sich Schwarzpulver. Und es muß in der Stadt auch irgendwelche Medikamente und Drogen geben. Einer von dieser Earp-Bande wird Doc genannt.«

»Doc Holliday. Er war Zahnarzt«, sagte Kirk.

»Trotzdem. Er hat sicher irgendwelche Medikamente, Kräuter und so weiter gehabt. Einen Mörser. Alkohol – uns würde dazu auch Whisky reichen.«

»Was hast du denn vor?« fragte Kirk mißtrauisch.

»Was würde geschehen, wenn wir nicht mit Revolvern am OK-Corral erscheinen – sondern mit Gummischleudern und Betäubungspfeilen?«

Langsam zog ein Lächeln über Kirks Gesicht. »Gar nicht schlecht, Pille. Und was wäre der erste Schritt in dieser Richtung?«

»Ich werde Doc Holliday besuchen.«

»Aber er gehört zu unseren Gegnern. Wir sollten lieber alle miteinander gehen.«

»Kommt gar nicht in Frage«, sagte McCoy. »Dann würde es sofort zu einer Schießerei kommen. Ich werde allein zu ihm gehen und sehen, was ich von ihm erfahren kann, als medizinischer Kollege sozusagen.«

»Also gut, Pille«, sagte Kirk nach einer Weile. »Aber sei vorsichtig.«

»Darauf kannst du dich verlassen«, sagte McCoy. »Vorläufig gefällt mir das Leben noch.«

Doc Hollidays Praxis befand sich in einem Barbierladen. Als McCoy hereintrat, saß gerade ein Patient auf dem Behandlungsstuhl. Doc Holliday war dabei, ihm einen Zahn zu ziehen, und der Mann strampelte und schrie. Fasziniert sah McCoy dem Schauspiel zu.

Doc Holliday hatte anscheinend noch nie etwas von weißen Arztkitteln gehört. Er praktizierte in Frack, enger Hose, schwarzem, breitrandigem Hut und schwarzer Krawatte – einer etwas eleganteren Version der Kleidung, die auch Morgan Earp trug.

Nachdem er dem schwitzenden Zahnarzt eine Weile zugesehen hatte, sagte McCoy: »Zu stark gespreizte Wurzeln, nehme ich an.«

Holliday grunzte abwesend. Dann aber schien er die Stimme zu erkennen, sprang zurück und riß den Frackschoß zur Seite, so daß er seinen Revolver frei hatte.

»Wollen Sie's jetzt austragen, McClowery?«
»Ich heiße McCoy.«
»Hören Sie, Doc«, sagte der Patient ungeduldig. »Wollen Sie ihn nun ziehen oder...« Dann erkannte auch er McCoy, und sein Gesicht wurde weiß wie ein Laken. »Bitte, nicht schießen, Boys. Doc, stecken Sie den Revolver wieder weg.«

Er versuchte aufzuspringen. Doc Holliday stieß ihn auf den Stuhl zurück. »Sitzenbleiben!« sagte er grob. »Ich habe mir doch nicht die ganze Mühe umsonst gemacht. Und was Sie betrifft, McClowery, wenn Sie einem Arzt während einer Behandlung in den Rücken schießen...«

»Keine Angst. Mich interessiert der Fall selbst. Darf ich mal sehen?« McCoy sperrte den Mund des Patienten auf und blickte hinein. »Hmmm... Der Zahn ist wirklich hinüber. Was für ein Anaesthetikum verwenden Sie eigentlich? Preliform D? Ach nein, das gab es ja zu Ihrer Zeit noch nicht. Chloroform vielleicht? Benutzen Sie wirklich noch Chloroform? Aber warum ist der Patient dann nicht bewußtlos?«

»Was verstehen Sie denn davon?«
»Ich habe auch schon öfters Zähne gezogen.«
»Ich benutze immer Whisky«, sagte Doc Holliday. »Von Chloroform habe ich noch nie gehört.«

»Gefährliches Zeug, dieser Alkohol«, sagte McCoy. »Man glaubt, der Patient ist so betrunken, daß er nicht einmal mehr seinen Namen kennt, und dann spürt er den Schmerz und peng! Plötzlich ist er stocknüchtern.«

»Ich habe aber nichts anderes als Whisky«, sagte Doc Holliday mürrisch.

»Nun, eigentlich brauchen Sie in diesem Fall überhaupt kein Betäubungsmittel. Ein bißchen Druck reicht völlig. Wenn Sie gestatten...« Er nahm Doc Holliday die klobige Zange aus der Hand, betrachtete sie kopfschüttelnd und zuckte die Achseln. »Man muß sich eben damit behelfen«, murmelte er.

»Hören Sie mal, McClowery...«

»Passen Sie lieber auf«, sagte McCoy. »Es gibt einen Druckpunkt am Oberkiefer. Wenn Sie den pressen – sehr kräftig – und dann...« Er setzte die Zange an und rüttelte an dem Zahn. Eine Sekunde später hielt er ihn dem verblüfften Doc Holliday vor die Nase.

»He!« rief der Patient. »Was ist denn los? Haben Sie... er ist ja schon raus! Er ist raus, und ich habe überhaupt nichts gespürt!«

»Überhaupt nichts?« fragte Doc Holliday ungläubig.

»Nicht das geringste.«

»Wo haben Sie den Trick gelernt, McClowery?«

»Sie würden es mir doch nicht glauben. – Sie stammen aus dem Süden, nicht wahr?«

»Aus Georgia.«

»Wirklich? Ich auch. Aus Atlanta.«

»Das habe ich nicht gewußt«, murmelte Doc Holliday. »Ist es nicht eine Schande, daß ich einen Landsmann aus Georgia abknallen muß, wo es hier von Yankees nur so wimmelt.«

»Schade, daß wir so wenig Zeit haben, Doktor«, sagte McCoy und blickte Doc Holliday prüfend an. »Ihre Blässe – und die Augen –, ich bin sicher, Sie haben Tuberkulose. Wenn ich Sie mal untersuchen...«

Mit einem wütenden Aufschrei knallte Doc Holliday seinen Colt auf die Tischplatte. Der Patient sprang aus dem Barbierstuhl und rannte zur Tür hinaus.

»Noch ein Ton, und ich durchlöchere Sie wie ein Sieb!« schrie Doc Holliday.

»Warum denn? Warum sind Sie denn so wütend?«

»Ich weiß, daß meine Lungen nicht in Ordnung sind. Aber schießen kann ich noch immer!«

»Doktor«, sagte McCoy ruhig. »Wenn ich meine Instrumententasche hier hätte, könnte ich Ihre Krankheit durch eine simple Injektion heilen. Eine einzige Spritze und zwölf Stunden Ruhe, und die Tuberkulose wäre für immer kuriert. Ohne meine Ausrüstung wird es aber mehr Zeit beanspruchen.«

»Und Zeit bleibt Ihnen nicht mehr viel«, sagte Doc Holliday. »Schade. Sie scheinen ein ganz netter Kerl zu sein. Warum sind Sie nicht so schlau und schließen sich uns an?«

»Was? – Ich soll Kirk verraten?«

»Nein. Nur die Clantons.«

»Unmöglich«, sagte McCoy. »Aber deshalb können wir doch wenigstens im Augenblick Freunde bleiben. Ich würde mir gern ein paar Drogen ausborgen.«

»Soviel Sie wollen. Sie haben mir schließlich auch einen Gefallen getan. Aber erwarten Sie nicht, daß ich heute nachmittag um fünf vorbeischieße.«

So nebenher erfuhr McCoy die für sie festgelegte Todesstunde.

Als er wieder auf die Straße hinaustrat, blendete ihn das Sonnenlicht für einen Moment. Dann sah er Sylvia auf sich zukommen. Plötzlich überquerte sie die Straße und wandte den Blick zur Seite. Er wunderte sich, warum sie ihn so offensichtlich schnitt. Schließlich hatte sie ihre Sympathie für die Clantons im Saloon mehr als offen gezeigt. Dann sah er, daß drei Männer vor dem auf seiner Straßenseite gelegenen Büro des Sheriffs herumstanden. Alle drei trugen die gleiche Kleidung wie Doc Holliday, und da einer von ihnen Morgan war, gehörte nicht viel Scharfsinn dazu, um zu wissen, daß die beiden anderen Virgil und Wyatt Earp sein mußten.

McCoy trat wieder in die Tür des Barbierladens zurück. Im gleichen Augenblick sah er Morgan grinsend auf Sylvia deuten, und dann überquerte er die Straße und vertrat ihr den Weg.

»Na, wohin so eilig, mein Schatz?« fragte er und packte sie beim Ellenbogen.

Sylvia versuchte sich loszureißen. »Lassen Sie mich los!«

»Ich möchte Sie nur auf gewisse Dinge vorbereiten«, sagte Morgan. »Ab heute abend wird es keinen Billy Clairborne mehr geben, und dann...«

Die beiden anderen Brüder blickten plötzlich auf, und das Grinsen auf ihren Gesichtern erlosch. McCoy folgte ihren Blicken und sah zu seinem Entsetzen Chekov herankommen. Er ging auf der Mitte der Straße, das Gesicht finster und entschlossen.

Morgan bemerkte ihn auch. Er drängte das Mädchen ein wenig zur

Seite, hielt sie aber immer noch mit der linken Hand fest.

»Sieh mal an«, sagte er leise. »Hier kommt der Junge, der gerne ein Mann sein möchte.«

»Nehmen Sie Ihre Pfoten von dem Mädchen, oder...«

Morgan stieß Sylvia plötzlich von sich. Chekov griff nach seinem Revolver, aber als der Schuß krachte, hatte er die Waffe noch nicht einmal aus dem Halfter gerissen. Er griff nach seiner Brust, auf der sich ein roter Fleck rasch ausbreitete, und starrte Morgan mit einem Ausdruck von Schreck und Überraschung an. Dann stürzte er zu Boden und blieb reglos liegen.

McCoy stürzte schon auf Chekov zu und sah auch Kirk und Spock um eine Hausecke auf die Straße laufen.

Morgan Earp trat ein paar Schritte zurück und blickte die drei Männer verächtlich an.

McCoy ließ sich neben Chekov auf die Knie fallen. Er konnte Chekov nur noch die Augen zudrücken.

Er blickte zu Kirk auf. Jetzt war auch Scotty da. Weiß Gott, von woher er aufgetaucht war.

»Pille?« fragte Kirk mit rauher Stimme. Sein Gesicht war bleich.

»Er ist tot.«

Kirk starrte zu den drei grinsenden Earp-Brüdern hinüber. McCoy hörte, wie sich die Tür des Barbierladens öffnete. Doc Holliday trat zu seinen Genossen.

»Na, was ist, Ike?« fragte Wyatt Earp mit leiser Stimme. »Wollen wir die Sache gleich hinter uns bringen?«

Kirk trat einen Schritt vor, und seine Hand glitt auf den Kolben seines Colts. Spock und Scott hielten ihn zurück.

»Laßt mich los!« sagte Kirk und beherrschte mühsam seinen Zorn.

»Ja, laßt ihn los«, sagte Morgan. »Wir wollen mal sehen, ob er wirklich Mut hat.«

»Nehmen Sie sich zusammen, Captain«, sagte Spock ruhig.

McCoy stand langsam auf. Er hielt die Hand dicht über den Kolben seines Revolvers, obwohl er genau wußte, daß dieses schwere Ding, das da an seiner Hüfte hing, für ihn völlig unbrauchbar war. Es war mindestens dreimal so schwer wie ein Handphaser.

»Vorsicht, Jim«, sagte er. »Du hast gegen die vier nicht die geringste Chance. Keiner von uns hätte eine.«

»Sie haben den Jungen ermordet! Wenn Sie glauben, daß ich...«

»Sie dürfen jetzt nicht den Kopf verlieren, Captain«, sagte Scott. »Sonst bleibt der Junge nicht der einzige Tote und...«

»Wir brauchen mehr Informationen«, sagte Spock. »Hören Sie, Captain. Wir brauchen mehr Informationen.«

»Sehr klug, Clanton«, sagte Wyatt. »Nutzt die paar Stunden, die euch noch bleiben.«

Widerwillig ließ sich Kirk von den anderen fortziehen.

In einem Hinterzimmer des Saloons versah Spock kleine Pfeile mit Nagelspitzen. McCoy tauchte die Spitzen in einen Mörser, in dem sich eine zähflüssige, braune Masse befand; sein improvisiertes Betäubungsmittel. Fünf primitive Schleudern aus Gummibändern und ein fast völlig gerupfter Flederwisch, dessen Federn Spock an den Pfeilen befestigt hatte, lagen daneben.

»Wir können nur hoffen, daß die Dinger auch die Richtung beibehalten. Mit einem kleinen Windkanal könnte man das leicht feststellen; aber wir haben keine Zeit, einen zu bauen.«

»Irgendwie läßt mich das ziemlich gleichgültig«, sagte Kirk. »Manchmal ist man wie ein Gefangener seiner Vergangenheit. Ist Ihnen das auch schon passiert?«

»Ich verstehe Ihr Gefühl, Captain.«

»Ich verstehe Ihr Gefühl«, äffte ihn McCoy sarkastisch nach. »Chekov ist tot, und ihr unterhaltet euch darüber, was der andere fühlt. Was fühlen *Sie* denn, Spock?«

»Darüber will ich nicht diskutieren.«

»Weil es nichts gibt, über das man diskutieren könnte«, sagte McCoy angewidert.

»Wirklich nicht?« sagte Kirk. »Chekov ist tot. Ich stelle die Tatsache fest, kann sie aber immer noch nicht glauben. Sie kennen ihn genauso lange wie ich, haben genauso eng mit ihm zusammengearbeitet.

Da kann man doch nicht einfach zur Tagesordnung übergehen!«

»Spock hält eben nicht viel von Trauern«, sagte McCoy. »Das ist ihm zu menschlich.«

»Ich will Ihnen nicht zu nahe treten«, sagte Spock mit unbewegtem Gesicht. »Ich werde Fähnrich Chekov ebenfalls vermissen.«

Sie schwiegen eine Weile. Kirk fühlte, daß er seinem Ersten Offizier gegenüber unfair gewesen war. Gleichgültig, wie lange wir zusammen sein werden, dachte er, wir werden wohl niemals Spocks verborgenes Gefühlsleben entschlüsseln können.

»Captain, ich habe über etwas nachgedacht«, sagte Spock jetzt. »Ich weiß nicht viel von der berühmten Schießerei, in die wir da verwickelt werden sollen. Hat seinerzeit die ganze Clanton-Bande daran teilgenommen?«

»Ja.«

»Gab es Überlebende?«

»Lassen Sie mich nachdenken. – Ja, einen. Billy Clairborne. – *Billy Clairborne!*«

»Dann stehen wir also einem doppelten Paradoxon gegenüber. Der wirkliche Billy Clairborne hat an der Schießerei teilgenommen. Unser Billy Clairborne nicht. Der wirkliche Billy Clairborne hat die Schießerei überlebt. Unser Billy Clairborne ist bereits tot. Die Geschichte ist also schon verändert worden.«

»Und vielleicht gelingt es uns, sie noch ein bißchen mehr zu verändern«, sagte Kirk nachdenklich. Endlich war ein Hoffnungsschimmer zu sehen. »Pille, wie lange dauert es, bis dein Betäubungsmittel wirkt?«

»Drei oder vier Sekunden, nicht länger. Aber das ist natürlich nur eine Annahme. Wir haben es ja nicht ausprobieren können. Wenn wir irgendwelche Versuchstiere hätten...«

»Probieren Sie es an mir aus«, sagte Scotty. »Ich habe eine Pferdenatur.«

»Mit einer verdünnten Lösung vielleicht«, murmelte McCoy. »Gut. Rollen Sie einen Ärmel auf.«

»Captain«, sagte Spock. »Ich möchte vorschlagen, bei dieser Gelegenheit auch gleich den Flug der Pfeile zu überprüfen. Wir könnten einen in McCoys verdünnte Lösung tauchen und...«

»Zu gefährlich. Auf kurze Entfernung können auch Schleudern tödlich sein. Denken Sie an David und Goliath.«

»Ja, ich erinnere mich dunkel an die Geschichte. Aber ich hatte auch nicht vor, eine Schleuder zu verwenden, sondern den Pfeil mit der Hand zu werfen.«

Scott trat an eine Kommode und lehnte sich lässig dagegen, wie ein Mann, der an einer Bartheke steht, ein imaginäres Glas in der Hand, eine Hüfte vorgestreckt. »Nun machen Sie schon!«

»Achtung!« Spock schleuderte den Pfeil mit einer behutsamen Handbewegung. Er bohrte sich in Scotts linke Hinterbacke und blieb dort stecken.

»Uff«, sagte Scott und blieb reglos stehen. Sie starrten ihn gespannt an.

Es passierte – nichts. Nach fünf langen Minuten trat McCoy zu ihm und zog den Pfeil heraus. »Er ist in den Muskel eingedrungen«, sagte er. »Die Wirkung müßte längst eingetreten sein. Spüren Sie etwas, Scotty?«

»Überhaupt nichts.«

»Keine Schweißausbrüche? Kein Schwindelgefühl? Keine Kalpationen?«

»Ich habe mich noch nie so wohl gefühlt.«

McCoy blickte ihn enttäuscht an. »Das begreife ich nicht. Unverdünnt müßte das Zeug einen anstürmenden Elefanten zu Boden werfen.«

»Faszinierend«, sagte Spock.

»Faszinierend!« explodierte Kirk. »Mr. Spock, begreifen Sie nicht, daß eben unser Todesurteil ausgesprochen worden ist? Wir haben keine Zeit mehr, uns etwas anderes einfallen zu lassen!«

»Es ist trotzdem faszinierend«, sagte Spock nachdenklich. »Zuerst ein Verstoß gegen alle physikalischen Gesetze, dann eine Verdrehung der geschichtlichen Tatsachen und schließlich eine Aufhebung aller Regeln menschlicher Physiologie. Das kann kein Zufall sein. Es muß irgendwo eine gemeinsame Basis dafür geben – irgendeinen logischen Zusammenhang.«

»Dann müssen wir versuchen, ihn aufzudecken«, sagte Kirk. »Das ist unsere letzte Chance. Vielleicht können wir die geschichtlichen Tatsachen noch einmal verdrehen. Es ist jetzt zehn Minuten vor fünf. In zehn Minuten soll die ganze Sache am OK-Corral zu Ende gehen. Aber wir werden einfach nicht hingehen. Wir werden hier sitzenbleiben und uns nicht von der Stelle rühren.«

Spock nickte langsam. Aber seine Stirn war tief gefurcht. Die anderen blieben sitzen, als ob sie Angst hätten, sich zu bewegen.

Im oberen Stockwerk schlug eine Großvateruhr. Fünf Mal.
Flipp!
Grelles Licht der tiefstehenden Sonne blendete sie plötzlich.
Sie waren im OK-Corral.

»Weg von hier!« schrie Kirk und sprang über den Corral-Zaun. Er hörte die anderen hinter sich und rannte eine enge Gasse entlang. Am anderen Ende blieb er stehen und blickte umher.

Vor ihnen lag der OK-Corral.

Kirk starrte ihn verstört und verwirrt an.

»Die haben einfach alles umgedreht«, murmelte er wütend. »Hier entlang.«

Er führte sie auf dem Weg zurück, den sie gekommen waren. Die Gasse mündete auf die Main Street. Sie gingen eine andere Gasse entlang und musterten mißtrauisch die fensterlosen Holzwände, die sie säumten.

Am Ende der Gasse lag – wieder der OK-Corral.

»Scheint 'ne Menge von der Sorte zu geben«, sagte Scotty trocken. »Hier entlang.«

Aber auch in dieser Richtung stießen sie wieder auf den OK-Corral.

»Wir sitzen in der Falle«, sagte Kirk mit ausdruckslosem Gesicht. »Die Melkotianer wollen auf jeden Fall verhindern, daß wir uns der Auseinandersetzung entziehen können. Also gut, dann müssen wir es eben durchstehen. Denkt immer daran, daß diese Revolver erheblich schwerer sind als Phaser. Und berücksichtigt den Rückschlag, der diese Waffe nach oben reißt. Also nach jedem Schuß sofort wieder herunter mit der Hand!«

»Captain«, sagte Spock, »das ist reiner Selbstmord. Keiner von uns hat irgendwelche Erfahrung mit diesen Explosivwaffen. Und wir können dem OK-Corral auch nicht ausweichen, das steht fest. Ich möchte Ihnen aber jetzt noch rasch eine Frage stellen: Was hat Fähnrich Chekov getötet?«

»Eine Kugel, das ist doch völlig klar.«

»Nein, Captain. Er ist durch seine eigenen Gedanken getötet worden. Hören Sie mir zu«, fuhr er rasch fort. »Dies ist äußerst wichtig. Das Versagen von Dr. McCoys Betäubungsmittel hat mich darauf gebracht. *Dieser Ort ist irreal.* Es ist eine telepathische Illusion, die von den Melkotianern hervorgerufen worden ist. Nichts, was hier geschieht, ist Wirklichkeit. Gar nichts.«

»Chekov ist tot«, sagte McCoy.

»In dieser Umgebung, ja. An einem anderen Ort aber... das wissen wir nicht. Wir können die Wirklichkeit nur an Hand der Reaktionen unserer Sinnesorgane beurteilen. Sobald wir von der Realität einer bestimmten Situation überzeugt sind, richten sich unsere Sinne nach den dort geltenden Regeln. Die Waffen wirken solide, die Kugeln sind Wirklichkeit, und sie können töten. Aber nur deshalb, weil wir daran glauben!«

»Da sind die Earps«, sagte Kirk. »Sie kommen auf uns zu, und sie wirken sehr real – und tödlich. Genau wie ihre Revolver. Glauben Sie, daß Sie uns vor ihnen schützen können, indem Sie einfach nicht an ihre Existenz glauben?«

»Ich kann nur mich selbst schützen, Captain. Sie müssen selbst zweifeln. Und zwar total. Wenn auch nur eine Spur von Glauben an diese Realität, wie wir sie jetzt zu erleben glauben, übrigbleibt, sterben Sie.«

Die drei Earps, in schwarzen Anzügen und mit entschlossenen Gesichtern, kamen in einer Linie auf sie zu. Die anderen Menschen stoben davon wie aufgescheuchte Hühner.

»Mr. Spock«, sagte Kirk. »Zweifel läßt sich nicht willkürlich an- und abschalten wie eine Lampe. Sie sind vielleicht dazu in der Lage; aber wir sind schließlich nur Menschen.«

»Die hypnotischen Kräfte der Vulkanier«, sagte Dr. McCoy plötzlich.

»Ja, da haben Sie recht«, sagte Spock. »Von mir aus hätte ich den Vorschlag nicht gemacht. Ich habe eine anerzogene Blockierung gegen jedes Eindringen in den Geist eines anderen Menschen. Aber wenn Sie einverstanden sind...«

»Ja.«

McCoy zögerte. Dann lehnte er sich gegen die Wand der Wagenremise am Rand des Corrals. Spock trat auf ihn zu, immer näher. Er hob die Hände, spreizte die Finger auf McCoys Gesicht zu. Immer näher und näher...

»Ihren Geist zu meinem Geist«, sagte er leise. »Ihre Gedanken sind meine Gedanken. Ihr Geist vereinigt sich mit dem meinen, verschmilzt völlig mit ihm.«

McCoy schloß die Augen, öffnete sie nach ein paar Sekunden wieder.

Doc Holliday war zu den drei Earps gestoßen. Er hielt eine zweiläufige, abgesägte Schrotflinte unter dem Frackschoß. Schwarz gekleidet und mit unbewegten Gesichtern, wie eine Trauerprozession, kamen die vier Männer die Straße entlang, sehr real und wie eine Quintessenz des Todes.

Spocks Hände glitten langsam auf Kirks Gesicht zu. »Sie sind irreal, ohne Körper, gar nicht vorhanden«, flüsterte er. »Hören Sie, Jim. Sie sind nur Illusion, Schatten ohne jede Substanz. Sie können Ihnen nichts antun. Das verspreche ich Ihnen.«

Die Earps und Doc Holliday schritten durch die längerwerdenden Schatten auf sie zu. Der Doppellauf der Schrotflinte wippte rhythmisch unter Doc Hollidays Frackschoß. Ihre Gesichter waren bleich, und die Augen brannten darin wie Kohlen. Hinter ihnen verdunkelte sich der Himmel.

»Scotty«, sagte Spock, und seine Stimme klang tief und eindringlich. »Hören Sie mir zu. Die Wolken sind ohne Wasser; Bäume, die fruchtlos sind, zweifach tot, wandernde Sterne, die für immer im Dunkel der Ewigkeit verborgen bleiben.«

Die vier schwarzen Gestalten blieben stehen, etwa zehn Schritte von ihnen entfernt.

Wyatt Earp sagte: »Zieht!«

Kirk blickte seine Männer an. Ihr Gesichtsausdruck war starr, ausdruckslos, abwesend.

Kirk nickte und griff nach dem Kolben seines Colts.

Die Earps rissen ihre Revolver heraus. Zwanzig Revolverschüsse krachten kurz hintereinander, und zweimal dröhnte Doc Hollidays Schrotflinte. Pulverrauch zog in dichten Schwaden über die Straße, ein ätzender Gestank breitete sich aus. Alle Schüsse wurden ausschließlich von den Earps abgefeuert.

»Vielen Dank, Mr. Spock«, sagte Kirk leise und starrte die verblüfften Earps an. »Und jetzt, Gentlemen, wollen wir die Sache wirklich zu Ende bringen: rasch, hart und wie es sich gehört.«

Die vier Männer der *Enterprise* gingen auf die Earps los. Die Revolvermänner waren einiges an Schießereien und Schlägereien gewöhnt, aber gegen die raffinierte Karate-Technik des Raumfahrtzeitalters und Spocks genaue Kenntnis über die verwundbaren Stellen des menschlichen Nervensystems waren sie völlig wehrlos. Innerhalb weniger Sekunden war die Geschichte zu vier bewußtlosen, schwarz gekleideten Gestalten reduziert worden, die reglos im Staub der Straße lagen...

...Und die Stadt Tombstone verschwamm, pulsierte, flimmerte, wurde wieder zu einem nebeligen Nichts.

Kirk starrte in den Nebel und merkte plötzlich, daß Chekov neben ihm stand. Er mußte zweimal schlucken, bevor er sagen konnte: »Wieder zurück, Fähnrich?«

Mehr zu sagen, blieb ihm keine Zeit, weil sich plötzlich die transparente Gestalt des Melkotianers gegen den Hintergrund der wallenden Nebel abhob.

»Erklären Sie«, sagte die Gestalt.

»Gerne«, sagte Kirk ruhig. »Aber was soll ich Ihnen erklären?«

»Für Sie waren die Kugeln irreal. Für die Männer, die wir gegen Sie gestellt hatten, waren sie aber durchaus wirklich – und tödlich. Warum haben Sie sie nicht erschossen?«

»Wir töten nur aus Notwehr«, sagte Kirk. »Als wir erkannt hatten, daß es völlig unnötig war, Ihre Spieler zu töten, haben wir uns auf eine andere, für alle Beteiligten weniger nachteilige Weise gegen sie verteidigt.«

»Ist das«, fragte der Melkotianer, »die Art Ihrer Rasse?«

»Hmm... im großen und ganzen ja«, sagte Kirk zögernd. »Wir sind natürlich nicht alle gleich; aber im allgemeinen wünschen wir den Frieden. Und das gilt nicht nur für meine Spezies, sondern für alle Mitglieder einer riesigen Allianz, die den gleichen Überzeugungen anhängen. Man hat uns hierhergeschickt, um Sie zu fragen, ob Sie dieser Allianz nicht beitreten wollen.«

Eine lange Pause. Und während sie auf eine Antwort warteten, traten noch einmal die nun schon bekannten Effekte auf, und plötzlich befanden sie sich wieder auf der Brücke der *Enterprise*.

Uhura hatte Brückenwache. Sie schien nicht im geringsten erstaunt zu sein, sie wiederzusehen. Im Gegenteil, ihre Haltung deutete darauf hin, daß sie die Brücke überhaupt nicht verlassen hatten.

Chekov wollte etwas sagen. Aber Kirk hob warnend die Hand. Chekov blickte ihn erstaunt an und fragte leise: »Was ist eigentlich geschehen, Captain? Wo bin ich gewesen?«

»Was glauben Sie denn?«

»Hier auf der Brücke... glaube ich. Aber ich erinnere mich an ein Mädchen...«

»An sonst nichts?«

»Nein«, sagte Chekov. »Aber sie kam mir so wirklich vor...«

»Vielleicht ist das der Grund dafür, daß Sie jetzt hier sind, Fähnrich. Sonst ist Ihnen nichts als Realität erschienen?«

Chekov starrte Kirk an und war offensichtlich noch verwirrter als zuvor; aber er schien es für richtiger zu halten, die Sache auf sich beruhen zu lassen.

»Captain«, sagte Leutnant Uhura. »Ich erhalte eben eine Mitteilung von der Boje der Melkotianer.«

»Aufnehmen«, sagte Kirk und wandte sich an den Ersten Offizier. »Mr. Spock, wieviel Zeit ist eigentlich verstrichen, seit – nun, seit wir zuletzt hier saßen?«

»Nach der Uhr nicht eine einzige Minute.«

»Das dachte ich mir. – Ist das Ganze eigentlich wirklich geschehen oder nicht?«

»Darauf kann ich Ihnen auch keine Antwort geben, Captain. Das ist eine Sache der Auslegung.«

»Hm. – Leutnant Uhura, lesen Sie die Mitteilung der Nachrichtenboje vor.«

Die Nachricht lautete: »Fremde! Sie sind in unseren Raum eingedrungen. Wir heißen Sie willkommen und versichern Sie unserer Friedens- und Verständigungsbereitschaft.«

»Sehr gut, Leutnant Uhura. Bitten Sie um Angabe von Zeit und Ort eines Zusammentreffens. Mr. Spock, ich möchte unter vier Augen mit Ihnen sprechen.«

Spock folgte dem Captain zur anderen Seite der Brücke.

»Mr. Spock«, sagte Kirk. »Ich muß mich wieder einmal bei Ihnen für Ihr klares, gründliches und logisches Denken bedanken. Aber noch etwas muß ich Ihnen sagen, unter uns und ohne Zeugen: Ich glaube, Sie sind sentimental wie ein altes Weib.«

»Sir!«

»Ich habe gehört, was Sie mir und den anderen Männern sagten, als Sie uns davon zu überzeugen versuchten, daß wir den Illusionen der Melkotianer keinen Glauben schenken dürften. Jedes Ihrer Worte basierte auf einem umfassenden Verstehen des betreffenden Mannes und« – er räusperte sich – »Liebe.«

»Captain«, sagte Spock unbewegt, »ich habe nur getan, was notwendig war.«

»Natürlich, natürlich, Mr. Spock. Das weiß ich.«

Spock wandte sich ab und ging zu seinen Computern zurück, und der Captain blickte ihm mit einem Lächeln nach, das ein wenig amüsiert wirken sollte, aber seine Rührung nicht ganz verbergen konnte.

Die Maschine des Jüngsten Gerichts

Es ging Schlag auf Schlag. Zuerst kam der Notruf der *Constellation*, einem Raumschiff der gleichen Klasse wie die *Enterprise*, das unter dem Kommando von Brand Decker stand, einem von Kirks besten Freunden. Der Funkspruch war stark verstümmelt und brach plötzlich ab.

Er schien aus dem Gebiet um M-370 zu kommen, einem noch sehr jungen Stern mit einem System von sieben Planeten. Aber als die *Enterprise* dort eintraf, war die *Constellation* nicht zu finden. – Und auch das System war nicht mehr vorhanden.

Der Stern war nicht zur Nova geworden. Ruhig und majestätisch wie immer zog er seine Bahn durch den Raum. Aber von den Planeten war nichts mehr da als Asteroiden, Geröll und Staub.

Leutnant Uhura versuchte, genau die Richtung festzustellen, aus der der Notruf gekommen war. Die Peilung führte durch vier weitere Sonnensysteme – die jetzt *alle* nur noch aus Asteroiden, Geröll und Staub bestanden. – Nein, nicht alle. Die beiden inneren Planeten des fünften Systems schienen noch intakt zu sein. Und von der Position, an der sich etwa der dritte Planet hätte befinden müssen, hörten sie jetzt wieder die Signale der *Constellation*. Aber das Raumschiff sandte keine Notrufe mehr aus; es waren verzweifelte Signale des Untergangs.

Die Funksignale wurden von einer automatischen Rufanlage ausgestrahlt. Trotz wiederholter Anrufe meldete sich keine menschliche Stimme von dem Raumschiff. Und als die *Enterprise* ihr Schwesterschiff erreichte, sahen sie auf dem Bildschirm, daß zwei riesige Löcher in die Hyperraumtriebwerksgondeln gebohrt worden waren, kreisrund und sauber wie mit einem Phaser-Geschütz.

Kirk gab sofort Gefechtsalarm, obwohl sich nirgends ein weiteres

Raumschiff entdecken ließ. Scott meldete, daß alle Haupt- und Hilfstriebwerke der *Constellation* ausgefallen seien, daß aber die Batterien noch geringe Strommengen abgaben. Ihre Lebenserhaltungs-Systeme waren also noch funktionsfähig, aber die Brücke war, wie der Bildschirm zeigte, so schwer zerstört, daß sich unmöglich noch jemand dort aufhalten konnte.

»Wir gehen an Bord«, sagte Kirk. »Die *Constellation* hatte die gleiche Feuerkraft wie unser Schiff. Ich muß feststellen, wie ein so stark bewaffneter Kreuzer derartig zugerichtet werden konnte. Vielleicht sind noch ein paar Überlebende an Bord. Hol deine Instrumententasche, Pille! Scotty, stellen Sie eine Bergungsmannschaft zusammen! Mr. Spock, Sie übernehmen hier das Kommando und halten alle Mann in Gefechtsbereitschaft!«

»Aye, aye, Captain«, sagte Spock.

Die Lichter an Bord der *Constellation* brannten flackernd und trübe, und die Decks waren mit Trümmern übersät. Die drei Männer der Bergungsmannschaft stellten eine normale Strahlungsintensität fest, einen Druck von 800 Gramm pro Quadratzentimeter, einen völligen Ausfall der Kommunikations- und Filtersysteme. Der Hyperraumantrieb war ein irreparabler Schrotthaufen. Erstaunlicherweise war der Reaktor aber intakt. Er war lediglich abgeschaltet worden. Und auch der Impuls-Antrieb war noch brauchbar.

Doch es gab keine Überlebenden – aber auch keine Leichen.

Kirk überlegte einen Augenblick, dann rief er die *Enterprise* an. »Mr. Spock, das Schiff scheint von der Besatzung aufgegeben worden zu sein. Halten Sie es für möglich, daß die Mannschaft sich mit dem Transporter auf einen der beiden Planeten gerettet hat?«

»Sehr unwahrscheinlich, Captain«, erwiderte Spock. »Die Oberflächentemperatur des inneren Planeten entspricht etwa der des schmelzenden Bleis, der andere hat eine äußerst dichte, giftige Atmosphäre, mit der der Venus vergleichbar.«

»Okay. Wir halten die Augen offen. Ende.«

»Die Batterien der Phaser-Geschütze sind fast erschöpft. Sie haben das Schiff also nicht kampflos aufgegeben«, sagte Scott.

»*Aber wo stecken sie?* Ich kann mir nicht vorstellen, daß ein Mann wie Brand Decker sein Schiff aufgibt, solange das Lebensversorgungs-System noch funktioniert.«

»Das Computer-System scheint ebenfalls noch intakt zu sein. Wenn der Bildschirm auf der Maschinen-Brücke noch funktioniert, könnten wir vielleicht ein Playback des Logbuchs durchlaufen lassen.«

»Gute Idee. Gehen wir.«

Sie eilten hinunter. Der Bildschirm auf der Maschinen-Brücke war tot. Aber das war ihnen plötzlich völlig gleichgültig. Vor den Armaturen saß Brand Decker. Seine Uniform war zerfetzt, sein Haar zerzaust, und er starrte mit blicklosen Augen auf den toten Bildschirm.

»Commodore Decker!«

Decker blickte auf. Er schien Kirk nicht zu erkennen. McCoy war sofort bei ihm.

»Commodore, was ist mit dem Schiff passiert!«

»Schiff?« sagte Decker abwesend. »Angegriffen... dieses Ding... als der vierte Planet auseinanderbrach...«

»Jim, der Mann hat einen schweren Schock erlitten«, unterbrach McCoy. »Bitte jetzt keine Fragen.«

»Gut. Aber sehen Sie zu, daß Sie ihn wieder auf die Beine bringen. Wir müssen wissen, was passiert ist.«

»Er hat einen vierten Planeten erwähnt«, sagte Scott. »Es sind aber nur noch zwei da.«

»Ja. Holen Sie die Mikrobänder aus dem Sensoren-Computer, und funken Sie sie Spock hinüber. Ich möchte eine komplette Analyse aller Berichte über die Vorgänge an Bord dieses Schiffes, als es sich dem Planeten näherte.«

»Ich habe Commodore Decker ein Beruhigungsmittel gegeben«, sagte McCoy. »Du kannst ihm jetzt ein paar Fragen stellen. Aber nicht übertreiben.«

Kirk nickte. »Commodore Decker«, sagte er. »Ich bin Jim Kirk, Kommandant der *Enterprise*. Verstehen Sie mich, Decker?«

»*Enterprise?*« murmelte Decker. »Wir konnten keinen Kontakt... konnten nicht fliehen... mußten es einfach tun... keine andere Wahl...«

»Keine andere Wahl, wozu?«

»Ich mußte sie mit dem Transporter hinunterbeamen. Es war ihre einzige Chance...«

»Sie meinen Ihre Mannschaft?«

Decker nickte. »Ich war... der letzte an Bord... Es griff wieder an... zerstörte den Transporter... Ich konnte nicht mehr von Bord.«

»Aber *wo* sind Ihre Leute?«

»Dritter Planet.«

»Es gibt keinen dritten Planeten.«

»Aber es gab einen«, sagte Decker. »Es gab einen. – Dieses Ding... hat ihn zerstört... ich habe sie gehört... die Hilferufe von vierhundert Männern... meine Männer... wie sie um Hilfe flehten... und ich konnte nichts tun... gar nichts...« Die Stimme wurde immer stockender und leiser wie ein ablaufendes Uhrwerk, und dann erstarb sie ganz.

»Phantastisch«, murmelte Scott. »Was kann das für eine Waffe gewesen sein?«

»Wenn Sie... es miterlebt... hätten, wüßten... Sie es«, sagte Decker mühsam. »Das ganze... Ding... ist... eine Waffe... Anders ist... es nicht... zu erklären.«

»Und wie sieht es aus, Commodore?« fragte Kirk.

Nach einer langen Pause antwortete Decker: »Es ist etwa hundertmal so groß wie unser Schiff – einige Kilometer lang, und sein Rachen ist so riesig, daß es ein Dutzend Schiffe gleichzeitig verschlingen könnte. – Es zerstört Planeten... zermahlt sie zu Geröll und Staub.«

»Warum? Ist es ein feindliches Raumschiff – oder ist es lebendig?«

»Beides – oder keins von beiden. – Ich weiß es nicht.«

»Und wo steckt es jetzt?«

»Ich... ich weiß es nicht.«

Kirk hob seinen Kommunikator. »Mr. Spock, immer noch kein Zeichen von einem anderen Schiff?«

»Ja und nein, Captain«, erwiderte der Erste Offizier zögernd. »Wir haben eine eigenartige Funkstörung im Hyperraum, der eine Verbindung mit dem Flotten-Kommando verhindert. Sonnenstürme können nicht der Grund dafür sein. Aber unsere Sensoren können außer der *Constellation* kein anderes Raumschiff auffassen.«

»Wie weit sind Sie mit der Analyse der Bandaufnahmen?«

»Gerade fertig. Wir haben festgestellt, daß die *Constellation* von etwas angegriffen worden ist, das essentiell ein Roboter sein muß – ein automatisches Waffensystem von riesigen Ausmaßen und gigantischer Zerstörungskraft. Seine Aufgabe scheint darin zu bestehen, Planeten zu Geröll und Staub zu zermahlen, diese Trümmer in sich aufzunehmen und sie zu Brennstoff zu verarbeiten. Es ist also von jeder Versorgung unabhängig, solange es Planeten gibt, die es verdauen kann.«

»Ursprung?«

»Mr. Sulu hat die Route des Roboters festgestellt, indem er die von uns und der *Constellation* gesichteten zerstörten Sonnensysteme als Kurs dieser Maschine annahm. Wir haben errechnet, daß dieses Zerstörungsgerät in scharfem Winkel in unsere Galaxis eingebogen ist. Wenn man diese Bahnkurve extrapoliert, so führt sie durch die am dichtesten bevölkerten Sonnensysteme der Milchstraße.«

»Danke, Mr. Spock. Halten Sie die *Enterprise* in Gefechtsbereitschaft. – Commodore Decker, Sie haben viel durchgemacht. Ich halte es für richtig, wenn Sie und Dr. McCoy sich jetzt auf mein Schiff beamen lassen, damit man Sie gründlich untersuchen kann.«

»Gut«, sagte Decker. »Aber Sie haben eben die Meldung Ihres Ersten Offiziers gehört, Captain. Das Ding rast auf das Zentrum unserer Galaxis zu – Tausende von bevölkerten Planeten! – *Was werden Sie tun?*«

»Ich werde nachdenken«, sagte Kirk. »Mr. Spock«, sagte er wieder in den Kommunikator. »Der Transporterraum soll Dr. McCoy und Commodore Decker sofort an Bord nehmen!«

Sekunden später schienen sich die beiden Männer aufzulösen und waren verschwunden. Kirk und Scott blieben allein auf der toten Maschinen-Brücke zurück.

»Sie sind an Bord«, meldete Spock gelassen über den Kommunikator. Und dann, plötzlich, ohne Pause: »Alarm! Mr. Sulu! Sechzig Grad Nord zur galaktischen Ekliptik, aus dem Hyperraum, Geschwindigkeit Sol Eins!«

»Mr. Spock!« brüllte Kirk in den Kommunikator, obwohl Spock ihn natürlich genauso gut gehört haben würde, wenn er nur geflüstert hätte. »Warum der Alarm? Warum fliehen Sie? Ich kann hier nicht verfolgen, was bei euch los ist. Berichten Sie!«

»Commodore Deckers Planeten-Killer ist da, Captain. Er ist eben aus dem Hyperraum aufgetaucht. Metallischer Rumpf, riesiger Trichter-Rachen, mindestens zwei Kilometer lang. Er verfolgt uns; aber wir können anscheinend bei Geschwindigkeit Sol Eins den Abstand halten. Nein – er kommt langsam näher. Die Sensoren weisen eine Art Konversions-Antrieb aus. Kein Zeichen von Leben an Bord. Das ist auch nicht zu erwarten, da unsere Isotopen-Analyse darauf hindeutet, daß das Ding mindestens drei Milliarden Jahre alt ist.«

»Drei *Milliarden!*« rief Kirk verblüfft.

»Mr. Kirk. Da es sich um einen Roboter handelt, müßten wir doch in der Lage sein, ihn zu desaktivieren. Wieviel Chancen hätten wir dabei?«

»Keine, würde ich sagen. Ich glaube nicht einmal, daß wir nahe genug herankommen könnten, ohne angegriffen zu werden. Natürlich könnten wir Männer in Raumanzügen an Bord beamen; aber da das Ding ganz offensichtlich so etwas wie eine Maschine des Jüngsten Gerichts ist, wird ihr Kontrollmechanismus aus Prinzip völlig unzugänglich sein.«

»Eine Maschine des Jüngsten Gerichts, Sir?« fragte Scott verwundert.

»Ein kalkulierter Bluff, Scotty; eine Superwaffe, die so unüberwindlich ist, daß sie beide Gegner zerstört, wenn man sie anwendet. Sie ist vermutlich von irgendeiner Rasse einer anderen Galaxis konstruiert worden, um jeden Krieg unmöglich zu machen. Aber jemand hat den Bluff herausgefordert und das Risiko auf sich genommen. Diese Maschine ist vielleicht alles, was von dieser Rasse übriggeblieben ist – und sie ist offensichtlich so programmiert worden, daß sie weiterhin Planeten zerstört, bis in alle Ewigkeit.«

»Wir dürfen nicht zulassen, daß sie in unser Milchstraßensystem eindringt. Wir müssen es verhindern. Um jeden Preis. Sie sollten jetzt...«

Ein dumpfes Krachen aus dem Lautsprecher des Kommunikators unterbrach ihn.

»Mr. Spock!« rief eine entfernt klingende Stimme. »Wir haben einen Treffer! Der Transporter ist ausgefallen!«

»Ausweichmanöver! Maximalkraft auf die Abschirmungen! Phaser-Geschütze feuerbe...«

Der Kommunikator war plötzlich tot.

»Spock! Melden Sie sich, Spock!« Es war sinnlos.

Kirk blickte Scott an. »Wir sitzen fest. Blind und taub.«

»Noch schlimmer, Captain. Wir sind auch paralysiert. Die Sol-Antriebe der *Constellation* sind ein Schrotthaufen.«

»Aber wir können doch nicht einfach herumsitzen, während das Ding unser Schiff angreift! Lassen Sie den Sol-Antrieb und sorgen Sie für Impuls-Antrieb! Wenigstens mit halber Kraft – oder meinetwegen Viertelkraft. Wenn es nur ausreicht, dieses Wrack wieder manövrierfähig zu machen.«

»Aber damit sind wir doch niemals in der Lage, diesem Monster zu entkommen!«

»Wir wollen ihm auch nicht entkommen, sondern kämpfen!« sagte Kirk grimmig. »Wenn wir dieses Wrack in Bewegung setzen, können wir den Robot vielleicht von der *Enterprise* ablenken und unseren Leuten eine bessere Chance geben, es zu vernichten. Also an die Arbeit, Scotty! Ich werde inzwischen sehen, ob ich diesen Bildschirm reparieren kann. Wir können nichts tun, bevor ich weiß, was draußen los ist.«

Spock saß im Kommandosessel auf der Brücke und kalkulierte den Treffer-Schaden. Sol- und Impuls-Triebwerke waren noch in Ordnung. Commodore Decker und McCoy blickten ihn gespannt an.

»Kommunikations-Systeme?«
»Werden repariert, Mr. Spock«, meldete Uhura.
»Transporter?«
»Ebenfalls«, sagte Sulu.
»Es ist also nicht so schlimm, wie es ausgesehen hat«, sagte Spock.
»Mit anderen Worten: Wir haben Glück gehabt«, sagte McCoy.
»Die Maschine ist abgeschwenkt«, meldete Sulu. »Sie hält wieder auf ihrem alten Kurs, auf das Rigel-System zu.«
»Anscheinend ist sie darauf programmiert, ein so unbedeutendes Objekt wie ein Raumschiff zu ignorieren, wenn es außerhalb einer gewissen, unmittelbaren Gefahrenzone ist«, sagte Spock. »Mr. Sulu, bringen Sie das Schiff auf Gegenkurs. Wir wollen zur *Constellation* zurück und den Captain an Bord nehmen, während die Reparaturarbeiten im Gang sind. Vielleicht müssen wir die *Constellation* in Schlepp nehmen.«
»Aber wir müssen doch verhindern, daß dieses Ding das Rigel-System erreicht!« rief Decker erregt. »Millionen von Menschen...«
»Ich kenne die Bevölkerungsziffern der Rigel-Planeten«, unterbrach ihn Spock. »Aber wir sind nur ein einziges Schiff. Unsere Schutzschild-Generatoren sind hoch belastet. Unsere Kommunikations-Systeme sind unbrauchbar, solange wir uns in der Nähe dieses Robots befinden. Die Logik befiehlt uns, daß es unsere vordringlichste Pflicht ist, dieses Schiff zu erhalten, um das Flotten-Kommando warnen zu können.«
»Unsere vordringlichste Pflicht ist die Aufrechterhaltung von Leben und Sicherheit auf den Planeten der Föderation! – Rudergänger, Kommando zurück für den letzten Befehl! Nehmen Sie Kurs auf den Robot!«
Sulu blickte Spock fragend an. Es war eine ziemlich schwierige Situation. Kirk hatte Spock das Kommando über das Raumschiff übertragen. Aber Decker war der ranghöchste Offizier an Bord.
Spock sagte ruhig: »Führen Sie meinen Befehl aus, Mr. Sulu.«
»Mr. Spock«, sagte Decker, »ich weise Sie formell darauf hin, daß ich die mir nach der Dienstvorschrift zustehenden Rechte als rang-

höchster Offizier an Bord wahrnehme und das Kommando über die *Enterprise* übernommen habe. Das Ding muß um jeden Preis zerstört werden.«

»Sie haben schon einmal versucht, es zu zerstören, Sir«, sagte Spock ruhig. »Das Resultat ist ein schrottreifes Raumschiff und eine tote Mannschaft. Damit ist der Beweis erbracht, daß ein einzelnes Raumschiff mit dieser Maschine nicht fertig werden kann.«

Decker verzog das Gesicht. Dann deutete er mit dem Finger auf Spock. »Ich enthebe Sie hiermit des Kommandos über dieses Schiff, Mr. Spock. Zwingen Sie mich nicht dazu, Sie auch unter Arrest zu stellen.«

Spock erhob sich wortlos.

McCoy packte ihn am Arm. »Das dürfen Sie nicht zulassen!«

»Unglücklicherweise«, sagte Spock, »bestimmt die Dienstvorschrift Nr. Eins-Null-Vier, Abschnitt B, Paragraph A: In Abwesenheit des Kommandanten ist...«

»Zum Teufel mit der Dienstvorschrift! Wie können Sie zulassen, daß er das Kommando übernimmt, wenn Sie genau *wissen,* daß er die Situation völlig falsch einschätzt?«

»Wenn Sie Commodore Decker für körperlich oder geistig unfähig erklären, ein Schiff zu führen, kann ich ihn gemäß Abschnitt C der Dienstvorschrift daran hindern.«

»Das kann ich nicht«, sagte McCoy. »Er ist völlig gesund. Ich kann behaupten, daß sein Plan völlig verrückt ist; aber das müßte ich medizinisch als eine Meinungsverschiedenheit klassifizieren, nicht als Diagnose.«

»Mr. Spock kennt seine Pflichten nach der Dienstvorschrift«, sagte Decker. »Sie auch, Doktor?«

»Jawohl, Sir«, sagte McCoy angewidert. »Meine Pflicht ist es, ins Krankenrevier zu gehen und auf die Verwundeten zu warten, die Sie mir sehr bald einliefern werden.« Er ging hinaus.

»Ruder hart backbord«, befahl Decker. »Volle Kraft auf die Schutzschilde. Phaser-Geschütze klarmachen zum Gefecht.«

Auf dem Bildschirm wuchs das Bild des Planeten-Killers. Decker starrte es mit grimmigem Gesichtsausdruck an, als ob er sich auf einen persönlichen Kampf gegen das Monster vorbereitete.

»Ziel im Feuerbereich«, meldete Sulu.

»Phaser-Geschütze feuern!«

Die Strahlen stachen in den Raum. Sie lagen alle direkt im Ziel, aber schienen keinerlei Wirkung zu haben. Es war, als ob die Strahlen einfach abprallten.

Plötzlich stach ein grellblaues Licht aus dem Rachen des Planeten-Killers. Die *Enterprise* erzitterte unter einem Einschlag, und sekundenlang erloschen alle Lichter.

»Verdammt!« sagte Sulu. »Was war das?«

»Ein Anti-Protonen-Strahl«, konstatierte Decker sachlich. »Damit hat die Maschine den vierten Planeten zerstört.«

»Unsere Schutzschilde sind nicht darauf eingerichtet, Sir«, sagte Spock. »Beim nächsten Treffer könnten unsere Generatoren vernichtet werden.«

Decker achtete nicht auf seine Worte. »Kurs auf den Gegner beibehalten und weiterfeuern«, befahl er.

Spock warf einen Blick auf die Instrumente. »Sir«, sagte er. »Unsere Instrumente zeigen an, daß der Rumpf des Roboters aus Neutronium besteht – aus molekularverdichtetem Material, das so massiv ist, daß ein Kubikzentimeter etwa eine halbe Tonne wiegt. Für einen Phaser-Strahl ist es genauso undurchdringlich wie für ein Streichholz. Nur wenn es uns gelingt, einen Treffer in seinem Mechanismus anzubringen...«

»Endlich zeigen Sie wieder Kampfgeist, Mr. Spock. Wir werden in einem Winkel von 90 Grad am Trichter-Rachen des Robots vorbeisteuern und ihm einen Phaser-Schuß direkt in den Schlund verpassen. Rudergänger, gehen Sie auf Kollisionskurs.«

Sulu legte vorsichtig das Ruder nach Steuerbord und erwartete offensichtlich jeden Augenblick einen weiteren Anti-Protonen-Strahl. Aber anscheinend hatte das Monster nichts dagegen, daß sich die leichte Beute aus freien Stücken auf seinen unersättlichen Schlund zubewegte.

»Feuer!«

Die Phaser-Geschütze zischten. Sulu blickte gespannt auf den Bildschirm.

»Die Strahlen werden in dem Trichter nur von einer Wand zur anderen reflektiert«, meldete er. »Sie können sie nicht durchdringen.«

»Näher ran!«

»Sir«, sagte Spock, »wenn wir die Entfernung weiter verringern, schlagen die Anti-Proton-Strahlen durch unsere Generatoren wie durch Seidenpapier.«

»Das Risiko müssen wir auf uns nehmen. Das Leben auf Tausenden von Planeten steht auf dem Spiel.«

»Sir, wir haben nicht die geringste Chance! Das ist doch reiner Selbstmord! Und ein Selbstmordversuch ist der klarste Beweis dafür, daß Sie psychologisch nicht in der Lage sind, das Kommando über ein Schiff zu führen. Wenn Sie nicht sofort Befehl zur Kursänderung geben, werde ich Sie des Kommandos entheben.«

»Vulkanische Logik!« schnaubte Decker verächtlich. »Erpressung wäre ein besserer Ausdruck dafür. – Also gut, Rudergänger, Kursänderung nach Backbord. Schalten Sie die Impuls-Generatoren auf volle Kraft.«

»Commodore«, sagte Sulu leise, »das Schiff gehorcht dem Ruder nicht mehr. Das Ding hält uns mit einer Art Traktor-Strahl gefangen.«

»Kann es uns heranziehen?«

»Nein, Sir. Wir können uns in dieser Distanz halten; zumindest für sechs, sieben Stunden. Aber inzwischen kann es ein Scheibenschießen auf uns veranstalten.«

Auf der Maschinen-Brücke der *Constellation* wurde der Bildschirm endlich wieder hell. Kirk starrte schockiert und ungläubig auf das Bild, das sich ihm bot.

»Hat denn Spock völlig den Verstand verloren?« fragte Scott entsetzt.

»Ich verstehe das auch nicht«, sagte Kirk. »Ich habe ihm befohlen, dem Robot auszuweichen.« Er blickte Scott an. »Wie sieht es im Maschinendeck aus?«

»Wir haben die Abschirmungen aktiviert; aber länger als ein paar Stunden können wir sie nicht halten. Was den Impuls-Antrieb betrifft, so kann ich höchstens ein Drittel der Normalleistung herausholen. Und selbst das nur, wenn wir sehr vorsichtig anfahren.«

»Also los. Wir müssen diesen Totentanz da draußen irgendwie zu Ende bringen.« Scott ging wieder ins Maschinendeck, und Kirk versuchte noch einmal den Kommunikator. Zu seiner Erleichterung hörte er sofort Leutnant Uhuras Stimme. Anscheinend hatte auch die *Enterprise* ihre Schäden behoben. »Leutnant, geben Sie mir Mr. Spock.«

Aber die Stimme, die sich jetzt meldete, sagte: »*Enterprise* an Kirk. Hier Commodore Decker.«

»Decker? – Was ist denn da los? Geben Sie mir sofort Mr. Spock.«

»Ich habe das Kommando übernommen, Captain. Ich sah mich dazu genötigt, als ich feststellen mußte, daß Mr. Spock nicht die notwendigen Maßnahmen ergriff, um...«

»Wollen Sie damit sagen, daß *Sie* dieser Idiot sind, der dafür verantwortlich ist, daß mein Schiff beinahe vernichtet wurde? Mr. Spock, melden Sie sich, falls Sie mich hören können.«

»Hier Spock, Captain.«

»Gut. Kraft meiner Autorität als Kommandant der *Enterprise* befehle ich Ihnen, Commodore Decker sofort des Kommandos zu entheben und das Schiff selbst zu führen. Commodore, Sie können später jederzeit beim Flotten-Kommando eine Anklage wegen Verstoßes gegen die Dienstordnung erheben, falls wir jemals lebend zur Basis zurückkehren sollten.«

»Ja, Sir.«

»Und falls der Commodore sich meinem Befehl widersetzen sollte, stellen Sie ihn unter Arrest. Ist das klar?«

»Ist schon erledigt«, sagte Spock. »Und Ihre weiteren Befehle?«

»Setzen Sie sich von diesem Robot ab!«

»Das können wir nicht, Sir. Diese Maschine hält uns mit einer Art Traktor-Strahl fest. Wir können höchstens erreichen, daß wir nicht in ihren Schlund hineingezogen werden – und auch das nur noch die nächsten sechs oder sieben Stunden, und falls das Ding uns nicht vorher durch Strahlenschüsse erledigt.«

»Das habe ich befürchtet. – Okay, ich werde versuchen, die *Constellation* in Ihre Nähe zu manövrieren. Vielleicht gelingt es mir, die Maschine von Ihnen abzulenken. Mit der geringen Antriebskraft, die wir aufbringen können, wird es etwa drei bis vier Stunden dauern. – Ist der Transporter eigentlich wieder in Ordnung?«

»Ja, Captain. Aber Sie können mir glauben, daß Sie hier nicht sicherer sind als da, wo Sie jetzt sind.«

»Das weiß ich, Mr. Spock. Ich möchte nur sichergehen, daß ihr uns an Bord holen könnt, sobald wir nahe genug heran sind, damit ich das Kommando wieder selbst übernehmen kann. Das ist alles. Ende.«

Kirk brachte die *Constellation* in Bewegung und dachte eine Weile nach. Dann rief er Scott.

»Was macht der Antrieb?« fragte er.

»Er läuft wenigstens«, sagte Scott. »Und wenn Sie keine außergewöhnlichen Manöver verlangen, wird er schon eine Weile durchhalten.«

»Sehr gut. Und jetzt noch eine Frage: Was würde geschehen, wenn der Atom-Reaktor überlastet wird und den kritischen Punkt erreicht?«

»Das wissen Sie doch genauso gut wie ich, Captain; es käme zu einer Atomexplosion.«

»Ich weiß, Scotty. Aber wenn *dieser* Reaktor explodieren würde, wie stark wäre die Explosion?«

»Das atomare Potential ist bei jedem Schiff auf der Frontplatte des Reaktors eingraviert. Einen Augenblick.« Er sah nach. »Die Ziffer besagt 97,8 Megatonnen.«

»Würde das ausreichen, um einen Neutronium-Rumpf zu zerstören?«

»Neutronium, Sir? Meinen Sie den Planeten-Killer? Wie kommen Sie darauf, daß sein Rumpf aus Neutronium besteht?«

»Weil die Phaser-Geschütze der *Enterprise* ihn sonst auf die kurze

Entfernung zu Schrott zersägt hätten.«

»Hmmm – ja. Das ist richtig. – Neutronium wird aus der Materie weißer Zwergsterne gewonnen, in denen ununterbrochen Kernreaktionen stattfinden. Nach meiner Meinung würde eine Atomexplosion dieser Größe den Schiffskörper also nur beiseite schleudern, ihn aber nicht zerstören. Außerdem würde der Feuerball einer Atomexplosion hier im Vakuum einen Durchmesser von zweihundertfünfzig Kilometern haben. Das bedeutet, daß er auch die *Enterprise* einschließen würde. Und *unsere* Schiffe haben keinen Neutronium-Rumpf.«

»Das stimmt. Aber ich habe etwas ganz anderes vor. Sagen Sie, Scotty, können Sie mir hier auf der Brücke einen Hebel einbauen, mit dem ich die Atomexplosion auslösen kann, mit – sagen wir – dreißig Sekunden Verzögerung?«

»Ohne weiteres, Captain«, sagte Scott. »Aber wozu...«

»Das lassen Sie nur meine Sorge sein. Und beeilen Sie sich. Sowie Sie fertig sind, melden Sie sich zusammen mit Ihrer Bergungsmannschaft hier auf der Brücke.« Er schaltete den Kommunikator ein. »Kirk an *Enterprise*.«

»Hier Spock.«

»Mr. Spock, ich habe hier keine Sensoren, die brauchbar sind. Ich kann deshalb nicht feststellen, wann ich in Reichweite Ihres Transporterstrahls bin. Sagen Sie mir sofort Bescheid, wenn es soweit ist.«

»Ja, Sir. Darf ich fragen, was Sie vorhaben?«

»Scotty legt mir eine Detonationsschaltung für den Impuls-Reaktor auf die Brücke. Mit dreißig Sekunden Verzögerung. Ich werde die *Constellation* direkt in den Schlund des Planeten-Killers hineinsteuern. Sie haben dann genau dreißig Sekunden Zeit, uns mit dem Transporter-Strahl an Bord der *Enterprise* zu holen.«

Spock antwortete nicht sofort. Und als er sprach, klang seine Stimme ehrlich besorgt. »Jim, dreißig Sekunden sind zu knapp. Ich weiß nicht, ob unser Transporter hundertprozentig funktioniert. Wir haben ihn nur notdürftig reparieren können.«

»Das ist ein Risiko, das ich auf mich nehmen muß. Allerdings erfordert dieser Umstand eine kleine Änderung des Plans. Ich möchte, daß

Sie Mr. Scott und seine Bergungsmannschaft sofort an Bord beamen, sobald wir nahe genug bei der *Enterprise* sind. Ich werde allein an Bord bleiben, um die Explosion auszulösen.«

»Verstanden, Sir. Darf ich Sie noch auf zwei weitere mögliche Fehlschlüsse aufmerksam machen?«

Während Spock sprach, betrat Scott die Brücke. Er setzte einen kleinen, schwarzen Schaltkasten auf den Brückentisch und befestigte ihn dort.

»Bitte, Mr. Spock«, sagte Kirk. »Ihre Logik ist das Beste an Ihnen. Wo liegen die möglichen Fehler?«

»Erstens kennen wir die inneren Mechanismen des Planeten-Killers nicht. Falls auch sie aus Neutronium bestehen, geschieht weiter nichts, als daß sie ziemlich heiß werden.«

»Ziemlich heiß ist sehr milde ausgedrückt«, sagte Kirk trocken. »Und jetzt möchte ich es auch einmal mit der Logik versuchen. Möglichkeit A: Im Inneren des Planeten-Killers besteht ein Vakuum; das heißt, die meisten seiner Schaltungen sind cryogenisch. Eine Erhitzung auf mehrere Millionen Grad könnte vielleicht ausreichen, um sie zu zerstören. Möglichkeit B: Reines Neutronium ist ein Nichtleiter, weil die Elektronenhülle zusammengefallen ist, kann also keine elektrischen Schaltungen enthalten. Folgerung: Viele wichtige Bestandteile des Planeten-Killers müssen aus einem anderen Material bestehen, das von einer Atomexplosion im Inneren des Roboters zerstört wird. Was halten Sie davon?«

»Logisch und richtig«, antwortete Spock. »Mein zweiter Einwand ist aber weitaus ernster. Der Rumpf des Planeten-Killers besitzt nur eine einzige Öffnung, den nach vorne gerichteten Rachen, und der weist direkt auf die *Enterprise*. Der Neutroniumrumpf wird dem Explosionsdruck standhalten, ihn bündeln und in Form einer Feuerzunge von mehreren hundert Meilen Länge direkt auf uns zulenken. Eine höchst unerwünschte Nebenwirkung, würde ich sagen.«

Kirk mußte ein Lachen unterdrücken, obwohl die Vorstellung alles andere als lächerlich war. »Mr. Spock, falls das wirklich eintreten sollte, werden wir eben alle sterben. Aber der Planeten-Killer ist dann zerstört. Es ist unsere Aufgabe, Leben, Eigentum und Interessen aller Mitglieder der Föderation zu schützen.«

»Sie haben recht, Captain«, sagte Spock. »Ich ziehe meinen Einspruch zurück.«

Als Kirk den Kommunikator ausschaltete, sah er, daß Scott ihn verwundert anstarrte. »Sie haben wirklich einen sonnigen Humor, Captain«, sagte er. »Da haben Sie Ihren Detonator. Wenn Sie den Hebel nach oben legen, ist er feuerbereit, wenn Sie ihn nach unten drücken, haben Sie noch dreißig Sekunden bis zum großen Knall!«

»Danke.«

»Captain«, meldete sich wieder Spocks Stimme. »Die *Constellation* ist jetzt in Reichweite des Transporter-Strahls. Wenn wir Ihre Männer herüberbeamen, sollten Sie aber lieber vorher die Brücke verlassen. Unsere Kontrolle arbeitet nicht so genau, daß wir vier von fünf Männern auswählen und die richtigen herüberholen können.«

»Verstanden, Mr. Spock. Ich werde die Brücke verlassen. Fertig zum Beamen in sechzig Sekunden.«

Er stand auf. Als er zur Tür ging, sagte Scotty: »Seien Sie vorsichtig, Captain.«

»Sie können mir glauben, Scotty, ich will nicht unbedingt sterben.«

Als er wieder auf die Brücke zurückkam, war sie leer. Aber Scottys Stimme war noch zu hören. Sie kam aus dem Kommunikator und äußerte sich in sehr ungehörigen Flüchen.

»Scotty! Was ist denn los? Alles in Ordnung?«

»Ja, alles in Ordnung. Wir sind alle an Bord der *Enterprise*. Aber der verdammte Transporter ist unter der Belastung zusammengebrochen, Himmel, Arsch und Zwirn.«

Die saftigen Flüche zeigten Kirk, daß die Situation wirklich ernst sein mußte. Kirk verzichtete darauf zu sagen: »Versuchen Sie alles, den Schaden so schnell wie möglich zu beheben.« Er wußte, daß das unnötig war; sie würden ihr Möglichstes tun.

Die nächsten Stunden verbrachte er unter fast unerträglicher Belastung in Einsamkeit und Anspannung. Immer größer wurde das Bild des gigantischen Planeten-Killers, vor dessen Rachen mottengleich die gefangengehaltene *Enterprise* schwebte.

Doch bisher hatte der Roboter seinen Anti-Protonen-Strahl nicht noch einmal abgefeuert, der die *Enterprise* sicher wie ein Rasiermesser durchschnitten hätte. Das Schiff mußte die ganze Kraft seiner Antriebsmotoren darauf verwenden, gegen den Zug des Traktor-Strahls anzukämpfen. Das war darauf zurückzuführen, vermutete Kirk, daß die Computer-Intelligenz des Roboters wußte, daß er diesen Kampf nicht verlieren konnte, und deshalb keinen Grund für weitere Kampfmaßnahmen sah.

»Mr. Spock?«

»Ja, Captain?«

»Feuern Sie nicht noch einmal auf das Ding. Tun Sie nichts – *absolut nichts* –, das die derzeitige Situation verändern könnte. Nicht einmal niesen dürfen Sie.«

»Ich verstehe, Captain. Wenn wir die Parameter nicht verändern, wird es nichts unternehmen.«

»Das hoffe ich jedenfalls. Wie weit sind Sie mit dem Transporter?«

»Wird noch repariert. Scott meldete, daß die Hälfte der Widerstände durchgebrannt ist. Es dauert eben seine Zeit, bis die alle ausgewechselt sind.«

»Wie lange ungefähr?«

»Wir können ihn einigermaßen funktionsfähig haben, wenn die *Constellation* sich dem Robot auf hundert Meilen genähert hat, Sir. Nach Feststellung unseres Computers sind aber hundert Meilen die Grenze der inneren Verteidigungslinie des Roboters. Innerhalb dieser Begrenzung wird alles angegriffen, was sich aus eigener Kraft bewegt.«

»Schön. Aber ich kann den Antrieb nicht einfach abschalten. Wir können nur hoffen, daß er hungrig ist.«

Auf dem Bildschirm wuchs der trichterförmige Rachen des Planeten-Killers ins Gigantische – und immer rascher und rascher. Kirk warf einen Blick auf seine Uhr, legte die Hand auf den Auslöseschalter.

»Mr. Spock. Es bleibt nicht mehr viel Zeit. Was macht der Transporter?«

»Vielleicht funktioniert er. Mehr kann ich im Moment nicht sagen.«

Der Trichterschlund bedeckte jetzt den ganzen Bildschirm. Nichts war zu sehen, als der riesige Metallrachen. Und noch immer feuerte der Robot nicht.

»Also gut, Mr. Spock. Holen Sie mich an Bord!«

Er drückte den Hebel nach unten. Eine Sekunde später verschwamm die Maschinen-Brücke der *Constellation* um ihn, und er fand sich im Transporterraum der *Enterprise* wieder. Er lief zum nächsten Monitor. Über das Intercom-System hörte er Spocks Stimme: »Noch dreiundzwanzig Sekunden bis zur Detonation. Computermarkierung in zehn Sekunden, dann $1/50$ Sekunde Sol-Antrieb, 0,5 Sekunden vor Explosion.«

Der Befehl wunderte Kirk eine Sekunde lang. Dann erkannte er, daß sie auch hier den offenen Rachen der Maschine des Jüngsten Gerichts vor Augen hatten und daß Spock nur hoffen konnte, einen kurzen Sprung in den Hyperraum machen zu können, und zwar in der Sekunde, in der der Traktorstrahl-Generator des Robots von der Explosion vernichtet wurde. – Falls er vernichtet wurde.

»Fünfzehn Sekunden. – *Computermarkierung.* – Fünf Sekunden – vier – drei – zwei – eins –«

Klick!

Plötzlich sah Kirk die Maschine des Jüngsten Gerichts auf dem Bildschirm aus zweitausend Kilometern Entfernung. Der Computer veränderte die Einstellung, um das Objekt optisch wieder näher heranzuziehen.

Gleichzeitig flammte im Rachen des Planeten-Killers ein unerträglich greller Lichtblitz auf. Kirk lief zum Lift und stürzte gleich darauf in den Kontrollraum.

Schweigend starrte eine Gruppe von Menschen – darunter auch Commodore Decker – auf den Hauptbildschirm. Die Flammenzunge wuchs immer noch. Sie stach jetzt mindestens vierhundert Kilometer weit in den Raum. Sie hätte die *Enterprise* versengt wie eine Motte, wenn sie an der alten Stelle geblieben wäre.

Dann, allmählich, verblaßte sie.

»Hat es geklappt?« fragte Kirk.

»Kann ich noch nicht sagen«, antwortete Spock trocken. »Die Strahlung der Explosion ist zu stark. Aber allein die Tatsache, daß es uns gelungen ist, uns aus dem Traktorstrahl zu lösen, läßt darauf schließen, daß wir zumindest etwas beschädigt haben. – So, jetzt läßt die Strahlung nach. Jetzt können wir sehen...«

Kirk hielt den Atem an.

»Alle Energiequellen deaktiviert«, meldete Spock. »Captain, das Ding ist tot.«

Ein lauter Jubel brach aus. Decker trat zu Kirk.

»Die *Constellation* war mein letztes Kommando«, sagte er leise. »Aber Sie hatten recht, Captain. Ich muß mich entschuldigen, hier die Kommandogewalt an mich gerissen zu haben.«

»Sie wollten das Leben zahlloser Menschen auf den Planeten der Föderation retten«, sagte Kirk, »genau wie ich. Wenn Sie keine Beschwerde einreichen, weil ich gegen die Dienstvorschrift verstoßen habe, wollen wir die Sache auf sich beruhen lassen.«

»Natürlich werde ich nichts unternehmen. Ich komme nur noch nicht darüber hinweg, daß ich mein schönes Schiff verloren habe, daß mein Angriff auf das Ding vierhundert Menschenleben gekostet hat. Und daß meine Fehlbeurteilung der Lage beinahe auch das Leben *Ihrer* Besatzung gekostet hätte. Wenn ein Mann keinen Rat mehr annehmen kann, darf er nicht mehr Kommandant sein.«

»Das können nur Sie selbst entscheiden, Commodore. – Mr. Sulu!«

»Sir?«

»Die Leute sollen sich langsam wieder beruhigen. Nehmen Sie Kurs auf Flottenbasis 17.«

»Ja, Sir.« Sulu konnte sein Lächeln nicht unterdrücken. Spock dagegen, der niemals lächelte, wirkte jetzt noch ernster als sonst.

»Mr. Spock, ich habe den Eindruck, als ob Ihnen irgend etwas nicht paßt.«

»Mir ist noch etwas unklar, Sir.«

»Und was?«

»Nur eine Spekulation, Captain: Wenn zwei Mächte Waffensysteme von derartiger Zerstörungskraft entwickeln, so deutet es mit Sicherheit darauf hin, daß sie sich technologisch im Gleichgewicht befinden. Sonst würden sie ein solches Risiko der Selbstzerstörung niemals eingehen.«

»Und?«

»Und das läßt darauf schließen, daß es irgendwo noch eine zweite Maschine des Jüngsten Gerichts geben muß.«

»Durchaus möglich«, sagte Kirk nachdenklich. »Aber vielleicht ist die zweite gar nicht mehr rechtzeitig aktiviert worden. Eine Frage, Mr. Spock: Was würden Sie tun, wenn wir von der Existenz einer zweiten Maschine erfahren würden?«

Spock hob die Brauen. »Ganz einfach, Sir. Ich würde sie mit einer als Raumschiff getarnten Atombombe füttern; oder besser, mit einem Asteroiden. Aber das ist nicht der Kernpunkt meines Problems. Die Gefahr kann jetzt als minimal betrachtet werden, selbst wenn es eine zweite Maschine dieser Art geben sollte.«

»Was ist es dann?«

»Die Sinnlosigkeit«, sagte Spock. »Es ist doch Zeitverschwendung, sich mit dem gleichen Problem noch ein zweites Mal befassen zu müssen.«

Kirk dachte an die Stunden an Bord der zerschossenen *Constellation* zurück – und an die vierhundert Männer auf dem zu Staub zerblasenen Planeten.

»Ich befasse mich lieber mit einfacheren Problemen«, sagte er. »Sie kosten weniger Menschenleben.«

Auftrag: Erde

Kirk beobachtete den Mißbrauch der *Enterprise* als eine Zeitmaschine – obgleich er nur vorübergehend und teilweise war – mit großem Widerwillen. Natürlich sah er ein, daß ein Auftrag dieser Art hin und wieder unvermeidlich war, seit die Schreibtischtypen im Hauptquartier seine Berichte von den Zeitreisen gelesen hatten, die er, Spock und McCoy in der Stadt am Rand der Ewigkeit erlebt hatten, und der Zeitkrümmung, in die das Schiff hineingelaufen war, als es mit dem schwarzen Stern kollidierte.

Aber diese beiden Erlebnisse hatten ihm die besonderen Gefahren von Zeitreisen nur deutlich und plastisch vor Augen geführt: die Gefahr, daß der geringste Fehler die gesamte Zukunft – die für Kirk die Gegenwart war – verändern und somit Kirk, die *Enterprise* und die gesamte Föderation vernichten konnte. So stellte das Umkreisen der Erde des Jahres 1969 ein äußerst riskantes Experiment dar.

Und das war auch der Grund ihres Hierseins, denn das Jahr 1969 war ein äußerst kritisches Jahr gewesen, und niemand von Kirks Zeitgenossen verstand eigentlich, wie die Erde dieses Jahr überleben konnte. In dem furchtbaren Durcheinander, mit dem das Jahr zu Ende gegangen war, waren wertvolle Dokumente verlorengegangen und andere – wie man vermutete – gefälscht worden. Es war nicht nur das Anliegen der Historiker, sondern der Föderation selbst, die Wahrheit kennenzulernen. Sie konnte sowohl in militärischer als auch in politischer Hinsicht von höchstem Interesse sein, und in einer Galaxis, in der es neben der Föderation auch das Imperium der Klingonen gab, sogar mehr als das.

Das war die Erklärung für ein so riskantes und kostspieliges Unternehmen, ein Sternenschiff in die Vergangenheit zurückzuschicken, um die Nachrichtenverbindungen der Erde abzuhören. Aber trotzdem...

Kirks Überlegungen wurden von einem schwachen, aber doch deutlichen Ruck unterbrochen, der das Deck unter seinen Füßen erzittern ließ. Was, zum Teufel...

»Gefechtsbereitschaft«, rief er. »Volle Kraft auf Abschirmungen. Sensoren aktivieren. Alle Meldungen an Brücke.«

Sofort flammte ein rotes Licht auf, und Kirk drückte auf den dazugehörigen Knopf.

»Transporterraum, Sir«, meldete sich Spock. »Wir haben hier einen Schaden. Mr. Scott hat mich gerade hergebeten, um ihm zu helfen.«

»Sie hätten den Transporter gar nicht benutzen dürfen!«

»Das hat auch niemand getan. Er hat sich ganz von selbst eingeschaltet, und wir können ihn nicht mehr abschalten. Anscheinend haben wir zufällig einen anderen Transporterstrahl berührt – einen, der weitaus stärker ist als der unsere.«

»Mr. Spock, Sie wissen genauso gut wie ich, daß es im zwanzigsten Jahrhundert so ein Gerät noch nicht gegeben hat, und deshalb...«
Wieder wurde er von dem leichten Beben des Decks unterbrochen.

»Trotzdem«, sagte Spock erregt, »irgend jemand – oder irgend etwas – wird an Bord unseres Schiffes gebeamt.«

»Ich komme sofort.«

Im Transporterraum fand Kirk die Situation so, wie Spock sie geschildert hatte. Alle Schaltkreise waren eingeschaltet, und es war unmöglich, sie abzuschalten. Es war bereits der bekannte, pulsierende Effekt einer Transportation zu bemerken.

»Bei allen Mächten«, sagte Spock, »dieser Strahl kommt aus einer Entfernung von mindestens tausend Lichtjahren!«

»Und das ist viel weiter«, setzte Scott hinzu, »als die Transporterstrahlen *unseres* Jahrhunderts reichen.«

Das Raumschiff erzitterte wieder unter einem leichten Stoß, der diesmal etwas stärker war als die vorangegangenen. »Nicht mehr abwehren«, sagte Kirk ruhig. »Lassen Sie den Strahl durch. Sonst werden wir vielleicht ernsthaft beschädigt.«

»Aye, aye, Sir«, sagte Scott und legte ein paar Hebel um.

Das Pulsieren wurde stärker und heller. Eine nebelhafte Gestalt begann sich abzuzeichnen, wurde deutlicher und solider. Kirk starrte sie verblüfft an.

Die Gestalt, die aus der fernsten Tiefe des Weltraums auftauchte, war die eines Mannes in einem Straßenanzug des zwanzigsten Jahrhunderts. Aber das war noch nicht alles: In seinen Armen hielt er eine schwarze Katze, die ein Halsband aus glitzernden, weißen Steinen trug.

»Wache!« rief Kirk.

Der Fremde schien genauso überrascht wie Kirk. Er blickte sich verwirrt und verärgert um und streichelte die große Katze auf seinem Arm beruhigend. Dieses exotische Detail lenkte jedoch nicht von seiner starken Persönlichkeit ab; er war hochgewachsen, kräftig, vital.

»Warum haben Sie mich abgefangen?« fragte er sofort. »Bitte identifizieren Sie sich.«

»Sie sind an Bord des Raumschiffs *Enterprise*. Ich bin Captain James Kirk, der Kommandant.«

Die schwarze Katze gab einen seltsamen Laut von sich, der wie eins der vielen, eigenartigen Geräusche klang, zu denen eine Siamkatze fähig ist, und doch klang es alles andere als katzenhaft.

»Ich habe verstanden, Isis«, sagte der Fremde. »Also ein Raumschiff. Aber von welchem Planeten?«

»Von der Erde.«

»Unmöglich! Die Erde besitzt zur Zeit noch keine...« Er brach ab, als er Spock bemerkte. »Ein Vulkanier bei Erdmenschen! Ich verstehe. Sie kommen aus der Zukunft!«

Er ließ die Katze fallen und griff nach den Armaturen des Transporters. »Sie müssen mich sofort auf die Erde beamen. Wir haben keine Minute zu...«

Die Tür des Transporterraums wurde aufgestoßen. Der Wachhabende und mehrere seiner Männer drängten herein, die Phaser in den Händen. Beim Anblick der Waffen blieb der Fremde reglos stehen. Die Katze duckte sich zusammen, als ob sie jemanden anspringen wollte; aber der Mann sagte: »Vorsicht, Isis. – Bitte, hören Sie mir zu.

Mein Name ist Felix Sevenrock. Ich bin ein Mensch des zwanzigsten Jahrhunderts. Ich habe auf einem anderen Planeten gelebt, der der Erde in seiner Entwicklung um Jahrhunderte voraus ist. Ich wurde mit einem Transporterstrahl zur Erde zurückgeschickt, dabei haben Sie mich abgefangen.«

»Wo liegt dieser Planet?« fragte Kirk.

»Das wollen seine Bewohner nicht verraten. Seine Position wird selbst zu Ihren Lebzeiten noch ein Geheimnis sein.«

»Es ist unmöglich, die Existenz eines ganzen Planeten geheimzuhalten«, sagte Scott.

»Für Sie vielleicht; für seine Bewohner nicht. Captain Kirk, ich bin ein Mensch dieses Jahrhunderts, Sie nicht. Wenn Sie mich an der Erfüllung meines Auftrags hindern, werden Sie den Lauf der Geschichte verändern. Ich bin sicher, daß Ihnen die Konsequenzen einer solchen Handlungsweise klargemacht worden sind.«

»Allerdings«, sagte Kirk. »Andererseits aber weiß ich nichts von Ihnen und Ihrem angeblichen Auftrag. Ich weiß nicht einmal, ob Sie die Wahrheit sagen.«

»Wir haben keine Zeit für lange Diskussionen. Jede Verzögerung bringt unabschätzbare Gefahren mit sich. Dies ist die kritischste Periode der gesamten Erdgeschichte. Mein Planet ist an der Erhaltung der Erde interessiert – der Grund dafür dürfte für Sie kaum von Interesse sein.«

Kirk schüttelte den Kopf. »Die Tatsache, daß Sie die Gefahr für die Erde kennen, weist unmißverständlich darauf hin, daß auch Sie aus der Zukunft kommen. Und damit stellen Sie einen erheblichen Risikofaktor dar. Ich muß Sie leider hier festhalten, bis ich mehr Informationen über Sie habe.«

»Das werden Sie noch sehr bedauern«, sagte der Fremde.

»Möglich. Trotzdem muß ich es tun.« Er gab dem Wachhabenden einen Wink. Einer der Posten bückte sich, um die Katze aufzuheben; aber Felix Sevenrock trat ihm in den Weg.

»Wenn Sie Isis anfassen, wird Ihnen *das* noch mehr leid tun.« Er nahm die Katze selbst auf und verließ in Begleitung der Wachen den

Transporterraum.

»Ich möchte, daß der Mann unter ständige Bewachung gestellt wird«, sagte Kirk. »Er hat sich unseren Anordnungen etwas zu willig gefügt. Außerdem, Mr. Spock, bitten Sie Dr. McCoy um eine sofortige Untersuchung des Gefangenen. Ich muß vor allem wissen, ob er überhaupt ein Mensch ist. Und er soll sich auch die Katze ansehen. Vielleicht erfahren wir durch sie etwas mehr über diesen ominösen Mister Sevenrock.«

»Die Katze scheint ein außergewöhnlich intelligentes Tier zu sein«, bemerkte Spock. »Und ein außergewöhnlich schönes Tier dazu. Trotzdem ist sie ein merkwürdiger Gefährte für eine Reise von tausend Lichtjahren auf einer angeblich äußerst wichtigen Mission.«

»Genau! Scotty, könnte der Transporterstrahl ihn nicht nur durch den Raum, sondern auch durch die Zeit gebeamt haben?«

»Theoretisch soll das durchaus im Bereich des Möglichen liegen, meinen einige Wissenschaftler«, antwortete Scott. »Aber *uns* ist es bisher noch nie gelungen. Andererseits haben wir auch noch nie so große Energie in einen Transporterstrahl legen können, daß eine Masse wie dieses Sternenschiff spürbar erschüttert wird.«

»Mit anderen Worten, Sie wissen es nicht.«

»Genau, Sir.«

»Gut. Sehen Sie zu, daß Sie den Transporter wieder in Ordnung bringen. Mr. Spock, kommen Sie mit mir auf die Brücke. Wir brauchen jetzt eine Menge von Computer-Analysen.«

Der Computer sagte: »Die Daten der gegenwärtigen Krise des Planeten Erde füllen eine ganze Daten-Bank. Das Wesen Felix Sevenrock könnte sich für oder gegen die Erde einsetzen, und zwar in übervölkerten Gebieten, bei Buschkriegen, Revolutionen, gefährlichen bakteriologischen Experimenten, verschiedenen Haß-Kampagnen, Umweltverseuchung sowie...«

»Stopp«, sagte Kirk. »Was ist am heutigen Tag los?«

»Entschuldigen Sie, Captain«, sagte Spock. »Aber diese Frage ist zu allgemein gehalten. Im Jahr 1969 gab es fast jeden Tag ein halbes Hundert äußerst kritischer Ereignisse. Computer, fragen Sie die Daten-

Bank ab! Wir brauchen die drei gravierendsten Ereignisse des heutigen Tages aus der Gefahrenliste.«

»Heute findet ein Attentat von großer politischer Tragweite statt«, antwortete der Computer ohne Zögern mit seiner angenehm modulierten Frauenstimme, »sowie ein gefährlicher Staatsstreich im Vorderen Orient. Außerdem schießt die Regierung der Vereinigten Staaten heute unter strengster Geheimhaltung einen Trägersatelliten für Atombomben auf eine Umlaufbahn um die Erde, um einer ähnlichen Maßnahme durch einen anderen Machtblock zuvorzukommen.«

Kirk pfiff leise durch die Zähne. »Nuklearbomben auf Umlaufbahnen um die Erde waren eine der größten Gefahren jener Epoche, erinnere ich mich.«

»Richtig«, sagte Spock. »Als diese Waffenträger über der Erde schwebten, hätte die geringste Fehlkalkulation genügt, eine davon auf die Erde stürzen zu lassen und eine Katastrophe auszulösen.«

»Krankenrevier an Brücke«, unterbrach das Intercom.

»Kirk hier. Was gibt es, Pille?«

»Jim, der Gefangene befindet sich nicht im Krankenrevier. Ich habe hier nur den Wachhabenden und eine Wache gefunden. Beide wirken, als ob sie hypnotisiert worden wären.«

»Zum Transporterraum!« brüllte Kirk. »Schnell!«

Aber sie kamen zu spät. Sie fanden dort nur einen völlig benommenen Chefingenieur.

Kurz darauf stürzte McCoy herein.

»Ich arbeitete gerade an einem der Schaltelemente«, berichtete Scott immer noch etwas benommen. »Plötzlich hörte ich jemanden hereinkommen. Ich wandte mich um und sah den Fremden, mit der Katze auf dem Arm. Er richtete etwas, das wie ein Schreibgriffel aussah, auf mich und...«

»Wahrscheinlich ein Miniatur-Hypnotisator«, sagte McCoy.

»Und plötzlich mußte ich alles tun, was er von mir verlangte. Ich habe ihn sogar selbst auf die Erde hinuntergebeamt. Ich wußte – irgendwo tief im Unterbewußtsein –, daß ich es nicht tun durfte und ihn eigentlich festhalten sollte; aber mir blieb gar keine andere Wahl.«

Sie schwiegen eine Weile.

»Ganz gleich, woher er kommt und was er ist«, sagte Spock endlich, »er ist gegangen, um das zu tun, was er tun wollte – und wir wissen noch immer nicht, was es ist.«

»Aber wir werden es herauskriegen«, sagte Kirk. »Scotty, wohin haben Sie ihn gebeamt?«

»Das kann ich nicht sagen, Captain. Er hat die Koordinaten selbst eingestellt und den Recorder ausgeschaltet. Ich kann Ihnen höchstens einen Anhaltspunkt geben, etwa auf ein Gebiet von tausend Quadratkilometern.«

»Wenn Spock und ich uns auf die Erde beamen lassen, könnten Sie uns an Hand des Energieverbrauchs in Sichtweite des Mannes triangulieren?«

»Ja, das ist möglich«, sagte Scott.

»Unser Eingreifen stellt aber eine große Gefahr für den Verlauf der Geschichte dar, Captain«, warnte Spock.

»Deshalb möchte ich auch, daß wir beide uns der Sache annehmen. Wir haben Erfahrung mit Situationen dieser Art. Und außerdem finden wir keine Lösung des Problems, wenn wir nur hier herumsitzen. Besorgen Sie uns Kleidung dieser Epoche aus der Kleiderkammer. Scotty, bereiten Sie den Transporter vor!«

Die Stelle, an der sie materialisierten, war eine Straße im Osten New Yorks, unweit der Eingangstür eines eleganten Wohnhauses. Es war ein kalter Wintertag; aber es lag kein Schnee.

»Scotty«, sagte Kirk in den Kommunikator. »Überprüfen.«

»Koordinaten stimmen«, sagte Scottys Stimme, »aber die Höhe nicht. Sie müßten etwa dreißig Meter höher sein.«

Unwillkürlich blickte Kirk an der Fassade des Hauses hinauf. In diesem Bienenstock von Räumen konnten sie dicht an dem Mann – oder was immer er war – vorbeigehen, ohne zu ahnen, hinter welcher Tür er sich befand.

Trotzdem betraten sie die Halle, fanden den Lift und fuhren nach oben. In der Höhe von dreißig Metern stiegen sie aus und betraten den Korridor. Ein langer, enger Schlauch mit unzähligen Türen.

»Höhe korrekt«, meldete Scotts Stimme. »Gehen Sie jetzt einundvierzig Meter in 247 Grad.«

Sie folgten der Anweisung und standen vor einer Tür, die sich in keiner Weise von allen anderen unterschied.

Kirk und Spock blickten einander an. Dann zuckte Kirk die Achseln und drückte auf den Klingelknopf.

Die Tür wurde von einem hübschen blonden Mädchen von etwa zwanzig Jahren geöffnet. Kirk und Spock drängten sich rasch an ihr vorbei.

»He, was soll denn das?« protestierte das Mädchen. »Was fällt Ihnen ein, einfach hier hereinzukommen, und...«

»Wo ist Mr. Sevenrock?« fragte Kirk.

»Ich weiß nicht, wovon Sie reden!«

Kirk sah sich um. Sie befanden sich in einem ganz normalen eleganten Wohnzimmer des zwanzigsten Jahrhunderts, soweit er das beurteilen konnte. Im Hintergrund befand sich eine geschlossene Tür. Spock zog seinen Tricorder heraus, schwenkte ihn rasch herum und deutete dann auf die geschlossene Tür.

»Da drin, Captain.«

Sie stürzten zur Tür; aber sie war verschlossen. Als sie sie aufzudrücken versuchten, hörte Kirk hinter sich ein unbekanntes, schnarrendes Geräusch, und dann sagte das Mädchen rasch mit erregter Stimme: »Hier ist Straße Ost 68. Appartement 1212. Senden Sie sofort die Polizei und...«

Kirk fuhr herum und riß dem Mädchen den Telefonhörer aus der Hand. »Lassen Sie den Unsinn, Miß. Spock, brennen Sie die Tür auf.«

Das Mädchen schrie erschrocken auf, als Spock seinen Phaser zog und in einem Sekundenbruchteil das ganze Schloß herausbrannte. Sie stürzten in das dahinterliegende Zimmer und zogen das Mädchen mit sich.

Es war ebenfalls geräumig und elegant eingerichtet. Eine Wand war völlig von einem Bücherregal bedeckt. Unter dem breiten Fenster stand ein großer, geschnitzter Schreibtisch.

Aber es war niemand da. Kirk stellte fest, daß das Mädchen genauso überrascht war wie er.

Spock trat an den Schreibtisch, auf dessen Platte mehrere Papiere verstreut waren.

»Ich warne Sie«, sagte das Mädchen. »Ich habe bereits die Polizei verständigt.«

»Wo ist Mr. Sevenrock?« fragte Kirk noch einmal. »Spock, ist dieses Mädchen aus dem zwanzigsten Jahrhundert, oder gehört sie zu Sevenrock?«

»Das könnte nur Dr. McCoy feststellen, Captain. Aber diese Papiere scheinen recht interessant zu sein. Es sind Pläne der amerikanischen McKinley-Raketenabschußbasis.«

»Aha. Also ist der Atombombenträger in Erdumlaufbahn wirklich das kritische Ereignis, um das es hier geht. Wie lange werden wir brauchen...«

Die Klingel schrillte. Das Mädchen stürzte zur Tür. Beide Männer liefen ihr nach. Kirk erwischte sie als erster. Als er sie beim Arm packte, biß sie ihn in die Hand und schrie gellend.

»Aufmachen!« sagte eine Stimme im Korridor. »Polizei!« Dann dröhnte die Tür unter einem heftigen Schlag.

Spock hielt das Mädchen fest. Kirk riß seinen Kommunikator heraus. »Kirk an Enterprise. Beamen Sie uns an Bord zurück, Scotty! Sofort!«

Wieder ein harter Schlag gegen die Tür. Sie barst auf und zwei stämmige Polizisten drangen mit gezogenen Revolvern in die Wohnung ein. Spock stieß das Mädchen durch die offene Zimmertür in die Bibliothek.

Im gleichen Augenblick schien sich die Wohnung aufzulösen, und die vier Männer – Kirk, Spock und die beiden Polizisten – fanden sich im Transporterraum der *Enterprise* wieder. Die beiden Polizisten blickten sich verstört um. Kirk und Spock stürzten sofort hinaus.

»Scotty! Sofort zurückschalten!«

Die beiden Polizisten verschwammen und waren wieder verschwunden.

»Gute Arbeit, Scotty.«

»Das arme Mädchen«, sagte Spock, »wird den beiden jetzt eine Menge erklären müssen.«

»Ich weiß. Aber wir müssen uns jetzt erst um Wichtigeres kümmern. Lassen Sie mich mal die Pläne sehen. – Verdammt! Der Abschuß der Rakete erfolgt in genau vierzig Minuten! Scotty, sehen Sie sich das mal an. Das ist eine schematische Darstellung der Abschußbasis. Können wir sie auf den Bildschirm bekommen?«

»Kein Problem, Sir. Unter uns befindet sich gerade einer von diesen altmodischen Wettersatelliten auf einer Umlaufbahn. Wenn ich ihn dazuschalte, müßten wir eigentlich gute Naheinstellungen bekommen.« Er legte ein paar Schalter unterhalb des Bildschirms um. Sekunden später erschien das Bild der Raketenbasis. Eine riesige, primitive Mehrstufenrakete stand auf der Abschußrampe.

»Wenn wir Mr. Sevenrock irgendwo entdecken«, sagte Scott, »könnte ich ihn mit dem Transporter an Bord holen.«

»Ich glaube nicht, daß er sich sehen läßt«, sagte Spock. »Ich vermute, er wird sich irgendwo in einem der Kontrollzentren aufhalten. Wahrscheinlich hat er eine Art Transporter in seiner Bibliothek versteckt. Sonst kann ich mir sein plötzliches Verschwinden nicht erklären. Der Tricorder hat deutlich gezeigt, daß er dort war – beziehungsweise daß *irgend jemand* dort war.«

»Aber die Raketenbasis steht doch sicher unter strenger Bewachung«, sagte Kirk.

»Die *Enterprise* ebenfalls«, sagte Scott.

»Da haben Sie allerdings recht«, gab Kirk zu. »Gut, halten Sie die Basis weiter unter Beobachtung und bereiten Sie sich vor, uns dorthin zu beamen.«

»Da ist er!« rief Scott.

Und da war er wirklich. Er stand auf dem Montagegerüst der Rakete, hatte eine Abdeckung in der letzten Stufe abgeschraubt und arbeitete fieberhaft darin herum. Neben ihm saß die schwarze Katze und sah ihm interessiert zu.

»Warum nimmt er nur dieses Tier bei einer so gefährlichen Arbeit mit?« sagte Spock.

»Das ist im Augenblick unwichtig«, antwortete Kirk. »Scotty, holen Sie ihn herauf.«

Sekunden später stand er vor ihnen. Felix Sevenrock fluchte und tobte; aber angesichts der vier Phaser, die auf ihn gerichtet waren, konnte er nichts unternehmen.

»Nehmen Sie ihm den Hypnosegriffel und alles andere ab, was er bei sich hat«, sagte Kirk hart. »Und dann bringen Sie ihn in das Lagezimmer. Dieses Mal, Mr. Sevenrock, werden Sie meine Fragen beantworten.«

»Dafür ist jetzt keine Zeit, Sie Narr! In neun Minuten wird die Rakete gezündet – und ich habe meine Arbeit an ihr noch nicht beendet!«

»Führen Sie ihn ab!« sagt Kirk. »Und, Mr. Spock, bringen Sie die Katze in einen anderen Raum. Da er auf ihre Anwesenheit so großen Wert zu legen scheint, wollen wir doch einmal sehen, was er ohne sie macht.«

Kirk führte das Verhör des Gefangenen allein durch. Aber die Bordsprechanlage war eingeschaltet, und er hatte Anweisung gegeben, das Verhör jederzeit zu unterbrechen, wenn sich irgend etwas Wichtiges oder Ungewöhnliches ereignen sollte.

Diesmal machte es keine Mühe, Mr. Sevenrock zum Reden zu bringen. Die Worte sprudelten heraus wie Wasser aus einer Druckleitung.

»Ich bin das, was ich zu sein behauptet habe«, sagte er rasch, »ein Mensch des zwanzigsten Jahrhunderts. Ich gehörte zu einer Gruppe von drei Agenten unseres Planetensystems, die auf die Erde geschickt wurde. Unsere Ausrüstung bestand aus einem modernen Mini-Transporter und einem Computer. Beides war hinter den Bücherregalen meiner Bibliothek versteckt. Ich wurde von dem Planeten, der meine Heimat ist, zu letzten Instruktionen zurückgerufen. Sie haben mich bei meiner Rückkehr zur Erde abgefangen und dadurch eine kritische Verzögerung herbeigeführt. Als ich Ihnen wieder entkommen war, mußte ich feststellen, daß meine beiden Kameraden getötet worden waren – bei einem simplen Autounfall. Ich mußte also allein arbeiten, und zwar sehr schnell. Die Menschen brauchen unsere Hilfe, Captain.

Ein ähnliches Programm rivalisierender Mächte hat vor hundert Jahren den Planeten Omikron III zerstört. Es wird auch die Erde vernichten, wenn wir nichts unternehmen.«

»Ich bestreite nicht die große Gefahr, die solche Atombombenträger auf Erdumlaufbahnen darstellen«, sagte Kirk.

»Warum glauben Sie mir dann nicht? Ich könnte...«

»Die Rakete ist soeben gezündet worden«, meldete Scotty über das Intercom.

»Sehen Sie?« schrie Sevenrock verzweifelt. »Und ich hatte meine Arbeit daran noch nicht beendet. Wenn Sie mich jetzt sofort auf die Spitze der Rakete beamen, könnte ich immer noch...«

»Nicht so rasch. Was hatten Sie denn vor?«

»Ich habe die Atombombe scharf gemacht und den Flug-Computer so eingestellt, daß sie irgendwo in Ostasien niedergehen muß.«

»Was? – Das würde doch sofort einen Atomkrieg nach sich ziehen!«

»Captain«, meldete sich Scotty über das Intercom, »die Rakete scheint einen Defekt im Steuerungssystem zu haben. Überall auf der Erde werden Alarmmeldungen ausgesandt. Ich bin der Ansicht, das bedeutet Krieg.«

»Soviel zu Ihren humanitären Absichten«, sagte Kirk sarkastisch. »Mr. Scott, treffen Sie die erforderlichen Maßnahmen, die Rakete abzufangen und in den Raum abzulenken.«

»Nein! Nein! Nein!«, schrie Sevenrock erregt. »Das wäre eine schwerwiegende Einmischung! Die ganze Menschheitsgeschichte würde dadurch verändert! Captain, ich bitte Sie dringend...«

»Entschuldigen Sie, Captain«, meldete sich Spock aus dem Intercom, »würden Sie bitte in die Nebenkabine kommen?«

»Mr. Spock, die Rakete wird in fünfzehn Minuten einschlagen. Ist es wichtig?«

»Äußerst wichtig.«

Nachdem Kirk sich vergewissert hatte, daß die Wachen vor der Tür auf ihrem Posten waren, ging er in die Nebenkabine, in der sich Spock mit der Katze beschäftigte. Das Tier lag zusammengerollt in einem Sessel.

»Was ist los, Mr. Spock?«

»Ich habe herausgefunden, warum er dieses Tier ständig bei sich hat, selbst dann, wenn es offensichtlich eine Belastung darstellt. Damit ändert sich alles.«

»Auf welche Weise? Nun reden Sie schon, Mann!«

»Wir sind alle Opfer einer unglaublichen Illusion geworden – einschließlich Mr. Sevenrock. Ich weiß jetzt, daß Mr. Sevenrock zu jeder Sekunde unter strengster Überwachung gestanden hat. Ich habe etwas Ähnliches vermutet und meinen Verstand gezwungen, die Fesseln der Hypnose abzuschütteln. Ich werde jetzt auch Ihren Verstand freisetzen. Sehen Sie dort.«

Er deutete auf den Sessel. In ihm saß eine atemberaubend schöne Frau. Sie hatte langes, schwarzes Haar, trug einen hautengen, schwarzen Anzug und ein kostbares Halsband. Ihre Beine hatte sie mit katzenhafter Grazie unter den Körper gezogen.

»Das«, sagte Mr. Spock, »ist Isis. Und jetzt...«

Die Frau war plötzlich verschwunden, und an ihrer Stelle saß wieder, in einer verblüffend ähnlichen Haltung, die schwarze Katze.

»Keine der beiden Erscheinungsformen«, sagte Spock, »dürfte die wahre Gestalt von Mr. Sevenrocks Auftraggebern sein; aber das Phänomen läßt darauf schließen, daß er wirklich Auftraggeber hat. Ob ihre Absichten feindselig sind oder nicht, muß ich Ihrer Entscheidung überlassen, Captain.«

Kirk starrte mit zusammengekniffenen Augen die Illusion einer Katze an, aber sie blieb eine Katze, die sich jetzt ausgiebig mit ihrer Zunge das Fell leckte. Dann sagte er: »Mr. Scott!«

»Ja, Sir.«

»Geben Sie Mr. Sevenrock seine Ausrüstung zurück und beamen Sie ihn auf die Spitze der Rakete. – Sofort.«

Die Atombombe an der Spitze der Rakete explodierte in zweihundert Kilometer Höhe über der Erdoberfläche. Scott konnte Mr. Sevenrock gerade im letzten Augenblick noch in das Raumschiff zurückbeamen.

»Sie müssen verstehen«, sagte ihnen Felix Sevenrock später, »es *mußte* wie eine Fehlfunktion wirken, die glücklicherweise keinen Schaden anrichtete. Auf diese Weise wurde allen Regierungen der Erde eine drastische Lehre erteilt. Schon jetzt deutet alles darauf hin, daß keine Macht der Erde jemals wieder versuchen wird, ein solches Monster in eine Umlaufbahn zu schießen. Trotz Ihrer Einmischung in die Geschichte ist es mir schließlich doch gelungen, meinen Auftrag auszuführen.«

»Irrtum, Mr. Sevenrock«, sagte Spock. »Wir haben uns in keiner Weise in die Geschichte eingemischt. Die *Enterprise* war lediglich Teil von Geschehnissen, die an diesem Tage des Jahres 1969 stattfinden sollten.«

Sevenrock blickte ihn überrascht an.

Kirk setzte hinzu: »Wir wissen aus unseren geschichtlichen Daten, daß eine Atomrakete, die in eine Umlaufbahn geschossen werden sollte, durch eine Fehlfunktion der Trägerrakete *genau* zweihundert Kilometer über der Erdoberfläche explodierte. Es wird Sie freuen, zu hören, daß es nach diesem Zwischenfall, wie unsere Unterlagen beweisen, zu neuen und wirksameren internationalen Abmachungen gegen die Anwendung dieser Art von Waffensystemen kam.«

»Das freut mich wirklich«, sagte Felix Sevenrock. Er nahm die Katze auf den Arm. »Und jetzt werde ich sicher sofort zurückbeordert werden. Ich würde viel Zeit sparen, Captain, wenn ich Ihren Transporter benutzen dürfte.«

»Selbstverständlich.« Kirk erhob sich. »Mr. Scott, begleiten Sie Mr. Sevenrock in unseren Transporterraum.«

An der Tür zum Lift blieb Felix Sevenrock noch einmal stehen. »Ich hätte noch eine Frage, Captain. Ihr Hiersein, der Umstand, daß Sie mich bei der Transportation abgefangen haben, Ihre Einmischung in meine Arbeit – alles war doch rein zufällig und in keiner Weise geplant und hätte eine entscheidende Veränderung der Geschichte hervorrufen müssen. Statt dessen hat es sich in jedem Fall herausgestellt, daß ich genau die richtigen Maßnahmen traf, um meine Aufgabe erfolgreich durchzuführen, obwohl ich mehr oder weniger blind und intuitiv gehandelt habe. Hat das Gesetz der Geschichte über das einzelne Individuum solche Gewalt?«

Kirk blickte das Wesen auf Mr. Sevenrocks Arm an. Was immer es sein mochte, ganz bestimmt war es keine Katze.

»Mr. Sevenrock«, sagte er, »ich fürchte, wir können Ihnen nicht *alles* erzählen, was wir herausgefunden haben. Aber das Verdienst für die Geschehnisse des heutigen Tages kommt nur Ihnen zu. Lassen Sie es damit gut sein.«

Spieglein, Spieglein...

Die Regierung des Planeten Halkan verhielt sich durchaus höflich; ihre Haltung aber war unnachgiebig und hart. Keines der Argumente, die Kirk, McCoy, Scott und Uhura vorbrachten, konnte ihren Standpunkt ändern. Der Antrag der Föderation, die Vorkommen an Dilithium-Kristallen auf Halkan ausbeuten zu dürfen, wurde rundweg abgeschlagen. Das Zerstörungspotential der Kristalle war zu groß, und die Halkaner wollten nicht das geringste Risiko eingehen, ihre Politik des totalen Pazifismus zu gefährden. Um das durchzusetzen, würden sie lieber untergehen, wenn es notwendig sein sollte. Die Regierung glaubte gerne, daß die Föderation durchaus friedliche Absichten verfolgte. Aber wer konnte garantieren, daß sie auch so friedlich durchführbar waren? Man hatte da von einem Imperium der Klingonen gesprochen, das der Föderation feindlich gesinnt war...

Kirk wäre gerne noch geblieben, um sich noch weiter über diese Fragen zu unterhalten; aber Spock hatte ihn bereits gewarnt, daß ein ziemlich heftiger Ionensturm sich auf Halkan zubewegte, und Kirk bemerkte auch schon die ersten Anzeichen des Unwetters in der Atmosphäre. Wenn sie noch länger blieben, konnten sie Gefahr laufen, daß der Transporter durch den Sturm unbenutzbar würde und sie auf unbestimmte Zeit auf diesem fremden Planeten festsäßen. Außerdem befürchtete Spock, daß der Sturm auch für die *Enterprise* gefährlich werden könnte.

Und in Fragen dieser Art würde Kirk seinem Ersten Offizier niemals widersprochen haben. Spock irrte sich nie.

Kirk gab Befehl, sie an Bord zurückzubeamen.

Und es war wirklich allerhöchste Zeit. Beim ersten Versuch gelang es dem Transporter nicht, die vier Menschen an Bord der *Enterprise* wieder zu materialisieren. Durch eine plötzliche, unerklärliche Phasen-Umpolung setzte sie der Transporter wieder auf dem Planeten ab, und sie fanden sich plötzlich auf einem kahlen Berg-Plateau von Halkan wieder, das von ununterbrochen zuckenden Blitzen erhellt wurde. Es dauerte volle fünf Minuten, bis der Strahl sie wiedergefunden hatte. Der zweite Versuch glückte, und sie materialisierten in der vertrauten Umgebung des Transporterraumes.

Kirk trat rasch auf Spock zu. »Ich weiß nicht, ob wir diese Energie-Kristalle bekommen oder nicht, aber...«

Er brach ab und blieb wie erstarrt stehen, weil Spock und der Chef der Transporteranlage ihn feierlich begrüßten, und zwar auf eine sehr merkwürdige Art: Sie verschränkten zuerst die Arme vor der Brust, dann hoben sie sie langsam und streckten sie waagerecht seitlich aus.

Auch ihre Uniformen waren anders, bemerkte er jetzt. Zwar waren Schnitte und Farbe noch wie vorher; aber die Details waren beträchtlich verändert und wirkten wild martialisch: breite Ledergürtel mit Offiziersdolch und tiefhängendem Handphaser, breite Schulterklappen und viele Goldlitzen. Und an Stelle des Brustemblems der Föderation trugen sie ein Wappen, das eine Galaxis zeigte, die von einem Dolch durchbohrt wurde. Ein ähnliches Symbol fand sich an einer Wand des Raums, und auch der Raum selbst wirkte völlig verändert. Es waren sogar einige Gegenstände da, die ihm unbekannt waren.

Am meisten aber wunderte ihn die Veränderung, die mit Spock vor sich gegangen war. Vulkanier wirken auf die Menschen der Erde immer ein wenig satanisch, besonders auf den ersten Anblick. Aber Kirk hatte diesen Eindruck schon seit vielen Jahren überwunden. Jetzt jedoch war er wieder da: Spocks Gesicht wirkte kalt, hart, verschlossen und fast fanatisch.

Kirk griff mit den Händen nach seinem Gürtel – da er nicht wußte, wie er diesen ungewohnten Gruß erwidern sollte – und stellte fest, daß sich noch mehr verändert hatte. Ein kurzer Blick genügte, um seine Befürchtung zu bestätigen: Auch seine Uniform hatte sich verändert.

»Captain«, sagte Spock in einem ungewohnt harten, aggressiven Tonfall, »glauben Sie, daß die Halkaner Waffen besitzen, die den unseren überlegen sind? Unsere Sozioanalyse deutet darauf hin, daß sie zu jeder Art von Gewaltanwendung unfähig sind.«

Kirk konnte nicht anworten. Er brauchte es auch nicht. Weil im gleichen Augenblick Sulu den Transporterraum betrat. Seine Bewegungen, seine Haltung waren kalt, arrogant und übertrieben selbstsicher. Aber das war noch nicht das Schlimmste: Das Symbol auf seiner Brust zeigte eine geballte Faust, die das Heft des Dolches umkrallte, und von der Schneide tropfte Blut. Es war eine extreme Parodie von etwas Gewohntem; es zeigte, daß der freundliche, gutmütige Sulu, der Navigator und Rudergänger des Raumschiffs, jetzt eine Art Sicherheitschef zu sein schien.

Sulu grüßte nicht. Er bellte nur: »Ihre Befehle, Captain?«

»Wie immer«, sagte Kirk vorsichtig.

»Also nach Plan?«

Kirk wußte nicht, was diese Frage unter diesen unheimlichen Umständen bedeutete, aber er mußte vor allen Dingen Zeit gewinnen. Deshalb nickte er.

Sulu sprach in das Intercom: »Mr. Chekov. Programmieren Sie die Phaser-Geschütze auf die größeren Städte Halkans. Mit einer Ladung von einer Million Volt pro Tag. Melden Sie Feuerbereitschaft.«

»Zu Befehl, Mr. Sulu«. War es nur Einbildung, oder klang in Chekovs Stimme wirklich tiefe Befriedigung mit?

»Es ist schade«, sagte Spock, »daß diese Rasse den Selbstmord einer friedlichen Annexion vorzieht. Sie besitzt gewisse Qualitäten, die dem Imperium sehr nützlich sein könnten.«

Der Transporter knatterte und summte unter Überlastung. Spock fuhr herum und starrte den Chef des Transportersystems wütend an. Und dann ging er langsam, drohend, auf den Mann zu. Und unerklärlicherweise duckte sich der Mann vor ihm, schien förmlich in sich zusammenzukriechen.

»Wissen Sie nicht, daß wir uns in einem Ionensturm befinden, Mann! Hat man Ihnen nicht befohlen, entsprechend zu kompensieren!«

»Zu Befehl, Sir. Entschuldigen Sie. Aber diese Ionenbewegungen sind unberechenbar...«

»Nachlässigkeit bei der Behandlung imperialen Eigentums ist ein Verbrechen.« Spock streckte seine Hand aus, ohne den Blick von dem Mann zu nehmen. »Mr. Sulu, Ihren Bestrafer.«

Sulu hakte ein kleines Gerät von seinem Gürtel und legte es in Spocks ausgestreckte Hand. Mit einer raschen Bewegung riß Spock den Chef des Transportersystems zu Boden und drückte ihm das Gerät auf die Schulter.

Der Mann schrie gellend auf. Spock drückte ihm das Gerät noch fester in die Schulter. Als er endlich aufhörte, wand sich der Mann zuckend auf dem Boden.

»Das nächste Mal passen Sie besser auf«, sagte Spock. »Mr. Scott, der Sturm hat in Ihrem Bereich einige kleinere Schäden verursacht. Kümmern Sie sich darum. Dr. McCoy, es hat auch Verletzte gegeben, die versorgt werden müssen. Am besten beginnen Sie mit diesem Kadaver hier.« Er trat dem halb bewußtlosen Mann in die Seite.

McCoy, dessen jahrelange stille Fehde mit dem Ersten Offizier immer einen humorvollen Unterton gehabt hatte, starrte ihn jetzt an wie ein Mann, dessen schlimmste Alpträume Wirklichkeit geworden waren, Kirk sah, wie er die Fäuste ballte und auf Spock losgehen wollte.

»Führen Sie den Befehl aus, Dr. McCoy!« sagte er schneidend. »Und Sie ebenfalls, Mr. Scott!«

Sie blickten ihn einen Augenblick lang verblüfft an, dann senkten sie den Blick. Jetzt wußten sie, was der Captain von ihnen erwartete. Zumindest hoffte es Kirk. Jedenfalls gingen sie ohne jedes weitere Wort daran, die Befehle auszuführen.

Der Chef des Transportersystem stand mühsam auf, um ihnen zu folgen. Es schien ihn überhaupt nicht zu überraschen, daß der Bordarzt, der eben den Befehl erhalten hatte, sich um ihn zu kümmern, ihn nicht einmal angesehen hatte. Er sagte: »Mr. Spock...«

»Was ist?«

»Die Energie des Transporterstrahls ist für ein paar Sekunden hochgeschnellt – in dem Augenblick, als die vier Leute, die auf Halkan gewesen waren, materialisierten. Ich habe so etwas noch nie zuvor erlebt. Ich wollte es Ihnen nur melden.«

»Noch eine Nachlässigkeit?« sagte Spock drohend.
»Nein, Sir. Die Einstellungen waren völlig korrekt.«
»Gut. Gehen Sie ins Krankenrevier. – Captain, fühlen Sie irgendwelche Beschwerden?«
Kirk hatte die Antwort schon parat. »Ja, Mr. Spock, ich fühle mich ziemlich durcheinander. Und Leutnant Uhura wird es sicher nicht besser gehen. Vielleicht sollten wir auch ins Krankenrevier gehen und uns untersuchen lassen.«
»Sie werden natürlich sofort melden, wenn Sie nicht in der Lage sein sollten, das Schiff zu kommandieren«, sagte Sulu kategorisch.
»Selbstverständlich, Mr. Sulu.«
»Und was ist mit den Halkanern? Eine kurze Bombardierung könnte das Problem am schnellsten und am einfachsten lösen.«
»Ich werde Ihnen meine Entscheidung mitteilen, sobald ich weiß, daß ich in der Lage bin, das Kommando zu führen.«
»Sehr vernünftig«, sagte Sulu.
Als Kirk zum Krankenrevier ging, stellte er fest, daß überall auf den Korridoren bewaffnete Posten aufgestellt waren. Und sie trugen keine Uniformen, sondern eine Art Overall, wie Zivilarbeiter. Alle grüßten, als er und Uhura vorbeigingen, und sie schienen sich nicht darüber zu wundern, daß er ihren Gruß nicht erwiderte.
Uhura seufzte erleichtert, als sich die Tür des Krankenreviers hinter ihnen schloß und die vier Menschen, die auf dem Halkan-Planeten gewesen waren, sich wieder allein fanden.
»Was ist denn passiert?« fragte sie erregt.
»Nicht reden«, sagte Kirk sofort und deutete auf McCoys Intercom. »Irgend etwas sagt mir, daß das Ding eingeschaltet ist.«
Die anderen nickten. Es war ein glücklicher Umstand, daß sie einander so lange und so gut kannten, daß sie sich mit knappen Bewegungen und Gesten verständigen konnten.
»Wir müssen uns wirklich untersuchen lassen, Doc« sagte Kirk. »Ich fürchte, wir werden fremden Gehirnströmen...«
»Nein. Ich habe Scotty und mich selbst bereits daraufhin untersucht. Keine Halluzinationen oder hypnotischen Effekte. Wir stehen

einer – äh, Perzeption der Realität gegenüber, wenn Sie verstehen, was ich meine.«

»Ich fürchte, ja. Mr. Scott, haben Sie auf der *Enterprise* irgendwelche Veränderungen wahrnehmen können, die einen Einfluß auf unsere Reaktionen haben könnten?«

Scott legte den Kopf ein wenig schief und lauschte. »Ich glaube, der Ton der Impuls-Aggregate ist etwas anders als sonst, Sir. Es ist natürlich möglich, das sie gegen den magnetischen Sturm ankämpfen müssen. Aber der Unterschied scheint mir doch – nun – technologisch zu sein.«

»Entschuldigen Sie, Captain«, sagte Uhura, »aber ich verstehe das alles nicht ganz. Nachdem wir hier an Bord materialisierten, fühlte ich mich einen Moment ziemlich schwindlig. Wäre es nicht möglich...«

Sie brachte den Satz nicht zu Ende, sondern machte eine Geste, als ob sie einen Eimer über McCoys Intercom stülpen würde.

Der Arzt hob die Brauen, dann nickte er. Er ging zu der Stelle, an der er seine diagnostischen Geräte zu stehen pflegte, schüttelte den Kopf, als er feststellen mußte, daß sie jetzt woanders standen, und legte dann ein paar Schalter um.

»Ich hätte von selbst daran denken sollen«, sagte er, »aber ich bin anscheinend genauso durcheinander wie alle anderen hier. Früher haben sich immer alle darüber beschwert, daß mein Stereotatix das Intercom stört. Hoffen wir, daß es noch immer so ist.«

»Wir müssen es darauf ankommen lassen«, sagte Kirk. »Leutnant Uhura, ich habe genau den gleichen Effekt gespürt. Wir waren zuerst im Transporterraum, und dann brach die Energieversorgung zusammen, und wir befanden uns wieder auf dem Planeten. Dann wurden wir in diese Situation gebeamt – was immer sie bedeuten mag. Und der Chef unseres Transportersystems ... wo steckt er eigentlich?«

»Ich habe ihm eine Spritze gegeben, die ihn etwas übel werden läßt. Eine böse Umkehrung der ärztlichen Kunst; aber ich möchte ihn für eine Weile außerhalb von Spocks Reichweite haben.«

»Er hat selbst gesagt, daß etwas Merkwürdiges beim Transport vorgegangen sein muß. Und dann ist da noch dieser Ionen-Sturm.«

»Captain«, sagte Scott langsam. »Denken wir beide jetzt das gleiche?«

»Das weiß ich nicht Scotty. Aber bis jetzt paßt alles genau zusammen. Es deutet auf ein paralleles Universum hin, das gleichzeitig neben dem unseren existiert, in einer anderen Dimension – oder vielleicht auch auf einer anderen Wahrscheinlichkeitsebene. Es ist alles doppelt vorhanden – oder doch fast. Ein Imperium an Stelle einer Föderation. Eine andere *Enterprise*, ein anderer Spock...«

»Und ein anderer Jim Kirk?« fragte Scott leise. »Und ein anderer Dr. McCoy?«

»Nein«, sagte McCoy in plötzlicher Erkenntnis. »Ein Austausch! *Wenn wir hier sind...*«

»Unsere Doppelgänger wurden zufällig zur gleichen Zeit transportiert«, sagte Kirk. »Ionen-Stürme kommen schließlich recht häufig vor. Ein anderer Ionen-Sturm hat anderswo ebenfalls die Energieversorgung unterbrochen. Und deshalb sind wir jetzt hier, und sie sind auf *unserem* Raumschiff und stellen sich wahrscheinlich die gleichen Fragen wie wir, und kommen vielleicht zu denselben hypothetischen Schlüssen. Schließlich werden sie vom Computer eine Antwort verlangen. Und genau das müssen wir auch tun.«

McCoy begann auf und ab zu gehen. »Und was ist mit den Halkanern? Wir können doch nicht zulassen, daß sie vernichtet werden, auch wenn es ganz andere Halkaner in einem völlig anderen Universum sind.«

»Ich weiß auch noch nicht, was wir unternehmen sollen, Pille. Vor allem müssen wir jetzt Zeit gewinnen. Scotty, gehen Sie nach unten und schließen Sie die Hauptstromleitung für die Phaser-Geschütze kurz. Es muß so aussehen, als ob der Sturm dafür verantwortlich gewesen wäre. Leutnant Uhura, gehen Sie auf Ihren Posten und sehen Sie die Tagesbefehle der Sternflotten-Kommandozentrale – oder was immer die Leute hier an dessen Stelle haben – genau durch. Ich muß wissen, welchen Auftrag man diesem Schiff gegeben hat. Noch etwas: Wenn wir uns später wieder miteinander in Verbindung setzen wollen, dann nur mit Kommunikatoren. Benutzen Sie nur die Hyperraum-Frequenz und schalten Sie den Verzerrer ein.«

Uhura und der Ingenieur nickten und verließen den Raum. Dr. McCoy hatte sein unruhiges Hin- und Hergehen aufgegeben und stand jetzt vor einer Art Glaskäfig. In dem Käfig hing etwas, das wie ein großer Vogel aussah. Sein Körper war mit Elektroden gespickt, und daneben hing ein Protokoll.

»Was ist denn das?« rief McCoy überrascht. »Jim, sieh das einmal an. ›Ein Specimen einer annektierten Rasse; I. Q. 180. Lebenserhaltungs-Experimente für menschliche Wesen unter den auf ihrem Heimatplaneten vorherrschenden Bedingungen! – Herz- und Lungenmodifikationen.‹ – Es lebt! Und wenn ich mich nicht irre, liegt es im Sterben! Ich dulde so eine Scheußlichkeit nicht im Krankenrevier!«

»Sie werden es wohl oder übel dulden müssen, zumindest vorläufig«, sagte Kirk mitfühlend. »Wir müssen unsere Rolle weiterspielen, bis wir mehr Informationen gesammelt haben. Es ist eine scheußliche Welt, und wir dürfen nichts tun, das unsere Rückkehr in unser eigenes Universum gefährden könnte.«

Auch auf der Brücke befand sich ebenfalls ein Exemplar des Galaxis-und-Dolch-Wappens, und der Kommandantensessel hatte weit ausladende Armlehnen, wirkte fast wie ein Thron. Der Mann, der wie Chekov aussah, starrte Uhura mit unverhülltem Interesse an. Seine Absichten waren offenkundig; aber niemand schien das irgendwie ungehörig oder auch nur ungewöhnlich zu finden.

Kirk trat zu ihr.

»Irgendwelche neuen Befehle, Leutnant?«

»Nein, Sir. Sie sind nach wie vor angewiesen, die Halkaner zu vernichten, falls sie sich nicht unseren Forderungen fügen sollten.«

»Danke.« Er trat zu seinem Sessel und setzte sich. »Bitte um Meldung, Mr. Sulu.«

»Phaser-Geschütze auf Zielgruppe A eingerichtet, Captain. Wir nähern uns der optimalen Feuerzone. Soll ich Feuerbefehl geben, Sir?«

»Ich möchte erst die Meldung der anderen Abteilungen hören.« Er schaltete das Intercom ein. »Mr. Scott?«

»Hier Scott, Sir. Keine Veränderungen. Keine Schäden an den Phaser-Geschützen.«

»Danke, Mr. Scott.«

Das war schlimm, sehr schlimm sogar. Aber es ließ sich nun einmal nicht ändern. Als er das Intercom ausschaltete, betrat Spock die Brücke.

»Die Rotation des Planeten trägt die Ziele der Gruppe A außer Reichweite der Phaser-Geschütze«, meldete Sulu. »Soll ich unsere Umlaufbahn korrigieren, um uns wieder in Schußweite zu bringen?«

»Nein.«

Sulu legte ein paar Schalter um. »Geschütze sind ab sofort auf Ziele der Gruppe B gerichtet.«

»Mr. Spock«, sagte Kirk. »Sie haben vorhin gesagt, daß die Halkaner uns sehr nützlich sein könnten. Nach meinem Besuch bei ihnen stimme ich Ihnen vollkommen zu.«

»Falls sie sich zu einer Zusammenarbeit bereitfinden, habe ich gesagt. Aber das wollen sie offenbar nicht.«

»Leutnant Uhura, setzen Sie sich mit der Regierung Halkans in Verbindung. Wir werden noch einen letzten Versuch unternehmen.« Als er Spocks Überraschung bemerkte, setzte er hinzu: »Die Halkaner sind eine junge Rasse. Sie können uns mehr bieten, als nur Dilithium-Kristalle.«

»Aber es ist doch völlig eindeutig, daß sie jede Zusammenarbeit mit uns ablehnen. Sie haben den Vorschlag des Imperiums zurückgewiesen. Die Richtlinien unseres Kommandos fordern eine exemplarische Bestrafung, und deshalb...«

»Ich habe meine Gründe für meine Haltung, Mr. Spock, und ich werde sie Ihnen erklären, wenn wir Zeit dafür haben.«

»Captain«, sagte Uhura. »Ich habe den Regierungschef der Halkaner auf Kanal B.«

Kirk blickte auf den Bildschirm über Uhuras Platz. Das Gesicht Tharns war zu sehen, und es sah noch müder und resignierter aus als vor einer Stunde, als Kirk sich von ihm verabschiedet hatte. Wie konnte er das Theater überzeugend spielen? fragte er sich.

»Ihr Widerstand ist sinnlos«, sagte er aufs Geratewohl.

»Wir widersetzen uns Ihnen nicht«, sagte Tharn.

»Wir geben Ihnen zwölf Stunden Zeit, sich Ihre Antwort noch einmal zu überlegen.«

»Sie könnten uns auch zwölf Jahre geben oder zwölftausend Jahre, Captain Kirk«, sagte Tharn ruhig und würdevoll. »Das ändert nichts an unserem Standpunkt. Wir sind aus ethischen Gründen gezwungen, Ihre Forderung nach Dilithium-Kristallen abzulehnen. Sie würden ihre Energie doch nur zur Zerstörung verwenden.«

»Dann werden wir Ihren Planeten zerstören und uns nehmen, was wir wollen. Das ist alles, was Sie mit Ihrer Weigerung erreichen. Ihre ganze Rasse wird ausgelöscht und...«

»Und wir erhalten das, woran wir glauben«, führte Tharn den Satz zu Ende. »Vielleicht werden alle Planeten, die Sie versklavt haben, sich eines Tages gegen Sie auflehnen, so wie wir es heute tun. Und wenn es dazu kommt, wie wollen Ihre Raumschiffe dann die ganze Galaxis überwachen und beherrschen?«

»Schalten Sie ab, Leutnant«, befahl Kirk. Das Bild auf dem Bildschirm erlosch.

»Zwölf Stunden, Captain«, sagte Spock. »Das hat es noch nie gegeben.«

»Heben Sie die Feuerbereitschaft der Phaser-Geschütze auf, Mr. Sulu.«

»Ich sehe mich gezwungen, Ihr Verhalten zur Meldung zu bringen, Captain«, sagte Spock. »Sie haben sich in eine äußerst schwierige Lage gebracht.«

»Es steht Ihnen frei, das zu tun, Mr. Spock«, sagte Kirk und erhob sich. »Übernehmen Sie das Kommando hier. Ich bin im Lageraum. Machen Sie mir Meldung, sobald irgend etwas geschieht, Leutnant Uhura, kommen Sie in den Lageraum und benachrichtigen Sie Dr. McCoy und Mr. Scott, daß ich sie ebenfalls dort erwarte. Mr. Chekov, lösen Sie Leutnant Uhura ab.«

Er konnte nur hoffen, daß diese Folge von Befehlen und sein Verstoß gegen irgendeine ihm unbekannte Vorschrift die andern darüber hinwegtäuschen würde, daß er die Mitglieder der Landemannschaft zu sich befohlen hatte.

»Wir müssen aufpassen«, sagte Scott. »Die Leute schrecken auch nicht vor einem Mord zurück. Mein Obermaschinist wollte mich eben umlegen. Nicht persönlich, natürlich, sondern mit Hilfe von Komplizen. Ich bin nur noch am Leben, weil einer der Leute sich die Sache anders überlegt und mich gewarnt hat.«

»Wie sieht es mit der technischen Einrichtung aus, Scotty?«

»Der einzige Unterschied ist eine andere Instrumentierung. Nichts, mit dem ich nicht umgehen könnte. Und was die Sternbilder betrifft: Es ist alles an seinem gewohnten Ort – außer uns.«

Kirk trat an den Schreibtisch und blickte auf das Computer-Mikrophon. »Jetzt wollen wir sehen, was uns noch bevorsteht. – Computer, hier spricht Captain Kirk. Ich brauche eine Sicherheitsuntersuchung, die unter meinem Stimmabdruck und dem von Mr. Scott abgelegt werden soll.«

»Eingetragen«, sagte der Computer mit unangenehm harter maskuliner Stimme. Anscheinend hatten die Menschen dieses Parallel-Universums noch nicht bemerkt, daß Männer einer Maschine aufmerksamer zuhören, wenn sie mit einer Frauenstimme spricht.

»Ich brauche alle Daten, die sich auf magnetische Stürme der letzten Zeit beziehen und die Korrelation der folgenden Hypothese: Könnte ein Sturm dieser Stärke in Transporterschaltungen einen Energiestoß verursachen, der zu einem momentanen interdimensionalen Kontakt mit einem Parallel-Universum führt?«

»Ja«, antwortete der Computer, ohne zu zögern.

»Könnten Menschen in jedem Universum in einem solchen Augenblick, wenn sie sich gerade im Zustand der Transportation befinden, mit ihren Doppelgängern des anderen Universums ausgetauscht werden?«

»Ja«, antwortete der Computer.

»Bandauswurf und Ende.«

Ein Schlitz in der Tischplatte öffnete sich, und eine Bandspule glitt heraus. Kirk reichte sie Scott. »Sieht aus, als ob Sie jetzt an der Reihe wären, Scotty.«

»Ich muß die notwendige Energie aus den Sol-Triebwerken abzapfen und für die Transportation von vier Leuten einpegeln«, sagte Scott nachdenklich. »Dazu brauche ich aber einen Helfer. Sie würden dabei zu sehr auffallen, Captain. Leutnant Uhura ebenfalls. Also kommen Sie McCoy. Dann wollen wir mal.«

»Ich bin kein Ingenieur«, protestierte McCoy indigniert.

»Es wird schon gehen. Captain, kümmern Sie sich doch bitte um die anderen Leute.«

Die beiden Männer verließen den Raum. Nach einer Weile sagte Uhura: »Captain – ich frage mich, was für Menschen *sind* wir eigentlich in diesem Universum? Ich meine, was für Menschen müssen wir vorgeben zu sein?«

»Das werden wir gleich feststellen. – Computer: Verlesung der Personalakte des derzeitigen Kommandanten.«

Der Computer sagte: »Kommandant: James T. Kirk. Erhielt Kommando von ESS *Enterprise* als Nachfolger von Captain Karl Franz, der ermordet wurde. Erster Einsatz: Unterdrückung des Aufstandes auf Gorlan durch Zerstörung des Heimatplaneten der Rebellen. Zweiter Einsatz: Exekution von fünftausend Kolonisten auf S-Doradus Neun, wodurch die Kolonie gezwungen wurde, ihre separatistischen Bestrebungen aufzugeben. Dritter Einsatz: Niederschlagung...«

»Genug«, sagte Kirk entsetzt. »Leutnant, wollen Sie auch hören, wie *Ihre* Vergangenheit aussieht?«

Leutnant Uhura erschauerte. »Nein, danke. Wahrscheinlich würde ich erfahren, daß mein Vorgänger mein Liebhaber gewesen ist, und ich seinen Posten erlangt habe, indem ich ihn hinterrücks erdolchte. Wie kann man nur ein Sternenschiff im Wert von fünfzig Millionen Credits wie ein Piratenschiff führen?«

»Auf Piratenschiffen herrschte strengste Disziplin, Leutnant. Jeder Mann hatte Angst vor seinem Vorgesetzten. Der Pirat Morgan hat Panama mit seinen wenigen Schiffen erobert; genauso, wie es ein Admiral mit einer Flotte von Kriegsschiffen getan hätte.«

»Und dann wurde er irgendwann im Schlaf ermordet, nicht wahr?«
»Nein. Man wollte ihn ermorden, aber seine Männer beschützten ihn. Nicht aus Liebe oder Respekt, sondern weil seine Fähigkeiten ihnen das gaben, was sie verlangten. Die Wertmaßstäbe waren andere als bei ›legitimen‹ Schiffen – aber die Ziele waren dieselben.«

»Aber welche Ziele haben die Männer dieses Raumschiffes?«

»Das Schiff erfüllt seinen Zweck – sonst würde es gar nicht existieren; sein Kommandant ist tüchtig – sonst wäre er nicht mehr am Leben. Und das Imperium wird die Dilithium-Kristalle bekommen – so oder so.«

Uhura nickte ernst. »Und was glauben Sie, werden unsere Doppelgänger an Bord *unserer Enterprise* tun?«

»Ich hoffe, daß auch sie Theater spielen. Wenn nicht, stehen wir bei unserer Rückkehr vor dem Kriegsgericht.« Das Intercom summte.

»Hier Kirk.«

»Sir, die Verbindung scheint gestört zu sein. Ich kann Sie kaum hören.«

»Verstanden.« Er schaltete ab, zog seinen Kommunikator heraus, stellte Hyperraum-Frequenz ein und schaltete den Verzerrer ein.

»Okay, Scotty. Schießen Sie los.«

»Wir könnten es schaffen, Captain. Aber wenn wir die Energieversorgung der Triebwerke unterbrechen und den Transporter zuschalten, zeigen die Überwachungsgeräte auf der Brücke das an. Wir brauchen die Energie zwar nur für eine Sekunde, aber...«

»Verstanden. Warten Sie einen Moment.« Kirk überlegte rasch. »Leutnant Uhura, ich muß Ihnen einen sehr unangenehmen Auftrag erteilen. Ich habe bemerkt, daß der hiesige Chekov Sie überaus begehrlich angestarrt hat...«

»Er ist sogar zudringlich geworden, bevor Sie auf die Brücke kamen, Captain.«

»Um so besser. Könnten Sie ihn nicht ein wenig ermutigen?«

Uhura sagte langsam: »Mit *unserem* Chekov würde ich niemals ein falsches Spiel treiben. Aber dieser hier verursachte mir eine Gänsehaut. – Wird gemacht, Captain.«

»Danke – Scotty, Uhura wird ein kleines Ablenkungsmanöver starten, durch das Sulus Aufmerksamkeit abgelenkt wird. Geben Sie uns ein Zeichen, wenn Sie soweit sind. Und jetzt zurück auf Ihre Posten, bevor jemand merkt, daß wir hier Kriegsrat halten.«

Uhura verließ den Lagerraum. Bevor Kirk ihr folgen konnte, trat Spock durch eine andere Tür herein.

»Captain, ich muß sofort mit Ihnen sprechen.«

»Bitte, Mr. Spock.«

»Es würde mir leid tun, wenn Sie sterben müßten.«

Kirk runzelte die Stirn. »Nett von Ihnen, Mr. Spock.«

»Nettigkeit steht hier nicht zur Debatte. Wie Sie wissen, strebe ich Ihren Posten nicht an. Mir liegt meine wissenschaftliche Aufgabe viel mehr – und offen gesagt, ziehe ich es vor, einen weniger begehrenswerten Posten zu haben. Das verlängert das Leben.«

»Logisch wie immer, Mr. Spock.«

»Ich sehe mich deshalb gezwungen, Sie zu fragen, ob Sie Ihre unverständliche Haltung gegenüber den Halkanern beibehalten wollen oder nicht.«

»Meine Befehle bleiben bestehen.«

»Ich vermute, daß Sie damit einen bestimmten Plan verfolgen. Sie sind ein ausgezeichneter Offizier. Unsere Unternehmen waren immer erfolgreich.«

»Ich weiß«, sagte Kirk. »Ich erinnere mich vielleicht besser daran als Sie.«

»Ich vergesse nie etwas.«

»Auch das weiß ich. Dann werden Sie sich auch an die Unlogik der Verschwendung erinnern, Mr. Spock. Ist es logisch, potentielle Arbeitssklaven, Ausrüstungen, wertvolle Einrichtungen zu zerstören, ohne vorher jede Möglichkeit erschöpft zu haben, sie uns nutzbar zu machen? Das Imperium kann sich ein wenig Geduld leisten.«

»Logischerweise müssen wir den Terror aufrechterhalten«, sagte Spock. »Sonst bekommt das Imperium weiche Stellen, von denen aus sich die Fäulnis ausbreiten kann.«

»Die Halkaner haben ein sehr logisches Argument vorgebracht. Ist die Geschichte auf unserer Seite? Eroberungen sind leicht – Herrschaft aber sehr schwierig.«

»Die Geschichte kennt keine Wiederholungen«, sagte Spock finster. »Trotzdem gebe ich zu, daß ein Regime wie das unsere noch niemals eine Rebellion seiner Untertanen überlebt hat. Die Frage ist, ob unsere Macht so ungeheuer groß geworden – quantitativ gesehen –, daß wir zu einer *qualitativen* Veränderung der Situation gezwungen sind? Der Raum ist gegen uns, wie Sie sehr richtig sagten; allein seine gigantischen Ausmaße machen jedwede Kommunikation schwierig, von einer Beherrschung ganz abgesehen. – Ich habe nicht gewußt, daß Sie ein Philosoph sind, Captain. Wir haben noch nie so miteinander gesprochen.«

»Vielleicht hätten wir es längst einmal tun sollen, Mr. Spock.«

»Da haben Sie recht. – Ich glaube nicht, daß Commander Moreau ein Denker ist.«

Kirk antwortete nicht. Er überlegte, wer zum Teufel Commander Moreau war. Höchstwahrscheinlich der Mann, der hinter seinem Posten her war.

»Sir«, sagte Spock schließlich, »ich habe eben einen persönlichen Funkspruch von dem Hauptquartier der Sternenflotte erhalten. Ich begehe einen schweren Verstoß gegen die Dienstvorschrift, wenn ich Sie von seinem Inhalt informiere. Aber andere Überlegungen haben den Vorrang. Kurz gesagt: Ich bin angewiesen worden, bis zur Planeten-Dämmerung über dem Ziel zu bleiben, um Ihnen die Möglichkeit zu geben, Ihren Auftrag zu erfüllen. Ihr Verzögerungsmanöver ist selbstverständlich von Mr. Sulu gemeldet worden.«

»Und wenn ich den Auftrag nicht erfülle?«

»In diesem Fall«, sagte Mr. Spock, und seine Stimme klang gleichzeitig hart und bedauernd, »habe ich den Befehl, Sie zu töten und als neuer Kommandant der *Enterprise* die Aktion gegen die Halkaner zu Ende zu führen. Ich würde Moreau dann natürlich ebenfalls umbringen und angeben, daß er von *Ihren* Anhängern ermordet wurde.«

»Sehr logisch«, sagte Kirk. »Ich danke Ihnen für die Warnung, Mr. Spock.«

»Ich bedauere diese Entwicklung außerordentlich. Ich werde die ganze Nacht in meiner Kabine sein – für den Fall, daß Sie mich allein zu sprechen wünschen.«

»Nochmals vielen Dank, Mr. Spock. Aber das ändert meine Entschlüsse nicht.«

»Sir, darf ich dann wenigstens die Gründe für Ihre Handlungsweise erfahren?«

»Ich fühle mich versucht, sie Ihnen mitzuteilen, Mr. Spock. Aber Sie werden sie noch rechtzeitig genug erfahren. Machen Sie weiter.«

Als Spock gegangen war, setzte sich Kirk an den Tisch. Er wußte, daß er eigentlich wieder auf die Brücke gehen und die Maskerade fortsetzen sollte. Aber selbst mit Spocks äußerst seltsamer Mithilfe, und selbst, wenn es Scotty gelingen sollte, sie in ihr eigenes Universum zurückzubeamen, bliebe das größte Problem ungelöst: das Schicksal der Halkaner in diesem anderen Universum.

Gleichgültig, wie sich das Schicksal von Kirk, McCoy, Scott und Uhura wenden würde, die Halkaner würden der Vernichtung anheimfallen. Und er sah keine Möglichkeit, es zu verhindern.

Wieder piepste der Kommunikator.

»Hier Kirk.«

»Captain, hier ist Scott. Mit McCoys Hilfe habe ich alles vorbereitet. Pille könnte wirklich jederzeit als Ingenieur einspringen.« – Im Hintergrund war ein entrüstetes Murmeln zu hören. – »Aber als ich die ganze Sache mit dem Computer durchgetestet habe, bin ich auf eine sehr beunruhigende Tatsache gestoßen: Die doppelseitige Transportation hat die lokale Feld-Dichte zwischen den beiden Universums beeinflußt – und sie steigt ständig an. Wir müssen uns beeilen. Uns bleibt höchstens noch eine halbe Stunde Zeit. Wenn wir die Frist versäumen, können wir vielleicht erst nach Jahrhunderten in unsere Welt zurückkehren.«

»Was schlagen Sie vor, Scotty?«

»Wir können jetzt jederzeit Energie von den Sol-Triebwerken abzapfen und auf den Transporter schalten. Sie müssen nur auf der Brücke den Hauptschalter umlegen. Geben Sie uns noch zehn Minuten Zeit, dann veranstalten Sie und Uhura Ihre Ablenkungsmanöver und rennen wie Ssopolamander vom Mars in den Transporterraum.«

»Verstanden. Zeitvergleich: Fünf – vier – drei – zwei – eins – null.«

»Stimmt. – Viel Glück, Captain.«

Es blieb keine Zeit mehr, sich um das Schicksal der Halkaner zu kümmern; aber Kirks Sorgen blieben. Als er sich auf den Kommandantensessel setzte, blickte Sulu ihn kühl und prüfend an.

»Ihre Befehle, Captain?«

»Einstellung auf Zielgruppe A und Feuerbereitschaft«, sagte Kirk. »Angriffsbeginn bei lokalem Tagesanbruch.«

Sulu lächelte überlegen. »Ich freue mich, daß Sie endlich zur Vernunft gekommen sind, Captain. Ihre ganzen Spielereien mit dem Computer haben Ihnen also keine andere Alternative geben können. Ich habe mich schon gefragt, ob Sie weich geworden sind. Ich zweifle nicht daran, daß Mr. Spock sich als Kommandant des Schiffes bewähren würde; aber Sie sind ohne Frage der bessere Mann, und ich hoffe, Sie werden es bleiben.«

Kirk war so übel von dem Befehl, den zu geben er gezwungen war, daß er sich nicht die Mühe machte, seinen Ekel zu verbergen. »Ihnen entgeht wirklich nichts, nicht wahr, Mr. Sulu?«

»Einem guten Sicherheitsoffizier darf auch nichts entgehen. Sonst verdient er eine Stunde in der Bestrafungskammer.«

Das steht Ihnen vielleicht noch bevor, Mr. Pseudo-Sulu, dachte Kirk finster. *Offensichtlich haben Sie keine Ahnung, was ich mit der Computer-Spielerei wirklich bezweckt habe.*

Das Bild des Halkan-Planeten schob sich auf Uhuras Bildschirm. Chekov starrte das Mädchen mit begehrlichen Blicken an. Sie beobachtete den Bildschirm und murmelte dann, wie im Selbstgespräch: »Nur ein einziges Mal möchte ich an etwas anderes denken als an den Tod.«

Sulu warf ihr einen verächtlichen Blick zu und ging wieder zum Hauptkontrollpult zurück. Es würde ihm sicher nicht entgehen, wenn Scott die Energie der Sol-Triebwerke auf den Transporter schaltete.

Uhura blickte vom Bildschirm weg und zu Chekov hinüber. Nur eine Sekunde lang, dann senkte sie rasch den Blick. Ihre Haltung drückte aus, daß sie sich vielleicht doch überreden lassen könnte.

Der Navigator grinste und lehnte sich zurück. Sein Arm umspannte Uhuras Hüfte.

Sulu achtete nicht auf sie. – Und es blieb nur noch eine Minute Zeit...

Klatsch!

Sulu blickte auf. Uhura war aufgesprungen und starrte Chekov wütend an. Sie trat zwei, drei genau kalkulierte Schritte zurück, in Richtung auf Sulus Kontrollpult.

Chekov, dessen Verblüffung jetzt kalter Wut Platz gemacht hatte, sprang ebenfalls auf.

Doch Sulu schien das lediglich zu amüsieren. »Bleiben Sie auf Ihrem Posten, Chekov.«

Aber Chekov dachte nicht daran. Er ging langsam auf Uhura zu und schien drauf und dran, sie schlagen zu wollen.

Kirk sah eine Möglichkeit zum Eingreifen und sprang auf.

»Treiben Sie diese Art von Spielen immer, wenn ich nicht auf der Brücke bin?« sagte er hart. »Mr. Chekov, Sie melden sich sofort zum Rapport. Leutnant Uhura, Sie haben diese Situation provoziert. Gehen Sie sofort in die Bestrafungszelle! Mr. Sulu, Sie übernehmen Leutnant Uhuras Posten!«

»Sir«, sagte Sulu, »warum gehen Sie auch von der Brücke?« Das »Sir« klang wie eine Beleidigung.

»Ich werde Leutnant Uhura ganz persönlich klarmachen, warum sie in der Bestrafungszelle ist. Ich bin gleich wieder zurück.«

Er sah den Ausdruck von Sadismus und Geilheit auf den Gesichtern der Männer, als er Uhura folgte. Sie grinsten und leckten sich die Lippen.

Dann hatten Kirk und Uhura die Brücke verlassen und rannten zum Transporterraum.

Spock und zwei Mitglieder der Mannschaft erwarteten sie dort – mit gezogenen Phasern.

»Nun, Mr. Spock? Haben Sie sich entschlossen, mich umzubringen, obwohl ich meinen Auftrag ausführe?«

»Nein, Captain. Aber es haben sich seit Ihrer Rückkehr von Halkan eigenartige Dinge hier an Bord abgespielt, darunter seltsame Computeranalysen, die normalerweise gegen Abfragen versiegelt sind. Außerdem bereiten Sie einen gewaltigen Stromstoß auf den Transporter vor. Das kann äußerst gefährliche Folgen haben. Ich frage Sie deshalb: Wohin wollen Sie und Ihre drei Komplizen, Captain?«

»Nach Hause«, sagte Kirk.

»In das andere Universum?«

»Sie wissen davon?«

»Ja, Captain. Und ich gebe Ihnen völlig recht. Ich möchte Sie nur bitten, mich vorher mit einer Betäubungswaffe auszuschalten. Meine beiden Leute werden später jede Story, die ich den anderen erzähle, vollauf bestätigen.«

McCoy sagte: »Mr. Spock, in meinem Universum haben wir beide oft Meinungsverschiedenheiten gehabt; in diesem Universum habe ich Sie gehaßt. Ich glaube aber, daß Sie in beiden Welten ein anständiger und aufrechter Mann sind.«

»Das ist nur logisch«, sagte Spock. »Sie müssen jetzt in Ihr Universum zurück, damit ich *meinen* Captain zurückbekomme. Ich werde den Transporter selbst bedienen. Sie haben nur noch zwei Minuten und zwanzig Sekunden Zeit.«

»Mr. Spock«, sagte Kirk. »Auch wenn die Zeit knapp wird, noch eine Frage: Wie lange wird es dauern, bis es zu der von den Halkanern vorausgesagten galaktischen Revolte kommt?«

Spock warf ihm einen überraschten Blick zu. »Ich würde schätzen – etwa zweihundertfünfzig Jahre.«

»Und wie wird sie ausgehen?«

»Das Imperium wird zerschlagen werden, selbstverständlich. – Vielleicht wird es durch eine Art Föderation ersetzt, falls die Periode der Bürgerkriege nicht allzu vernichtend verläuft.«

»Mr. Spock. Überlegen Sie doch einmal die Unlogik einer solchen Verschwendung, Verschwendung von Leben, Material, Potential und

Zeit. Es ist völlig absurd, daß Sie Ihre große Begabung einem Imperium zur Verfügung stellen, das zum Untergang verurteilt ist.«

»Sie haben noch eine Minute dreiundzwanzig Sekunden«, sagte Spock ausweichend.

»Wenn eine Veränderung des bestehenden Zustandes sowohl voraussehbar als auch wünschenswert ist, warum widersetzen Sie sich ihr dann?« bohrte Kirk weiter.

»Selbstmord ist ebenfalls unlogisch. Ein Mann kann die Zukunft nicht herbeiführen.«

Kirk trat näher auf den Mann zu, der seinem Ersten Offizier in Aussehen und Haltung so überaus ähnlich war, dem jedoch die menschliche Wärme unter der vulkanischen Zurückhaltung des wirklichen Spock fehlte. »Mr. Spock. Aber ein Mann kann die *Gegenwart* ändern. Werden Sie Kommandant der *Enterprise*, ob Sie den Posten mögen oder nicht. Finden Sie einen logischen Grund, die Halkaner zu verschonen, und überzeugen Sie Ihre Sternflotten-Kommandozentrale davon. Sie können eine Sache besser durchsetzen als jeder andere, wenn Sie so sind, wie *mein* Erster Offizier; und davon bin ich überzeugt. In jeder Revolution gibt es einen Visionär. Welchen Weg wollen Sie gehen? In die Vergangenheit oder in die Zukunft? Zur Tyrannei oder zu Hoffnung, Vertrauen und Freundschaft? Selbst hier können Sie nicht ganz ohne die Anständigkeit leben, die Sie auf – auf der anderen Seite bewiesen haben. Benutzen Sie sie! Machen Sie etwas daraus!«

»Sie müssen gehen«, sagte Spock. »Mein Captain hat leider niemals so mit mir gesprochen. Ich werde mich immer an Ihre Worte erinnern, Captain. Ich kann Ihnen nichts versprechen; aber ich werde alles tun, um die Halkaner zu retten. – Und jetzt beeilen Sie sich! Sie haben nur noch achtzehn Sekunden! – Leben Sie wohl, Jim Kirk. Es hat mich gefreut, den anderen kennenzulernen.«

Kirk trat auf die Transporterplattform, und die drei anderen folgten ihm. Er schaltete seinen Phaser auf »Betäubung«. Es fiel ihm trotzdem sehr schwer, ihn abzudrücken.

Kirk lehnte sich in seinem Sessel zurück und genoß die Vertrautheit seiner alten Umgebung.

Uhura warf dem armen ahnungslosen Chekov giftige Blicke zu. Auch Kirk selbst hatte ein unbehagliches Gefühl, Sulu – den »wirklichen« Sulu – dicht neben sich zu sehen.

McCoy hatte offensichtlich keinerlei Schwierigkeiten, sich wieder einzugewöhnen. Sein umfassendes Wissen vom Verhalten unter Streß gab ihm auch die Möglichkeit, sich selbst zu verstehen. Er sagte lächelnd zu Spock: »Als ich mich plötzlich wieder hier an Bord fand, war ich so froh, Sie zu sehen, mein lieber Spocky-Boy, daß ich Sie fast geküßt hätte. Glücklicherweise hat mich allein bei der Vorstellung ein solcher Ekel gepackt, daß ich darauf verzichtet habe.«

»Da bin ich aber sehr froh«, sagte Mr. Spock trocken.

»Mr. Spock«, sagte Kirk, »Scotty hat mir berichtet, daß wir wahrscheinlich für immer in dem anderen Universum gestrandet wären, wenn Sie nicht unsere Doppelgänger sofort erkannt, gefangengenommen, verhört und nach Analyse und richtiger Erkenntnis der Lage in den Transporterraum geschafft hätten, so daß der Austausch jederzeit stattfinden konnte. Ich danke Ihnen. Ihre klare Logik hat zum hundertsten Mal zu dem einzig richtigen Entschluß geführt. Aber – wie sind Sie darauf gekommen?«

»Sir«, sagte Spock. »Sie kennen mich besser als jeder andere Mensch. Es gibt aber gewisse Charakterzüge, die ich ungern zeige. Und die habe ich jetzt gebraucht.«

»Sie brauchen mir nichts zu erklären, wenn Sie nicht mögen. Aber es wäre sicher sehr nützlich, wenn ich wüßte, wie Sie es geschafft haben.«

Spock hob den Kopf und blickte auf einen Punkt, der weit draußen im grenzenlosen Raum zu liegen schien.

»Ein zivilisierter Mensch«, sagte er schließlich, »kann ohne Schwierigkeit die Rolle eines Barbaren spielen, so wie Sie es in jenem anderen Universum getan haben. Er braucht nur in sein Innerstes zu blicken und nach den Instinkten seiner wilden Vorfahren zu suchen – sie schlummern in uns allen – und sie zu wecken. Ihre Doppelgänger waren unverhüllte Barbaren. Sie besaßen diese dünne Schale von Zivilisation und Humanität nicht, die uns – meistens – zurückhält, diesen Instinkten freien Lauf zu lassen. Der Kontrast war nicht zu übersehen.«

McCoy fragte: »Spock, hätten *Sie* einen Wilden spielen können, wenn Sie mit uns in das andere Universum transportiert worden wären?«

Spock sagte sehr ernst: »Dr. McCoy, ich *bin* ein Wilder; sowohl hier als auch dort. Aber eines Tages – hoffe ich – werde ich diesen Zustand überwinden.«

Das Unglückskind

Selbst wenn es Kirk noch nicht bekannt gewesen wäre, daß Teer Alkaar oberster Häuptling der zehn Stämme auf dem Planeten Ceres war, von dem Augenblick an, als er, Spock und McCoy vor dem Lager materialisierten, war es ihnen klar, daß die Alkaars wichtige Persönlichkeiten waren.

Vor jedem der Zelte, die am Rand des Buschgebiets standen, war ein Pfahl mit dem Familienbanner aufgepflanzt, und über allen wehte eine Flagge mit dem Stammesemblem Alkaars, einem Schwarm abstrakter Vögel.

Ein paar Stammesangehörige, Männer und Frauen, in schreiend bunt gemusterten Roben im Burnus-Stil, starrten die drei Männer der *Enterprise* verblüfft an, als sie plötzlich aus dem Nichts mitten unter ihnen auftauchten, und zogen sich dann schleunigst in ihre Zelte zurück, als ein Mann aus der größten der Unterkünfte ins Freie trat.

Er trug einen einfarbig schwarzen Burnus mit dem Vogel-Emblem auf der linken Schulter. Er schien Mitte Vierzig zu sein, war überaus hager und wirkte zäh wie eine Lederpeitsche. Er blickte Kirk gerade in die Augen, schlug sich mit der rechten Faust auf das Herz und streckte dann die offene Hand, mit der Fläche nach oben, von sich. Die Geste bedeutete: *Mein Herz und alles, was ich besitze, sind dir geöffnet.*

»Ich bin Maab, vom Haus der Alkaar«, sagte er. »Unsere Zelte sind geehrt durch Ihren Besuch.«

»Wir sind geehrt«, sagte Kirk. Er dachte rasch nach, dann verneigte er sich leicht, die Hände mit nach oben gerichteten Handflächen ausgestreckt und zog sie dann an seine Brust.

Wir nehmen Ihre Gastfreundschaft von ganzem Herzen an, wollte er andeuten.

Vielleicht war es nicht die richtige Antwort, aber sie schien den Leuten zu genügen.

»Der oberste Häuptling erwartet Sie«, sagte Maab, deutete auf das große Zelt und führte sie hinein.

Die Bevölkerung vom Ceres stand der Föderation seit langem freundlich gegenüber. Aber in letzter Zeit war dem Flotten-Kommando die Anwesenheit von Raumschiffen des Klingonen-Imperiums in diesem Sektor gemeldet worden, und obwohl die Föderation und das Imperium offiziell im Frieden lebten, war es in den vergangenen Monaten zu einer ständig zunehmenden Zahl von Zwischenfällen gekommen. Es war von äußerster Wichtigkeit, daß diese Mission auf dem Planeten Ceres nicht auch mit einem unliebsamen Zwischenfall endete.

Zwei Männer und eine Frau befanden sich im Zelt; doch Maabs tiefe Verneigung und seine respektvolle Haltung machten den Eintretenden sofort klar, welcher der beiden Männer Teer Alkaar war: ein hochgewachsener, breitschultriger Mann Ende Fünfzig, in einer weißen Robe mit schwarzem Vogel-Emblem. Man tauschte die formellen Begrüßungsgesten aus und setzte sich. Maab, stellte sich bei der Vorstellung heraus, war Alkaars Bruder. Der dritte Mann, der knapp zwanzig Jahre alt sein mochte, war Raal, der Sohn Teer Alkaars, und die junge Frau, die sehr hübsch aussah, seine Ehefrau Eleen. »Meine zweite Frau und eine Ehre für mein Haus«, stellte Teer Alkaar sie vor. Als sie mit Raals Hilfe aufstand, bemerkte Kirk, daß sie hochschwanger war.

»Kommen Sie«, sagte Alkaar und deutete auf einen niedrigen Tisch, »erzählen Sie mir von den Steinen, die Sie in den Bergen gefunden haben.«

Kirk winkte Spock, der mehrere rohe Steine und den vorbereiteten Vertrag auf den Tisch legte. Sie setzten sich um den Tisch. Die Frau und Raal verließen schweigend das Zelt. Es wurde dunkel draußen.

»Eine geologische Untersuchung hat erwiesen«, sagte Kirk, »daß es auf Ihrem Planeten reiche Vorkommen eines Minerals gibt, das Topalin genannt wird. Ich bin beauftragt, mit Ihnen über die Ausbeutungsrechte dieser Vorkommen zu verhandeln.«

»Wir Leute von Ceres sind Hirten und Händler, Captain«, sagte Alkaar. »Wir verstehen nicht, wie ein unscheinbarer Stein irgendeinen Wert haben könnte.«

»Sie stellen doch Ihre Waffen aus Eisen her, und Sie handeln mit Gold und Silber.«

»Das Eisen ist unseren Waffenschmieden seit Jahrhunderten bekannt. Gold und Silber sind durch die Schiffe der Föderation bei uns eingeführt worden. Sie bedeuten uns jedoch sehr wenig. Dennoch, es sind edle und seltene Metalle und nicht rohe Steine wie diese hier.«

»Häuptling Alkaar, ich muß Sie bitten, sich meine Erklärung anzuhören. Die Föderation besitzt sehr viele Kolonien, in denen Mineralien gewonnen werden, und unterhält Forschungsstationen auf zahllosen Planeten und Asteroiden, auf denen wir normalerweise gar nicht leben könnten. Ihre eigenen Legenden weisen darauf hin, daß Sie die Nachfahren früherer Kolonisten von der Erde sind. Diese Kolonisten haben Ihren Planeten nach einem Asteroiden in unserem Sonnensystem der Erde benannt, einer Steinkugel von knapp achthundert Kilometern Durchmesser, der als erster Asteroid kolonisiert wurde – obgleich er nicht einmal eine Atmosphäre besitzt.«

»Wie war es dann überhaupt möglich, ihn zu besiedeln?« fragte Alkaar.

»Wir errichten auf atmosphärelosen Himmelskörpern künstliche Plastikkuppeln, die mit atembarer Luft gefüllt werden«, sagte Spock. »Topalin erhält winzige Mengen eines Metalls, das für die Wiederaufbereitung der Atemluft in solchen Siedlungen unerläßlich ist. Und es ist nicht nur sehr selten, sondern muß auch ständig ersetzt und erneuert werden.«

»Warum?« fragte Maab. »Rostet es, oder nutzt es sich ab?«

Spock wollte diese Frage beantworten, aber Kirk hob die Hand. Diese Menschen hatten die Technologie, die ihre Vorväter vor vielen Jahrhunderten auf diesen Planeten mitgebracht hatten, offenbar völlig vergessen. Man müßte ihnen die Grundlagen der Physik von neuem vermitteln, damit sie das Prinzip der Halbwertszeit radioaktiver Substanzen überhaupt begreifen könnten.

»So ungefähr«, sagte Kirk deshalb. »Und die Tatsache, daß sich selbst im Topalin so wenig davon findet, macht es notwendig, das Erz in großen Mengen auf besondere Verarbeitungs-Planeten zu bringen.«

»Dann muß es wohl sehr wertvoll sein«, sagte Maab. »Was bieten Sie uns denn dafür?«

»Einen fairen Preis«, sagte Kirk, »in Geld oder jeder Tauschware, die Sie verlangen.«

Maab beugte sich vor. Plötzlich schrie er: »Ihr Erdenmenschen versteckt eure Lügen hinter Verträgen und Versprechen! Und dann stehlt ihr...!«

Alkaar schlug mit der flachen Hand auf den Tisch.

»Maab!«

»Sie haben andere Völker betrogen«, sagte Maab und starrte seinen Bruder an. »Das wissen wir. Sie haben keine Ehre und...«

»Halt den Mund!«

»Nein, das werde ich nicht tun. Du kannst nicht allein bestimmen, was getan werden soll. Es gibt viele unter uns, die diesen Vertrag ablehnen.«

»Geh hinaus! Es steht dir nicht zu, im Namen der Stämme zu sprechen!«

Maab stand auf. »Ich werde gehen. Aber viele von uns sind nicht so leicht hinters Licht zu führen wie unser Häuptling. Du wirst von uns hören.«

Er wandte sich ab und verließ wütend das Zelt.

Eine Weile herrschte bedrücktes Schweigen. Schließlich sagte Alkaar: »Ich muß mich für das Benehmen meines Bruders entschuldigen. Dennoch hat er in gewisser Weise recht: Eure Geschichte gibt uns Grund, euch zu mißtrauen.«

»Unsere ältere Geschichte vielleicht«, sagt Kirk.

»Uns haben Sie bisher kein Unrecht zugefügt«, sagte Alkaar zustimmend. »Aber Maab hat von anderen Planeten und von anderen Völkern gehört, die von Erdenmenschen betrogen worden sind.«

»Wo hat er diese Geschichten gehört?«

»Das weiß ich nicht. Von Händlern vielleicht, die jedes Jahr zu uns kommen und die Wolle unserer *Zakdirs* kaufen.«

»Dann sind es nur Gerüchte«, sagte Kirk. »Wir halten unsere Verträge immer genauestens ein.«

»Das glaube ich Ihnen, Captain. Ich verstehe die Bedingungen dieses Papiers und werde sie heute abend dem Rat der Stämme vorlegen. Inzwischen möchte ich Sie bitten, Ihre Waffen in meinem Zelt zu lassen, während Sie essen und danach zu unserer Versammlung kommen.«

Kirk hatte gewußt, daß es so kommen würde. Spock hatte die Kultur dieses Planeten vor ihrer Reise genau studiert. Aber sie konnten nichts dagegen tun. Alkaar klatschte in die Hände, ein Mann trat ins Zelt, und die drei Männer der *Enterprise* übergaben ihm ihre Phaser und auch die Kommunikatoren, weil diesem Hirtenvolk jedes technische Gerät als Waffe erscheinen mochte, besonders, wenn man sich weigerte, es auszuliefern.

»Ich übernehme die Verwahrung dieser Waffen«, sagte Alkaar feierlich, »als Symbol für einen langen Frieden zwischen uns. Keel, führe diese Männer zu ihrem Zelt und laß sie reichlich bewirten.«

Das Essen war fremdartig, aber überaus wohlschmeckend. Es wurde von einem verteufelt hübschen Ceres-Mädchen serviert, das nur so viel Stoff um die Lenden trug, daß man es nicht als nackt bezeichnen konnte. Seine Gegenwart machte es den Männern schwer, bei der Sache zu bleiben.

McCoy räusperte sich vorwurfsvoll und sagte: »Ich dachte, die Topalin-Vorkommen auf Altimara würden mindestens noch zwei Jahre reichen.«

»Altimara war eine Enttäuschung«, sagte Kirk. »Die beiden größten Adern sind taub geworden. Die restlichen Vorkommen reichen noch für eine sechsmonatige Versorgung unserer Kolonien aus. Bis dahin muß das Projekt hier voll angelaufen sein.«

»Haben wir keine Reserven?«

Spock antwortete: »Ein Konvoi von Frachtschiffen bringt gerade die letzten Ladungen von Lorigan zu den Kolonien dieses Quadranten.«

McCoy schüttelte den Kopf. »Diese ewigen mineralogischen Aufträge sind verdammt langweilig. – Und diese Meinungsverschiedenheit zwischen Maab und Alkaar... ich habe da ein sehr komisches Gefühl...«

»Mir gefällt es auch nicht«, sagte Kirk. »Aber das ist nicht unsere Sache. Wir müssen uns an die Entscheidung des Rates der Stämme halten. Maab besitzt dort sicher großen Einfluß und kann seine Meinung eventuell sogar durchsetzen.« Kirk zuckte die Achseln. »Vielleicht will er auch nur einen besseren Preis erzielen. Wer weiß.«

»Du würdest mit ihm darüber verhandeln?« fragte McCoy.

»Ich bin angewiesen, mit jedem zu verhandeln, der die Schürfrechte auf diesem Planeten an die Föderation abtreten kann«, sagte Kirk ruhig. »Ich bin *nicht* autorisiert, mich in irgendeinen lokalen Machtkampf einzumischen.«

»Da wir gerade von Machtkämpfen reden«, sagte Spock und betrachtete eine rosafarbene Frucht, als ob sie ein ungewöhnlich interessantes Exemplar der Pflanzenwelt wäre, »ich fand es recht eigenartig, daß unmittelbar nachdem wir das Zelt Alkaars verlassen hatten, zwei Posten davor aufgestellt wurden. Außer den üblichen Schwertern und Messern trugen sie auch eine bumerangartige Waffe, die von diesen Leuten *Klugat* genannt wird. Ich frage mich ernsthaft, ob die Posten die Aufgabe haben, Teer Alkaar zu beschützen – oder ihn an einer Flucht zu hindern.«

Von draußen erklang ein spitzer Schrei, dann noch einer, und dann das Klirren von Waffen.

»Ich glaube, das werden wir gleich herausfinden«, sagte Kirk und sprang auf. Sie liefen aus dem Zelt.

Vor dem Zelt wurden sie bereits von drei Stammesangehörigen erwartet, die ihnen sofort die Spitzen ihrer Schwerter an die Kehle drückten. Zwischen den Zelten fand ein erbarmungsloser Kampf statt. Alkaar selbst stand im Zentrum des Getümmels und schlug wütend mit dem Schwert um sich. Er stand zwar nicht allein, aber seine Gegner waren weit in der Überzahl. Sein Sohn war bereits gefallen. Im flackernden Licht des Lagerfeuers sah Kirk, daß Maab der Führer der Angreifer war, unter denen sich auch der Unterführer Keel befand.

Ein *Klugat* traf Alkaar in die Hüfte. Er taumelte, Blut färbte seine weiße Robe. Nur noch zwei seiner Krieger waren am Leben.

»Jim, wir können doch nicht einfach zusehen...«

»Ruhig, Pille.«

Alkaar schlug mit letzter Kraft nach seinem Bruder. Maab wich dem Schlag mühelos aus, stieß zu, und Alkaar stürzte tot zu Boden. Die beiden letzten seiner Männer ließen sich vor Maab auf die Knie fallen und baten um Gnade.

Die drei Männer, die Kirk, Spock und McCoy bewachten, stießen sie vorwärts. Maab schickte Keel und einen anderen Mann in das Zelt, das bisher Alkaar gehört hatte. Dann wandte er sich mit einem überlegenen Lächeln Kirk zu.

»Es war klug von Ihnen, sich nicht in unsere Angelegenheiten einzumischen«, sagte er.

»Wir hätten uns eingemischt, wenn wir dazu in der Lage gewesen wären«, sagte Kirk. »Wir haben etwas gegen Mord.«

»Wieso Mord?« sagte Maab erstaunt. »Ich habe meinem Bruder nur zu einem ehrenvollen Tod verholfen.«

»Sie können es nennen, wie Sie wollen«, sagte Kirk. »Für mich war es Mord. – Noch etwas: Wir haben unsere Waffen Alkaar übergeben und nicht Ihnen. Ich verlange sie zurück.«

Maabs Antwort war vorauszusehen; aber es kam nicht dazu. Weil in diesem Augenblick Alkaars Frau Eleen von Keel und einem anderen der Mörder aus dem Zelt des toten Häuptlings herausgetrieben wurde. Sie war in panischer Angst, und die Angst wuchs zum Entsetzen, als sie die Leiche ihres Mannes ah. Maab stieß sie mit dem Schwertknauf zu Boden. Sie fiel in die noch heiße Asche des Feuers.

Sie schrie auf, teils vor Schmerz, teils aus Angst vor dem Schwert, das Maab drohend erhoben hatte. Mit einem Sprung war Kirk bei ihm, packte ihn am Handgelenk und drehte es mit hartem Ruck herum. Das Schwert klirrte zu Boden. McCoy kniete sofort neben der Frau. Spock hob Maabs Schwert auf.

Vulkanier sind sehr rationale Menschen; aber sie waren noch in jüngster Vergangenheit eine Rasse von Kriegern.

Spock mit einem Schwert in der Hand war ein Anblick, der selbst den Ceranern Furcht einjagte. Nur sehr zögernd und vorsichtig kamen sie näher.

Und dann, als McCoy Eleen vorsichtig aufhob, um ihren verbrannten Arm zu untersuchen, riß sie sich mit einer heftigen Bewegung los und starrte den Arzt mit einem Ausdruck des Ekels an.

»Was haben Sie denn«, sagte McCoy verblüfft. »Ich will Ihnen doch nur helfen.«

»Und haben sich damit selbst zum Tode verurteilt«, sagte Maab langsam. »Ich hätte Sie gehen lassen. Aber jetzt...«

»Reden Sie keinen Unsinn«, sagte Kirk. »Einen bewaffneten Mann, der sich verteidigen kann, umzubringen, ist Ihre Sache, aber wenn Sie eine wehrlose Frau töten, so ist das ein Verbrechen, dem ich nicht tatenlos zusehe. Was wollen Sie eigentlich noch? Sie sind jetzt Häuptling der Stämme. Daran kann auch sie nichts ändern. Warum wollen Sie sie also ermorden?«

»Sie sind es, der Unsinn redet. Raal ist tot; aber das Kind, das sie trägt, ist auch ein Nachkomme Alkaars. Es muß ebenfalls sterben, bevor ich Häuptling werden kann. Außerdem, Captain, darf eine Frau nur von ihrem Ehemann berührt werden. Für jeden anderen steht darauf die Todesstrafe. Ich habe Eleen nicht berührt; aber dieser Mann dort...«

»Wir unterstehen nicht Ihren Gesetzen. Wenn Sie Klagen gegen uns vorzubringen haben, müssen Sie sie an das Flotten-Kommando der Föderation richten, das Ihre Klage in Angleichung an Ihre und unsere Gesetze abwägen wird.«

»Wir wissen, zu wessen Gunsten die Entscheidung fallen würde«, sagte Maab spöttisch lachend. »Hier gelten unsere Gesetze, und nur unsere.«

»Unser Schiff wird einen Kommando-Trupp herunterschicken, wenn wir uns nicht melden«, sagte Spock und richtete die Spitze des

Schwerts auf Maabs Nasenwurzel.

Maab verzog keine Miene. »Das glaube ich nicht«, sagte er mit einem hinterhältigen Grinsen, »ich vermute, sie werden mit sich selbst genug zu tun haben.«

Kirk und Spock wechselten einen raschen Blick. Jeder wußte, was der andere dachte. Mit dieser einen, völlig überflüssigen Bemerkung hatte Maab sie wissen lassen, daß es hier um mehr ging, als um eine Stammesfehde – offenbar um viel mehr.

Und jetzt kam die härteste Prüfung für die drei Männer: angesichts des Todes zu warten, was es war.

Im Gästezelt, das jetzt ihr Gefängnis war, saßen Kirk, Spock und McCoy um den Tisch, an dem sie noch vor kurzem so gastlich bewirtet worden waren. Jetzt standen zwei Stammeskrieger als Wachen vor dem Ausgang des Zelts. Eleen saß weit entfernt an der gegenüberliegenden Zeltwand, das Gesicht abweisend und starr. Ihr verbrannter Arm war noch immer unversorgt; aber sie hatte jede Hilfe brüsk abgelehnt, und jetzt weigerte sie sich, Schmerz zu zeigen.

McCoy stützte die Ellenbogen auf den Tisch und blickte seine beiden Kameraden niedergeschlagen an. In einer Mischung aus Englisch, Vulkanisch, Althochmarsianisch, Mediziner-Latein und Griechisch – der Sprachmischung, die zur Programmierung einfacher Computer verwandt wurde – sagte er: »Maab behauptet immer noch, daß er uns gehen gelassen hätte, wenn ich die junge Frau nicht berührt hätte. Aber jetzt sitzen wir anscheinend in der Tinte. Warum, glauben Sie, hat Scotty nicht schon einen Kommando-Trupp hergeschickt?«

»Nach meiner Rechnung«, sagte Spock, »hätte er das spätestens vor einer Stunde tun müssen. Es gibt keine andere Erklärung, als daß er wirklich andere Sorgen hat und sich Problemen konfrontiert sieht, die ihn im Augenblick mehr beschäftigen; genau, wie es Maab vorhin andeutete.«

Kirk nickte und blickte die beiden Wachen prüfend an. Dann sagte er langsam auf cereanisch: »Pille, ich glaube, du solltest dich endlich um die Frau kümmern. Der Arm sieht wirklich schlimm aus.«

Die beiden Wachen starrten ihn entsetzt an.

»Du hast recht«, sagte McCoy, ebenfalls in Cereanisch. »Schließlich können sie mich nur einmal dafür töten, daß ich sie berührt habe.«

»Mr. Spock, was halten Sie davon?«

»Ich glaube, Captain, daß wir das Risiko eingehen sollten.«

Gut. Sie verstanden einander. McCoy erhob sich. Als sein Schatten auf Eleen fiel, blickte sie erschrocken auf.

McCoy kniete sich neben sie. »Ihren Arm«, sagte er.

»Fassen Sie mich nicht an!« fauchte sie und wich zurück.

Die Wachen traten einen Schritt näher. McCoy griff nach Eleens Arm. Augenblicklich wurde sie zu einer kratzenden, beißenden Wildkatze. Und – daran hatten die drei Männer in ihrem hastig gefaßten Plan nicht gedacht – sie schrie gellend. McCoy hielt ihr den Mund zu.

Und diese Berührung war es, die die beiden Wachen zum Eingreifen veranlaßte. Sie stürzten auf McCoy zu. Dabei wandten sie Kirk und Spock drei Sekunden lang den Rücken zu. Und drei weitere Sekunden später lagen sie bewußtlos am Boden.

Während Spock ihnen die Waffen abnahm, beugte sich Kirk zu der jungen Frau, die McCoy immer noch festhielt.

»Hören Sie, Eleen«, sagte er eindringlich. »Wir werden jetzt fliehen. Wenn Sie wollen, lassen wir Sie hier zurück. Aber wir nehmen Sie auch gern mit uns. Vielleicht – es ist ein großes Vielleicht, zugegeben – können wir Sie sicher auf unser Raumschiff bringen.« Er blickte ihr in die Augen. »Sie haben die Wahl. Wollen Sie mitkommen?«

Vorsichtig löste McCoy die Hand von ihrem Mund, bereit, beim leisesten Ansatz zu einem neuen Schrei sofort wieder zuzudrücken. Aber die Frau starrte ihn nur wütend an. Schließlich sagte sie: »Sie haben mich entehrt. Aber ich hänge trotzdem am Leben. Ich werde mit Ihnen gehen.«

McCoy wollte ihr beim Aufstehen helfen; aber sie schüttelte seine Hand angewidert ab, trat einen Schritt zurück und wartete, ohne die drei Männer noch eines Blicks zu würdigen, bis Spock die Waffen der beiden Wachen verteilt hatte. Die Schwerter gab er Kirk und McCoy. Er selbst nahm sich einen *Klugat*.

»Und jetzt«, sagte Kirk, »werden wir uns unsere Phaser und Kommunikatoren holen.«

Aber das war leichter gesagt als getan. Draußen saßen die Männer des Stammes um das neu angefachte Feuer. Maab stand vor der Versammlung, und Keel stand einige Schritte hinter ihm. Kirk und Spock pirschten sich lautlos an die Rückwand von Alkaars Zelt heran, schnitten die Leinwand auf und krochen hinein.

Während sie nach ihren Waffen suchten, hörten sie Maabs Stimme:

»...und nur die Frau ist noch am Leben. Aber auch sie wird sterben; und nicht nur wegen des Kindes, das sie trägt...«

Zustimmendes Gemurmel.

Kirk riß einen Teppich von einer Truhe. Die Gürtel mit den Kommunikatoren lagen noch darin; aber die Phaser waren verschwunden. Irgendeiner dieser Primitiven wußte also genau, daß es sich im Unterschied zu den Sendegeräten um Waffen handelt. Das war überaus seltsam. Sollte...?

Kirk und Spock hatten gerade begonnen, weiterzusuchen, als sie vor dem Zelt Schritte und Gespräche vernahmen, und eine Sekunde später steckte McCoy den Kopf ins Zelt.

»Jim«, flüsterte er drängend. »Die Versammlung ist zu Ende. Sie werden gleich merken, daß wir verschwunden sind, und dann...«

Wie zur Bestätigung erklang ein lauter Alarmruf.

Die drei Männer und Eleen stolperten durch Buschwerk und Gestrüpp, bis das Licht des Feuers und der Fackeln kaum noch zu sehen war. Kirk winkte den anderen zu, anzuhalten. Nachdem sie in dem dünnen Buschwerk in Deckung gegangen waren, schaltete er seinen Kommunikator ein.

»Kirk an *Enterprise* – Kirk an *Enterprise*. – Hören Sie mich, Scotty? – Kirk an Enterprise...«

Keine Antwort. Hatte man das Gerät beschädigt? Kirk nahm Spocks Kommunikator; aber das Resultat blieb das gleiche.

»Die Geräte sind in Ordnung«, sagte Spock. »Es sieht so aus, als wäre die *Enterprise* außer Reichweite.«

»Außer Reichweite?« sagte McCoy überrascht. »Wo soll sie denn sein?«

»Eine Beantwortung dieser Frage wäre reine Spekulation, Doktor. Viel wichtiger ist die Frage: Was sollen wir tun, bis das Schiff zurückkehrt?«

»Vor den *Makeen* kann man sich nicht verbergen«, sagte die junge Frau plötzlich.

»Was sind denn *Makeen*?« fragte Kirk.

»Es gibt Legenden über einen Clan von Attentätern unter den Stämmen des Planeten Ceres«, sagte Spock. »Es ist eine Geheimgesellschaft, die außerhalb der Gesetze steht.«

»Sie steht nicht außerhalb der Gesetze«, widersprach Eleen. »Sie ist ein Teil unserer Gesellschaft. Es gibt immer wieder die Notwendigkeit, jemanden töten zu müssen.«

»Zum Beispiel Verbrecher wie uns?« fragte Kirk. »Oder ›Verräter‹, wie Ihren Mann? – Oder Sie?«

»Ich nicht«, erwiderte sie hart. »Es geht nur um Alkaars Kind, das ich trage. Ich habe es nicht gewollt. Und ich würde es mit eigenen Händen umbringen, wenn ich damit mein Leben retten könnte.«

McCoy packte sie am Handgelenk. »Jetzt hören Sie mir mal gut zu, Kleine! Sie werden weder Ihr Kind noch sonst irgend jemanden umbringen. Solange ich da bin, werde ich es zu verhindern wissen. Wir wollen Sie *und* Ihr Kind am Leben erhalten, ob es Ihnen paßt oder nicht. Haben Sie verstanden?«

Sie riß sich los und starrte McCoy wütend und angewidert an. »Ich habe Sie verstanden. Und ich gehe mit Ihnen, weil ich so vielleicht noch ein paar Stunden leben kann. Aber schließlich werden die *Makeen* Sie doch aufspüren.«

»Vielleicht aber auch nicht«, sagte Kirk. »Jedenfalls werden wir alles tun, um es zu verhindern.«

Als der neue Tag anbrach, wußten sie, daß sie verfolgt wurden. Kirk bedauerte, daß es hell wurde. In der Dunkelheit hatten sie die Bewegungen ihrer Verfolger an ihren Fackeln deutlich erkennen und ihnen ausweichen können.

Der neue Tag fand sie in einem rauhen Bergland. Im Hintergrund erhob sich eine hohe, unüberwindliche Gebirgskette. Es war kalt und trostlos, und auch die Strahlen der Sonne brachten kaum Wärme. Der Weg, dem sie folgten, schien ziellos kreuz und quer durch das Land zu führen. Kirk hoffte, daß es überhaupt ein Weg war und nicht nur ein Wildpfad.

Er und Spock hatten die Führung übernommen. Eleen folgte dicht hinter ihnen. Trotz ihres Zustandes war sie erstaunlich kräftig und ausdauernd. McCoy, der die Nachhut bildete, konnte kaum mit ihr Schritt halten.

Immer schwieriger und steiler wurde der Weg; Steine und Geröll ließen ihre Füße ausgleiten. Eleen stolperte und wäre gestürzt, wenn McCoy sie nicht aufgefangen hätte. Sie hatte aber noch immer soviel Energie, sich sofort wieder loszureißen.

»Bleib mit der Frau hier, Pille«, sagte Kirk. »Wir beide werden uns inzwischen etwas umsehen. Und behandle währenddessen ihren Arm. Mit Gewalt, wenn es sein muß.«

Kirk und Spock gingen weiter. Nach einer Weile führte der Weg in eine enge Schlucht. Ihre Wände waren hoch und steil.

»Hübscher Platz für eine Falle«, sagte Kirk.

»Aber er hat auch seine Vorzüge«, antwortete Spock. »Der Zugang ist eng und deshalb leicht zu verteidigen, und die Wände sind für jeden Angreifer nahezu unpassierbar.«

»Vielleicht. Und es scheint dort hinten auch einen Ausgang zu geben. Wenn wir den vorderen Zugang blockieren, würden Maabs Leute eine ganze Weile aufgehalten, und sie müßten einen weiten Umweg durch die Berge machen.«

Spock sah sich aufmerksam um. »Sie haben recht. Der Eingang ist sehr schmal, und es gibt auch genügend lockere Felsbrocken und Steine hier.«

»Was haben Sie vor?«

»Erinnern Sie sich noch an die Diskussion über die verschiedenen Möglichkeiten, einen Kommunikator im Notfall in eine Waffe zu verwandeln? In diesem Fall würde ich die Möglichkeit vorschlagen, die ich damals die ›Geräusch-Bombe‹ nannte.«

Kirk reichte ihm wortlos seinen Kommunikator; aber Spock schüttelte den Kopf. »Captain, die Chance ist nur gering. Ich müßte *zwei* Kommunikator-Signale genau synchronisieren. Wir haben aber nur drei Geräte, und...«

»Ich will nicht wissen, wie groß unsere Chancen sind. Ich bin nur daran interessiert, sie zu vergrößern. Ich hole McCoys Kommunikator.«

Er ging zurück und fand Eleens Arm verbunden.

»Gut gemacht«, sagt er anerkennend; aber McCoy blickte ihn bedenklich an.

»Jim«, sagte er, »die Frau sagt, daß ihr Baby in etwa einer Woche zur Welt kommen wird. Aber ich habe eher den Eindruck, als ob das jede Minute passieren kann.«

»Das hat uns noch gefehlt! – Aber du hast sicher schon ein paar Dutzend Kinder zur Welt gebracht.«

»Natürlich. Aber die Cereaner leben schon seit vielen Generationen hier und haben sich von ihren humanoiden Vorfahren fortentwickelt. Man nennt so etwas den ›genetischen Drift‹; wir kennen ihn in kleinen Gemeinden, in denen viel Inzucht vorkommt. Und falls ein chirurgischer Eingriff nötig werden sollte...«

»Vielleicht leben wir nicht mehr lange genug, um uns darüber den Kopf zerbrechen zu müssen. Gib mir deinen Kommunikator, Pille, und komm mit. Wir wollen Maab eine kleine Überraschung bereiten.«

Als sie die Schlucht erreichten, arbeitete Spock rasch und sicher an zwei Kommunikatoren und erläuterte dabei McCoy, was er vorhatte.

»Ich habe die beiden Geräte so aufgestellt, daß die Vibrationsrichtungen an einem labilen Punkt der Felswand zusammentreffen und dort eine Steinlawine auslösen. Die genau synchronisierten Strahlen beider Geräte sind auf eine Stelle unmittelbar *unterhalb* des lockeren Gesteins gerichtet. Dort ist der Fels noch ausreichend kohäsiv, daß die Vibration eine Art Explosion auslösen könnte.«

»In dem Augenblick, wenn Maab und seine Männer in die Schlucht eindringen«, setzte Kirk hinzu.

»Hoffen wir jedenfalls«, sagte Spock. »Theoretisch müßte es klappen, falls das lockere Gestein sich nicht vorzeitig löst und die Strahlenenergie in Hitze umgewandelt wird. In jedem Fall aber werden die Kommunikatoren dabei zerstört.«

Kirk blickte zurück. Winzige, dunkle Gestalten erschienen auf der gegenüberliegenden Anhöhe. Diese Stammeskrieger waren eifrig wie die Bluthunde auf frischer Spur.

»Gehen wir.« Kirk und Spock schalteten die beiden Kommunikatoren ein. Die Geräte begannen zu summen, immer lauter und lauter, bis das Geräusch zu einem ohrenbetäubenden Schrillen angewachsen war. Die vier Menschen liefen eilig durch den schmalen Eingang der Schlucht.

Ein rascher Blick zurück zeigte ihnen, daß ihre Verfolger ebenfalls rannten. Das durchdringende Geräusch hatte ihnen den Standort ihres Wildes verraten.

Das Schrillen wurde unerträglich. Eleen preßte beide Hände an die Ohren. Dann stieß sie einen Schrei aus und drückte ihre Fäuste auf ihren Leib. McCoy schlang seinen Arm um ihre Taille und riß sie weiter.

Durch das grelle, schrille Geräusch dröhnte jetzt ein dumpfes Poltern, als der Fels unter den synchronisierten Strahlen der beiden Kommunikatoren zerbarst. Plötzlich erstarb das Schrillen, und nur noch das Bersten des Gesteins war zu hören. Und dann dröhnte eine Explosion. Die von den Felsen aufgestaute Energie entlud sich mit donnerndem Krachen, als ob eine Dynamitladung gezündet worden wäre. Eine Lawine von losgesprengten Felsbrocken, Steinen und Geröll stürzte den steilen Hang herab.

Maab, Keel und ihre *Makeen,* die gerade in die Schlucht drängten, blickten erschrocken auf, als sie die Lawine auf sich zustürzen sahen. Nach einer Schrecksekunde machten sie kehrt und stoben wie aufgescheuchte Hühner zurück. Aber einige von ihnen schafften es nicht und wurden unter den Steinmassen begraben.

Der Eingang zur Schlucht war versperrt. Ein riesiger Haufen von Felsen und Geröll hatte ihn zugeschüttet.

»Saubere Arbeit, Mr. Spock«, sagte Kirk anerkennend. »Und jetzt wollen wir weiter.«

»Nichts zu machen, Jim«, sagte McCoy. »Vielleicht können wir Eleen ein Stück tragen. Aber nicht mehr weit. Die Wehen haben schon eingesetzt.«

Da ihnen keine andere Wahl blieb, trugen sie Eleen zum anderen Ende der Schlucht. Sie wollten nicht riskieren, daß die *Makeen* den Spieß umdrehten und sie nun ihrerseits vom Rand der Schlucht mit Steinen bombardierten. Hinter dem Ausgang der Schlucht lag ein kleiner Talkessel, und zur Rechten verrieten grüne Büsche und ein paar Bäume das Vorhandensein von Wasser.

Kirk blickte zu den Berghängen auf. Eine bestimmte Felsformation erregte seine Aufmerksamkeit: Mehrere riesige Felsblöcke waren wie von der Hand eines Riesen wild übereinandergeworfen. Zwischen ihnen war eine enge, dunkle Öffnung. Kirk deutete mit der Hand hinauf.

»Wir könnten uns unter diese Felsen zurückziehen«, schlug er vor. »Spock, Sie bleiben hier und halten Wache, während wir die Frau hinauftragen.«

Der Erste Offizier nickte, hakte den *Klugat* vom Gürtel und wog ihn prüfend in der Hand.

Das Loch erwies sich als Eingang zu einer Höhle. Der Zugang war so eng, daß sie hindurchkriechen mußten, aber die Höhle selbst war hoch genug, um darin aufrecht stehen zu können. Sehr groß war sie allerdings nicht, und ihre Wände waren rauh und uneben. Eleen ließ sich stöhnend zu Boden gleiten und umfaßte ihren schmerzenden Leib.

»Selbst die Hebammen des achtzehnten Jahrhunderts waren besser ausgerüstet, als ich es jetzt bin«, klagte McCoy und starrte auf seine Hände. »Aber das ist nun einmal nicht zu ändern.«

»Wir sind draußen, falls du Hilfe brauchst.«

»Sei nicht so leichtsinnig mit deinen Angeboten.«

Kirk trat aus der Höhle und sah Spock mit seinem *Klugat* experimentieren.

»Eine äußerst interessante Waffe«, sagte der Erste Offizier. »Sehen Sie: Die Schneide befindet sich an der *Innenseite* der Waffe. Wenn Sie sie mit einer raschen Drehung des Handgelenks werfen...«

Das kreisende Messer wirbelte durch die Luft, und die Sonnenstrahlen ließen das Metall seiner Schneide aufblitzen. Es fuhr in ein niedriges Gestrüpp und kappte mehrere seiner Zweige, bevor es sich darin verfing und zu Boden fiel.

»Und wenn man vorbeiwirft, kommt er wieder zurück«, sagte Spock, als er die Waffe aufhob. »Sehr ökonomisch.«

»Sehr gut. Wir haben nur zwei davon. Aber ich bin mehr an diesen jungen Bäumen interessiert. Sie sehen sehr elastisch aus. Vielleicht können wir uns Bogen und Pfeile machen – wenn wir nur etwas hätten, das sich als Bogensehne verwenden ließe.«

»Hmmm«, sinnierte Spock. »Das ist wirklich ein Problem. Ich sehe auch nichts, was man dazu verwenden könnte. – Aber wir könnten uns eine noch primitivere Waffe anfertigen, die genauso gut ist: eine Pfeilschleuder.«

»Eine was?«

»Ein Stock mit eine Rille und einer kleinen Höhlung am oberen Ende. Man legt den Pfeil so in die Rille, daß seine Spitze zur Hand deutet, sein gefiedertes Ende zur Höhlung. Wenn man die Pfeilschleuder über den Kopf auf den Gegner zuschwingt, wird der Pfeil mit Wucht herausgeschleudert. Eine simple Anwendung des Hebelgesetzes.«

»Steinsplitter für Pfeilspitzen gibt es hier mehr als genug«, sagte Kirk. »Aber wir haben keine Federn.«

»Das stimmt. Aber wenn wir die Ende der Pfeile spalten und einfach ein Stückchen Stoff hineinklemmen, wird ihr Flug auch ein wenig stabilisiert. Wie bei einem Drachen. Außerdem möchte ich Sie darauf hinweisen, daß der *Klugat* die einzige Schußwaffe ist, die die Cereaner besitzen, und dessen Reichweite ist beschränkt. Unsere Pfeile reichen auf jeden Fall erheblich weiter – und sind für die Leute hier ungewohnt und deshalb sicher angsteinflößend. All diese Vorteile sind nur gering – aber wir müssen sie uns zunutze machen.«

»Sie haben völlig recht, Mr. Spock. Also, an die Arbeit.«
Als sie den Hang hinaufstiegen, drang ein gellender Schrei aus der Höhle.

Sie übten mit ihren Pfeilschleudern, als McCoy endlich aus dem Höhleneingang gekrochen kam und seine Hände an der Hose abwischte.
»Kommt herein«, sagte er.
Eleen lag in einer Ecke der Höhle. Ihre Robe war bis zum Knie abgerissen, um das kleine Wesen einwickeln zu können, das neben ihr auf dem Boden lag. Sie richtete sich auf, als die beiden Männer hereintraten, protestierte jedoch nicht, als Kirk und Spock sich über das Bündel beugten.
Winzige Fäuste fuchtelten ziellos hin und her, und das Neugeborene gähnte die beiden Männer ungeniert an, als wollte es ihnen sagen, daß die ganze Geschichte die Aufregung gar nicht wert gewesen wäre.
»Ein ganz normales, durchschnittliches Exemplar der Gattung Mensch, alles in allem«, sagte Spock nach einer Weile.
»Glauben Sie, Mr. Spock?« sagte McCoy müde. »Dann sehen Sie sich den jungen Mann einmal genauer an. Das ist der neue Häuptling der zehn Stämme von Ceres.«
Er nahm das Baby und legte es in den Arm seiner Mutter. Die Frau schüttelte den Kopf. »Ich will es nicht.«
»Es ist Ihr Sohn«, sagte Kirk.
»Ich will ihn nicht. Es war gut, die Frau Alkaars zu sein. Er war oberster Häuptling, und er war reich. Ich dachte, weil er alt war und schon einen Sohn hatte...«
»Es ist mir gleich, warum Sie Teer Alkaar geheiratet haben«, unterbrach Kirk sie ärgerlich. »Sie sind seine Frau geworden und haben sein Kind zur Welt gebracht, und dieses Kind ist der neue Häuptling eurer zehn Stämme. Es ist Ihre Pflicht, für ihn zu sorgen, solange Sie leben. Das ist das Gesetz Ihres Landes und auf allen anderen Planeten, die ich kenne. Und ich werde notfalls mit Gewalt dafür sorgen, daß Sie es befolgen.« Er wandte sich an McCoy. »Wann ist sie wieder transportfähig?«

»Diese Cereaner sind eine erstaunlich zähe Rasse«, sagte McCoy bewundernd. »Und diese Frau ist stark wie ein Ochse, selbst jetzt. Ich denke, daß wir morgen weitergehen können.«

»Ich möchte vorschlagen«, sagte Spock, »daß wir den Bergkamm entlang tiefer ins Land eindringen. Es wird schwierig werden, aber auch sicherer.«

Kirk überlegte den Vorschlag eine Weile. Maab vermutete wahrscheinlich, daß sie mit Rücksicht auf die Frau auf ebenem Grund bleiben würden. Vielleicht versuchte er auch, die Schlucht zu umgehen und ihnen den Weg abzuschneiden.

»Wir werden es versuchen«, sagte er. »Aber zuerst müssen wir schlafen. Pille, du brauchst deine Ruhe am nötigsten. Du übernimmst die letzte Wache. Ich nehme die erste.«

Er wachte auf, als McCoy seinen Namen rief und ihn an der Schulter rüttelte. Er setzte sich auf und sah, daß McCoy zu Spock trat und ihn ebenfalls weckte.

»Wachen Sie auf, Spock.« McCoy wandte sich wieder Kirk zu. »Jim, wir haben eine neue Sorge: Die – äh – Patientin hat ihr Kind genommen und ist auf und davon.«

»Sie ist an *dir* vorbeigeflohen?« fragte Kirk.

»Sie hat mich von hinten mit einem Stein niedergeschlagen. Die Leute hier haben offenbar nicht den geringsten Respekt vor Hebammen.«

»Seit wann ist sie fort.«

»Nach dem Stand der Sonne zu urteilen, war ich nicht länger als eine halbe Stunde bewußtlos. Ihre Spuren führen auf den Ausgang der Schlucht zu. Wenn Maabs Männer sie erwischen...«

»Ich schlage vor«, sagte Spock, »daß wir diesen Fall von nun an der Stammesgerichtsbarkeit überlassen und uns ausschließlich um unser eigenes Überleben kümmern.«

»Spock! Sie herzloser, gefühlloser...«

»Die Dame hat auch nicht gerade viel Gefühl entfaltet. Sie ist berechnend, kalt und absolut wertlos«, sagte Spock hart. »Das sollten selbst Sie einsehen können, Doktor.«

»Und was wird aus dem Kind?«

»Sie haben beide bis zu einem gewissen Grad recht«, sagte Kirk. »Zugegeben, die Dame hat wirklich sehr wenige Tugenden. Aber das Baby hat keine andere Schuld auf sich geladen, als geboren zu werden. Ich möchte dafür sorgen, daß es normal aufwachsen kann. – Gehen wir.«

Vorsichtig kehrten sie in die Schlucht zurück. Sie hielten sich dabei so hoch wie möglich am Hang. Kurz vor dem Eingang bot sich ihnen ein erstaunliches Bild:

Die *Makeen*, die die Steinlawine überlebt hatten, saßen im Kreis auf dem Boden. In der Mitte des Kreises standen Eleen und Maab. Eleen streckte dem Mann ihr Kind entgegen.

»Ich habe das Kind geboren«, sagte sie mit fester, klarer Stimme. »Es gehört dir. Tu mit ihm, was du willst.«

Maab und Keel tauschten einen erstaunten Blick. Dann fragte Maab: »Warum tust du das?«

»Weil ich leben will. Nimm das Kind, Maab – aber laß mich gehen. Das Kind interessiert mich nicht.«

Maab blickte sie eine Weile wortlos an. Dann nickte er. »Das sieht dir ähnlich, Eleen«, sagte er sarkastisch. »Komm mit.«

In diesem Augenblick richtete Kirk sich hinter seiner Deckung auf, schwang seine Pfeilschleuder und ließ sich sofort wieder zu Boden fallen. Niemand bemerkte ihn.

Der Pfeil schwirrte durch die Luft, genau auf Maab zu. Aber im letzten Augenblick änderte er seine Richtung und traf einen anderen Mann ins Bein. Stoffetzen waren doch nicht so gute Stabilisatoren wie Federn.

Der getroffene Mann schrie auf – vor Schmerz und vor Überraschung – und stürzte zu Boden. Die anderen starrten ihn verblüfft an. Spock erhob sich aus seiner Deckung und schleuderte ebenfalls einen Pfeil. Er traf Keel in die rechte Schulter, und Blut färbte seinen Burnus.

Plötzlich war McCoy unten auf dem Weg, packte Eleen von hinten und riß die aufschreiende Frau in ein Gebüsch. Die Männer begannen zu begreifen, was geschehen war, stürzten auf McCoy los. Aber ein ganzer Schauer von Pfeilen, die Kirk und Spock auf sie hinabschleuderten, stürzte sie in Verwirrung. Es war nicht so sehr die Wirkung der Geschosse, die diesen Effekt auslöste, sondern – wie Spock richtig vermutet hatte – das Ungewohnte und Unheimliche dieser unbekannten Waffe.

»Pille, komm zurück!« rief Kirk.

Er duckte sich, als Keel einen *Klugat* nach ihm schleuderte. Mit bösem Fauchen surrte die scharfe, gebogene Klinge über seinen Kopf hinweg.

Unter ihnen sah er McCoy das widerstrebende Mädchen von einer Deckung zur anderen zerren. Kirk sprang hinter einen anderen Felsblock und schleuderte wieder einen Pfeil. Diesmal schrie der Getroffene gellend auf. Er lernte allmählich, mit der Schleuder umzugehen.

Sie zogen sich langsam zurück und deckten Eleen, die durch das Baby behindert war. Spock nahm im Vorbeigehen den *Klugat* auf, den Keel nach ihm geworfen hatte. Er war nicht zu Keel zurückgekehrt, weil er gegen einen Felsen geprallt war. Eigenartigerweise folgten die *Makeen* ihnen nicht weiter.

Als sich die Männer der *Enterprise* wieder in der leichter zu verteidigenden Schlucht befanden, blieben sie stehen, um die Lage zu besprechen. Sie saßen in einer Falle, erkannten sie, und ihr kleiner Vorrat an Pfeilen war fast aufgebraucht.

»Was hatten Sie eigentlich vor?« fragte McCoy und starrte Eleen wütend an.

»Das haben Sie doch gehört«, antwortete sie kalt. »Ich wollte mein Leben retten. – Maab läßt mich gehen, um das Kind zu bekommen.«

»Wirklich? Haben Sie da nicht etwas Wichtiges übersehen? Während Sie mit ihm verhandelten, haben wir ihn überraschend angegriffen. Er hat vielleicht jetzt den Eindruck, daß Sie ihn in eine Falle locken wollten. Er wird Ihnen nie wieder vertrauen – falls er Ihnen jemals vertraut haben sollte. Er wird Sie und das Kind töten, nur um ganz sicherzugehen.«

»Und was hat Ihnen die ganze Überraschung genutzt?« sagte die Frau verächtlich. »Hier kann er uns einfach aushungern.«

Während Kirk noch über ihre Worte nachdachte, hörte er Maabs Stimme schreien:

»Captain!«

»Was ist?«

Maab kam in Begleitung von zwei seiner *Makeen* langsam auf sie zu. Die anderen Männer folgten in einigem Abstand und hielten sich sorgsam außerhalb Pfeilschußweite. Sie lernen sehr rasch, dachte Kirk bitter.

»Ein guter Kampf«, rief Maab, »aber völlig sinnlos, wie Sie sicher einsehen werden. Ich schlage vor, daß Sie sich jetzt ergeben.«

Er hatte recht, überlegte Kirk. Es blieb ihnen keine andere Wahl. »Werft eure Waffen weg«, sagte er zu Spock und McCoy. »Es sieht aus, als ob heutzutage die Kavallerie die Helden nicht mehr im letzten Moment rettet.«

Eleen rannte ein paar Schritte auf die *Makeen* zu und hielt ihnen ihr Kind entgegen. »Da, nimm ihn, Maab! Das Kind ist das einzige Hindernis auf deinem Weg zur Häuptlingswürde!«

Maab winkte zwei seiner Komplizen heran, die auf Eleen zutraten und ihr das Kind aus den Händen nahmen. »Ich gehe jetzt«, sagte Eleen optimistisch.

»Nein«, sagte Maab. »Das Todesurteil bleibt bestehen. Als Strafe für deine Untreue.«

Die Frau wich entsetzt ein paar Schritte zurück. »Nein! Nein! Ich war Alkaar niemals untreu. Es gab niemanden...«

»Wir haben Zeugen dafür«, sagte Maab mit Nachdruck. »Keel hat dich beobachtet. Er hat nur nicht gewußt, wer der Mann war, bevor er heute vom Pfeil dieser Fremden getroffen wurde. Mein Bruder ist zwar tot; aber ich bin verpflichtet, seine Ehre zu verteidigen. Richtet sie!«

»Nein! Nein!«

Eleen begann zu laufen. Die *Makeen* wichen zur Seite und schienen ihr einen Fluchtweg freimachen zu wollen. Doch plötzlich schwirrte ein *Klugat* durch die Luft. Eleen stürzte und blieb reglos liegen.

Maab blickte Kirk scharf an. »Was ist? Wollen Sie nicht wieder gegen unser Recht protestieren?«

»Ihrem Recht ist Genüge getan«, sagte Kirk und mußte gegen eine plötzliche Übelkeit ankämpfen. »Vielleicht hat sie den Tod nach euren Gesetzen sogar verdient, das will ich nicht entscheiden. Aber bei dem Kind liegt der Fall völlig anders. Es hat niemandem etwas zuleide getan.«

»Es lebt. Und ich will Häuptling der zehn Stämme sein. Das genügt.«

»Das wäre ein Unglück für Ihre ganze Rasse. Das ist die Saat für noch mehr Haß, noch mehr Blutvergießen, noch mehr Morde. Was wollen Sie eigentlich erreichen, Maab? Und wer will bei diesem Spiel noch gewinnen?«

»Sie sind ein sehr kluger Mann, Captain«, sagte Maab nachdenklich. »Sie sehen mehr als nur die Oberfläche. Nun, die Erklärung ist sehr einfach: Sie sind nicht die einzigen, die unser Gestein haben wollen. Das Klingonen-Imperium hat meinem Bruder ebenfalls ein gutes Angebot für die Schürfrechte gemacht: Reichtum, Macht und einen Sitz in der imperialen Regierung. Aber der Narr wollte um jeden Preis das Versprechen einlösen, das er der Föderation gegeben hatte. Er hatte kein Vertrauen zu den Klingonen.«

»Im Gegensatz zu Ihnen.«

»Sehr richtig. Und um zu einem Abkommen mit ihnen zu gelangen, mußte ich Häuptling werden. Ein Raumschiff der Klingonen hat Ihre *Enterprise* fortgelockt, damit Ihre Männer sich nicht einmischen und Alkaars Tod verhindern konnten. Sie hätten wir sofort freigelassen, wenn Sie nicht das Tabu gebrochen und Eleen berührt hätten. Schade, sie war Ihren Tod nicht wert.«

»Doch«, sagte McCoy. »Damals schon.«

»Wegen des Kindes, das sie trug? Das Kind wird genauso sterben wie sie. Alle Ihre Anstrengungen waren vollkommen sinnlos.«

»Dann geben Sie mir das Kind«, sagte McCoy. »Ich habe es in die Welt gebracht. Wenn Sie uns aus dieser Welt nehmen, möchte ich es bei mir haben.«

Maab zuckte die Achseln und gab einem seiner Kumpane einen Wink. Der Mann reichte das Kind McCoy. Die anderen *Makees* hoben ihre *Klugats*. Die Ähnlichkeit mit einem Erschießungskommnado war zwingend.

»*Laßt die Waffen fallen!*« rief eine Stimme von oben.

Es war Scotts Stimme, und er stand auf dem Rand der Schlucht. Sulu und ein weiteres Mitglied der Mannschaft standen neben ihm, auf der anderen Seite Frost und zwei weitere Männer – alle mit schußbereiten Phasern.

»Wo kommen Sie denn endlich her?« rief McCoy überrascht.

»Ich würde sagen, Doktor, daß die Kavallerie manchmal doch die Helden im letzten Moment rettet.«

Die Männer kamen den Hang herab und trieben die *Makeen* zusammen.

»Wie sind Sie dem Klingonen-Raumschiff entkommen?« fragte Maab verstört. »Es war ausgemacht, daß man Sie nicht eher durchlassen sollte, bis ich ein Zeichen...«

»Sie haben die Flucht ergriffen, als wir direkt auf sie zukamen«, berichtete Sulu grinsend. »Sie hatten uns mit falschen Notrufen fortgelockt. Aber als wir das Spiel durchschauten und ihnen direkt an die Kehle gingen... ihre Schiffe können verdammt schnell sein, das muß ich ihnen lassen.«

Scott fügte hinzu: »Ich glaube nicht, daß die Klingonen es wirklich auf einen Krieg hätten ankommen lassen. Nicht einmal, um diesem freundlichen Herrn hier einen Gefallen zu tun. Und auch nicht für Topalin-Vorkommen auf diesem Planeten.«

»Mr. Scott«, sagte Kirk, »ich weiß, daß Sie ein einfallsreicher Mann sind. Aber wie haben Sie uns hier gefunden?«

»Als wir mit dem Transporter auf den Planeten kamen und im Hauptlager der Stämme materialisierten, erfuhren wir sofort, was geschehen war. Es sind noch viele Anhänger Alkaars übriggeblieben. Sie haben uns berichtet, daß ihr in die Berge geflohen seid und von Maab und seinen Männern verfolgt würdet. Wir kehrten also an Bord des

Schiffes zurück, lokalisierten Sie mit den Sensoren und ließen uns auf die Ränder der Schlucht beamen. Gerade zur rechten Zeit, würde ich sagen.«

Plötzlich war eine rasche Bewegung hinter Maabs Rücken zu sehen. Ein Messer blitzte. Maab stöhnte auf und sank zu Boden. Sein Mörder wischte ruhig die Klinge seines Messers an seiner Robe ab und streckte es dem überraschten Kirk entgegen.

»Das war für den Verrat an Alkaar«, sagte der Mann, »und für das Komplott mit den Klingonen. Jetzt bin ich bereit, dafür zu büßen.«

»Und wer, zum Teufel, sind Sie?« rief Kirk.

»Ich«, sagte der Mann, »bin der Vater des neuen Häuptlings, den Eleen gestern geboren hat.«

Der Vertrag war unterzeichnet worden. Für die Cereaner hatte der Vater des Kindes unterschrieben, der nach einer langen Sitzung des Rates der Stämme zum Vormund des jungen Häuptlings und zum Regenten ernannt worden war. Kirk konnte sich nicht einmal vorstellen, welche komplizierte Konzepte von Stammespolitik und Stammesjustiz dieses überraschende Resultat herbeigeführt haben mochten, und er versuchte es auch gar nicht. Ihm reichte das Wissen, daß dieser Mann sich verpflichtet hatte, für das Kind zu sorgen und seine Interessen zu vertreten, bis es mündig wurde.

Die letzte Überraschung war die Namensgebung des Kindes. Sein Vater nannte es Leonhard James Alkaar.

Spock war der Überzeugung, daß McCoy und Captain Kirk mindestens einen Monat lang unerträglich stolz sein würden.

Spock läuft Amok

Es war natürlich Schwester Christine Chapel, die als erste merkte, daß mit Spock etwas nicht in Ordnung zu sein schien. Nichts Ernsthaftes – er aß nur nichts mehr. McCoy, der sich ihn etwas genauer ansah, konnte auch nichts feststellen, außer einer ständig wachsenden Anspannung, ein Symptom, das er vielleicht als ›Nervosität‹ bezeichnet hätte, wenn Spock nicht zur Hälfte Vulkanier gewesen wäre. Also hielt McCoy seine Diagnose für rein subjektiv und falsch.

Aber das stimmte nicht. Am dritten seiner Fasttage versuchte Schwester Chapel, den Ersten Offizier mit einer giftgrünen Brühe, die Plomik-Suppe genannt wurde und auf dem Planeten Vulkan als besondere Delikatesse galt, zum Essen zu verführen. Spock warf ihr die Suppenschüssel nach.

Das gab für Dr. McCoy den Anstoß, Spock einen Tag nach diesem Zwischenfall – er versuchte eine Routine-Untersuchung vorzutäuschen – zu einer gründlichen medizinischen Inspektion zu bitten.

Der immer höfliche, logische und jeder Gefühlsaufwallung unfähige Offizier erwiderte ihm schlichtweg: »Hören Sie endlich auf, Ihre Nase in meine Angelegenheiten zu stecken, Doktor, oder ich breche Ihnen das Genick. Verflucht noch mal!«

Trotz seines geistigen Zustandes – wie immer er sein mochte – wußte Spock sehr genau, daß diese Zwischenfälle bestimmt zur Meldung gebracht werden würden. Er kam einer Ehrengerichtsverhandlung zuvor, indem er um Urlaub auf seinem Heimatplaneten nachsuchte. Beim derzeitigen Kurs der *Enterprise,* betonte er, würde ein Umweg nach Vulkan nur 2,8 Lichttage ausmachen.

Kirk mußte ihm die Bitte leider abschlagen. Während der vielen Jahre, die er Spock kannte, hatte der Erste Offizier noch nie um Urlaub gebeten und sogar den ihm zustehenden Urlaub nicht genommen. Er hatte Anrecht auf über sechs Monate nicht genommenen Urlaub, aber die *Enterprise* befand sich auf dem Weg zur Regierungsantrittsfeier des Präsidenten von Altair Sechs; das war zwar kein wirklich dringlicher Auftrag, doch Kirk hatte Befehl, sich auf dem schnellsten Weg dort einzufinden, und deshalb keine Zeit für Umwege. Kirk erklärte Spock, daß Altair Sechs ein sehr angenehmer Planet sei und daß er dort jederzeit und so lange er wolle Urlaub haben könnte. Spock lehnte das Angebot schroff ab, sagte, daß ihn dieser Scheißplanet nicht im geringsten interessiere.

Damit hätte die Angelegenheit eigentlich erledigt sein sollen. Aber knapp sechs Stunden später, kurz nach der Wache des Ersten Offiziers, entdeckte Kirk zu seiner Verblüffung, daß der Kurs des Schiffs auf Befehl Spocks in Richtung auf den Planeten Vulkan geändert worden war.

Kirk übergab Scott das Kommando, verließ die Brücke und eilte in Spocks Kabine.

Er war bisher nur selten dort gewesen, zwang sich aber trotzdem, sich nicht genauer umzusehen. So bekam er nur den vagen Eindruck eines Raums, der sparsam und irgendwie orientalisch eingerichtet war; das Quartier eines Kriegers im Feld. Spock saß an seinem Schreibtisch und blickte auf einen kleinen Bildschirm. Er schaltete ihn aus, als er ihn hereinkommen hörte, und Kirk erhaschte nur einen flüchtigen Blick auf die Darstellung eines Gesichts; das Gesicht eines sehr jungen Mädchens, fast noch ein Kind.

»Nun, Mr. Spock?«

»Nun, Captain?«

»Ich verlange eine Erklärung! Warum haben Sie den Kurs ändern lassen?«

»Sir?«

»Sie haben Kurs auf Vulkan nehmen lassen. Ich möchte den Grund dafür wissen.«

Spock runzelte die Stirn. »Ich habe den Kurs wechseln lassen?«

»Streiten Sie es ab?«

»Nein«, sagte Spock leise. »Auf keinen Fall. Es ist... durchaus möglich.«

»Aber warum haben Sie es getan?«

»Captain«, sagte Spock, »wenn Sie mir sagen, daß ich es getan habe, so glaube ich Ihnen das. Aber ich weiß nicht, warum ich es getan habe; und ich erinnere mich auch nicht, es getan zu haben.« Er blickte Kirk gerade in die Augen und richtete sich auf. »Und deshalb bitte ich Sie, mich in die Arrestzelle einzuschließen – wo ich niemanden sehen und von niemandem gesehen werden kann.«

»Aber warum, Spock?«

»Bitte, Captain, sperren Sie mich ein. Ich wünsche nicht, gesehen zu werden. Ich kann nicht... als Vulkanier kann ich Ihnen nicht mehr Erklärungen geben.«

»Spock, ich will Ihnen doch helfen.«

»Dann stellen Sie mir bitte keine weiteren Fragen!« schrie Spock. »Ich werde jedenfalls nicht mehr antworten!«

»Wie Sie wollen«, sagte Kirk ruhig. »Ich werde Ihrem Wunsch nachkommen. Aber vorher melden Sie sich bei Dr. McCoy. Er wartet schon auf Sie.«

»Ich begreife vor allem nicht, wie Spock in diesem Zustand überhaupt noch leben kann«, sagte McCoy. »Er hat eine normale Pulsrate von 240 Schlägen pro Minute und so gut wie gar keinen Blutdruck – wenn man das grüne Zeug in seinen Adern überhaupt Blut nennen kann. Aber das ist nur Spock unter normalen Umständen. So wie es jetzt aussieht, fürchte ich, daß er sterben wird, wenn wir ihn nicht in spätestens acht Tagen zum Vulkan bringen. Vielleicht bleiben uns auch nur sieben Tage.«

»Du sagst, sonst muß er sterben? Aber warum das? Was ist eigentlich mit ihm los?«

»Das weiß ich auch nicht. Alles, was ich dir sagen kann, ist, daß seine gesamten Körperfunktionen in zunehmendem Maß durcheinandergeraten, ähnlich als ob in deinem oder in meinem Körper ständig riesige Mengen von Adrenalin in den Kreislauf gepumpt würden. Spock weigert sich, den Grund dafür zu nennen. Aber wenn das nicht sehr bald behoben wird, werden die physischen und psychischen Belastungen ihn umbringen.«

»Bist du sicher, daß er weiß, worauf das zurückzuführen ist?«

»Ja. Aber er weigert sich, es mir zu sagen.«

»Ist er jetzt in Einzelhaft, wie er es gewünscht hat?«

»Ja, Jim. Und... mach ihm bitte keine Vorwürfe. Es ist schrecklich, es auszusprechen, aber... ich fürchte, er ist verrückt geworden.«

»Ich werde auf jeden Fall nach ihm sehen. Was kann ich denn sonst für ihn tun? Es *muß* doch irgendeine Lösung geben.«

»Wahrscheinlich«, sagte McCoy. »Aber sei vorsichtig, Jim.«

»Mr. Spock«, sagte Kirk sanft und zwang sich zur Ruhe. »McCoy hat mir über Ihren erschreckenden Gesundheitszustand berichtet.«

Spock antwortete nicht. Reglos, das Gesicht abgewandt, starrte er in eine Ecke der Zelle.

»Spock, er hat gesagt, daß Sie sterben müssen, wenn man nicht bald etwas unternimmt. Aber was? – Ist es etwas, das nur auf Ihrem Planeten möglich ist?«

Keine Antwort.

»Mr. Spock. Man nennt Sie den besten Ersten Offizier der ganzen Flotte. Sie sind mir unersetzlich. Und wenn ich Sie schon verlieren muß, dann will ich wenigstens wissen, warum.«

Spock hob den Kopf, und dann sagte er mit leiser, kaum hörbarer Stimme: »Das ist eine Sache, die niemand, der von draußen stammt, verstehen kann. Mit Ausnahme der wenigen, die es direkt betrifft. Ein Vulkanier versteht es; aber selbst wir sprechen untereinander nicht darüber. Es ist eine sehr persönliche Angelegenheit, Captain. Wollen wir es nicht dabei belassen?«

»Das kann ich nicht«, sagte Kirk fest. »Es geht hier um unser Schiff, Mr. Spock, um unsere Aufgabe, um unsere Pflichten. Ich muß Sie um eine genaue Erklärung bitten, Mr. Spock. Das werden Sie doch verstehen.«

»Captain, es gibt Dinge, die nicht unter die militärischen Disziplinargesetze fallen.«

»Das mag manchmal vielleicht zutreffen. Aber für mich stehen die Gesundheit und die Sicherheit meiner Besatzung an allererster Stelle. – Und wenn ich Ihnen mein Wort gebe, daß alles, was Sie mir sagen, unter uns bleibt?«

Spock zögerte lange. Schließlich aber sagte er: »Es handelt sich... um...«

Das letzte Wort war unverständlich. Kirk sagte: »Um was?«

»Um Biologie.«

»Um was für eine Biologie?«

»Um vulkanische Biologie.«

»Sie meinen die Biologie der Vulkanier? Biologie gleich Fortpflanzung und so weiter? Verdammt, deswegen braucht man sich doch nicht zu genieren. Das tun doch alle zweigeschlechtlichen Wesen im Universum.«

Spock starrte zu Boden. »Das mag sein, aber es sind eben keine Vulkanier. Wenn sie es wären – wenn irgendein anderes Lebewesen im Universum so unerbittlich logisch wäre wie wir – und wenn man ihnen dann die Logik fortreißt, wie es mir jetzt geschieht...«

Kirk wartete.

»Wissen Sie eigentlich, wie Vulkanier ihre Partner finden, Captain?« fragte Spock. »Haben Sie nicht manchmal darüber nachgedacht? Sie haben bestimmt auch die Witze darüber gehört, wie wir füreinander ausgesucht werden, nicht wahr? Wir sind ja so gefühllos, so stolz, so hochnäsig, daß wir diese Art von Witzen direkt herausfordern.«

»Ja, ich habe davon gehört«, sagte Kirk. »Aber lassen wir die Witze einmal beiseite. Ich vermute, wie alle anderen, daß es sich auf eine sehr logische Art vollzieht, nach eugenischen Gesichtspunkten vielleicht.«

»Ganz und gar nicht. Deshalb umgehen wir es ja mit einem dichten Schleier von Ritualen und Bräuchen. Ihr Erdenmenschen habt ja keine Ahnung, was in dieser Zeit in uns vorgeht. Es raubt uns den Verstand, unsere Logik zerbröckelt. Es kommt wie ein Wahnsinn über uns, der die dünne Tünche der Zivilisation von der Oberfläche reißt.« Spock beugte sich vor, sein Gesicht war schmerzverzerrt. »Das ist die *pon farr* – die Brunftzeit. Verstehen Sie jetzt?«

»Aber Sie sind doch kein Lachs oder Aal, Mann! Sie sind...«

»Zur Hälfte Erdenmensch«, brachte Spock den Satz zu Ende. »Ich hatte gehofft, daß das irdische Erbe mir das ersparen würde. Aber das vulkanische Blut ist stärker. Es drängt mich nach Hause, um mir eine Frau zu nehmen, nach Art der Vulkanier. Oder zu sterben, wie Dr. McCoy gesagt hat.«

»Guter Gott!« stöhnte Kirk. Er spürte einen Krampf im Magen und einen Kloß im Hals. Er konnte sich vorstellen, was Spock dieses Geständnis gekostet hatte.

Gab es denn gar keinen Ausweg? Drei Sternenschiffe sollten an der Einführungszeremonie teilnehmen. Die *Enterprise*, die *Excalibur* und die *Endeavour*. Und keines der beiden anderen war nahe genug, um Spock rechtzeitig zum Vulkan bringen zu können.

Es war zwar nicht unbedingt notwendig, daß drei Sternenschiffe an der Zeremonie teilnahmen; aber er hatte seine Befehle. Wenn er sie nicht befolgte, würde ihn das Flotten-Kommando einem peinlichen Verhör unterziehen, und er könnte als Begründung nur anführen: *Tut mir leid, meine Herren, mein Erster Offizier war in der Brunft!* Heilige Andromeda! – Aber zum Teufel damit! Kirk verdankte Spock sein Leben. Und nicht nur einmal, sondern mindestens ein halbes Dutzend Mal. Das war ihm seine Karriere wert. Kirk trat an die Bordsprechanlage.

»Mr. Chekov, hier Kirk. Behalten Sie Kurs auf Vulkan bei. Geschwindigkeit Sol acht.«

»Ja... jawohl, Sir«, stotterte Chekov verblüfft.

»Ende!«

»Captain«, sagte Spock leise.

»Ja, Mr. Spock.«

»Zu dieser Zeit geschieht mit uns Vulkaniern etwas... etwas, das fast an Wahnsinn grenzt... ein Wahnsinn, den Sie ohne Zweifel widerlich finden müssen.«

»So? Muß ich das? Sie haben ja auch bei meiner Art von Wahnsinn immer Geduld aufgebracht.«

»Würden Sie dann... würden Sie dann mit mir auf den Vulkan kommen? Wir haben da eine kurze Zeremonie, bei der die engsten Freunde des Mannes anwesend sein müssen.«

»Ich danke Ihnen, Mr. Spock.«

»Ich glaube, daß auch Dr. McCoy den wahren Grund erkannt und trotzdem selbst Ihnen gegenüber geschwiegen hat. – Ich möchte auch ihn gern bei mir haben.«

»Ich denke«, sagte Kirk langsam, »es wird ihm eine große Ehre sein.«

Die drei Männer traten in den Transporterraum, und Sekunden später befanden sie sich in einem fast völlig ebenen Talkessel. Die Felswände wirkten halb natürlich, halb künstlich, als ob Wind und Regen so etwas wie Stonehenge hätten modellieren wollen. In der Mitte des Talkessels stand ein Tempel – zwei hohe Steinbögen, eine offene Feuergrube, und mehrere große Glocken aus einem jadeartigen Material, die von dem sanften, heißen Wind zum Klingen gebracht wurden. Der Boden des Tals bestand aus lockerem Sand.

»Das ist mein Land«, sagte Spock, »das Land meiner Familie. Seit über zweitausend Erdjahren ist es in unserem Besitz.« Er deutete auf den Tempel. »Das ist das *Koon-ut-Kal-if-fee,* das heißt: ›Der Ort der Hochzeit und der Herausforderung‹. Früher, vor langer, langer Zeit, haben wir getötet, um unsere Frauen zu erobern. Aber es ist immer noch schrecklich genug. – Vielleicht ist es der Preis, den wir dafür zahlen, für den Rest unseres Lebens völlig frei von Gefühlen zu sein.«

»Es geht mich zwar nichts an«, sagte McCoy schüchtern, »aber ich denke...«

»Sie sind mein Gast, Doktor.«

»Also gut. Sie haben uns erklärt, daß diese T'Ping, die Sie jetzt treffen werden, schon einmal Ihre Frau gewesen ist.«

»Durch Vermittlung unserer Eltern. Eine reine Formalität. Wir waren damals sieben Jahre alt. Bei der Zeremonie berührt man einander so, wie Sie mich schon die Gedanken anderer Männer erfühlen gesehen haben. Auf diese Weise sind unsere Gedanken miteinander verbunden – damit wir zu gegebener Zeit zum *Koon-ut-Kal-if-fee* gehen können.«

Von irgendwo klang eine Glocke, und ihr Ton harmonierte mit den Klängen der Jade-Glocken im Tempel, und plötzlich erschienen mehrere Gestalten zwischen den Felsen. Es waren acht oder zehn. Voraus schritten vier Vulkanmänner, die jemanden in einer reichverzierten Sänfte trugen. Die anderen Mitglieder der Prozession trugen Standarten, die mit hellfarbenen Fähnchen und Dutzenden von winzigen Glöckchen geschmückt waren.

Als sie näher herankamen, sah Kirk, daß in der Sänfte eine alte Frau von immens autoritärem Aussehen saß. Als die Sänfte abgesetzt wurde und sie ausstieg, erkannte er in ihr eine der führenden Persönlichkeiten des Planeten Vulkan. T'Pau war der einzige Mensch, der je einen Sitz im Rat der Föderation abgelehnt hatte. Charakteristischerweise hatte Spock nie davon gesprochen, daß seine Familie ein solches Gewicht besaß.

Neben ihr schritt die Braut, kein Kind mehr, sondern eine schlanke, unglaublich schöne Frau. Hinter ihr ging ein hochgewachsener, muskulöser und recht gut aussehender Vulkanier. Und ihm folgte ein etwas kleinerer, aber sehr kräftig wirkender Mann, der eine vulkanische Streitaxt auf der Schulter trug. Die anderen folgten ernst und würdevoll diesen drei Hauptpersonen.

Spock wandte sich um und schritt zu einer der großen Jade-Glokken. Er nahm einen Stein und schlug damit auf die Glocke. Ihr tiefer, sonorer Klang wurde mit einem heftigen Geklingel der Bannerglocken beantwortet. T'Ping setzte sich auf einen behauenen Stein unter dem Torbogen des Tempels. T'Pau stand vor dem Tempel, ihm und T'Ping den Rücken zukehrend. Der muskulöse junge Vulkanier stand neben dem Pfeiler des Rundbogens. Die anderen hielten sich hinter ihnen.

Mit einer plötzlichen Bewegung hob T'Pau beide Arme. Spock trat vor sie hin und verneigte sich tief. Sie legte ihm beide Hände auf die Schultern, als ob sie ihn segnen wollte, und blickte dann Kirk und McCoy an.

»Spock, sind unsere Zeremonien für Menschen aus anderen Welten bestimmt?«

»Sie sind meine Freunde«, sagte Spock leise, »und ich bin berechtigt, meine Freunde einzuladen. Ihre Namen sind Kirk und McCoy. Ich verbürge mich mit meinem Leben für ihr Verhalten.«

»Gut.« T'Pau wandte sich an die Träger der Glockenbanner. »*Kallif-fee!*«

Die Leute schüttelten die Glockenbanner. Spock wandte sich um und wollte die Glocke noch einmal mit dem Stein anschlagen. Aber im gleichen Augenblick sprang das Mädchen T'Ping auf die Füße und schrie:

»*Kal-lif-farr!*«

Die anderen Vulkanier stießen einen erschrockenen Schrei aus. Selbst T'Pau starrte das Mädchen verblüfft an. Spock wiederholte die Worte flüsternd, seine Brust hob und senkte sich erregt, und seine Augen wurden zu schmalen Schlitzen. T'Ping trat zu ihm, nahm ihm den Stein aus der Hand und schleuderte ihn zur Seite. Sie blickte ihn mit eigenartig verächtlichem Gesichtsausdruck an.

Der Vulkanier trat mit der Axt einen Schritt vor. Sein Gesicht wirkte gleichzeitig amüsiert und gefährlich, wie das eines erfahrenen Scharfrichters.

»He, was soll denn das?« rief McCoy. »Wenn es hier zu einer Schlägerei kommt...«

»Alles in Ordnung«, sagte die alte Frau beruhigend. »Sie hat sich für die Herausforderung entschieden.«

»Mit dem?« McCoy deutete auf den Mann mit der Axt.

»Nein. Der greift nur ein, wenn jemand Feigheit zeigt. T'Ping wird jetzt ihre Wahl treffen.« Sie wandte sich an das Mädchen: »T'Ping, bist du bereit, Besitz des Siegers zu werden, nicht nur seine Frau, sondern sein Besitz, ohne jedes Recht, ohne jeden Status?«

»Ich bin bereit«, sagte T'Ping.

»Dann triff deine Wahl.«

T'Ping schritt in königlicher Haltung in die Arena. Sie blieb vor dem hochgewachsenen Vulkanier stehen, der sie mit stolzem Lächeln anblickte. Aber sie ging weiter und wandte sich noch einmal zu T'Pau um: »So wie es seit Urbeginn unserer Geschichte gewesen ist«, sagte sie, »so wie es heute ist, und so wie es in alle Zukunft sein wird, werde ich jetzt meine Wahl treffen.« Sie wandte sich wieder um. »Ich wähle diesen Mann.«

Und sie deutete mit erhobenem Arm auf Kirk.

»Aber was...«, sagte Kirk verblüfft.

»Nein!« schrie der junge Vulkanier und sprang vor. »Ich sollte ihr Mann sein! So war es abgemacht!«

Es kam zu einer erregten Diskussion unter allen Anwesenden, und unter dem Mantel dieses Lärms fragte Kirk leise: »Was passiert, wenn ich ablehne?«

»Das weiß ich auch nicht, Jim«, erwiderte McCoy erschrocken. »Wahrscheinlich muß Spock dann mit dem jungen Mann kämpfen. Und in seinem derzeitigen Zustand kann er den Kampf nicht gewinnen. Und die ganze Atmosphäre hier deutet auf einen Kampf bis zum Ende hin – und es ist verdammt heiß hier. – Ich glaube, auch du könntest nicht gewinnen, selbst wenn du wolltest.«

»Ich habe nicht die Absicht, einen toten Ersten Offizier an Bord zurückzubringen. Und dann ist da diese alte T'Pau, die Personifikation des ganzen Planeten Vulkan. Wie würde es auf sie wirken, wenn der Kommandant eines Sternenschiffes sich aus Feigheit vor einem Kampf drückt?«

»Aber...«

»Wenn ich Spock nicht besiegen kann, werde ich den Kampf einfach abbrechen. Damit wäre meiner und Spocks Ehre zumindest Genüge getan. Vielleicht kann ich ihn auch nur bewußtlos schlagen...«

»*Kroykah!*« rief T'Pau, und der Lärm verstummte.

Der große, junge Vulkanier sagte: »Ich bitte um Entschuldigung«, und ging ruhig zu seinem Platz zurück.

Kirk sagte: »Ich nehme an.« Er warf seinem Ersten Offizier einen prüfenden Blick zu; aber Spock schien seine Anwesenheit völlig vergessen zu haben.

»Nach unseren Bräuchen«, sagte T'Pau, »beginnt der Kampf mit der *Lirpa*.«

Zwei Vulkanmänner traten vor. Jeder von ihnen hielt eine tödlich wirkende Waffe in der Hand. Sie bestand aus einem festen Handgriff, an dessen einem Ende eine kreisrunde, rasiermesserscharfe Klinge befestigt war. Am anderen Ende hing ein kurzer Eisenknüppel.

»Wenn beide den Kampf mit der *Lirpa* überleben«, sagte T'Pau, »wird er mit dem *Ahn-Woon* fortgesetzt. Bis zum Tod. – *Klee-et!*«

Bei diesem Kommando fuhr Spock herum und starrte Kirk an. Aus seinen Augen blitzte barbarische Wut, als er die tödliche Waffe über den Kopf hob.

McCoy trat vor. »Da machen wir nicht mit«, sagte er ruhig. »Von einem Kampf bis zum Tod war niemals die Rede, und ich...« Seine Worte erstarben, als der Vulkanier mit der Axt auf ihn zutrat und die schwere Waffe hob. McCoy riß sich zusammen und fuhr fort: »T'Pau, diese beiden Männer sind Freunde. Wenn man sie zwingt, so lange gegeneinander zu kämpfen, bis einer von ihnen tot ist, dann ist das...«

»Die Herausforderung wurde in aller Form ausgesprochen und angenommen. Keiner der beiden Gegner ist dazu gezwungen worden, sie waren freiwillig dazu bereit. Aber es steht Spock frei, die Herausforderung abzulehnen. – Spock, willst du zurücktreten?«

Spock starrte Kirk mit finsterem Gesichtsausdruck an. Er schien ihn nicht zu erkennen. Dann schrie er plötzlich mit heiserer Stimme: »*Klee-fah!*«

»Nichts zu machen, Pille«, sagte Kirk achselzuckend. »Tritt aus der Arena.«

Aber McCoy blieb standhaft. »Dann verlange ich gewisse Rücksichten auf Captain Kirk. Die Atmosphäre dieses Planeten ist für uns ungewohnt, zu heiß und erheblich dünner...«

Er brach ab, als Spock plötzlich vorsprang und mit der *Lirpa* zuschlug. Kirk wich dem Schlag aus; aber Spock schlug sofort noch einmal zu; diesmal nicht mit der Klinge, sondern mit dem anderen Ende der Waffe. Der Eisenknüppel traf Kirk leicht am Kopf. Kirk stürzte zu Boden und rollte sich sofort zur Seite. Gerade rechtzeitig, um dem tödlichen Schlag der gekrümmten Klinge auszuweichen, die sich dicht neben seinem Kopf tief in den weichen Sand bohrte.

Kirk stieß mit aller Kraft nach Spocks Beinen. Diesmal ging der Vulkanier zu Boden, und Kirk sprang wieder auf die Füße. Er war schon jetzt schweißüberströmt, und sein Atem ging in kurzen, keuchenden Stößen.

Aus dem Augenwinkel sah er den Mann mit der Axt auf McCoy zugehen. Der Arzt hielt eine Injektionsspraypistole in der Hand.

»Ich kann nicht auch auf dich aufpassen, Pille«, sagte Kirk. »Verschwinde hier, bevor du mich umbringst.«

McCoy schüttelte den Kopf. Er wandte sich an T'Pau: »Fürchten sich die Vulkanier vor einem fairen Kampf?« fragte er.

»Was haben Sie da?«

»Eine G-Vital-Injektion«, sagte McCoy, »zum Ausgleich der unterschiedlichen Temperatur und Atmosphäre.«

»*Kroykah!*« rief T'Pau. Es wurde sofort still.

»Gut«, sagte die alte Frau zu McCoy. »Ihre Bitte ist durchaus begründet. Sie ist gewährt.«

McCoy drückte die Mündung der Pistole an Kirks Oberarm und jagte ihm eine Injektionsnadel in den Muskel.

Als er wieder zurücktrat, ging Spock sofort auf Kirk los. Kirk wich seinem Angriff aus und schlug selbst zu. Mit dem gleichen Resultat.

Spock versuchte eine Finte und trat gleichzeitig mit dem linken Fuß nach Kirks Hand. Kirk packte den Fuß, riß Spock zu Boden und warf sich auf ihn. Aber Spock hatte sich blitzschnell zur Seite geworfen, und Kirk landete im heißen Sand.

Gleichzeitig kamen sie auf die Knie. Spock schwang die Waffe über dem Kopf, als ob er sie nach Kirk werfen wollte. Kirk spannte alle Muskeln an, um im gleichen Moment zur Seite springen zu können. Aber Spock drehte die Waffe plötzlich mit einer blitzartigen Bewegung um und warf sich auf Kirk.

Sie prallten zusammen wie zwei Maschinen, Brust an Brust, ihre freien Hände umklammerten die Waffenhand des Gegners, und sie starrten einander verbissen in die Augen. Plötzlich riß Spock den Arm Kirks zur Seite. Die *Lirpa* fiel in den Sand.

Mit zwei raschen, eleganten Schritten, wie ein Flamenco-Tänzer, war Spock auf den Beinen und stieß Kirks Waffe mit dem Fuß fort. Dann hob er seine *Lirpa*, um die scharfe Klinge in Kirks Kopf zu schlagen.

»Spock!« schrie McCoy. »Nein!«

Kirk schlug mit der Handkante auf Spocks Handgelenk. Jetzt flog auch Spocks *Lirpa* in weitem Bogen davon.

»*Kroykah!*« rief T'Pau.

Wieder blieb Spock wie angewurzelt stehen. Der Waffenwart lief auf die beiden Kämpfer zu und gab jedem ein einfaches Lederband, etwa einen Meter lang und zehn Zentimeter breit.

»Was soll denn das sein?« fragte Kirk erstaunt.

»Das ist ein *Ahn-Woon*«, sagte T'Pau, »die älteste und tödlichste Waffe der Vulkanier.«

Kirk betrachtete das Lederband und schüttelte den Kopf. Wie, zum Teufel, gebrauchte man dieses Ding? Für eine wirksame Peitsche war es zu kurz, und...

Spock zögerte nicht eine Sekunde lang. Er nahm einen faustgroßen Stein vom Boden auf und machte gleichzeitig aus dem Lederband eine Wurfschleuder.

Kirk begriff zu spät. Der Stein traf ihn hart vor die Brust und riß ihn rücklings zu Boden.

Als er taumelnd auf die Beine kam, stürzte Spock schon auf ihn zu. Diesmal hielt er das Lederband zwischen beiden Händen. Er schlang es um Kirks Beine und riß es mit einem scharfen Ruck zurück; wieder stürzte Kirk zu Boden.

Im selben Augenblick warf sich Spock auf seinen Rücken, schlang ihm den Lederriemen um den Hals und versuchte, ihn damit zu erdrosseln. Kirk drehte sich auf die Seite und versuchte, Spock über seine Schulter zu werfen; aber seine Muskeln schienen plötzlich zu erschlaffen. Sie waren wie gelähmt und gehorchten nicht mehr seinem Willen.

Der Druck um seinen Hals wurde stärker und stärker. Er versuchte noch einmal, nach Spocks Händen zu greifen; aber er schaffte es nicht.

Die Welt wurde dunkel, das Blut rauschte in seinen Ohren. Er hatte das Gefühl, in einen tiefen, schwarzen Abgrund zu stürzen, blind und paralysiert.

»*Kroykah!*« hörte er T'Paus Stimme, wie aus unendlich weiter Ferne.

Rasche Schritte kamen auf ihn zu, und dann McCoys Stimme, hart und bitter: »Lassen Sie Ihre Hände von ihm. Er ist erledigt. – Er ist tot.«

Es war alles sehr merkwürdig. Kirk konnte nichts sehen, nichts fühlen, und er war nicht einmal sicher, daß er atmete. Nur die Stimmen waren da, als ob er mit dem Rücken zur Bühne sitzend einem Schauspiel zuhörte.

T'Pau: »Ich trauere mit Ihnen, Doktor.«

Spock: »Nein! – Ich – Nein! Nein!«

McCoy: »McCoy an *Enterprise*.«

Uhura: »Hier *Enterprise*, Leutnant Uhura«

McCoy: »Bereiten Sie den Transporterraum vor, um uns an Bord zu nehmen. – So seltsam es klingen mag, Mr. Spock, aber Sie sind jetzt der Kommandant unseres Schiffes.«

Spock: »Ich – ich werde in ein paar Minuten nachkommen. Bitten Sie Mr. Chekov, den Kurs auf die nächste Flottenbasis auszurechnen, wo ich mich der Behörde stellen kann. – T'Ping.«

T'Ping: »Ja.«

Spock: »Ich bitte um eine Erklärung.«

T'Ping: »Worüber?«

Spock: »Warum die Herausforderung? Warum hast du meinen Captain gewählt?«

T'Ping: »Stonn wollte mich haben. Und ich wollte ihn.«

Spock: »Ich sehe keine Logik darin, daß du Stonn mir vorziehst.«

T'Ping: »Er ist naiv und läßt sich leicht leiten. – Ich habe mir die Möglichkeiten überlegt und bin zu folgendem Ergebnis gekommen: Wenn dein Captain gewonnen hätte, hätte er mich nicht genommen, und ich hätte Stonn haben können. Wenn du gesiegt hättest, wäre das Resultat praktisch das gleiche geblieben, weil du bald wieder fortgegangen wärst. Ich hätte deinen Namen und deinen Besitz – und Stonn wäre auch da.«

Spock: »Absolut logisch.«

T'Ping: »Danke.«

Spock: »Stonn! Sie gehört dir. Vielleicht wirst du im Laufe der Zeit erkennen, daß *besitzen* längst nicht so schön ist wie *wünschen*. Das ist zwar nicht sehr logisch, trifft aber sehr oft zu. – Hier Spock. Beamen Sie mich an Bord, Uhura. – Langes Leben und Frieden, T'Pau!«

T'Pau: »Langes Leben und Frieden, Spock.«

Spock: »Für mich wird es weder das eine noch das andere geben. Ich habe meinen Captain getötet – und meinen Freund...«

Jetzt ließ auch Kirks Hörvermögen nach, und lange Zeit nahm er überhaupt nichts mehr wahr.

Als er wieder zu sich kam, lag er im Krankenrevier des Raumschiffs, und McCoy beugte sich über ihn. Neben dem Bett saß Spock. Er hatte die Hände vor sein Gesicht gepreßt, und seine Schultern zuckten.

Jetzt trat Schwester Christine auf Spock zu, nahm ihm die Hände vom Gesicht und drehte seinen Kopf Kirk zu. Kirk lächelte matt und sagte mit leiser, aber sehr fröhlicher Stimme: »Mr. Spock, ich hätte nie geglaubt, einmal zu erleben...«

»Captain!« Spock starrte ihn völlig verwirrt an. Dann schien er sich bewußt zu werden, was sein Gesicht und seine Stimme von seinen Gefühlen verrieten, und er blickte rasch zu Boden.

»Christine«, sagte McCoy verschmitzt grinsend. »Mr. Spock sollte endlich etwas Warmes in den Magen bekommen, finden Sie nicht auch? Sie könnten ihn doch mit dieser ekelhaften Plomik-Suppe füttern. – Na los, Spock, hauen Sie schon ab. Sie wird Ihnen alles erklären.«

Christine führte den Ersten Offizier zur Tür. Aber bevor er den Raum verließ, wandte Spock sich noch einmal um und sagte: »Es ist keine ekelhafte Plomik-Suppe, es ist eine sehr gute Plomik-Suppe.«

Dann war er gegangen. Kirk und McCoy blickten ihm lächelnd nach. Kirk lehnte sich wieder zurück, blickte McCoy ernst an und sagte: »Und du, Freundchen, bist ein verdammter, hinterhältiger

Quacksalber.«

McCoy zuckte die Achseln und grinste noch mehr. »Jeder macht mal einen Fehler. Ich habe dir versehentlich Vital-D injiziert. Es war keine Lüge: Du warst wirklich klinisch tot. Ich mußte dich nur rasch an Bord zurückbringen, sonst wäre dieser Zustand womöglich permanent geworden.«

»Und was ist mit Spock?« fragte Kirk. »Kommt der wieder in Ordnung?«

»Ich denke schon. Ich werde ihn nachher gründlich untersuchen, um ganz sicher zu gehen.«

Kirk richtete sich auf. »Wo sind wir jetzt?«

»Bleib liegen«, sagte McCoy und drückte ihn in die Kissen zurück. »Wir sind immer noch auf Umlaufbahn um den Vulkan.«

Kirk griff nach dem Intercom, das auf dem Nachttisch stand, und schaltete es ein.

»Kirk an Brücke.«

»Hier Brücke, Sir«, meldete sich Sulu.

»Steuern Sie das Schiff aus der Umlaufbahn, Mr. Sulu. Der Navigator soll den Kurs auf Altair Sechs festlegen. Geschwindigkeit Sol Zehn. Sagen Sie Scotty, er soll alles aus den Triebwerken herausholen. Wir sind zur Party des Präsidenten eingeladen.«

»Jawohl, Sir. Ende.«

Als sich Kirk zurückfallen ließ, sagte McCoy säuerlich: »Weißt du, Jim, diese Feiern werden dich eines Tages wirklich umbringen.«

»Ich verlasse mich darauf, daß du mich auch dann wieder zum Leben erweckst, Pille.«